U0045544

第七屆青年文學會議論文集

台灣文學的比較研究

文訊雜誌社◎編印

序一

自從擔任行政院文化建設委員會的主任委員以來，接觸到許多優秀的作家及文學工作者，他們努力的創作及研究，使我們的國家，我們的社會，充分享受到文學的豐美果實。在這個花開燦爛、綠蔭滿佈的文學園地裡，有前輩作家累積的創作經驗和文學資產，有象徵中流砥柱的中生代作家引領風騷，更有閃爍耀眼光芒的新生代作家。

任何一個時代，都有其一脈相傳的文學傳統，文學智慧得以薪傳，文學倫理得以維繫，然而，我們更期待不斷有新的活力注入，以豐富傳統、新舊交融，激盪出更美麗的花朵。我們都是從年輕的歲月一路走來，也曾經歷過青春的躍動，因此，我們更關心年輕人的熱情與創新，是否有發聲的機會？否則這些靈動流轉的浪花，可能稍縱即逝！

「財團法人台灣文學發展基金會」所屬的《文訊》雜誌是國內資深而優秀的文學雜誌，對台灣文學史料的整理及研究，著力很深，更難得的是，他們不僅在雜誌中設計「資深作家」專欄，每一期並設有「年輕新秀」，定期的介紹優秀而富有潛力的新生代作家。除了雜誌的靜態出版，《文訊》更於民國 86 年起，舉辦了「全國青年文學會議」，會議的主題設計、論文、講評，甚至參與的對象，無一不是站在年輕人的角度去考慮，因此廣受全國青年學子及文學工作者的好評。這個工作已持續了七年，早已健全一個良好的傳統及口碑，而年輕朋友熱情的參與，更支持了《文訊》持續舉辦的信心。

文建會近幾年來舉凡對全國閱讀運動的推廣，社區的總體營造，鼓勵更多年輕的文史工作者參與文化建設，用年輕的筆、年輕的觀念，來記錄這個時代，同時還有對有關現代文學博碩士論文的獎助。

此外，爲了鼓勵年輕人接觸多元藝術，培養藝術欣賞的能力，也策畫了「青少年戲劇計畫」，在校園中推出一系列戲劇表演及專題講座，這些都表示政府對年輕學子眞誠的關心，並願意以文學藝術作爲與年輕人互動的橋樑。

很高興能參與《文訊雜誌》舉辦的「第七屆文學會議」，本屆的主題是「台灣文學的比較研究」，相信在主辦單位精心策畫下，許多年輕的創作者及文學工作者可以一展身手，在相互研討、彼此激盪中，文學的創作與研究，一定會有豐碩的成果。

行政院文化建設委員會

主任委員 陳郁秀

序二

作爲文學研究與教育者，在主流教育系統重理工而輕人文、重功利輕思考的傳統下，每年在這個會議上見到有這麼多年輕朋友積極參與文學研究，且年年有所長成，著實令人欣慰！這正說明了，文學魅力是永恆的，文學的薪火是不斷的。

今年青年文學會議的徵文主題是「台灣文學的比較研究」，確實掌握了當前文學研究的重心。台灣文學研究近年來日受矚目，讓研究中文創作的學子，得以擴大視野，更新方法；也讓中文的文學研究能夠形成完整的體系。而比較的視野則能將文學研究帶入眞正的全球脈絡，不再停留在自說自話的仄徑之中。

連續七年自行舉辦學術會議，讓年輕的文學研究者與愛好者能透過每年聚會切磋琢磨，互相砥礪，這對公部門單位而言均屬不易，更何況是一個經費有限的民間單位。謹向文訊雜誌社所有工作人員致上敬意，她們憑著對文學強烈的愛好，堅持爲文學人提供永續服務的熱誠，我們今天才有機會看到台灣文學研究的新世代抽枝發芽，蓬勃成長！

台北市文化局局長　廖咸浩

前言

◉ 李瑞騰

台灣文學研究的深化，必須建立在資料充分的基礎之上。我們經過幾年的努力，在作家作品目錄、年表、年鑑及各種評論索引方面，都已經有了初步的成績，當然有待強化之處還有很多，學界和文壇都得更加投入。但更進一步呢？我們以爲新領域的開發和新方法的引入，皆是當前要務。

關於新領域的開發，譬如最近幾年對於不同歷史時期的文學社會（如戰後初期）之探索，對於古典詩（從明鄭以迄於今）的挖掘，我們應全面清理，去發現過去比較不被重視之處，把它視爲新的研究領域。至於新方法的引入，由於台灣文學被學科化迄今不過十年有餘，一些學者由古典文學界轉過來，一些學者是外文系的，各有所好，亦有所重，看問題的方式其實沒有太多的變化，學科的研究方法一直沒有集群智好好詳加研討，新進者往往得重複許多摸索的過程。

去年的青年文學會議以「一個獨立文本的細部解讀」爲主題，多少有一些關於方法的期待；今年訂爲「台灣文學的比較研究」，主要的訴求就在方法上，我們請了許多學界前輩來主持、來講評，希望透過對話，大家共同來面對台灣文學的研究方法問題。

《文訊》從一九八〇年代前期便致力於文學會議的經營，我們在學院的門牆之外促進當代文學的學術化，逐漸發展出以青年爲對象的活動型態，一方面和各校相關教師密切聯繫，一方面策畫青年文學會議，闢建開放性的論述空間，使之成爲學術競技場，我們的用力之處，除了會議行政，對於主題之擬定，皆極用心，盼能與學院協同合作，共同促進台灣文學研究之深化。

目 次

第三場

第四場

第五場

第六場

座談會

大會組織表

會　　長：王榮文
顧　　問：李瑞騰
總 策 畫：封德屏
執行秘書：邱怡瑄・杜秀卿
工作小組：吳穎萍・廖怡惠・洪士惠
陳雀倩・楊心怡・李昌元

指導單位 ／ 

策畫單位 ／ 財團法人台灣文學發展基金會

贊助單位 ／ 台北市文化局 Cultural Affairs Bureau of Taipei

主辦單位 ／文訊雜誌社

協辦單位 ／  國家台灣文學館・台北市立圖書館總館

數位支援 ／遠流博識網・國立東華大學數位文化中心

議　程　表

11 月 28 日（星期五）

<table>
<tr><td>時　間</td><td colspan="4">內　　容</td></tr>
<tr><td>9:00~9:30</td><td colspan="4">學員報到，領取資料</td></tr>
<tr><td>9:30~10:00
開幕式</td><td colspan="4">1. 貴賓致詞
2. 專題演講：曾志朗教授</td></tr>
<tr><td>時　間</td><td>主持人</td><td>發表人</td><td>論　文　題　目</td><td>講評人</td></tr>
<tr><td rowspan="3">10:00~11:45
第一場</td><td rowspan="3">李瑞騰</td><td>蘇益芳</td><td>論夏志清在台灣文學批評界的經典化現象</td><td>沈　謙</td></tr>
<tr><td>許家眞</td><td>生命精靈的再現與新生——口傳文學在布農族作家文學中的傳承與運用</td><td>陳建忠</td></tr>
<tr><td>王蕙萱</td><td>髮與性別認同——〈柏拉圖之髮〉與〈薇薇的頭髮〉的分析與比較</td><td>劉亮雅</td></tr>
<tr><td>11:45~13:00</td><td colspan="4">中　午　休　息</td></tr>
<tr><td>時　間</td><td>主持人</td><td>發表人</td><td>論　文　題　目</td><td>講評人</td></tr>
<tr><td rowspan="3">13:00~14:45
第二場</td><td rowspan="3">邱坤良</td><td>潘秀宜</td><td>幸福的彼岸——陳若曦小說的延續與轉變</td><td>黃錦珠</td></tr>
<tr><td>汪俊彥</td><td>在學院長大，在表坊說相聲——八〇年代賴聲川劇作之風格意識與戲劇場域關係轉變初探</td><td>鴻　鴻</td></tr>
<tr><td>彭佳慧</td><td>藝術與文學中「閨秀」之比較與探討</td><td>吳瑪悧</td></tr>
<tr><td>14:45~15:00</td><td colspan="4">茶　　敘</td></tr>
<tr><td rowspan="3">15:00~16:45
第三場</td><td rowspan="3">陳芳明</td><td>徐宗潔</td><td>我們是那樣被設定了身世——論駱以軍《月球姓氏》與郝譽翔《逆旅》中的姓名、身世與認同</td><td>范銘如</td></tr>
<tr><td>林致妤</td><td>從《橘子紅了》跨藝術互文現象看現代文學傳播</td><td>柯裕棻</td></tr>
<tr><td>郭素絹</td><td>顏艾琳與江文瑜情色詩的比較</td><td>李癸雲</td></tr>
</table>

＊論文發表每人 15 分鐘，講評每人 10 分鐘。開放討論每人次發言限 3 分鐘。

11 月 29 日（星期六）

時　間	主持人	發表人	論　文　題　目	講評人
9:00~10:10 第四場	吳文星	顧敏耀	仙拚仙，拚死猴齊天——以械鬥爲主題的台灣古典詩文作品比較	廖一瑾
		林麗美	乙未世代的離散書寫——兼論許南英與丘逢甲的差異	翁聖峰
10:10~10:25	茶　敘			
10:25~12:10 第五場	何寄澎	楊子霈	殖民／性別／情慾的多音對話——以吳濁流、王昶雄、鍾肇政小說中的台日異國戀爲例	許琇禎
		王文仁	台灣的「日本語文學」初探——從「日本語文學」到語言同化政策問題	林水福
		鍾怡彥	鍾理和「故鄉四部」版本比較研究	張春榮
12:10~13:00	中　午　休　息			
時　間	主持人	發表人	論　文　題　目	講評人
13:00~14:10 第六場	高柏園	劉慧珠	從《沙河悲歌》到《一紙相思》——論七等生小說追尋／神話原型的再現與變貌	張恆豪
		凌性傑	面對海洋的兩種態度——從《海洋遊俠》與《海浪的記憶》談起	鹿憶鹿
14:10~16:10 座談會	楊　照	題　目：創作者的幽微與私密情懷 引言人：阮慶岳、郝譽翔、駱以軍、鍾文音		
16:10~16:30 閉幕式	封德屏	*1.*贈獎儀式 *2.*觀察人報告：須文蔚		

＊論文發表每人 15 分鐘，講評每人 10 分鐘。開放討論每人次發言限 3 分鐘。

與會者簡介

◆專題演講

曾志朗 現任中央研究院副院長。
美國賓州州立大學認知心理學博士。
著有《用心動腦話科學》及上百篇學術論文。

◆主持人

李瑞騰 現任國立中央大學中文系教授兼主任。
中國文化大學中文所博士。
著有論述《六朝詩學研究》、《晚清文學思想論》、《新詩學》、《老殘夢與愛》、《文學的出路》等。

邱坤良 現任國立台北藝術大學校長。
法國巴黎第七大學文學博士。
著有論述《日治時期台灣戲劇之研究》、《台灣劇場與文化變遷》，散文集《南方澳大戲院興亡史》、《昨自海上來》、《馬路游擊》，編導作品《關渡元年、1991》、《紅旗白旗阿罩霧》、《一官風波》等。

陳芳明 現任國立政治大學中文系教授。
國立台灣大學歷史所碩士。
著有論述《謝雪紅評傳》、《探索台灣史觀》、《殖民地台灣——左翼政治運動史論》、《後殖民台灣——文學史論及其周邊》、《深山夜讀》，散文集《風中蘆葦》、《時間長巷》等。

吳文星 現任國立師範大學文學院院長。
國立台灣師範大學歷史系博士。
著有《日據時代台灣師範教育之研究》、《日據時期在台「華僑」研究》、《日據時期台灣社會領導階層之研究》等。

何寄澎 現任國立台灣大學中文系教授。
國立台灣大學中文所博士。
著有論述《總是玉關情——唐代邊塞詩初探》、《北宋的古文運動》、《唐宋古文新探》、《典範的追求——中國古典詩文論叢》等。

高柏園 現任淡江大學文學院院長
中國文化大學哲研所博士
著有論述《中庸形上思想》、《莊子內七篇思想研究》《孟子哲學與先秦思想》、《禪學與中國佛學等》。

楊　照 現任《新新聞週報》總編輯。
美國哈佛大學史學博士候選人。
著有論述《流離觀點》、《文學、社會與歷史想像——戰後文學史散論》、《倉皇島嶼》、《爲了詩》，散文集《星星的末裔》、《Cafe Monday》，小說《蓮花落》、《暗巷迷夜》等。

◆講評人

沈　謙 現任玄奘人文社會學院中文系教授。
國立台灣師範大學國家文學博士。

著有《書評與文評》、《期待批評時代的來臨》、《文心雕龍之文學理論與批評》、《修辭學》、《文學概論》、《林語堂與蕭伯納》、《獨步散文國》等。

陳建忠 現任靜宜大學台文系助理教授。
國立清華大學中文所博士。
著有論述《宋澤萊小說研究》、《書寫台灣・台灣書寫——賴和的文學與思想研究》等。

劉亮雅 現任國立台灣大學外文系教授。
美國德州大學奧斯汀分校英美文學博士。
著有論述《慾望更衣室》、《情色世紀末》等。

黃錦珠 現任國立中正大學中文系副教授。
國立台灣大學中文系博士。
著有論述《白居易——平易曠達的社會詩人》、《一字之差——相似詞與相反詞（上）》、《傷心的姊妹——相似詞與相反詞（下）》、《晚清時期小說觀念之轉變》、《明清小說》等。

鴻　鴻 電影及劇場導演、詩人。
本名閻鴻亞，國立藝術學院戲劇系畢業。
著有論述《跳舞之後，天亮以前》，詩集《黑暗中的音樂》、《在旅行中回憶上一次旅行》、《與我無關的東西》，散文集《可行走的房子可吃的船》，小說集《一尾寫小說的魚》等。

吳瑪悧 藝術家。

淡江大學德文系、德國杜塞道夫國立藝術學院畢業。
曾舉辦「偽裝」、「寶島物語」、「世紀小甜心」等個展，並參加「威尼斯雙年展」、「台北雙年展」、「亞太三年展」等重要國際大展。
譯有《康丁斯基名著全集》、《巴魯巴》等。

范銘如　現任淡江大學中文系教授。
美國威斯康辛大學麥迪遜分校東亞文學研究所博士。
著有論述《轉變中的愛情觀——論台灣女作家的小說》。

柯裕棻　現任國立政治大學新聞系助理教授。
美國威斯康辛大學麥迪遜分校傳播藝術博士。

李癸雲　現任國立政治大學中文系助理教授。
國立台灣師範大學國文所博士。
著有論述《與詩對話——現在詩評論集》、《朦朧、清明與流動——論台灣現代女詩人作品中的女性主體》等。

廖一瑾　現任中國文化大學中文系所副教授、中華詩學研究會理事。
中國文化大學中文所博士。
著有論述《台灣詩史》、〈陳逢源先生和二十世紀台灣古典詩壇〉、〈台灣第一閨秀詩人黃金川詩草〉、〈南北朝樂府對李白詩歌的影響〉等。

翁聖峰　現任國立台北師院語教系暨台灣文學研究所副教授。
輔仁大學中文所博士。
著有論述《清代竹枝詞之研究》、《日據時期台灣新舊文學論爭新探》等。

許琇禎 國立台灣師範大學國文所博士。
現任台北市立師範學院語教系教授。
著有論述《朱自清及其散文》、《沈雁冰及其文學研究》、《台灣當代小說縱論——解嚴前後（1977～1997）》、《權力意志與符號的戲局——林燿德小說研究》等。

林水福 現任高雄第一科技大學外語學院院長。
日本東北大學文學博士。
著有散文集《他山之石》，譯有日本文學名著《武士》等十餘種。

張春榮 現任國立台北師院語教系教授。
國立台灣師範大學國文所博士。
著有論述《一把文學的梯子》、《修辭萬花筒》、《極短篇的理論與創作》、《文學創作的途徑》等。

張恆豪 文學研究者。
東吳大學中文所碩士。
著有《覺醒的島國——台灣作家論集》，編有《火欲的自焚——七等生小說評論》、《復活的群像——台灣三十年代作家列傳》等。

鹿憶鹿 現任東吳大學中文系教授。
東吳大學中文所博士。
著有論述《走看台灣九〇年代的散文》、《洪水神話——以中國南方民族與台灣原住民為中心》、《中國民間文學》，散文集《欲寄相思》等。

◆觀察人

須文蔚 現任國立東華大學中國語文學系副教授，兼數位文化中心主任。
國立政治大學新聞所博士。
著有論述《台灣數位文學論》，詩集《旅次》。

◆座談會引言人

阮慶岳 現任華梵大學建築系專任講師。
美國賓州大學建築碩士。
著有性別、空間論述《四色書》、《男人眞好笑》、《出櫃出間》，小說集《林秀子一家》、《重見白橋》、《哭泣哭泣城》、《曾滿足》、《紙天使》，譯有《繁花聖母》等。

郝譽翔 現任國立東華大學中文系副教授。
國立台灣大學中文所博士。
著有論述《目連戲中庶民文化之研究》、《情慾世紀末——當代台灣女性小說論》，小說集《洗》、《逆旅》、《初戀安妮》等。

駱以軍 專事寫作。
國立台北藝術大學戲劇研究所碩士。
著有詩集《棄的故事》；小說集《紅字團》、《我們自夜闇的酒館離開》、《妻夢狗》、《月球姓氏》、《遣悲懷》、《遠方》等。

鍾文音 專事寫作。

淡江大學大衆傳播系畢業。
著有散文集《遠逝的芳香》、《情人的城市：我和莒哈絲、卡蜜兒、西蒙波娃的巴黎對話》、小說集《一天兩個人》、《女島紀行》、《在河左岸》等。

◆發表人

蘇益芳 現爲政治大學中文系碩士生。
政治大學中文系畢業。
曾獲 2003 年賴和台灣文學研究論文獎佳作。

許家眞 現爲國立清華大學台灣文學所碩士生。
國立台灣師範大學特殊教育系畢業。

王蕙萱 現爲佛光人文社會學院文學所碩士生。
淡江大學中文系畢業。

潘秀宜 現爲國立暨南國際大學中文所碩士生。
淡江大學中文系畢業。

汪俊彥 現爲國立台灣大學戲劇所碩士生。
國立台灣大學中文系畢業。

彭佳慧 現爲輔仁大學比較文學所博士生、台中縣文雅國小教師。
東海大學美術所碩士。

徐宗潔 現爲國立台灣師範大學國文系博士生。
國立台灣師範大學國文系碩士。

曾獲台灣師範大學人文研究學術獎。
著有《台灣鯨豚寫作研究》。

林致妤　現爲國立東華大學中文所碩士生。
國立暨南國際大學中文系畢業。

郭素絹　現爲佛光人文社會學院文學所碩士生。
輔仁大學中文系畢業。

顧敏耀　現爲國立中央大學中文所碩士生。
國立中央大學中文系畢業。

林麗美　現爲國立成功大學中文所博士生、南台科技大學通識中心專任講師。
國立中央大學中文所碩士。
著有《三言二拍中的女性研究》。

楊子霈　現爲國立台灣師範大學國文系碩士生。
國立台灣師範大學國文系畢業。
曾獲教育部文藝創作獎、師大紅樓文學獎、師大長干文學獎。

王文仁　現爲國立東華大學中文系博士生。
南華大學文學所碩士。
曾獲南瀛文學創作獎、府城文學獎。
著有《光與火——林燿德詩論》。

鍾怡彥　現爲美和技術學院、高雄海洋技術學院兼任講師。
國立彰化師範大學國文所碩士。

著有《鍾理和文學語言研究》。

劉慧珠 現爲東海大學中文所博士生、修平技術學院通識中心專任講師。
國立政治大學中文所碩士。
著有《齊梁竟陵八友之研究》。

凌性傑 現爲國立東華大學中文系博士生。
國立中正大學中文所碩士。
曾獲時報文學獎、中央日報文學獎、梁實秋文學獎等。
著有《台灣地區極短篇研究》。

第一場

11 月 28 日 (五) 10:00～11:45

李瑞騰◎主持

◎蘇益芳

論夏志清在台灣文學批評界的經典化現象

◎沈　謙講評

◎王蕙萱

髮與性別認同

——〈柏拉圖之髮〉與〈薇薇的頭髮〉的分析與比較

◎劉亮雅講評

◎許家貞

生命精靈的再現與新生

——口傳文學在布農族作家文學中的傳承與運用

◎陳建忠講評

論夏志清在台灣文學批評界的經典化現象

◉蘇益芳[1]

《摘　要》

夏志清研究現代文學是從《中國現代小說史》開始。以《中國現代小說史》為出發點，評論張愛玲的專章在《文學雜誌》的刊載也擴展了夏志清研究現代文學的視野。

繼《文學雜誌》而創辦的《現代文學》，是六〇年代譯介西方理論的重要刊物，《現代文學》的同仁，如白先勇、王文興等人都是現代主義的重要作家。這些在今日已被視為經典的作家，當時卻總在官方控制的文藝獎中缺席。在七〇年代，現代主義在鄉土文學運動中亦受到很大的誤解，而夏志清始終給予他們支持與鼓勵。夏志清和他們一樣同受西洋文學的薰染，在《現代文學》大量引進西方理論之前，他已在《文學雜誌》中以新批評的觀念技巧來評價張愛玲的小說成就。夏志清對張愛玲人性挖掘的肯定，無疑也是肯定了現代主義作家們在小說裡對人性的試探與摹寫。

一九七〇年林海音主辦的「純文學」出版社，為夏志清出版了他在台灣的第一本文學評論集：《愛情・社會・小說》；接著又於一九七四年、一九七七年分別出版了《文學的前途》、《人的文學》。「純文學」出版社的活躍亦促進了夏志清在台灣文壇上的名聲，七〇年代中期與顏元叔的論戰更奠定了他在文學批評界的地位。

1 國立政治大學中國文學系碩士生，E-mail:molay@ms57.url.com.tw

一九九九年由聯合報、文建會主辦的「台灣文學經典」，夏志清的《中國現代小說史》入選為「評論類」的經典；除了張愛玲、姜貴，《現代文學》的作家，如白先勇、王文興、王禎和及陳若曦也分別入選「小說類」的經典。夏志清「經典化」的過程標誌著台灣文學批評界的一次轉型。本文試圖從夏志清的評論出發，以張愛玲及姜貴為論述的主軸。此外，本文也將觸及七〇年代中期與顏元叔的論戰，因為如同夏自言，他在論戰後成為台灣文壇矚目的焦點，本文重點將放在夏的評論之上，輔以社會歷史脈絡的考察，交叉理解夏志清是如何和他所評論的作品一起「經典化」。

關鍵字：夏志清、張愛玲、姜貴、經典、文學批評、現代文學

壹、前言

夏志清，1921 年出生於上海浦東，1942 年畢業於上海滬江大學英文系，後至美國耶魯大學取得英國文學博士學位。1952 年時獲得美國洛克斐勒基金會的補助，轉向研究中國現代文學，1961 年研究成果《中國現代小說史》由耶魯大學出版，由於是拓荒之作，引起不少好評及注意，夏志清的知名度也大大地提昇。此後，夏志清不僅研究中國現代文學，還兼治中國古典小說，1968 年《中國古典小說》由美國哥倫比亞大學出版，更奠定了夏志清在美國漢學界的地位。

夏志清的兄長夏濟安時爲台大外文系的教授，在《中國現代小說史》撰寫期間，夏濟安創辦了《文學雜誌》，並向夏志清邀稿。夏志清便把當時已撰寫完成討論「張愛玲」的專章寄給夏濟安，並由他親自翻譯，分成兩篇登在《文學雜誌》上[2]，「夏志清」這個名字是首次出現在台灣的刊物上。雖然這不是第一篇評論張愛玲的文字[3]，但是夏志清直言張愛玲是今日中國最優秀最重要的作家，則是第一回。

在五〇、六〇年代，凡是作家作品都必須經過國民黨的嚴格檢查才得以出產。夏志清本人是右派的反共知識分子，而且直率敢言，從不避諱自己的立場與言論。他未必贊同（也非附和）國民黨的高壓統制方式，但是他本身的立場卻與國民黨的路線不謀而合。從他評張愛玲的《秧歌》就可以知道其反共立場，所以才能通過思想的檢驗，在

2 此兩篇分別爲〈張愛玲的短篇小說〉，（《文學雜誌》第二卷第四期，1957 年 6 月）、〈評《秧歌》〉（《文學雜誌》第二卷第六期，1957 年 8 月）。

3 1954 年張愛玲的《秧歌》及《赤地之戀》於香港《今日世界》連載，同年並由今日世界出版中文版及英文版。1954 年時，台灣也出現了四篇對張愛玲的評論：〈殘杯與冷炙：悲哀的《秧歌》〉、〈心事總如灰：恐怖的《赤地之戀》〉，以上兩篇見於《左中青年》（1954 年 7 月）；司徒衛，〈張愛玲的《秧歌》〉，《婦友》（1954 年 10 月）；麋文開，〈讀張愛玲的《秧歌》〉（上）（下），《中央日報》（1954 年 10 月 17～18 日）。

台灣文學批評界跨出穩健的第一步。

1976、1978 年，聯合報、中國時報連續創設小說獎與文學獎，夏志清均參與評審的工作，甚至交出上萬字的評審報告書。與顏元叔的論戰之後，夏志清更是受到文壇的重視；文學獎的評審工作也讓夏志清有年年參與律定島內新興文學標準的機會；加上 1979 年夏志清的英文鉅著《中國現代小說史》在劉紹銘等人的協助下由傳記文學出版社出版，成爲學術界在研究與教學上的重要依據，儼然是當時文學批評界的主導者。而夏志清的文學信念，也成了七〇年代一直延續到八〇年代中期，台灣文壇小說界、批評界的思想主流之一。

由於他的著作不斷受到討論，1999 年，聯合報、文建會主辦的「台灣文學經典」評選，夏志清的《中國現代小說史》入選爲「評論類」的經典之一；「張愛玲」以《半生緣》入選「小說類」的經典之一，在《中國現代小說史》附錄討論的「姜貴」，也以《旋風》入選「小說類」經典[4]，《現代文學》的白先勇、王文興、王禎和及陳若曦亦分別以《台北人》、《家變》、《嫁粧一牛車》及《尹縣長》入選「小說類」經典。從 1957 年到 1999 年，四十多年的時間，夏志清從未在台灣的大專院校裡授課，憑藉著一枝筆，成爲名享台灣文學批評界的泰斗，「夏志清現象」的成形及影響力，是一個有趣且值得深入探究的問題。

4 夏志清在 1961 年《中國現代小說史》的第一版的附錄已有對姜貴《旋風》的討論，1973 年時更在《中國時報》評論姜貴的另一本長篇小說《重陽》（〈姜貴的《重陽》：兼論中國近代小說之傳統〉，《中國時報》，1973 年 7 月 1～3 日）。1979 年中譯本由台北傳記文學出版社出版時已將評論姜貴的兩篇文章合爲〈姜貴的兩部小說〉，收於附錄三。

貳、走出歷史迷霧的張愛玲

> 張愛玲該是今日中國最優秀最重要的作家。僅以短篇小說而論，她的成就堪與英美現代女文豪如曼殊菲兒、泡特、韋爾蒂、麥克勒斯之流相比，有些地方，她恐怕還要高明一籌。
>
> ——夏志清《中國現代小說史》

在撰寫《中國現代小說史》期間的夏志清，讀了由宋淇自香港寄來的張愛玲作品後大爲其天才、成就所驚，即將張愛玲以專章的方式於《中國現代小說史》中討論，並將其地位提高至與魯迅相當的位置。這是張愛玲首度進入文學史。

其實，張愛玲早在一九四〇年代的上海就享有文名。從一九四三年五月在《紫羅蘭》雜誌發表〈沉香屑——第一爐香〉開始到一九四五年，是張愛玲最風光也最爲活躍的時期。一九四四年她出版第一本短篇小說集《傳奇》，並在數天之內銷售一空；一九四五年出版散文集《流言》，短篇小說〈傾城之戀〉也由張愛玲自己改編成話劇在上海公演，博得不少好評，除此之外，此時的張愛玲小說也獲得了極高的評價[5]。但在魯迅等人的眼裡，上海文人輕薄俗媚，專以誇張癡男怨女爲能事，賣著才子佳人的老套故事，一般通俗大眾卻趨之若鶩，

---

5 重要的評論，如 1944 年 8 月在上海舉行的「《傳奇》集評茶會記」。單篇評論文字則有迅雨，〈論張愛玲的小說〉，《萬象》（1944 年 5 月）；胡蘭成，〈評張愛玲〉，《雜誌》第 12、13 期（1944 年）；柳雨生，〈說張愛玲〉，《風雨談》（1944 年 10 月）；譚正璧，〈論蘇青與張愛玲〉，《風雨談》（1944 年 11 月），以上四篇文章均以收錄於唐文標等編，《張愛玲資料大全集》（台北：時報，1984）。

實在無聊、俗氣。[6] 這些俗媚的上海文人，當然包括張愛玲——其實張愛玲自己從不諱言對都市通俗小說（如張恨水）的喜愛，以及對世俗都市文化（如舊京劇、滬上曲藝）的熱愛，加上張的作品多半發表在鴛鴦蝴蝶派的雜誌上（如《紫羅蘭》、《雜誌》）、她自己也擅寫這些五四作家所鄙視的情事恨事，所以自然被歸類在通俗作家的行列之中。但張愛玲又不是一個完全的通俗作家——大量意象的使用、對人心的細膩摹寫及小說裡透露出的「蒼涼」——「人生一切饑渴和挫折中所內藏的蒼涼的意味」[7]，無論是在技巧或是作品的深度上，張愛玲顯然有別於所謂的通「俗」作家，她看似庸「俗」的題材，實蘊藏著對人生的眞誠體悟。夏志清看出了這一點：來自「鴛鴦蝴蝶派」傳統的張愛玲至此銜接上新文學的脈絡，由非主流的「俗」文學行列跨入主流的「雅」文學領域，正式與魯迅、茅盾等新文學大家平起平坐。[8]

在夏志清發表對張愛玲的評論前，台灣早已有人對張愛玲的《秧歌》及《赤地之戀》作出評論，而評論的視角是由「反共」的觀點出發；夏志清的反共立場雖然也使得張愛玲被貼上「反共作家」的標籤，但更重要的是夏對張作品深度的挖掘、小說藝術成就的肯定，爲後起的「張學」奠定了基礎。

夏志清開門見山地稱許張愛玲爲今日中國最優秀、最重要的作家，並且將張愛玲與曼殊菲兒、泡特、韋爾蒂、麥克勒斯等英美現代女文豪相比，甚至認爲有些地方，張愛玲要比這些女文豪還要高明一籌。而夏志清在分析張愛玲小說的論點，也爲後來的學者引用、申論，如：

6 如魯迅，〈上海文壇之一瞥〉，收於《魯迅全集》卷四（香港：香港文學研究社，1973），頁 228～241。

7 夏志清語。見夏志清，《中國現代小說史》，頁 340。

8 一九四〇年代的迅雨、胡蘭成等就已將張愛玲與魯迅相提並論，但是夏志清將張愛玲寫入文學史，甚至以較魯迅多的篇幅來討論張愛玲，可謂創舉。

1. 夏指出張小說中意象的豐富，在中國現代小說家可以說是首屈一指[9]，夏舉了月亮這個象徵作爲例子。後起學者更進一步探討月亮、鏡子等張小說中的意象。
2. 夏又指出張視覺的想像，有時候可以達到濟慈那樣「華麗」的程度[10]。「華麗」一詞日後也不斷爲人引用，儼然已是研究張愛玲的重要指標之一了。
3. 夏以爲張小說裏所求表現的是隱藏於人生中的蒼涼意味[11]，並指出「蒼涼」是張最愛用的字眼。「蒼涼」不僅是張愛玲最愛使用的字眼，也是研究張愛玲的學者最愛使用的形容詞之一。
4. 夏也是最早肯定張受佛洛伊德的影響，也受西洋小說的影響，但是其最大的養分來源還是中國的舊小說。[12]日後的學者亦在夏的基礎上討論張與中國舊小說之間的關係；精神分析也成爲研究張愛玲的一個面向。
5. 夏將張放在新文學的脈絡中討論，但也不諱言張受鴛鴦蝴蝶派的傳統影響。夏以爲正是張能夠「雅俗兼賞」，所以她小說中表現的感性、內容也更爲豐富。[13]

夏志清的兩篇評論文字發表之後並沒有引起立即的迴響，大約相隔十年，水晶開始發表研究張愛玲的論文：〈讀張著《怨女》偶拾〉、〈讀張愛玲新作有感〉[14]，1973年，水晶更出版《張愛玲的小說藝術》[15]，完全從張愛玲小說的內在結構出發進行藝術成就的考察。《張愛玲的小說藝術》的出版，標幟著張愛玲的小說研究已能拋

9 參見夏志清，《中國現代小說史》，頁340。
10 參見夏志清，《中國現代小說史》，頁341。
11 參見夏志清，《中國現代小說史》，頁340。
12 參見夏志清，《中國現代小說史》，頁342。
13 參見夏志清，《中國現代小說史》，頁340。
14 以上兩篇論文均收入水晶，《拋磚記》（台北：三民，1969）。
15 參見水晶，《張愛玲的小說藝術》（台北：大地，1973）。

開政治意識形態的影響，進入一個嶄新的研究空間。值得注意的是，水晶雖未直言夏志清的評論文字對他的影響，但是夏志清爲《張愛玲的小說藝術》寫的序，卻透露了從小喜愛張愛玲小說的水晶應是在夏志清兩篇評論文字的「鼓勵」下展開一系列對張愛玲的研究。[16]

七〇年代的「張愛玲熱」隨著胡蘭成由日本的來台繼續延燒。胡蘭成被朱西甯接到景美，成爲「三三集團」的精神導師，「三三」所到之處，胡蘭成與張愛玲的傳奇也隨之而來；進入八〇、九〇年代的後現代社會，社會逐步開放、西方理論的大量引進，使得張愛玲的研究更趨多元：如結合「女性主義」的陳芳明、邱貴芬、平路；從「精神分析」角度切入張愛玲小說的李焯雄、宋家宏；結合精神分析與後殖民論述的張小虹；從電影方面考察張愛玲的李歐梵；分析張愛玲與《紅樓夢》關係的康來新、郭玉雯等人，開發了研究張愛玲的各個面向。九〇年代初期開始，張愛玲亦成爲台灣青年學子研究的當紅對象，從 1990 年開始截至 2002 年，專以張愛玲爲研究對象的學位論文就有十三篇[17]，這個數目還不包括旁述張愛玲的論文。

1995 年張愛玲在美國逝世，張愛玲的辭世，又掀起了一股「張愛

---

16 水晶：「張愛玲的小說，是從小跟我一起長大的」（見水晶，〈《張愛玲的小說藝術》跋〉，《張愛玲的小說藝術》）。夏志清在爲《張愛玲的小說藝術》寫的序中亦曾提到水晶與他有書信的往來。筆者推測因爲有夏的兩篇評論文字領頭陣，水晶才將其對張的仰慕訴諸文字，落實於研究上。

17 這些研究包括：林綉亭，《張愛玲小說風格研究》（東吳中研所碩士論文，1990）、蔡淑娟，《張愛玲小說的諷刺藝術》（文化中研碩士論文，1991）、馬冬梅，《張愛玲小說中的母性世界》（政大中研碩士論文，1993）、盧正衍，《張愛玲小說的時代感》（臺大中研碩士論文，1994）、賴琇君，《張愛玲小說中的惡母形象與潛抑的怨母心理》（淡江中研碩士論文，1997）、吳玉芳，《張愛玲小說的情愛世界》（東海中研碩士論文，1998）、鍾正道，《張愛玲散文研究》（東吳中研碩士論文，1998）、邱昭瑜，《張愛玲作品評論之研究》（文化中研碩士論文，1999）、陳雅莉，《〈怨女〉中人物對自我認識的追尋》（中山中研碩士論文，1999）、彭筠蓁，《對照記：張愛玲的傳統與現代》（東吳中研碩士論文，2000）、溫毓詩，《張愛

玲現象」，這股現象甚至蔓延到海峽對岸。大型國際研討會的舉行：從 1996 年在台北舉行的「閱讀張愛玲：張愛玲國際研討會」到 2000 年在香港舉行的「張愛玲與現代中文文學國際研討會」，來自海峽兩岸的學者共聚一堂，努力開發張愛玲的小說，「張學」儼然成形。

此外，值得注意的是，在形成「張學」的過程中，讀者群中的「張迷」與創作上的「張派」所扮演的重要角色，其中，「張派」還是「張迷」的延伸。「張迷」的形成除了與夏志清對張愛玲的品評有間接關係外，跟張愛玲作品在台灣的出版更是有密切的關係，而張愛玲在台灣出版事務的全權代理人正也是夏志清。夏志清在《中國現代小說史》出版後寄了一本給張愛玲，之後便開始兩人長達三十年的信件往來。張愛玲定居美國後，由於個性孤僻，不善與人相處，不論在工作安排、稿件翻譯、出版方面，多由夏志清幫她安排處理，因此張愛玲非常信任夏志清。1966 年夏志清有機會前往台北半年，張愛玲就曾托夏在台北時幫她打聽《怨女》的出版機會[18]，甚至說：「《怨女》出版事，我對港台出版界不熟悉，請你到了那裡看著辦，認為差不多就是，不要問我……。」[19]後來於梨華介紹《徵信新聞》（《中國時報》的前身）的副刊主編王鼎鈞先生介紹出版社，而王鼎鈞馬上就把《怨女》給了「皇冠」，對此，張愛玲還是拜託夏志清處理：「最好請你全權代辦連載與出單行本事，……一切條件只要你看還過得去，我根本沒有 expect much。等有合同要簽約時候請逕寄給我，不

玲文本中的人物心理與殖民文化研究》（中山中研碩士論文，2000）、陳靜宜，《張愛玲長篇小說的女性書寫》（中興中研碩士論文，2000）、沈文田，《張愛玲小說人物研究》（文化中研在職專班碩士論文，2002）等十三篇。

18 參見夏志清，〈張愛玲給我的信件〉no.10，1966 年 7 月 1 日的信件，《聯合文學》（1997 年 4 月），頁 57。

19 參見夏志清，〈張愛玲給我的信件〉no.11，1966 年 7 月 8 日的信件，《聯合文學》（1997 年 4 月），頁 58。

要特爲來信問我的意見……」[20] 在夏志清的「全權處理」下，《怨女》於 1966 年由「皇冠」出版，這是張愛玲的作品正式與台灣讀者見面的開始。除了處理單行本的出版問題，夏志清還向當時「皇冠」負責人平鑫濤建議爲張愛玲出版全集：「我同平鑫濤的初次會談，解決了張愛玲下半生的生活問題。愛玲只要我『全權代辦』有關《怨女》的『連載與出單行本事』，但是那次會談，我顯然向鑫濤兄建議爲張愛玲出全集的事，而他也必然贊同，且答應在稿費和版稅這兩方面予以特別優待……」[21] 由此可見，「皇冠」後來之所以會出版張愛玲的全集，夏志清是關鍵人物。

由於「皇冠」出版社走的是大衆通俗文藝路線，所以張愛玲小說的出版不僅引起知識分子的注意，更擄獲了大衆讀者的芳心。而張愛玲作品的出版，不僅促成張愛玲小說的流行、「張學」研究的蓬勃發展，更催生了一群王德威口中的「張派」[22] 作家。

所謂的「張派」其實可以往前追溯至一九四〇年代的上海。那時的張愛玲正活躍於上海文壇，她的文字、她的魅力早已引起青年男女

20 參見夏志清，〈張愛玲給我的信件〉no.12，1966 年 8 月 19 日的信件，《聯合文學》（1997 年 5 月），頁 56。

21 參見夏志清，〈張愛玲給我的信件〉no.16，1966 年 10 月 3 日信件「按語」，《聯合文學》（1997 年 5 月），頁 59。

22 王德威從八〇年代末期至今共有五篇討論張派的文字，分別如下：王德威，〈「女」作家的現代「鬼」話——從張愛玲到蘇偉貞〉，《衆聲喧嘩》（台北：遠流，1988），頁 223～238；〈張愛玲成了祖師奶奶〉，《小說中國》（台北：麥田，1993），頁 337～341；〈落地的麥子不死——張愛玲的文學影響力與張派作家的超越之路〉，《華麗與蒼涼：張愛玲紀念文集》，頁 196～210；〈從「海派」到「張派」——張愛玲小說的淵源與傳承〉，《如何現代，怎樣文學？》，頁 319～335；〈張愛玲再生緣〉，《再讀張愛玲》（香港：牛津大學出版社，2002），頁 7～18。另外，要特別說明的是，「張派」這個名詞只是便於指稱具有張愛玲風格的作家作品，並非刻板地將這些作家貼上「標籤」，畢竟他們與張愛玲的寫作風格不是全然相同的。

爭相學習：「在四十年代後期，上海卻有個張愛玲派，那是一些青年男女大學生，寫作品愛好模仿張愛玲的風格、筆法和路子。這些大學生也喜愛西洋文學，大都是中層資產階級出身，因此又稱『少爺小姐』派。如李氏姊妹、董氏兄弟、鄭兆年、徐慧棠、東方蝃蝀等，半是此派的中堅分子。」[23] 而在1973年，「張愛玲熱」逐漸發燒之際，水晶就已斷言：「若說張愛玲『在作爲自由中國現代文學的啓蒙人之一，使得許多後起之秀，大放異彩一點上，張愛玲因爲發揮了無形的提攜扛鼎之功，因此是重要的。』我認爲才是千眞萬確，鐵錚錚的貼切。……張女士在青年學子（大學內的文科學生）和新進作家之間，將漸引起更多更廣泛的注意和興趣。張女士在自由中國文壇的重要性，亦將扶搖上昇，也是可以預見的。」[24] 水晶先生的預言已證明沒有落空，張愛玲的影響力的確無遠弗屆。八〇年代末期的王德威更以系譜學的方式，爲張愛玲這個「祖師奶奶」拉了許多徒子徒孫進來。被王德威點名的台灣「張派」作家計有白先勇、三毛、施叔青、蕭麗紅、袁瓊瓊、蔣曉雲、朱天文、丁亞民、林俊穎、林燿德、楊照、林裕翼、郭強生等人。張愛玲之所以影響這些新生代作家的創作有複雜的內緣因素，本文並無意處理；而客觀的外緣因素除了張愛玲本身卓越的小說藝術成就不在話下外，張愛玲小說的出版、「張迷」的形成無意間促成了「張派」這樣的傳承脈絡，不僅使「張學」的研究擴展視野，也形成了文學史上的一個有趣現象。

自從夏志清以「今日中國最優秀最重要的作家」評價張愛玲之後，提到張愛玲就不能不提夏志清——這位讓「祖師奶奶」撥雲見日的「功臣」。編著兩本評論張愛玲評論專著《張愛玲的小說世界》及《張愛玲新論》的張健，就曾說他對張愛玲作品的接觸及研究是因爲

---

23 參見魏紹昌，〈「似是而非」辨〉，《我看鴛鴦蝴蝶派》（台北：商務，1992），頁31。

24 參見水晶，〈殊途同歸——再覆林柏燕先生〉，《中華日報》，1973年7月28日。

《文學雜誌》「刊登了張愛玲的文章《五四遺事》及夏志清所寫的評介，令他燃起好奇心，後來買到香港出版的張愛玲短篇小說集《傳奇》，才開始對她著了迷。」[25] 鄭樹森也說：「要是沒有夏公在四十多年前對張愛玲的定位，肯定沒有後來創作上的『張迷』、研究上的『張學』、讀者群中的『張迷』。」[26] 的確如此，當年夏志清對張愛玲小說的分析論點，不斷地被後來的學者運用、作爲指標，即使是結合新理論來分析張愛玲小說的論者，也是在夏志清的基礎上發揮，由此來看，「夏公實有開山闢路、爲後來學者作出導引的重要貢獻」[27] 此外，張愛玲能在台灣出版全集，夏志清亦功不可沒。全集的陸續出版，才有「張迷」的出現，甚至催生了「張派」。「張派」的傳承再與「張學」合流，使得「張學」研究的視角擴大，影響更淵遠流長。

1999 年 3 月「台灣文學經典」書單公布，張愛玲的《半生緣》入選爲「小說類」的經典之一；同年九月的「二十世紀中文小說一百強」，張愛玲亦以《傳奇》及《半生緣》分別名列第四及第二十四名。七十四年的生命，只曾待在台灣數天的張愛玲，竟會在這塊土地上放射出這樣耀眼的光芒，令人不得不折服夏志清的品評眼光。

參、「旋風」之後：價値的重生

> 他（姜貴）正視現實的醜惡面和悲慘面，兼顧諷刺和同情而不落入溫情主義的俗套，可說是晚清、五四、三十年代小說傳統的集大成者。
>
> ——夏志清《中國現代小說史》

---

25 連文萍訪錄，〈如何與張愛玲面對面？——張健教授談小說家張愛玲〉，收於張健，《張愛玲新論》（台北：書泉，1996），頁 220。

26 參見鄭樹森，〈夏公與「張學」〉，《再讀張愛玲》，頁 5。

27 參見鄭樹森，〈夏公與「張學」〉，《再讀張愛玲》，頁 5。

在《中國現代小說史》第一版付梓之前，夏志清因爲胡適先生的關係，讀到了姜貴的《旋風》，驚嘆之餘立即寫了評論：〈論姜貴的《旋風》〉，除了在中國時報的副刊上發表之外，也收入撰寫完成的《中國現代小說史》附錄中。據夏志清言，大陸地區以外的中國作家原非《中國現代小說史》研討的對象，但是他既稱姜貴爲「晚清、五四、三十年代小說傳統的集大成者」，故在《中國現代小說史》應該給姜貴一個同魯迅、老舍、茅盾重要的位置。[28]

在夏志清評論姜貴的《旋風》之前，已有胡適、高陽、蔣夢麟等人寫信、撰文推薦《旋風》，其中以高陽的〈關於《旋風》的研究〉[29]最爲完整。而夏志清將姜貴寫入文學史中，不僅是對姜貴文學成就的肯定，更是對後來姜貴作品成爲經典作了強有力的背書。

姜貴隨著國民黨政府來台定居。本欲從商，但時運不濟，於是改行寫作，把他在大陸抗戰、剿匪的過程一點一滴記錄下來，來台後寫成的第一部作品就是《旋風》。[30]這本書完成後，姜貴原以爲可以立即找到一個出版的地方，「六年之間，遭受書店、雜誌、日報及其他方面的退稿，先後不下數十次。像生了一個不長進的孩子，爲我招來許多無謂的煩惱。多次我要把它付之一炬，以了卻罣礙，而又不忍」[31]。

---

28 參見夏志清，〈作者中譯本序〉，《中國現代小說史》。

29 參見高陽，〈關於《旋風》的研究〉，《文學雜誌》（第 6 卷第 6 期，1959 年 8 月），頁 13～39。

30 姜貴自言：「三十七年冬，避赤禍來台，所業尋敗，而老妻又病廢，我的生活頓陷於有生以來最爲無聊的景況。回憶過去種種，都如一夢。而其中最大一個創傷，卻是許多人同樣遭遇的那『國破家亡』的況味。由於卅年來所親見親聞的若干事實，我想我應當知道共產黨是什麼。我將我整串的回憶，加以剪裁和穿插，便構成了一個完整的故事。即於每晨四時起身，寫兩三個鐘點，四個月內從無一日間斷，我的第五個長篇，便於四十一年歲首草草完成了。」參見姜貴，〈自序〉，《今檮杌傳》（作者自印春雨樓藏版），1957。

31 參見姜貴，〈《懷袖書——旋風評論集》題記〉，《懷袖書——旋風評論集》（作者自印，1960），頁 2。

直到 1957 年，也就是完稿的五年後，爲慶祝自己的五十歲生日，將《旋風》改名爲《今檮杌傳》（因坊間已有《旋風》同名之書）、「又弄些陳腔濫調，湊上一套對仗回目，自掏腰包，一下印了五百本。」[32] 出版之後，姜貴採取贈閱政策，一口氣寄出兩百本，也收到了幾十封回信。受到各方人士的推薦，如胡適、高陽、蔣夢麟、孫旗等人的評介使《今檮杌傳》受到矚目。後更得到吳魯芹的推薦，獲得台北美國新聞處的支助，正式由明華書局印行，刪去對仗回目，並改回原名《旋風》。《旋風》寫作時期正是台灣五〇年代「反共文學」大行其道之時，蓋由《旋風》的內容觀之，題材正是符合「反共文學」的要求，爲何姜貴的《旋風》會在六年之間慘遭退稿的命運？

反共文學因應歷史環境而起，其發展更受到政治力量的利導。一九五〇年張道藩成立「中華文藝獎金委員會」，鼓勵反共文藝；國防部設立的軍中文藝獎金又號召了一批軍中及軍眷作家，如朱西甯、司馬中原、段彩華等人；當時有名的反共文學作家如王藍、彭歌等人也是黨政要員。在黨政的高度干涉下，反共小說自是文宣的重要「盾牌」，既然流於意識形態的宣傳，反共小說自是有一套寫作模式：一反平常文學以曲折婉轉，隱喻多義爲能事，反共小說必須直截了當的劃分敵我，演述正邪。[33]《旋風》雖然寫的是共產黨的興衰史，但是內容所牽涉的廣度卻不能單純以善惡兩分的方式歸類，也就是《旋風》不是簡單可以「反共小說」來定義的。這一點，是由夏志清教授指出的。

夏志清首先同意高陽的看法：《旋風》的確是一部能夠發人深省的研究共產主義的專書，與張愛玲的《秧歌》、《赤地之戀》佔著同

---

32 參見姜貴，〈《懷袖書──旋風評論集》題記〉，《懷袖書──旋風評論集》，頁 2。

33 參見王德威，〈一種逝去的文學？反共小說新論〉，《如何現代，怎樣文學》，頁 143。

樣重要的地位。[34] 但是《旋風》卻是一般八股反共小說中卓然而立的作品：《旋風》以錯綜複雜的中國生活作爲背景，以山東的方鎮爲中心，集中在方氏家族史的發展。主角方祥千是理想的共產主義者，他對中國的前途極爲關心，並把心血用於栽培當地的共產勢力上，而搭檔是遠房姪子方培蘭，其間並穿揷發生於方鎮的情事。夏志清以爲這兩人代表了「業已衰頹的中國傳統中，受侵蝕最少的兩股勢力：一是儒家哲學思想，二是一直爲小說家所頌揚的黑社會人物的俠義之風」[35] 但是方祥千卻犯了一種烏邦式理想主義的錯誤，「他們企圖以一種抽象的、自以爲是更快樂的、更公平的社會秩序來替代那種順乎自然的家庭與社會的組織」[36]，所以兩人最後還是失敗了，因爲他們抗拒不了共產黨裏外的腐蝕勢力。夏志清認爲，姜貴是以「諷刺」的手法來描寫《旋風》所透露出來的貪婪、欺詐、色慾的人性。其諷刺的手法，更是中國諷刺小說傳統——從古典小說到老舍、張天翼和錢鍾書——中最近一次的開花結果。夏並以杜斯妥也夫斯基的《著魔者》（The Possessed）與《旋風》相比，姜貴採取了與《著魔者》（The Possessed）相同的冷嘲熱諷的態度，點出了道德混亂狀態的可怕，因爲在姜貴看來，「這群人，共產黨也好，非共產黨也好，都已腐爛得無可救藥了。」[37] 夏志清於焉點出《旋風》在五〇年代反共文學中卓然而立的重要原因：它對人性邪惡面的觀察與揭露，更使得其價値超越同時代的「反共文學」。

事實上，姜貴在出版《今檮杌傳》的〈自序〉中就曾言：「本書，從一個大姓家族的衰微和沒落，寫出那一個時期的社會病態。而

34 參見夏志清，〈姜貴的兩部小說〉，《中國現代小說史》附錄三，頁 482。
35 參見夏志清，〈姜貴的兩部小說〉，《中國現代小說史》附錄三，頁 483。
36 參見夏志清，〈姜貴的兩部小說〉，《中國現代小說史》附錄三，頁 484。
37 參見夏志清，〈姜貴的兩部小說〉，《中國現代小說史》附錄三，頁 485。

此種病態，正是共產黨的溫床，它由此鑽隙而出」[38] 但是時評論家多著重於姜貴對共產黨的描寫，未能透見姜的用意。其後葉石濤在《台灣文學史綱》中評述姜貴時亦言：「《旋風》的所以在眾多反共小說中脫穎而出，不只是套描寫土共的生長和衰亡過程的刻劃入微，而是他著力描寫傳統封建制度的腐敗和墮落。如果沒有這社會制度腐爛的溫床，共產主義自然也無從萌芽了。」[39]

葉石濤的立論似乎受到夏志清的啓發，他們都指出《旋風》與其他反共文學的不同處，或許這正可以用來解釋在《旋風》完稿（1952年）的六年間慘遭退稿，不受重視之因。也就是說，僅管《旋風》的題材是反共的，但是在描寫的深度上遠較一般只重宣傳，口號第一的反共文學複雜，所以書商、報紙不敢冒然錄用，直到 1957 年姜貴自印，以贈閱的方式才受到評論者的矚目。除了胡適等人的介紹，馬星野先生的評論使得更多讀者注意到《旋風》。因爲馬星野先生是當時中國國民黨中央委員會第四組的主任，他在讀完《旋風》之後立即在《宣傳週報》上予以介紹，得到國民黨政府的認同無疑使得姜貴被劃入反共作家之列，他的作品自此也被視爲「反共文學」。

王德威更在夏志清的基礎上，將《旋風》置於歷史、社會、政治和文類的多重脈絡下，企圖賦予《旋風》經典的意義。[40] 王德威將《旋風》的寫作傳統與晚清的譴責小說連繫起來。晚清的譴責小說以影射時政、笑謔社會百態爲特色，如李伯元的《官場現形記》、吳研人的《二十年目睹怪現狀》都是當時膾炙人口的作品。而王以爲，

---

38 參見姜貴，〈自序〉，《今檮杌傳》（作者自印春雨樓藏版，1957）。

39 參見葉石濤，〈第四章：五〇年代的台灣文學〉，《台灣文學史綱》（高雄：文學界，1996 再版），頁 93。

40 參見王德威，〈蒼苔黃葉地，日暮多旋風──論姜貴《旋風》〉，《台灣文學經典研討會論文集》（台北：聯經，1999），頁 23～34。此篇論文原爲 1999 年 3 月舉行的「台灣文學經典研討會」宣讀論文。

《旋風》中許多情節，像是土匪當官、庸醫誤診、妓女從政、名士僞善等，活脫是晚清鬧劇場景的延伸。魯迅、老舍、張天翼、吳組湘等都有相當辛辣諷刺的作品傳世，姜貴自然與他們一脈相承。和五四之後作家的不同是，離開大陸的姜貴，折衝於晚清的譴責小說與五四後的「人的文學」之間，《旋風》反而提供了一個「對話」（dialogue）的場域。[41] 除了諷刺小說的傳統，夏志清還點出姜貴受古典家庭小說、俠義小說的影響，在這裡，王德威進一步指出姜貴雜揉古典小說，以誇張喜劇的語調「諧擬」《儒林》人物的糾衆起義，或是《水滸》強盜闖入紅樓閨閣，甚或是《紅樓》世家的一敗塗地，在在點出清末以降中國文化傳統所面臨的艱難考驗，在這樣的一個層次上，《旋風》的歷史感便慨然而生了。[42] 於此，王德威已撕去《旋風》的反共八股標籤，在夏揭露《旋風》對人性邪惡的觀察上，王德威又賦予《旋風》具有「歷史感」的新意——五四以來「感時憂國」的主題及「同情」、「諷刺」的情緒在《旋風》中有了新面貌。

四十年前的夏志清的評論似乎預告了《旋風》是部不朽的經典。而事實也證明，當年的反共文學在量方面雖然多得嚇人[43]，但是能經得起考驗的作品卻沒有幾部。除了王藍的《藍與黑》、潘人木的《蓮漪表妹》、陳紀瀅的《荻村傳》外，我們還記得那些作品？而單就1999年的「台灣文學經典」的小說類名單看來，當年所謂的「反共文學」也只有姜貴的《旋風》入選而已[44]。但反諷的是，在被評選爲

41 參見王德威，〈蒼苔黃葉地，日暮多旋風——論姜貴《旋風》〉，《台灣文學經典研討會論文集》，頁29～30。

42 參見王德威，〈蒼苔黃葉地，日暮多旋風——論姜貴《旋風》〉，《台灣文學經典研討會論文集》，頁31～32。

43 王德威：「據保守的估計，五〇年代台灣小說創作的字數總量，約有七千萬字，執筆爲文的作者，也有一千五百人至兩千人之譜」。參見王德威，〈一種逝去的文學？反共小說新論〉，《如何現代，怎樣文學》，頁147～148。

44 1999年的「台灣文學經典」決選書單，小說類共有19本入選，分別是：白先勇《台

「經典」之前，《旋風》竟已絕版了三十多年，若非夏志清、葉石濤在文學史上記上姜貴一筆，或許今天這份經典書單上就不會有姜貴的名字了。

肆、「經典」的道路

一、在台灣文學批評界的位置

《文學雜誌》出現在五〇年代後期的台灣文壇，並不附和官方所鼓吹的「戰鬥文學」，風格平實，堅持文學本位，調和中西傳統，兼顧儒家的使命感與自由主義學者的精神。[45] 從 1956 年 9 月到 1960 年 8 月，《文學雜誌》共出了八卷四十八期，內容包括論評、詩、散文、小說，作者以來自學界的爲多。如鄭騫、葉慶炳、林文月、英千里、翁廷樞、朱乃長等都是台大的同仁，因此整體來說，這是屬於「學院派」的刊物。夏濟安的影響力因主編《文學雜誌》而普及文壇，他的台大學生深受其影響，又受到《文學雜誌》的啓發，因此創辦《現代文學》。《現代文學》的影響力較《文學雜誌》更廣，是推動六〇年代現代主義風潮最重要的刊物。

北人》、黃春明《鑼》、王禎和《嫁粧一牛車》、張愛玲《半生緣》、陳映真《將軍族》、吳濁流《亞細亞的孤兒》、王文興《家變》、七等生《我愛黑眼珠》、張大春《四喜憂國》、李昂《殺夫》、鹿橋《未央歌》、李喬《寒夜三部曲》、楊逵《鵝媽媽出嫁》、陳若曦《尹縣長》、朱西甯《鐵漿》、蕭麗紅《千山有水千山月》、林海音《城南舊事》、姜貴《旋風》、呂赫若《呂赫若小說全集》（林至潔譯）等。參見「『台灣文學經典』決選書單」，《台灣文學經典研討會論文集》，頁 507～508。

45 夏濟安不滿於反共文學的制式與政府的干涉，他在《文學雜誌》的創刊號中說：「我們雖身處動亂時代，我們希望我們的文章並不『動亂』。……我們認爲：宣傳作品中固然可能有好文學，文學可不盡是宣傳，文學有他千古不滅的價值在」，參見夏濟安主編，《文學雜誌》（第 1 卷第 1 期，1956 年 9 月），頁 70。

1957 年的夏志清一邊在紐約州的波茨坦鎮教英文，一邊正著手「中國現代小說史」的書寫計畫。由於夏濟安的關係，除了在《文學雜誌》刊載〈張愛玲的短篇小說〉、〈評《秧歌》〉外，之後陸續也在《文學雜誌》刊登了兩篇中文文章。[46] 在美國出版《中國現代小說史》之後，他在美國漢學界的學術地位逐漸穩固。在台灣雖然不多人知道夏志清，但在台灣的外文學界，夏志清的名氣漸漸傳開，尤其是夏濟安台大外文系的同事和學生都要同夏志清交往 [47] 。而《現代文學》初創辦時，創辦人之一白先勇也曾不斷向夏志清拉稿，只是夏志清那時忙著研究中國古典小說，所以遲未在《現代文學》上發表。直至 1965 年夏濟安過世，《現代文學》爲夏濟安製作了「夏濟安紀念專輯」，夏志清才在《現代文學》發表了第一篇文字，儘管夏志清在《現代文學》只發表過四篇中文論文 [48] ，但是他和《現代文學》的編者群──亦即夏濟安的學生們，如白先勇、王文興、劉紹銘、歐陽子、陳若曦等人結下了深厚的情誼。

---

46 分別爲〈愛情・社會・小說〉，《文學雜誌》（第 2 卷第 5 號，1957 年）；〈文學・思想・智慧〉《文學雜誌》（第 3 卷第 1 號，1958 年）

47 夏志清，〈文學雜誌與我〉，《聯合報》，1988 年 12 月 11 日。

48 夏志清在《現代文學》發表的第一篇文字即是爲紀念兄長夏濟安而作：〈夏濟安對中國俗文學的看法〉，《現代文學》第 26 期（1965 年），其後的三篇文字分別爲〈白先勇論（上）〉（原本還要寫（下），但是因故未寫成，第 39 期，1969 年）、〈現代中國文學史四種合評〉（復刊第 1 期，1977 年）、〈新文學初期作家陳衡哲及其作品選錄〉（復刊第 6 期，1979 年）。除了四篇中文文字，夏志清尚有英文著作中譯刊於《現代文學》上，時夏志清正著手進行《中國古典小說》的撰寫工作，由於白先勇的撮合，《中國古典小說》中的幾章由白先勇請人翻譯刊載於《現代文學》上，分別如下：〈三國演義〉一章由莊信正翻譯刊於《現代文學》第 38 期（1969）；〈水滸傳〉刊於《現代文學》第 43 期（1971）、〈西遊記〉刊於《現代文學》第 45 期（1971）、〈紅樓夢〉刊於《現代文學》第 50 期（1973），以上三章均爲何欣先生主譯。何欣原本已把〈金瓶梅〉與〈儒林外史〉兩章譯出，但由於當時《現代文學》財務出現問題而停刊，於是這兩章也就未在台灣的刊物上出現過了。

夏志清早在《文學雜誌》時期便以新批評的觀念、技巧來評價張愛玲的小說成就。夏志清對張愛玲人性挖掘的肯定，無疑也是肯定了現代主義作家們在小說裡對人性的試探與摹寫。僅管現代主義在六〇年代已蔚爲風潮，但今日已被視爲經典作家的白先勇、王文興、王禎和及陳若曦，當時卻總在官方控制的文藝獎中缺席。從《文學季刊》開始對現代主義的反動，到鄉土文學運動中對現代主義的誤解，夏志清始終給予《現代文學》作家群很大的鼓勵[49]。同樣是1999年的「台灣文學經典」，《現代文學》的作家群中就有四人入選，現代主義的成就得到了高度的肯定。[50]

1970年，林海音主辦的「純文學」出版社，爲夏志清出版了他在台灣的第一本文學評論集：《愛情・社會・小說》；接著又於1974年、1977年分別出版了《文學的前途》、《人的文學》。「純文學出版社」在1968年創辦後，開啓了台灣文壇的「純文學時代」。純文學出版社當時的聲譽甚高，無形中也促進了夏志清在台灣文壇的名聲。出版第一本文學評論集後，夏志清開始在台灣的報紙副刊發表文章。後來出版的著作中，便有一半以上已先行發表於報紙副刊中，而且集中於《聯合報》與《中國時報》。

從五〇年代開始，與官方密切的《聯副》、《中副》還有著政策性的任務與使命。但是隨著社會情勢更動，其發展方向也隨之改變。報紙副刊的變遷過程並非本文主要討論的對象，但是「副刊」作爲一個文學傳播的生產機制，其重要性亦値得我們關注。尤其在七〇年代

---

49 如〈評於梨華〈又見棕櫚・又見棕櫚〉〉，《中央日報》，1966年10月18～21日；〈白先勇論〉，《現代文學》39期，1969年；〈陳若曦的小說〉，《聯合報》，1976年4月16～17日；

50 2003年第七屆國家文藝獎文學類的得主爲白先勇。白先勇將他的成就視爲《現代文學》同仁的整體成就。白先勇的得獎再次證明現代主義作品是不朽的「經典」。

中期到八〇年代中期，副刊的影響力甚至凌駕了文學雜誌[51]，取得了高象徵的地位：「副刊由於傳播面廣，稿費較高，再加上以文藝性爲主的優良傳統，主持編務者又多系出身文藝人士，在文壇上的影響力是相當重大的，誇張一點，足以『呼風喚雨、鼓動一時風潮……』。」[52]因此，夏志清在《聯副》、《中副》的「頻頻露臉」，無形也爲夏志清具「學院派」的高象徵形象加分不少。

七〇年代中期，夏志清與顏元叔的論戰，是文學批評界的重要大事。這場論戰其實沒有輸贏的問題，但論戰之後的夏志清更加活躍於文壇上，這場論戰顯然奠定了他在台灣文學批評界的地位。

二、與顏元叔的論戰：印象主義的復辟？

1976 年夏志清收到宋淇的信，誤以爲錢鍾書先生已經去世，於是寫了一篇文章追念錢鍾書先生[53]。夏談到錢氏的《談藝錄》有感而發，從而又洋洋灑灑地寫了數千字關於他對當今文學批評界的一些看法。也因此，這篇看似普通的追念文引起了當時文學批評界的重要人物：顏元叔的回應。[54]

顏元叔自 1963 年學成歸國後，提倡以「新批評」的方法來從事文學批評。顏氏當了台大外文系六年的系主任，主管過淡江西語所，亦創辦了兩份重要的文學雜誌：《中外文學》及《淡江評論》，在六〇至七〇年代的文學批評界可說是風雲一時的「導師」。在蒼白虛無的現代主義時期，青年學子對於西洋理論的鑽研與追求與他的努力

---

51 最明顯的數據是《聯副》、《中副》在七〇年代的銷售量都突破百萬。參見〈報業概況〉，《中華民國新聞年鑑》（台北：台北市新聞記者公會）。

52 參見〈風雲三十年：三十年來中國現代文學之發展與聯副〉，《聯副三十年文學大系・史料卷》（台北：聯合報，1982）。

53 參見夏志清，〈追念錢鍾書先生——兼論中國古典文學研究之新趨向〉，《中國時報》，1976 年 2 月 9～10 日。

54 參見顏元叔，〈印象主義的復辟？〉，《中國時報》，1976 年 3 月 1～2 日。

有絕對的關係。所以當夏志清在追念文中抒發自己對當前文學批評界只重「方法」，而淪爲機械式比較文學的感嘆時，會引起「理論先行」的顏元叔的反駁了。

夏志清以爲當時的台灣、美國開始流行以新觀點來批評文學，表面上研究水準已超過了錢鍾書寫《談藝錄》的年代，但是在這樣一派新氣象的表象下其實隱藏了兩大危機：

1. 文學批評越來越科學化、系統化，差不多可以脫離文學而獨立，然而卻造成本末倒置的現象。在夏志清看來，「文學」是主，「批評」是賓，現在卻是喧賓奪主。顏元叔卻對這樣的說法不以爲然，他認爲文學批評本來就是以理智去探究文學，所以科學化、系統化正是它應走的途徑；而「文學」和「文學批評」原本就是兩碼子的事，又如何會喧「賓」奪「主」？

此外，夏志清還認爲，在文學批評科學化、系統化之後，會使得年輕學人特別注重「方法學」，自以爲學會一套方法，文學上一切問題皆可迎刃而解。在這樣一套方法行遍天下的情形下，「評者沒有深厚的閱讀基礎，情願信任『方法』而不信任自己的感受和洞察力，往往是不誠實的」[55]。對此，顏氏回應，方法是批評的重點，當方法愈完整愈明朗時，結論便愈精確，若沒有方法，則是原始的、低效率的、混沌的。因此如何截長補短便是選擇方法時的重點。

2. 科學化「文學批評」的流行造成機械式「比較文學」的倡行。夏以中國詩與西洋詩爲例，認爲中國詩與西洋詩可比之處雖甚多，但是用不著一看到相似之觸便機械式地寫篇長文硬比，因爲中西文化不同之點很多，抓住一兩點相似之觸硬比反而弄巧成拙，貽笑大方。夏也承認，以前他對「比較文學」也是感興趣的，但當他書讀得越多，卻愈覺自己沒有資格從事比較文學。顏氏卻以爲，「比較文學」的研

55 參見夏志清，〈追念錢鍾書先生——兼論中國古典文學研究之新趨向〉。

究一方面導向世界文學，另一方面也堅振了民族文學。而且比較文學本身是嚴謹細緻的分析，以識別眞正的異同。

夏志清認爲錢鍾書的《談藝錄》裏雖然也有引洋文，但是著墨卻不多，點到即止，不像那些寫長篇論文比較的學者這樣舖陳，反而把原有的洞見寫走了樣；顏氏認爲錢鍾書的寫法根本距離作學問的路太遠，因爲錢氏只是用詩話的印象主義，朦朧晦澀地談一談印象而已，這樣的寫法是危險的、不細緻也不精確的。

兩人是站在完全不同的觀點來從事文學批評——姑且不論錢鍾書的《談藝錄》，顏元叔強調文學批評是建立於分析活動，分析文學的各個層面以求得比較客觀的證據，作爲任何結論的支持。就是因爲中國人沒有建立什麼文學批評，所以我們才要求助於西方，但是「用於華夏」，這是一個中西互相參證融合的過程，唯經過這樣的過程，我們才能建立起眞正的「文學批評」。夏志清也是治西洋文學出身的，尤其他出身於耶魯大學，耶魯在當年是「新批評」的大本營，他的老師也是「新批評」的大將，夏對於「方法」上的訓練比起顏氏當然有過之而無不及。但是夏志清以爲，文學批評不能全然建立「方法」之上。作爲一個批評家，要學問淵博，因此非要踏實治學不可。他所佩服的正是能「建立印象爲法則」的批評家，並不是顏氏所指陳的西蒙斯式或佛朗士式的「印象主義」派。在「方法」至上的文學批評裏，術語當然也愈來愈多，但是這就意味了我們能因此對文學的本質、文學的結構有更確定的瞭解嗎？「文學批評是不可能眞正科學化的」[56]，因爲對文學的鑑賞評斷，還是得憑個別批評家自己的看法，無法科學化。

正如夏志清自言：「假如他（顏元叔）不同我筆戰，這兩篇（指

56 參見夏志清，〈勸學篇——專覆顏元叔教授〉，《中國時報》，1976年4月16～17日。

〈追〉文及〈勸〉文）當時不可能引起廣大的注意」[57]。的確如此，夏、顏兩位是當時台灣文壇上傑出的批評家之一，兩人均專攻西洋文學，同是系出「新批評」，但兩人應用的方向不同，因此兩人當時的筆戰不但是衆所矚目，引起多方討論[58]，之後夏志清更是成了「名人」[59]。其後，一種異於顏氏「新批評」式的「學院派」文學批評成了當時文壇的主流之一[60]，而夏、顏的這場論戰似乎就是轉向的關鍵。

夏、顏兩人一往一來的文章裡，夏志清品評文學的標準、方向其實呼之欲出。夏志清覺得文學批評不可能科學化，就是因爲他相信文學「感性」的那一面，這一面是與人的生命習習相關的。所以他在〈勸學篇——專覆顏元叔教授〉中說，文學評論家和文學傳記家比較起來，他毋寧是欣賞傳記家的，因爲他們「留給後人一大批寶貴的資料，比起各人自造空中閣樓，自編一套術語的理論家起來，貢獻要大

---

57 參見夏志清，〈自序〉，《人的文學》（台北：純文學，1977），頁3。

58 夏顏論戰引起的討論有（包括兩人之文）：1.夏志清，〈追念錢鍾書先生——兼談中國古典文學研究之新趨向〉，《中國時報》（1976.2.9～10）；2.顏元叔，〈印象主義的復辟？〉，《中國時報》（1976.3.10～11）；3.夏志清，〈勸學篇——專覆顏元叔教授〉，《中國時報》（1976.4.16～17）；4.顏元叔，〈親愛的夏教授〉，《中國時報》（1976.5.7～8）；5.黃維樑，〈中國歷代詩話、詞話和印象式批評〉，《中國時報》（1976.6.6～8）；6.黃青，〈披文入情〉，《中央日報》（1976.6.11）；7.黃宣範，〈從印象式批評到語意思考〉，《中國時報》（1976.6.24）；8.趙滋蕃，〈平心論印象批評〉，《中央日報》（1976.8.14～16）；9.思兼，〈文學批評的層次——從夏志清顏元叔的論戰談起〉，《幼獅文藝》（1976.4）

59 夏志清曾開玩笑地說，報紙上一番論戰，使他成了名人，前一次回國只有一處請客，之後回國，宴會卻應接不暇……。參見〈夏志清住院，顏元叔問疾〉，《聯合報》，1976年6月15日。

60 當時本土的文學批評正趁勢（鄉土文學論戰）崛起，其後相對於「學院派」批評，在台灣文學批評場域佔有重要位置。

得多」[61]，從這些傳記，後人可以了解文學創作者的生命歷程，也可以和他們的作品相互輝映。讀者是否能從這些作家的作品、傳記裏得到感想，進而體認到人生超越性的意義才是重點，而文學批評正是要挖掘這些作品所蘊涵的超越性的人生意義。

夏不只是以這樣的理念作為其文學批評的準則，更是苦口婆心地指導後輩如何寫出這樣的作品。一九七五、一九七六年，聯合報、中國時報連續創設小說獎、文學獎，夏志清均參與評審的工作，甚至交出上萬字的評審報告[62]。在這些報告裏，夏志清毫不掩飾地將自己的標準全盤托出，如「我認為年輕作家應該找他們最熟悉的題材寫，這樣雖然文字不夠老到，憑他們的記憶，也可博取相當可信的『真實性』」、「大體來說，三十篇小說的作者，一大半認真在寫，有些可能功力不夠，技巧不夠圓熟，或者故事設計不夠周到詳密，或者著力描寫了一點，卻沒有給我們多少人生方面的啓示，不能使我完全信服」[63]、「我們讀一篇小說，最主要的考慮是作者是否有本領把我們帶近它的世界裏去，讓我們分擔他的愛憎；讀畢小說，走出它的世界後，還覺得回味無窮，認為得到了些感受、啓示，至少也該覺得這段閱讀過程很有趣，時間不算是白費的」[64]，夏志清的評審標準在這些字裡行間展露無遺。當然，除了要有「人生意義」之外，文字技巧也是夏志清所重視的，這與他出身西方理論的訓練有關。他說：「小說家除了應有瞭解人生的智慧和心得外，最大的本錢該是在視覺和聽覺這兩方面的訓練。」[65]夏志清並不因為重小說的人生意涵而忽略了藝

61 參見夏志清，〈勸學篇——專覆顏元叔教授〉。

62 如〈正襟危坐讀小說〉，《聯合報》，1977 年 10 月 11～13 日；〈二報小說獎作品選評〉，《中國時報》，1978 年 12 月 1～4 日。

63 以上兩段引文皆引自〈正襟危坐讀小說〉。

64 引自〈二報小說獎作品選評〉。

65 參見〈正襟危坐讀小說〉。

術方面的要求。因此他指導後輩要如何寫小說：「短篇小説可簡可繁，但剛開頭習寫的小説作者，毋寧求繁而不求簡，這樣可以訓練自己複製視覺、聽覺印象的能力，充份利用自己的記憶和想像，寫出自己信得過的情景，這樣才能吸引讀者的注意力」[66]，他希望文壇的後起之秀都能寫出觸及人生意義、動人心弦的作品，如此才能發揮文學的功用，對社會人心也有助益。

從六〇年代的同人雜誌《文學雜誌》、《現代文學》開始，到七〇年代的報紙副刊、出版界到與顏元叔的論戰、擔任文學獎評審，夏志清迅速在台灣文學批評界佔位，並影響其後的文壇發展方向。而台灣的學術界，在夏志清涉足台灣文學批評界的過程中亦扮演著重要的角色，尤其是《現代文學》的同仁及夏濟安的學生們。夏志清在美國漢學界的兩大著作：《中國現代小說史》、《中國古典小說》在台灣能夠廣爲人知與他們有很大的關係。《中國古典小說》中譯本至今雖未與台灣讀者見面，但其於《現代文學》上的刊載已經對當時的學界造成一定程度的影響。劉紹銘是《中國現代小說史》中譯本於台北出版的幕後首位功臣；《中國現代小說史》的翻譯者如林耀福、莊信正等人是出身台大外文系；夏志清多篇的中譯英文學術論文也是由歐陽子等人親自翻譯，介紹給台灣的讀者。

因爲《現代文學》作家，以《中國現代小說史》爲起點，夏延伸對台灣當代文學的討論；與報紙副刊、出版社等文學生產機制的結合，亦提高了他的名聲。1979 年《中國現代小說史》中譯本在學術界好友齊力幫助下出版，成爲日後研究與教學上的重要依據，更是「夏志清現象」的高潮。

伍、結論

由於《文學雜誌》，夏志清與台灣文壇結下了不解之緣；從評論

---

66 參見〈正襟危坐讀小說〉。

張愛玲的兩篇論文開始，便預告了「張學」將在台灣文壇形成一股熱潮；與顏元叔的論戰之後，更奠定了夏志清在文學批評界的地位。

「文學作品的本身不會使自己成爲經典，是批評家和權力運作使之然」[67]，但不僅是「文學作品」，文學批評亦不會自己成爲經典，除了本身的價值及影響外，外在環境的推波助瀾亦是造就「經典」的原因。夏志清的經典化不是奇蹟，而是他本人勤奮不懈的踏實治學、不隨波逐流的眞知灼見及爲文學理念辯駁的堅持。

「台灣文學經典」的書單雖然引起很大的爭議，但就夏志清對台灣文學批評界所造成的影響看來，《中國現代小說史》名列「經典」之一並非浪得虛名。「夏志清現象」代表了台灣文學批評界從「細讀」的純藝術面批評到關懷人生面式的批評的一次轉型[68]。本文便試圖從夏志清置於當時台灣文壇的文化場域中，希冀藉由更完整的分析，爲「夏志清現象」提出合理解釋。

67 參見 Hazard Adams，曾珍珍譯，〈經典：文學的準則／權力的準則〉，《中外文學》23 卷 2 期（1994 年 7 月），頁 13。

68 夏志清除了肯定張愛玲及姜貴的藝術成就，亦肯定了他們對「人性」的深度挖掘，見前述。而從他與顏元叔的論戰、評審文學獎的報告書及他自己的一些評論文字看來，「關懷人生面的主題」的確是夏志清所高舉的文學標準。事實也證明，日後在台灣後現代主義流行以前，夏的標準也成爲當時文學批評的主流。即使是高唱「鄉土文學」的本土作家，對土地、人民的專注，在某種程度上其實也與夏志清相互呼應。

生命精靈的再現與新生

——口傳文學在布農族作家文學中的傳承與運用

◉許家眞[1]

《摘　要》

本文以布農族作家拓拔斯・塔瑪匹瑪之作品〈最後的獵人〉、〈安魂之夜〉，和霍斯陸曼・伐伐〈金黃小米高高掛山坡〉、〈烏瑪斯的一天〉、〈風中的芋頭皮〉等作中，所引用的射日神話、人變鼠變形傳說為分析比較對象，探討原住民作家將小說創作與口傳文學結合具有何種意圖？口傳文學對原住民作家有何特殊意義？相同故事的重複出現及異文各代表了什麼？當小說書寫與口傳故事交匯，作家如何如何借用口傳文學將之鎔鑄、再生？

本文從民間文學的觀點、口述傳統的角度，分析兩位作家作品中引用之口傳文學故事文本，輔以筆者對作家的訪談，嘗試分析作家的平凡意圖與神聖意圖，歸納出作家文學中口傳文學的慣用敘述語境。最後，討論小說書寫如何轉化、改寫口傳文學，兩者的結合在未來原住民文學的發展上如何取得平衡點。

關鍵詞：原住民文學、口傳文學、射日神話、變形傳說、拓拔斯・塔瑪匹瑪、霍斯陸曼・伐伐

1 國立清華大學台灣文學研究所碩士生，E-mail:g916609@oz.nthu.edu.tw

壹、前言

自八〇年代末原住民作家漢語文學創作開展之際的代表性人物拓拔斯・塔瑪匹瑪，至今年初（2003年）《台灣原住民漢語文學選集》的出版，各族群原住民作家陸續嶄露頭角，各以其獨特的語法、山林海洋的壯闊之美、深刻的文化思考，塑造出個人獨特的風格與族群特有的氣質，擴展當代台灣文壇的深度與廣度。

隨著原住民作家文學的日益成熟、豐碩，其豐沛不絕的創作能量與智慧思維的源頭——口傳文學，值得我們再三思索與珍視。口傳文學不只是故事中的故事，更是原住民作家文學珍貴的文學資產，蘊含民族的生活經驗與傳統的智慧。口傳文學與作家文學的結合，爲台灣原住民作家漢語文學的一大特色，以諺語、禁忌的述說、神話傳說的形式，在作家作品中重生，並延展想像的空間、灌注異於漢人的哲學思維於其中，此也正是原住民作家文學的價值所在，和維持作家豐沛創作力的精神支柱所在。

本文以布農族作家拓拔斯・塔瑪匹瑪之作品〈最後的獵人〉、〈安魂之夜〉，和霍斯陸曼・伐伐〈金黃小米高高掛山坡〉、〈烏瑪斯的一天〉、〈風中的芋頭皮〉等作中，所引用的射日神話、人變鼠變形傳說爲範疇，比較兩位作家改寫版本的異同，探討原住民作家如何借用本族的口傳文學，將之再生、鎔鑄。並試圖探討原住民作家以口傳文學爲小說創作素材之意圖。

透過對上述文本中口傳文學的敘述語境與書寫策略的整理，思考口傳文學與作家文學的結合與意義：作家如何運用漢文重新詮釋口傳文學，以延續口傳文學之傳統與生命；如何將民族深沉的人文特質，在漢文書寫中賦予時代性的意義；當小說書寫與口述傳統交匯之際，作家對傳統如何取捨，以創作出具有本族傳統及精神意識的現代文學。

貳、布農族贈與台灣的寶物：拓拔斯‧塔瑪匹瑪 與霍斯陸曼‧伐伐

一、拓拔斯‧塔瑪匹瑪

拓拔斯‧塔瑪匹瑪一九六〇出生於南投信義鄉人倫部落的望族，直到十一歲到平地求學之前，均成長於部落，孕育了日後反映著濃厚布農語表現和布農族族群思考的文學創作。拓拔斯畢業於高雄醫學院，曾服務於蘭嶼、高雄三民、桃源衛生所，現任台東長濱鄉衛生所主任。其創作集中於八〇年代末九〇年代初期。[2]

拓拔斯的出現，標示著台灣原住民漢語創作重要階段的開展，帶給台灣文壇不小的震撼與驚嘆。宋澤萊曾以『布農族贈與台灣最寶貴的禮物』爲題，給予拓拔斯‧塔瑪匹瑪小說高度的評價。他讚譽拓拔斯‧塔瑪匹瑪小說的高度價值之一，是讓讀者能靈活地、全盤地進入原住民的生活、文化，包括了過去、現在、未來之中。修改了以前在報紙或中央研究院出版刊物的報導那種片斷的、呆板化的印象，彷彿感到原住民就是自己的鄰居那麼鮮活，可以聽到他們的腳步和問安聲。宋澤萊認爲，拓拔斯‧塔瑪匹瑪，完整且動態地雕出一個民族風貌，他的作品形成一部民族史。[3] 關於口傳文學的擷取，拓拔斯曾說都是兒時的記憶，他的外祖母是位講故事的高手，帶給他相當豐富的口傳文學資產。除此之外，他沒有刻意去閱讀、蒐集口傳故事的資料。[4]

---

2 拓拔斯可能由於醫生工作繁忙加上個人家庭的建立，近年無新作發表。拓拔斯共出版過三本作品集，分別爲小說集《最後的獵人》1987、小說集《情人與妓女》1992、隨筆《蘭嶼行醫記》1998，（台中：晨星）。

3 宋澤萊，〈布農族贈與台灣最寶貴的禮物——論田雅各（拓拔斯‧塔瑪匹瑪）小說的高度價值〉，《台灣新文學》，1997.12，頁 252~271。

4 筆者電話訪談。拓拔斯說，在他創作之初，當時對於原住民文化的意識剛剛抬頭，因此相關的資料出版不多見，他個人也沒有看過日據時代的人類學採集紀錄。

拓拔斯在他第一本小說集《最後的獵人》自序中曾提到其寫作的最終目的：

> 想藉文字使不同血統、文化的社會彼此認識，以便達到相處融洽的地步，二來以自己粗淺的著作，引出先住民對創作產生興趣。

在拓拔斯之後，有越來越多的原住民籍作家投入各種文類的創作。

二、霍斯陸曼・伐伐

稍晚，於九〇年代末期密集的獲得各文學獎肯定的霍斯陸曼・伐伐，一九五八年出生於台東海端龍泉部落的布農族作家，國中時遷徙到高雄桃源部落，就讀屏東師專，現任國小教職。

霍斯陸曼・伐伐在加入原住民小說創作的行列之前，曾致力於布農口傳故事的挖掘與收集。他以兒時父母、長輩口述的故事記憶爲基礎之外，加上積極走訪布農族各社群、各部落作田調收集，和大量閱讀布農族的相關文獻記載[5]，寫作成《玉山的生命精靈》[6]。該書正是他挖掘布農口傳文學的成果，這樣的創作準備經歷，彭瑞金認爲使得霍斯陸曼・伐伐的小說作品明顯具備以下特質：他透過蒐集整理自己族群口傳神話、傳說的過程重新建構了已然模糊的布農祖先在這塊山林大地生存的整個生活圖像。他的小說創作和母體文化緊密連結，不僅成爲他源源不絕的創作之泉，並儼然成爲他的文學使命。[7] 霍斯陸曼・伐伐自言《玉山的生命精靈》的成書，使得他在小說創作過程中

5 筆者電話訪談霍斯陸曼・伐伐，他表示包括日據時代的文獻之中譯，均爲其口傳文學資料的吸納對象。

6 《玉山的生命精靈》，（台中：晨星，1997）

7 彭瑞金，〈迎接玉山文學時代的來臨——序《黥面》〉，《黥面》，（台中：晨星，2001），頁4。

信手拈來都是材料。他並自我期許，一個好的文學作品應該具有歷史情懷。對於沒有文字的布農族而言，口傳文學是便是蘊含其民族千百年來的生活經驗與生活智慧的歷史；口傳文學是民族傳統的『活化石』。[8]

拓拔斯與霍斯陸曼為同一世代的布農族巒社群人，均接受過高等教育的洗禮，而具有相當的漢文功底，且均具有部落經驗。不同的是，霍斯陸曼的部落經驗似乎較為豐富、複雜，混合了兩個以上社群並加上文獻記錄的輸入，且有出版口傳故事集的經歷。

參、運用口傳文學的意圖

口傳文學即民間文學，是民衆口口相傳的文學，內容大致包括故事、歌謠、諺語、謎語等，故事類從神話、傳說到民間故事，歌謠類從神聖莊嚴的儀式歌、史詩到一般的情歌、童謠等都涵蓋在內，以口傳的傳播方式來講，和它對應的就是用文字表達的『作家文學』。[9]

從拓拔斯到霍斯陸曼，在短短二十多年間，布農族、整個台灣原住民的漢語文學創作界新秀輩出，以其迥異於漢語的語法、題材、內容及意蘊的創作，為台灣當代文壇注入一股異質的力量。其中，口傳文學的引用、穿插為一大特色。神話與其他類型的民間文學作品，本質上都在表達一個族群或地區人衆的思想情感，創作者將這些民間文學作品納入創作中，他們便都具備特殊意涵的文化暗碼（Code）或特定的意義趨向，在鑑賞的過程中，可以藉由一些蛛絲馬跡尋繹而得。原住民創作文學的風格特色的掌握，這是可以切入的起點。[10] 不僅在布農族籍作家作品中可見口傳文學的穿插、運用，在整個台灣原住民

8 筆者訪談記錄。

9 胡萬川，〈民間文學和文化〉，《文化視窗》5 期，1998.11

10 忠成，〈民間文學在創作文學的運用——以原住民文學創作為例〉，《台灣民間文學學術研討會論文集》，（清大中文系，1998），頁 81~93

作家文學的創作中，口傳文學與作家文學的交匯是相當普遍的存在。以下僅就透過對文本的歸納整理，與對上述兩位作家進行訪談，初步對其運用口傳文學意圖作一推估。

一、平凡的意圖：

筆者訪談拓拔斯・塔瑪匹瑪與霍斯陸曼・伐伐，詢問他們在創作之初，是否是有意識的、具企圖地在小說中加入口傳文學的文本，刻意要讓故事中還有故事。兩位作家的回答均相當一致，均否認是匠心安排的設計。沒有文字或文字使用不很發達的地區，口傳就是文化傳承最重要或較爲重要的媒介，對他們來說，口語傳述就是生活的一部份，每天存在於生活之中。[11] 沒有文字紀錄的布農族，其口傳神話就是布農族人歷史演變的縮影，先祖的智慧、文化的精粹、生活的規範，都是在茶餘飯後、上山耕獵時，藉由一則一則的神話、傳說、故事傳遞給後代。口傳文學的講述是布農族生活的一部份。在現代化生活、資本主義傳媒尚未入侵部落文明之前，故事的講述便是族人在夜晚的最重要活動。此外，在日間的活動中，布農人常會因見景、思物而聯想到神話、傳說故事。例如，在渡河之時，老人會催促年輕人動作快一點，不然會被蛇抓走。接著便會很自然而然地講述起洪水神話中，相傳河道是由一條大蛇所碾壓出來的。在狩獵的行動間，也可能因爲聽到某一種鳥禽的鳴叫聲，繼而講述一段關於人變形成鳥的傳說。

布農族的思維模式中，口傳文學與日常生活息息相關，是再自然不過的平凡生活經驗。所以作家很自然地在寫作時，會將口傳文學與創作結合。在霍斯陸曼・伐伐的〈風中的芋頭皮〉、〈烏瑪斯的一天〉兩篇作品中，均因爲搗小米的場景而帶出關於懶女人變成家鼠的傳說。由於懶女人的疏忽，而摧毀從前一粒小米便可以供養一群人的日子。〈金黃小米高高掛山坡〉則是因爲見到蜥蜴斷掉的尾巴在地上

---

11 胡萬川，〈民間文學和文化〉，《文化視窗》5 期，1998.11

跳著，而忽然跌進祖母講述的射日神話的回憶中。

除了日常生活中的口傳故事講述之外，布農人還會在一些特殊的場合傳講故事，例如在拓拔斯的〈安魂之夜〉中的守靈夜晚的場景。吳錦發曾認爲這個場面讓人感到不自然。此看法或許是漢人對原住民習俗的不瞭解而產生的誤解，這應當是屬於布農族的習俗；在世界其他地方也有此俗，這是民俗、人類學的有趣課題。因此，拓拔斯說：「**我們布農族的想法是，與其爲死人，毋寧該安慰存在這個世上的，死者的親人的。**」[12] 在這樣親族聚會的特殊場合，講述故事是相當平凡、普通的事情。作者將這樣自然的口述場景，體現在小說創作中，是潛意識裡對部落生活的經驗、思維方式的表出。

二、神聖的意圖：

除了平凡的意圖之外，作家運用口傳文學相當大部分是具有族群歷史建構、顛覆漢人歷史霸權論述、彰顯民族智慧、重建自信與尊嚴的神聖意圖。

世界民間文學研究重鎮的芬蘭，早期受瑞典、俄國統治，長久以來以統治者的文字爲通行文字，以統治者的文化傳統爲傳統。當民族自覺萌生，芬蘭爲了重構國族傳統與文化、語言，確立自己民族的尊嚴，遂展開民間文學的采集、整理、研究，由民間找尋傳統。[13] 台灣原住民作家在文學創作中，引用本族的神話、傳說等口傳文學素材，

---

12 拓拔斯談『自己和文學』，引自岡崎郁子，〈拓拔斯——非漢族的台灣文學（下）〉，《文學台灣》，20 期，頁 291。

13 芬蘭學派又稱歷史地理學派，是芬蘭爲了重建其民族文學、文化傳統而展開研究。後因其研究方法對世界故事研究影響重大，其理論就不再僅僅強調民族文化重構，遂昇華爲探究全世界故事最原始之起源、及故事在世界各地的傳播流傳情形，成爲世界性的研究學派。參考胡萬川，〈民族、語言、傳統與民間文學運動——從近代的歐洲到日治時期的台灣〉，《民間文學與作家文學研討會論文集》，清大中文，1998.11，頁 21~22。

或許也具有與芬蘭相當一致的企圖。孫大川曾說：

> 所謂原住民文學，不能光指出是由原住民自己用漢語寫作就算了事，它必須盡其所能描繪並呈現原住民過去、現在與未來之族群經驗、心靈世界以及共同的夢想。作為一個嘗試以漢語創作之原住民作家來說，他比別人更有必要也有責任深化自己的族群意識和部落經驗，這是無法省略也不能怠惰的工作。......向族群經驗回歸，重構部落之『古典』，可以使我們的漢語寫作具有族群的縱深，而不是漫無限制的任性想像，更不是對漢語全面之投降而任其宰割。[14]

對沒有文字的民族而言，所謂的『古典』的具體呈現，體現在神話、傳說、民間故事、諺語、禁忌、祭典等動態的紀錄之中。這些蘊含民族血肉和想像力的的『古典』，因爲沒有文字紀錄，加上外力迫使部落生活日漸崩解，已日漸凋零中。因此，在八○年代末期，有越來越多的原住民知識份子意識到此而投入神話、傳說的採集、漢譯和編寫，並且視之爲從事自我創作之前的重要使命與奠基的工作。如夏曼・藍波安曾說：

> 曾經有朋友鼓勵我採自己的詩作結集，卻被我拒絕了，因為我想先把神話寫出來。我發現自己的詩不過是自己以前在台北的空虛生活中，所激發出來的情結，是一種痛苦的表現，相對於我們古老的詩歌和神話，簡直差了十萬八千里，所以，當時我就決定先將神話寫出來，不管別人是否認同它為文學。[15]

---

14 孫大川，〈原住民文化歷史與心靈世界的摹寫〉，《山海世界》，(台北：聯合文學，2000)，頁 107～137。

15 見〈流傳在山海間的歌——台灣原住民作家座談會〉，《聯合副刊》，1993.7.14。

夏曼・藍波安也道出了原住民作家在書寫上的一個重要的使命感。即原住民文化、歷史主體性的建構。[16] 原住民現代文學的發展，是受到台灣整體社會意識與運動的刺激，使得原住民知識份子開始思考近代以來原住民共同的命運，對漢人爲主體的社會提出質疑與控訴，進而開始重視、重建自身的文化與傳統。拓拔斯・塔瑪匹瑪說，在寫作〈最後的獵人〉一作時，運用布農的射日神話的原因之一，便是想告訴讀者他的族群是有歷史的：

> 小時候覺得為何漢族是十個太陽，比我們的兩個太陽多？難道漢族比我們強？我的目的是要告訴其他人，我們也有歷史，我們有兩個太陽的故事。十個太陽太誇張，兩個太陽比較符合現實，一個是太陽一個是月亮。我想告訴讀者我的族群是有歷史的。在山上有很多的神話故事，那就是我們的歷史。[17]

拓拔斯還說明他強調射日神話的另外一個理由，是認爲有關忠孝節義等美德的故事並不只會發生在漢族。漢人藉由文字『渲染』自己，布農也可以透過文字來顯現民族的美德。霍斯陸曼說他在〈金黃小米高高掛〉裡運用射日神話，是爲了彰顯布農族面對命運不妥協的堅韌性格。霍斯陸曼・伐伐在《黥面》自序中說道：

> 當初參與原住民文學的創作，除了想把自己的族群——布農族，最真實、最內斂的民族靈魂展現在這個時代之外，也咸認祖先累積的智慧和美好的歲月，不應只是在部落裡流傳和吟詠。[18]

---

16 孫大川，〈原住民文學的困境〉，《山海世界》，（台北：聯合文學，2000），頁146。

17 筆者電話訪談拓拔斯・塔瑪匹瑪。

18 霍斯陸曼・伐伐，《塑造玉山精靈的圖騰——代序》《黥面》，（台中：晨星，2001），頁13。

霍斯陸曼視布農口傳文學爲個人寫作的重要元素，他欲藉著口傳文學，重建族群文化的自信心，找回族群文化的尊嚴，和古老的智慧之力量。

作家運用本族的口傳文學，或許可以視之爲另一種形式的歷史傳承與紀錄，具有爲沒有文字記錄的生命體、爲長期處於沈默狀態的原住民，喚醒塵封的民族意識，建立民族自信心的使命感與企圖心。

肆、敘述語境的時空再現：

台灣原住民作家文學中，經常利用兩種敘述語境再現口傳文學，其一是口傳記憶的回想、其二是口傳對話空間的建立。

一、記憶召喚

原始口傳因『功能性內容』（functional content）只是藉口語形式而傳達，這種口語形式因此常是含有愉悅特點，有助記憶的方式投射。在這時，社會目的及美感目的各佔部分。[19]

故事的傳講除了具有娛樂的功能外，布農族人亦從神話中，學習了祭祀的方法、前人的經驗教訓，從中瞭解到生活規範的重要，更從其中錯誤的示範裡，知曉觸犯禁忌的影響，因此神話對布農族文化的傳承與維繫是相當重要的。布農族就是透過口傳文學，一代代的把他們的所知所覺，傳遞給下一代。所以長輩總是把這些自先祖流傳下來的神話，嚴肅地向後生晚輩娓娓道來，族人也誠敬地謹守著由神話中傳達的教訓，由教訓裡轉化而來的禁忌規範。[20] 口傳文學擔負著教育與啓蒙的責任，其內容師法大自然與萬物，蘊含著與萬物共生共榮的生存經驗與智慧。在部落口述機制尚未崩解的年代，故事的講述是布

19 Eric. A. Havelock "The Muse Learns to Write ",1986， p.456。

20 余錦虎（Dahu），〈信仰、神鬼、禁忌與神話〉，《神話、祭儀、布農人》，（台中：晨星，2002），頁 30~31。

農人共同的回憶。

因此，在小說敘述情境中，常見時光重返與回憶。例如在〈最後的獵人〉中，比雅日回想起父親口述的故事：

> 十二月是比雅日出生的月份，布農族的曆法裡，十二月份是打耳祭的季節，男人帶未成年的男孩操練弓箭，在月光下射樹上吊著的山豬耳朵。突然間他想到他父親曾在這裡說過一件故事。……

又例如在霍斯陸曼〈風中的芋頭皮〉，撒利浪想起聽祖母說故事的回憶：「現在的生活是辛苦多了。」每天凌晨看著父母因用力杵米而扭曲的臉，撒利浪都會想起祖母曾經說過的故事：……

霍斯陸曼〈金黃小米高高掛山坡〉中，「畢馬忽然跌進祖母所說的古老故事。」

拓拔斯與霍斯陸曼的成長經驗中，均有善講故事的長者爲伴，兒時居住於部落的經驗，聽老人、長輩講述故事的記憶，在作家的心中種下日後文學素材的種子。

二、對話空間的建立：

人類由群體生活定位自己，藉群體之共同認知認識自己。在人與事的交談中，人藉此知輕重、善惡及各種典範，與各種關係。而這好壞關係中當然隱含著學習與批評。學習與批評的直接效果就是呈現示範、觀摩，所以。『動作』、『故事』就這樣一直是人類社會的傳統。[21] 作家常以長者口述、對話的場景，重現口傳文學講述的空間。例如長者、幼童間的一問一答的形式，在住家前的庭院、在狩獵的路途中、或在族人相聚的場合中一個故事接一個故事的講述，這均是相

---

21 V. Edwards & T. Sienkewicz , "Oral Cultures Past and Present " , Cambridge, 1991, p. 165。

當寫實的口述場景。

在拓拔斯〈安魂之夜〉中，以對話形式呈現人們如何看待伊蒂克的自殺，死後將要怎麼埋葬、要怎樣安慰死者的親友之心等等事情。在布農的傳統喪葬習俗中，依據死亡的原因埋葬死者，只有『善死』（idmanmino madai）者才能舉行葬禮（Mahabean），『凶死』者（ikula）往往沒有舉行任何儀式而草草了之。[22] 自殺在布農人的觀念中是『凶死』的一種。在小說情境中安魂之夜的場景，是布農傳統葬禮受到基督教影響之下雜揉變遷的結果。教會嚴格規定自殺或凶死者，屍體不得抬至教會舉行追悼儀式，往往在家中行之，這是傳統禁忌中，凶死或自殺者，不得抬回家中而必須就地埋葬之規定的變形。[23] 因此，拓拔斯重現的對話空間，並非傳統的空間，而是他親身經歷的現實空間——一個受西方宗教轉變而造成的寫實口述語境，體現了傳統生活的變質。

與漢人作家閱讀文獻或經由田調收集資料後，用心巧琢營造之作是不同的。原住民作者曾『身歷其境、其時』。因此，原住民作家運用口傳文學素材並非是一種『復古』或『懷舊』，而是一種與傳統時空交錯的寫實呈現。

伍、當口述與書寫交匯：作家文學中的口傳文學之分析比較

小說作者宛如巧手工匠，將如塵封的寶石、璞玉的口傳文學琢磨潤飾後，鑲嵌在現代小說的創作中。但口傳文學雖然構成了作品的內在精神之一，主體仍是小說的書寫。

---

22 黃應貴，〈人觀與儀式〉，《東埔社布農人的社會生活》，（中央研究院民族學研究所，1992），頁 204。

23 黃應貴，〈宗教變遷〉，《東埔社布農人的社會生活》，（中央研究院民族學研究所，1992），頁 263。

當這些民間文化的要素單純的被講述唱誦之際，他們的功能只是傳遞並發生特定的效益，但是當它們被有意的置放於文學的創作中，則其所傳輸的必然經過創作者縝密的設想，藉著民間文學作品內的『母題』，讓創作文學作品與民間文學得以連接，使產生於古遠年代的神秘意象或特殊情境，得以再現於新穎的創作裡，這是民間文學的再生。文學創作者所擷取而運用的民間文學必然經過一番選擇的過程，讓意象鮮明、特徵清楚的素材增添作品的意蘊與文采，同時傳達某一種獨特的意念，這種具備族群文化圖騰性質的語言符號，標示著文學的屬性和作者的動機。[24]

口傳文學與作家文學的目的並非一致，在敘事形式與技巧上有許多差距，再加上轉譯爲漢語的過程，在小說創作上勢必必須將其口述的原型轉化，使之成爲適合現代文學的素材。

一、相同的口傳文學重複出現

在同族不同作家的作品中，可以發現相同的口傳故事重複出現。例如射日神話出現在拓拔斯〈最後的獵人〉與霍斯陸曼〈金黃小米高高掛〉，女人變鼠傳說出現在拓拔斯〈安魂之夜〉與霍斯陸曼〈烏瑪斯的一天〉；甚至同一作家的不同作品中，也有重複的狀況發生，例如霍斯陸曼的〈烏瑪斯的一天〉、〈風中的芋頭皮〉皆引用了懶女人變家鼠的變形傳說。

傳統口述社會，口傳的傳統靠著『儀式化』的表達而固定化。所謂『儀式化』，是指正式的可重複的定式（例如相同的故事開頭、套語等）。『儀式化』成爲記憶的一種方式。記憶雖是個人的，但其語言、內容卻是共同的，用以表現傳統及歷史認同的。重複的講述使記憶成功再現。口語時代的神話、傳說之講述定期儀式化的舉行，其功

24 浦忠成，〈民間文學在創作文學的運用——以原住民文學創作爲例〉，《台灣民間文學學術研討會論文集》，（清大中文系，1998），頁 81~93。

能作用即在此（一再提示、加強的作用）[25] 相同的故事被同一口述者不斷講述，或是不同口述者的口中不斷出現，故事在重複的講述中得以根深蒂固地存在記憶中，發揮傳承、典範與學習的功用。

二、口傳文學異文的呈現

在上述的討論中同時可以發現，兩位作家雖然同爲布農族，但書寫的口傳文學版本卻不盡相同。例如在〈最後的獵人〉中，嬰兒被曬成了野葡萄乾，〈金黃小米高高掛山坡〉中嬰兒用兩種葉子遮蓋均無效，被曬死後變成蜥蜴，且有星星與月亮由來的母題。

變異性是口傳文學的主要特徵之一。口傳靠記憶，記憶卻常只能記重點，而不易記細節，因此經聽聞、記憶之後的再傳述，通常就不可能是完全的複述。加上講述人個人情性的差異、講述時空、情境的不同，在在都會史作品在流傳過程中有種種變異。[26] 拓拔斯・塔瑪匹瑪與霍斯陸曼・伐伐雖均屬於布農巒社群，但分屬不同部落不同家系，口傳版本必然會有異文產生。

拓拔斯居住於較高海拔的部落，霍斯陸曼後者居於山地與平地的交界處。前者的客觀環境可能較少外力的影響，因此故事應會較接近原型；後者有遷徙的紀錄，加上曾大量涉獵文獻、有田調收集的經驗，其版本內容可能已經在不知不覺間具有相當的綜合混雜現象。作者表示，例如香蕉葉與棕櫚葉，便是混雜了台東海端（棕櫚葉）與高雄桃源（香蕉葉）的版本而成；由此也可看出，口傳文學受到地方風土特色而有異文的現象。

---

25 Eric. A. Havelock "The Muse Learns to Write "，1986，,p.70-71

26 胡萬川，〈民間文學集體性之質變與發展〉，第二屆通俗文學與雅正文學全國學術研討會論文，（中興中文系，2001.2）

三、口傳文學結局目的性的轉換

傳說故事因流傳年代久遠，故事定型，所以往往是封閉性的結構，即結局是固定不變的。所以任何敘述者轉述的故事，不管是否加入個人的解釋或是語言效果，但是故事的結局都已經固定的，所以它是屬於後設的，也就是解釋性的敘事。但是小說則並無任何封閉性結局的結構（除非是歷史小說或者傳記），它可以因爲作者不同的主題，有所變化。……小說借用傳說的形式，並不一定受形式上的制約。[27]

布農族民間文學的故事結尾，雖然經常沒有寓意的提示說明，但常寓有族群的教育意義於其中，小說借用口傳文學，卻不一定要利用其原來提示的寓意；小說並不受口傳故事的形式及封閉性結構的制約，而有迴異傳說故事結尾的目的性。

例如，布農族女人變形爲家鼠的傳說，原在告誡懶惰所帶來惡報，暨對布農人對於家鼠的態度具有解釋性的意義。但在〈烏瑪斯的一天〉中，霍斯陸曼・伐伐以傳說敘述者（或回憶者）對該傳說的解讀、聯想對傳說結局重新定義，同時藉此將場景拉回現實世界。

> 此時，烏瑪斯有點恨女人，為什麼女人總是會做錯！望著媽媽認真的臉，頭立刻低下去，並迅速的把溢出來的小米，用手掃進木臼裡。『我可不想讓媽媽變成老鼠』

烏瑪斯想著：萬一媽媽變成老鼠又跑到穀倉偷吃小米，爸爸一定會把她打死。……

烏瑪斯對此傳說的聯想是怪罪女人、埋怨女人的過錯，但因爲母親也是女人，而馬上打消這個想法。烏瑪斯的內心獨白跳接到人不可

---

27 蔡蕙如，〈從民間傳說故事到小說——以黃武忠《蘿蔔庄傳奇》爲例〉，《民間文學與作家文學研討會論文集》，（清大中文系，1998），頁 268。

以貪心、要知足。烏瑪斯開始敘述他對目前擁有的一切均十分滿意。緊接著小說情節便回到現實中搗小米的場景。傳說結局的目的性被淡化，代之以小孩子內心的自由聯想。這樣的轉化，使得傳說與現實之間落差的銜接較爲順暢，虛、實的跳接不至於太過突兀。

若小說創作中以口傳文學原型的封閉性結局爲指涉的目標意義爲基準，則在運用上勢必加入許多僵化的限制。因此，原住民作家的小說文本運用口傳素材，其中以古諷今、以古喻今的狀況並非定式，口傳文學的結局會有因應小說創作而作的目的性的轉化。

四、口傳文學敘述重點的位移

口傳文學會因爲講述者的個人特質，在講述中給予聽者不一樣的感受。作家也因其個人寫作風格、寫作目的，而有不同的敘述重點。例如〈最後的獵人〉

> 從前部落裡有個男人叫拓跋斯・搭斯卡比那日，有一次出外工作時將嬰兒留在樹蔭下，工作做完回來，孩子變得像曬乾的野葡萄，全身紫黑色而且乾皺，那時天上有兩個太陽，他對著太陽破口大罵，誓死要報復。出發尋仇之前，他在屋前種植一棵橘子樹，留下他年輕的女人，帶著弓箭前往最接近太陽的山頭，經過若干個冬天，族人不知他的下落，然而他的女人不曾變節。有一天的早晨，天空顯得比以往柔和，原來另一個太陽已被拓跋斯射中了，成為現在的月亮。拓跋斯離開之前，月亮對他說：人類從今以後要以月亮為生活時間標準。當拓跋斯回到部落，那棵橘子樹正好結果子，他成為族人嚮往的勇士，他的女人也成為族人所稱讚的婦人。

以及〈金黃小米高高掛山坡〉

> 以前布農族的天空有兩個太陽，一個沉入山中；另一個則從山中昇出

來，兩個太陽停輪流照射大地。過了不久，大地的河流乾涸了，族人所種植的農作物燒焦了，生活非常的困苦。有一對夫妻在田園耕作，為了不讓嬰兒被炙熱的太陽曬壞，將他放在石堆下遮陽，並且用香蕉葉（Bunbun）覆蓋嬰兒，結果香蕉葉被太陽曬乾，媽媽慌張的再用棕櫚葉（Asik）遮蓋，依然被強烈的陽光曬乾，最後嬰兒竟然被太陽活活曬死，變成蜥蜴（Sisiwn）躲到陰涼的石縫裡去了。

父親氣得拿起弓箭，翻山越嶺，歷經小樹長大樹的時間，走到太陽昇起的地方，拉起弓箭「颼」的一聲，射中太陽的眼睛，血濺到天空變成一閃一閃的小星星，受傷的太陽變成較為暗淡的月亮。父親雖然報了仇，可是孩子仍然躲在石縫裡當蜥蜴（Sisiwn），再也無法變回小孩子的樣子，只會害羞的留下尾巴告訴親人，他還在石縫裡躲避強烈的陽光，不敢以蜥蜴的樣子回家見親人。

〈最後的獵人〉與〈金黃小米高高掛山坡〉均使用了射日神話。但前者的重點在射日勇士的勇敢，與他的女人的堅貞不二爲重點，以與小說情節作反面的呼應，道出現實中獵人比雅日徒有理想的夢幻，但現實的重重挫折，使他終究不可能和像勇者拓跋斯一樣；射日勇者拓跋斯的勇敢與被否定的比雅日對比，痴痴等待的拓跋斯妻子與帕蘇拉對比。[28]〈金黃小米高高掛山坡〉的敘述者是背著妹妹在樹蔭下休息的小孩畢馬，引用的射日神話敘述重點放在被太陽曬死的小孩變成的蜥蜴，作者對蜥蜴的敘述、解釋佔了故事重要的比例。

比較〈安魂之夜〉與〈烏瑪斯的一天〉、〈風中的芋頭皮〉中相同使用的女人變成老鼠的傳說，拓拔斯的版本因爲小說中伊蒂克因爲情傷而自殺，因而敘述重點放在強調女人壞了事、令人厭惡。霍斯陸曼・伐伐的兩個版本敘述者是小孩子，敘述重點爲告誡性的教育意義。

---

28 許俊雅，〈山林的悲歌〉，《台灣原住民族漢語文學選集評論卷（下）》，（台北：印刻，2003），頁29。

作家即使運用了相同的口傳文學素材，但是會因個人寫作的風格或內容需要，在敘述時對口傳文學原始版本作強調或弱化、增刪。

五、從口傳的精鍊到小說的流暢敘事

敘述時空在生活單調古老的年代，敘述者通常是沈渾內斂的老人，敘述者必須面對聽者，並產生對話與互動。而小說書寫則是在私下狀態中發生的，此隱秘性意味著不必面臨和聽衆的直接交流的問題，也不必面對被打斷或壓制的問題，寫作要爲我們對過去的口頭回憶設定一個模式、一種議程。文字書寫鼓勵敘事、獨白和長篇敘述，其結果包括一些虛構或類似虛構的形式，並暗含著講故事的人與他的讀者之間的距離。講的人和讀的人都有時間反思他們正在作什麼，而口頭敘述者卻直接與聽衆發生接觸。[29]

以日據時代人類學者所採錄的版本比較[30]，口述的原始版本通常都很簡短，一個故事通常僅分爲開頭、過程、結局，中間的過程十分簡單扼要，有時並無前因後果的詳細說明，一切都十分自然的發生。反之，小說將口傳文字化的過程，細節被清楚流暢的描述，較有邏輯性，較符合現代的思維模式。例如：〈烏瑪斯的一天〉

> 過去，布農族人煮飯，只要撥一粒小米（Maduh）就可以煮成一鍋飯。後來，有一個女人不但愚笨而且懶惰，為了想把下一餐一起煮，就在鍋子裡放了許的小米，結果小米飯越煮越多，把整個屋子都充滿了。最後，女人被小米飯壓成老鼠。因為她的貪心，布農人的小米，

---

29 杰克・古迪，盧曉輝譯，〈從口頭到書面：故事講述中的人類學突破〉，《民族文學研究》，（中國，2002），頁 86~90。

30 收錄於尹建中《台灣山胞各族傳統神話故事與傳說文獻編纂研究》之一九一五佐山融吉採錄之《蕃族調查報告書》武崙族前篇、一九三五年小川尚義、淺井惠倫採錄之《原語による台灣高砂族傳說集》。

放在鍋子裡再也不增多，老鼠也為了挽回自己的過錯，整天的想把小米吃完。

〈風中的芋頭皮〉

最初的時候，布農族人煮一餐飯只需要撥一粒小米就可以讓全家人吃飽。後來，有一個愚笨又懶惰的女人，為了想把一天三餐家人所食用的米飯一次煮完，竟然在鍋子裡放了許多的小米，結果小米飯跟著沸滾的熱水越煮越多，不久之後，熟透的小米飯竟然把整個屋子都充滿了，最後女人也被小米飯給壓成老鼠，鑽進牆壁的洞穴躲避災難。
因為她的懶惰和錯誤，布農族人再也無法擁有一粒小米煮成一鍋飯的福氣。不過，一直到現在，善良的族人仍將老鼠視為自己的家人，允許住在屋內。老鼠為了彌補自己的過錯，吃掉溢出來的小米飯，則依然日夜不停的偷食族人的小米。

霍斯陸曼在兩個作品中使用同一個變形傳說，但〈烏瑪斯的一天〉版較爲接近老人口述的風格，是作者在創作初期引用傳說的表現。稍晚〈風中的芋頭皮〉的版本有較爲流暢、細膩的敘事，受到現代漢語使用的語法與邏輯影響增加。

將口傳故事放置於對話中，敘事的流暢度也大爲提高。以〈安魂之夜〉爲例：

「談到女人，我就想到一個懶女人叫烏莉，從前老布農煮一頓飯，只要把一串小米放在手掌裡慢慢搓一搓，等到小米去殼，手掌心就出現裸著身的黃色米粒，就抓一粒放在鍋子裡煮，所以聽老人說一個家只要兩三株的小米，就可以活到下次採小米的時候，有些人怕山豬、猴子來搶他們的小米，晚上就抱著供養給他家人一年的小米，一起過夜。到了黑夜還捨不得離開土地和農作物的日子，就在太陽被打下來時，老布農不再那麼受照顧，如要養活一家人，就得再燒更大片的山坡地，種植更多的小米，也許小米不夠甜，又要找其他的糧食。」

「那個女人烏莉是怎麼樣？妳沒有講到啊！」

「那個女人有一天傍晚因白天睡覺忘了煮飯，上山工作的家人將回來，她因怕來不及，因此把一條支脈還有十幾粒的小米統統放入鍋子裡，那女人又躺著等飯熟，不料她醒來了，小米飯塞滿整個屋子、屋頂及後院的石壁隙縫也已塞滿，那女人於是緊張起來，她想用吞食的辦法，但是她的肚子即使裝滿了，小米飯還是看不出有減少的跡象，當她的家人由田裡回來時，那女人變成了懶惰的家鼠。所以懶女人會變成家鼠，那麼害怕人而又令人十分厭惡。」

口述者面對聽衆時，必須簡潔有力的傳達故事情節與其背後的寓意，太長、太複雜的過程均不恰當。小說書寫則給予讀者自由的時間與空間，太過簡略的敘述、交代不清的情節，將無法引人入勝。因此敘事上必須將口傳文學加以鋪陳，甚至將數個故事作整合、串聯，成爲一個流暢的長篇故事如〈安魂之夜〉的變形傳說，便是三個故事的串聯：前面是一顆小米可以煮一頓飯的故事，後面還加上一隻蜜蜂吃完全部小米飯，最後導引出採小米時不能吃甜食的傳統禁忌。

除了因爲作家經歷漢化的教育而使得中文書寫的口傳版本有較爲符合漢文邏輯的流暢清晰外，作家面對媒體的刺激、讀者取向等因素，也對小說的敘事有一定程度的影響。

陸、結語

本文藉由拓拔斯‧塔瑪匹瑪與霍斯陸曼‧伐伐作品中射日神話、變形傳說與小說描寫的融合、異文的比較，初步探討兩位布農族作家文學創作的民間資源與作品特色。

作家在使用口傳文學素材上受到口傳特質的影響，而有一些意圖上、敘述語境上的一致性。這種一致性代表了族群共同的記憶、共同的生命，也讓口傳文學以另一種形式獲得保存，也使得作家文學呈現出族群的文化特徵與價值觀。

但運用口傳文學的特色，是否會成爲小說創作的負擔？會不會因此斲傷原住民作家文學的獨特性、多元面貌？例如霍斯陸曼‧伐伐在〈烏瑪斯的一天〉、〈風中的芋頭皮〉兩篇作品中，使用了同一個傳說，雖然兩作分別收錄在不同的小說集中，創作時間上有五年的差距，但是，很明顯的，卻有幾乎一致的敘述方式和內容。這在小說的創作上，是一個值得憂慮的現象。

口述傳統的老人講述、老人與孩子的對話、族人之間的對話、回憶等等敘述語境，雖然充滿了布農族族群生活的日常性，但隨著原住民文學的日漸發展，這是否會讓小說的敘事走入一個死胡同？尤其若在同一個故事中放置多個口傳故事，需要更加不著痕跡的安排，否則，會讓小說的主體模糊，成爲一個接一個口傳故事的堆砌與排列。

小說包含作者主觀的心情與構思，口傳文學勢必隨著小說情節的發展或氣氛的營造，而有所轉化改寫。這其間作家是否因爲受到讀者市場的因素而加深了其漢文書寫能力的投注。這樣的轉變，使得口傳文學的『原』味一點一滴的喪失，變成近似兒童閱讀故事的風格。以拓拔斯‧塔瑪匹瑪與霍斯陸曼‧伐伐相比較，後者的布農族文化的含融性似乎更高，較無法呈現其所屬社群的獨特性，但是相對的，也較具有現代文學的面貌，縮短了與讀者之間文化認知上的差距。

口傳文學在布農族作家拓拔斯與霍斯陸曼的小說中傳承、鎔鑄、新生。口傳文學是族群的集體記憶，小說創作是個人創作的發揮；口傳文學寫入作家文學，必須打破其定式才能展現小說創作的多元風貌和獨特性，小說創作若對口傳文學作過多的修飾、改寫，又會將族群的特色削弱。如何在兩者之間取得平衡點，考驗著原住民作家的智慧。

參考文獻

中文部分

- 宋澤萊（1997），〈布農族贈與台灣最寶貴的禮物——論田雅各（拓拔斯・塔瑪匹瑪）小說的高度價值〉，《台灣新文學》。
- 彭瑞金（2001），〈迎接玉山文學時代的來臨——序《黥面》〉，《黥面》，台中：晨星出版社。
- 胡萬川（1998），〈民間文學和文化〉，《文化視窗》5 期。
- 浦忠成（1998），〈民間文學在創作文學的運用——以原住民文學創作爲例〉，《台灣民間文學學術研討會論文集》，清大中文系。
- 岡崎郁子（1997），〈拓拔斯——非漢族的台灣文學（下）〉，《文學台灣》，20 期，頁 291。
- 孫大川（2002），〈原住民文化歷史與心靈世界的摹寫〉，《山海世界》，台北：聯合文學。
- 夏曼・藍波安 等（1993.7.14），〈流傳在山海間的歌——台灣原住民作家座談會〉，《聯合副刊》。
- 孫大川（2002），〈原住民文學的困境〉，《山海世界》，台北：聯合文學。
- 霍斯陸曼・伐伐（2001），《塑造玉山精靈的圖騰——代序》《黥面》，台中：晨星。
- 余錦虎（Dahu）（2002），〈信仰、神鬼、禁忌與神話〉，《神話、祭儀、布農人》，台中：晨星。
- 黃應貴（1992），〈人觀與儀式〉，《東埔社布農人的社會生活》，中央研究院民族學研究所。
- 黃應貴（1992），〈宗教變遷〉，《東埔社布農人的社會生活》，中央研究院民族學研究所。
- 胡萬川（2001），〈民間文學集體性之質變與發展〉，第二屆通俗文學與雅正文學全國學術研討會論文，中興大學中文系。

- 蔡蕙如（1998），〈從民間傳說故事到小說——以黃武忠《蘿蔔庄傳奇》爲例〉，《民間文學與作家文學研討會論文集》，清大中文系。
- 許俊雅，（2003）〈山林的悲歌〉，《台灣原住民族漢語文學選集評論卷（下）》，台北：印刻。
- 杰克・古迪，盧曉輝譯（2002），〈從口頭到書面：故事講述中的人類學突破〉，《民族文學研究》，中國。
- 尹建中（1994），《台灣山胞各族傳統神話故事與傳說文獻編纂研究》，內政部，台北。

英文部分

- Eric. A. Havelock (1986), The Muse Learns to Write,.
- V. Edwards & T. Sienkewicz (1991), Oral Cultures Past and Present, Cambridge.

髮與性別認同

——〈柏拉圖之髮〉與〈薇薇的頭髮〉的分析與比較

◎王蕙萱[1]

《摘　要》

在現今台灣父權文化的意識型態壓制下，女性身體被社會主流論述所建構，造成女性與自身疏離，而頭髮作為女性身體的一部份，也同樣的受到了性別意識型態的宰制。「長髮」不但是女性形象的重要表徵，也是性別認同的指標。

因此，本文選擇了邱妙津與陳雪這兩位擅於書寫女性同性情慾的作家，分析她們以頭髮作為寫作主題的兩篇小說〈柏拉圖之髮〉及〈薇薇的頭髮〉；觀察她們是如何在小說中處理頭髮與性別認同的議題，探討「選邊站」的性別認同到底是不是必要且唯一的出路。此外，本文也欲順著文本的脈絡，爬梳女性頭髮與情慾之間的糾葛關係，並希望透過兩篇小說的比較，發現不同的抵抗策略及面向。

關鍵字：主體性、性別認同、情慾、髮

1 佛光人文社會學院文學所碩士生，Email:axuan911@yahoo.com.tw

壹、前言

在以往對於邱妙津與陳雪兩位作家所做的小說研究中，邱妙津的書寫通常被當作是「T文本」，她筆下的女主角甚至不被看成是女性，而是一個「男性化」的個體，因此無法認同女性這個性別[2]；陳雪的小說則被看作是在T／婆關係中被隱蔽的婆的在場[3]；兩位作者的書寫雖被解讀成不同主體位置的發聲，卻在〈柏拉圖之髮〉及〈薇薇的頭髮〉中不約而同的選擇頭髮爲寫作題材。頭髮是一個象徵、規範及困擾性別認同的符號，長／短髮的對立及其象徵的性別對立結構皆精微體現在女異性戀及女同性戀的認同形構中。〈柏拉圖之髮〉中的敘事者，本來是屬於社會性別常模中的「女性」，蓄著一頭長髮，卻甚少意識到自身所表徵的性別。然而在她和阻街女郎寒寒訂立合約並被剪去長髮之後，她開始對自己的身份認同產生質疑，因爲她無法在兩極化的性別分野間找尋到「正常」且「合理」的位置以安插自身。〈薇薇的頭髮〉中的主角薇薇看似爲女性刻板形象的再現，蓄著柔亮長髮並與男人交往，不但外表具有「女性化」的特質，性傾向也是標準的「異性戀女性」；然而，性別屬性明顯爲女性的薇薇，卻對留了多年的長髮不滿，甚至覺得自己不過是個戴假髮的男孩。如果薇薇認爲她的性別認同其實是男性，之前種種理所當然的推論似乎都應該重新被審視。

部分當代的性別論述將性（sex）與性別（gender）做了區分，性

2 請參閱丁乃非、劉人鵬〈罔兩問景（II）：鱷魚皮、拉子餡 半人半馬邱妙津〉，頁4；收錄於《宛若TG：第三屆「性／別政治」超薄型國際學術研討會論文集》，中央大學性／別研究室，桃園：1999。

3 請參閱白瑞梅〈尋找（看不見的）婆遺失的辯證：陳雪的反寫實、反含蓄〉；收錄於《宛若 TG：第三屆「性／別政治」超薄型國際學術研討會論文集》，中央大學性／別研究室，桃園：1999。

別是被社會文化建構的，性則是生理的、肉體的、眞實的、有本質的；但這樣的區分卻假設了在結構上與生俱來不同的男女身體，而讓性別內容得以及再度被建構（Harding,2000：64）；因此，芭特勒（Judith Butler）的表演理論便把性、性別及性傾向（sexuality）視爲一種扮演或重複性的儀式，行爲和論述的重複表演並非是性、性別或性傾向所展現的特色，而是建構這三者的始作俑者（Garcia,1999：3）。對芭特勒而言，認同總是一種使存在意義化的展現，而其總是在「強迫重複的軌道」之內進行（Clough,1997：275）。心靈本身就是認同藉著重複表演所產生的效果，而非原因；性別並沒有一個本質，性別是以爲這種本質存在的錯覺產生的過程（Garcia,1999：5）。本文欲以此角度切入，分析〈柏拉圖之髮〉與〈薇薇的頭髮〉中的頭髮論述與性、性別或性傾向之間的關係，觀察小說主角如何在非男即女的兩性框架下進行性別認同，並由此探討性別認同甚或性傾向是否能由個體扮演獲得。

此外，本文試圖梳理兩篇小說中，種種關於頭髮的論述對女性身體的規訓及控制，並期待藉由分析比較兩個文本的過程，將女性長髮、男性短髮之符號意涵的二元對立邏輯加以拆解，使女性自長髮神話的桎梏中解放出來，從而建構多元異質，而非單一整合的女性主體性。

貳、〈柏拉圖之髮〉中的髮、情慾與性別扮演[4]

「你的頭髮比我更長的多！」我習慣性地用左手撫弄她眉上的瀏海，

4「性別扮演」（performativity of gender）是芭特勒所提出的概念。芭特勒以爲，性別認同是有意圖且表演性的行動；也就是在特定的權力脈絡裡，性別被重複地援引與表演出來。她並且指出，反串（drag）的演出，有助於瞭解性別如何建構性的本質。藉由反串者去模仿另一個性別，可以凸顯出反串者的生理「性」（sex），其實與其「性別」之間，並沒有必然的因果關係存在，進而解構異性戀以「性」作爲性別認同的依據。（林宇玲，2002）

> 枕在她投下的右手掌面在她柔嫩的長髮下來回滑動。
> 「可是你是男人啊！」她眨動眼睛，露出抗議的表情。
> 「男人就不能留長頭髮嗎？」我也跟著抗議起來。
> 「不行，男人就是不准。」
> 「長髮很美啊，難道你不愛你自己的長髮？」
> 「你如果也有長髮，就會變得不愛我的長髮了。而且到時後又會有別的愛長髮的人愛上你，那麼不如我現在把我的長髮剪掉，讓我來當那個愛上你的長髮的人，好不好？」她的眼睛僵直地瞪著我，聲音起伏顫抖著，弱得幾乎要聽到嘶裂的哭聲。但這種時候她又總會出現很拙劣的逞強，以補償她那太明顯的軟弱。
> 「不要，不要剪掉你的長髮，你是女人哪！而且我已經習慣你有長髮的美麗，對它的依戀whose我心裡一塊肥沃的幸福土壤，要我割掉這種依戀太痛苦了！」（邱妙津，1991：127～128）

〈柏拉圖之髮〉的開端，是敘事者與一個名爲寒寒的女子爲了蓄長髮的問題起爭執，寒寒認爲男人一定得留短髮，因爲長髮是用來被珍愛的，代表女人在情愛關係中應屬於被愛的一方，敘事者本來不甚認同寒寒的看法，卻在寒寒以剪短髮作爲要脅時情願放棄自己的長髮，以求在短髮的位置上戀慕對方（女人）的長髮。這段關於頭髮的對話隱含著異性戀父權的思考邏輯，如果有長髮的人不會愛上另一個有長髮的人，以此推論，有著相同身體器官構造的人也不會愛上彼此；換言之，寒寒與敘事者的性徵相同，兩人之間便不可能有愛慾產生。然而，隨著故事的開展，這種觀點也逐漸被本來服從於其下的敘事者及寒寒兩人所推翻。

敘事者是一個女性愛情小說作家，在老闆出錢要她買人來寫「實驗愛情」小說的情況下，與阻街女郎寒寒簽下半年合約以「模擬愛情的男人經驗」（頁 132）。敘事者選擇寒寒是因爲她在一群如同活化石的女人之中特別突出，「她似乎不安於標定在一特定上」（頁

131），相對於其他阻街女根深蒂固，比一般女人更「女性化」的女人的「化石」性（丁乃非、劉人鵬，1999：7），寒寒具有的特質無法被歸類，無法輕易在性別座標上設定她的位置。

然而，既然要模擬男人的經驗，敘事者必須照寒寒所說的「像個男人」，寒寒透過修剪敘事者的頭髮來形塑出她心中理想的男人樣貌，敘事者卻在過程中覺得自己的存在被寒寒遺忘，那個「存在」便是她過往三十六年以來的身份認同，不過此時敘事者認爲自己只是爲了敬業才扮演男性角色，並未眞正感受到她與非男即女的性別框架扞格不入，仍與寒寒過著親密卻無性關係的同居生活。

終於，敘事者與寒寒在一次偶然的機會下共浴，當她強烈的感覺到自己受寒寒的裸體吸引並產生生理反應時，她才明白「這個女孩的身體和感情對我產生意義」（頁 139），並經歷了「從未經驗過的均勻和平衡」（頁 139）的感受。之後，敘事者意識到自己與寒寒是同一性別，並發現自己渴求寒寒身心的慾望已經脫離她所認知的常軌，進入了她無法想像的曖昧地帶，這個曖昧地帶被排除在二元的性別認同之外，使她感到驚悸且無所適從。

> 我一向不在意性別的差異，更少注意自己的男性或女性化，我和別人在我眼裡一律都是「人」一個種類。至於人與人相遇，戀愛、上床、結婚都是自然而然發生的事，我也是如此。但如今我才發現，這「自然而然」底下埋藏著多少令我難堪的禁忌。
> 這麼順暢像溜滑梯般與人的關係，竟然就在這一瞬間衝出溜滑梯。
> （邱妙津，1991：140）

所謂的一個種類的「人」，並不表示沒有任何性別的分別，而是這種性別的劃分是「自然而然」的定律，不需加以解釋或思考，遑論質疑或違反。所謂的「人與人相遇」直到結婚，指的皆是異性戀秩序中理所當然的規則，這種以自然爲名進行的壓迫使其他的性傾向或性別可能皆成爲「禁忌」。因此，當寒寒對敘事者性挑逗時，敘事者總是置之不理，因她「擺脫不了哪塊積木和哪塊積木要如何嵌合的一套秩序」（頁 137），認爲同性做愛會被詛咒。不過，敘事者雖認爲自己是女性，與寒寒相較時，寒寒體內卻更具有「女性柔弱之美的力量」（頁 141），將她身體內的「陽剛分子」（頁 141）喚醒並聚集起來，這些感受無法從貧瘠的性別分類中獲得解釋。

「詛咒」無法遏止敘事者與寒寒之間流竄的愛慾，敘事者對寒寒身體的渴求日益強烈，身份認同也徹底粉碎，「找不到自己在男性和女性座標中的位置」（頁 146）。一晚寒寒因被嫖客欺凌而負傷回家，敘事者替寒寒清洗、敷藥，最後在愛憐、自責及渴望等多重交織的情緒下與寒寒發生肉體關係。過程中，寒寒對敘事者哭喊：「爲何你不是男人……」（頁 147），並緊咬敘事者的肩膀使她痛暈過去。寒寒藉著召喚[5]將敘事者建構爲性別不正確因而無法與之相愛，同時將自身建構成性別認同正常的「女性」，她的性別屬性是無庸置疑的，有問題的是敘事者。敘事者雖打扮成男人[6]，性傾向也與異性戀男人一樣，卻終究不屬於男性這個性別。至此，敘事者扮演的性別角色徹底被否定，之後，敘事者與寒寒分手並留起長髮，但她想念或跟蹤寒寒時，彷彿具有魔力的長髮皆會產生反應。

> 想到這些，我的長髮也簌簌的撤動起來。牆上的青苔在墨藍天色的天幕影下，蜘蛛狀蔓延開。我攏緊我的髮根，擔心它受到青苔的感染又

5 「召喚」（"interpellation"）的概念來自於阿圖塞（Louis Althusser）以員警叫喚路人的例子，說明主體如何由意識型態所構成。芭特勒則以召喚說明新生兒的性別分類過程，由醫護人員的告知，新生兒的性別始被確立，由無性的「它」變成「她」或「他」，再經由命名進行性別的召喚，之後這個基本的召喚仍被其他威權不斷的強化（Garcia,1999：3）。

6 「她把我原來的衣物都收起來，爲我買了許多她喜歡的男人服裝、飾物和古龍水，規定我在她面前得照她喜歡的樣子打扮。」（邱妙津，1991：138）。

發作起來。（邱妙津，1991：129）

「她」一衝出小巷，我趕緊將我那一頭及腰的濃密長髮抓到前面，用左手將全部的髮根握在手掌裡，怕它們要隨著「她」一根根飛追過去。第一次我在M與W街交叉口，也是我的髮先發現「她」的，當我的眼一正對「她」的瞬間，千百根髮絲同時從我被上繞出，向前飛射，彷彿一把細密的黑色箭簇。我的頭幾乎要被整個拖走，疼痛的哀嚎，身體也向前踉蹌了兩步，路人都驚奇的圍過來。我心底湧上一陣狂喜，我知道發生什麼事：我終於找到她了。（邱妙津，1991：135～136）

當敘事者尋找寒寒時，長髮竟能先一步的「感應」到她的慾望對象，如同異性戀男人看到欲求的女體時陽具勃起，敘事者的長髮也會不受控制的豎起。然而，敘事者的長髮豎起卻比異性戀男人的生理反應複雜得多，是痛苦、悔恨、愛戀、興奮等種種糾結心態交雜錯綜之下發生的變異。敘事者與寒寒同居時，曾爭奪過房間內的色彩配置權，最後寒寒偏愛的紫色佔據了鋪在地上當床的毛毯及四面牆，敘事者鐘情的黑色則只漆上房間的門。而當敘事者躺在紫色毛毯上時，寒寒的面容表情及她與寒寒那段關於頭髮的對話便會塞滿她的腦袋，「爭先恐後攀著我分秒長長的髮絲爬出來」（頁 128）。這段描寫可解讀成一種隱喻，敘事者想緊守著最後的防線「門」，不敢面對自己的情慾，但她對寒寒的愛戀就像寒寒最愛的紫色，攻城掠地填滿整個房間直至將她淹沒覆蓋，如同被截斷的髮絲，雖遭受壓抑仍可能隨時暴長、溢洩出來。敘事者的身份認同並不能直接了當的經由頭髮長短而被歸類成與其相對應的性別，她的髮是她眞實生命中的一部份，而不是被異化的客體。相對於異性戀男人，她沒有陽具，但有一頭長髮；長髮不僅象徵了她的慾望，也是她慾望的對象（寒寒的長髮）。然而，小說最後卻以敘事者剪去了自己的長髮收場。結尾的敘事場景在一間酒吧，敘事者發現寒寒，「帽子裡紮著的髮騷動起來，把帽子撐得鼓鼓的」（頁 148）。

> 我跟著「她」走進女盥洗室，拿出剪刀，在「她」還來不及尖叫之前，卡嚓卡嚓，將長髮大塊截斷。斷落的髮飛過去纏繞住「她」，竟然揪落「她」的假長髮。我從兩壁鏡子裡看到一個禿頭的男人，分不清楚誰是誰。（邱妙津，1991：148）

敘事者將象徵慾望的頭髮截斷，斷裂的髮卻彷彿自有生命意志，再度飛去糾纏束縛寒寒，卻揪落了寒寒的長髮；敘事者在斬斷慾望的同時，竟發現她所慾望的長髮是假的。在敘事者與寒寒分手後，敘事者蓄養著日漸變長的頭髮，寒寒反而不再保留女性化的長髮。最後敘事者在鏡子中只看到一個禿頭的男人。這個禿頭男人的影像有多種解讀方式，丁乃非、劉人鵬在〈罔兩問景（II）：鱷魚皮、拉子餡 半人半馬邱妙津〉中提出了以下的閱讀可能：

> 難道這個圖像是隱指她們之間（她們的關係之間）的那道全世界的男人的牆？（「我和他之間有一堵石壁，是全世界的男人」頁 144）抑或是，那是隱指一種已經被排除了開顯可能的T的男性，以致於唯有想像或幻覺？一種如同驚鴻一瞥游動於 M 街上超級女性化的妓女—婆活化石？又或者，也許可以讀成，所慾望的長髮（女性氣質）從阻街女郎——婆移轉到了敘事者T，而敘事者T的長髮，又報復性的回去纏住曾經是長髮而今假髮的婆，這就強調了，婆與 T 的慾望與位置，無法用主流標準形式的女性化或男性化意義（長髮／短髮）來固著標誌。至少在這個故事裡，所愛與所失落的長髮，都無法這樣再現。（丁乃非、劉人鵬，1999：11）

敘事者的長髮與寒寒的假髮離開了各自的身體，鏡面映照出一個禿頭男人的形象，象徵兩人皆無法在異性戀性別角色中找到相應的位置。敘事者與寒寒交往時雖剪了短髮，扮演男性角色並愛上寒寒，卻始終無法徹底認同男性這個性別，最後以長髮的姿態愛著另一個女性；而寒寒的長髮看似與她的女性氣質相符，但她並非社會強制的性別所認可的異性戀女性，與敘事者分手後的長髮則是假髮所僞裝出來的效果。兩人的長髮無法被解釋成女性化的表徵，也無法作爲性別認同的證據。邱妙津在小說中翻轉了女性長髮所代表的符號意義，使長髮不再是異性戀男性慾望的客體，而是一種主體慾望的象徵，與其眞實的生命經驗相連結。

參、〈薇薇的頭髮〉中的髮與女性主體性

> 她長髮過腰，緞子似的又柔又亮披在身上襯得她皮膚更白誰見了都說美，她知道自己美，可她討厭留長髮，討厭每天要洗梳吹整得花上一個鐘頭來弄頭髮，還有那種象徵，她已經懂得長髮飄飄是男人心目中女性美的典型，其實男女老少誰見了她的頭髮都忍不住要身手上來摸一下，讚美兩聲，好像頭髮不是她身體的一部份而是街上買來的新衣服似的，任人撫摸玩弄，頂著這樣一頭所謂的「秀髮」，人家對你就有一種刻板的想像。（陳雪，2003：112）

〈薇薇的頭髮〉中的薇薇擁有一頭柔順黑亮的長髮，卻深惡痛絕這個贏得衆人讚賞的身體部位；她覺得她的長髮已成爲一種珍奇的「東西」（如新衣服），而非身體的一部份。她和自己的長髮疏離，這頭長髮對衆人及她自己而言，都成了客體。而同時，薇薇也不喜歡長髮所隱含的女性意涵（「又乖又柔順的女孩」（頁 114）），更不希望因此成爲男性慾望的對象，她甚至認爲自己的性別是男性，只不過被長髮僞裝成女性[7]。

---

7 「薇薇五官長得俊，喜歡騎單車游泳跑步打電動玩具，覺得自己其實是個頂著假髮的小男孩，只不過大家都沒有發現而已。」（陳雪，2003：112）

然而，薇薇的長髮不僅使她不乏男人追求[8]，也使她受到女性同儕的羨慕[9]。薇薇的母親更以她的長髮爲榮，自薇薇小時候便將她的頭髮當成「創作品一般精心研究設計」（頁 113），在她的長髮上投注相當大的心力。薇薇的長髮是她及母親獲得肯定的來源，但這種肯定並非她所想要的。長髮帶給薇薇許多不便及困擾[10]，她所得到的各種讚美其實皆是壓迫她的頭髮論述，薇薇開始懷疑長髮是否已將自己取代。

> 就像孫悟空頭上的緊箍咒，因為頭髮所贏得的讚賞與注目反而使她感覺到束縛，這情況隨著年齡的增長日益嚴重，彷彿將她困在其中，使她逐漸面目模糊，有時她不禁認為所有人看到她的時候其實並沒有看到她這個人，她也不知道自己究竟變成了什麼樣子？（陳雪，2003：114）

因爲長髮太受矚目，衆人無法（或不想）看見薇薇的其他特質，只看見長髮的薇薇所呈現出的女性化形貌，薇薇的主體性爲長髮所遮蔽，她因而「面目模糊」，長髮將她整個人化爲異性戀男人慾望的客體，這正是她受到同性欽羡的眞正原因。在主流意識型態的操控下，女性黑亮柔順的直長髮對兩性來說皆是一項可欲的目標，男性希望擁有留長髮的女性，女性則將這種男性慾望內化爲自己的需求。因此不

8 「從國中開始就有人給薇薇寫情書，千篇一律的，每個人都要讚美一下她的頭髮。」（陳雪，2003：113）

9 「幾個死黨姊妹淘都好羨慕她，她的頭髮又直又軟，髮量也剛好，髮色那麼烏黑，隨便洗一洗吹乾就像洗髮精廣告那麼烏黑亮麗。」（陳雪，2003，114）

10 「大太陽底下頭髮烤得又熱又燙有時幾乎發出塑膠的臭味，還有不管到什麼餐廳吃飯，回家後整個餐廳的飯菜味道都殘留在頭髮上，眞夠噁心的，她更討厭頭髮裡留下的煙味，男朋友抽菸有時好玩她也會抽上一兩根，每次約會完她一回家就要立刻洗頭。」（陳雪，2003：113～114）

單薇薇的男友們爲她的頭髮著迷，連薇薇的母親都非常寶愛薇薇的長髮，並引以爲傲。這些對於長髮的關愛都讓薇薇不敢剪短髮，她害怕短髮的自己會成爲一個「弄壞了的娃娃」（頁 115），男朋友及所有人的目光都會棄她而去。「娃娃」是個隱喻，它本身是沒有生命的玩具，更不可能具有主體性及「發聲」，它存在的目的是供主體欣賞及玩弄，使主體得到愉悅的感受；而留著長髮的薇薇，只是父權意識型態下的一個玩物而已。

故事末了，薇薇不顧母親及男友的反對（兩者的激烈反應強調了薇薇與自己頭髮間的異化關係[11]），仍將一頭留了十幾年的長髮剪成「不到五公分的短髮」（頁 117），並染成酒紅色，她終於擁有自己想要的髮型。剪完頭髮走在馬路上的她「知道自己很美」（頁 117），然而這次的「知道」與之前的「知道」已大不相同，她明白自己的形象已不再是從前那種「長髮美女」，不用忍受長髮帶給她的束縛。

> 說真的，當設計師把她的頭髮一把一把剪下來的時候，她感到心疼又覺得快慰，這情緒多麼複雜，好像是古蹟一樣的頭髮，在她頭頂佔據十多年，她幾乎不記得自己短頭髮的樣子，好像她從來沒有年輕過似的，頭髮的生長代替了她的人生，彷彿一匹絹布記載著她的故事，而那並不是她自己的版本，而是人們口耳相傳、自行揣測的，因為太過

---

11 薇薇的男友及母親皆非常反對薇薇將頭髮剪短，以下是文本中男友的反應：「……她一提起想把頭髮剪短的話，男人觸電了似的在餐桌上大叫，他還說什麼：『不可以，這是我心愛的頭髮。』」（陳雪，2003：115）；而薇薇母親的反應則更加激烈：「……媽媽竟然哭了，拼死拼活阻擋，好像薇薇要割掉她心頭一塊肉，好似薇薇只要一剪頭髮媽媽就要失去存在的意義，好像媽媽這麼多年來獨自撫養長大的不是她這個女兒而是那把可以讓她細心把玩擺弄的長頭髮，要不然媽媽怎會不惜拿出什麼『斷絕母女關係』的狠話來，一把鼻涕一把眼淚威脅利誘的，怎樣都不許她剪短髮。」（陳雪，2003：115～116）薇薇的男友及母親都將薇薇的長髮視爲自己的資產，忽視了頭髮其實是薇薇身體的一部份。

> 逼真而使她身陷其中，才一轉眼竟猶如散落的傳單掉落一地，拿掉了那個故事，她還活著，她沒有被取消。（陳雪，2003：118）

薇薇剪短頭髮之前的人生皆為「長髮版本」，她聽從母親的話蓄養長髮，讓長髮主宰她的人生，甚至決定了她的性別及性傾向，然而那並不是她所想要的生活；當她剪掉長髮，卸除長髮所強加的「女性氣質」（乖、柔順）時，她的身體及人生才眞正為自己所掌控。因而她有「革命的感覺」（頁 118），她並不只是剪短頭髮，更反抗了主流意識型態對她身體的宰制，所有眞正屬於她的「男性化」特質（騎單車、游泳、跑步、打電動玩具）也才會顯露出來，為他人所見。

此外，薇薇雖交過三任男友，但皆是在她的人生未正式展開之前，因此她的性傾向是處於未定的狀況，無法被單純歸類為「異性戀女性」；足見性別有多種變貌，並非二元分明的性別秩序所能規範。

肆、〈柏拉圖之髮〉與〈薇薇的頭髮〉的比較

在〈柏拉圖之髮〉中，敘事者本來留著長髮，因為合約關係而被寒寒修剪成短髮；〈薇薇的頭髮〉中的薇薇則不一樣，她經由抗爭才終於一償宿願剪了短髮。後者因剪去短髮而得以掌控自己的人生，前者卻一直在兩性間擺盪，無法為自己的性別找到定位。陳雪所鋪陳出來的反抗過程最終是以樂觀積極的結尾收場，邱妙津對異性戀體制的抗議則始終是怨忿不平的，其時空交錯的敘事手法則象徵著小說人物的複雜錯亂的心境；兩者意欲傳達的訊息或有不同，卻都再現出社會主流價值觀對於女性身體的壓迫，並翻轉了父權意識型態中女性頭髮的意義。長髮不再是女性的代表符號，就算「女性」（按照異性戀社會強制區分的性別）留有長髮，其深層意涵也並非是男性慾望的客體，而是自身慾望的象徵。以下本文將探討兩篇小說的雷同之處，試圖透過比較相似的部分，發現不同的面向。

〈柏拉圖之髮〉與〈薇薇的頭髮〉有兩個雷同之處，其一是主角

頭髮的暴長。〈柏拉圖之髮〉中敘事者的頭髮暴長發生在寒寒說出「你爲何不是男人」這句話，並緊咬她的肩膀使她痛暈之際。她在暈眩恍惚間發現自己的短髮忽然暴長，緊勒住寒寒的脖子。頭髮瞬間變長，象徵她無以名狀的性別被寒寒的「你爲何不是男人」這句話所召喚出來，這種性別不是短髮所代表的男性，但也無法被歸類爲異性戀性別標準下的女性。敘事者此時暴長出來的長髮並非女性刻板形象的再現，而是她被壓抑、得不到社會正名的慾望的展現。她的長髮之所以勒住寒寒頸項，或可解讀成對寒寒背叛的不諒解，敘事者本以爲自己不會愛上女人，寒寒卻不相信她會愛上某個人[12]，且認爲人與人的性愛關係並沒有性別的界線[13]。然而寒寒口中的「人」終在兩人發生性關係分解成「男人」和「女人」，她的哭喊揭露出她的選擇對象仍是男人。這個舉動說明了她的背叛，敘事者的長髮因而報復性的緊勒她脖子。然而，這段描寫也可解讀爲長髮象徵敘事者的慾望與性傾向，非敘事者的理性所能遏止，因此它無可避免的會去纏繞它所依戀的對象，但這種社會主流意識型態所不能見容的愛非但不會使寒寒幸福，反而會將她勒斃。

而〈薇薇的頭髮〉中薇薇頭髮暴長的情節則發生在她的夢中。這個惡夢是一個關鍵，使她堅持要將頭髮剪掉。

> 夜裡，薇薇的頭頂刺痛，這疼痛使她驚醒，頭髮突然暴長起來，一下子就變得非常多非常長，像魔鬼藤穿破頭頂張狂而出旋即瀰漫了整個

12「但我們都認爲不可能愛上對方。我想自己可能會喜歡這個人，但不相信會對女性產生愛情和性欲。她則認爲需要被一個她信任的人擁抱、做肉體上的接觸，但不相信她會愛一個人。」（邱妙津，1991：138）

13「『人與人之間像一顆顆珍珠，除了沒一條線可以串在一起外，並沒有什麼形狀、大小的差別啊！』寒說。『所以你會認爲也沒什麼特定的排列秩序嗎？』『對啊，又不是在堆積木。』」（邱妙津，1991：136～137）

枕頭然後覆蓋了床鋪，那些頭髮纏住床板爬行到床柱將她整個綑綁使她完全動彈不得，她失聲尖叫卻發不出聲音，張開的嘴立即被一把頭髮穿透塞滿，身體被頭髮整個貫穿，然後撕裂。（陳雪，2003：112）

這個惡夢暗示了薇薇的處境。夢裡的長髮不像是她身體的一部份，反而像是隻寄生在她體內的魔獸，快速暴長後將她綑綁，使她無法發聲，最後將她貫穿撕裂。事實上這隻魔獸是她生活周遭的人所豢養的，她的母親及男友給她的壓力都濃縮聚集在長髮上，而這些壓力的來源是父權文化對女體的規訓及控制。這個惡夢因而成爲促使她反抗的動力。

比較兩篇小說中關於主角頭髮暴長的描寫，頭髮皆像具有自由意志一般不屬於她們，無法爲她們所控制。但這裡必須強調的是，〈柏拉圖之髮〉中的敘事者無法控制她的長髮，象徵著她無法掌控自己的性傾向，也無法強制自己（某種特別的性別主體）認同主流標準下既定的性別。而〈薇薇的頭髮〉中的薇薇在夢裡無法控制自己的頭髮，則反映出她與自己的長髮疏離，而長髮已將她完全物化的現實處境。無法控制的力量一來自於個體之內，一來自於外，兩者意欲探討的性別問題或有不同，卻同爲對異性戀父權體制的反抗。

〈柏拉圖之髮〉與〈薇薇的頭髮〉的第二個雷同之處，則是前篇小說的敘事者與後篇小說的主角在剪短髮之前皆定與男人交往，而並未有與女性相戀的經驗。〈柏拉圖之髮〉的敘事者在與寒寒來往之前雖極少意識到性別的問題，但她的身份認同卻爲異性戀女性，也的確愛過男人[14]，直到她開始「模擬愛情的男人經驗」後才發現自己的性傾向並不如想像中那麼清晰明確，她體內的「陽剛分子」也逐漸被喚醒。〈薇薇的頭髮〉中的薇薇曾認爲自己是個男孩，而她固有的（與

14 「到目前三十六歲，有過三任男友，和其中兩個發生過性關係。打從二十歲愛上初戀情人後，就開始寫愛情小說。」（邱妙津，1991：140）

異性戀男性談戀愛）交往模式，則因她否定這段被長髮所替代的人生而產生動搖，薇薇的未來將如何開展雖未可知，但她絕非二元性別下單純的「異性戀女性」。

透過兩個文本的比較可得知，既然「女性」並沒有單一而穩固的本質，存於性別律則下「女人認同女人」的邏輯也無法成立。如同〈柏拉圖之髮〉與〈薇薇的頭髮〉中的敘事者與薇薇，是女人（擁有女性性徵）卻又不是女人（愛上女人或認爲自己具有男性化的一面），遊走在性別的邊緣。薇薇對自己「女性化」外表不滿的原因之一是她認爲自己具有「男性化」的特質，〈柏拉圖之髮〉中的敘事者則透過性別扮演發現自己的性傾向，但找不到合理的解釋讓自己坦然面對這個發現。社會強制的性別規則遺忘了同性戀特質，也忽視其他性別可能。因此，只有正視各種獨特性別主體的存在，掙脫二元對立的性別枷鎖，使具有女性生理特徵的個體不致被本質化的性別論述所壓迫，如同〈柏拉圖之髮〉的敘事者與寒寒之間的愛情不再是禁忌；當此之時，所有「似女又非女」的「女性」才皆能獲得解放。

伍、結語

> 其實沒有什麼大事發生，只是剪了個頭，她竟然有種鬧了革命的感覺。走著走著她才突然發現，大街上，到處都可以看到各式各樣短髮的女孩。（陳雪，2003：118）

在〈柏拉圖之髮〉與〈薇薇的頭髮〉中，女性的頭髮不只是身體的一部份，它被再現爲性別認同的表徵及被慾望的對象（不僅被異性戀男性慾望，也被具有同樣性徵的「女性」所慾望，如〈柏拉圖之髮〉中的敘事者），而兩位作者對女性／長髮背後固著的意涵的拆解手段或有不同，卻都不失爲一種積極的反抗策略。陳雪筆下的薇薇最終剪去長髮，擺脫了「女性刻板形象」，並確立了自己的主體性。邱妙津筆下的敘事者在離開寒寒後又留起長髮，讓長髮成爲自己慾望的出口，卻始終無法找到自己「在性別座標中的位置」，最後鏡中出現的禿頭男人影像再次強調了性別二分的荒謬，敘事者及寒寒因而成爲了一種被排除掉而「不存在」的性別，〈柏拉圖之髮〉是「不存在」的性別的發聲，使這種被異性變父權體制忽略的性別所受到的壓迫及傷痛被呈現出來，藉此對既有僵固的性別秩序提出抗議，兩篇小說皆質疑了「女性」的定義及隱藏於其後的性別律則，並因此顛覆及擴充了「女性」的性別意涵。

〈鬼的狂歡〉出版於 1991 年，而陳雪的〈鬼手〉則於 2003 年出版，兩者的出版年代相差十二年。跨過了一個世紀，而今的性別結構相較於十多年前也有鬆動變化的趨勢，如同陳雪於〈薇薇的頭髮〉末段所樂觀描述的，街上到處都有短髮的女孩，她們的存在不但瓦解了女性長髮所代表的女性氣質，也同時挑戰了單一穩固的性別認同。

參考文獻

- 丁乃非、劉人鵬（1999）：〈罔兩問景（II）：鱷魚皮、拉子餡 半人半馬邱妙津〉，《宛若 TG：第三屆「性／別政治」超薄型國際學術研討會論文集》。國立中央大學性／別研究室。
- 白瑞梅（1999）：〈尋找（看不見的）婆遺失的辯證：陳雪的反寫實、反含蓄〉，《宛若 TG：第三屆「性／別政治」超薄型國際學術研討會論文集》。國立中央大學性／別研究室。
- 林宇玲（2002）：《電視綜藝節目的性別反串文化》。台北：華之鳳科技出版。
- 邱妙津（1991）：〈柏拉圖之髮〉，《鬼的狂歡》。台北：聯合文學。
- 陳雪（2003）：〈薇薇的頭髮〉，《鬼手》。台北：麥田出版。
- C. Garcia, Jose N. (1999) 'Performativity, the Bakla, and the Orientalizing Gaze' Paper presented in Third International Super-Slim Comference on Poli-

tics of Gender/Sexuality；張淑紋譯（1999）：〈操演、Bakla 與東方凝視〉，《宛若 TG：第三屆「性／別政治」超薄型國際學術研討會論文集》。國立中央大學性／別研究室。

- Clough, P, T (1994) Feminist thought：Desire,Power,and Academic Discourse. Blackwell；夏傳位譯（1997），《女性主義思想：慾望、權力及學術論述》，台北：巨流。
- Harding, J. (1998) Sex Act: Practice Femininity and Masculinity. London, Sage；林秀麗譯（2000），《性與身體的解構》，台北：韋伯文化。

第二場

11 月 28 日（五）13:00～14:45

邱坤良◎主持

◎潘秀宜

幸福的彼岸

——陳若曦小說的延續與轉變

◎黃錦珠講評

◎汪俊彥

在學院長大，在表坊說相聲

——八〇年代賴聲川劇作之風格意識與戲劇場域關係轉變初探

◎鴻　鴻講評

◎彭佳慧

藝術與文學中「閨秀」之比較與探討

◎吳瑪悧講評

幸福的彼岸

——陳若曦小說的延續與轉變

◉潘秀宜[1]

《摘 要》

向來善於在文學中探討社會機制與權力關係的陳若曦，在返台後的創作裡，看似調整論述焦距，放棄黨國、法律制度等「大我」的範疇，關注起切身「小我」的兩性關係、信仰議題，其實是探討深層的權力體系。尤其陳若曦就婚姻與家庭為據點所討論的兩性政治，實可串聯以往對階級壓迫的批判軸脈，再次揭示幸福圖騰下犧牲弱勢於無形的權力真相。並且在宗教小說中，探看標榜大愛精神的宗教團體，是否真能擺脫俗世誘惑以實現「眾生平等」的幸福。

關鍵詞：權力、意識型態、兩性政治、宗教小說、陳若曦

1 國立暨南國際大學中國語文學所碩士生，E-mail:pan6411@yahoo.com.tw

壹、前言

換算「理想」的標準尺度該是多少？是俯首稱是的衆生人數？還是容許質疑的異言空間？然而，這個見仁見智的應用公式，總是忙壞了向來憂國憂民的知識份子。責無旁貸的自我要求，讓一批批時代菁英有如化身十六世紀的海上冒險家，以大好前程爲注，幾番遠度重洋甚至不惜更改航道，就爲了到達心中完美的理想淨土。

在這一列浩浩蕩蕩的隊伍裡有個鮮活的身影，執筆如持劍的陳若曦當年以銘記文革傷痕的政治系列小說而轟動全球華人。其實早於她大學時期的創作中，就已流露高度的人文關懷以及深刻細微的觀察力[2]，使能洞察潛藏於事物表面下，趨近問題核心的深層思考。並以客觀精要的筆調呈現不同的文學探勘工程，像是後來成功刻畫僑民生活的移民小說，便是另一系列極其成功的文學作品。劍及履及「爲眞理不顧一切地勇往邁進」的熱情[3]，讓陳若曦能在文學的版圖上直指社會的盲點，劈斬眼前狀似美景的迷障。然而，這一位始終堅持以高標準爲社會品質把關的女作家，在洞悉極權立黨建國的人性壓抑以及民主法治的平權假面之後，將追尋的腳程移回台灣。今非昔比的福爾摩沙，看在這位歸國女兒的眼下，除了感恩之外，對於兩性的權力落差仍有她不容隱忍的缺憾。既使將理想寄託於標榜「衆生平等」的宗教團體，在求體現無私大愛於俗世的背後，仍難避免人事制度下魔高一丈的權力質變。經過世事歷練、多國文化衝擊洗禮，陳若曦在近十年

---

2 夏志清曾表示陳若曦大學時期的作品，有繼承五四、三十年代標榜「人的文學」的創作傳統。參見夏至清〈陳若曦的小說〉，收錄於《陳若曦自選集》（台北：聯經出版事業有限公司，1976），頁 10～11。

3 石濤言稱：如此起而付之實踐、不顧一切勇往直前的氣質是陳若曦的註册商標。參見葉石濤著〈從憧憬、幻滅到徬徨──談陳若曦文學的三個階段〉，發表於《自立晚報》（1984 年 06 月 11、12 日）。

的創作中以更質樸卻不失力道的溫厚眼光，再一次質疑道德理想與社會秩序的平衡關係。

一路走來，陳若曦對於藉由理想之名以操弄霸權的批判堅持，在返台至今的創作裡有深入性別關係，甚至宗教政治等更高範疇的審視姿態。可惜前輩學者如葉維廉、葉石濤、吳達芸、鄭永孝等人的相關評論研究，至多僅達移民系列小說而未及陳若曦一九九五年返台後的相關創作。因此本論文嘗試以陳若曦返台後的創作爲主要分析文本再輔以先前作品爲佐證，來整理出陳若曦作品中對於權力政治的討論軸脈。

因此本文擬從兩方向進行討論：首先就婚姻與家庭結構中的兩性意識，陳若曦如何串連以往對階級的批判，再次揭發搖著幸福旗幟其實犧牲弱勢於無形的權力眞相。接著則探討陳若曦在宗教題材中，如何藉由性別角度來檢視修行天地裡的權力機制，探看世人是否眞能在佛祖應允的寶地上享受到「衆生平等」的幸福。

貳、追隨「黨主席」？

向來善於在文學中探討社會機制與權力關係的陳若曦，返台後的創作裡看似調整論述焦距，放棄黨國、法律制度等「大我」的範疇，改而關注起切身「小我」的兩性關係，其實是探討更普遍的權力現象。尤其是當權力體系以各種形式、名義散佈在各個社會場域，堆疊在這些制度金字塔下的邊緣聲音，總是微弱而乏人注意。本著知識份子的良知與熱情，陳若曦在追尋理想烏托邦的過程中，身體力行的實際參與讓她瞭解弱勢群衆無處投訴的處境，進而不顧輿論壓力一再揭穿完美遠景背後的權力假面。

回顧陳若曦的創作旅程，其實就是一場尋索沒有權力壓迫、幸福樂土的漫漫記錄。一九六六年她與夫婿前進中國[4]，響應以社會主義

4 以下關於陳若曦的相關年表引自〈陳若曦簡歷〉，收入於《重返桃花源》（台北：草根出版事業有限公司，2002），頁 271～273。

改造神州的空前壯舉，歷時七載的「文革」經驗，到頭來卻是由〈尹縣長〉（一九七四）、〈任秀蘭〉（一九七六），代替自己宣告對「毛主席」倡導共產建國的失望與失敗[5]。接著爲了呼吸民主空氣，一九七三年陳若曦舉家遷移香港，後來更旅居加拿大、美國等地。多年的僑民生活讓陳若曦體認到看似處處機會、人人平等的西方法治社會，底下潛藏的種族隔閡是一張堪稱資本主義入場卷的「綠卡」所難以消除的差異。面對處境尷尬的去留問題，〈綠卡〉（一九八〇）[6]、〈雖然是你的房子，卻是我的家〉（一九八五）[7]中的台灣移民說出了二等公民看不到希望卻也不忍失望的徘徊心情。一連串令人失望的生活實驗，讓陳若曦放棄海外看似別緻難得，其實權力問題大同小異的社會環境，而將尋覓理想的腳步轉回至台灣本土上。

陳若曦這些作品裡看似對共產建國、法律制度的不滿意，其實皆可化約爲挑剔社會機制中標榜公平合理的權力體系。對於當中交纏繚繞的複雜關係，深得「權力」箇中三昧的傅科指出：

> 權力既不是指在確定的一個國家裡保證公民服從的一系列機構與機器，即「政權」，也不是指某種非暴力的、表現在規章制度的約束方式；也不是指由某一分子或團體對另一分子或團體實行的一般統治體系，其作用透過不斷地分流穿透整個社會機體。用權力的概念研究權力不應該將國家主權、法律形式或統治的同一性設為原始論據；確切地說，它們不過是權力的最終形式。[8]

---

5 此二篇作品皆收錄在陳若曦著名的文革小說《尹縣長》（台北：遠景出版事業有限公司，1976）。

6 收錄於陳若曦：《城裡城外》（台北：時報文化公司，1981），頁 85～146。

7 收錄於陳若曦：《王左的悲哀》（台北：遠流出版公司，1995），頁 105～118。

8 引自〈性意識的機制〉，米歇爾・傅科著、尚衡譯：《性意識史》（台北：桂冠圖書股份有限公司，1998），頁 79。

可見無孔不入的權力體系會透過不斷增值、演化以更無瑕的社會制度使人信服，並透過意識型態之無形滲透以鞏固這樣的價值觀。像是政黨、國家、法律都是權力體系爲求衍續所巧立的名目。然而，包含於國家機器各層範疇中的性別政治，獨尊父權的現象更是歷史悠久且難溯其源的最佳實例。

回到台灣，陳若曦再一次將批判權力生態的鋒筆，對準以家庭結構爲基礎的性別關係。一九九五年當往昔一同留美的友人多半決定落戶異邦之際，陳若曦選擇返台定居。環顧印象中落後封閉宛如海上孤島的台灣，如今早已處處進步開放，但堅守家庭、重視婚姻約定的傳統女性卻仍多是飽受權力宰制的犧牲品。因此陳若曦在接下來以《女兒的家》（一九九八）爲代表的系列創作裡，嘗試探討在聯結基本社會網絡的婚姻形式中，女性的處境以及兩性政治在資源分配上的差異，如何迫使她們於權力場域裡一再喪失追求主體自由的能力。其實在先前移民系列小說裡，那些移居海外「爲愛走天涯」的台灣女子，既常流露身不由己的無奈感慨，像是〈路口〉（一九八〇）中徘徊於愛情與親情的失婚女性，其實是再次深陷父權理想與女性自覺的對峙角力；《突圍》（一九八三）裡置身外遇風暴的教授太太，面對婚姻的殘局在維持家庭完整與照顧幼兒的「天職」使命下，僅能被動地靠丈夫選擇離婚來解決問題。然而擅長寫實風格，向來偏愛採女性角色的觀點來鋪陳社會問題的陳若曦[9]，在〈莽夫的告白〉中卻安排以男

9 在吳達芸：〈自主與成全——論陳若曦小說中的女性意識〉中曾有以下統計「在三篇短篇《尹縣長》、《老人》、《城裡城外》所收十九個故事中，共有七篇以女性第一人稱『我』的角度，三篇以 女性第三人稱『她』的視野作爲敘事觀點，而五部長篇，除《二胡》外，《歸》、《遠見》、《紙婚》的全部以及《突圍》的三分之二都採用有限全知觀點，深入女主角的內心來敘事，這種現象可能意味著陳若曦對女性思維意識的重視。」這樣的敘事觀點仍延續至返台後的創作裡。收錄於《陳若曦集》，頁 257～258。

性觀點來陳述在社會機體扎根甚深的婚姻關係[10]，其實是藉此凸顯靠婚嫁以維持之最小社會單位──「家庭」中的權力問題。

傳統性別認知讓多數爲愛走進婚姻的女子成了家庭結構中無聲的幽靈。文本裡名叫「楊煒」因有家庭暴力傾向而需接受心理治療的男子，面對香港籍的男醫生，說著結褵以來與妻子之間的愛恨情仇。故事裡藉著男主角滔滔不絕的自我表白，讀者得以瞭解這個閒賦在家多年卻堅稱「在哪裡都是當家作主」的專橫男子，對於觀念中「需要指導」的另一半欲求自主獨立的堅決頗多怨言。原來這位隱逸於文本後的女主角在幾次返台經驗中，見證台灣的轉變、參與本土團體的成長學習，從中激起認同自我的主體意識進而有了歸巢返鄉的意念，可是男子早已捨不得離開美國這塊安樂地。面對妻子於經濟上、行動上的自主要求，身爲「一家之主」的權力仲裁者在祭出傳統「嫁雞隨雞」的觀念卻不見成效的同時，便逕自以暴力相脅。並強調「『人生而平等』是美好的理想，但也僅止是理想而已」[11]，且搬出美國黑人是「次等民族」所以「翻不了身」的種族現象來印證自我的性別權益。最後魯莽的丈夫爲保住房子不被變賣平分，更再次「失手」將妻子打成重傷。如同男子姓名諧音所喻意之男性頹勢，陳若曦暗示這般理直氣壯的男子早已過了時代，漸漸對有自我意識的女子起不了作用。但畢竟「雅梅」──文中從未出現、發聲的女主角，是在傳統父權觀念下爲家庭無私奉獻，甚至犧牲自我的一代。這個「溫婉和順，丈夫和女兒就是她全部的天地；罵她幾句，只會背著人默默流淚」（〈女兒的家〉，頁 135）的女性形象，可在陳若曦作品的角色譜系中看到爲數不少的熟悉身影。那些爲了丈夫口中的幸福，不惜千里迢迢，攜兒帶

---

10 此篇作品收錄於陳若曦著：《女兒的家》（台北：探索文化事業有限公司，1999），頁 131～139。

11 參見陳若曦著：〈莽夫的告白〉，收入於《女兒的家》，頁 135。以下引用，僅引頁碼不再贅加註釋。

女遠赴他地生活的「淑貞」、「素月」甚至「辛梅」，在認同家庭職責的觀念裡其實都有遵循著相同的父權意識[12]。向來以男女情愛爲招牌的婚嫁關係，是父權向家庭結構裡扎根最深的社會制度。然而，早在婚姻契約之前，自幼由家庭生活所認知的性別角色，常使女性在認同父權結構所規劃的生涯遠景時，便以漸流失掌握自我權益的能力。

如前所述，善於僞裝的權力體系會透過國家機器，將意識型態滲透於人際關係於無形，尤其是性別政治——這個牽涉範疇最爲普遍的權力關係裡。在以父系主導爲優先的傳統社會中，女子的權力多被侷限在屈從、附屬於男性利益的條件裡。其中權力關係的展現，從經濟活動到道德規範，甚至是視爲「天生」特質的性別差異，自然左右了女性在權力場域中的自我期待而拱手獻出份內資源。這樣的反省在陳若曦與書同名的小說〈女兒的家〉中[13]，正以尋常無奇的台灣家庭爲故事背景，催促人們重新正視在日新月異的進步社會裡，那些固守家庭的傳統女性缺乏社會資源的晚年處境。

欠缺制度背書、意識型態認同的弱勢群衆，在面對強權壓迫而難維護自我利益的無助情況其實是大同小異。相較於移民女兒在海外舉目無親的無奈與無助，同樣是「MADE IN TAIWAN」卻從未出過國的台灣女子，在「父兒令重如山」的價值觀裡又有怎樣的遭遇？〈女兒的家〉裡年過花甲，名爲「惠馨」的女主角是一般傳統好女人的完美典型。不但是「賢妻良母」之外，更是一個無可挑剔的好女兒。如此順服的形象正如文中所述「她秉性溫馴，從小就是父母眼中的乖女兒，對父親尤其言聽計從。」（〈女兒的家〉，頁 148）然而，終年倚床的病父，仰賴女兒如老妻般的細心照顧而借住女婿家，竟然長達

12 此三位女子分別是以下三篇小說中的女主角：《遠見》（台北：遠景出版公司，1984）；〈素月的除夕〉，收入於《貴州女人》（台北：遠流出版公司 1989）；《歸》，（台北：聯經出版公司，1978）。

13 收入於陳若曦《女兒的家》，頁 141～160。

二十年之久！老人的私心罔顧了女兒的處境，也間接影響了女兒的婚姻。在爲自己找到最後安身之處的同時，也變相拘禁女兒於狹室之中。隨著歲月的流逝，父親往日和藹卻不失威嚴的容顏卻日漸頹敗枯槁，從前熟悉的安全感似乎僅能從他早年的畫像上尋覓。彷彿女兒是倚仗著對牆上父親的信任與景仰，才有足夠的耐性照顧這個看似陌生的病漢。直到老人病危，面對各個親人冷淡的反應，女子也對自己既在眼前的晚景發出了無所依靠的感嘆。然而，當父親享盡清福顧自歸天，這個犧牲多時卻是兄弟認定「以非賴家人」的孝順女兒，除了不在分配遺產的名單裡，自己的姓名也沒能出現在父親的墓碑上；就連那幅畫像還是自己一反往常柔順態度，不惜衝突而爭取來的。到了最後，女子更將畫像高掛案堂之上，仍不放棄仰望父親庇佑自己未來的信仰。雖然文中因畫像而引爆的兄妹鬩牆稍嫌矯情，卻也凸顯擁有強大社會奧援的父權體系，背後喫人於無形的意識型態是多麼堅固、可怕。

有趣的是，這一幅貫穿全文始終不老的男子畫像，隱隱然成了意識權威的象徵符碼。特別是此父權形象所代表能提供溫暖、幸福以及生活物質的各項保障，更是超脫個人現實經驗，成爲根植子女心底，深信不疑的完美偶像：

> 驕陽佔領了大半個牆壁，照亮了父親的一幅半身油畫像。畫中的父親，頭部沐浴在晨曦裡，映得一頭銀髮熠熠生輝，眉眼含威，笑不露齒，神情既莊嚴又親切。（《女兒的家》，頁 142）

對於這幅充滿號召力的圖像是否感到相當熟悉呢？讓我們試著回想，不正似以往風靡全中國的毛主席畫像的翻版，或是移民者的護身符——「綠卡」。這些一個個代表著不同權力系統的理想表徵，靠著一組組配對成套的意識型態滲透進每一個追隨者思想，難以除魅的瘋狂程度，就屬中國文革時透過國家機器以貫徹對中央領導的崇拜來顯示黨員忠貞，爲最佳範例：

> 能說孩子不愛「毛主席」？在襁褓中，一見到「主席」像，便條件反射地眉開眼笑，手舞足蹈了。……除了廚房和廁所，家裡所有的走道和每一面牆都貼上了「毛主席」的畫像、詩詞、字畫等，一直到江青發覺有「庸俗化」的傾向後，下令取締，才奉令取下來。[14]

就像女兒掛在牆上「實不如畫」的父親一樣，頂著理想與權力光環的權力既得者，在接受黨員兒女虔誠膜拜的同時卻無能（或是無意？）解決理想與現實之間的偏差。一路追隨中央，到頭來卻仍得不到理想待遇的女兒、黨員、二等公民，面對幸福幻滅的失落，或許藉由《遠見》中的女主角對著美國公民證所發出的質疑最能說明：

> 把卡片捧在掌中，仔細審視著，暗自奇怪它怎麼叫綠卡。藍卡也許更貼切，因為最醒目的頭排大字「外國居民」是深藍色，底下發證單位也是藍底白字。……熬了兩年，得來的竟是名實不稱的一張卡片。[15]

一如「綠卡」、主席照片、父親遺像，這些供在人民心裡宛如幸福保證的完美旗幟，在高呼著理想招攬人們加入權威底下的勢力結盟時，卻不保障追隨者不受因制度而產生的階級壓迫。而且爲了未來而犧牲自我當下利益的人們卻在意識型態的價值內化下，對於眼前可口誘人的「紅蘿蔔」始終深信不疑。因此，即使老人會死，主席的畫像可取下，甚至綠卡的顏色能更改，可是霸踞心中的觀念與自我角色定位卻難移異。

對於靠家庭結構以固化的性別政治，陳若曦再次批判父權透過思

---

14 參見陳若曦著：〈晶晶的生日〉，收入於《尹縣長》，頁 11～12。
15 參見陳若曦著：《遠見》，頁 279。

想，滲入制度而施展的階級壓迫。可見從家庭到法庭，從結婚到移民，無論是日常生活中的倫理規範，或是建黨立國的法律制度，在意識型態的成功操盤裡都成了爲部分團體、階級效力的掠奪機器。尤其是涵蓋範疇最爲普遍的性別關係，更是讓女性成爲層層權威壓迫下的邊緣犧牲品。所以一路尋求平等、自由、沒有人權迫害——理想烏托邦的陳若曦[16]，或許只能轉向「宗教」這塊普照大愛、衆生平等的世間修行地。

參、幸福的方向？

隨著對俗世社會機制所標榜的幸福感到失望，陳若曦轉而將沒有權力壓迫的人間理想寄予於「宗教」修行團體之上。這個存在於現世卻凌駕一般體制並且充滿救贖概念的特殊機構，在標榜超脫私欲以離苦難的號召中，理應免除政黨、國族甚至性別等等階級藩籬，給世人一塊難得平等的人間淨土。如此美景，對陳若曦而言無非又是一道耀眼的曙光，特別是放眼台灣現正蓬勃發展的宗教盛況，在神明的召示下果眞是生意盎然的綠洲？還是又一次壯觀卻飄渺的海市蜃樓？爲了避免人們再度陷入權力謊言而最終徒勞而返，女作家再次以「不平則鳴」的創作理念檢視宗教團體的修行制度，其實是延續以往對權力問題的關注。

新世紀開端，陳若曦在《慧心蓮》[17]（二〇〇一）與《重返桃花源》[18]（二〇〇二）兩部小說作品裡嘗試了少人觸碰的宗教題材。對

16 參見白先勇著：〈烏托邦的追尋與幻滅〉文中白先勇比喻陳若曦的創作其實是記錄對理想烏托邦的追尋。收錄於，《驀然回首》（爾雅出版社，1978），頁 105。

17 陳若曦著：《慧心蓮》（台北：九歌出版社，2001）。

18 二〇〇〇年陳若曦擔任南投縣駐縣作家，駐縣期間爲八十九年七月至九十年六月，此部小說作品爲駐縣時完成。陳若曦著：《重返桃花源》（台北：草根出版事業有限公司，2002）。

於強調捨我利益、以度衆人的宗教事業是否眞能擺脫尾隨體制而來的階級壓迫？陳若曦安排以女子剃度出家的求道過程，來瞭解摒除婚嫁制度於修行門外的佛教僧團，是否眞能避免俗世眼光裡的性別歧視，擁有公正公平的權力機制。向來兼具歷史視野與時勢眼光的陳若曦，在新作中不但以跨越世代的角色佈局來呈現宗教縱向傳承的情形，並且皆以具有留學背景的女主角來橫向比較不同宗教的入世現象。在敘事手法上，《慧心蓮》偏重速寫近半世紀台灣佛教發展的情形；而在《重返桃花源》中，作者則嘗試橫覽目前「百家爭鳴、百花齊放」的宗教現象。兩書藉著「九二一」大地震作串連，並以同爲主角故鄉亦是宗教盛地的「埔里」爲中心，對台灣的信仰生態作一介紹、討論。

在這兩部著作中，陳若曦透過繁複的情節背景交叉討論佛教僧尼團體中的制度問題。故事安排都是以出國深造回國服務的女尼爲主角；一個是俗名杜美慧，早年曾受到家庭暴力而皈依空門的「釋承依」；另一個是俗名米瑞麗，有原住民血統生性樂觀的「釋元眞」。書裡皆藉著三代祖孫女的角色安排，扣緊信仰問題來談世代交替、傳承的情形。並且在探尋宗教改革可能之時，也帶出台灣其他弱勢團體如：原住民文化、婦女保護等邊緣聲音。前者的母親、妹妹、女兒皆因情感不順遂而早早傾心佛法；後者的原住民奶奶、阿姨也都熱情投入於各項宗教活動中。但不同的是早年出家的釋承依，後來從老師父手裡接下使命成了「海光寺」住持。這位被授與制度權力的出家女尼，除了努力修繕佛教不合時宜的戒律，更積極建立「婦女救援中心」給弱勢團體一個棲身避禍、「以佛法療傷止痛」的居所。但歸屬傳統修行僧團的釋元眞確有不同的境遇，一個固守舊律，視諫言爲「質疑佛法」的封閉團體，終叫年輕有理想的女尼灰心。這看似極爲相近的故事背後，陳若曦小心翼翼的嘗試撥解宗教體制下的權力眞相。

訴諸於個人修爲以得超脫罪惡的宗教信仰，在彷若「無爲而治」的自律要求下，其實有高於一般法律更爲嚴密完整的操控體系。尤其當人們視宗教典律爲善惡終極標準、做人處事的最高指導原則時，「修行看個人」的救贖判裁讓信徒自動臣服於此意識型態之下。特別當宗教以「博愛無私」、「公正和平」爲號召而宣稱杜絕征戰、禁止封建、鄙棄私欲，藉此鞏固修行制度或救世團體的權力效能卻缺乏檢視的對抗機制時，其中若有形成階級壓迫，則會較一般體制更爲嚴苛而且難以查察。例如兩個文本中，同爲僧團成員的女主角，皆曾感嘆長存於佛教制度中的階級差異與性別歧視：

> 佛教道場長年歧視女性，兩千多年前就制定了三、四百條戒律來規範女眾。後來概括出『八敬法』，要求比丘尼從比丘受戒，每半月向比丘請教、懺悔，不得呵罵或是批評比丘，比丘地位總是高於比丘尼，戒臘再高的比丘尼也須向比丘行跪拜禮。（《重返桃花源》，頁14）

不只是千年前留下的修行律則，如此的觀念甚至是深化到一般修行制度裡，認爲女子不能成佛所以出家後「不叫『師姐』而改叫『師兄』，這樣才有修行成佛的希望」，就連整日恭頌的佛律經典在強調「佛土純一清淨，無諸欲染」的同時，也嚴酷杜絕女子於「極樂世界」之外。面對宗教中故陋的陳規，以台灣出家眾有近八成是尼僧的宗教現況，自然有許多要求改革的聲浪。但無奈現今宗教體制多半由男僧所操控，故事裡獨掌權勢的男上人，面對女弟子對於古老制度的質疑，老上人搬出「佛法是眞理，眞理哪需要改變？」這樣的說法。面對權力上層種種不平等的安排，多年的戒律生涯讓她選擇服從，更是絕對相信上人「宛如父令」的所有觀點。直到同修好友因勸諫上人而被驅逐師門，女尼轉而得知，原來自己尊崇景仰的「豐悅大師」，竟然以權責之便放任自己沈溺「風月」，長期侵害年輕女弟子。對於精神領袖竟敵不過私欲考驗的事實，女尼爲自己的未來感到無奈而徬徨，最後更是放棄修行一途，改而還俗返家。如此以「大愛」之名行專制之實的欺世態度，同樣也出現於《慧心蓮》的情節中，可見在佛祖慈愛光輝的掩蔽下，狀似祥和的宗教機制一不小心，就成了少數份子獨享其權的皇宮殿堂。

這些獨佔權力的既得利益份子，自是人們應該群起討伐的對象，但此現象背後更值得我們思索的是，靠著集團制度以染指宗教意識而更顯牢固、壯大的權力體系，如何再次讓階級壓迫合理化：

> 權力的成功與它是否能夠成功地掩蓋自己的手段成正比，一個厚顏無恥的權力難道還能為人們所接受？保密對於權力來說並不過份，相反地；對它的運轉來說必不可少的。[19]

可見若要反轉權力體系中不公平的資源分配，再次揭穿掩護權力的意識型態會是最快的方法。然而，國家器機的複雜與龐大實非數人微薄之力所能操控。因此，投身體系制度中，透過爭取權力以求改革是退而求次的最後希望。

「知識就是力量」，憑藉知識所爭取的階級優勢讓弱勢群衆能移至更有力的權力位置。所以《慧心蓮》裡留學歸國的女尼對於權力不均的現況，能靠知識所帶來的資源與優勢，對現行機制進行改革。引領母親、妹妹於正信、甚至引渡女兒出家的承依女上人，可說是代表著在台灣塊土地上努力改革的清新力量。一如以往作者在長篇小說中對男女形象，正負面鮮明的角色安排[20]，書中男子多半選擇移居海外，反倒是一群感情路坎坷的老中青女子相繼返國，在女上人的引領下於佛門中尋獲生命意義，從此根留台灣。一項項順應社會變化的佛教改革，這位投身公益活動，注重環保概念並留心社會脈動的女上人，將佛教的大愛實踐於台灣這塊土地上。尤其因自身經驗而瞭解社

19 引自〈性意識的機制〉，米歇爾・傅科著、尙衡譯：《性意識史》，頁 75。

20 參見吳達芸〈自主與成全——論陳若曦小說中的女性意識〉，收入於《陳若曦集》，頁 275。

會對弱勢團體的忽視，所以努力在宗教園地裡爲她們建造一座得以容身的避難所。這樣的努力看在下一代——王慧蓮眼裡有了這樣的感動：

> 我覺得自己有很多、很深的愛，很想和人分享，越多人越好。我嚮往一種歡暢、快樂的生活，人人彼此扶持，各盡所能，各取所需，像是分享一種生命共同體那樣。我一直不清楚這是什麼生活，直到我去了海光寺，看到比丘尼歡歡喜喜在念經、灑掃、洗碗……我才知道原來這就是我嚮往的生活方式了。（《慧心蓮》，頁 163）

彷若「女性烏托邦」的畫面，如果要解釋成高傲跋扈的性別獨裁，還不如感嘆人類平等共處的世界難得。順著書名，我們不難想到先前那位孤立無援的老年女子——「惠馨」，在這故事裡陳若曦刻畫女出家人的憑著信仰努力給弱勢群衆一個無恐無懼，安身立命的地方。

老天爺無私的大愛應該是爲渡人過苦海而行使「權力」的合格標準，可惜宗教團契仍僅是祂的代言「人」。所以當這把兩面鋒利的刃劍，握在世間執行者的手裡，總常忘了爭取他人權益而只顧維護自己貪婪的慾望。面對台灣越來越多的宗教團體以慈悲積極的入世姿態，藉由傳播媒體、教育機構，甚至政經活動以親近俗衆民家宣傳彼岸福音。對權力向來具有高敏感度的陳若曦，自然不難發現寄生於宗教信仰裡的權力魔掌，可是生性樂觀的她還是在文本裡許了大家一個可以自築幸福的園地。似乎，藉由宗教的力量可以讓人暫時放下衆生差異，一起爲「平等」努力。但這畢竟是物欲橫流的此岸，若眞能憑「人」力成就當下，又何苦入籍佛門隨菩薩改姓「釋」？

肆、結語

一向在創作中揭發階級迫害、批判社會制度「爲追求理想而漂泊一甲子」[21] 的陳若曦在返台後的創作裡，繼續記錄社會機制下權力階級的諸多不公平。多年海外尋求的失落雖未實現女作家的理想，但卻練就她攻訐權勢的戰鬥火力。回到當年出發的所在，陳若曦以婚姻、家庭爲據，抖落社會機體以父權意識爲女性安排的唯美歸宿，其實是爲了促成男性的終身幸福。藉此可得知，善於化身各種合理機制、觀念以迫人服從的權力體系，其實經常淪爲部分階級的獲利工具，無論是政黨、法治、種族或是涵蓋範圍最爲廣闊的性別場域，都是權力廝殺的貪婪地。尤有甚者，對信仰始終保有高度興趣的陳若曦[22]，在最新的宗教小說裡，更是藉著性別角度來檢視宗教團契裡的權力機制，發現無所不在的階級壓迫仍舊逞著人性貪欲進駐到救世團體裡。雖然陳若曦仍不放棄這最後的希望，但可惜權力無遠弗屆！需要人爲制度的團體自然就難泯滅階級迫害的情形，既使是渡人向善的宗教門地。

人人都要幸福！對熱血熱情的陳若曦而言，「幸福」的定義是一個沒有任何形式壓迫的自由生活。如同背負當年島上，飽受階級之苦的「文姐」、「辛莊」和「金喜」的託付[23]，陳若曦踏出台灣尋尋覓覓可能實現理想的地方。從共產大夢到民主美景，或是回國後的寄予厚望的溫暖家庭，甚至是摒利除欲的宗教領域。作者都以書寫，一步一步留下自己追尋的足跡。然而，幸福畢竟難尋，尤其是在難戒貪嗔的人世中，看來若要感受這般喜樂眞只有期盼到彼岸世界裡。

---

21 參見陳若曦著〈生命的軌跡〉，收入於《歸去來》（台北：探索文化事業有限公司，1999），序言部分。

22 在《慧心蓮》的序言裡，女作家說明自己一路由基督教到佛教的信仰轉折，參見陳若曦著《慧心蓮》前言部分，頁 3。

23 此分別爲陳若曦大學時期的作品〈灰眼黑貓〉、〈辛莊〉、〈最後夜戲〉中的主角，皆收錄於陳若曦著《陳若曦自選集》（台北：聯經出版事業有限公司，1976）。

參考文獻

陳若曦作品

散文：

- 《文革雜憶》，台北：洪範出版社，1979。
- 《生活隨筆》，台北：時報文化公司，1981。
- 《草原行》，台北：時報文化公司，1988。
- 《青藏高原的誘惑》，台北：聯經出版公司，1989。
- 《我們那一代台大人》，台北：台北縣立文化中心，1996。
- 《慈濟人間味》，台北：遠流出版公司，1996。
- 《打造桃花源》，台北：台明出版社，1998。
- 《歸去來》，台北：探索出版社，1999。

小說：

(1)短篇作品

- 《尹縣長》，台北：遠景出版社，1976。
- 《陳若曦自選集》，台北：聯經出版公司，1976。
- 《老人》，台北：聯經出版公司，1978。
- 《城裡城外》，台北：時報文化公司，1981。
- 《貴州女人》，台北：遠流出版社，1989。
- 《走出細雨濛濛》，香港：勤十綠公司，1993。
- 《陳若曦集》，台北：前衛出版社，1993。
- 《王左的悲哀》，台北：遠流出版社，1995。
- 《女兒的家》，台北：探索文化公司，1998。
- 《清水嬸回家》，台北：駱駝出版社，1999。
- 《完美丈夫的秘密》，台北：九歌出版社，2000。

(2)長篇作品

- 《歸》，台北：聯經出版公司，1978。
- 《突圍》，台北：聯經出版公司，1983。

- 《遠見》，台北：遠景出版社，1984。
- 《二胡》，高雄：敦理出版社，1985。
- 《紙婚》，台北：自立晚報社，1986。
- 《慧心蓮》，台北：九歌出版社，2001。
- 《重返桃花源》，南投：南投縣政府文化局，2001。

研究專書

- 鄭永孝《陳若曦的世界》，台北：書林出版公司，1985。
- 夏志清《人的文學》，台北：純文學出版社，1988。
- 葉石濤《台灣文學史綱》，高雄：文學界雜誌，1988。
- 米歇爾・傅科（Michel Foucault）著、尚衡譯《性意識史》，台北：桂冠圖書股份有限公司，1998。

報刊專文

- 夏志清〈陳若曦的小說〉，《聯合報》，1976 .04. 14。
- 白先勇〈烏托邦的追尋與幻滅〉，《中國時報》，1977 .11. 01。
- 葉維廉〈陳若曦的旅程〉《聯合報》，1977 .11. 07。
- 葉石濤〈從憧憬、幻滅到徬徨——談陳若曦文學的三個階段〉，《自立晚報》，1984. 06 .11～12。

在學院長大，在表坊說相聲

——八〇年代賴聲川劇作之風格意識與戲劇場域關係轉變初探

◉汪俊彥[1]

《摘　要》

本文以布爾迪厄（Pierre Bourdicu）的場域（field）觀念，形塑台灣現代戲劇場域變遷；以賴聲川劇場位置在八〇年代前、後期的改變，結合文本，辨析賴聲川風格意識和戲劇場域的轉變關係。賴聲川自「學院／蘭陵時期」踏入戲劇場域，以菁英式「現實主義」現身，推出《我們都是這樣長大的》等戲；後進入「表坊時期」，以《那一夜，我們說相聲》打響名號，風格意識開始有所不同。同時賴聲川戲劇場域中的位置轉換，也間接形塑了台灣現代戲劇的文化分層。

關鍵詞：文本意識、台灣現代戲劇、表演工作坊、賴聲川、戲劇場域、戲劇美學

1 國立台灣大學戲劇所碩士生，E-mail:chunyenwang@msn.com

壹、前言

> "…the social world can be represented as a space (with several dimensions) constructed on the basis of principles of differentiation or distribution constituted by the set of properties within the social universe in question.…Agents and groups of agents are thus defined by their relative positions within that space"
>
> Pierre Bourdieu，*The Social Space And The Genesis Of Groups*[2]

一九八〇年代，台灣現代戲劇／劇場逐漸甦醒。一九八四年初，賴聲川以國立藝術學院教授的身份，領導戲劇系學生以集體即興創作方式於耕莘文教院演出《我們都是這樣長大的》，並於同年第五屆實驗劇展再次演出同戲。自此賴聲川踏入台灣現代戲劇場域，開始他的劇場生涯。隨即同年又與蘭陵劇坊合作，推出《摘星》；六月，再次領導學生演出《過客》。次年，表演工作坊（以下簡稱表坊）成立，推出《那一夜，我們說相聲》，立即引起社會注目，成功地將表坊名號打響；同年六月，賴聲川領導學生演出《變奏巴哈》。隔年三月，表坊再度推出《暗戀桃花源》，不但打破前年票房紀錄，更吸納許多從未進劇場看戲的民衆走入戲院；六月，賴聲川再領導學生推出《田園生活》。一九八七年，表坊推出第三齣戲《圓環物語》；在同年七月台灣解除戒嚴之前，賴聲川一共交出了八齣作品。

戲劇作爲一個具有獨立表現與傳達藝術概念的文體，在劇作家創作出文本之後，經過劇場空間的實際呈現後，其完整的藝術性才得以落實。而劇場作爲文本與接受者之間的中介；一方面再現文本，另一

2 Pierre Bourdieu "The Social Space and the Genesis Of Groups" Theory and Society, 14: 724.

方面則直接與接受者／觀眾互動。如欲細探一劇作家創作的風格變化，對其戲劇場域及劇作家／行動者（agent）生存心態（habitus）的觀察，便是不可忽視的外、內緣因素。本文試圖以賴聲川戲劇文本在不同社會位置的劇場呈現，結合運用布爾迪厄（Pierre Bourdieu）所提出的「場域」（field）與「生存心態」等觀念，觀察其位於戲劇場域內的位置變化及其戲劇文本如何因應位置的調整，產生風格與意識上的轉變。戲劇場域處在整體社會空間之中，勢必受到來自政治、經濟、文化等場域的影響。自七〇年代中期以後，台灣現代戲劇場域逐漸分化，在形成場域自主的過程中，現代戲劇逐漸走出官方話劇「擬寫實主義」（馬森語）的路子，漸漸脫離了官方的掌握。到了八〇年代，隨著社會結構變遷，中產階級所代表的「群衆」形象浮現，則戲劇場域又無可避免地受到改變。

布爾迪厄對於場域觀的提出，首重於場域乃是由位置之間的「關係」（relation）所形成的網絡系統。而場域內的行動者，則依其擁有的各種資本（capital）（如經濟、象徵、社會、文化資本等）（邱天助，頁 130～137）、生存心態及佔據的位置，產生出主、客觀的行動。欲辨析賴聲川於八〇年代現代戲劇場域中的位置及其變化，則必須重新檢視自戰後以來台灣現代戲劇場域的變遷，在藉由布爾迪厄的場域觀念探討下，可以更明白釐清各個劇作家、演出、劇展等的相對關係；如此，有助於較精準地描點出賴聲川的戲劇場域位置。進一步，賴聲川自踏入戲劇場域開始，以一行動者的身份於場域中「遊戲」／「鬥爭」，其生存心態與行爲（position-taking）勢必展現在作爲競爭籌碼的創作文本上，文本風格意識的轉變由此應可見端倪。

張誦聖在一篇以布爾迪厄觀點解讀台灣女作家的文章裡，談到布爾迪厄對文學研究的助益是「將文學研究從「實質性思考」（substantial thinking）轉向「關係性思考」（relational thinking）」，「傳統文學史家偏向「實」性思考，常以作家、作品爲構築文學史的磚塊、基石，忽略了文學創作存在於一個龐大的動力網絡中的事實。」（張誦聖，頁 117）這樣的觀點同樣可以借用在戲劇研究上，目前對戰後台灣現代戲劇的研究往往有線性、二元的思考；一條指向官方所掌控的傳統話劇，另一條則論自李曼瑰大力提倡「小劇場運動」，與姚一葦開創戲劇的現代主義風格，再下接張曉風基督教藝術團契，與黃美序、馬森等人受西方戲劇西潮影響的作品，到了一九八〇年，終於「一切由《荷珠新配》開始」了台灣現代實驗劇運，隨之現代戲劇終於發展開來。（馬森，頁212～213、261～305；鍾明德，頁14～19、32～34）如果說戲劇作爲一文化場域，則場域內的關係恐非線性與二元可以衡量。場域內、外交錯縱橫的勢力，究竟讓戰後台灣現代戲劇場域如何變遷？而鍾明德在《台灣小劇場運動史》一書中認爲蘭陵所採取的折衷主義，是一種不徹底的革新，「因此一成功之後，它的實驗動力馬上被收編（co-opted）到整個體制中去」。（鍾明德，頁312）同樣的，他也認爲表坊與蘭陵一樣「顯然已經被『收編』」（頁312）了。然而，「除非重新領會作者在文學場的組成位置空間的狀況」（皮埃爾。布迪厄，頁 105），因位置「構成了這個作者在藝術佔位（在內容和形式方面）的空間中進行選擇的根源，藝術佔位本身也是由將其聯繫和區分開來的差別決定的。」（頁 105）在重組場域空間位置後，才能透析其動向關係。因此批判被收編與否，蘭陵與表坊恐怕必須放在不同的場域位置變化來看，「收編」之說才能公允。究竟蘭陵的《荷珠新配》怎麼能敲響劇運鑼聲，以至於開啓五屆實驗劇展的多方位嘗試？實驗劇展的出現代表了戲劇場域怎樣的變遷？賴聲川如何在八〇年代嶄露頭角？這些都密切關係著如何評價／解讀賴聲川定位及其作品風格的流變。下面將試圖初步形塑戰後台灣現代戲劇場域變化的情形，再進而窺見賴聲川的位置。

貳、戰後現代戲劇場域變遷初塑

> 「…反抗促使作家的獨立逐步得以實現…」（頁 75）

「一個自主的場要求獲得自己確定合理性原則的權利，在場形成的關鍵時刻，在對文學藝術例律的置疑及創造和推行一種新的法則方面作出貢獻…」（頁 76）

——皮埃爾。布迪厄《藝術的法則》

周憲在《中國當代審美文化研究》一書中，除借用了布爾迪厄的場域觀念，並認爲社會在一元走向多元的轉變過程中，出現了主導文化（dominant culture）、菁英文化（high culture）與大衆文化（popular culture）的三層結構。在一元的狀況下，政治場域的權力往往是影響任何其他場域最重要的制約規則。再接著，透過場域的「分化」，場域得以自主地發展出自己的遊戲法則。依照這樣的觀念來看台灣戰後的現代戲劇場域，「自一九四九年國民政府撤退來台之後，進入戡亂時期，政府的政策，以『反共抗俄』爲主要的指導方針，提倡『戰鬥文藝』。…反共戲劇的演出多半配合國家的慶典，由軍中、公家或學校的劇團演出。…形式上大致還是三四〇年代話劇的路子。」（馬森，頁 211～212）這一個屬於官方主導的戲劇場域中，場域中幾乎完全沒有其他位置可言，五、六〇年代的台灣現代戲劇場域可以說是主導文化的天下，而「普天之下，莫非王土」。

一、七〇年代前的台灣現代戲劇場域

一九六二年，教育部社教司成立「話劇欣賞演出委員會」，由李曼瑰任主任委員。在李曼瑰的促進下，兒童劇運、大專劇運（包括青年劇展，世界劇展）、宗教劇運、華僑劇運一一推動，戲劇場域因此開始有了些許的改變。然而以李曼瑰的官方背景派下的機構「輔導」戲劇運動的推行，「其選材和主題都受到很大的侷限」（倪婉萍 1999：9）。也就是說，雖然場域中出現話劇之外的戲劇活動，然而其大多同樣爲官方主導文化下的產物。在七〇年代初期以前，戲劇場域中，主導文化一手掌握了話劇體系，在軍中、學校，與所謂的「民間」中發展；另一手則由李曼瑰藉由「中國話劇欣賞演出委員會」（以下簡稱「話欣會」）、「中國戲劇藝術中心」包辦「小劇場運動」。一九六三年，姚一葦發表了《來自鳳凰鎮的人》於《現代文學》，之後到七○年代中期以前，又持續發表了《孫飛虎搶親》（1965）、《碾玉觀音》（1967）、《紅鼻子》（1969）、《申生》（1971）、《一口箱子》（1973）等五齣於《文學季刊》與《現代文學》、《文學雙月刊》等文學雜誌。非常值得注意的是，《文學季刊》與《現代文學》等同仁雜誌，在文學生產場域上「是與當時官方文藝生產和副刊文學生產進行明顯區隔而獨立出來的小型生產機制」（楊曉琪，頁 84），在文學場域裡，是屬於菁英文化——高度自主而低經濟資本的位置。據姚一葦先生自述，第一個劇本《來自鳳凰鎮的人》在寫成之後，起初「既無演出的機會，亦無地方發表」，後「因應白先勇先生之邀，與余光中、何欣共同擔任《現代文學》的編務，這個劇本才得以問世。發表之後，頗得到一點重視，台大、藝專、東海等校相繼演出。」（姚一葦，頁 33）戲劇當然可以只是文學的創作，但一如前面提到的，透過劇場的公開演出，戲劇才得以豐富完整。然之於戲劇演出的先天限制，空間、財力、物力、人力等的動員，均非劇作家單人獨筆可以完成。以當時官方與學校（某一定程度上的「官方」）所擁有的資源而言，演出是最大的權力所在，任何想要公開上演的戲，都無可避免地必須與之交涉。在《來自鳳凰鎮的人》演出後，接下來的幾齣劇作幾乎也都有演出的機會；《碾玉觀音》發表後，由中國戲劇藝術中心、台北市政府、冬青劇團等演出；《紅鼻子》於一九七○年由話欣會演出等。另外，就劇本美學而言，姚一葦的早期作品在不違逆官方主流意識，甚至多少有些接近的狀況下，[3] 中國戲劇藝術中心與話欣會先後演出其作品，並不意外。姚一

---

3 如《孫飛虎搶親》、《碾玉觀音》在內容上是取材傳統民間的故事；在形式上，在多齣劇作當中，姚一葦也運用中國傳統劇場「詩」的語言來表現。

葦劇作中的菁英文化特質雖已出現，但卻必須依附在主導文化之下才得以演出；這正好對映出同一個行動者在文學場域與戲劇場域位置的差別，就戲劇體質而言，似乎是可以理解的事。於是我們可以說，在七〇年代初期以前，整個現代戲劇場域似乎明顯地仍在政治場域的籠罩下。

二、張曉風與基督教藝術團契與戲劇場域分化的胚形

一九六九年開始，李曼瑰推行宗教劇運，基督教藝術團契成立。張曉風在受到李曼瑰的鼓勵下，開始創作一連串劇本，並結合基督教藝術團契公開演出。在李曼瑰的積極栽培下，張曉風的場域位置即確立在主導文化之下。其在散文上的表現，張誦聖在〈台灣女作家與當代主導文化〉一文中談到，「在性別化的文學類型與『官方意識型態』結合下，與『女性特質』等同的抒情文類得到額外的正統性，並且在文學生產場域裡分配到很大的發展空間」，「張曉風便很能代表主導文化羽翼下成長的作家如何將大陸地理、風物、中國古典傳統加以主觀美學化，經由對『國族想像』的感性化而衍生出一種絕對價值，與主導文化中的新傳統主義肯定『文人傳統』中的保守價值彼此契合」（頁127～129）。張曉風的劇本及基督教藝術團契的演出，幾乎都與話欣會脫不了關係，從早期的《畫》、《無比的愛》、《第五牆》，到《武陵人》、《和氏璧》、《第三害》與《嚴子與妻》，除了最後一齣戲《位子》以外，均由話欣會贊助或主辦；而其主導文化的位置，也爲她及基督教藝術團契贏得多次「國家認證」的金鼎獎。然而，看似穩定的場域，在七二年底、七三年初張曉風推出《武陵人》之後，開始有了微妙的變化。

「《武陵人》，有別於《第五牆》安排先知一角直接扮演上帝代言者角色來宣傳福音，並以宗教式的眞理教化導師身份作入世勸說。自《武陵人》起，張曉風開始嘗試把宗教教義和具有普遍性的哲理作某種形式的融合，有形的宗教於是退居幕後，傳教變爲以傳道（道理

之道）爲出發」（郭孟寬，頁43），張曉風在《武陵人》「所表明的主題提供了我們極大的思辯空間，如現代人的苦悶、痲醉、迷惘、茫然…」（頁43）。很明顯的，在創作上張曉風試圖走出當初李曼瑰所引導的「宗教劇運」位置，在對更高象徵資本的純藝術位置——菁英文化挪動；另外，七三年張曉風因爲劇本《自烹》無法拿到演出證，而在市政府、教育局和警總之間四處奔走斡旋，她本以爲「一向愛護我的李老師會出面拍胸脯請警總或教育局放一馬，不料她反來勸我：『妳不懂，』她說：『別演了！否則對妳不好。我這是爲妳著想——以後妳會懂。』我想她是眞心想對我好，但她怕什麼呢？我卻是不怕的啊！」（謝雲青，頁40）雖然之後張曉風並未因此而中斷與官方打交道，以生存心態來說，張曉風所掌握的經濟與社會資本，仍持續她在主導文化上發展的位置；但嚴格來說，與早期純粹在主導文化下的宗教劇運對照，張曉風已不安於位。而這正是戲劇場域分化的契機。

前面提到，姚一葦在文學場域與戲劇場域上的位置，有些許不同。在場域的分化過程中，除了場域本身的因素外，客觀環境的條件，是場域是否得以自主發展的重要關鍵之一。布爾迪厄提到十九世紀末文學場域得以自主的原因，當時第二帝國的工業擴張下工業家與商人的出現，並造成沙龍、報業、資本市場等公共空間的形成，均爲重要的客觀條件配合。（皮埃爾。布迪厄，頁62～74）在七〇年代以前的戲劇場域，姚一葦雖創作異於主導文化「擬寫實主義」、而偏向菁英文化的現代主義式作品；但在政治、經濟場域尚未鬆綁對戲劇場域的影響下，其位置的調整尚未能形成明顯的場域分化。但隨著「七〇年代之後，台灣國際關係的巨大變化與經濟體制的改變、知識權力結構的改變所導致的社會變遷當中，整個社會空間對文學場中典範的條件的更易，創作理念的要求，甚至對於創作者行動策略的檢驗等等制約力量，比起前一個時間區段，並沒有削弱，從某種角度上甚至可以說更爲強固。」（楊曉琪，頁77）在七〇年代中期之後，一場轟轟烈烈的「鄉土文學論戰」從文學場域擴及整個社會、政治場域

（或也可以說是由社會場域擴及文學場域）進行，影響之餘，原有六〇年代相對自主的文學場域產生變異；如：新作家出現、文學生產機制的改變等。從政治、社會場域到整體文化場域的沸騰，相對而言，藝術文化場域內擁有更多不同聲音的挑戰，而這正是場域進一步分化的條件。再回到戲劇場域而言，基督教藝術團契在多年的演出之下，間接培養出了許多傑出的戲劇工作者與藝術家，[4] 再加上歸國學人帶著「二度西潮」（馬森語）而來的歐美現代戲劇投身戲劇場域，[5] 表面上來看，整個戲劇場域雖仍為主導文化所佔據，但馬森、黃美序的現代主義式劇本創作已為菁英文化攻下位置，儘管這些菁英文化的劇本創作，當時仍只能維持在單純的劇本創作，而無力登上由主導文化控制的劇場舞台。總體而言，除前述的姚、馬、黃之外，再加上張曉風自主導文化體制內的向外移動，一個包含著主導文化與相對微弱菁英文化的戲劇場域，已隱然成形。

三、現代戲劇場域的初步分化——實驗劇展

七九年，姚一葦接任話欣會主委。這一個看似平常的人事任命，事實上卻將造成整個台灣自戰後以來現代戲劇場域的正式分化，使得菁英文化得以成形。前面提到，姚一葦七〇年代以前文學場域／劇本與戲劇場域／演出的位置的差異，以姚一葦在當時戲劇場域上的孤軍奮鬥，自然無法引起太大的回響。但在接任話欣會主委之後，就姚一葦個人而言，以其在藝術院校兼課的社會資本與以其資歷與風範累積的文化資本，話欣會這一個本來即偏向菁英文化的官方機構正是他可以發揮的地方。再加上，姚一葦對純藝術自主性的要求與其本身累積劇本創作的象徵資本，都讓這一個七九年之後的話欣會，將導進一個

4 例如曾與基督教藝術團契一起合作的聶光炎、林懷民、陳建台、金士傑、劉鳳學、羅曼菲、史惟亮等。

5 如黃美序、汪其楣、馬森等人。

異於主導文化羽翼的新方向。

同年，文化學院藝術研究所戲劇組的學生在汪其楣的指導下，推出了姚一葦稱之爲「一個實驗劇場的誕生」（姚一葦 96）的兩梯次、八個獨幕劇演出。這一次的演出雖然仍發生在校園裡，但就其戲劇美學而言，實驗性質的明顯突出，讓有別於話劇的表現方式登台，以呼應馬森等人劇本創作上的成績，等於正式爲八〇年開始的菁英式[6]實驗劇展敲下響鑼。

在姚一葦的主持下，從八〇年開始到八四年一共舉行了五屆的「實驗劇展」，姚一葦以官方／主導之力，卻開出一條屬於實驗／菁英之路。這個實驗劇展，在因其欲創造高度戲劇自主的態度下，擺脫了過去主導文化控制下的內容與形式；五屆的實驗，因而大規模釋放了幾十年來被「擬寫實主義」定於一尊的戲劇美學，在「二度西潮」下，大量歐美現代戲劇風格湧上舞台。同時，一九八二年國立藝術學院成立，整批的現代戲劇專業學生開始被培養出來；姚一葦以戲劇系創辦系主任的身份大力邀納人才任教，賴聲川即爲姚一葦慧眼之下的人物。姚一葦一方面以他國立藝術學院戲劇系主任的身份，從校園裡培養專業的「師生」，灌溉菁英文化的幼苗；另一方面，他又身兼話欣會主委，從社會上將官方主導文化的資源運用在培養實驗戲劇，使得菁英文化茁壯。除此之外，在社會上，從耕莘實驗劇團脫胎而來的蘭陵劇坊，一方面得自教會的支持，另一方面得到對西方戲劇有所經驗／專精的老師教導，如吳靜吉、李昂等；再加上大衆媒體報紙副刊與藝文界人士的大力推廣，菁英文化也有所進展。到了一九八四年，我們可以說在多管齊下的努力後，終於匯流在實驗劇展上，讓戲劇場域中足以與主導文化對抗的菁英文化成形，戰後台灣現代戲劇場域因

6 關於實驗劇展的「菁英性質」，可以從姚一葦對實驗戲劇的態度中明顯看出來，詳細請參閱姚一葦〈我爲什麼提倡實驗劇──「蘭陵劇坊之夜」幕前演講〉，《聯合報》，1980.9.27。

而完成了第一次正式的分化。

四、現代戲劇場域的再分化——「表演工作坊」

細察五屆實驗劇展的參加團體，幾乎全與當時的戲劇校系脫不了關係。文化大學戲劇系影劇組、藝專影劇科、國立藝術學院戲劇系以科系為單位參與，而大觀劇場、方圓劇場、小塢劇場、華岡劇團、工作劇團、人間世劇場等，也均是由以上三個科系的學生或校友組成。以校園作為戲劇發展基地，演出時可以擁有較充裕的資源，而這些戲劇工作者也可以在校園裡吸收新的戲劇表現方式，並奠定一定程度的基礎，在擁有更多資本後，向戲劇場域的其他位置游動。

從社會場域來看，八〇年代，群衆開始浮出、大量人口向都市集中、眞正大都會型態的城市形成，中產階級成為大衆文化興起的重要力量。一九七八年新象藝術推廣中心成立，八〇年新象藝術中心舉辦首屆「國際藝術節」。隨後在八二年、八六年、八七年各推出了「大規模而且為傳播媒體特別注目的舞台演出」《遊園驚夢》、《蝴蝶夢》與《棋王》。「這三次的演出…可以說是接受了紐約百老匯商業劇場直接影響下的產物」（馬森，頁 283）。馬森認為這三齣戲「在商業和宣傳上確是相當成功的，至少掀起數次舞台劇的熱潮，吸引了大批的觀衆走進劇場」（頁 284）。新象為一藝文經紀公司，雖非固定的商業劇場，但要能支撐起商業演出的票房，表示台灣當時的戲劇觀衆勢必具有一定程度的成長。

隨著戲劇場域內主導文化的資源分散且逐漸式微與菁英文化的成形，社會結構的調整也幾乎讓大衆文化呼之欲出。楊照在《狂飆八〇》一書中，對八〇年代知識份子之於群衆，有相當精闢的看法：「…因為以往只有集體的、軍事秩序底下的動員，並沒有群衆的概念。七〇年代的想法還是認為擁有知識即可以掌握群衆，到了八〇年代群衆的意象眞正浮現出來了，可是群衆是什麼？如何去掌握？它和我們的關係又如何？我們對這一切可能都還懵懂無知。」（6）這段話正好相當適切地描述了八〇年代表坊的誕生與《那一夜，我們說相聲》的成功。

據賴聲川表示，表坊的成立是相當偶然的狀況。八四年，賴聲川與蘭陵合作上演了《摘星》，促成了他與蘭陵諸位的交好，如：金士傑、吳靜吉、李國修等人，並因此認識了李立群。在同年六月導演完國立藝術學院戲劇系學期製作《過客》之後，賴聲川在七月下旬與李國修詳細敘述了他對相聲的構想，「李國修指出，爲何不問問李立群或顧寶明，他們可能都會有興趣」。（賴聲川 1986:12）本來這一齣以蘭陵演員作爲班底的戲，本應由蘭陵製作；然而，賴聲川多次與吳靜吉討論的結果，卻遲無下文。[7] 於是，在戲不等人的考量下，賴聲川便與李立群、李國修二人共同創立了表坊，以進行相聲劇《那一夜，我們說相聲》的製作。由此可知，賴聲川並非因「瞄準」了戲劇場域內大衆文化仍缺的位置，而欲佔位。《那一夜，我們說相聲》的演出成功、獲得社會大衆矚目，更是賴聲川意料之外。「想不到，…在首演的那一夜，造成空前的轟動。演員表演之精彩超過大家想像，劇本的創意更是前所未見…。突然間，一票難求，歷史中從來沒有出現在南海路的黃牛紛紛出籠，在植物園附近逗留，原本 150 元的票可以賣到 2000 元，還有人搶著買。主辦單位只能一演再演，演到演員沒有力氣爲止。」（陶慶梅、侯淑儀，頁 42）從原本只期待在「剛成立的像『新象小劇場』和『皇冠小劇場』觀衆席容納一百人以下的小空間演出」（頁 41），最後卻在台北當時最大的演出場地國父紀念館加演三場，而兩個小時內，所有的票全部售罄。非但台北如此，在台南與高雄的演出也都造成旋風。之後實況錄音變成錄音帶發行，整個台灣街頭巷尾幾乎都可以聽到李立群和李國修說相聲的聲音。賴聲川無心插柳柳成蔭，《那一夜，我們說相聲》「碰巧地」讓賴聲川及其

7 就賴聲川表示，事後吳靜吉曾對其表示，他是故意想讓賴聲川走出自己的路。〈訪談賴聲川錄音資料〉，2003.8.28。

表坊從菁英位置向大衆文化位置挪移。然而，或許處於菁英位置的賴聲川並未「刻意」地向「大衆文化」位置趨近，但趨近的結果卻造成不得不然的行動。這正是布爾迪厄所說的「position-taking」——佔有什麼位置，就採取什麼立場。

台灣現代戲劇場域因而在實驗劇展初步分化出主導文化與菁英文化後，隨即進行再一次的分化。大衆文化從菁英文化中游離出來，表坊作爲首先佔據「準大衆文化」[8]位置的劇團，直至今日仍爲台灣現代劇場最重要、且最受矚目的劇場之一。表坊向大衆文化挪移之後，幾年內，性質相似的屏風表演班、果陀劇團相繼成立。隨著解嚴、劇本審查的終止，主導文化式微；菁英文化在八四年實驗劇展停辦後，隨著政治局勢在校園裡以「第二代小劇場／前衛劇」（鍾明德語）姿態現身。到了八〇年代末期，台灣現代戲劇場域算是大致正式完成了三層分化。

然而，究竟出身於學院／藝術學院戲劇系與蘭陵／實驗劇場的賴聲川，在早期的作品，如：《我們都是這樣長大的》等，到表坊成立《那一夜，我們說相聲》等引起轟動；當中賴聲川呈現出怎樣的風格轉變？創作文本如何隨著場域中演出位置的不同而調整？且讓我們回到八三年的賴聲川。

參、賴聲川場域位置、生存心態與創作文本的互涉

一、劇場菁英文化的搖籃——學院與實驗劇場

一九八三年，賴聲川完成柏克萊加州大學的戲劇博士學位，應姚

---

8 在這裡使用「準大衆文化」取代「大衆文化」，是因爲表坊在成立初期，其游離在菁英文化與大衆文化的特質相當明顯，一方面肩負著知識份子對深刻藝術的期待；另一方面其已承擔社會矚目、大衆期待、票房等的壓力，又使得賴聲川不得不作一定程度的改變。這樣的情形，在表坊進入九〇年代後，才有了進一步的轉變。

一葦之邀返國至新成立之國立藝術學院戲劇系任教。賴聲川認爲在柏克萊的求學階段，校園多元而包容的風氣，對他影響相當大。[9] 柏克萊大學是西方六〇年代自由主義、激進主義與社會主義的精神重鎭，人權與言論自由、反文化、嬉痞文化、反戰、黑人民權運動、性解放等精神與活動，在整個六〇年代的柏克萊大學蔚爲風尙。（David Burner，頁 157～189）這些相對於戰後冷漠的入世積極態度，在賴聲川求學的七〇年代末期多少仍留存於柏克萊的校園氛圍中，而影響了賴聲川。而七〇年代的台灣，在國際局勢變化下，隨著與邦交國不斷的斷交，原本台灣所代表的正統中國形象一再被挑戰與質疑；七〇年釣魚台事件後，台灣過度依賴美、日的政經體制也被暴露出來。島內一波波自省的力量，在社會釀起一陣陣「鄉土思潮」。台灣現代戲劇場域多少也在這樣的思潮下受到來自社會與政治場域的影響。其中因受到影響而表現出的藝術美學特徵即爲——「回歸傳統／鄉土」與「寫／現實主義」。[10] 這種強調知識份子入世的社會關懷，從賴聲川早期的三齣劇作《我們都是這樣長大的》、《摘星》與《過客》可以明顯看出；另外，蘭陵劇坊也表現出同樣的入世特質。吳靜吉在〈創造屬於現代中國人的劇場——兼談蘭陵劇坊的嘗試〉一文中寫到：「希望我們的社會能夠發揮傳統文化中已有的愛心潛能，有教無類，老吾老及人之老，幼吾幼及人之幼。於是一齣具有創意感人的舞台劇「摘星」誕生了。」（頁 36）在這種近似傳統士太夫「文以載道」的美學意識下，賴聲川劇作在早期的校園與實驗劇場時期，充分表現出菁英文化的特質。

這三部由賴聲川所領導的集體即興作品：《我們都是這樣長大

---

9 訪談資料。

10 詳細情形，請參照作者另一篇論文〈論「鄉土運動」思潮下的一九八〇年代初期台灣現代戲劇——以賴聲川早期劇作爲例〉，「2003 年台灣地區藝術學相關研究領域碩博士班學生論文發表會」，台南：成功大學。

的》（以下簡稱《我》）、《摘星》（以下簡稱《摘》）和《過客》（以下簡稱《過》），從文本內容而言，三齣戲均將創作目光聚焦於當下的現實社會，從以當代年輕人的成長周遭爲主的《我》劇，轉到啓智學校與家庭等環境的《摘》，再到一群大學生共同外宿生活的《過》，每一處目光停留，事實上都正是台灣當時社會的點點滴滴。

《我》於一九八四年一月十日首演於耕莘文教院。劇中以十五位演員，一人分飾多角的運用下，一幕幕還原台灣當代年輕人的成長經驗。首幕的舞台指示寫著：

「燈光亮。十五位演員坐成一排，正面對觀衆。發言時，眼光朝前，彷彿自言自語的回憶著記憶中的隻字片語。發言順序順著座位，由左至右，句與句之間緊密。」（賴聲川 1999：43）

賴聲川藉由十五位演員正對觀衆的安排，強烈地要求觀衆正視十五篇成長歷史的存在。而這章章史話，無疑地再現了劇場內所有參與者的共同生命經驗。透過對歷史的再敘事與再現後，所有觀衆被重新置放在台灣當代社會情境之中，面對舞台上長期以來被隱藏、忽略的現實。

主軸放在社會中智能不足兒童的《摘》，觸及了啓智教育工作、啓智兒童家庭所承受的壓力與社會大衆普遍對智能不足的歧視與恐懼。藉由對小人物的描述，表達了劇作家對社會弱勢關懷。兒童在社會中，已是相對弱勢，然而智能不足的兒童卻更是弱勢中的邊緣。賴聲川在第一場〈人行道〉中，即明確呈現出大衆之於智能不足兒童的無視，「他們的動作神情都不一致，緩慢的、無聲的穿過智能不足兒童的位置。…行人消失在右側台，留下三位智能不足兒童。燈光漸暗。」（賴聲川 1999：135）

賴聲川在經過前面兩齣戲對台灣當下社會的觀察之後，確立了方向。於《摘》演完不到三個月的時間，更加嚴肅而深刻地編導出了《過》。《過》劇中，賴聲川銳利地了直視社會中的「知識份子」，或說是「天之驕子」——大學生，對比於一個闖進大學生生活／生命的鄉下女孩。在這齣戲中，賴聲川藉由劇作表現出對社會的態度，就不僅僅止於關懷、嘲諷與暗示，而在〈飯局〉一場，對當時的大學生提出了驚心且發聾振聵的批判。開場時，鴻鴻、小戴、太劍不屑著大師因爲一位失去雙腿的賣花小姐而傷心，認爲大師是爲了一件無可奈何的事無病呻吟。接著，太劍對印度旱災中五百多個兒童的死亡犬儒式地同情。賴聲川扣緊著身體殘敗的意象，先將大學生對於社會現實的無情與冷漠默默滲入舞台。林未驚／精心準備了一桌菜餚：「活醉蝦」、「雞胗、雞肝、雞爪」、「蒜泥豬肺」、「清蒸牛腦」、豬心與雞心拼成的「心心相印」、「豬頭皮」等。活跳跳的蝦子、殘缺、搗碎的內臟、血淋淋的心肝、毛茸茸的頭皮，對照著這群大學生津津有味地大快朵頤——「蝦子生下來就已經註定要死」，「所以它是死的！吃！」、「吃豬肺很補」、「來吃牛腦，我要吃牛腦」等嘴臉；再加上衆人在報導中獲得分屍案中的屍體已尋獲頭顱的消息，報紙上並刊登了裝在破裂塑膠袋中，頭顱清晰的照片。屍體意象的重重疊合、命案線索的絲絲剝繭，控訴著這群大學生生吞活剝的不僅是林未準備的食材，更是代表知識份子／天之驕子將殘酷的社會現實視若無睹地嚼下。而這群自命不凡卻又不願苟俗的大學生，正是造成天地不仁最大的幫兇！

從《我》、《摘》到《過》，柏克萊戲劇博士與國立藝術學院教授作爲賴聲川重要的象徵資本，其學院與實驗劇場的菁英位置，在可以不考慮票房的情況下，讓這一塊藝術場域位置自主性地構成了自己純藝術的市場。一方面可以放手在內容上對社會觀察與批判；一方面在形式上也可以盡情嘗試，開放式集體即興創作法、[11] 零碎重構的敘事手法、田野訪問等，都屬於這一時期的特色。從賴聲川的生存心態

11 郭佩霖將賴聲川的戲劇創作自 1983 年至 1997 年，分成三個階段：1983～1984 爲開放的即興創作；1984～1985 爲過渡轉型時期；1986～1997 爲規劃的即興創作。詳見《做爲劇場語言的即興創作》，國立藝術學院戲劇研究所碩士論文，1996。

而言，以熱血執導出八〇年代的台灣社會寫實劇象，正是「鄉土思潮」後作爲高等學府教授與知識份子中堅的重要態度。

二、跨足菁英與大眾——場域的雙位置佔有

（一）笑聲的奇聞、相聲的祭文——《那一夜，我們說相聲》

《那一夜，我們說相聲》（以下簡稱《那》）以詼諧笑料作爲相聲段子，以喜劇的面孔包裝了隱藏在說、學、逗、唱下的主題——消逝。賴聲川在準備階段時說到：「我提出了一個方案，這個方案是說，相聲在台灣死了。確實相聲是在奇怪的遭遇下沒有了。我 1978 年留學的時候還有相聲的唱片，當然不是大陸的。那個時候相聲是大家都知道、認可的一種表演藝術。1983 年我回到台灣，我去找相聲的錄音帶，沒有了。從唱片店老闆臉上茫然的表情，我知道沒有了。」（陶慶梅 2002）兩位相聲民俗藝術家的缺席，讓兩位夜總會主持人必須硬著頭皮上台撐場，相聲似乎在兩位主持人死拼活湊下「再生」了，但段子五——終點站的舞台指示寫著：「燈光漸亮。兩人擺好不動的姿勢，彷彿懸掛在時空中，他們穿的是清朝末年的傳統長袍馬褂，帶瓜皮帽。王加背心，手執一鳥籠；舜著馬褂、戴圓黑墨鏡，袖子過長，五分像個鬼魂似的。」舞台上如鬼魂般的演員／人物，是歷史的魅影從時光黑洞中乍現？還是無可避免的現實，在哀傷那傳統往生的滅絕？「這時，舞台上呈現各種不同時代的物體，散放在各處：空衣架、鳥籠…以及前面四段子的所有衣服及鞋子，一片混亂，像是一個歷史文化的大垃圾場，記憶深處的垃圾堆。」相聲是被拯救回來了，從記憶深處的垃圾堆。而時間從現在向過去收束的勁力，足以讓這一切如兩位大師般的消失。謝幕前那「台上衣服、道具散一地，但在這最後一刻，舞台上呈現一種特別的寧靜，特別的寂寞。」（賴聲川 1999：402）從許多精心設計的片段看來，馬叔禮認爲這是一齣用「相聲」來說「相聲的祭文」的看法（賴聲川 1986：28），說得極爲

正確。然而大衆拿到了他們想要的相聲／笑聲，卻顧不得那「相聲的祭文」。「該笑的觀衆都如期的笑了，不該笑的觀衆也出乎意料之外的笑了。」（鄭寶娟 27）《那》果然以笑聲的劇場魅力，出乎意料之外地站上了大衆文化的位置。

（二）純藝術的向上發展——學院裡的《變奏巴哈》

在推出《那》之後，同年六月，賴聲川又再領導學生集體即興創作了《變奏巴哈》（以下簡稱《變》）於同年六月在社教館演出。賴聲川「試圖做一個和『相聲』完全不同的劇作。像一個巴哈的作品，由演員來完成所有的音符和旋律互疊的律動，素材當然也取自生活及社會。在許多條線的戲，在舞台上演出同時，台上經過許多同時進行、同時律動的事物，包括許多小方格，一個大三角，以及一個大方塊，甚至一個大郵筒從上空降下來。台上不斷形成各種劇場畫面與氛圍的轉變。」（邱坤良、李強，頁 10）《變》風格迴異於三個月前的《那》，在其抽象幾何圖形的舞台構圖（mise-en- scene）、不連續／不規則的敘事／對話、角色人物的出入置換、強調肢體動作性與音樂性、分割的舞台與非寫實的象徵等非常風格化的表現上，鴻鴻認爲「《變奏巴哈》是賴老師創作形式最大膽的一齣戲」。（賴聲川 1999a：97）賴聲川透過舞台實驗，以相當濃縮而抽象的實體／演員，幻化一縷縷如青煙般的人物，除透視生活外，更欲穿入生命探求存在哲理。《變》的形式與內容，均明顯愈向菁英文化高處爬升，賴聲川在其藝術成就的象徵資本上，透過《變》一劇而得以攀至新的高點。

在導完《變》的賴聲川，腳下已踩踏著兩種場域位置，表坊的大衆文化與國立藝術學院戲劇系的菁英文化。

（三）站穩大眾文化位置——《暗戀桃花源》

《那》獲得了出乎意外的成功，戲劇場域位置挪移的結果，讓表坊的第二齣製作顯得極爲重要。在《那》「意外地」拓出台灣八〇年代戲劇場域的大眾文化空間後，這一塊極具經濟利益的空間勢必引起場域內其他行動者的注意。如果《暗戀桃花源》（以下簡稱《暗》）無法獲得更高的社會矚目與票房成績，那表坊在大眾文化立下的位置，便極易遭到其他後來居上的藝術經紀商或劇團攻佔。因此，《暗》的編劇策略便相當重要。「一個劇團的成敗，單靠一個成功不夠，能不能維持下去？《暗戀桃花源》的壓力很大。結果它比《那一夜》更成功。表坊的基礎，是靠《暗》劇打下來的。」賴聲川這樣說。（葉繪，頁50）

《暗》主要結構是由兩齣戲中戲——一齣時代悲劇《暗戀》與一齣仿古喜劇《桃花源》共組而成。然而，嚴格來說，《暗戀》其實是一齣感人熱淚通俗劇。《暗戀》描述一位東北流亡學生江濱柳，在上海邂逅雲之凡，一段刻骨銘心的戀情自此便佔據他的所有記憶。時局動盪，江濱柳落籍台灣，娶妻生子，臨老病危前卻無法忘卻情人，於是登報尋人。經過五天，雲之凡出現了。這一對因大時代悲劇而無緣的情人，匆匆一面，注定黯然道別。姑且不論賴聲川如何將一個通俗話劇轉化，在第一幕上海外灘公園雲之凡輕搖鞦韆，而江濱柳貼心將自己身上的西裝外套拿下，披在雲之凡身上。這一幕青春浪漫，對照最後一幕兩傴老態龍鍾。歲月的對比是最好的催淚劑，任何人都難以抵抗，而在傳統教育當中，抗戰的「大時代」不斷被強化、膨脹——「一寸山河一寸血、十萬青年十萬軍」，觀衆縱不能親身經歷抗戰，卻絕對能動容於抗戰至戡亂至遷台的家國血淚。

而《桃花源》實則是一齣滑稽動作鬧劇。武陵打魚的老陶，因其妻春花與袁老闆的曖昧，憤而出走立志去上游打「大魚」，卻誤闖桃花源。桃花源裡其樂融融，卻擺脫不了對春花的思念而重返武陵。然春花早已與袁老闆結婚生子，老陶再次悵然離去，不復得路。賴聲川有意識地使用義大利藝術喜劇（commedia ll'arte）的方式編排《桃花源》這一部份。義大利藝術喜劇充沛的肢體打鬧動作本是取悅台下觀衆的重要伎倆，老陶、春花與袁老闆三人的鬧劇，就足以支撐整個喜劇情境：如：三番兩次的碰撞卻糾纏成種種性姿勢，強烈「明示」春花與袁老闆的不軌等，這種種以肢體動作與簡單角色行當所搭配成的嬉笑怒罵，非常容易討好觀衆。在戲劇結構上，賴聲川雖採用兩個故事雙線交叉進行，然《暗戀》的寫實劇架構——起、（承）、轉、合；與《桃花源》清楚的線性敘事，對大衆而言，都是相當寫實而「平易近人」的戲劇手法。從布爾迪厄對藝術欣賞能力的分析來看，不同層次的場域接受者／觀看者（beholder）擁有不同的藝術感知能力（art perception），而藝術是一個需要透過解碼（decode ／ decipher）才能進入的世界，愈菁英／受愈高教育的人，自然擁有更多的解碼能力。對大衆而言，寫實的表現方式最是其日常生活周遭的／習慣的表現，這種自然的感知（naive perception）對他們而言是再熟悉也不過了。（Bourdieu 1999：217～218）

然而賴聲川卻也沒有因爲「大衆位置」的考量而全盤放棄對戲劇藝術的要求。透過《暗戀》與《桃花源》的相互結構、互相拆解，戲劇的主題油然而生，再加上舞台布景「逃」花、記憶的虛妄等使用，「被導演賴聲川刻意轉換爲意義指涉空隙與斷裂的視覺符號」，《暗戀桃花源》欲「借用歷史來切斷歷史，借用原典來切斷原典，借用中國符號來切斷傳統符號的指涉」（劉紀蕙，頁287～288）的美學企圖相當明顯，劇中最讓觀衆摸不清頭腦的「陌生女子」也扮演著「干擾全劇順暢進行」的重要角色，透過陌生女子之於全劇的「雜質」、「搗亂」，《暗》因此被帶進強烈後設、自身反思的觀照點上。這些都不可不謂爲賴聲川在通俗、討喜背後欲維持藝術高度的成績。

《暗》最令人稱道的，即是以「雅俗共賞」達到相當令人激賞的程度，賴聲川在導演出《暗》之後，除了一舉將表坊的江山打穩，在其出身菁英文化的背景與知識份子的縝密思考與關懷下，《暗》劇的藝術價値也不遑多讓，可以說是一齣叫好又叫座的經典作品。

（四）最後一次藝院即興[12]——《田園生活》

八六年六月，賴聲川站在菁英文化的位置，以接連自《我》開始的知識份子式社會關注，帶領國立藝術學院戲劇系推出《田園生活》（以下簡稱《田》）。

「樓下右邊是一戶歸姓的大家庭。三個子女、老大歸美川就讀北一女，是一個激進的環境保護份子。老二歸建國正準備高中聯考，老三歸美雲是個喜愛科學的小學生。而老奶奶仍然回憶著她小時候廣闊的庭院和田園。但是，父親收到從醫院寄來的身體檢查X光片結果，卻替這個家帶來了沉重的死亡壓力。樓上是一家庭式賭場。老板娘莉莉用剛從花蓮來台北的年輕男孩阿忠做服務客人的打雜工作。在日夜顛倒的生活裡，阿忠開始出現一些奇怪的行爲，有人說他是被鬼糾纏。樓上左邊是一對不要小孩的年輕夫婦。他們在事業上各自獨當一面，生活積極而忙碌。但是，妻子卻意外懷孕了。在拿掉孩子後，夫妻間卻似乎發生了嚴重的摩擦。樓下左邊是一間空房。它是經濟罪犯吳祖光自地自建後的保留戶。在第二場裡有人抬進了一具屍體——吳祖光被殺！第四場深夜，他在美國的子女回來了，找到的卻是一些兒時的玩具。」（邱坤良、李強，頁36）

很明顯地，賴聲川在《田》所使用的風格與內容，串回到早期在學院與實驗戲劇時期——現實主義。城市的高樓大廈沒有帶來各戶家庭的和諧，我們看到的是：一間是空蕩蕩屋子，屋內家具覆蓋著白布／布袋裝著屋主的屍體；一間是事業有成卻怎樣也開心不起來的小夫

---

12 邱坤良、李強編《劇場家書》，頁11。在2000年賴聲川重新在藝術學院以集體即興的方式導出《如夢之夢》前，《田園生活》是賴聲川最後一部於藝術學院導演的集體即興作品。嚴格來說，《如夢之夢》雖是以集體即興方式創作，但賴聲川認爲它可以算是完全屬於賴聲川的作品。參見陶慶梅〈體驗賴聲川戲劇〉，頁5。所以到目前爲止稱《田園生活》爲最後一次賴聲川的藝院即興，仍有其正確性。

妻；一間是以麻將度「夜」、以睡眠度「日」的麻醉；一間是看似最平常的中產階級家庭，卻在疾病、聯考、失信、抗爭、回憶中顯得死氣沈沈。漏水成了四戶鄰居唯一的「聯繫」，而城市壓迫的氣氛卻灌充著封閉的「田」字舞台。整齣劇沒有一處笑點，賴聲川敏銳地直視八〇年代的現代台北人，在失去「一塊田園」與傳統之後，以經濟奇蹟換來「一棟田園」與不安的生活。

擁有兩個場域位置，一個位於學院，在純藝術領域上開發自身與學院的高象徵資本，另外一個則相輔相成地以學院培生出的高象徵資本，運用普羅式的方法，佔據大眾文化位置的經濟資本，更增生其社會與文化資本。賴聲川在《田》之前，將兩個位置運用地恰如其份，也成功地打下賴聲川、表坊與國立藝術學院的名聲。

然而，國立藝術學院戲劇系所代表的戲劇「正典」位置，與賴聲川本身日漸豐厚的象徵資本，都是場域內行動者進行鬥爭／遊戲的重要覬覦目標。在表坊打下江山後，賴聲川在大眾文化的地位已稱得上屹立；然而，另一場競爭卻在學院裡開始。

「一九八六年以後，我在藝院就沒有再做過集體即興創作的作品。原因說起來滿滑稽的，就是因為部分的老師認為在這種創作方式之下，無法預料結果，於是無法進行劇場中所需要的專業管理，以及佈景、服裝、燈光準時的運作，在一片反對聲中，我尊重多數人，就沒有在學校再做集體即興創作。」（邱坤良、李強，頁 12）

學院作為教育正典的高閣，一向是「經典鬥爭」的重要場域。哪些作品足以納入正式教學？哪些教材有授業必要？本來在「正典制訂」的過程中就充滿角力。國立藝術學院戲劇系作為當時台灣戲劇（教育）界的第一把交椅，以其引領戲劇藝術界翹楚之姿，對於「藝術」資格的要求／鬥爭，必然更加劇烈。賴聲川失去以集體即興帶領國立藝術學院戲劇系創作相當「個人化」風格作品的機會，似乎更驗證了布爾迪厄的場域法則「人類活動的目標在於各種不同資本的累積與獨佔，以維護或提升在場域中的地位。因此社會生活本身即是一種持續的地位鬥爭，而每一場域乃成爲衝突的地方，由於場域中每一行動主體，都具有特定的份量與權威，因此場域也是一種權力的分配場。」（邱天助，頁 121）

（五）走在夾縫中的表坊——《圓環物語》

在失去創作個人作品的菁英場域後，賴聲川能掌握的演出團隊便只剩表坊。前面提到，表坊的大衆位置，勢必讓賴聲川在戲劇中不得不進行一定程度的「妥協」／「安排」，以維持票房魅力；然而賴聲川本身的菁英性格也不會滿足於單純的商業劇場的笑聲。《圓環物語》（以下簡稱《圓》）的推出，其面臨的處境正是其象徵資本的運用、生存心態的選擇與場域位置的行動等多方角力／考量下的成品。

鍾明德即認爲，在一九八七年三月，《圓》演出後，民生報的三個劇評人即已觀察出這種「披著學院外衣擁抱民衆」（鍾明德，頁 109）的矛盾。鍾明德與劇評家當然是以傾菁英式的立場批判賴聲川的劇作有倒向商業化的趨勢。《圓》在當時記者筆下的描述是：「圓環物語走通俗路線，娛樂效果爲觀衆接受」「表坊的年度新戲圓環物語走的是典型通俗喜鬧劇路線，以語言及情境的滑稽突梯取勝，手法及內容乏善可陳，但現場爆笑效果突出，從一波波不停的笑聲及掌聲即知娛樂價值很爲觀衆接受。」（黃寤蘭 1987）

回到《圓》的劇本來看，其雙面討好／爲難的角色，自第一幕即相當明顯。第一幕很明顯地運用了多口相聲的語言技巧，技巧上欲喚起「相聲劇」中的共鳴；但其作用上，又在於企圖達到仿《我》的第一幕安排——貫串古今、面對現實。這樣的雙重特質，正是呈現出賴聲川走在菁英與大衆間的處境。《圓》劇中雖仍把握了對台灣現狀的關注，但在議題深度、批判角度與人性刻劃等，都不若先前學院、實驗劇場時期的「見血」，在兩相角力下，終究被拉進「通俗」強力的漩渦中。文化菁英的賴聲川，走在欲以表坊拉扯／對抗整體大衆文化的路上，《圓》正好顯示出了其兩難之處。

肆、結語

在（泛）文學場域中，依照布爾迪厄的觀察，戲劇、詩歌與小說，按照商業利益排列的次序爲：戲劇、小說、詩歌。（皮埃爾。布迪厄，頁 144）戲劇演出作爲具有強大商業利基與肩負觀衆直接反應的藝術表現，劇作家之生存心態與場域位置，直接而明顯地反映在劇作文本上；劇作風格意識則因而隨之改變。

賴聲川大衆文化位置上的《那》與《暗》，在內容意識上巧妙地迴避／隱藏了「現實台灣」，鍾明德故此認爲這一時期的「實驗劇所再現的台灣多半是一個即將成爲過去的台灣」。（126）然而根據場域分析，行動者所選擇的運作方式，恐非如僅依鍾明德依劇場／美學分期的概括判斷可以解釋。賴聲川在學院中強力批判、深刻關注當下社會現實，《我》、《摘》、《過》與《田》等劇因而誕生；其在純藝術象徵資本的努力，則讓《變》面世。另外一方面，在大衆文化位置上，賴聲川因「場域位置」的態勢，採取不同的策略考量，《暗》與《圓》正是其不同位置下，面對殊異壓力的作品。

在失去藝院的創作場域後，《圓》的「實驗」讓賴聲川的表坊逐漸摸索出一套在菁英與大衆抉擇下的演出機制——間隔製作。以幾齣賣座的戲，支持一齣較「藝術」的演出。在九○年代之後的表坊幾乎就走在這樣的路上，在菁英文化與大衆文化的戲劇場域中生存／競爭。一方面得以維持了劇團營運，另一方面也顯示出其對象徵價值的要求與身爲知識份子的責任。

本文透過社會學家布爾迪厄的場域觀點，強調藝術本即存在於一個繁複社會動力網絡的事實，將戲劇／劇場的變遷脈絡在官方與社會文化的環境影響中；進而初步形塑七○年代以降台灣現代戲劇由各個戲劇機構、劇作家、劇場與劇展等，共同構成的戲劇場域，最後呈現出賴聲川的戲劇場域位置。在初步剖析賴聲川劇作的形式與內容下，透過其不同的場域位置觀察，透析賴聲川之劇作在八○年代前、後期，於美學與文化意識上突破、侷限與轉變的原因。期待在「關係」網絡的研究方法下，藉由將戲劇文本重置於當時的戲劇場域，強調分析戲劇文本時，文本與戲劇場域間互動的重要關連，或許得以更清楚評價劇作家的創作成就。

參考文獻

中文部分

- David Burner 大衛。柏納 （1998） 許綏南譯:《六〇年代》。麥田。
- 皮埃爾。布迪厄，劉暉譯：《藝術的法則——文學場的生成與結構》。北京：中央編譯出版社。
- 汪俊彥（2003）：〈論「鄉土運動」思潮下的一九八〇年代初期台灣現代戲劇——以賴聲川早期劇作爲例〉。2003 年台灣地區藝術學相關研究領域碩博士班學生論文發表會。

  ——（2003）：〈賴聲川訪談錄音資料〉。
- 吳靜吉（1984）：〈創造屬於現代中國人的劇場一兼談蘭陵劇坊的嚐試〉。《文訊》10 期，頁 346。

  ——（1982）：《蘭陵劇坊的初步實驗》。遠流。
- 邱坤良，李強編（1997）：《劇場家書：國立藝術學院戲劇系演出實錄》。書林。
- 邱天助（2002）：《布爾迪厄文化再製理論》。桂冠。
- 周　憲（1997）：《中國當代審美文化研究》。北京：北京大學出版社。
- 馬　森（1994）：《西潮下的中國現代戲劇》。書林。
- 馬叔禮（1986）：〈用相聲來說：『相聲的祭文』〉，《那一夜，我們說相聲》頁 28～35。皇冠。
- 姚一葦（1980）：〈我爲什麼提倡實驗劇——「蘭陵劇坊之夜」幕前演講〉。《聯合報》，9.27。

——（1995）：《戲劇與人生——姚一葦評論集》。書林。
- 倪婉萍（1999）：《黃以功與基督教藝術團契》。國立藝術學院戲劇研究所碩士論文。
- 郭佩霖（1997）：《作爲劇場語言的即興創作》。國立藝術學院戲劇研究所碩士論文。
- 郭孟寬（1999）：《七〇年代劇場開拓者——張曉風與基督教藝術團契》。中國文化大學藝術研究所碩士論文。
- 陶慶梅、侯淑儀編著（2003）：《剎那中——賴聲川的劇場藝術》。時報。
- 陶慶梅（2002）：〈體驗賴聲川戲劇〉。http://daodao.net/big5/htm/culture/2002/0527/2726.htm
- 陳映眞主編（1998）：《暗夜中的掌燈者——姚一葦先生的人生與戲劇》。書林。
- 張誦聖（2001）：〈台灣女作家與當代主導文化〉。《文學場域的變遷》，頁113～133。聯合文學。
- 黃寤蘭（1987）：〈圓環物語 走通俗路線 娛樂效果爲觀衆接受〉。《聯合報》12版，3.6。
- 葉　繪（1992）：〈悲到極限與喜到極限——賴聲川的戲劇世界〉。《當代青年》14期，頁48～51。
- 楊澤主編（1999）：《狂飆八〇——記錄一個集體發聲的年代》。時報。
- 楊曉琪（2002）：《鄉土文學論戰暨七〇年代文學場域變遷》。國立暨南國際大學中國文學研究所碩士論文。
- 劉紀蕙（1997）：〈斷裂與延續——台灣舞台上文化記憶的展演〉。《當代文化論述：認同、差異主體性：從女性主義到後殖民文化想像》。立緒。
- 鄭寶娟（1985）：〈那一夜，他們說相聲——訪賴聲川、李立群、李國修談「表演工作坊」的實驗心得〉。《新書月刊》19期，頁26～33。

- 賴聲川（1986）：《那一夜，我們說相聲》。皇冠。

  ——（1999）：《賴聲川：劇場 1》。元尊。

  ——（1999a）：《賴聲川：劇場 2》。元尊。
- 鍾明德（1999）：〈那一夜，我們在相聲中相遇——論賴聲川等《那一夜，我們說相聲》，《臺灣文學經典研討會論文集》。聯經。

  ——（1999）：《台灣小劇場運動史——尋找另類美學與政治》。揚智。
- 謝雲青（2000）：《張曉風戲劇研究》。國立台灣師範大學國文研究所碩士論文。

英文部分

- Pierre Bourdieu, (1985) "The Social Space and the Genesis Of Groups" Theory and Society, 14:724.
- Pierre Bourdieu, (1999) "The Field of Cultural Production" Columbia UP.

藝術與文學中「閨秀」之比較與探討

◉彭佳慧[1]

《摘　要》

藝術與文學界在不同的時間背景都出現了「閨秀」一詞做概括。探討一個名詞的運用與流變，也許就是在思考意識型態、權力運作的過程；走到詮釋的思考脈絡之下，談一個名詞被普遍運用而且被普遍認同，這時名詞變成容器一般，這個詞彙是被架空的，等待不同形式的變化去填裝。

這個時候文學／藝術都已經被架空。閨秀可以無限延展，像是閨秀音樂、閨秀舞蹈、閨秀戲劇、閨秀電影、閨秀紀錄片、閨秀……這些延展的意義非但無法將風格具體化，反而如同一次又一次的稀釋。

這是否也潛藏了一種可能性，即評論的文字也只是相同意識型態之下，重複的借屍還魂的動作？

「閨秀」是一種風格流派嗎？還是屬於女性的一種人格特質？「閨秀」是因為題材還是因為創作者是女性的角色？為什麼在藝術與文學，會分別出現了「閨秀藝術」和「閨秀文學」兩個形容詞來概括某個時期女性創作的風格？究竟，「閨秀」一詞是褒？是貶？

在此所要強調的，不是關於女性藝術與文學史料的充實，而是要對歷史中女性的位置提出質疑，探索性別偏見對於每一段歷史所造成的曲解。

1 輔仁大學比較文學研究所博士生，E-mail：pgh_06192@yahoo.com.tw

關鍵詞：閨秀文學、閨秀藝術、台灣文學史、台灣藝術史、性別論述

前言

藝術與文學界的「閨秀」時間發生點是不同的，背景、人物、風格都不盡相同，巧合／荒謬的是，都用了「閨秀」一詞做概括。當我們同時將文學界與藝術界的「閨秀」拿出來做比較的同時，是否先有一個假設的立場，即：文學／藝術之間，有一個地帶是相互有所交集的，因此才會在不同的領域的評論中，同時出現了「閨秀」一詞。

「閨秀」是一種風格流派嗎？還是屬於女性的一種人格特質？「閨秀」是因爲題材還是因爲創作者是女性的角色？爲什麼在藝術與文學，會分別出現了「閨秀藝術」和「閨秀文學」兩個形容詞來概括某個時期女性創作的風格？究竟，「閨秀」一詞是褒？是貶？也許我們可以有許多猜想／狂想／假設……

假設之一：有閨秀的存在。

假設之二：閨秀風格的判斷不該是「是非題」，而是「選擇題」，選擇最接近答案的哪一種說法。

假設之三：也許是一種多重選擇題，也就是「複選題」。

假設之四：閨秀不只一種。

假設之五：也許，已經沒有閨秀的存在。

……

壹、以「閨秀」爲名的女性藝術

一般所謂台灣早期的閨秀畫家，所指的乃是日據時代出生的台灣女畫家，這些女畫家多半出身於日據時代公學校及高等女學校教育系統，例如：張李德和（1893～1972）、陳進（1907～1998）、邱金蓮（1912～）、周紅綢（1914～）等。由於當時的社會環境對女性存著嚴格的行爲規範，再加上她們受的教育，多半是爲了養成女性美德的整體教養系統下的一部份，而非爲了培養獨立思考、自主意志的藝術創作者，因此，雖然曾經入選宮展，甚至獲獎，也還是沒有機會成爲專業的藝術家。[2]

一九四五年的二次大戰結束之後，隨國民政府遷台而來的傳統文人藝術家中，其中亦包含了閨秀畫家。這些文人墨客，大多出生於清朝末年至民國初年，有些畫家來台之前在大陸已經成名。當時隨之渡海而來的第一代中原女畫家包括了袁樞眞（1911～1999）、孫多慈（1912～1975）、吳詠香（1913～1970）等。由於她們受聘於師範教育體系內任教，而擁有參展或擔任評審的曝光機會，因此相較於早先的閨秀畫家，她們較能將藝術創作的理念，藉由教學與擔任評審的機會與學生產生互動的關係。這也使更多的女學生，有了可以師法的榜樣，持續從事藝術的創作。

台灣從一九四五至一九六〇年期間，全台只有師大藝術系、北師藝術科、竹師藝術科、南師藝術科、政工幹校美術科等五所美術科系，當中除了政工幹校美術科以外，全都是師範教育體系。這種早期將藝術教育附屬於師範教育系統以內的體制，造成台灣早期藝術發展和師範教育的深刻結合。[3] 由於師範院校美術科的目的在於培育小學的美術師資，因此，對志在成爲藝術家而非美術老師的學生而言，因爲「沒有其他學校可進，所以多年來師大一方面要維持師範教育的目的，一方面又受著社會大眾的期望和壓力，要進一步滿足，年輕美術家的渴望在裡面無形暗湧著矛盾與衝突。」[4]

上面這段引言反映出當時立志要當藝術家的年輕學子，在師範教育體系內學習的矛盾。但是對光復初期進入師範美術科系的女學生來說，她們多數人的目的還是爲了畢業之後的就業機會；因爲當時的就

2 陸蓉之，〈閨秀藝術的古今演變〉，林珮淳主編，《女藝論：台灣女性藝術文化現象》，台北：女書文化，1998，頁 29。

3 陸蓉之，《台灣（當代）女性藝術史 1945～2002》，台北：藝術家，2002。頁 78。

4 蕭瓊瑞，〈師大藝術系與五月畫會之成立〉，《五月與東方》，台北：東大，1991，頁 50。

業環境，對女性還是非常不利的，所以畢業之後就可以分發到一個教書的工作，對需要改善生計的女學生而言，是一個穩定的出路。

從師範院校畢業的台灣女性教師人相當龐大，畢業之後分散在全台各地從事教職，她們當中有許多人雖然未必成名，卻持續創作；當然也有些女畫家一旦結婚，便以家庭爲重，而捨棄了藝術的創作。

> 師範專科學校的教職工作，促使這群女性藝術家／教師，必須十項全能，對繪畫、水墨、版畫、陶藝等各項媒材均需熟稔，多元廣角的教學開展齊全方位的藝術媒材體驗，然教學及行政上的重擔卻又往往侷限其於創作上的開展。[5]

台灣早期的女性藝術的畫家多出自中產階級以上的家庭，她們以閨秀和興趣的心態來繪畫，記錄周遭的家居生活爲主要題材。至於個人表現或是繪畫風格，都沒有人在乎，總之這樣的「女性化」讓男性不會感到任何的壓力。這些「女性化」、「非專業」的藝術家們後來雖受到商業的青睞，但也僅只是被以誘（教）導更多的女性要如何討喜兼顧所謂的家庭與創作生涯。女性藝術家必須在家庭與創作事業之間作二選一的抉擇，依舊是現實生活中必須面對的兩難問題。這也是台灣早期閨秀藝術家共同的處境。

女性的受教權對女性與社會文化的互動，有著直接的關連與影響力。一般學者認爲，台灣有大規模的新式教育是始於日本殖民政府。一九二二年總督府頒佈「新台教育令」，使台灣與日本採用大體相同的教育制度，而能夠和日本的學制相貫連，此時全台灣高等女學校已有七所。日本殖民政府興辦女學的目標，是爲了要普及日語、教導女學生「養成女子特有的貞淑、溫良、慈愛、勤儉家事之習性」的婦

5 賴瑛瑛，〈台灣女性藝術的歷史面向〉，《意象與美學－台灣女性藝術展》，台北：台北市立美術館，1998，頁 27。

德，作爲培養良好日本國民的基礎，並教授她們「生活上有用之知識技能」[6]。當時的圖畫課程中雖包括了寫生、素描和教材研究，但可看出皇民化的正式女子教育，仍是以培養良好過民基礎爲眞正目的。

日據時期的女畫家，其得獎展出之畫作多數以甜美典雅的膠彩畫爲主[7]，受老師鄉原古統在學校教育及展覽審查作業的影響，此時期藝術風格的特色是強調「地方色彩」。相較於同期男性創作者中所表露的繁複構圖及崇高精神，女性藝術家除多以生活周遭的居家意象及自然花草入畫之外，亦以寫實寫生的態度將台灣本地的人文景緻及鄉野風光入畫。[8]

以其中的代表畫家陳進來說，她十八歲考取東京女子美術學校，二十一歲入選第一屆台展東洋畫部[9]，二十七歲入選日本帝展，即使是這麼多輝煌的創作成績，評論家往往還是用「閨秀風格」來形容／肯定她的畫風或畫格。像是：

> 她的家世及較早的生長氛圍，在此扮演了關鍵性的角色，不論她多麼努力而投入地接受她的師長的日本畫風的訓練與薰陶，她的人格主體仍是不折不扣的台灣閨秀，而這個特質也就役使著她所學到形式技法，日後終於能創出了屬於她自己的個人風格。[10]

---

6 張素碧，〈日據時代台灣女子教育研究〉，《中國婦女史論文集》第二輯，台北：商務，1988。頁 260～295。

7 日據時期稱爲「東洋畫」，後來由於正統國畫之爭而改名爲「膠彩畫」，係指以天然礦石研磨成色粉，再以膠質爲上色敷料之畫法，需經過多次染色而成，費時費工。

8 賴瑛瑛，〈台灣女性藝術的歷史面向〉，林珮淳主編。《女藝論：台灣女性藝術文化現象》，台北：女書文化，1998。頁 76。

9 第一屆台展入選之台籍畫家僅有陳進、林玉山、郭雪湖三位年輕新銳，傳爲「台展三少年」之佳話。

又如：

> 陳進以富貴之家生活優渥的女性為題材的「悠閒」、「化妝」，工筆細細描繪背景鑲嵌螺鈿的屏風，或每人斜倚讀《詩韻全集》的精美古床，穿著典雅華麗，含蓄的閨秀與精密勾勒的名貴家具相映襯，陳進為我們展現一個市井小民所不熟悉的階級，可貴的是，畫家生活在這錦玉叢中並沒有因物質而弱化了她的藝術。[11]

一般我們認爲閨秀畫家是以女性爲對象物，或是畫花卉，但事實上，在當時畫花卉並不是只有女性藝術家，男性藝術家也有用花卉爲主題來創作的；根據研究統計，女畫家用的次數反而比較少。[12] 在經濟效益及時間的考量上，畫家寫生時題材的選擇，花鳥畫明顯要較人物畫及風景畫多。但無論主題爲何，色彩柔潤、精緻細膩、畫面典雅是基本的共同點；這除了因爲膠彩畫材料本身的特質之外，與師承及當是社會所認同的女性形象也有絕對的影響。

爲什麼以「閨秀」來作爲當時女性畫家的泛稱呢？日據時期，日本方面的報章雜誌上的評論家或學者用閨秀這樣的名稱，來稱呼包括台灣籍的女性畫家或是日本籍的女性藝術家。因此，當時在使用閨秀這個名詞的時候，應該並不是因爲創作的題材，而是因爲創作者本身性別，用這個名稱來稱呼她們。[13]

回溯中國歷史中，所謂傳統的「閨秀藝術」，係指「中國婦女受

---

10 石守謙，〈人世美的紀錄者——陳進畫業研究〉，《悠閒靜思——論陳進藝術文集》，台北：歷史博物館，1997，頁 20。

11 施淑青，〈閨秀畫家陳進〉，施淑青、蔡秀女編，《世紀女性・台灣第一》，台北：麥田，1999，頁 119。

12 趙榮南，《日治時期台灣女性東洋畫家之女性特質論述》，屏東師範學院視覺藝術教育研究所碩士論文，1992，頁 163～165。

限於生活活動的空間，因爲識見的狹小，只能畫一些花鳥草蟲一類的題材，即使有偶一爲之的山水、人物畫，也都清秀見長，難以展現渾渾灑灑的氣魄。」[14] 最常被當作閨秀的正字標記，莫過於色彩柔和、姿態優雅的「仕女圖像」，或坐或臥，氣質典雅；此外還有花卉寫生、園林景致也是常出現的題材。

此時期女性藝術家的作品，經常以日常生活身邊的題材、景物，作爲寫生的主題，流露出溫馨甜美的生活情趣；其實這也正是她們對生活實質的體驗，以及她們面對創作時，對藝術的信仰與追求，所選擇的一種美學角度。

當時台灣女性藝術家最大的問題還是在於學習東洋畫的業餘態度，多數以花卉小品爲主，題材本身有限，技巧又謹遵師門教誨，很少能夠有抒發己意的表現，就更別談自成一家的風貌了。所謂「閨閣才名不易顯，弄墨燃脂爲自遣」。[15] 傳統婦德的耳濡目染之下，女性舞文弄墨的文藝氣息只是爲了閒餘時候的消遣，以書畫自娛的成分多過揚名立志的成分；況且這些「才女」一旦嫁做人婦，往往甘願犧牲自我、發揚「婦德」，結婚生子便意味著藝術生命的結束。雖然日據時代受教育的台灣女性人數增加，但是像陳進一樣有機會出國求學的人生際遇畢竟是少數，投入婚姻之後能使自己藝術事業持續的人數更是少之又少，再加上沒有留下足夠份量的作品，使得後人能夠對當時的女性創作作更深入的研究與探討。或許這就是傳統閨秀畫家的宿命，幾千年來的悠久中華文化，並沒留下多少女性的畫跡墨寶，這種缺乏作品眞跡的情況，一直是研究中國女性藝術史首當其衝必須面對的難處。

---

13 陶幼春，〈堅持主宰自己的藝術生命——訪問賴明珠〉，施淑青、蔡秀女編，《世紀女性・台灣第一》，台北：麥田，1999。頁 122～123。

14 同註 2。頁 25。

15 此乃清朝女性詩人畫家駱綺蘭，題墨竹畫詩的前兩句。

貳、閨秀文學成爲一種現象

傳統文人儒士觀強調立德、立功、立言乃人生三不朽，而其中又以「德」爲不朽之要義，所謂「有德者必有言，有言者不必有德」，這種觀念已根深蒂固的深植於民心。舊式閨秀生活除了女紅織繡之外，也有以詩文自娛者，在古來皆重德不重才的共識下，對她們來說，勤於織機可以累功，寫詩就算於德無妨，亦無益婦德；因此，大家閨秀們雖汲汲自許爲才女，但爲免踰舉罵名，也多謹守婦德本分。

在中國文學史中，有和閨秀概念有關的其他詞語，如閨門、閨閣、閨派、名媛、才女、青蛾、宮闈、宮怨等名詞，而以閨秀一語是其中流通較爲廣泛的概念。閨秀一詞的概念，不僅只是指名門閨媛，甚至將歌妓的詩詞亦歸於閨秀名下。[16] 大體上來說，女性作者身份上的差異雖在分類上有其分岐，但基本上，女性所創作的詩詞都被視爲「閨秀文學」，而「閨秀」也成爲女性的代名詞之一。亦有學者以「閨閣」爲敘述的指稱方式，認爲在中國傳統文學中，「閨閣概念不僅指涉女性作品，同時也是一種文體。男性作品中有關女性敘寫，或以男性詩人身份爲女性代言的宮怨詩詞，亦被包含在內。」[17]

事實上，在中國古典文學史中，所謂閨秀名媛的閨怨文學一向有其源遠流長的歷史與傳統。在正史藝文志和各種總集小傳中，有記載或保留下來的閨秀作品是數量驚人的；單是在明清兩朝，女性詩人的

---

16 例如在《閨集》、《名媛詩歸》、《古今女史》等明清時代的選集中，歌妓與閨秀詩人並列同一類別之中；但在其他選集中，如《明詩綜》，則將閨秀歸之於「閨門」，而將歌妓歸之於「妓女」一類。十七世紀時的青樓歌妓或伎師，在現實生活和文學想像中都被視爲才女，許多歌妓在書畫、詩詞戲曲方面都是學有專精的藝術家；這些被視爲「才女」的作品，也常被收錄於選集中。參考李奭學譯，孫康宜，〈論女子才德觀〉，《古典與現代的女性闡釋》，台北：聯合文學，1998，頁134～164。

17 林幸謙，《歷史、女性與性別政治：重讀張愛玲》，台北：麥田，2000，頁258。

選集或專集，可查詢的即超過三千多種。[18] 由此可見「閨秀」在中國古典文學中有一定的數量，尤其是詩詞文學中佔有重要的位置。

但今日台灣文學史上所引用的「閨秀文學」，已不等同於傳統的文類。一般評論家慣稱的「閨秀文學」時期，大概是從一九七六年到一九八〇年代中葉，屬於這個「閨秀文學」文風的作家，包括朱天文、朱天心、蘇偉貞、袁瓊瓊、蕭麗紅等。閨秀的代表作家可追溯自一九七六年《聯合報》第一屆小說獎得獎名單，包括：第二獎蔣曉雲〈掉傘天〉（第一獎從缺）和第三獎朱天文的〈喬太守新記〉、佳作獎朱天心的〈天涼好個秋〉。而在一九八〇年蕭麗紅的《千江有水千江月》得到《聯合報》首度頒發的長篇小說獎及兩大報有史以來最高額獎金時達到顛峰。兩大報文學獎屢落入女作家手中，繼而在書市長紅，一時之間，女作家變成一種文學「現象」：

> 一些批評家將她們的作品視如通俗言情小說的延續，譏斥為狹隘、缺乏社會意識的「閨秀」作家：只圍著男女情愛的題材打轉，以純情甚至濫情的筆調滿足高中、大學「無知女生」的夢幻。持正面、支持的學者則設法從這些女作家的文字技巧上予以肯定，並舉證出她們作品中豐富多元的類型為之辯護。[19]

這批女作家，她們有的從張派嫡系的三三集團崛起，有的透過民間文學獎機制被挖掘成名，而普遍被歸類爲「閨秀派」成員。當時的兩大報系《聯合報》和《中國時報》分別於一九七六年和一九七八年設立文學獎，成爲主導台灣文學風氣的重要機構。這並非表示當時小說獎評審有意識的利用文學獎資源，爲特定政治目的服務。而是說，

---

18 同註 6。

19 范銘如，〈由愛出走──八、九〇年代女性小說〉，《衆裡尋她：台灣女性小說縱論》，台北：麥田，2002，頁 152～153。

「如果文學獎在台灣文學典律成形的過程中，扮演舉足輕重的角色，那麼，我們就不能不注意到，當時文學獎頒發的社會環境、文化氛圍以及篩選文學作品過程中隱含的權力關係和連帶的資源分配問題。」[20]

不獨有偶的，類似這種傳播媒體影響文化界風格走向的情況，也出現在七〇年代的藝術界。當時由《雄獅美術》雜誌所舉辦的「雄獅美術新人獎」，便使畫壇興起了一股鄉土寫實的繪畫風潮，並讓想步入畫壇青年學子趨之若鶩。這也是傳播媒介與文化意識型態間的權力運作的一個例子。

「閨秀文學」現象的政治意義相當複雜，顯然不能單從性別層面來探討。學者解釋這個涵蓋七〇年代中葉至八〇年代中葉解嚴前的「閨秀文學現象」，會將幾個原因納入考量：[21]

一、以當時的政治環境爲切入點，認爲一九七九年美麗島事件之後，台灣肅殺的政治氣氛讓言不及政治的兒女情長，有了大展伸手的書寫空間。

二、以台灣的蛻變爲主要觀察點，認爲八〇年代前後，台灣都會文化成形，社會型態的改變對性別關係造成不小的衝擊，閨秀文學中的「中產階級」、「都會」文化的傾向，容易得到爲數不少在都會裡就業女性的共鳴。因此放在歷史的脈絡來看，「閨秀文學」最大的意義可能在於象徵中產階級、都會品味的抬頭。

三、從女性主義的論述出發，在評估這個女性文學流行的現象時，會認爲女作家以小搏大，以情慾顛覆國族政治的書寫取向，可能爲性別政治的書寫掙得更廣的一片天。

由此可見，「閨秀文學」的發展及生成背景，有其歷史與社會時

20 邱貴芬，〈族國建構與當代台灣女性小說的認同政治〉，《仲介台灣・女人》，台北：元尊文化，1997，頁 47～48。

21 邱貴芬，《日據以來台灣女作家小說選讀》，台北：女書，2001，頁 35。此三點爲邱教授所歸納整理出之原因，但第三點的部分，邱教授不全然接受。

空的脈絡，甚至隱含當時政治意識型態的操作與擺弄，而不能單純的認爲視爲台灣突然出現了一群寫作技巧高超的女作家，或是文化評論者的文學品味突然改變所致。對此閨秀文學現象，學者認爲「女性創作得以在短期間內橫掃台灣文壇，不是因爲這些女性作品的內容和以前的女性小說有劃時代的差別，而是文化生產的管制有了重大的改變。」[22] 換言之，重點並不是突然出現了「閨秀文學」這一個文類，而是文化情境與時代氛圍促成了閨秀文學被評論家及文學獎所支持。

但亦有評論家持不同的看法，認爲這些女性作家之所以受到一般大衆的歡迎，大概有下列幾個原因：

> 一、當時看不到高水準的作品，像羅漫羅蘭的《約翰克利斯朵夫》都列為禁書，其餘的可想而知。二、比政治主義的反共文學，女作家所寫的這些題材，實在叫讓人覺得真實。三、五〇年代緊接著大陸的大動亂和島內的大惶恐，使人不敢面對現實，而當時的肅清政策，使人只有對世事採取觀望、淡漠的態度。而婦女文學的沒有時間性，或者有時間而沒有歷史感的特質，正好可滿足小市民的惰性和趣味性的要求。[23]

類似的觀點還有：

> 八〇年代在台灣最受歡迎的文學讀物可能要算是嬰兒潮一代的那些女作家了……她們皆因作品發表於大報副刊而聲名大噪。就如同許多流行文化產品一般，上述作家的作品中基本上較少批判的精神，同時不乏保守的心態。[24]

---

22 同註 20，頁 44～45。

23 尉天聰，〈台灣婦女文學的困境〉，《文星》，第 110 期：1987 年 8 月，頁 93。

24 高志仁、黃素卿譯，張誦聖，〈朱天文與台灣文化及文學的新動向〉，梅家玲編，《性別論述與台灣小說》，台北：麥田，2000，頁 332。

> 八〇年代中期，在所謂的純正文學中，女作家的作品，尤其是投合青春少女喜好的閨秀文學異軍突起，大有席捲文壇之勢。閨秀文學的盛行，最可看出台灣中產階級文化保守性格。[25]

保守也好、通俗也罷，其實，以「閨秀文學」來指稱這些作家，是有以偏蓋全的嫌疑的，因爲這些作家的作品，並非都可以被化約爲「閨秀」一種風格；因而在此提到所謂的代表作家，只是指出一般評論在談閨秀文學時的普遍說法。

閨秀文學給人最粗淺的印象是，往往就創作的題材而言，閨秀文學的作品多數在描寫都會男女間的愛情故事、感情糾葛，帶有不食人間煙火的氣息。女性作家擅長從私領域中平凡瑣事，以及周邊生活人事物做細微觀察，再將其日常生活的點滴，以充滿感性意象的語言雜揉出屬於女性的敘述方式。不過，這種書寫的調子，常讓對文學賦予崇高責任使命的評論家，感到憂心忡忡：

> 不「現實」的描寫年輕女性在實際生活中所碰到的戀愛問題，反而以浪漫、抒情的方式來描寫少女對愛情的懷想……面對女性求偶的難題，這種文學是以提供「夢想」來作為殘酷現實的彌補。[26]

這樣評論「閨秀文學」，並不是否定這些女作家整體創作對台灣女性文壇的貢獻。隨著工商社會的發展，婦女除了傳統賢妻良母的角色之外，身兼職業婦女的人口比例也大幅增加。在繁忙的家庭與事業間，該如何兼顧，往往是許多女性在面臨生涯規劃抉擇時的兩難；尤

---

25 呂正惠，〈分裂的鄉土，虛浮的文化——八〇年代的台灣文學〉，《戰後台灣文學經驗》，台北：新地，1992，頁 131。

26 同上註，頁 86。

其是在愛情故事結束之後，面對婚姻的現實面，女性往往會有某種領悟後的自覺。在瑣碎的家庭主婦工作、在日復一日的上班下班的作息中，女性的小說也試著從生理、心理、文化制約的差異出發，藉由書寫女性身體、情慾，探究屬於女性的細微情感。

這種強調自我剖析的過程，在女性歷史中，具備重要意義。這象徵女性的書寫，因應著她們各自面對時代、社會以及生活環境變遷而產生，透過小說文本的進行，對她所期待、所希冀追求、達到的某些嚮往，以千絲萬縷的文字書寫，牽連出她們各自對生活的關懷、對歷史和文化的批判思維，或者是深化自我的定位種種可能。

邱貴芬認爲這些在八〇年代被歸爲「閨秀文學」的女作家，在後來的創作生涯「有不少越寫越深沈，在九〇年代揮灑出自己的一片天空，表現不俗。但是，我認爲，八〇年代初她們剛出道的作品在思考深度、廣度和技巧層次上都鮮少超出前輩作家已開發出來的格局」[27]換言之，此時的「閨秀」，只是技法與題材上一種相對的生疏或不熟練，像是作家風格成熟之前的一個過程。

對於閨秀的轉變，也有學者觀察指出：「原先或被視爲『閨秀』」文學代表的朱天文、朱天心、蘇偉貞、袁瓊瓊等女作家，亦於八〇年代以後，紛紛投入文化生產、都市論述與國族認同的再造工程。」[28]因而，無論如何稱呼這些女作家，都肯定她們用自己的筆，描摹了女性部份的生活與情感的努力，將她們納入文學史的長河中，可以凸顯台灣女性文學的發展脈絡。

在經過這一段「閨秀」風格的磨練之後，許多女作家有了不同的關注點。女性透過書寫，擺脫長久以來，將自我與社會角色侷限在婚姻愛情裡的困境，挑戰二元對立的傳統父權，突破「家中天使」的形

27 同註 21，頁 37。

28 梅家玲，〈導言——性別論述與戰後台灣小說發展〉，梅家玲編，《性別論述與台灣小說》，台北：麥田，2000，頁 21。

象，企圖超越八〇年代之前閨秀婉約的主題，對於追尋童話般的情愛模式、與恪守傳統的母職實踐，寬容施予的精神，流露無怨無悔的一面，並有所反省與顛覆，而同屬邊緣的女性、族群給予關懷同情。

參、關於「閨秀」的幾個思考點

一、「閨秀」如何被放置在台灣藝術／文學史的脈絡中？

權力機制透過媒體文化藝術的展示，充分發揮其隱蔽特質，將制式化的言說、典型、規範、觀念，透過藝術與文學的傳導而對個人發揮影響力。各類符號被重疊一起，使個體在閱讀影像及自我觀看的過程，思緒被大量湧入的言說及符號佔據。在資本主義發達的今日社會，文化產物與商品生產已難劃分界限；文化本身的商品定位，已在整個社會、文化意義系統和各種制度間交互作用之下，融入每個人的生活中。意識型態被移植到更多重的文化、生活、知識領域，其中壓迫性的記憶、認同及規範剪裁成各式各樣的符號，供給個體自由搭配選擇及自我定位，但個體卻無法自權力網絡逃脫，僅能在不同「典型」及「規格」中沈默的接受。馬克斯對法國農民階級的知名斥罵：「他們不能代表自己，他們必須被呈現。」似乎也被實踐在女性再現邏輯當中。

以文學史的斷代分期為例，其中便隱含敘述架構中的權利意識型態；以邱貴芬對台灣文學史的整理的表格「台灣文學史章節一覽表」中，我們可以看到，葉石濤、彭瑞金和陳芳明三名學者所採用的台灣文學史的歷史分期方式，「暗示史家主要以殖民抗爭來架構其歷史敘述的基調」：[29]

---

29 邱貴芬，〈從戰後初期女作家的創作談台灣文學史的敘述〉。此表格出自邱教授個人網站中網頁中之資料。

作家	葉石濤 《台灣文學史綱》	彭瑞金 《台灣新文學運動40年》	陳芳明 《台灣新文學史》
分期	第一章： 傳統舊文學的移植		
	第二章： 台灣新文學運動的開展	第一章： 台灣新文學運動的起源	日據：殖民時期 *1.*啟蒙實驗期(1921~1931) *2.*聯合陣線期(1931~1937)
	第三章： 四〇年代的台灣文學 —含淚播種的，必歡呼收割	第二章： 戰後初期的重建運動 (1945~1949)	戰後：再殖民時期 *4.*歷史過渡期(1945~1949)
	第四章： 五〇年代的台灣文學 —理想主義的挫折與頹廢	第三章： 風暴中的新文學運動 (1950~1959)	*5.*反共文學期(1949~1960)
	第五章： 六〇年代的台灣文學 —無根與放逐	第四章： 埋頭深耕的年代 (1960~1969)	*6.*現代主義期(1960~1970)
	第六章： 七〇年代的台灣文學 —鄉土乎？人性乎？	第五章： 回歸寫眞與本土化運動 (1970~1979)	*7.*鄉土文學期(1970~1979)
	第七章： 八〇年代的台灣文學 —邁向更自由、寬容、多元化的途徑	第六章： 本土化的實踐與演變 (1980~　　)	*8.*思想解放期(1979~1987) 解嚴：後殖民時期 *9.*多元蓬勃期

從上表這樣一個台灣文學史的架構中，並無法看出台灣女作家創作的情形。事實上，隨著國民政府遷台，五〇年代台灣文壇出現不少傑出的外省來台女作家，並在六〇年代依舊活躍於文壇，到了七〇年代，戰後出生的第一代女作家開始在文壇上展露頭角，成為台灣文壇女性文學的創作主力，至今仍在文壇上佔有一席之地。現有台灣文學史所劃分的斷代分期，如果以女性作家創作的位置來檢視，將會發現女性在台灣文學史中是「缺席」的，這顯然無法呈現出台灣女性創作的發展脈絡，更遑論照顧到女性文學的部分。

> 三部史述的分期方法似在暗示，台灣文學的「多元化」現象要在八〇年代或是解嚴之後才真正浮現。這樣的台灣文學歷史敘述忽略了任何一個歷史階段的文學活動原本就有複雜多元的面貌。女性創作並非在解嚴後才忽然湧現。[30]

評論中我們可看到，所謂的「閨秀文學現象」，被用來概括七0年代之後的女性文學，在台灣文學史中並未有安放的位置。儘管女性作家的人數已有一定的比例，[31] 但是她們的作品並未受到等量的重視。這種「見林不見樹」的矛盾，適可以說明女性創作者在各類歷史中的「不可見性」（invisibility）。這讓我想起了卡爾維諾在《看不見的城市》書中的一段對話：馬可波羅正在描述一座石橋，他一塊一塊石頭地仔細訴說描繪著，此時忽必烈大汗問道：

> 「到底那一塊才是支撐橋樑的石頭呢？」
> 「這座橋不是由這塊或是那塊石頭支撐的，」馬可波羅回答：「而是由它們所形成的橋拱支撐。」
> 忽必烈大汗靜默不語，沈思。然後他說：「為什麼你跟我說這些石頭呢？我所關心的只有橋拱。」
> 馬可波羅回答：「沒有石頭就沒有橋拱了。」[32]

在父權文化的意識型態中，女性往往被視爲是一種次等的類屬，因此無法將女性與藝術做直接的聯結。藝術社群中女性的缺乏，就是

---

30 同上註。

31 根據《解讀瓊瑤愛情王國》書中，舉出在前三十名多產作家裡，女性作家佔了九位，幾乎佔這份名單作家總人數的三分之一，可見「在所謂反共戰鬥的五O年代，也是女作家大行其道的時代」所言不虛。參見林芳玫，《解讀瓊瑤愛情王國》，頁52。

32 王志弘譯，Italo Calvino 著，《看不見的城市》，台北：時報文化，1993，頁 108。

一個性別歧視的具體展現；藝術領域中充斥著男性藝術家，因而觀者很難從藝術創作中看到屬於女性的經驗的創作，即使有，也因爲難以引起共鳴，而被視爲是較次等的或較不重要的藝術表現形式。歷史傳統是不斷建構再解構的過程，這樣缺乏女性藝術家、缺乏作品、沒有共鳴、無法在論述中找到定位等等的藝術生態模式，使關於女性的創作處於一個惡性循環的模式。

藝術史中的分期亦大多擺脫不了歷史的分期。難怪評論家要質疑：「爲什麼沒有／不承認偉大的女性藝術家？」

造成女性在藝術中的「不可見性」有多重而複雜的原因。面對這個問題，除了上窮碧落下黃泉地挖掘偉大的女性出土之外，也許稍稍搬動問題的基礎，而另一種回答問題的方式，就是主張女性的藝術有不同的「偉大」的方式，是一種獨特而可辨識的女性化風格存在，是與男性藝術不一樣的。例如，某些經常被使用的題材、經常出現的符號、畫面經營的風格等等。[33]

問題不僅在於所謂的女性特質該如何界定而已，藝術的形成以及偉大的形成，自有歷史以來，已經不是個人感性經驗的直接表達而已，更非只是將個人生活轉化成視覺的表現（至少偉大的藝術幾乎從來不是這樣）。「偉大」的產生包含了前後一貫的形式語言、既定的傳統慣例、根本形式及概念、符號系統指涉、尺寸、創作生涯等等；不僅是一個天賦優異者自發而隨意的活動，還需透過不同社會權力機制的環節，包括觀衆、收藏家、藝評家、媒體等等資助系統相互串連，勾勒而出。因此，當評論界出現類似：「簡單的説，只有勇敢而自覺的女性，才能創造眞正有價值的女性文學。在台灣文壇，這樣的文學似乎還沒出現，還等待新型的女作家來開拓。」[34] 這一類的評價

33 李美蓉譯，Whitney Chadwick著，《女性，藝術與社會》，台北：遠流，1995，頁6。

34 呂正惠，〈台灣女性作家與現代女性問題〉，《戰後台灣文學經驗》，台北：新地，1992，頁247。

時，也就不足爲奇了。

因此，當眞正開始思考這個問題的隱義時，就會發現這樣的問題其實只是像個冰山所浮現的一角，浮出水面之下有個體積更爲龐大的意識型態，是幽暗而未明的模糊地帶。

當我們對情勢的本質作再詮釋時，第二個問題也許是：「誰在製造美術史？」

在找尋背景與成因，發現多數的評論趨向於：閨秀畫家的創作，是閒餘時聊以抒發情緒的小品；閨秀文學是描寫男女情愛故事。甜美、柔和、甜蜜……回頭看七〇年代所謂的閨秀文學或是更早些的閨秀藝術，追根究底，乃是因爲一向缺少以女性觀點爲取捨的評論與學術系統，而使女性的創作被化約歸納成爲「閨秀」風格。

因此，在重新檢視工具的舉動中，不但提供了新的觀察角度，也得到在本質上換血、徹底顚覆的重生機會。非但讓藝術史的研究領域更加多元，同時也使得唱作者本身更具備批判與自覺的能力。在「爲什麼日據時代的女性只有閨秀藝術家？」的疑問聲中，更多耐人尋味的思辯正悄悄地出現。

二、閨秀是一種風格嗎？

圖像、文字、歷史與記憶之間究竟有什麼樣的差異？當閨秀成爲一種集體記憶時，在無形中，似乎在記憶與歷史的可信度之間產生了一種張力，使得兩者幾乎成爲對立的兩種價值，在邊緣之間遊走擺盪著，形成一個沒有起點也沒有終點的迴圈。當我們同時將藝術界與文學界的「閨秀」拿出來做比較的同時，是否先有一個假設的立場，即：文學／藝術之間，有一個地帶是相互有所交集的，因此才會在不同的領域的評論中，同時出現了「閨秀」一詞。

當文字與圖像交遇，在以文字評論代言同時，其實也巧妙替換了作品本身。約定俗成的概括性評論方式，往往使女性藝術陷入困境，不斷重複的符號，藝術作品之中的影像，背後皆隱藏了對社會與文化意義的思考。評論家闡述陳進的畫作時，大多離不開優雅、靜懿、柔和、典雅等形容詞語彙統稱，並認爲陳進的作品之所以成功，其藝術成就是由於她實現了本身所擁有的性別特質。莫非創作者的性別與作品的因果關係，能夠劃上一個等號？

此外，若是以「閨秀文學」來代表當時女作家的小說風格，也無法涵蓋一些創作風格不那麼「閨秀」的作家，例如：蕭颯、李昂等等。因此，該如何爲台灣文學史做敘述的架構，尤其是關於女性文學的部分，恐怕不是「閨秀」二字就可以帶過的。

選擇用土法煉鋼的邏輯，將藝術與文學中有關「閨秀」的人、地、時空、物都整理羅列出來，然後一番鋪陳之後，再做「交叉比對」的「分析」。對初初接觸比較文學界的人而言，也許這是一個（或許是唯一能想到的方法）能夠想到最直接而粗糙的「比法」，尤其是當兩個領域作所謂「跨藝術」的比較時，好像都會先陷入一個焦慮中，那就是：到底要比什麼呢？

比較的目的何在？爲什麼要比？

疑似／類似的詞彙（或者是主題、時空）就可以比了嗎？

不禁令人思索。並非說是一定是這樣比，而是在外圍的人，在企圖作連結的時候，以爲只能這樣去介入，在做研究與探討的時候，這的確是不得不去磨練的基本功夫，先用我們原先熟悉的風格比較，然後再慢慢地演進，像是一種過程，在推演的過程，才會有一個個的問號冒出來。

創作與詮釋，必然在衍異／義的時空中，不斷蛻變著。在理論與作品的關聯上，必須爲理論找到支持點，當它回到藝術的表現形式時，仍然可以具體的呈現。在文字的表達與論述貫徹的過程，必須跳脫造型外貌上現象的描述，進入更深化的詮釋。將創作當作人類文化成形的環節，必須在適切的時機，壓縮、約化個人的抽象語彙，提撥至普及化的圖式範疇，透過可指認的普遍圖式，提供「我」、「他」、「她」的溝通契機。

理論與創作存在著斷裂，研究者需要進行剪裁與縫合。挪用各個學門的各種方法，必須轉化成造形藝術之相容語彙，避免詮釋基點的謬誤。研究方法本身是該演進的，做一番琢磨後才能被放置在另一個框架之中。像是一顆寶石，選擇它想成爲一枚戒指上的首飾，或是要變成一條項鍊的墜子。

今日台灣女性在各個領域皆有自己的舞台，台灣當代藝壇也早已有足夠專業水準的女性創作者，但是，台灣當代女性藝術家作品的風貌，並未特別強調女性美學的觀點，追根究底，仍是因爲一向缺少以女性觀點爲取捨的評論與學術系統。當代台灣女性藝術家的創作，事實上已經進入多元發展的新時代，作品風格與內容均不再受限狹小的生活範圍，也就不可能再自限於閨秀藝術的格局之內。時代環境的差異，使得「閨秀藝術」成爲歷史名詞，今天即使有女性創作者屬於閨秀名媛的出身，也無法將她們全數化約歸納成爲「閨秀藝術」。

女性藝術創作長期處於邊緣化，在具有性別差異的社會的某一特定歷史階段內，女性藝術家也會被導引而採取某種視覺表達模式。因此，無論是何種視覺圖像，都已被納入特定的敘事以及此敘事背後的權力架構與大論述。[35] 以此觀點來觀賞女性藝術家的作品，畫面中所謂的閨秀，還只是物品本身的意義嗎？評論者該如何對待視覺圖像的符號學詮釋，以及其背後的意識形態論述系統？

到底閨秀現象該如何描述，如何解讀？是窺視的慾望？是古老傳統的一種儀式狀態？還是商業化之下的所謂「懷舊」特質？「閨秀」是褒？是貶？

許多人對「閨秀」這個標誌覺得很不自在，當然我們可以重新定義這個名詞是中肯的、沒有價值判斷的，但一般人聽到還是覺得有貶

---

35 Linda Nochlin 著，游惠貞譯，《女性，藝術與權力》，台北：遠流，1995，頁 9～49。

意。女性可能被作品文字或圖像喚醒：那些當時存在或已經存在的，現在卻已消失；或者是某種曾經是的，但如今已然不在。

> 如果一個圖像畫面是可以閱讀的，這是因為它構成了一個由許多符號所組成的整體；而若這個整體有意義，那是因為它形成了一個結構化的整體，因為它與經驗過的（或認識的）東西有關。[36]

就藝術社會學的觀點而言，藝術是社會活動的產物之一，因此，任何創作都脫離不了社會環境這個大結構。雖然藝術發生於創作者對於環境的感知，但藝術品價值卻成立於社會交換行爲之中，即物的所有權轉移的過程。一件作品的產生，取決於許多不同因素的遇合，諸如地域環境、文化、種族、性別、國籍等等，這些都會影響藝術價值的定義。在今日，作品已經不只是傳統美學所能解決的問題，而是一種體系的運作，也就是藝術生態的運作，再透過個人私密的經驗而將之編碼、意義化。

身爲一名觀者，對於約定俗成的符號概念，往往習而不查，也許我們應該保持一種存疑／質疑的姿態加以反省。由最先的符號反映了現實，到符號構成了現實，最後，成了符號取代現實。原本僅是一種隱喻化了的語言，「閨秀」是新符號寓意的催生？還是舊符號寓意的權充使用？

回到原先比較的問題來看，爲什麼將藝術界與文學界的「閨秀」拿出來做比較？而這種概括是否也潛藏了一種可能性，即評論的文字也只是相同意識型態之下，重複的借屍還魂的動作？

「誰在說話？爲誰說？說什麼？那些不能代表自己因此必須被別

---

36 Jean-Luc Chalumeau 著，王玉齡、黃海鳴譯，《藝術解讀》，台北：遠流，1996，頁 129。

人詮釋的人在歷史上都是被剝削的人。」[37] 在跨藝術的比較時，所用的媒介是文字，既然評論是用文字的，所以用「閨秀」，而不是一個圖像、或一個符號。探討一個名詞的運用與流變，不就是在思考意識型態、權力運作的過程嗎？走到詮釋的思考脈絡之下，談一個名詞被普遍的運用而且被普遍認同，這時對於名詞的使用、流變，名詞變成容器一般，這個詞彙是空的，等待不同形式的變化去填裝。

這個時候文學／藝術都已經被架空。閨秀可以無限延展，像是閨秀音樂、閨秀舞蹈、閨秀戲劇、閨秀電影、閨秀紀錄片、閨秀……這些延展的意義非但無法將風格具體化，反而如同一次又一次的稀釋。

如此的套用也許會讓人覺得好笑，都已經二十一世紀了，哪兒來的閨秀？事實上，這樣荒謬的陳列只是爲了凸顯一個事實，最終的問題不在於是用了「閨秀」或是其他的詞彙，而是評論背後的書寫策略及意識型態，如果對於藝術的美學觀始終只有一種，那麼對女性創作的推論，就難免流於輕蔑的而非肯定。

三、是「閨秀」或是「閨怨」？

藝術家被想成（期許成）一位銳利但不帶干擾性質的觀察者透過媒材與技法，是可以美化眼中的景象，但卻無法無中生有。藝術想像世界無限寬廣，而觀者到底從中看見了什麼？而又解讀到了什麼訊息？我想思考的問題是：是的，我看到了，但是，你爲什麼要做這件作品？你想傳達的訊息是什麼？也許我們能看到的比作者最初能說的還要多……

讀書識字的機會，啓發了閨秀們自我意識，但是受到傳統女德觀的影響，因而對女才的追求仍是以婦德包裝之；刺繡女紅對出身優渥的閨秀而言，其重要性不在於實質的經濟利益，更多的是道德上的象

37 Paula Rabinowitz著，游惠貞譯，《誰在詮釋誰：紀錄片的政治學》，台北：遠流，2000，頁305。

徵意義，她們所努力爭取的是利用「繡餘」時間發展「才」的正當性。[38] 所謂「女子無才便是德」，反映出長久以來才德對立的觀念，使傳統一般女性，很難接觸到精緻的文化運動，只有極為少數文人、世家的閨女，因為個人的特殊際遇，而在父兄的引導下接受藝術的薰陶，進入藝文創作的領域。雖然她們有機會接觸到藝文活動，但仍受限於大家閨秀的身份，大門不出、二門不邁，而無法經歷多樣的生活經驗，僅能侷限在家庭與婚姻的框架裡，無法發揮個人的才情。

這些日積月累的壓抑，形成了一種內在焦慮，轉化成一種自棄。張愛玲有一段文字對舊時女性的哀愁寫得讓人動容；她以「小鳥」作比喻，說女人比籠中鳥的處境更堪憐，因為

> 她是繡在屏風上鳥－悒鬱的紫色緞子屏風上，織金雲朵裡的一隻白鳥。年深月久了，羽毛暗了，霉了，給蟲蛀了，死也還死在屏風上。[39]

女性往往只能透過暗示的手法，將不允許出現在畫面上的符號與文字訊息，微妙地透露出來。

有學者研究女性的特質為「溫暖、敏感、順從、純潔、心細、親切、富同情心、慈善、文靜、甜蜜、溫柔、文雅等」，男性的特質為「粗獷、剛強、靠自己、冒險、獨立、競爭、豪放、有雄心、幹練等等。」並認為男性的這些特質「有助於個人事業成就的發展」，女性的特質則「多屬情感與氣質特質，這些特質與事業發展的關係少，而與親密的人際感情的發展關係較大」。[40]

---

38 梁妃儀，《從女性主義的觀點看清代仕女畫》，碩士論文，1990，頁 134。

39 張愛玲，〈茉莉香片〉，《第一爐香》，台北：皇冠，1991 年典藏版，頁 16。

40 李美枝，〈社會變遷中中國女性角色及個性的改變〉，《婦女在國家發展過程中的角色研討會論文集》。頁 460～461。此乃對一百九十一位台灣大學生所做的調查，其統計的結果；在此引用這段文字並非有涵蓋的企圖，只是為了列舉一般人心目中關於女性和男性的印象或特質。

將繪畫視為符號的活動的觀點，認為透過繪畫，我們可以看到社會形構的權力運作之展示。換言之，透過圖像本身符號的物質性，我們便可以看到論述的脈絡；因此，繪畫符號不只是模擬我們的視覺經驗，而是源自於創作產生的原初環境的符號投射，包括政治、軍事、宗教、經濟、文化、知識系統等等。因此，我們若要了解繪畫符號如何自其歷史環境中產生，便可以了解此符號在畫作中如何被運用。

如果，符號學式的詮釋角度可以使我們敏銳的探知圖像背面隱藏的論述結構，那麼，我們要繼續討論的是：觀者到底在圖畫中看到了什麼？由於視覺的雙重性，觀者在看圖畫時，也同時看到畫面圖像以外的訊息，就如同我們在雲朵的變化中可以看到城堡或是恐龍，在滿佈水漬的牆面上可以看到人的面孔一般，我們在圖畫中也會看到畫面以外的形象。所以，觀賞者需要先知道一些資訊，才能夠在圖畫中看到其他原本沒有看到的形象。而這些必要的資訊，一部分來自於畫作創作的時代背景與畫家的個人脈絡，另一部分則來自於觀畫者的時代背景。

「閨秀」到底是一種人格特質或者是作品風格呢？筆者在此並無意建立另一套觀看與詮釋的權威，只是對單一評斷的標準提出質疑。

女性在創作／書寫的同時，背後是有目的性的嗎？

文本的意義不必然決定於作者的寫作目的，讀者詮釋作品的角度也在作品意義的產生過程中扮演不可忽視的角色。換個角度想，也許詮釋才是創作／書寫的策略。

許多當代女性藝術家們，不斷的找出方法來質疑。藝術史不只是被動的紀錄既存事物，同時也在藝術生產中扮演積極的角色，隨後它製造社會意象，然後再組構成某種知識與覺醒。相較於男性主流敘述中分殊出來的女性文學史觀，在不絕織補中，亦期能牽引出更多隱而不顯的支脈伏流，而非另一霸權的凝塑。本文希望能藉由以往對「閨秀文學」與「閨秀藝術」相關論述的整理，重新耙梳屬於女性創作的風格，所要強調的，不僅是關於女性創作的範疇，更重要的是對文學史與藝術史分期時所造成的曲解提出反思。在似褒實貶的評論中，讓更多人體會，也許理解就是一種欣賞。

小結

> 我答應給你看一幅地圖，你說但這是壁畫；那麼是的就讓它去吧，只有小小的區別。問題在於我們從哪裡看起……　——安德琳・瑞奇[41]

長久以來，女性問題一直被視爲邊緣的、家務事的、難登大雅之堂的附屬議題，而主流的學術觀點也全然以男性（尤其是白人男性）的視野爲主。幾世紀以來，同樣的意識形態不斷地強化、再製，並維持利益至今，女性在各領域中均陷於邊陲、卑微、尷尬的處境之下。在歷史上，知名的女性創作者可說是寥寥無幾，就算出現了名字，也多半是因爲夫妻或父親、兄弟的關係；她們在人們心中的印象不是獨立的個體，而是某某人的家人，或是被置於與藝術創作者間的曖昧模糊地帶，一種交際花的角色。在性別刻劃深刻的藝文界，尤其是處於藝術情侶關係間的女性藝術家，男性藝術家佔盡各種資源和優勢，其才華也往往掩蓋掉另一半的光芒。女性在合夥或犧牲之間的角色扮演相當模糊，幽微而微妙的牽絆在一起，特別是當社會特意的標榜所謂的女性自我犧牲是一種美德時。

有人說：「藝術是無國界的」、「藝術是人類的共同語言」，但是藝術是否眞的能當作全體人類的共同語言呢？由於文化與社會環境之間緊密交纏的關係，因此在學者眼中，自然產生的「性別」差異，可能要比人類劃分出的「國家」差異、「社會階級」更不可忽視，尤其是性別關係中的權力與階級的運作，更是深深改變了創作方式。女

41 同註 37，頁 14。原文爲詩歌形式，爲了撰文方便，標點爲筆者所加。

性主義奮鬥的目標，是透過視覺的再現與實踐，提出質疑。

任何一種藝術美學或性別態度，其實所體現的只是一種相對差異的藝術創作主體。而藝術美學的優劣，或是性別階層制度，都是針對社會文化環境，所做的一些主體選擇的連結，是虛構出來的產物。唯有認識到這種差異及其背後的社會力操作，女性才有平等對話和實踐的基礎。

今日的我們都認知到，男性藝術家的價值不能用在女性藝術家身上，因爲男性以自己的觀點來看女性。但是在女性該如何在性差異結構之間細緻而繁複的糾葛關係中自我定位？若她視自己爲創作者，她又因此作了什麼創作？當她沒有實權時，她將如何討論實權？當她仍是沒沒無名時，她又怎有能力來自我定位呢？

因此，在此所要強調的，不是關於女性藝術與文學史料的充實，而是要對歷史中女性的位置提出質疑，探索性別偏見對於每一段歷史所造成的曲解。台灣女性的歷史不是有待出土的史料，女性勢必要建立一套屬於自己的美學典範，才能改變單一的歷史敘述，讓我們看到女性所創造出的詮釋差異。如今世代的差異，性別在女藝術家創作理念與奮鬥過程中所扮演的角色，也有了更多的矛盾，這些都直接或間接地表露出性別差異，並反映在作品的不同面向上；也許是面對藝術的態度，也許是作品被看待的方式。在綿密的觀察下，評論者的研究一步步提供了理論與方法，以討論藝術再現的語言與資本主義父權社會意識形態，以及辨證創作者如何透過作品的來編寫秩序。這樣的改變讓我們看到，面對性別議題時，是需要更寬廣和細膩的角度。

參考書目

- Whitney Chadwick 著，李美蓉譯，《女性，藝術與社會》，台北：遠流，1995。
- Linda Nochlin 著，游惠貞譯，《女性，藝術與權力》，台北：遠流，

1995。
- Jean-Luc Chalumeau 著，王玉齡、黃海鳴譯，《藝術解讀》，台北：遠流，1996。
- Paula Rabinowitz 著，游惠貞譯，《誰在詮釋誰：紀錄片的政治學》，台北：遠流，2000。
- 石守謙等著，《悠閒靜思——論陳進藝術文集：國立歷史博物館，1997。
- 田麗卿，《閨秀・時代・陳進》，臺北：雄獅，1993。
- 石守謙，《美術全集 第二卷——陳進》，台北：藝術家，1992。《中國巨匠美術週刊——陳進》，台北：錦繡，1996。
- 陸蓉之，《台灣（當代）女性藝術史 1945～2002》。台北：藝術家，2002。
- 林珮淳，《女藝論：台灣女性藝術文化現象》，台北：女書文化，1998。
- 賴瑛瑛，〈台灣女性藝術的歷史面向〉，《意象與美學——台灣女性藝術展》，台北：台北市立美術館。1998。
- 孫康宜，《古典與現代的女性闡釋》，台北：聯合文學，1998。
- 呂正惠，《小說與社會》，台北：聯經，1988。
- 呂正惠，《戰後台灣文學經驗》。台北：新地，1992。
- 林幸謙，《歷史、女性與性別政治：重讀張愛玲》，台北：麥田，2000。
- 施淑青、蔡秀女編，《世紀女性・台灣第一》，台北：麥田，1999。
- 邱貴芬，《仲介台灣・女人》。台北：元尊文化，1997。
- 邱貴芬，《日據以來台灣女作家小說選讀》。台北：女書，2001。
- 范銘如，《衆裡尋她：台灣女性小說縱論》，台北：麥田，2002。
- 趙榮南，《日治時期台灣女性東洋畫家之女性特質論述》，屏東師範學院視覺藝術教育研究所碩士論文，1992。
- 劉美芳，《日治時期台灣東洋畫家的女性題材畫作研究》，國立師大美研所碩士論文，1997。
- 吳婉茹，《八十年代台灣女作家小說中女性意識之研究》，淡江中文所碩士論文，1994。
- 莊宜文，《《中國時報》與《聯合報》小說獎研究》，中央中文所碩士論文，1998。
- 梁妃儀，《從女性主義的觀點看清代仕女畫》，國立台灣大學碩士論文，1990。
- 鄭文雅，《戰後台灣女性成長小說》，中央大學中文研究所碩士論文，1999。

第三場

11 月 28 日（五）15:00～16:45

陳芳明◎主持

◎徐宗潔

我們是那樣被設定了身世

——論駱以軍《月球姓氏》與郝譽翔《逆旅》中的姓名、身世與認同

◎范銘如講評

◎林致妤

從《橘子紅了》跨藝術互文現象看現代文學傳播

◎柯裕棻講評

◎郭素娟

顏艾琳與江文瑜情色詩的比較

◎李癸雲講評

我們是那樣被設定了身世
——論駱以軍《月球姓氏》與郝譽翔《逆旅》中的姓名、身世與認同

◉徐宗潔[1]

《摘　要》

駱以軍的《月球姓氏》與郝譽翔的《逆旅》，皆是以小說筆法追溯自身家族史的作品，其結構、風格雖然迥異，但題材方面卻頗為相似，比較二者對於姓名與身世書寫的異同之處，不難發現兩人追尋父親腳步的軌跡或許不同，但文中隱含的身分與家國認同問題，卻多少在某種程度上仍反映出一個族群的集體記憶。本文即擬以上述之姓名與身世書寫兩部分切入，探討其與認同之間的複雜關係，以及其中所流露出的，對於歷史、記憶之難以界定的關懷。

關鍵詞：月球姓氏、姓名、逆旅、認同、郝譽翔、駱以軍。

1 國立台灣師範大學國文系博士生，E-mail:m3069534@seed.net.tw

壹、前言

駱以軍與郝譽翔，可說是台灣新銳作家中頗受矚目的兩位。被歸爲所謂「外省第二代」，而母親則是本省籍的他們，在成長過程中多少經歷了對身分認同的疑慮甚至焦慮，以致在小說創作時，身分、認同、記憶、歷史等問題，也就如同一片片破碎的拼圖，散落在作品之中。而《月球姓氏》與《逆旅》這兩部同樣以小說的形式追溯自身家族史的作品，其中由姓名、身世的追尋所反映出的認同問題，更在某種程度上涵蓋了所謂「外省第二代」族群對歷史、自身定位的疑惑與尷尬。本文即旨在藉由對兩部小說的比較，探討其中關於姓名、身世的記憶與追尋，從而進一步理解其與身分認同間的複雜關係。

貳、姓名、身世與認同

一、姓名與認同

姓名，表面上看來只是作爲區別人與人個體間差異的代號。但事實上，這個在出生時（甚至出生前）就被家人長輩賦予的稱代符號，對身分認同與主體性的建構卻有相當重要的影響。若細究「姓名」這個詞，其實應分爲「姓」和「名」兩個部分，前者標誌著家族的來源，後者則是個人專屬的代號。因此，個人對姓名的認同，多少就反映出他對自身身分的認同與定位。這也正是何以中外不少涉及身世、認同等題材的作品，往往亦觸及「姓名」此一議題之因。法國哲學家路易·阿圖塞（Louis Althusser）亦曾提到姓名具有形塑主體性、「召喚」（interpellate）身分認同的影響力：姓名作爲代表一個人主體性的符號，理應是獨一無二、專屬於個人的，但事實上大多數人的名字卻不是自己選擇，而是家人在孩子出生前經過取名這個儀式來決定的。（頁 176）由此觀之，姓名在某種程度上也呼應了家族的意識型態，並且與身世背景所建構的身分認同有著一定的關係。而同樣觸及身分認同／身世的族群背景等問題的《月球姓氏》與《逆旅》，就不約而同涉及從姓氏、姓名出發的相關思考。

由駱以軍《月球姓氏》一書的書名，已可看出他對「頂了奇怪姓氏」的外省族群身分之獨特與「邊緣」的隱喻：

> 那個年代，我父親的朋友們總不乏一些怪姓：有一個叔叔姓昝的，還有一個叔叔姓戰，有一個阿姨姓師（不是施），還有姓上官姓諸葛的，那個時代你不覺得怪，……但是待長大之後，這些頂了怪裡怪氣的姓的人們（或是他們的第二代），就統統從我生命的周遭消失不見了。（駱 2000：76）

「那個時代不覺得怪」的姓氏，在長大之後卻逐漸消失不見，隱約暗示著外省族群在政治變動後處境的改變，姓氏的稀有意味著「少數」與地位之邊緣，而所謂的「消失」，固然是「第一代」的凋零，更有可能是「第二代」的隱藏與僞裝。一如他屢屢在作品中感嘆的，「是什麼原因你們必須假裝是在這島上出生，但其實你們本來就是出生於此？」（頁 16），以及：

> 我想起自己在那個島上，上了計程車，用僅會的台語短句搭配偽裝的台灣國語，和那些良善卻被仇恨充滿的我類搭腔敷衍。許多年後，我們這一支遷徙者的後裔哪。會因為自我保護而將父親那一輩的故事清洗掉吧？（簡直像不鳥不獸的蝙蝠）（駱 2003：58～59）

這種「非我族類」的尷尬，左右爲難的「蝙蝠」情結，或許更反映在對「籍貫」的認知上。「安徽無爲」、「山東萊陽」這些他們事實上「從來不瞭的地名」（駱 2000：246），表面上看來只是一個個令人心虛（在今日的社會裡，且有可能是一種「政治不正確」）的符號，但隱含在這些既熟悉又陌生的地名符號背後的，其實仍是一種向自己所由來之地／族群尋求認同與歸屬的渴望。正如郝譽翔在《逆旅》一書的後記中所說的：

> 直到今天，別人問起我的籍貫，我照舊會說山東，這當然是一種頑固、無可救藥，而且最糟糕的是非常「政治不正確」的省籍情結。但我卻無法漠視下列一長串的疑問：我是如何誕生在這個島嶼上的、假如一九四九年我的父親沒有搭南下廣州的火車……（郝 2000：189）

省籍，在某種程度上提供了「我從哪裡來？」、「我歸屬於哪裡？」這類問題的答案，但是這個答案對於並不眞正出生與生活於彼地的「外省第二代」來說，省籍的名稱終究只能成爲一個神秘且陌生的身世符號。一旦政治的版圖改變，那得以定位自己身世標記的名稱彷彿也隨即消失：

> 我曾遇見一位學弟，……他從小學到大學，各種身分資料的籍貫欄皆是填寫著「察哈爾」。……他是到很後來才知道：現在中國的行政區裡，已經沒有「察哈爾」這個地方了。察哈爾省早已被併入松花江省還是嫩江省裡去了。（駱 2000：121）

當察哈爾省在地圖上除名，「察哈爾人」該如何尋回身世認同的線索？或者說，當原來的「察哈爾人」變成「松江人」或「嫩江人」時，他們轉換的究竟是「身世」還是「指稱身世的名稱」？這個例子某種程度上說明了以省籍作爲身世認同象徵的空洞。但如果說省籍所提供的「身世名稱」無法解決認同問題，「姓氏」這個直接關聯到血緣與族群關係的稱代符號，似乎就成了另一個身分認同象徵的理想答案？尤其對於漂鳥般的「外省第一代」來說，在這塊土地上傳宗接代、繼承香火，似乎還具有做爲自己「落地生根」象徵的重要意義。以致《月球姓氏》中駱以軍的哥哥有這麼一段先從母姓張，後轉父姓駱的複雜轉折。對這段姓氏轉換的過程，駱以軍認爲是：「暗喻著我父親作爲一遷移漂鳥的第一代，以及我阿嬷作爲無神主牌的養女世系，兩個漂泊者對於各自出資的受精卵（我哥？），某種各自極度匱缺極度憧憬的姓氏幻念的強悍意志之對決。」（頁 48）

但是在這段姓氏繼承的角力賽中，成爲「競爭對象」的哥哥，又該如何認定己身的定位與歸屬？每當與家人爭執時就會在某種象徵意義上被「屏除於駱姓家庭之外」的他，要如何確認自己的身分，或是建立對「駱姓」／「張姓」的血緣認同？

在我哥頂著和我不同姓而我喊他哥的那段童年時光裡，他的內心，是經歷著怎樣的和這一家人的認同呢？……幼時和我哥、我姊發生劇烈爭吵時，我（或我姊）有那麼一兩回，為了某種有效的攻擊欲望，去碰了那個陰暗的按鈕，對我哥說：「反正你和我們是不同姓的。」我哥會迅速暗下臉來，有一回他甚至嚎啕痛哭……（頁 47～48）

在此，我們看到姓氏做爲身分認同表徵時，陷入了與省籍類似的困境。同樣的個體、同樣的組成分子，在轉換姓氏符號時，難道就同時轉換了身世、血緣嗎？尤其作爲「無神主牌的養女世系」的阿嬷，爲了安頓那人丁不旺的張姓祖先們（分別來自她的養母、同居人、與兩個不同家庭的張姓養女），所費盡心思安排的姓氏接龍，表面上看來天衣無縫，卻毋寧更像是一場荒謬突梯的家族喜劇：

我想像著那些祖先們互相客氣地併挪著位置，讓大家都可以擠進那一塊小小的神主牌位裡。他們並寒喧打屁：「啊，你好你好，貴姓？」「姓張。汝咧？」「哇嘛姓張。」「真巧。」「是啊，真巧。啊這邊這位？」「我嘛姓張。」「有緣，有緣。」……他們擠在那兒，有點不安但又頗僥倖地看著神桌下，一個和他們同姓氏的男孩，孤伶伶地拈香祭拜著。那個男孩，就是我哥。（頁 50）

姓氏在古代原本是做爲家族、身分、甚至門第的象徵，同姓不婚的傳統，就是因爲避免近親通婚的考量所產生的。然而事實上，許多姓氏早已在歷史的長河中經歷複雜的變遷，單憑姓氏，已難以做爲判斷一個人家世背景或是出生地的絕對依據。因此，姓氏與其說具有血緣與身分認同表徵的實質意義，不如說是象徵意義——一如那將衆多來源不同的張氏家族，擠進一塊小小神主牌的阿嬤，畢生所致力追求的。

從《月球姓氏》，我們看到姓氏做爲標示家族來源、建立自身血緣歸屬的稱代符號，固然有其一定的意義，但另一方面來說，卻也可能只是武斷而模糊的身分象徵。相對而言，名字屬於個人專屬的符號，所指稱的是個體自身而非其身後面容模糊的「列祖列宗」，似乎更能建立個人的主體性與自我價値。然而事實上，家人長輩經過取名這個儀式所賦予子女的稱代符號，除了寄託父母對子女的期待之外，仍不免呼應了家族的意識型態，「召喚」了特定族群的認同符碼。但是，如果命名的人是自己，情況是否就會有所不同呢？郝譽翔半自傳的小說《逆旅》，就由這樣的角度，思考名字與「身分」的關係。

小說由自己的命名做爲開端：「九歲以前，我的名字是極爲難寫的兩個字，『蘊懿』……這一個父母賜予我的名字彷彿捆滿了糾結的麻線，回憶起童年，除了沉默、憂鬱、多病、瘦弱之外，別無所有，正符合這個名字所勾勒出來的一切意象。」（郝 2000：19～20）直到郝譽翔的母親在一本姓名學的書上，發現「郝蘊懿」這個姓名筆劃不吉，立刻選了數十個吉祥的名字讓郝譽翔自己挑選，一眼選中「翔」字的她，似乎也同時選中了「聰明過人，快樂無憂」的未來，而得以「重獲新生」（頁 20）。長大之後，郝譽翔更發現，爲自己命名，似乎是一個「家族傳統」：母親在六歲那年，因日本戰敗，學校禁止使用日本名字，靈機一動將自己的日本名「敏子」與妹妹的「秋子」併在一起，爲自己取名「秋敏」（頁 22）；父親郝福禎則是在逃難時爲求避禍而頂替死者「郝青海」之名，改名之後的父母，命運彷彿也隨即與新名字相連——

> 因為名字有個「敏」字，所以母親天生心思複雜，……不過，「敏」字也含有過敏的意思，所以母親一沾到酒嘴唇就會腫起來，……而我父親取名的過程就更加戲劇化了，……民國三十八年，他跟隨學校從大陸一路流亡到澎湖，學生被軍隊強行收編，他不願意，只好頂替個假名，改叫作青海，逃到台灣。原本生長在黃土地中的父親，從此就再也沒有離開過這個被海包圍的小島，名副其實的青海。（頁23～24）

「一個名字指向一個宿命」，這樣傳統的姓名學與宿命論觀點，表面上似乎就是《逆旅》所要提供閱讀者的訊息，但事實並不盡如此。從郝譽翔對自己與家人命名經過的陳述和思索，我們可以看出她對「名字」、「身分」、「命運」與「意志」之間的關係，仍有許多的懷疑與不確定。她對自己名字的自豪，並不是因爲它代表了聰明與富貴，而是因爲她早慧地選擇了一個「與衆不同」的名字，而非「美、玲、香、霞、雪之類的字眼」（頁20）。在此我們看到名字與建立身分認同、自我價値間的關係：一個「獨一無二」的名字，似乎可以代表自身的獨特性，做爲建立自我概念時的第一個指標。但是，並不是每個人都能夠擁有與衆不同的名字，當自己的名字與他人相同的時候，名字做爲「個體專屬」的意符之功能似乎也受到質疑與挑戰，以致郝譽翔在翻閱電話簿發現與母親同名的人，並好奇地撥過去，卻聽到話筒彼端傳來沙啞的男音之後，從此覺得「這個男音在日後一直干擾不休，只要我一想起母親，他就會立刻跳進我的腦海裡，和母親的形象交疊在一起，忽男忽女，忽遠忽近。」（頁23）毫不相識的陌生男人，竟會和母親的形象交疊混淆，正說明以名字代表身分的武斷與限制。

再者，名字原本承載著家族長輩的期待與祝福，從而「召喚」了特定的身分認同，換句話說，名字和身世、身分，同樣都是在出生之始即「被決定」的，但透過自己命名的過程，個體彷彿也得以拿回對自我命運、身分的決策權。然而「名字」與「身分」間的關係，仍不免出現和省籍、姓氏類同的問題：轉換了名字，難道就能「改頭換面」？擺脫了「蘊懿」二字，就可以脫離憂鬱多病的身軀，因此「快樂無憂、重獲新生」嗎？就連郝譽翔自己，有時也不免懷疑那個憂鬱、哀愁的「郝蘊懿」仍藏在自己心中（頁20）。取得自己命名的決策權，並選擇擺脫「不吉利」的名字，是否等於擁有主宰自身命運的權力？恐怕也可能是弔詭地重複著傳統的宿命觀吧！

郝譽翔和她的母親，重新命名的原因雖不盡相同，畢竟都算是「自己選擇」了一個全新的名字。相形之下，冒名頂替死者「郝青海」之名的郝福禎，透過名字建立身分認同的過程，則有更多的焦慮與不確定，以致他多年以來，不但認爲這個「不吉利」的名字帶來「被海包圍」的下半生，甚至好像是在「幫別人過下半輩子」似的：

> 他怕有一天郝青海會突然向他走來，跟他說，請你把我的命還給我。然而他轉念一想，到底是誰被誰奪去呢？……他這一輩子四處流浪，無以為家，都是因為他頂替了這個不吉祥的名字，本來該是郝青海受的苦難，現在反而全都算到他的頭上來了。……這一切，都是那個叫做郝青海的惹的禍。（頁118）

名字與身分之間可能產生的混淆感，恐怕莫此爲甚。

從上述的討論，已可看出用姓名做爲身分認同表徵的片面與有限。姓名不可能完全代表一個人，更不可能將人套限在某個宿命裡——否則同名的人豈不都應該會具有相同的身分與命運？然而姓名又的確象徵著個體之所由來、整個家族的期許，甚至背後複雜糾葛的意識型態，因此必然對個人的認同觀、對自己命運的認知與理解、乃至於個性的形成造成一定影響。正因爲省籍、姓氏或名字此類符碼，既不足以代表身分，卻又確實召喚出某種身分，對認同問題極爲關切的個人，就有可能在兩者的拉踞間感到徬徨，從而思索其他認同的途徑。追本溯源，上探整個家族的歷史淵源，或者也是一個爲己身之定位尋求答案的方式。《月球姓氏》與《逆旅》，因此同樣從家族史的建構去處理認同危機的問題。

二、身世的追尋與認同

（一）家族史的建構

駱以軍曾自述《月球姓氏》的寫作源起，乃是：

> 源於一個「時間凍結」的小說妄念。……意圖以「我」的有限三十歲時間體會，召喚、復返、穿梭「我」這家族血裔，形成身世的那個命定時刻。……那些時刻（停格的瞬間）如此迷離，我為之神魂顛倒，反覆觀看。它們決定了「我」和與「我」有關的家族成員們如今感傷的境遇。（駱 2001b：101）

因此，穿梭在《月球姓氏》那看似荒謬凌亂，實則爲一個個停格瞬間的場景中，在駱以軍一貫的戲謔、虛實相間的筆法背後，我們仍可多少拼湊出駱以軍（或者應該說是小說中的「我」）[2] 破碎迷離的身世拼圖。這塊拼圖架構之繁複，所反映的正是駱以軍在面對外省籍父親、本省籍養女母親的「無身世」時，內心的困惑與矛盾。母親的養女世系，早已失去了時間感與口述能力；（駱 2000：259）至於那彷彿三人疊羅漢般只能上探到祖父的父系身世，相較於澎湖妻族層層疊疊的龐大家族，仍顯得封閉與單薄。（頁 236～237）然而弔詭的是，

2　雖然駱以軍的小說總予人濃厚的「私小說」之感，但並不宜完全對號入座地將之視爲自傳小說。或許更恰當的說法是，我們可以將這些作品視爲以「駱以軍」爲主角的小說。然爲因應論述之需要，下文仍直接以駱以軍稱之；郝譽翔的作品亦然。

被當成傳奇、史詩般反覆言說的，卻不是妻子駁雜繁錯的家族故事，而是自己家族的「遷移神話」：

> 相較於我父親那一回持續著一向單口相聲般的家族史詩，妻的澎湖家族，常在我不熟識的親族間，掩嘴低聲地傳遞著一些殘破不全的畫面；……而我的岳父反而鮮少開口描述他那雜駁冥晦、魔幻且無厘頭的家族史。（頁 237）

對此，駱以軍有一套自己的解釋。他認爲父親之所以如此耽溺於講述那枝蔓蕪雜的家族史，乃是因爲他其實「無比濫情地將之比擬爲自己這一生命運的縮影」。（頁 249）而妻的家族故事，則是在逃避巨大的痛苦時，悄悄將不堪承受的部分消音、除名、最後設法遺忘。（頁 293～294）表面上看來，這只是人在面對痛苦時兩種不同的處理方式，然而當中實存在著不同的問題本質。妻的家族，早已在澎湖開枝散葉、盤根錯節，他們不需懷疑自己之所由來，這個家族所要解決的問題，是將那些不純粹、不合乎家族期待的成員，從譜系稱謂上「除名」；但駱的父系身世，卻是在歷史的洪流中橫遭斷裂，「空屋翻牆逃走的那個，歧出到另一陌生之地開始了新的敘事。留在原地的那些，茫然地（被遺棄地）繁衍接續著他們沒頭緒的故事。」（頁 247）家族樹從此一分爲二，「翻屋逃走的那個」成爲無根的一支，從此只能如壞掉的唱片般，不斷重複撥放著那原本屬於他的身世。所謂「外省第一代」與「外省第二代」之間的隔閡，也就此展開。

對於所謂「外省第一代」來說，他們這一生所經歷的逃亡與遷移，是不屬於「人生藍圖」的一部份，更超乎了自己想像能力的莫名旅程。對於這個生命中巨大的轉變（或者應該名爲「災難」），他們當年其實並沒有心理準備。甚至這大規模的遷徙、逃亡，可能只是一個偶然的誤判所造成——例如上錯了南下的火車。因此他們懷抱了幾十年的夢想，以爲總有一天可以重返家園，去「修正」當年那個偶然的突發狀況所造成的生離死別：駱以軍的父親，就曾在無數個不眠的夜裡，夢囈般想像著那「進門的第一句話」。直到一次大水，他才突然領悟到：「這一輩子他再也回不去了。老先生（老蔣總統）說的全是騙人。」（駱2000：267）而郝譽翔的父親又何嘗不是在花甲之年，痛哭失聲地感嘆：「當年怎麼想得到，一離開就是幾十年，回不去了，回不去了。」（郝2000：14）正因爲回不去故鄉，回不去年少的時光，因此，只有透過在記憶中、在重複述說的過程中，不斷地「重回現場」，才能在某種程度上獲得「救贖」。表面上看起來這似乎顯得有些矛盾，但其實我們可以佛洛依德關於重覆衝動（repetition compulsion）的觀念來理解：

> 佛洛依德認為主體對於不快經驗的重覆——有時是主動地重覆而有時是透過夢境等狀況不自主地重覆——有可能是企圖控制這個不快經驗而產生的現象。亦即創傷或不快初次發生的時候，主體可能處於完全沒有準備、無法掌控的被動狀態，透過經驗的重覆，主體因此彷彿轉為主動、或至少比較可以處理同一刺激帶來的焦慮與不安。（黃2002：346）

也就是說，重覆的言說在某種程度上是爲了滿足「如果可以再來一次」的心理需求，去控制那個當初「來不及準備」的創傷情境，對個體來說，多少具有一些「心理治療」的功效。因此，「逃亡神話」與重覆述說，就成了這個族群的共同特徵：「我記得我在讀小學的時候，凡有籍貫欄塡著一些怪地名的傢伙，你若私下和他們熟稔起來，他們絕對有一海票稀奇古怪的關於他們父親當初逃難的故事。」（駱2000：121）抑或是「辨識」他們的最佳印記：

> 在一次大地震後，公司的女同事們穿鑿附會地說起地震之前的預兆，……那時他突然聽見那個女孩說：「那有什麼，我爸爸說他們當初要

> 撤退來台灣的前一天，或者兩三天吧，他們那個興化城城裡，所有的黃鼠狼……全部從你不能想像的角落竄出來……」其他人都為著這話題的時空鬆落而困惑嗒然，只有他躲在座位上吃吃竊笑。啊，這又是一個揹著故事的遷移者的，無身世的後裔呵。（頁309）

但是對於並不曾親身經歷那段歷史傷痕的「外省第二代」來說，他們其實難以眞正體會父親那一輩的創痛。於是，逃亡的神話變成一幕幕無聲的影畫戲，被父親的敘事所塡滿的身世，到頭來仍顯得蒼白無力。這是因爲父親所生長認同的那塊土地，對於他們來說，實在太遙遠了。駱以軍描寫到九江救回中風父親的近作《遠方》，就進一步表現出不少「介於兩岸之間」的認同焦慮，由書名「遠方」二字，已見玄機。如果說《月球姓氏》誇張了外省第二代在台灣「孤臣孽子的姿態」（王 2001：15）；那麼《遠方》就凸顯出此一族群對大陸的防衛與疏離。王德威評《遠方》時亦指出駱以軍的大陸紀行之所以顯得平板，癥結正在於：「他和他的敘事場景——中國／大陸——距離太遠，又和他的敘事對象——父親的病——距離太近。」（王 2003）這「距離太遠」四個字，或也正是駱以軍在建構家族史的過程中，時而流露惶惶困惑不已的神情之因。

相較於駱以軍在時空中忙碌地穿梭往返，透過一個個停格的瞬間建構己身錯綜複雜的家族史，郝譽翔以第一人稱及第三人稱全知觀點交錯，以父親流亡的半生爲主線的半自傳小說《逆旅》，無論是書中所傳遞的訊息，或是她與父親的「距離」，都與駱有著很大的差異。如果穿越駱以軍魔幻迷離的文字迷宮，試圖直探《月球姓氏》的核心，不難發現駱「揹著身世」的疲憊，一切刨根究柢直探本源的努力，終究是想尋求自身定位的答案；相比之下，郝譽翔的《逆旅》在描寫父親的漂旅人生時，顯得冷靜疏離得多——從她不時停下思索父親與自己的關係，以及書中第三人稱的敘事方式都可看出。如果說，《月球姓氏》是以追溯一個家族的故事出發，在過程中歷史、記憶、身分、認同、族群等問題，如樹狀輻射般無限擴散出去；《逆旅》就是將歷史的傷痕收束在父親漂泊的靈魂中，以小窺大地訴說這群似乎被歷史放逐的遷徙者，即將被遺忘的故事。但是，兩人追尋父親腳步的軌跡雖然不同，最終仍是爲了安頓自己的歷史與記憶。郝譽翔在《逆旅》的後記中，解釋了關於該書的「眞實」，其實這段文字亦可視爲她的創作動機：

> 從很久很久以前，父親就反覆告訴我山東流亡學生的故事。……但吃驚歸吃驚，心裡卻老是懷疑是父親思鄉心切，難免要把記憶竄改渲染一番，……沒想到這段我從小聽慣的傳奇故事，居然是真實的歷史，而且有檔案可查，……我深為那愚昧、黑暗、殘酷的年代感到震撼，以致我無法用小說的筆法去剝解它，……而希望藉由比較跳躍的筆法，來安頓那些因漂泊無所歸依的靈魂。或曰是安頓我的歷史。（頁 187～188）

也就是說，歷史與傳奇、記憶與遺忘、眞實與虛構，其關係之錯綜與界線之曖昧，恐怕才是郝譽翔透過文字的「尋根之旅」所要表達的主題。一本《山東流亡學校史》，讓過去一直認爲父親的故事「多屬虛構」的郝譽翔，吃驚地發現它的眞實存在（其驚訝的程度恐怕遠勝幼時聽父親的傳奇故事），卻也因此得以重新面對「父親的歷史」。

　　不過，這本流亡史對於曾身歷其境的當事人郝福禎來說，造成的衝擊恐怕亦不亞於他的女兒：

> 這是我的歷史啊，居然如今我才知道。……過去數十年來，反覆對人述說這段歷史時，對方通常只是睜大了眼睛……有時甚至他也不禁懷疑起那些事情果真存在嗎？……一九九九年，郝福禎握著《山東流亡學校史》，他知道自己從來不曾了解過共產黨，即使他站在街頭演講過數百回，他更不了解國民黨，雖然那曾經是他唯一的信仰。（頁 78～92）

歷史的眞實儘管曾經毫無疑問地發生過，但當事實已成過往，任何經過當事人口傳所保留下來的「口述歷史」，也就無可避免地經過「再詮釋」的過程，眞實與虛構之間的界線亦因此變得模糊難辨。但是，當老人們關掉那「重覆播放」的按鍵，回顧荒謬流離的一生，發現自己的流亡傳奇不僅在歷史中微不足道，甚至難辨虛實，過去的堅定信仰原來不堪一擊之時，他們還有什麼辦法爲自己一生的漂泊找到合理的解釋？這些被歷史捉弄的老人們，一輩子「囚禁在自己記憶的城堡」，將時間凍結在「不知有漢，無論魏晉」的桃花源中，（郝 2000：50）直到有一天，當他們想像期待了多年的返鄉戲碼終於上演，劇情卻不按自己在腦海中排練了無數次的情節進行：以爲苦守寒窯的妻子，原來早就跑去嫁了個獨眼龍；（駱 2000：185）離家時不滿十歲的小妹妹，成了個菸不離手的黝黑女人，相形之下，自己的肥胖白皙，反成了難堪的恥辱。（郝 2000：61）這一切，怎能不讓他們「返鄉的沮喪顯然不比你遜色」？（郝 2000：39）於是，故鄉恍若他鄉，再多次的重述身世與重回現場，都挽不回時間在記憶城堡外無情的流逝；另一方面，棲身之島的政治變遷與世代交替，更注定他們逐漸被主流論述遺忘的命運。到最後，記憶城堡成爲無人問津的廢墟，這群置身於歷史的夾縫中，失去了聽衆的老人們，終究只能背負著自己的傳奇和記憶，成爲「眞正活生生事物的逝去」。（駱 2000：76）

其實，駱、郝二人那不論省籍、年齡、經歷、性格都不相同的父親，原本不應該有何可相提並論之處。但是令人驚訝的是，將兩本書中的父親形象相互對應，竟仍有若干相似之處：畢竟，他們不都是源於一次偶然的決定，才置身於這個島上？而這也同時注定了他們之後永無止境的，只能藉由在記憶中重回那決定一生「關鍵時刻」的現場，來塡補心靈的空缺。由此我們亦可看出「在歷史的大幕下，個人遭遇所投影出的某個族群的記憶是怎樣的面貌」。（楊 2003：118）換句話說，這個族群的產生歸根究柢乃是根源於相同的一場災難，而這災難的本質決定了他們日後相仿的行爲模式與面容。就像駱以軍的父親返鄉時，帶了至少二十張的影印機票，反倒在櫃臺前手忙腳亂地找不到眞正的機票。當時他著急地指責父親：「幹嘛沒事影印那麼多機票？」直到後來，他才發現：

> 那是他父親那一整代人特有的怪癖，……他稱之為『逃難性格』……任何跟構成身分聯想的單據，他父親一定拿去統一超商影印個十來份，然後塞在家裡書櫃床頭各處的縫角。就像從小不斷聽過的警惕故事：那個某某某，……跑的時候把證件全弄丟了，……結果就只好在這邊從頭開始，賣包子饅頭……（駱 2000：313～314）

無獨有偶地，我們可以看到類似的「警惕故事」也在不同的家庭傳頌著，吳明季就曾舉過如下的例子：

> 921 地震之後，我一個朋友是外省人，他說地震的那晚，他第一個反應就是抓著他的畢業證書然後衝到房子外面。……我那朋友的成長經驗中，他的父母親不斷灌輸他們、教育他們畢業證書是很重要的一件事情，當你們以後流亡了或是又怎樣很亂了，沒有畢業證書就會怎樣怎樣。……我自己的成長經歷，沒有任何的大人教過我這件事，我還是多少會覺得新奇，居然有人內化的反應是這樣。[3]

這種一輩子戰戰兢兢，隨時擔心著下一次逃亡時刻來臨的態度，或許顯得可悲可笑，然而妥善保管或複製大量的身分文件，在儀式與心理上的意義其實遠大於實質上的意義。而這一切非理性的恐懼，實在都源於歷史在他們心上所造成的永不磨滅的烙印。

---

3 此爲文化研究學會、《台灣社會研究季刊》等團體在 2001.5.26 所舉辦之第四場文化批判論壇：〈爲什麼大和解不／可能？──省籍問題中的災難與希望〉之討論。見《文化研究月報》電子報第 4 期，2001.6.15

（二）認同的焦慮

其實，不論是追本溯源、上探身世的尋根之旅，抑或破解符碼的姓名探索，都是作者爲了尋求並安頓己身定位所做的努力。更進一步說，他們之所以致力於此，與揮之不去的認同焦慮有著密不可分的關係。不過，駱、郝兩人眞正企圖解決的問題並不盡相同，因此字裡行間主要呈現的焦慮也不一樣。筆者以爲，駱以軍作品中展現的，是整個族群身分的認同危機，這一點表現在文中頻頻出現的，有關「語言隔閡」的焦慮；至於郝譽翔主要焦慮的來源，則源自與父親的疏離，使她基本上從一開始就失去了足以認同的對象。

1. 語言：進入族群的通行證

語言，在某種程度上來說，其實是一種封閉性的身分標記，象徵著一個族群內部溝通的重要符碼，掌握了某種語言，似乎也就取得了進入該族的通行證。因此，使用某種語言似乎也就同時意味著，就算不是其中的一份子，至少也認同這個族群的文化。那麼，在台灣這個島上，卻不會使用河洛話，是否就注定成爲「被排除在外」甚至於不受歡迎的一群呢？在《月球姓氏》與《遠方》書中，我們不時可看到駱以軍對語言這個問題的思索：

> 她究竟是個異鄉人呵。我心裡難過地想著，就和我一樣。……你聽不懂他們快速談話裡的細節，但你只能一直保持著微笑，……然後，從她的嘴裡說出了一串標準得不能再標準的河洛話……（她不是印尼人嗎？）原來這裡唯一的異鄉人就只有我而已？）（駱2000：226～231）

說著標準河洛語的印尼新娘，彷彿隨即融入家族之中成爲其中的一份子，反倒是原本「物傷其類」的敘述者，尷尬地發現自己格格不入的身分。但在家族聚會中尷尬的沈默，有時至少尙能換來「古意」的好評。相形之下，屢屢因口音不同被趕下計程車的父親，語言隔閡對他造成的困擾，卻是一種「非我族類」的難堪：

> 後來我父親的台語已經說得非常ㄌㄧˋㄣㄉㄧˋㄥ了，事實上他已經說得比我要好了。但還是常被人從計程車上趕下來，他一開口人家就認出他來了。他總是納悶著人家是從哪一點認出他是老芋仔？他總是問我：「兒啊，我這不變成為好好搭一輛車而學台語嗎？他們怎麼就是嗅得出來？」（頁 116）

這種純粹以所屬之族群、口音，粗暴地辨識所謂「自己人」，以及嚴重的排他情結，或許只是在特定的政治氛圍下，因某種緊張的情勢所產生的特殊現象。[4] 但無可否認的是，或許是因爲長年累月的偏見，及此種「篩檢方式」之簡易，以族群判別身分、文化、甚至性格的方式，仍不時在周遭上演著：

> 有一天你的岳母憂傷且體己地把你叫到跟前，說她年輕時就發誓，她的女兒將來一不嫁外省人，二不嫁教徒。結果現在她兩個女兒，全跟了兩句河洛話都講不ㄌㄧˋㄣㄉㄧˋㄥ的外省仔。你才驚駭著，原來你也像晚會結束摸彩那樣中獎了，寫了你族類的紙條被放在「不受歡迎」的其中一個摸彩箱內。（駱 2001a：56）

然而我們亦可以發現，面對這種因語言隔閡所造成的尷尬身分，駱以軍並不是以更強烈的排他做爲防衛的方式，而是小心翼翼地，或以沈默掩飾自己實際上的無言以對、或以「『我從兜位來』、『今嘛

4 朱天心曾指出：1994 年底市長大選時，身邊有不少所謂外省籍的朋友，會提醒長輩不要擅自出門，起碼不要去坐計程車，否則那改不了的口音，可能在半路上就會因政治立場不同被趕下車。朱天心（2001）：〈「大和解？」回應之二〉。《台灣社會研究季刊》43 期，頁 119～120。

卡莫盈』這一類初級台語討巧賣乖」。（駱 1998：233）而這一切的僞裝或沈默，無非是爲了想向自己出生之地，尋求認同與被認同的渴望，但這樣的努力顯然並不成功。如同楊佳嫻所言：「他固然意識到身分上的尷尬，卻是努力地想適應本土氣候的，同時在適應的過程中逐步『證實』自己確實在政治變化中成了『異族』，……形成內部流亡（internal exile）的狀態。」（楊 2003：115）在《遠方》當中，我們甚至看到駱以軍赤裸裸地將對於此種僞裝的疲憊與不耐，幾乎不經修飾地在文中表達出來：

> 蝙蝠的故事又要令人煩厭地上演了。怎麼說呢，我說，像我這種人，在台灣被稱為外省第二代。我們的看法不算是看法。我的父親在半世紀前跟著潰不成軍的國民黨逃到台灣，在那裡生下了我。現在我代表他回到他的家鄉探望他交代的那些我的哥哥們，但他們已是一群我幾乎聽不懂口音的老人了。在那兒我們不被稱為台灣人被稱為外省人。有一些簡單的辨識方式便使我們第二代以學說流利台語混跡其中。那時我們就是台灣人了。……（頁 60～61）

值得注意的是，駱以軍的疲憊與焦慮，不僅源於自己所出生之島，也同時來自父親的「故鄉」。每每因聽不懂河洛話而被隔絕在妻族成員之外的他，在父親爲他所設定的身世彼岸，竟同樣要面臨聽不懂對方口音與語言習慣的問題，即使他們使用的並非方言而是普通話：「實在我極難在以明大哥那帶著濃重南京口音，夾雜鄉村地方幹部的評議修辭及隱晦地想透過我向母親告解的不著邊際的解釋迷陣中，弄清楚那頭顱發黑陷於譫囈的父親，此刻正處於怎樣的一個處境。」（頁 79）於是，他依然是個置身於外的異鄉人，父親的故鄉對他來說，終究只能是個陌生的遠方。那些面容本與自己相似，卻因歷史的斷裂而橫隔開來，成爲不同族群的人們，操作的是另一套完全不同的認知系統與處事邏輯。在那裡，他的「台胞」身分是如此輕易被看穿，繼而發現在那漂浮而無頭緒的世界裡，「傷害與恨意已如影隨形進我無由分辯的背景裡。……我總是滿嘴酸苦，像一個遭詛咒無法將血濾淨的變色龍後裔，艱難地選擇兩邊皆唾棄的身分。」（頁 62）至此，我們發現貫串駱以軍衆多作品中的，那種無所適從、關於身分認同的焦慮，始終無由獲得解決。此外，《遠方》書中大量有關兩岸問題的發想、彼岸體制的瑣碎腐敗等細節之書寫，或許令人以爲某種「外省第二代」的政治表態，乃是駱以軍此書的重點所在。但事實上，駱關於國族認同的懷疑與困惑，終究必須回歸到「父親」這個角色上。誠如王德威所言：「駱以軍最終要講的是人子擬想『父親』的困境：那是一種無從避免的離棄與錯過，……這是駱以軍創作的核心了，怎麼樣都說不清，也寫不盡。」（王 2003）我們都是自出生之始，就被父母設定了身世，但是伴隨這個身世而來的種種族群標記與認同問題，卻必須靠自身去解決。因此，所有關於記憶父親、擬想父親、聆聽父親的書寫，或多或少都反映了作者在身世認同上的選擇或困惑。郝譽翔的《逆旅》在這個問題上，就有著更細膩的書寫。

2. 與父親的距離

張瑞芬在〈彷彿在君父的城邦〉一文中，曾簡單介紹過關於「記憶外省父親」的這個文學小傳統，並指出在堪稱此一族群老么的駱、郝等人心中，父親不再是值得孺慕崇拜的對象，與時代漸行漸遠的父親，成爲弱勢與邊緣的一群，爲子女帶來的不是榮光反是陰影。（頁 30）而其中郝譽翔父母離異的背景，更使她在面對父親時，多了一層疏離與淡漠。多年來，雙方只是小心翼翼地，藉著偶一爲之的聚餐，維持著「相敬如賓」的父女關係：「這些年來，吃飯已經變成我們會面的例行公事，面對一道道輪番上來的菜餚，總可引出話題，不傷感情的，以免雙方坐著窘得發楞。我們總是努力地節制自己，連問候都點到爲止，深恐觸碰到雙方的禁忌或是痛處。」（郝 2000：11）

而這種「客氣節制」的父女關係，或許早從成長過程中，父親錯認她的那一天起，就注定了兩人從此難以跨越的距離：有一次，父親帶她去買文具，竟在書店中把一個女孩錯認成她，還說了好一會的話，問題是，那女孩和郝譽翔毫無相似之處。「就在那一刻，我才知道我和父親的距離有多麼遙遠。」（頁47）但是，認錯人的並不只是父親而已。一次，她竟將教室外穿著風衣，長得與父親一點都不像的變態男子錯認成父親，從而發現原來自己對父親也充滿了一連串的錯認。但這樣的錯認，最後反倒成爲她解決焦慮的一種方式：

> 於是我刻意要去錯認父親的了，甚至帶著自虐的快意去渲染我的想像力，否則我無法理解他的生命到底與我有何干係，而從此以後，他的身分與他的存在都要通過我的文字才能獲得意義。就這個層面來說，他已經不再是我的父親了，毋寧更像是一個靠我生養的兒子。（頁47～48）

事實上，對於年幼時父親就離家的郝譽翔來說，她在思考「父親」這個角色的意義時，必然有著許多的困惑與憤懣，甚至「無法理解他的生命與我有何干係」。在建立認同的過程中，她無疑是矛盾的：一方面年幼的她渴望以父親爲認同與崇拜的對象，父親透過關係輾轉得來的一幅署名立法院長倪文亞的對聯，就讓她崇拜不已；（頁50）但她又無法接受父親拋下自己與母親的事實，只好採取用「大吃大喝、嘲笑與惡意中傷把父親永遠逐出家門」（頁44），以及刻意地錯認與用文字渲染父親。這些行爲背後的心態，在某種程度上來說，其實仍是爲了「逆轉」被父親拋下這個既成事實而產生的心理防衛機制。透過這樣的方式，彷彿就能夠「拋棄那個拋棄自己的父親」，從而在想像中控制父親、重塑父親，讓流浪的父親成爲在自己的文字中安歇的兒子。這種「角色逆轉」背後的心理，和駱以軍時時想讓時間停格，找到「事情開始發生的關鍵時刻」，進而「拯救」父親／自己的情結又不相同。[5] 其實，撥開所有魔幻後設、虛實相間的迷霧，不難發現駱以軍對於自己背負著「被父親設定的身世」，雖然也曾有迷惑與憤怒：「你把你這一生的記憶，像一桶一桶的核廢料貯放進我靈魂的地窖裡。那我自己的『逝水年華』呢？」（駱 2003：23）但駱以軍的內心深處，畢竟仍是認同父親以及這個「被父親設定的身世」的。他只不過想讓父親知道：「你看我和這個徹頭徹尾被你描述錯誤的世界，打交道得多麼辛苦。」（頁 258）但郝譽翔不然。企圖逆轉角色的郝譽翔，其實是想要逆轉那「被決定的」身世與傷害。郝譽翔對父親的情感是複雜的，一方面她對於錯認自己的父親感到陌生與不信任，因此她始終認爲父親口中那些關於流亡的傳奇都出於他的虛構；但另一方面，對於這個少年時就離鄉背井，到老時獨居一間除了枕邊一朵因潮濕冒出的香菇之外，沒有任何生命力的房子，感情亦無處依歸的老人，卻又有著憐惜與關愛。爲此她甚至指責母親：「爸結婚還不是想要有個家。可是妳和阿媽欺負他是外省人，在他面前故意講台灣話。難怪爸到最後要跑回大陸去娶老婆。」（郝 2000：155）

正因爲存在著這樣矛盾的情感，因此在怨懟父親未曾盡到責任的同時，她其實也一直想要找到一個「原諒父親的理由」，杜牧的四句詩，就曾經扮演過這樣的角色。父親在一個失眠的午夜用毛筆寫的這首詩：「旅途無良伴，凝情思悄然，回首思往了，斷雁警愁眠。」曾經引起郝譽翔很大的震撼：原以爲寂寞的只有被拋棄的自己，原來，父親也是會寂寞的。「這四句詩的寂寞已經在我體內發生了巨大的化學作用，它讓父親的一切作爲都忽然變成是可以原諒的了，並且在後來長達二十多年我們岌岌可危的父女關係中，這種莫名所以的寬容情結都仍然持續的發酵脹大。」（頁 46）即使她後來發現此詩並非父親所創，而是從杜牧的五律「旅宿」那兒竄改而來，失望之餘，仍試圖爲「心目中的寂寞父親」辯解：「父親畢竟曾在某個應該上床睡覺的

---

5 從駱以軍曾提及電影《黑洞頻率》的情節，並評論關於「兒子逆穿時間拯救父親」的主題，（駱 2001a：116～119）及《遠方》中對於自己玩過無數次『拯救父親』主題之電玩，如今卻陷身此一處境中的感嘆，（駱 2003：77）皆可看出駱對時間謎題的執著，與父親有著一定程度的關係。

午夜，從被窩中爬出來，提起一枝已經分叉的毛筆，浸到墨水瓶裡，重新把這首詩再書寫了一遍。」（頁 52）

因此，郝譽翔的尋根之旅，從「大我」的角度來說，固然是爲了她在小說後記中所提及的，想要安頓那些背負著歷史的包袱，漂泊無所歸依的靈魂；但另一方面，其實也是爲了尋找父親。再多的文字與想像，畢竟都無法完全填補父親在自己生命中缺席的遺憾。或許，只有找出「父親是哪裡來的？」，才能回答「父親究竟到哪裡去了？」這個多年來她心中耿耿卻不願多想，然而最終又不得不面對的問題。

參、結語

《月球姓氏》和《逆旅》二書，可說是身爲「因不曾預期的突變而產生的大遷徙族群」後裔的駱以軍與郝譽翔，對身分、家族、歷史、記憶等問題的思考與探尋。至於他們的認同焦慮，經過此番探尋、追憶與重新書寫之後，是否獲得了紓解？而他們所找尋到的，又是怎樣的一種身分呢？從以上各節的討論，我們可以看到他們的探尋之旅可說十分崎嶇，而最終也看似無法找到一個穩固的身分。但其實身分從來就不可能是個穩定的本質——也因此身分雖然始終與姓名、省籍、個人家族史等種種因素息息相關，卻又遁逃於這些因素的全盤掌控之外。按照史都華・霍爾（Stuart Hall）的說法，身分其實就是一個認同的過程，是主體所選擇的位置。[6] 它雖然與我們先天被設定的身世有關，卻也充滿了變動的可能性。也正因如此，不斷追尋、不斷認同的過程，未必是一種失敗，或者反而是一種統整、建立身分的方式：我認同，故我在。

6 有關史都華・霍爾（Stuart Hall）的理論，可參見張靄珠（1996）：〈從邊緣出發的酷兒：析論房查理映象作品《我母親的地方》及《中國文字》中的「領域解構」策略與「情色」策略〉。《中外文學》25 卷 6 期，頁 10。

參考文獻

中文部分

- 〈為什麼大和解不／可能？——省籍問題中的災難與希望〉討論。《文化研究月報》電子報第 4 期，2001.6.15。
- 王德威（2001）：〈我華麗的淫猥與悲傷——駱以軍的死亡敘事〉。駱以軍 2001a：7～30。

  ——（2003）：〈父親的病〉。《聯合報》，2003.8.3。
- 朱天心（2001）：〈「大和解？」回應之二〉。《台灣社會研究季刊》43 期，頁 117～125。
- 郝譽翔（2000）：《逆旅》。台北：聯合文學。
- 駱以軍（1998）：《妻夢狗》。台北：元尊文化。

  ——（2000）：《月球姓氏》。台北：聯合文學。

  ——（2001a）：《遣悲懷》。台北：聯合文學。

  ——（2001b）：〈停格的家族史：《月球姓氏》的寫作源起〉。《文訊》2001 年 2 月號，頁 100～102。

  ——（2003）：《遠方》。台北：印刻。
- 張瑞芬（2001）：〈彷彿在君父的城邦——郝譽翔《逆旅》、駱以軍《月球姓氏》、朱天心《漫遊者》三書評介〉。《明道文藝》299 期，頁 29～37。
- 張靄珠（1996）：〈從邊緣出發的酷兒：析論房查理映象作品《我母親的地方》及《中國文字》中的「領域解構」策略與「情色」策略〉。《中外文學》25 卷 6 期，頁 6～24。
- 黃宗慧（2002）：〈入土誰安？：論《尤利西斯》〈陰間〉一章中的屍體、葬儀與哀悼〉。《臺大文史哲學報》56 期，頁 327～354。
- 楊佳嫻（2003）：〈在歷史的裂隙中——駱以軍《月球姓氏》的記憶書寫〉。《中外文學》32 卷 1 期，頁 109～125。

英文部分

- Althusser, Louis (1971). Ideology and Ideological State Apparatuses (Notes towards an Investigation). Lenin and Philosophy and Other Essays. Trans. Ben Brewster. New York: Monthly Review P, 127～186.

從《橘子紅了》跨藝術互文現象看現代文學傳播

◉林致妤[1]

《摘　要》

由琦君小說《橘子紅了》所改編的公視文學大戲：《橘子紅了》的播放，造成觀眾對於原始小說文本的重新注意。在收看期間購買小說、進行閱讀，並與電視劇參照比較。美國學者喬納森・卡勒（Jonathan Culler）在《符號的追尋》（"The Pursuit of Sings"1981）一書中指出：「互文性（intertextuality）具有雙重焦點：一方面讓我們注意到先前文本的重要性，糾正文本的自主性的錯誤觀念；一部作品之所以有其意義，是由於以前所寫的某些事物之緣故。另一方面，『互文性』著重可理解性與意義的結果，促使我們將先前的文本視為語碼的貢獻者，而語碼產生表意的各種效果」[2]。本文擬以「互文性」理論為切入角度，從文學改編談起，比較文學文本、視覺文本與音樂文本三者間的「跨藝術互文」現象，嘗試解釋由改編過的影本回到原著文本的轉折過程。

關鍵詞：互文性 (intertextuality)、文學傳播、茱莉亞・克麗絲特娃 (Julia Kristeva)、琦君、跨藝術互文、羅蘭・巴特（Roland Barthes）

---

1 國立東華大學中國語文學系碩士生，E-mail:m9101004@em91.ndhu.edu.tw

2 Culler, Jonathan, The Pursuit of Signs: Semiotics, Literature, Deconstruction, P103, Ithaca, New York: Cornell University Press, 1981. 轉引自何文敬：〈後現代美學析論〉，《中外文學》・第22卷・第8期，1994，22：8，頁103。

壹、前言

由文學作品改編成電影的例子中西皆有，自從有電影以來，文學作品便一直都是電影的最佳靈感來源。從前電影靠文學作品打廣告，現在則是電影拉抬文學作品的氣勢，兩者地位互有升沉，幾乎有著共生關係[3]。由於小說與電影這兩種「文類」的長度相仿，且電影的敘事型態與小說有相似之處，因此小說改編成電影的文化現象一直不絕如縷。以台灣爲例，1982～1986 年新電影改編文學的比例就佔全部新電影影片的二分之一。另外，如改編自朱西寧原著《昨夜之燈》，由宋存壽執導的《破曉時分》；或者人物取材陳映貞的小說《將軍族》，由白景瑞執導的《再見阿郎》，都是台灣影史上的經典之作。作家黃春明、白先勇，更有多部小說被改編爲電影：如《兒子的大玩偶》、《看海的日子》、《金大班的最後一夜》、《玉卿嫂》……等[4]，皆是電影導演運用蒙太奇、場面調度等技巧，重新詮釋文學作品之例。

而將文學作品改拍成電視劇，由於電視劇集數的關係，因此在內容與長度上勢必得大幅度改寫與增加，相較於電影，其造成文字文本與視覺文本間更大的歧異性，也同時拓展了兩者互相指涉與再現（re-presentation）的空間。在公視播出有文學精緻大戲之稱的電視劇《橘子紅了》，一反現代連續劇的操作模式，採用特定文學作品、縮短集數（僅有二十集）、抽掉廣告，營造一特定時代氛圍，造成可以讓觀衆專注觀賞不同於以往連續劇的型態，甚至在拍攝手法的運用上趨近電影，經營出精緻質感，在台灣造成了不同以往的收看氣象。

因此本文將從文學改編談起，借助「互文性」（intertextuality）

---

3 阮秀莉：〈有點俗又不太俗《英倫情人》的影本和文本——兼論文學改編電影的模式〉，《電影欣賞》‧第 93 期，1998，頁 21。

4 聞天祥：〈台灣新電影的文學因緣〉。轉載於台北金馬影展「台灣新電影二十年」專刊。（http://www4.cca.gov.tw/movie/cinema/newmovie/literature01.htm）

理論的幫助，從事《橘子紅了》文字文本（琦君短篇小說《橘子紅了》）、視覺文本（鄭重、王要編劇、李少紅執導的電視劇《橘子紅了》）與音樂文本（蔡琴所主唱的片頭、片尾曲及配樂）三者間跨藝術互文的現象面分析，觀察透過改編所產生異質文本間的對話，除了是一種不同藝術形式之間的框架轉換外，這種框架的轉換是否也成爲另一種文學傳播的方式。

貳、從文學改編到跨藝術互文

一、從文學到電影的改編過程

> 改編者只是將原著當作一個原始材料，由它自己藝術形式的獨特角度來作考慮，他不需要顧慮它原來的形式。
>
> ——貝拉·巴拉茲 Bela Balazs

電影向文學借火的例子其來有自，許多電影便是由文學或戲劇／舞臺劇改編而來。電影使用熟悉的文化符碼，方便了文化產品的定位。所以有了電影以後，很快地就有改編電影，而由文學改編成的電影以小說爲最大宗[5]。劉紀蕙以十六至二十世紀多部英國文學作品改編成的電影爲例，說明從小說或是劇本轉換成電影、從文字轉換爲影像，應當注意的是種種框架轉換之間所鑲嵌殘存的痕迹。在重構成影像的過程中，如何透露電影導演的時代背景與電影製片機器的運作系統，或是摻入導演與歷史對話的聲音，是值得探索玩味的線索。而電影改編文學，就像是後設小說的電影版本，是兩種文類的抗頡，兩種說故事方式的較勁[6]。

艾森斯坦（Sergei Eisenstein）〈狄更斯、葛里菲斯與當代電影〉

---

5 同註 1。

6 劉紀蕙：〈文學與電影的框架轉換〉，《電影欣賞》・第 92 期，1998，頁 16。

（"Dickens, Griffith, and the Film Today"）[7]一文以降，文學（尤其是小說）與電影的關連性成了受人矚目的研究焦點。因此在討論文學與電影的轉換架構中，是否忠於原著不再成爲問題的唯一核心，傳統以文學「原著」爲「先驗存在」，視文學電影爲翻版或轉述的閱讀，是輕忽文學與電影獨特藝術形構與表現方式的推諉作法。文學使用「語言意符」（verbal signifier）提供「心智影像」（mental image）的可能，「電影意符」（cinematic signifier）則是透過聲音畫面呈現「視覺影像」（visual image），形成兩種不同的藝術表達形式與美學判準[8]。因此在跨越不同藝術形式之前，對小說所進行的改寫，正是從文字文本過渡到視覺文本的首要工作。

文學與電影的「改編」（adaptation）過程，可說是對文學文本的「意義僭取」（the appropriation of a meaning）[9]。即使是最小心的改編，也是一種語言變換成另一種語言，用艾斯卡皮（R. Escarpit）的話來說，即是一種「創造性的背叛」，此處的「翻譯者」不再是一個「配圖者」，而是一個眞正的創作者，他從文學作品中汲取靈感，將題材重新思考，給予它一個很個人的視野[10]。改編的要旨不再在於如

---

7 艾森斯坦認爲格里菲斯的平行蒙太奇來源於狄更斯的小說，又從莫泊桑的《俊友》裏發現了中景、全景、遠景的蒙太奇組接。他時而驚呼普希金是蒙太奇的大師，時而贊嘆馬雅可夫斯基「在他的『切割的詩行』裏，不是按照詩行的界線，而是按照『鏡頭』的界線劃分的」，還宣稱：「彌爾頓的詩是我們學習電影的最好學校」。張衛：〈電影與文學的交叉點和分歧點〉，《當代電影美學文選》（北京：北京廣播學院出版社，2000），頁257。

8 張小虹：〈文字／影像互動與性別／文本政治〉，《中外文學》‧第23卷‧第6期，1994，頁75。

9 同註6，頁90。

10 G‧Betton 著劉俐譯：〈文學與電影〉，《電影美學》（台北：遠流，1995）頁144～147。

何複製文學作品的內容，而在於它如何能夠保留原有的素材[11]。無論影本對文本的改編是一種「意義僭取」抑或「創造性的背叛」，所有藝術家都是從文化遺產中，尋獲他作品的原始材料，重新進行創作的工作，而這裡所談及「改編」的概念，其實已經很接近接下來所要提出的「互文」理論。

二、互文性理論初探

任何文本都是一種互涉文本；其他的文本，在不同層次上，以或多或少可辨識的方式，在其中顯現：那早先以環繞存在的文化文本

——羅蘭．巴特 Roland Barthes

「文本」（text）在傳統的概念下，指的是一種印刷書籍形式的產品；到了後現代論述中，文本不僅是某種形式的「產品」（product），也指涉了詮釋的「過程」（process），並且對其中所蘊含的社會權力關係進行一種揭露的「思維」（thinking）[12]。因此「文本」意義在近代文學評論史上至少經歷了四種變遷：從（一）文藝復興時代至十九世紀浪漫主義的傳統文學均以 text 稱版本，此時作品的意義來自於作者，作者的寫作行爲與讀者的閱讀行爲各自獨立分離；到（二）新批評視 text 爲獨立自主的有機世界，單純尋求文本內作品文字的語音、語意和語句間的內在「一貫性」；到（三）六〇年代中期以後，Tel Qucl 學派所認知提倡的開放、不定、自我解構（相對於新批評所認知的封閉、穩定、時存的系統）的空間，乃至於（四）晚近受到後結構主義思潮衝擊，使得「文本性」（textuality）與其他社會

---

11 Louis Giannetti 焦雄屏譯：〈文學・文學改編〉，《認識電影》（台北：遠流，1998），頁 386～388。

12 黃建邦等：〈作者已死：巴特與後現代主義〉，本文轉引自南華出版所網頁。（http://www.nhu.edu.tw/ublish/researches/course/cultural_study/c4.htm）

關係（諸如種族、地域、性別、意識型態，或可稱爲各種社會文本 social texts）的互動得到前所謂未見的重視[13]。

由於傳統文學批評的不足，結構主義與符號學採用嚴謹的語言學理論取代了舊有的文學研究方式。這種以符號爲基礎，以尋找作品內的系統或結構爲主的論述，在探討神話、童謠、古典的詩以及小說方面，發揮了相當大的功效，但是在面對十九世紀末及二十世紀幾位最重要的作家時，卻顯得與作品扞格不入。這些作家如馬拉美（S. Mallarme）、賀德林（J. C. F. Holderlin）、喬依斯（J. Joyce）等，不再將語言視爲是一種「再現」世界的工具，而是某種特殊經驗的所在。也就是在面對這種異於傳統的書寫行爲之下，克麗絲特娃（Julia Kristeva）提出她的「文本」理論[14]。

克麗絲特娃在文學評論專刊《Tel Quel》[15]上提出文本的定義，認爲文本不是陳列在書店裏的作品，而是筆體（ecriture）本身的「空間」（espace）。在這個嚴謹的定義下，文本被視爲意義生產的（無盡的）過程，也因而潛在著無盡且無數的閱讀空間活動，是現代文學文本生產力（productivite）的構成要素[16]。

克麗絲特娃對於「文本」的定義與巴特（Roland Barthes）於〈文本的理論〉（"Theory of the Text"）一文中大力強調閱讀及讀者的重要，認爲作者無自主創造力，但讀者經由不同的閱讀行爲，能不斷的

13 朱崇儀：〈分裂的忠誠？：書寫／再現？：記號學／女性主義？〉，《中外文學》・第 23 卷・第 2 期，1994，頁 127～128。

14 于治中：〈正文、性別、意識型態——克麗絲特娃的解析符號學〉，《文學的後設思考》（台北：正中，1993），頁 209。

15 《Tel Quel》專刊的成員在一九六七至一九七二年間發表的研究論文主要集中在馬拉美（Mallarme）、（龐德 Pound）、羅素（Roussel）、喬艾思（Joyce）等五、六位元作家的作品研討上。

16 Jacques Aumont & Michel Marie 吳珮慈譯：〈文本分析〉，《當代電影分析方法論》（台北：遠流，1996），頁 115。

賦予文本多變的意義，持久的在改寫創造文本的概念相仿[17]。是以互文（interr-texte）與互文性（intertextualite）現象原屬克麗絲特娃和巴特所用的批評術語，以說明所有的文本皆汲取並改造大量的其他文本，亦即經由其他文本建構而成的現象[18]。

「互文性」（intertextuality）這一術語最早由克麗絲特娃於《符號學：解析符號學》（"Scmeiotike: Recherches pour une Semanalyse"，1969）一書中提出，在隨後的《小說文本：轉換式言語結構的符號學方法》（"Le Texte du roman : Approche semiologiue dune Structure discursive transformationuelle"，1970）中，她以一章的篇幅詳細論述了「互文性」概念的內容。此一文本理論產生於西方結構主義和後結構主義思潮中，涉及到當代西方一些主要文化理論，並覆蓋了文學藝術中不少重大問題：如文學的意義生成問題，文本的閱讀與闡釋問題，文本與文化表意實踐之間的關係問題，批評家的地位問題等等[19]。克麗絲特娃在介紹巴赫金（Mikhail Bakhin）的文章中使用了這個詞[20]。並在《符號學》一書中提出：

> 任何作品的文本都是像許多行文的鑲嵌品那樣構成的，任何文本都是其他文本的吸收和轉化。[21]

在克麗絲特娃提出這一理論後，不少西方文學批評家對之進行了

---

17 孫小玉：〈解鈴？繫鈴？——羅蘭巴特〉，同註 12，頁 90。

18 同註 14，頁 276。

19 羅婷：〈互文性理論〉，《克里斯多娃》（台北：生智，2002），頁 112。

20 1967 年，克麗絲特娃在巴黎《批評》雜誌上發表《巴赫金：詞語、對話和小說》，詳細介紹了巴赫金的主要思想，並把對話原則引入社會、政治和文化生活之中，率先提出了「互文性」這一概念。同註 18，頁 70～71。

21 黃念然（1999）：〈當代西方文論中的互文性理論〉，《外國文學研究》，頁 15；李玉平：〈互文性批評初探〉，《文藝評論》，頁 11。

探討[22]。其中大多數是法國批評家，如巴特、德希達（Jacques Derrida）和熱奈特（Gerard Genette），並形成了有關互文性的廣義與狹義之分。

狹義的界定以熱奈特爲代表，稱「互文性」爲「跨文本性」（transtextuality）。在他看來，任何文學都是跨文本的，任何文本都是產生於其他文本之上的「二度」結構。其將「跨文本性」定義爲五種類型：一、互文性：包括引語、典故、原型、模仿、抄襲等；二、準文本性：指作品的序、跋、插圖、護封文字等；三、元文本性：爲文本與談論此文本的另一文本之間的評論；四、超文本性：是聯結前文本與在前文本基礎上構成的次文本間的任何關係；五、原文本：即組成文學領域各種類型的等級體系。從這五種分類來看，熱奈特對「互文性」的分析是建立在一文本與存在於此文本中其他文本之關聯的基礎之上的，同傳統的來源－影響研究有相似之處，還未曾像後結構主義那樣將互文性置於文學文本同其他非文學文本的關聯域中加以闡發。[23]

廣義的定義以克麗絲特娃和羅蘭・巴特爲代表。克麗絲特娃在指出「互文性」概念後，進一步將文本區分爲「現象型文本」和「基因型文本」。其中基因型文本「規定了表達主體的構成所特有的邏輯的運算」，是現象型文本結構化的場所，意義生產之場。在克麗絲特娃

---

22 亦有林明澤（1994）：〈白紙黑字之內／外〉：試探「文本互涉」概念在文學批評上的多重可能性〉、殷企平（1994）：〈談"互文性"〉、程錫麟（1996）：〈互文性理論概述〉、黃念然（1999）：〈當代西方文論中的互文性理論〉、魯玉玲（2001）：〈談朱莉亞・克莉絲蒂娃的符號學理論〉、羅婷（2001）：〈論克裏斯多娃的互文性理論〉、陳永國（2003）：〈互文性〉、李玉平：〈互文性批評初探〉等多篇期刊論文對「互文性」進行論述。

23 黃念然：〈當代西方文論中的互文性理論〉，《外國文學研究》・第83期，1999，頁16～17；關於熱奈特「跨文本性」的五種類型，可參見熱拉爾，熱奈特《熱奈特論文集・隱跡稿本》（天津：百花文藝，2000），頁68～77中有更詳盡的說解。

看來，「互文性」就產生於「現象型文本」與「基因型文本」之間交流的零度時刻（zero moment），而處於互文性中心的則是主體的慾望，文字（或書寫）正是一種把對能指的慾望的陳述轉化爲歷史性客觀法則的自發運動。由此，「互文」意味著慾望、歷史、文本等語言學或非語言學、文學文本與非文學文本的互相指涉[24]。

何文敬則認爲羅蘭・巴特對互文性的觀點，比克麗絲特娃所界定的更廣。在羅蘭・巴特看來，任何文本都是一種互文[25]。其在《文本理論》（"Theory of the Text"）一書中對「互文／互文性」有相當清晰的闡述：

> 舉凡文本，皆為互文。別的文本以多多少少可資辨認的形式—曩昔文化的文本以及周遭文化的文本——存在於這個文本的不同層次之中，使所有的文本有如一個引述過往的新組織。互文性作為所有文本的構成條件，很明顯地不能被完全化約到泉源或影響等簡單的問題上。互文是一個在不同引號的情況下，進行著無意識或自動化引經據典的、不具名的場域，其根源很難被標定。從認識論的角度而言，整個社會性（socialite）為文本理論帶來了互文的觀念，所有昔日的語言活動和今日的語言活動都會進入文本，它們並非藉由刻意的模仿或可資標定的脈絡管道居存於其中，而是遍布於文本之內—互文以此來確保文本作為一種生產活動（productivite），而非複製活動（reproduction）的地位[26]。

美國學者柯勒（Jonathan Culler）則在《符號的追索》（"The Pur-

---

24 同註 21，頁 17。

25 何文敬：〈後現代美學析論《藍絲絨》的雙重敘事與互文性〉，《中外文學》・第 22 卷・第 8 期，1994，頁 31～32。

26 同註 15，頁 276。

suit of Signs"）一書中明白指出文本不可能獨立存在。如果一本書必須言前人之所未明言，作者之所言卻與其過去所想或所讀的文本息息相關。意即閱讀某一文本勢必涉及其他文本，這就是互文的本質[27]。

三、「跨藝術互文」概念闡述

簡單的來說，「互文」概念指的就是一個文本與潛藏在其中的其它文本之間，相互指涉與再現的動態過程。從「互文」理論到「跨藝術互文」（interart intertextuality）現象，劉紀蕙認爲「跨藝術互文」指的是：

> 在把圖像、文字與音樂視為各別自成體系的符號系統時，當一個文本引用、模仿其他藝術形式、文本甚至改寫時，就包含複數的符號的藝術系統，其中自然會牽涉複雜的再現與指涉過程。以電影再現小說，現代詩再現繪畫，或是以音樂再現詩，文本中都不斷發生互文過程[28]。

而在《橘子紅了》的電視劇中，不僅僅是電視劇再現小說，更利用音樂（片頭、片尾曲及背景音樂）再現了電視劇：如「風箏」在整齣電視劇裏是女主角秀禾能夠獲得快樂和自由的象徵，於是電視原聲帶中，便有一首同名歌曲：〈風箏〉。劉紀蕙更進一步指出：

> 跨藝術互文鑲嵌的是另一種藝術形式文本。這種「鑲嵌文本」是隱藏在文本背後的，因為跨藝術互文無法如實引用不同藝術形式的原典；而這個鑲嵌的異質文本指向的是一個不在場的他處系統，另一套隱藏

27 同註 23，頁 103。

28 劉紀蕙（1994～1995）：〈跨藝術互文改寫的中國向度〉；須文蔚：〈多向小說的跨媒體互文性現象〉，《台灣數位文學論》（台北：二魚文化，2003），頁 60。（http://www.complit.fju.edu.tw/project/report94-95.htm）

> 的文化系統與符號系統會透過這個異質文本被牽引出來。Michael Riffaterre討論到「零度互文」（zero intertextuality）時指出，因鑲嵌文本的不在場（absent intertext）會導致的互文異常性（intertextual anomality）或是文本中「非文法性」（ungrammaticalities），例如一些意義模稜含混的用字。互文的非文法性實際上揭露了「他處」的文法與符號系統，而此處的鑲嵌文本必須在「他處」才會完成指涉過程的運作。因此，所謂跨藝術互文，實際上是一連串不同的「他處」文法與文化系統下運作的藝術符號被拼貼在此處的文本中[29]。

其中由於鑲嵌文本的不在場而導致的「互文異常性」或者說是文本中的「非文法性」，在異質文本中產生「差異」甚至「新鮮感」，而「新文本」與意義的產生便是在這兩種或三種敘事方式較勁的過程中出現。因此從文學改編到跨藝術互文，我們可以發現從文學到電影甚至到電視劇，故事絕不僅只是換一種方式述說。在種種框架的轉換之間，似乎可以隱約看見隱藏在故事背後，層層交錯的意義網絡。

參、《橘子紅了》跨藝術互文的現象面分析

> 小說是由敍述組織成一個世界，而電影是由世界組織成一個敍述
>
> ——尚・米提 Jean Mitry

由公視所播放自文學作品改拍成的電視劇有《人間四月天》、《橘子紅了》、《孽子》、《曾經》、《汪洋中的一條船》、《寒夜》、《後山日先照》、《赴宴》等多部。其中《橘子紅了》係由中篇小說改編，在內容上作相當大幅度的改寫，成爲編劇及電視劇導演的另一創作，拍攝手法上接近電影。是以在文本與影本間不僅僅是小說與電視劇兩者的互文，更以電影拍攝手法[30]爲其過渡的中介因素，

---

29 同註26。

因此選定《橘子紅了》為此次跨藝術互文的討論對象。

琦君的小說〈橘子紅了〉於民國七十八年六月刊於《聯合文學》三十二期，白先勇在為這篇小說所作的序裏談到：「看琦君的文章就好像翻閱一本舊相簿，一張張泛了黃的相片都承載著如許沉厚的記憶與懷念，時間是這個世紀的前半段，地點是作者魂牽夢縈的江南。琦君在為逝去的的一個時代造像，那一幅幅的影像，都在訴說著基調相同的古老故事……〈橘子紅了〉是琦君偶爾為之的一篇小說，主題與她多篇散文相同：舊社會中『封建家庭』犧牲者，棄婦的一首輓歌[31]。」；琦君在小說的最後提到小說中的女主角：秀芬，是好幾個舊時代苦命女孩子的揉合；至於文中的情節，多半是眞有其事的。而小說中因小產而死的秀芬，在現實中並沒有死，卻是被帶到外地，受盡折磨，在大伯逝世後，被逐出家門[32]。電視劇的導演李少紅在報紙訪談中提及：

> 四年前我看到《橘子紅了》小說，是台灣女作家琦君寫的，講述的是琦君對她家鄉的回憶。最早看到這篇小說確實覺得是個電影題材，改編電視劇有一定的困難，除了篇幅的侷限外，還存在故事不太戲劇

30 陳莉青在《戲劇金三角，品質沒煩惱──「橘子紅了」讓八點檔直逼電視美學》一文中提及：「《橘子紅了》最引人注目之處在於它全劇的唯美風格，不但服裝布景道具極為考究，連燈光攝影、美術都充滿了意境，直逼藝術電影的質感，使它在當今的連續劇中更顯獨樹一幟。導演李少紅與老公曾念平還有李曉婉堪稱是最佳的工作拍檔，三人的分工常常是李曉婉擔任製片、李少紅夫婦共同執導一部戲，曾念平還兼作攝影指導。曾獲得 1995 年柏林國際影展銀熊獎的電影『紅粉』就是三人合作的結晶；之前曾在公視播出的『雷雨』，同樣也是出自三人之手，三人一反傳統，將電影的手法運用在連續劇上。除了毫不馬虎的前製作業與拍攝過程外，在後製作業上，李少紅夫婦將所有畫面比照電影的作法過 TC 調光，使影像的內景和外景表現出來的層次感更足，呈現出更晶瑩剔透的畫質。」（http://see.pts.org.tw/ub/monthly/arch/0107/7-2.htm）

31 白先勇（1991）：〈棄婦吟〉，《橘子紅了》（台北：洪範，1991），頁 1、4。

32 琦君（1987）：〈關於〈橘子紅了〉〉，同注 23，頁 106。

化。還有一點也很重要，就是當代年輕觀眾和有那段歷史經驗的老觀眾與那個舊時代的情感的溝通，怎樣讓反封建的主題讓年輕的觀眾認同？後來我和編劇想通了一點，於是帶動了全盤的修改。這一點可以說是全劇的一顆種子，也是全劇的關鍵情節——生育。[33]

比對小說與電視劇的內容，確實因為「連續劇」這個類型[34]的不同，電視編劇與導演對小說進行了大幅度的改寫。小說中的「秀娟」（琦君自身的投射）由一個旁觀者的角色／說故事的人，成了電視劇裏鼓動秀禾追求自己夢想的「宛晴」；完全聽從命運安排的女主角：秀芬，成為勇敢追求愛情的「秀禾」；六叔：「周平」，是電視劇裡周旋在未婚妻（嫻雅）與秀禾之間左右為難的「容耀輝」；僅僅只在小說中被稱為「大伯」的大伯，有了自己的名字：「容耀華」；而大伯城裡的交際花太太，除了擁有自身的姓名：「余嫣紅」外，還和大偉發展一段愛情；大媽這個角色於電視劇的最末也有了自己的名字：「美菱」。劇中角色所被賦予的名字，其實也代表了每一個人物的性

---

33 楊勁松（2002）：〈李少紅密語《橘子紅了》：非悲劇的女性史〉，《京華時報》。（http://www.dzwww.com/cgi-bin/g2b.cgi/http:/www.dzwww.com/yule/yulexinwen/200202190450.ht m）

34 在《傳播與文化研究的主要概念》（Key Concepts in Communication and Culture Studies）一書中，哈特利（John Hartley）將類型（genre）定義為：可歸類劃分媒介產物的一組可辨識組成（O'Sullivan et al., p.127）。個別的媒介產物，比方電影或電視節目，都能被辨識出屬於哪一特定的類型。我們知道每個例子屬於什麼類型，有賴於一組被接受的類型慣例，它能使閱聽人帶入特定的期望來看待文本。然而，將文本劃為某一特定類型，經常也涉及併入其它類型的組成元素。就如同費斯克所言：「任何一個節目都有其類型的主要特徵，但也可能會包含某些來自其它類型的特徵：要將它歸為這一類型或其它類型，得視哪一組特徵最為重要而定。」Lisa Taylor/Adrew Willis，簡妙如等譯：〈類型〉，《大眾傳播媒體新論》（台北：韋伯，2001），頁 75～77。

格在二十集的電視劇裡有更詳盡的描寫，這是視覺文本對文字文本所做的第一個改寫。

劇情上，大伯的生育能力在電視劇裡被取消[35]，大媽日日夜夜等待「橘子紅了」的時刻永遠不會到來。而大伯在城裡得知自己並無生育能力的消息後，卻發現自己的二房與三房相繼懷孕，這也才重新審視自己的愛情，從城裡搬回大媽三十年來日夜期盼的鄉下橘園。小說中六叔與秀芬之間若有似無的戀情在電視劇裡被擴大與更深刻描寫，「愛情」與「幸福」的追求成了電視劇的一大重心，秀禾嫁入容家爲每個人找到幸福，也爲自己找到了愛情，但她爲自己所尋找到的愛情恰恰沒有結果，卻轉化成愛情與生命的關係。

因此，整齣電視劇裏的衝突來自每個人對於自身幸福的追求而產生的種種矛盾與阻礙，白先勇指出：

> 琦君作品中這些『好人』卻往往做出最殘酷最自私的事情來—這才是琦君作品中驚人的地方。論者往往稱讚琦君的文章充滿愛心，溫馨動人，這些都沒有錯，但我認為遠不止此。往往在不自覺的一刻，琦君突然提出了人性善與惡、好與壞，難辨難分，複雜曖昧的難題來。[36]

李少紅則是保留了原著這樣的精神，對之進行改寫[37]。何峰認爲《橘》劇的編導有意識地模糊時代環境色彩[38]，淡化意識型態指向，

35 李少紅（2002）談到：「生育是原小說中的核心情節，但是沒有戲劇性發展。我們作了一個假想，改變了所有的人物關係。試想，如果不能生育的原因在老爺，這不是一顆核彈嗎？它太形象具體地反映出每個人物的不同心態，而且也是對舊時代封建氏族最徹底的顚覆。這是一個極富有戲劇衝突的設想，同時又不傷害原著精神。同註 31。

36 同註 29，頁 5。

37 編劇鄭重也認爲他們所關注的更多的是人性，而不是一個人的性別。

38 《橘子紅了》一劇有意模糊了空間、時間，因爲在導演李少紅看來，整個的舊時代

不是把人物和事件從特定的時空環境和文化背景中抽離出來，予以符號化，而是掙脫以往環境與人物、題材與主題必然構成因果關係的慣性思維，以便轉換視角、調整思維向度、拓展藝術表現空間，去發掘更具深度、更有普遍意義的潛在主題[39]。

在談《橘子紅了》的跨藝術互文現象之前，我們無疑地要來審視電視劇導演李少紅的「特殊」身份。李少紅，1982 畢業於北京電影學院導演系，88 年後開始執導電影，經歷過多部文學作品改編成戲劇的嘗試[40]，因此到了 2001 年的《橘子紅了》已不是第一次從事文學作品的改編與電視劇的拍攝，對於在電影與電視劇兩種不同類型框架的轉換之間，有她個人獨特的手法與視角。從《紅粉》開始，李少紅就已經悄悄啓動她女性化、個人化的初步嘗試，而到改編《雷雨》和拍攝《大明宮詞》，她先是將一部完全以男性視角展示舊式中國家族的名著，徹底顛覆成另一樣細膩動人的女人故事；爾後她又以更大膽的女性視角，讓我們發現武則天和太平公主在宮廷權力之內之外的悲劇

都是如此：「我把它定位在一個舊時代，城裡更像上海那樣的南方城市的上世紀二三十年代，鄉下更像清末民國初年的時代，劇中出現了民國 14 年的時間，但對我來講，無論是 14 年還是其它什麼年，都無所謂。」李峥嵘（2002）：〈李少紅談《橘子紅了》：節奏是在人的心中〉，《北京晚報》。（http://www.pdsdaily.com.cn/big5/content/2002-03/01/content_47485.htm）

39 有評論則說：《橘子紅了》故事並不新鮮，但創作者講故事的視角和方式新穎，摒棄了以往的陳腐套數。何峰：〈詩化的悲劇人生──《橘子紅了》觀後隨想〉，《電影藝術》‧第 3 期，2002，頁 60。

40 李少紅，88 年執導電影《銀蛇謀殺案》，90～91 年執導電影《血色清晨》；92 年執導電影《四十不惑》；94 年執導電影《紅粉》；97 年執導電影《紅西服》（原名《幸福大街》）；96 年執導電視劇《雷雨》；98 年執導電視劇《大明宮詞》（臺灣名爲《太平公主》）；2001 年執導電視劇《橘子紅了》；其間亦有電視電影與紀錄片等作品。94 年的《紅粉》係由文學作品（蘇童小說《紅粉》）所改編，96 年開始拍攝電視劇《雷雨》亦爲文學作品（曹禺同名劇本《雷雨》）所改編。（http://baoberinlove.ynet.com/lsh.jsp）

個性和命運。到了《橘子紅了》，她則想通過大媽、嫣紅、秀禾、宛晴、嫻雅等幾位女性對於感情的不同取捨態度，折射出存在於人性深處的具有普遍價值的美與醜和人生、價值觀的思考[41]。審視李少紅的「特殊」身份不在於她是個女性導演，亦不在於她用女性的視角所進行的改寫，而在她自覺其所從事的藝術創作[42]這點上。

在同時身爲讀者與創作者的雙重身份上，我們可用羅蘭・巴特將可寫型文本視爲一種創作性閱讀的觀點來解讀李少紅（或者說是《橘》劇編導）所從事的改寫。羅蘭・巴特在《S/Z》一書中認爲文本之所以可寫，在於讀者的角色由被動的尋找線索，探求答案，轉而成爲主動的進入意義的缺口，尋找開啓多元的閱讀路徑，進行對文本的一種書寫型的閱讀。他指出「差異」是閱讀過程中的一種生產，它使每個文本在某個基準點上具有共同的特性。因爲這個差異的生產正是每個文本的符號意義指涉的共相。所以每個文本經由閱讀過程，由於語言符號的開放式多重解讀而形塑的（差異性）存在，都是差異的回返；也因此文本意義在差異間游走，不再存有一限定式的文本解讀或是將某一文本解讀視爲僅有的閱讀的教本[43]。身爲讀者的李少紅一變而爲創作者時，因其所從事的創作是與文學不同形式的電影／電視，因此她在進行改寫／書寫型閱讀時，所從事的正是一種「跨藝術互文」的嘗試，並且把一種性／別論述重新注入了影像語言中。

---

41 參見何東：〈「精神分析」女導演李少紅〉，《青年時訊》。（http://book.people.com.cn/big5/paper23/22/class002300004/hwz159857.htm）

42 李少紅曾經談及：「我眞正關注的是我自身的體驗。不論從性別的角度，還是從人的角度，我都不可能有別人的生活體驗，別人也不會有我的。我具有我自己的獨特性，這就是一種生命力。事實上，正是這種生命力在潛意識地影響我的創作，我的思想。」亦稱自己歷年來的作品僅僅就是屬於個人的一種「藝術實驗」，既不具典型性，更不帶普遍性。同註 30。

43 參見蔡秀枝（2003）〈巴特《S/Z》中的轉向與閱讀策略〉，《中外文學》31：9，頁 37～39。

費斯克（John Fiske）在《電視文化》（Television Culture）一書中，運用一整章的篇幅介紹「互文性」，他清楚的指出這是一個重要的領域，並將其定義爲是媒體文本能產生文化意義的主要成因。他指出文本與其他文本的關係，既有相似之處也有相異之處，正因如此，才能爲閱聽人生產意義[44]。《橘子紅了》的視覺文本無疑來自於文字文本，然而整個小說故事卻來自於琦君眞實的生活經驗，這屬於第一層次小說作者與其時代之間的互文；從小說文本過渡到視覺文本，影本與文本之間的互涉與改寫屬於電視編劇、導演、製作人三者與其時代間第二層次的互文；然而有趣的是，在影本中，竟然發現它與另一文本《覺醒》間第三層次的互文。《覺醒》一書在劇中爲時代新文藝小說，導演巧妙的運用蒙太奇手法[45]將小說故事與秀禾的一生作了交錯重疊的指涉[46]。因此，在整部電視劇裡所出現的互文關係符合了費

44 Fiske認爲互文性是在水平（the horizontal）與垂直（the vertical）兩個層面上運作。在水平層面上，互文性透過類型（genre）、角色（character）與內容（content）等因素而運作。在此，它與其他文本的連結便很明確。並將威廉士（Raymond Williams）有關電視是由聲音與影像所組成之「流程」（flow）的論點，結合進他水平層面的互文性定義中，說明構成電視節目影像與聲音的意義並非孤立地被創造，而是由與整個其他媒介文本的關係而產生。而垂直面的互文指的是文本指涉（refer）特定的其他文本。他將互文性的概念放進經濟情境脉絡中，從而指出：當一個文本很明確地是在促銷另一個文本時，便最清楚地展現了垂直面的互文性。Fiske, John (1987). Television Culture. London: Methuen. 轉引自 Lisa Taylor/Adrew Willis（2001）：〈互文〉，同註 32，頁 107～109

45 蒙太奇指的是以快速剪接的影像轉換場景，通常用來暗示時間的流逝及過去的事件，同註 9，頁 514；又或者並置不同鏡頭，可能是不同時間或空間的交錯，以達到推動敘事或是傳達隱喩的目的。里奧：〈蒙太奇、場面調度到電影符號——電影的視覺風貌與意義顯現〉，《電影與理論》，1994，頁 82～84。

46 秀禾曾說大太太最像《覺醒》書中所寫的那個女孩；宛晴則說要幫助秀禾實現小說中的結果。《覺醒》一書在整部電視劇裡不只用來指涉秀禾的命運與她對於夢想的追求，也同時指涉了大媽苦苦等候的愛情。

斯克言及由角色、內容、影像與音樂間水平層面的互文，也同時符合利用文本指涉特定其它文本的垂直層面的互文；李少紅正是用此種互文的方式爲《橘》劇生產意義。

《橘子紅了》被改編以電視劇的形態，李少紅卻是以電影敘事的方式將整個故事重新述說了一次。因此，對於文本與影本間差異的比較，以及電視劇這個類型傳播的方式如何影響文本，必須分爲三個層面來進行討論。

一、文本與影本間的差異與互涉

泰勒與威立斯（Lisa Taylor & Adrew Willis）指出「敘事」具有「互文性」的特質。它們有時會包括其它的敘事，或者是媒體故意指涉其它文本，以「玩弄」一下閱聽人的知識。由於經常帶有其它相當豐富又熟悉的敘事結構，閱聽人對所接觸的敘事故事便會有不同的期待，於是也常根據其社會與個人曾有的故事經驗，產生不同的解讀[47]。如同電視劇裡增加的另一小說文本，導演在電視劇這個形式中加入了其它的藝術形式，首先爲影本創造了新鮮感，卻也同時讓原小說文本與改編後的影本間產生「差異」。而新加入的這部小說《覺醒》其實也與原小說之間發生辯證的關係，於是琦君筆下屈服於「望門寡命」的秀芬，與李少紅鏡頭下始終帶有夢想勇敢追求「覺醒」的秀禾展開了拉鋸，這同時也是創作者琦君與讀者李少紅之間的相互對話，由此而產生的新文本。於文本與影本之間，我們可從：時空的綜合性、視聽的交融性及蒙太奇的聚象性三方面[48]進行論述，以比較兩者的不同。

電影與文學最根本的聯繫在於兩者都具有時間藝術塑造形象的延續方式。而小說和電影中不同的時間處理，只是一種程度上的不同，而非本質的相異。如果說電影與文學的交叉點在於時間，那麼它與文

47 Lisa Taylor/Adrew Willis（2001）：〈敘事〉，同註 32，頁 87～88。

48 此處採張衛的分類。同註 5。

學的分歧點恰恰就在於空間。作爲兩門不同的藝術，文學和電影有它們各自的形象體系：電影形象直接、具體、單一；文學形象間接、抽象且多義。由於空間的特性，電影思維除了與文學思維共同遵循形象思維的一般規律外，還存在著不同於文學思維的特殊規定性：一是時空的綜合性，因此編劇在編寫劇本時必須牢記他所寫的每一句話將要以某種視覺造型的形式出現在螢幕上。而小說裡對於人物的心理描寫，在編劇與導演，他們必須時時考慮畫面的變化和人物的動作。李少紅運用場面調度[49]的形式重寫小說， 服裝上，美術指導葉錦添依照人物不同時期的心境來設計服裝，人物的造型風格都是頭、腳小，衣服卻澎鬆寬大，予人許多想像的空間；而腳踩三寸金蓮的設計，讓秀禾與大媽走在安徽式建築狹窄巷弄裡，連走路都不穩，描繪出封建社會女子想走但走不出去的心境。並將顏色鮮麗、華麗的服裝，並置於沈悶的場景中；卻將絢爛的人物如交際花二姨太的服飾，以素色來表現，呈現反差式的對比。因此李少紅認爲，是葉錦添將美學帶入大衆媒體及戲劇的精神當中，並且具有革命性的作用，關鍵就在於他打開

49 鮑德威爾與湯普遜（Bordwell and Thompson, 1986）在其《電影藝術》（Film Art）一書中，追溯「場面調度」一詞應用在電影上的起源爲十九世紀的劇場表演。從劇場的角度來看，場面調度是描寫舞台指導的用詞，或者如鮑德威爾和湯普遜將其字面的意涵詮釋爲：「將事物安排到場景中的作法」（the fact of putting into the scene）（Bordwell and Thompson, 1986, P.199）。他們指出在電影批評裡，是將該詞轉化用爲了解電影導演設計每個影像畫面的方式。因此，場面調度意指電影與戲劇所共享的舞台要素：包括燈光、服裝、佈景和人物走位等。場面調度也可能是導演的前製計畫，考量每格畫面看起來應該是如何。換個角度來談，「場面調度」也是一種解讀方法論，用來檢視電影如何透過，例如，使用一種特別的燈光系統來建構其意義。Bordwell, David and Thompson, Kristin (1986): Film Art: An Introduction. New York: Alfred A. Knopf.轉引自 Lisa Taylor/Adrew Willis（2001）：〈解讀媒體影像〉，同註 32，頁 16。

了我們更多的想像力[50]。

二、音樂文本的加入與互涉

> 當聲音的效果能對劇情的發展起決定作用時，聲音的創作意義就變的更重要了
>
> ——貝拉・巴拉茲 Bela Balazs

除了時空的綜合性外，電影思維特殊於文學思維的還在於視聽的交融性。作家的創作思維也有音響，但這種音響和它的空間一樣，是想像的。然而電影卻要求音響的出現。「因爲當我們看到空間是有聲的時候我們才承認它是眞實的，聲音能賦予空間以具體的深度和廣度（巴拉茲）。」電影作爲用二度平面表現三度空間的藝術，如果沒有聲音，就顯不出三度空間的立體感。所以，眞實的聲音具有強大的空間表現力，它能使觀衆產生一個空間幻覺。爲了加強空間的眞實性，現代電影觀念早已把聲音作爲重要的創作元素。而音樂在《橘子紅了》一劇中，確實是相當重要的語言之一。導演李少紅認爲電視劇的音樂不僅是煽情，而且一定要成爲電視劇的靈魂。找到一種很單純，但是可以鑽出來的聲音。如橘園的配樂，每次橘園出現，同樣的音樂響起，相當具有穿透感。因此有報導指出：「配樂確實不是很主流，有近似低限主義[51]風格的單音延遲，有空靈的梵唱式吟唱，還有西方

---

50 同註 31。

51 低限藝術(Minimalism)指的是 1940，1950 年代，美國出現了一個歐裔美系的抽象表現主義藝術，到了 1960 年代，在美國的藝術家們開始思考更純粹的藝術領域，低限主義開始形成。低限主義可以說是藝術家將藝術去除了任何視覺的形象，在藝術的創作過程中，沒有個人主觀的詮釋，將藝術的境界達到幾何抽象骨架般本質的極限。「低限主義」一詞，最早出現在 1960 年代中期，美國藝術評論家——芭芭拉・羅絲(Barbara Rose)在美國藝術雜誌（Art in America）中，發表的一篇文章中。（http://ktgss.edu.hk/Academic/art_and_design/2001project/3a/lomansum31/minimalism.htm）

宗教清唱劇式的頌歌曲調，悲劇感很強，與導演的風格一樣個性強烈[52]。」李少紅則明白指出這部戲的音樂確實是非常個人化，因爲就這部戲而言，它的靈魂就來自於夢囈般的氣質。

除了在配樂上呈現相當個人的作風外，《橘》劇的片頭：〈風箏〉及片尾曲：〈幸福〉，也呈現與影本的互涉關係。音樂以在時間中構組聲音的方式指向意義、建構意義的世界。就其作爲聲音與時間的藝術而言，音樂具有轉化人類經驗的功能；由於音樂本身具有屬於其自身的可理解性的向度，且與此可理解性的向度深深相繫，因此在人類生命的韻律中，得以轉化人的經驗，使之從本能的困境轉至可理解的面向。藉此可理解性，音樂得以傳達其自我本身，如同一種「語言」。因此，可以說音樂在成爲一種溝通方式之前，先是一種轉化人類經驗的媒介；在成爲一種語言之前，先是一種意義的指向[53]。而要在音樂這個相當抽象、純粹的形式中，務實的談音樂的「內容」，有時是相當困難的事。因此，有歌詞時，音樂本身的意義就比較明晰[54]。

秀禾曾引《覺醒》裡的一段話說：「讓自己最愛的人幸福，才是最大的幸福。」，愛情、快樂與幸福的追求，屢屢出現在劇中人物的衝突交會中，而這些經驗早已聚合在〈幸福〉的歌詞裡：「走過了一段曲折的旅途／看淡了天長地久的幸福／轉眼間／人已遲暮／這才想起／愛情曾經停駐／只能夠低頭悔不當初／細數漫漫長路／每個人都在追逐著幸福／卻沒有人／看到它早已在心中長住／轉眼間風塵僕僕／歷經多少挫折痛苦／看清楚／快樂的人懂得知足」。大伯在三十後才發現，原來最愛自己的始終是守在家鄉橘園的大媽；媽紅徘徊在自

52 〈《橘子紅了》引出褒貶不一的評論〉（2002），《華西都市報》。（http://www.dzwww.com/cgi-bin/g2b.cgi/http:/www.dzwww.com/yule/yulexinwen/200202190449.ht m）

53 劉千美（2001）：〈意義與美感——對音樂語言意義的省思〉，《差異與實踐》（台北：立緒，2001），頁 116。

54 Louis Giannetti：〈聲音——音樂〉，同註 8，頁 213～214。

己消逝的青春與大偉之間，直到最後才發現幸福的所在；嫻雅在察覺耀輝的不對勁後，展開一段遠程旅行，最後回到城裡勇敢追求自己的幸福。

而秀禾一生的命運，也寫在〈風箏〉裡：「我盼／有一個人／伴我飛向幸福的地方／多麼想／自由飛翔／隨風／盡訴希望／我願找到一片天空靠岸／不願陷在命運裡牽絆／我就像風箏飛揚／風起時幸福在望／哪管最後一身風霜／曾經那麼靠近天堂／快樂卻又短暫／誰知轉眼已離散／我就像風箏飄盪／風盡時失了方向／儘管那麼靠近天堂／你聽風在唱／人生無常／讓夢飛一場」。風箏在劇中象徵著秀禾的命運，她在答應大媽嫁入容家作小後，帶著病逝的母親遺留給她的風箏，在狹小的巷弄中想要將風箏放上天，認爲只要風箏飛起來了，她的後半生就能得到幸福。是耀輝載著她到原野上把風箏放上天，代表著秀禾一生的幸福與快樂來自於這個幫他放風箏的男人。最末，秀禾想要離開容家，過著一個人自在的生活，也提及風箏飛起來了，只要孩子生下來，她的任務也就完成，就能夠像她娘送給她的風箏一樣，自由自在的飛上天。「風箏」成了整部電視劇中最重要的隱喻及象徵，一方面暗示了秀禾一生命運的發展；卻也象徵著她所努力追求的自由與幸福。風箏在此劇中被突顯的「意義」是由《橘》劇編導所共同創造，這兩首歌同時也將劇中最重要的兩條軸線[55]綰和，再現了整齣戲的精神。

電影思維特殊於文學思維最後一點在於蒙太奇的聚象性。由於電

---

55 導演李少紅認爲，《橘》劇眞正的主角是秀禾。遵循生育這樣的核心軌跡，秀禾從任何意義上都是這個衝突的關鍵人物。她是大媽的理想化身，是完成她愛情的完美人選，甚至是她的靈魂的一部份。對於老爺，秀禾是對他所掌握的權威以及人格和生理全面的一次檢閱。耀輝更是如此，面對秀禾的愛情耀輝才眞正的覺醒。最終全劇的戲劇點也體現在秀禾身上，生命和愛情的升華。秀禾的悲劇創造了新生命的誕生，同時也誕生了新的希望。同註 26。

影的基本元素是鏡頭，因而連接鏡頭的主要方式是蒙太奇，不同於文學中類似蒙太奇的描寫，電影蒙太奇能產生運動感。因此若能逼眞地想像空間形象的聚合，明確地將一個個具體鏡頭的蒙太奇組接，有意識地設計全片的蒙太奇結構，評估兩個可見畫面相加後產生的嶄新意義和特殊效果[56]，電影將有與文學完全不同的美學呈現。把這一點放在《橘》劇中檢視，最具意義的應當爲劇的最後一幕：秀禾難產、容家出殯，與耀輝在城裡教堂結婚兩個場景的交錯，導演運用蒙太奇的手法將同一時間不同空間的兩個事件並置，教堂裡爲婚禮而唱的聖歌也成了秀禾喪禮的背景音樂，秀禾最終還是成全了嫻雅與耀輝、老爺和太太的愛情，成全所有人的幸福。

三、從影本回到文本的一種轉折

艾利斯（John Eills）則在《看得見的虛構：電影、電視、錄影帶》（Visible Fictions: Cinema: Television: Video）書中指出小說、電影、電視之間，包括在題材與組織手法上的差異，都對決定使用何種敘事狀態，以使兩者能很便利地相互配合有重要影響 。雖然艾利斯並不否認電影與電視確實可看出與小說有相似之處，但他堅稱電影已「發展它自己的程序與特色」，並且相同地，電視也「發展它自己特殊的敘事方式[57]」。李少紅雖以電影敘事的方式來對《橘》書進行改寫，然而實際上在此種敘事上也同時包含了電視的敘事方式。如前所述，李少紅認爲原小說的題材屬於電影，因此在改編上加入了許多戲

56 同註 5，頁 264～265。

57 艾利斯在《看得見的虛構》中以兩章的篇幅，檢視電影與電視間形式上的敘事差異。這兩種形式的主要差異是它們被消費的方式：一部電影是一個單獨區隔出的文本，因而需專心的觀賞；而電視則是以各個沒有連接起來的段落（segments）出現，且因它位於家庭場景中，所以是較輕鬆而隨意被消費的。艾利斯認爲這些不同的消費環境直接影響了各個媒體可能採用的敘事機制。Ellis, John (1992): Visible Fictions: Viedo. London: Routledge. 轉引同註 32，頁 90～91。

劇衝突，白先勇所說秀芬與六叔之間的淒美愛情被深化與擴大了，甚至由於他們，李少紅發現了大媽與大伯之間的愛情。李少紅設定劇中的秀禾長得與年輕的大媽一模一樣，大媽把自己對於愛情的期待，完全轉移到秀禾身上，大媽以爲她看到的秀禾是年輕時候的自己。最後，秀禾在生產前夕向容家二老提出生完孩子後就離開容家的請求，同時也對大媽說：「太太，您終於成功了，終於等到了橘子紅的這一刻，我爲您高興，由衷的爲您感到幸福……其實，您一直忽略一個問題，秀禾只不過是長的像您，而我畢竟不是您，您把自己的思念和感情強加在我身上，儘管是用愛的方式。可是您知道嗎？您愛的越深，秀禾的痛苦就越大……」，秀禾就像是大媽的一面鏡子，只是這面鏡子照出的不是大媽一生的苦苦守候與等待，而是秀禾爲自己決定的未來。劇的最末，大媽也「覺醒」了，她幫助秀禾離開容家，找尋自己的幸福。

李少紅曾經談及拍電視劇與電影沒有所謂地位高地之分。但是拍一部好的電視劇很難，對於一個導演來說是很大的挑戰。而她在幾部電視劇的嘗試中，最大的收穫就是說故事的編導能力、對觀衆的市場的掌握能力。更重要的是，拍電視劇和觀衆的心離得很近[58]。作爲傳播媒體，電影缺乏電視那種即時性和普及性[59]，電視作爲一個幾乎每個家庭都備有（甚至是一戶多機）的傳播媒介，其傳播範圍的廣度其實是大過於電影的。就以普及性來看，《橘子紅了》電視劇的播放，經由宣傳手法，肯定引起許多讀過原著小說與不曾閱讀過原著小說的閱聽大衆好奇並且收看。讀過原著的人會好奇電視劇如何改編小說，沒有讀過小說的人，可能因爲收看了電視劇後，購買小說進行閱讀，進行與電視劇的參照比較。運用艾柯（Umberto Eco）「鬼魂章節」的說法，或許可解釋這樣的現象：

---

58 同註 26。

59 谷時宇（2000）：〈視像藝術的本體特性與載體演進〉，同註 5，頁 194。

在敘述一連串互為因果的、成直線型關係的事件時，一個文本往往在向讀者交代了事件甲之後就逕直轉入事件戊，這是因為作者認為讀者理應想像到事件乙、丙、丁會是怎樣一種情形（若以許多其它文本作為互文參考框架，就可以推斷出什麼樣的事件才能導致事件戊）。任何採用這類手法寫就的文本都隱含著由讀者試寫「鬼魂章節」的合理性[60]。

李少紅將原著小說中的「鬼魂章節」具體化而產生了差異，在她以場面調度的方式將能指與所指的關係確定後，創造了一個意義封閉的文本；在她的電視劇裡，人物的聲音、長相、表情；橘園的所在；故事的結局通通都被鎖定在視覺文本裡，收看電視劇的觀衆／讀者無法對之進行改寫與再創造，因此返回文字文本，以自己的想像，填補那些琦君未盡的「鬼魂章節」。於此，《橘子紅了》跨藝術互文的意義即顯現，它一方面讓更多的人看到由文學作品改拍成的視覺文本，一方面又因差異的產生，而讓這些讀者返回文字文本的脈絡裡，自行尋求意義的缺口。

肆、結語

正如同費斯克所說的那樣，我們生活在一個充滿圖像的社會中：

（我們一生中所經歷的）影像達到如此飽和的程度，以致於我們和前人之間，產生了一種絕對性的大幅差異。在一個小時的電視觀賞中，我們當中任何一個人瀏覽的影像，有可能比生活在非工業社會中的人，畢生所看過的影像都還要多。數量的差異是如此龐大，以致於產生絕對

60 Robert Scholes, Nancy R. Comley and Gregory L. Ulmer: Text Book. New York : St. Martin's Press. 轉引自殷企平（1999）〈談「互文性」〉，《外國文學評論》‧第 2 期，頁 43。

> 性的差距：我們不只是經歷了比較多的影像，而且是和「與影像性質截然不同的經驗」生活在一起。事實上，我們生活在後現代的時期中，在後現代時期，影像和其它經驗之間完全沒什麼不同[61]。

黑格爾亦指出，在人的感官中，唯有視覺和聽覺是認識感官，而其它感官則處於較爲低級的狀態[62]。因此，視覺與聲音文本成爲人類最容易接收的兩種型態。透過前衛因素：場面調度、聲音、蒙太奇等技巧的使用所進行的改寫，一方面利用「電視劇」類型的便利及普及性拉近與大衆的距離，卻同時在改編的過程中注入再創作者自身對於原著的重新詮釋。於是，在這個由文學轉換爲影像的「新文本」中，我們同時看見了兩種文類的較勁與意義（差異）的產生；而這個轉換與再現的過程，也同時體現著文學的傳播與轉折。

我們可以說由公視所播放一連串由文學改編成電視劇影本，是一種成功的嘗試。連續播放造成艾利斯所說：可以專心觀賞的一個單獨區隔出的文本，然而這種杜絕零散、破碎段落類似於「電影」的播放型態，卻弔詭地存在於家庭場景中；以《橘子紅了》爲例，將原著文學文本中所傳達出的淡淡哀愁，以戲劇的形式，轉化成一個徹底的悲劇，卻也更加深化了原著的精神。作者琦君對於家鄉親人長輩的追敘，成爲讀者／創作者李少紅對人類生存狀態的一種隱喻。通過「跨藝術互文」現象，我們看見讀者李少紅對於文學文本的深入閱讀，並引入更多其它文本，將故事重演，成了由李少紅眼中所看見的《橘子紅了》故事。在影本中，許多原來文學文本裡流動的意義被暫時凝

---

61 Fiske, J. (1991): Postmodernism and television, in Curran, J and Gurecitch, M.(eds), Mass Media and Society, London, Methuen. 轉引自 Nicholas Abercrombie 著，陳芸芸譯：《電視與社會》（台北：韋伯，2000），頁 41。

62 周憲（2000）：〈視覺文化與現代性〉，《文化研究‧第一輯》（天津：天津社會科學院，2000），頁 122。

固，並且成爲與電視讀者對話的空間；後來的電視讀者當然可以經由閱讀電視影本，重述自己心中的《橘子紅了》。

對於這個內含複數符號藝術系統而產生的文本，我們似乎不應該單純地再將其視爲一種新興的文化現象，反而應該更留意在種種框架轉換之間所鑲嵌殘存的痕跡。甚至可以透過性／別論述來看李少紅將自己的背景與社會環境等因素帶入文學文本，在其中作用後產生的改變，進而去探查這些改變背後的文化意義爲何。從「差異」的發生之處，重新審視與發掘不同藝術形式之間的跨越，都是後續還可以再論述的議題，本文僅先處理改編與忠於原著之間、不同的藝術文本間跨越與忠實等問題，以期後來之發展。

參考文獻

中文部分

- Betton 著，劉俐譯（1995）：《電影美學》，台北：遠流。
- Jacques Aumont & Michel Marie 著，吳珮譯著（1996）：《當代電影分析》，台北：遠流。
- John Fisk & J. Hartley 著，鄭明椿譯（1993）：《解讀電視》，台北：遠流。
- Lisa Taylor and Andrew Willis 著，簡妙如等譯（1999）：《大衆傳播媒體新論》，台北：韋伯。
- Louis Giannetti 著，焦雄屏譯（2002）：《認識電影》，台北：遠流。
- Nicholas Abercrombie 著，陳芸芸（2000）：《電視與社會》，台北：韋伯。
- Robert Stam, Robert Burgoyne, Sandy Fitterman-Lewis 著（1997），張梨美譯：《電影符號學的新語彙》，台北：遠流。
- 托多羅夫著，蔣子華譯（2001）：《巴赫金、對話理論及其它》，天津：百花文藝出版社。
- 朱崇儀（1994）：〈分裂的忠誠？：書寫／再現？：記號學／女性主

義〉，《中外文學》‧第23卷‧第2期。
- 呂正惠主編（1991）：文學的後設思考：當代文學理論家），台北：中正。
- 李天鐸、黃櫻棻（1993）：〈客廳聲影與感知經驗：電視美學的符號分析〉，《傳播文化》‧第12期。
- 李玉平（2002）：〈互文性批評初探〉，《文藝評論》第5期。
- 何文敬（1994）：〈後現代美學析論《藍絲絨》的雙重敘事與互文性〉，《中外文學》‧第22卷‧第8期。
- 里奧（1994）：〈蒙太奇、場面調度到電影符號——電影的視覺風貌與意義顯現〉，《電影與理論》。
- 阮秀莉（1998）：〈有點俗又不太俗《英倫情人》的影本和文本——兼論文學改編電影的模式〉，《電影欣賞》‧第93期。
- 吳佳琪（2000）：〈誰該讀大衛‧鮑威爾？——評《電影敘事：劇情片中的敘述活動》〉，《電影欣賞》‧第103期。
- 何峰（2002）：〈詩化的悲劇人生——《橘子紅了》觀後隨想〉，《電影藝術》‧第3期。
- 李崢嶸（2002）：〈李少紅談《橘子紅了》：節奏是在人的心中〉，《北京晚報》。（http://www.pdsdaily.com.cn/big5/content/2002-03/01/content_47485.htm）
- 李少紅簡介（2003）（http://baoberinlove.ynet.com/lsh.jsp）
- 何東（2002）「精神分析」女導演李少紅〉，《青年時訊》。（http://book.people.com.cn/big5/paper23/22/class002300004/hwz159857.htm）
- 低限藝術介紹（http://ktgss.edu.hk/Academic/art_and_design/2001project/3a/lomansum31/minimal ism.htm）
- 林明澤（1994）白紙黑字之內／外：試探「文本互涉」概念在文學批評上的多重可能性〉，《中外文學》‧第23卷‧第1期。
- 殷企平（1994）：〈談"互文性"〉，《外國文學評價》‧第2期。
- 張衛、蒲震元、周涌主編（2000）：《當代電影美學文選》，北京：北京廣播學院出版社。
- 張小虹（1994）：〈《歐蘭朵》：文本／影像互動與性別／文本政治〉，《中外文學》‧第 22 卷‧第 8 期。
- 陳永國（2003）：〈互文性〉，《外國文學》‧第 1 期。
- 陳莉青（2002）：《戲劇金三角，品質沒煩惱——「橘子紅了」讓八點檔直逼電視美學》（http://see.pts.org.tw/ub/monthly/arch/0107/7-2.htm）
- 須文蔚（2003）：《台灣數位文學論》，台北：二魚文化。
- 琦君（1991）：《橘子紅了》，台北：洪範。
- 程錫麟（1996）：〈互文性理論概述〉，《外國文學研究》‧第 1 期。
- 黃念然（1999）：〈當代西方文論中的互文性理論〉，《外國文學研究》‧第 83 期。
- 黃建邦等：〈作者已死：巴特與後現代主義〉。（http://www.nhu.edu.tw/ublish/researches/course/cultural_study/c4.htm）
- 楊勁松（2002）：〈李少紅密語《橘子紅了》：非悲劇的女性史〉，《京 華 時 報》。（http://www.dzwww.com/cgi-bin/g2b.cgi/http:/www.dzwww.com/yule/yulexinwen/200202190450.htm）
- 鄒廣勝（1999）：〈開放的文本與文本之間的對話〉，《國外文學》‧第 4 期。
- 聞天祥：〈台灣新電影的文學因緣〉。（http://www4.cca.gov.tw/movie/cinema/newmovie/literature01.htm）
- 劉千美（2001）：《差異與實踐：當代藝術哲學研究》，台北：立緒。
- 劉紀蕙（1994）：《文學與藝術八論——互文‧對位‧文化詮釋》，台北：三民。
- 劉紀蕙主編（1999）：《框架內外：藝術、文類與符號僵界》（台北：立緒）。
- 蔡秀枝（2003）：〈巴特《S/Z》中的轉向與閱讀略〉，《中外文學》‧第 31 卷‧第 9 期。
- 劉紀蕙（1996）：（文學與電影的框架轉換），《電影欣賞》‧第 92

期。
- 熱拉爾·熱奈特著，史忠義譯（2000）：《熱奈特論文集》（天津：百花文藝）。
- 劉紀蕙（1994～1995）：〈跨藝術互文改寫的中國向度〉。（http://www.complit.fju.edu.tw/project/report94-95.htm）
- 羅婷（2002）：《克里斯多娃》，台北：生智。
- 羅婷（2001）：〈論克里斯多娃的互文性理論〉，《國外文學》‧第 4 期。

英文部分

- Bordwell, David and Thompson, Kristin (1986): Film Art: An Introduction. New York: Alfred A. Knopf.
- Culler, Jonathan, (1981). The Pursuit of Signs: Semiotics, Literature, Deconstruction. Ithaca, New York: Cornell University Press.
- Ellis, John (1992): Visible Fictions: Viedo. London: Routledge.
- Fiske, John (1987). Television Culture. London: Methuen.
- Robert Scholes, Nancy R. Comley and Gregory L. Ulmer: Text Book. New York : St. Martin's Press.

顏艾琳與江文瑜情色詩的比較

◉郭素絹[1]

《摘　要》

台灣詩壇長期在以男性為主的霸權文化下，不乏有對「身體與情慾」書寫的題材，如林燿德、陳克華及焦桐……，而女詩人以此為題材的零星詩作偶爾會出現在報紙副刊或詩刊上，但是最早有計畫地創作這種情色詩者，在女詩人之中顏艾琳是始作俑者。情色詩在顏艾琳手上，能以自己的詩觀及對性愛、情慾的看法入詩，在情慾書寫上走出了她自己的風格——即非關道德，情慾如同飲食一般必要，而且重要，《骨皮肉》即為其代表作；後來另一位女詩人江文瑜所出版的情色詩詩集《男人的乳頭》、《阿媽的料理》，與顏艾琳相較之下，更能看出情色詩的寫作風格已完全不同。本文透過二位女詩人詩作中對主客體的性別的使用與顛覆，並進而比較對「身體」、「情慾」書寫之差異，最後論述其在台灣女性文學史上的地位與意義。

關鍵詞：女性主義、女性文學、情色詩、情慾書寫、顏艾琳、江文瑜

---

1 佛光人文社會學院文學研究所碩士生，E-mail: g1212002@stdmail.fgu.edu.tw

前言

台灣現代詩的發展短短幾十年，一路走到了後現代時期，題材與表達的方式更加多元化，打破了傳統認爲詩的規則與形式。但仔細觀察卻發現，台灣詩壇長期在以男性爲主的霸權文化下（所謂的霸權是指：男詩人的數量、詩選編輯及詩獎評審委員中比例皆以男性居多），男詩人對以「身體與情慾」書寫爲題材者不乏其人，如林燿德、陳克華及焦桐……等人，而女詩人以此爲題材的詩作則只是零星地、偶爾地出現在報紙副刊或詩刊上。

這就形成一個有趣的思考，爲何敏感的女性詩人，不處理女性「身體與情慾」書寫的部分呢？是不能處理、不會處理還是不敢處理呢？或者換個問法，女詩人是怎麼看待這樣的題材呢？又是如何書寫呢？依循著這個脈絡去審視才發現，「情色詩」雖從身體上取材，乍聽之下合情合理，可是實際在詩壇的情形是——不論是男詩人或女詩人，過去一樣都用唯美的象徵來描寫身體及情慾，有關身體的器官，也只用一些中性不帶刺激的詞彙。然而男詩人從陳克華的《欠砍頭詩》（1995 年出版）開始，代表情色詩的「突破」，突破的意思是指《欠砍頭詩》是第一本顛覆以往情色詩的寫作手法之詩集。女詩人則以顏艾琳的《骨皮肉》（1997 年出版）爲「情色詩的總顛覆」（第一本以情色詩爲主題之詩集），後更有江文瑜前衛的詩集《男人的乳頭》（1998 年出版）、《阿媽的料理》（2001 年出版）震驚詩壇。

經過這番審思後，本文的題目於是產生；再查閱至目前爲止，評析顏艾琳及江文瑜的詩作文章不算多，針對二人詩集的深入比較者更少[2]，

2 對二位女詩人之評論，單篇文章有鄭慧如，〈1990 年代台灣身體詩的空間層次〉，收錄於李豐楙、劉苑如主編，《空間、地域與文化——中國文化空間的書寫與翻譯》（台北：中研院文哲所，2002），碩士論文有王惠萱，《台灣現代女詩人作品主題研究》（國立中正大學中文研究所，2001）、林怡翠，《詩與身體的政治版圖

原因可能是顏艾琳及江文瑜還在繼續創作，詩的路數還有多種可能性。雖然顏艾琳、江文瑜在未來可能用更多元的題材入詩，但是她們這些直呼「情慾之必要」的詩作之書寫風格，已在台灣的詩壇及女性文學史（her-story）中做出貢獻。

本文首先整理台灣「情色詩」的多個名稱，說明為何將顏艾琳、江文瑜歸置「情色詩」的範疇中，進而分析顏艾琳與江文瑜在其詩作中對主、客體性別顛覆的用意與差異，以及比較其詩作中對「身體」與「情慾」書寫的不同。在論述中援用女性主義觀點說明，進而探討二位女詩人的情色詩在台灣女性文學史上的意義。本文所持之說是應用在異性戀下的觀點，關於女同性戀者議題及論述非本文重點，故不涉。

壹、台灣女詩人情色詩的發展

一、何謂「情色詩」？

傳統的「情色詩」（Erotic Poetry）是指情詩滲入色慾或身體器官的描繪。二十世紀以前西方的情色詩的發展有以下的例子：布雷克（William Blake）呼籲女人的性解放、彭斯（Robert Burns）作猥褻的蘇格蘭民謠、柯立芝（Samuel Taylor Coleridge）在《克里斯特貝爾》（*Christable*）搬演女同性戀吸血鬼誘拐處女的故事、惠特曼（Walt Whitman）打破美國詩的禁忌，一一指明身體的各部位並描繪情慾的起伏，品味情色之美。[3]

──台灣現代女詩人情欲書寫與權力分析》，（私立南華大學文學研究所碩士論文，2001）、劉維瑛，《八〇年代以降台灣女詩人的書寫策略》（國立成功大學中文研究所，1999），博士論文有李癸雲，《朦朧、清明與流動：論台灣女性詩作中的女性主體》（台灣師範大學國文研究所，2000）（後由萬卷樓圖書有限公司出版）以及專書：李元貞，《女性詩學》（台北：女書文化事業有限公司，2000）。

3 焦桐，〈情色詩〉，《台灣文學的街頭運動》（台北：時報文化出版企業股份有限公司，1998），頁 116～145。

上述是焦桐整理西方二十世紀以前的「情色詩」發展，本文中節引一部分。焦桐也提出對台灣情色詩看法，焦桐首先定義「情色詩」是：「**不一定是情詩，不一定要描寫交媾或感官刺激，也指涉以性行爲、性器官爲表現手段的，目的可以是書寫性愛，也可以透過情色去書寫其它課題**」[4]。並在文中舉夏宇的詩作〈野獸派〉及陳克華的詩作〈肛交之必要〉等等，來論述台灣一九九〇年代情色詩的大量出現的意義，並歸諸一個結論：「台灣現代詩的情色書寫，是一部對身體權力的爭奪史」[5]。

筆者認爲焦桐的意見頗有參考的價值，因爲如果情色文學（包括不同文類散文、小說……等），背後沒有對政治、權力、主體有不同的看法，那「情色詩」就會淪落爲「色情詩」。何況現在的媒體（電視、網際網路）如此發達，文字形式的「情色詩」又勝得了圖片、動畫嗎？所以顏艾琳與江文瑜的情色詩作背後的意義與訴求，是本文極欲探討的方向。

在蒐集、查閱顏艾琳與江文瑜的資料過程中，筆者發現「情色詩」還有二個不同的名稱，即身體詩（bodies poetry）與性愛詩（eros poetry）。這三個不同的名稱，援用的詩例都是以描寫性慾交歡、身體感官陳述爲主，也就是說，三者的名稱雖然不同，但實際內容是一致的。

詩無達詁，詩的解讀本來就隨著讀者的傾向而有所不同，傾向政治立場的讀者，就會得出這是一首「政治詩」的結果，所以同樣是描寫情慾、身體感官的詩作，定義爲「情色詩」、「身體詩」或是「性愛詩」都是可以的。但爲何本文對顏艾琳的〈黑暗溫泉〉、江文瑜〈立可白修正液〉等等這些「直呼情慾之必要」之詩作，將其置入「情色詩」的範疇，理由有二：

---

4 同註 3，頁 116。

5 同上註，頁 143。

第一、「身體詩」，不如「情色詩」來得清楚。如果針對詩作中的情色成份來看，「身體詩」從名稱上解讀，主角便是「身體」，而非情色。第二、「性愛詩」的名稱並不盛行。「性愛詩」出自《台灣詩學季刊》，第九期的專輯名稱即為「性愛詩」，內容所引的詩作如余光中的〈鶴嘴鋤〉、陳克華的〈閉上你的陰唇〉、林燿德的〈如何辨識你的陰核〉、顏艾琳的〈黑牡丹〉……。但是在《台灣詩學季刊》第九期過後，並未造成影響，因此主編者所拈出來的所謂「性愛詩」這個名稱，也就未被普遍的接受。是故，本文選用「情色詩」為研究對象。

二、女詩人情色詩的轉捩點

詩壇長期掌控在男性的霸權文化下，有二個例子可資證明：第一、1977 年由張默等人所選出的十大詩人的桂冠中，竟無任何女詩人。難道女性的才華如此貧瘠？第二、蕭蕭在〈現代詩的情色美學與性愛描寫〉[6] 一文中，所討論的詩例卻全都是出自男性詩人，也沒有任何一篇女詩人的作品。這更呼應了男性的霸權觀點。再看看在霸權文化下的女詩人又是如何書寫情色詩？

如前所述，早期詩人即使描寫身體或器官，也只用一些中性不帶刺激的詞彙。林怡翠的論文即談到「台灣現代女詩的早期作品，在以中國傳統文化為美德的背景下，極少書寫自己的身體和情欲……鍾玲幾首關於性描寫的詩，實際上並不太露骨，但在當時主流詩壇的女詩人中仍屬少數。」[7] 針對這個問題，《文訊月刊》曾有過報導：「在以往書寫傳統中，人類的情慾往往被簡化及內化於情感之中，牽涉到

6 蕭蕭，〈現代詩的情色美學與性愛描寫〉，收錄在《評論十家》第二集，（台北：爾雅出版社，1995），頁 129～158。

7 林怡翠，前揭書，頁 6。

慾望的往往以隱喻的方式呈現心理及生理幽微的情慾流動。」[8]。仍是受到中國詩、五四新詩中「比興寄託」之傳統影響（如香草美人等）。然而，在一九九〇年代的情色詩中，開始有所不同，其表現更爲直接、大膽。男詩人以陳克華《欠砍頭詩》（1995 年出版）爲標竿，在他直接、粗率的「性學革命」[9]之後，情色詩的風格至此爲之一變，可謂是前無古人的創作。

以下以表格舉例說明女詩人情色詩的語彙與意象的轉變：

表格一

<table>
<tr><th>詩　人</th><th>詩作及寫作或發表的年代</th><th>以事物暗喻或隱喻</th><th>表示或象徵</th></tr>
<tr><td>沈花末</td><td>〈離棄十行〉[10]
（1977 年）</td><td>最初的「月光」，尖尖刺入肌膚</td><td>男性的陽具</td></tr>
<tr><td rowspan="3">鍾　玲</td><td rowspan="3">〈七夕的風暴〉[11]
（1986 年 10 月）</td><td>「颱風」肆虐這狹小的山谷</td><td>做愛</td></tr>
<tr><td>雨打屋瓦的急促、狂風捲葉的糾纏</td><td>做愛的激情程度</td></tr>
<tr><td>旋你入我的「颱風眼」</td><td>暗示著女陰</td></tr>
<tr><td rowspan="2">翔　翎</td><td rowspan="2">〈飛觴兩闕(一)〉[12]
（1993 年 12 月）</td><td>如何領你于「葦花」深處</td><td>女陰</td></tr>
<tr><td>進入那最「溫暖的水窪」</td><td>女陰</td></tr>
<tr><td>朵　思</td><td>〈詩句發芽〉[13]
（1995 年 11 月）</td><td>「捕撥」的電話鈴聲在弦樂中和愛一起流溢</td><td>做愛的動作與聲音</td></tr>
</table>

8 文訊編輯部，〈九〇年代台灣文學現象特寫〉，《文訊月刊》，第 182 期，2000 年 3 月，頁 41～54。

9 孟樊，《台灣後現代詩的理論與實際》（台北：揚智文化事業股份有限公司，2003），頁 65。

10 同上註，頁 338～339。

11 李元貞，《紅的發紫：台灣現代女性詩選》（台北：女書文化事業有限公司，2000），頁 184～186。

12 同上註，頁 243～245。

13 同上註，頁 90～91。

<table>
<tr><td>夏　宇</td><td>〈野獸派〉[14]
（書中無註明寫作年份，但此書第一版爲 1991 年出版）</td><td>乳房露出「粉紅色的鼻頭」</td><td>女人的乳頭</td></tr>
<tr><td rowspan="2">顏艾琳</td><td>〈淫時之月〉[15]
（1994 年 4 月）</td><td>舔著勃起的「高樓」
舔著矗立的「山勢」</td><td>男性的陽具</td></tr>
<tr><td>〈水性一女子但書〉[16]
（1994 年 4 月）</td><td>慾望在「雙乳」之間擱淺</td><td>女子的乳房</td></tr>
<tr><td rowspan="3">江文瑜</td><td>〈你要驚異與精液〉[17]
（1997 年 2 月）</td><td>「驚溢」、「勁屹」、「經意」、「精義」、「晶 衣」、「競 藝」、「莖翼」、「鯨 腋」、「敬 意」、「精益」、「頸囈」</td><td>都是「精液」的諧音字</td></tr>
<tr><td>〈一首以呼叫爲朗誦的打油詩〉[18]
（1997 年 8 月）</td><td>仰躺的「B」開始
橫躺的「屄」開始抽慉</td><td>女人的雙乳
女陰</td></tr>
<tr><td>〈香蕉、芭樂、人類三方通話〉[19]
（1997 年 7 月）</td><td>「芭樂」你的「香蕉」</td><td>芭樂暗示女陰，香蕉暗示男性的陽具</td></tr>
</table>

從上述中可以得知，從鍾玲到江文瑜，詩人情慾書寫的字彙愈來愈直率，到了顏艾琳的《骨皮肉》時，顏艾琳說：「寫詩像與心中的女神做愛。靈感雖如勃起，但才氣一不小心就會陽萎」，與另一位女詩人江文瑜所說的「寫詩的過程好像是跟異性在做愛」[20]。（詩作如表格一中所舉之例），更能看出情色詩的寫作風格由她們開始轉換了。

---

14 夏宇，《腹語術》（台北：現代詩季刊社，1991），頁 22。

15 顏艾琳，《骨皮肉》（台北：時報文化出版事業有限公司），頁 38。

16 同上註，頁 35～37。

17 江文瑜，《男人的乳頭》（台北，元尊文化企業股份有限公司，1998），頁 25。

18 同上註，頁 26～27。

19 同上註，頁 87～89。

20 同上註，頁 145。

貳、主客體的性別顛覆

當英國的維吉尼亞・吳爾芙（Virginia Woolf）1929年在《自己的房間》[21]（*A Room of One's Own*）中，質問女性爲何貧窮？期待莎士比亞的妹妹的才華有朝一日能在文學上大放異彩時，法國的西蒙・波娃（Simone de Beauvoir）也在 1949 出版了《第二性》[22]（*Le Deuxieme Sexe*）時更強調女性的「形成」[23]觀點，而法國女性主義思想家伊蓮・西蘇（Helene Cixous）在一九七〇年代也提出陰性書寫（ecriture feminine）（或譯爲女性書寫）的概念，這些女性主義者的談論在台灣早已廣泛被引用，這些論述的背後都不斷在追問一個本質問題，即什麼是「女性」？什麼又是女性的思考？女性的聲音在那裡？如何擺脫歷史（history）的包袱？

其中，西蘇爲了解構性別二元對立的觀點，而深入分析二元對立的種種概念，包括重新思考主體（subject）與客體（object）之間的關係──「女性身在何處？（Where Is She？）」[24]，二元對立關係即主動／被動、太陽／月亮、文化／自然、日／夜、頭／心、父／母、男／女……，西蘇提出這個思考主要是爲了瓦解男性建構的語言思想。

本文所指涉的主體與客體，正是援用西蘇提出的概念，因爲堅持女性自我，正是反應了質疑主體（男）與客體（女）之間的種種神秘。底下即從此一角度來比較顏艾琳與江文瑜的情色詩，以「同中求

---

21 Virginia Woolf，張秀亞譯，《自己的房間》（台北：天培文化有限公司，2000）。

22 Simone de Beauvoir，歐陽子譯《第二性》〈第一卷：形成期〉（台北：志文出版社，1992）。

23 這句話，引用的概念來自西蒙·波娃說：「一個女人之爲女人，與其說是『天生』的，不如說是『形成』的。沒有任何生理上或心理上…一個人才會註定成爲『第二性』或『另一性』。同上註，頁6。

24 黃逸民，〈法國女性主義的貢獻與盲點〉，《中外文學》，第21卷，第9期，1993年2月，頁3～8。

異」的方式比較二者之差異。

一、相同處：主客體易位

如果說**出走**是一種逃離或是背叛中心（主體，即男性的霸權）的方式，那麼**顛覆**就是粉碎霸權的實踐了。在此，相同性是二位詩人都以詩作來主張主體（男性）與客體（女性）必須易位，即以女性爲主體，男性爲客體。

所以了解顏艾琳和江文瑜對主體面對霸權的思考是什麼？就是一個關鍵處，先聽聽顏艾琳的說法：

> 二十歲以前很厭惡當女人，高中時都和男生在一起，覺得男生可以夜遊、晚歸，行動也較自由……性的啟發都是從男生那邊得到的……那陣子覺得當女人很可悲。而後看到世界名著中女性作者都太少，逐漸慢慢覺醒…我懷孕的時候還繼續寫，寫我體內的變化……[25]

此外顏艾琳在《骨皮肉》自序中也說，「因爲很想了解自己、認識女人，於是寫下這樣一本可以暴露的成長記錄，可以認識我所書寫出來的『我』以及部分的『你』」[26]。從這個觀點看來，顏艾琳是源自於對女性自身的好奇而寫詩，也就是說《骨皮肉》這本詩集是爲了幫助自己了解自己，進而有所體會、成長的詩。至於在詩作上的表現呢？以下各舉二首詩作爲例，說明其中主客體的性別顛覆。

在〈巨鯨的自卑論〉[27]一詩中，顏艾琳把男性引以爲傲的陽具，狠狠地揶揄了一番：

---

25 顏艾琳口述，江文瑜整理，〈顏艾琳談寫詩經驗〉，《點萬物之名》（台北：北縣文化局，2001），頁 119～122。

26 同註 15，頁 25。

27 同註 15，頁 75。

牠濡濡地吐出泡沫
掩飾臉部害羞的面積
「在海洋裡，我不過是人間的
一枚微小精子」

雖然「巨鯨」的比喻滿足了男性對陽具「大小」的驕傲感，但巨鯨爲什麼還自卑呢？因爲巨鯨再龐大，比起海洋還是屬於渺小的一份子。而且男性再驕傲，終究還是要進入「海洋」（女陰）中，換句話說，也的確沒什麼「大」不了的。這首詩一反以男性爲主體的陽具欽羨，使主體大爲失色。

而在〈瑪麗蓮夢露〉[28]一詩中，詩人以瑪麗三圍的數字再次勾起男性對這位性感女神的懷念：

「這裡躺的是瑪麗蓮夢露。36，24，36」——摘自其墓誌銘……
第二次世界大戰以後，
可口可樂的瓶子
便大大流行起來，
這同瑪麗的三圍
有著相當的關聯。
據說：
有些男子，利用可口可樂的空瓶一
自慰並射精……

難怪瑪麗自殺

---

28 同上註，頁48。

顏艾琳略帶慧黠的幽默，把可口可樂的瓶子與女性的三圍尺寸 36、24、36 結合在一起，的確有其創意。當男性購買、喝下並「佔有」一只可口可樂的瓶子，可以把空瓶想像為瑪麗蓮夢露，對瓶子自慰、射精，再與瑪麗蓮夢露自殺的死因聯想在一起，其中諷刺的口吻，讀來令人回味無窮。「戲擬」（mimicry）[29]（或譯為模仿）的口吻，而這亦是顏艾琳反客體為主體的手法。戲擬，在此是指在不落入男性邏輯的情況下，以子之矛攻子之盾，例如與瑪麗蓮夢露同是影視界的瑪丹娜不但利用自己的身體，展示性感姣好的身材，也利用了男性喜歡「看」的特質，給男性一個「商品化」的女體，乘機名利雙收。顏艾琳以幽默的口吻，來反思女性與男性之間的微妙關係。

同樣是處理男性主體的問題，江文瑜面對主體的思考，與顏艾琳不同。

江文瑜更站在「**主體位置**」上來寫詩，「主體位置指的是一種主體性，如『我看她』、『我想她』、『我要她』、『我想做』」[30]，也就是用女性的視角觀看男性，與西蘇所要打破的男性語言的想法是一致的。例如她的〈男人的乳頭〉[31]一詩：

從 A 罩杯到 D 罩杯找不到你的尺寸
原來你的只有小寫
躺在鋪上眠床的專櫃裡
a　b　c　d

---

29 張淑麗，〈解構與建構之後——女性雜誌、女性主義與大眾文化研究〉，《中外文學》，第 23 卷，第 2 期，1994 年 3 月，頁 118。

30 林芳玫，《色情研究：從言論自由到符號擬象》（台北：女書文化事業有限公司，1999），頁 108。

31 江文瑜，前揭書，頁 20。

「原先，過於羞澀拘謹，你只允許自己以 o 型面目示人……
意猶未盡，舔舐前進
（你的 o 如今披上一身舌帶，風姿綽約宛若 a）
左上綿延而下，黏膩無絕
（此刻你的 o 深飲一口氣，背脊堅挺，腰桿拉直如 b）
靈舌緞帶交錯捎來數陣低喃的呼吸聲……
（你矜持的 o 終於口乾喉燥，展唇急促呻吟如 c）……
（你的另一個 o 恢復自尊，微笑地再度挺直腰桿宛若 d）」

負責打點男性罩杯專櫃的女人
滿意地凝視
a　b　c　d
屬於男人的
小寫款式

江文瑜大逆轉以往男詩人筆下的女性想像，以**女性「想像中的男性」觀點**，來思索男性身體。抓住了男性喜愛「觀看」女體的角度，即以往男性看女性的乳房，如今江文瑜反客體爲主體，展現出在女性眼中的男人的乳頭，這是**女性的凝視**（female gaze）。

詩中男人的乳頭剛開始以原本面目 o（形狀像小寫英文的 o）示人，經過舌頭的刺激也漸漸敏感起來，使 o 看起來像 a、b、c、d，最後男人敵不過舌頭的撥撩，低喃地呼吸著，暗示男性身體也有如女體輕柔的一面，而以這一份陰柔，對比男性的剛強、堅硬。這首詩要值得深思的問題是：假設男詩人來寫男人的乳頭，會是小寫的 a、b、c、d 嗎？還是大寫的 L、XL、XXL 呢？再看〈立可白修正液〉[32] 一詩

32 江文瑜，前揭書，頁 55。

中，江文瑜也一反男宰制女屈從的印象，面對一身的陽性的弧線（陽具），卻是等著被修正液給塗抹的，雖然全詩篇幅短小，僅有七行，卻對有陽具崇拜的男性極具殺害力，徹底粉碎男性霸權思想。

我打開立可白
她橫躺－
堅挺的乳頭滲出豐沛的乳汁
或是，尖硬的陰唇
泌流黏狀的潤滑液－

正準備塗抹在攤開男體
修正那一身陽性的弧線－

在詩作中女性有著「堅挺」的乳頭、「尖硬」陰唇，以剛強的詞彙描寫女性，反觀男性在詩中的形象，是「攤開」的男體，雖然男性還保有一身陽性的弧線，但詩末的「修正」二字，實為最精彩處，男性過去所表現的主宰性的印象，至此只怕也被「修正」光了！

二、相異處：顛覆的目的訴求不同

主題已十分明確，就是反客體為主體，但是顛覆背後是不是還有更深層的涵意呢？以下各舉一首詩例來分析。顏艾琳的〈黑暗溫泉〉[33]與江文瑜的〈女人・三字經・行動短劇〉[34]。

如果生活很累
道德很輕，

33 同註 15，頁 33～34。
34 江文瑜，前揭書，頁 58～60。

那麼，
下一切
投入黑暗吧！

黑暗的底層
是我在等待。
為了引誘你的到來……

讓你來汲取我的溫潤吧！
即使再深的疲倦
都將在黑暗溫泉裡，
洗褪。

顏艾琳此詩充滿了濃郁的情色味，詩中明白指出，卸下道德的束縛，將能洗褪生活中「再深的疲倦」，暗示了黑暗溫泉（女性下體）的所具有的重生力量，在此，黑暗溫泉的「黑暗」二字，亦可解釋爲佛洛依德對女性所提出的「黑暗大陸」說法。佛洛依德認爲女性（指群體的女性），特別是「情慾」的部分，他無法理解，故以黑暗稱之。顏艾琳在詩中所說「黑暗的底層，是我在等待，爲了引誘你的到來」，這個黑暗不是顏色的區別，應是指情慾的神秘力量，如此觀之便可視爲她呼籲所有的男性，不須再被道德左右，一起來了解這塊「黑暗大陸」。在另一首詩〈水性／女子但書〉中也說：「道德不過是一件易脫的內衣，不過是貼己的褻物而已。」也就是說，顏艾琳的目的是卸下道德的壓抑，讓二性世界更開闊，用意極爲深遠。

但和江文瑜的積極行動相較之下，顏艾琳的表現只能算是消極性的抗議。再看江文瑜的〈女人‧三字經‧行動短劇〉：

迎接午後陽光的舞步撩撥

群聚的我們盤旋
在中正紀念廟堂前，冰冷的雕像凝視的
是一齣煽情的行動表演……
銅像：駛你老母
女人甲：阮老母開始學駕駛 掌握人生的方向盤
銅像：屎你老母
女人乙：阮老母排泄通暢 全身舒服
銅像：幹你老母
女人丙：阮老母一直真能幹 大的小的樣樣來
銅像：幹你老祖媽
女人丁：阮老母真苦幹實幹 才能堅毅不拔
銅像：幹你老母雞巴
女人戊：阮老母養的雞 巴不得現在就撲上
銅像：操你媽的 B
女人戊：我媽身體的 B.B.Call 每天都在叫……

這時，合唱團的歌聲逐退騷動的蔓延：
她媽的智慧高　她媽的才華眾
她媽的美貌絕　她媽的意志堅
銅像終於笑了
（「她媽的」誤以爲「他媽的」）……

江文瑜身爲語言學博士，對語言的結構、符徵、符指的認識及運用，比一般詩人更爲敏銳，此詩中改中正紀念堂爲中正廟，運用銅像的比擬及三字經的語音歧義，令人折服。我們想探究的是：詩中江文瑜甘冒大不諱顛覆的目的爲在？爲的就是透過具體的「行動」短劇來諷刺詩中象徵充滿威儀、陽剛、權力的父權，女人應該要豎起耳朵、張大眼睛，聽清楚、看明白，「她媽的智慧高，她媽的才華衆，她媽的美貌絕，她媽的意志堅」，足見女性的聲音已非是「沉默的一群」了。

在此特別要注意「行動」二個字，何況江文瑜本身也是婦運的推行者，她致力於建立以台灣婦女觀點出發的女性史的撰寫，透過女性自傳、傳記和口述歷史，建構女性生命史，一步步改寫過去大中國的、男性的、官方觀點的文化。從《阿媽的故事》、《消失中的台灣阿媽》到《阿母的故事》，從個體到集體的書寫，江文瑜的努力可見一斑。

從這首詩中也透露出女性的聲音一出，就絕非泛泛。男性是否能抵擋這些語言挑戰的浪潮呢？是正視江文瑜（及組成的「女鯨詩社」）的存在意義呢？還是繼續不表態，說些「還要再觀察」的話？或是質疑「這種作品是詩嗎？這些作品的文學性何在」的話呢？

本文認爲，當陳克華驚世駭俗地大寫〈閉上你的陰唇〉，而詩壇上紛紛投以佳評，從情色、政治、男女角色……等角度爲之聲援，甚至更提出這是薩德（Sade）式風格時，誰又能說江文瑜的詩作不是詩呢？

本文以爲顏艾琳與江文瑜的情色詩，都有一個共同的思想——認同女性的主體性，但就詩作中便可發現有四點不同的地方：

表格二

	顏艾琳	江文瑜
創作過程	並無理念先行，只是因爲想了解自己而寫。[35]	明顯有一個理念先行，詩集中充滿以女性主義的理念。如在《男人的乳頭》序中說：「一方面意在期待女性逐漸擺脫被觀看的『客體』角色，一方面希望男性慾望能往『邊緣』多流動 ……在女長男消中，形成兩性較爲對等的位置」[36]
訴求力度上	只是抗議道德對女子之壓迫，例如〈黑暗溫泉〉[37]	卻以三字經、行動來表達女子的憤怒，例如〈女人　三字經　行動短劇〉[38]

表現手法上	用意象鋪陳	詩句粗製，美感不足，說理性極強
兩性關係上	認同主動性	除認同外，加上對立的關係

這四點不同筆者以爲主要的原因是二位詩人的詩作經驗不同。顏艾琳自國中開始發表新詩，1986 年加入《薪火》詩刊社，1988 年又加入《曼陀羅》詩社，1992 年曾成立「絕版人」文藝工作室推廣現代詩，顏艾琳詩作經驗相當豐富，詩作亦多次入選年度詩選及各家選集，甚至從詩作中可讀出「成長」[39] 的足跡；而江文瑜本身爲語言學教授，甫寫詩就出版了主題鮮明的《男人的乳頭》，這個主題就是反抗男性權霸，這樣的寫作策略值得深思的問題是：當作品中的批判力大於美的力量時，會不會顯得詩的餘韻不足、說性理極強呢？因此反而失去詩的美感？

參、「身體」與「情慾」書寫之差異

同爲女詩人，描寫情色一定有一些共同的主題，旣有同，也就必有異，在此便分析二人詩作中取材一致之詩作，並分析有何差異。底下主要以取材月經的詩來討論她們的身體書寫，也透過二人取材男性陽具的詩作進一步討論她們的情慾書寫。雖二人立場都是以主客體的性別顚覆爲書寫的思考點，但因爲詩作經驗中的理念先行所影響，造成詩作中對「身體」與「情慾」書寫的不同。

35 同註 18，顏艾琳在序中所說因爲很想了解自己、認識女人而寫。

36 江文瑜，前揭書，頁 12。

37 同註 25。

38 同註 33。

39 董成瑜，〈顏艾琳情色詩裡有成長足跡〉，《中國時報》第 43 版，1997 年 7 月 10 日。

一、身體書寫之差異——以月經爲例

西蒙・波娃在《第二性》中說：

> 女性在青春期月經未來以前，尚不以身體為恥，第一次的月經常讓女孩子以為自己患了致命的出血症或染上可恥的疾病，即使她早被告知有這件事情，但仍造成她的恐慌、最令人厭惡的是父親、哥哥……所有男人的恥笑。[40]

平凡的生活沒有改變，男性也沒有改變，但是女性身體在成長前卻有了巨大的改變，因此女性生活在恐懼與羞恥之中，每個月重複的汙垢，這是她一生逃避不了的命運。經痛的感受，甚至在詩中讓人感覺到死亡、恐懼。然而，女詩人寫「月經」這個題材，除了「質疑、不滿」之外，還有一個意義是希望可以從生理的變化，使得女性自己更能認識自己的身體。

另一方面，身體本身又像一座寶藏，寶藏自身的變化也會讓女性產生思考，在〈瓶中蘋果〉[41]中顏艾琳即發出了不平之鳴，把這種無可避免的痛苦表達出來。詩中強而有力的質問，是誰決定我的身體每個月都要承受一次死亡的感受呢？除此之外，此詩更指涉背後的造物主（上帝）這個男性的霸權。詩作如下：

> 是誰將蘋果
> 種在我的體內？
> 每月每月，
> 它成熟著果實

---

40 西蒙・波娃，前揭書，頁60～63。

41 顏艾琳，〈瓶中蘋果〉，《聯合報・副刊》，2000年8月10日。未收錄於詩集中。

沉沉落底在子宮中，
而我感覺滯重、暈眩
彷彿有什麼即將發生。

是誰賦予我敏銳的
生理天秤？
那蘋果熟致腐爛
化為稠汁，
並且憤怒地、快速地
向下墜落
離開我的身體。……

詩中特別是以蘋果腐爛的氣味來比喻經血，掌握了女性在生理期擔心會不會有異味的心理，這種身體特殊的經驗，非男詩人所能親身體會，難怪月經是女性的題材中，對抗男性的最佳利器之一！然而顏艾琳還有另一首取材自月經的詩，當中頗有情色的成份，這表示顏艾琳在月經這個身體經驗中，還觀察到憤怒之外身體不同的反應。看看底下這一首〈水性／女子但書〉[42]：

日子剛過去
經血沖洗過的子宮
現在很虛無地鬧著飢餓；
沒有守寡的卵子
也沒有來訪的精子。
只剩一個
吊在腹腔下方的空巢，

42 同註 18，頁 35～37。

無父無母、
無子無孫。

在此詩中，子宮又像是個溫暖的巢穴，平日住著孤單的卵子，等待精子的來訪，經血（沖刷）帶走卵子，卻帶不走性的飢渴，詩中子宮對精子的渴求，就是對情色的渴求。

至於江文瑜，她也取材自月經，卻用了女性之間的暱稱「好朋友」來做爲象徵。擅長諷刺的她，寫下了〈口紅〉[43]一詩：

呸！算什麼好朋友？
第一次約會就強暴
黑暗中的偷襲
撕裂我的下體
薄膜破裂
鮮血充破陰暗口道

呸！算什麼好朋友？
每個月來訪
攜來一堆破碎的猩紅記憶
帶腥腐敗在康乃馨
或是靠不住的五月花
卻藉口說這是一束盛開的玫瑰
送給我的思念禮物－
「失去了我你終將縮水枯萎」他驕傲地說……

哎！看在這點的份上－

43 江文瑜，前揭書，頁 38～40。

每次來訪都送我不同顏色的唇膏
塗在陰鬱的花瓣
頓時，我蒼白的容顏
彷彿泛著溫存後的餘光…………

詩中把經血的顏色比喻爲深淺不一的口紅，創意新穎；同時，也假設控制月經來不來的是「他」，一個男性，而且狡猾的他不但驕傲、得意還可以威脅受月經影響的女性，詩末以「看在這點的份上」，表現了女性的無奈和無能爲力。

二、情慾書寫之差異——以陽具爲例

以往女詩人是不會使用像「勃起」、「舔著」這種詞彙。顏艾琳在〈淫時之月〉[44]一詩中，則把月亮的想像和性愛巧妙地結合，把月亮比喻爲女性，企圖撩起「高樓」、「山勢」這些具有男性陽具的鄉愁，而且用語大膽。西蘇雖在二元對立中認爲男性代表太陽，女性代表月亮的說法，但顏艾琳反過來利用代表女性的月亮顛覆男性：

骯髒而淫穢的桔月升起了。
在吸滿了太陽的精光氣色之後
她以淺淺地下弦

微笑地，
舔著雲朵
舔著勃起的高樓
舔著矗立的山勢；

44 同註 18，頁 38。

以她挑逗的唇勾
撩起所有陽物的鄉愁。

光是這詩題中這二個字「淫時」，就已經讓人有期待的心情，好奇地想一探究竟；而且前行代詩人中洛夫〈巨石之變〉中就以月亮代表男性。但現在顏艾琳以月亮代表女性，顏艾琳筆下的這顆「桔月」，骯髒而且淫穢，還微笑地撩起所有陽物的鄉愁。然而情慾是如此誘人，「就像我們透過一個針孔來觀測經「『折射』而形成的物體，它的『虛像』，總是比『實體』來得龐大而魅惑。」[45]，情慾就是如此使人迷戀。

而江文瑜筆中，讓陽具的意象展露無遺的詩作應算〈妳要驚異與精液〉[46]一詩了，全詩連用「驚異」的諧音字，開拓出無限對「精液」的幻想，看看最後這個陽具如何以「精液求驚」結束：

身為女人的妳對做愛總是無比**驚異**
率將鼓舞歡送衝鋒陷陣的兵隊**精液**
在暗潮湧淘的陰道浮沈**驚溢**
千萬支膨脹盛開的雞毛撣矗立**勁屹**
用力廝殺出憂暗角落隱藏的不**經意**
溼潤的愛意與愛液淫役　武功高強的**精義**
為保險　套上一層六脈神劍不侵的**晶衣**……

每夜用妳親手撫慰的最高**敬意**
冥想創造　**精益**
求精

45 王溢嘉，《性・文明與荒謬》（台北：野鵝出版社，1998），頁20。
46 同註20。

每日用妳喉嚨尖聲喃喃的**頸藝**
冥想創造　**精液**
求驚

江文瑜連用「驚異」的諧字音，如驚異、精液、驚溢、勁屹、經意、精義、晶衣、競藝、莖翼、鯨腋、敬意、精益、頸囈。使用這樣直率的詞彙，恐怕連男詩人都要甘拜下風。值得注意的是江文瑜這種反諷（parody）的口吻，造成語必驚人的效果，使每位看過詩作的讀者留下深刻的印象。

底下再簡單地將顏艾琳與江文瑜的差異處做一對照圖表：

表格三

差異處	顏艾琳	江文瑜
在詩的語言上	語言含蓄，例如〈淫時之月〉與〈水性／女子但書〉。如對月經的描寫可以看出筆法偏向談自己感受的成份居多，如底下這些詞彙：「是誰」、「我感覺」、「鬧著飢餓」等等。	語言直接且追求語言的歧義性，如〈你要驚異與精液〉、〈胸罩與凶兆〉[47]。江文瑜偏向「有話就說型」的直爽反諷，如用「猩紅」、「強暴」、「偷襲」、「帶腥腐敗」等等詞彙，如此的暴露是爲了製造不協調（incongruity），產生驚愕（surprise）以此衝擊讀者，這亦是江文瑜致力於辛辣筆法的原因。
對「器官」的使用不一樣	點到爲止，使用到最暴露的詞彙是像〈瑪麗蓮夢露〉中的「射精」。	讓各個器官火辣辣地呈現如〈一首以呼叫來朗誦的打油詩〉中所描寫的：第二個「B」，正是我的陰道河溝、仰躺的「B」開始乳頭、橫躺的「屄」開始抽慉等等。

47 江文瑜，前揭書，頁 72。

在詩作中關心對象的轉移	三本詩集皆以情詩爲主。	從詩作的比例上，情詩成份漸少，內容大量轉移到**政治、原住民**：例如《男人的乳頭》中的〈白帶〉[48]針對公娼事件而寫、〈吐苦水變成吐口水〉[49]是對縣市長選舉後有感而寫；第二本詩集《阿媽的料理》中的〈木瓜〉[50]是寫慰安婦的問題，而〈金針〉[51]、〈太陽餅&月餅〉[52]是寫日本殖民下的女性心聲，〈泰雅阿媽變猴子〉[53]則是書寫原住民的活潑。
造成的效果上	〈淫時之月〉讀後，儘管會引起淺淺的會心一笑，卻無法引起驚愕的效果。	江文瑜反諷（parody）的口吻，造成語必驚人的效果。

筆者認爲，書寫的比較並不是要找出那一位詩人的詩寫得比較好，而是找出造成顏艾琳和江文瑜書寫上差異的原因。除了詩人的個別原因，如才氣、敏銳度等等，最主要的差別是江文瑜運用了「語言」的「歧義力量」[54]，透過諧音字的重新排列入詩，增添有趣、諷刺的想像空間，也因此形成了她個人的自家風格。

48 江文瑜，前揭書，頁 66。

49 江文瑜，前揭書，頁 68。

50 江文瑜，〈木瓜〉，《阿媽的料理》（台北：女書文化事業有限公司，2001），頁 40～44。

51 同上註，頁 35。

52 同上註，頁 38～39。

53 同上註，頁 78～79。

54 「語言一般被當作溝通工具，其實語言的功用大大超過於此。每個語言背後都是一個層層相扣的思想體係，所有的立場與思想都可藉語言直接或間接表達出來」，這段話可視爲江文瑜對語言的看法，引自江文瑜，《有言有語》（台北：女書文化事業有限公司，1996），頁 70。

結論

上述是顏艾琳與江文瑜的同質性與異質性分析，但筆者更欲探討的是情色詩在女性文學史上有何意義？並希望拋出這個問題，豐富台灣文學史！

一、在女性文學史的意義

美國當代女性主義理論家伊蓮恩・蕭維特（Elaine Showalter）認爲，女性文學有三個發展過程：

> 首先，有一階段模仿主流傳統之流行模式，以及內在化其藝術標準及其對社會角色的看法。其次，第二階段是反抗這些標準和價值，以及提倡少數人的權利及值價，包括要求自主獨立。最後一個階段是自我發現，轉向內在，不受制於反對的依賴性，尋求身分。女性作家對這些階段適用的術語是：女性化 Feminine、女性主義者 Feminist 以及女性 Female。[55]

如果說胡品清、蓉子等等詩人算是台灣女性詩發展中的第一階段的話，這些詩人筆下的「柔柔美美」型的筆調，也就是蕭維特所說的模仿主流傳統的模式，尤其是胡品清〈自畫像〉詩中那個永恆的夏娃，從無壯志，多麼符合男性的傳統文化。而把馮青、利玉芳、夏宇……詩人放在反抗男性價值的標準上來看，則可算是第二個階段，如利玉芳〈給我醉醉的夜〉裡頭那位欲求男人結下豐實的果的女人。顏艾琳、江文瑜情色詩的出現，就暗示進入了第三階段，因爲她們轉向內在，不受制於反對的依賴性，也不尋求對男人身分的認同。（值得

55 此段轉引自 Toril Moi，陳潔詩譯，《性別／文本政治：女性文學理論》（台北：駱駝出版社，1995），頁 50。

注意的是，這三階段的時間性皆可重疊）。

特別是顏艾琳對自己的自信、自戀與自我認同在〈詩人〉[56] 一詩中完全展現，令人不禁激賞。

> 我知道我不會沒沒無名……
>
> 每出版一本書，
> 便完成另一座墓碑。
> 嫉妒我的文人，
> 將我魔鬼化，
> 而讀者卻視我為偶像。
>
> 我年紀輕輕
> 已是活著的
> 神

這種「我年紀輕輕，已是活著的神」之氣勢，爲女性文學史說出了強而有力的話語。台灣則在近年來重寫文學史的號召、拜後現代大敘事的崩解所賜，漸漸有了女性自己的聲音，台灣的詩壇與評論家一方面在既有建制下與論述中追求眞正的平等，另一方面又在挑戰、瓦解建制與論述，而此時此際，顏艾琳與江文瑜的情色詩的出現，意義有二：

（一）女性的聲音的出現

爲何長久以來女性文學沒有成爲一大主流？原因是文學界一直沒

---

56 顏艾琳，自序中所寫之序詩〈詩人〉，《點萬物之名》（無編頁碼）。

有把女性放在思考與關懷的中心，而女性的書寫一如西蘇所說：「婦女必須參加寫作，必須寫自己」[57]，這樣的立場不容許男性再繼續代筆、發言。而顏艾琳、江文瑜的詩作，特別是顛覆性別的觀點、堅持批判的立場，在在顯示出女性的才華與創造力已經展露；且在女詩人情色詩的部分，所奠定的歷史地位絕不容忽視。

（二）「書寫女性」的時代來臨

江文瑜實踐女權運動的同時，除了以寫詩、組詩社、女權會之外，還致力於提倡書寫女性。「女性書寫，指的是女性提筆寫作，而書寫女性是指女性或男性都來書寫女性的經驗與故事」[58]，也就是說女性自己寫女性的感受，也要邀請男女一起來寫女性的故事，如她所編的《阿媽的故事》等等，因為她相信像這樣的故事文類意義在於，一方面幫助孩子認識母親（不只是眞人，更是「母親原型」與整個社會中的母親），另一方面是深度了解女性的內心私密。在另一本書《阿母的故事》[59]導言中她即說，只要女人的經濟獲得獨立，就不須再忍受某些「品質不佳」的男性之糟蹋，這是一部積極引導女性如何走出自我的啓示錄。她也關心與女性一樣是弱勢的原住民語言消失的問題。江文瑜對女性文學史的建構所付出的努力不可輕視。

從顏艾琳到江文瑜，還包括致力於女性文學書寫的其它女詩人（如李元貞與女鯨詩社的成員），這表示女性自己「尋根」之旅，已經從個人漸漸形成群體，書寫也走向「群體」的記憶了（如《消失中的台灣阿媽》、《阿母的故事》等等），藉由過去記錄、傳記、口述

---

57 Helene Cixous，〈美杜莎的笑聲〉，收錄於張京媛主編，《當代女性主義文學批評》（北京：北京大學出版社，1992），頁 188。

58 江文瑜，《有言有語》（台北：女書文化事業有限公司，1996），頁 239。

59 江文瑜主編：《阿母的故事》，（台北市，元尊文化企業股份有限公司，1998），頁 31。

歷史的撰寫重構女性的世界，女性不只有生命，更有她們自己的歷史（her-story）。再次回應西蘇的說法，就是去寫婦女自己吧！努力地寫出自己的感受，一來讓自己納入時代中，二來也讓女性更了解自己的歷史，因爲寫在歷史上的文字，其力量遠勝於槍礮。

二、對情色詩的質疑

本文試圖透過從顏艾琳與江文瑜的情色詩，探求女詩人寫情色詩背後所要表達的意義，研究過程中發現情色詩在女詩人手上，開始以自己的詩觀及對性愛情慾的看法入詩，在情慾書寫上也走出自己的風格，影響了情色詩風格的轉變。

經分析得到二人詩作中雖同質性高，但是仍有八點相異處（請參見表格二、表格三），筆者認爲造成這種差異是因爲創作經驗與過程中有無受到「理念先行」所影響，也因此造成了對反對霸權的訴求點不同，顏艾琳是抗議道德對女性的壓迫（如〈黑暗溫泉〉、〈黑牡丹〉、〈淫時之月〉），而江文瑜則是利用語言的歧義力量來對抗一切父權（如〈女人・行動・三字經〉、〈憤怒的玫瑰〉、〈白帶〉）。

這樣的結果造成二人立場雖都是從主客體的性別顛覆出發，但表現在詩作中「身體」與「情慾」的筆法即有所差異。此外，本文更進一步探討顏艾琳與江文瑜在台灣女性文學史上的意義，即女性的聲音的出現，也就是女性一起來書寫女性的時代來臨。

以上即爲本文的研究結果；但還是值得再思考，女詩人情色詩的所帶來的啓示。因爲對抗男性霸權，並不是爲了要再造一個「女性霸權」。當這些所謂令社會大衆瞠目結舌，視爲離經叛道，毫無詩的美感可言的詩出現，顏艾琳和江文瑜的情色詩，就像一個才剛成長到青春期的少女，在詩壇看來是叛逆的，但對讀者來說，只要能引起注意（在衆多詩人及詩作中），不論是激賞或是譏諷，都表示觸動了讀者心中的漣漪，這樣的「情色種籽」，已發揮了種籽的作用了，而且愈多的女性詩人的參與，女性文學就會更豐富，站在這個觀點上，可以預期未來將會有更多的詩作出現。

另一個值得思索的問題是：女性文學能成爲主流，得力於「情色」嗎？當然不只如此，當我們認同西蘇所說：「必須寫自己」的立場，除了從身體取材之外，應該還有更多的題材！

最後再提出一個對「情色詩」的質疑，即在詩的題材上，新鮮經不起重複，如何再創新意，就是對女詩人的一大考驗，同時也是對情色詩未來發展的考驗。

參考文獻

一、專書

- Simone de Beauvoir，歐陽子等譯（1992）：《第二性》。台北，志文出版社。
- Toril Moi，陳潔詩譯（1995）：《性別／文本政治：女性文學理論》。台北，駱駝出版社。
- Virginia Woolf，張秀亞譯（2000）：《自己的房間》。台北，天培文化有限公司。
- 江文瑜（1998）：《男人的乳頭》。台北，元尊文化企業股份有限公司。
- 李元貞（2000）：《女性詩學》。台北，女書文化事業有限公司。
- 李元貞（2000）：《紅的發紫：台灣現代女性詩選》。台北，女書文化事業有限公司。
- 孟樊（2003）：《台灣後現代詩的理論與實際》。台北，揚智文化事業股份有限公司。
- 孟樊（1998）：《當代台灣新詩理論》。台北，揚智文化事業股份有限公司。
- 張京媛編（1992）：《當代女性主義文學批評》。北京，北京大學出版社。

- 顏艾琳（1994）：《抽象的地圖》。台北，北縣文化局。
- 顏艾琳（1997）：《骨皮肉》。台北，時報文化出版企業有限公司。
- 顏艾琳（2001）：《點萬物之名》。台北，北縣文化局出版。

二、博碩士論文

- 李癸雲（2000）《朦朧、清明與流動：論台灣女性詩作中的女性主體》。國立台灣師範大學國文研究所博士論文。
- 林怡翠（2001）：《詩與身體的政治版圖——台灣現代女詩人情欲書寫與權力分析》。私立南華大學文學研究所碩士論文。
- 劉維瑛（1999）：《八〇年代以降台灣女詩人的書寫策略》。國立成功大學中文研究所碩士論文。

第四場

11 月 29 日（六）9:00～10:10

吳文星◎主持

◎顧敏耀

仙拚仙，拚死猴齊天

—— 以械鬥爲主題的台灣古典詩文作品比較

◎廖一瑾講評

◎林麗美

乙未世代的離散書寫

——兼論許南英與丘逢甲的差異

◎翁聖峰講評

仙拚仙，拚死猴齊天
——以械鬥為主題的台灣古典詩文作品比較

◉顧敏耀[1]

《摘　要》

本文先從成千上萬首台灣古典詩文中，以「竭澤而魚」式的搜索出關於分類械鬥為主題的作品，再進一步的爬梳與探究。筆者總共找出了藍鼎元（文）、曹謹（文）、葉廷祿（文）、劉家謀（詩）、查元鼎（詩）、鄭用錫（詩、文）、林占梅（詩）、陳維英（詩）、林豪（詩）以及陳肇興（詩）等十位文人相關的作品。透過傳記資料的掌握，得知他們個人的身份背景、所面對的人群社會、所處的地理環境、時代背景，以及在械鬥案件中的遭遇、採用的文學體裁、對械鬥起因的看法等，都不盡相同。深入的分析研究之後，發掘出其作品之所以產生異同的原因。肯定了台灣文學作品與歷史社會之間的緊密互動、寫實手法在台灣文學史上的源遠留長；以及同樣的一個械鬥主題，在各種文體、各類作者的手中，是如何以不同的風貌展現。本論文乃因此具有以下四項研究成果，其一、透過綜合比較，「械鬥」此一台灣社會史上的重要現象在文學作品中的表現，有了更全面性的了解。其二、以此創作主題來觀照各家作者的人格特質與詩文特色所在。其三、以史證詩／文。釐清詩人作品中難解難曉之處。其四、以

1 國立中央大學中文所碩士生，E-mail:s9121009@cc.ncu.edu.tw

詩／文補史之不足。文學作品本身也是珍貴的歷史材料，只是看我們要如何剪裁與運用罷了。

關鍵詞：台灣古典詩文、清領時期、分類械鬥、林占梅、鄭用錫、陳肇興

壹、前言

台灣古典詩文之發展源遠留長，從號稱「海東文獻之祖」的沈光文以降，作品數量甚多，其中「披沙揀金，往往見寶」，除了文獻價値之外，其文學性亦頗爲可觀。然而，迄今未受到應有的注意，能有幸成爲國語文教育的教材者有如兔角龜毛，實在非常可惜。若著眼於文學與歷史之間自古以來的密切關係，正如鍾惺評論曹操的樂府詩是「漢末實錄，眞詩史也」（《古詩歸》卷七），台灣的古典詩文也可視爲當時社會的「實錄」記載，於各種志書之外，提供了極爲寶貴的歷史資料。在台灣史當中，漢人移民具有濃厚的「異人」性格（楊翠，頁310），勇於對抗社會上的不公不義。或者「視大人則藐之」，對抗唐山來的衆多貪官污吏，移民們往往一呼百諾，慼不畏死；或者閩粵漳泉各分氣類，壁壘分明，種種爭水偷牛、看戲賭錢的小摩擦也釀成翻天覆地的大械鬥。尤其後者可謂台灣社會史的一大特色，在各地留下了相關的諺語（如「咸豐三，講到今」）、風俗（如北港吳蔡械鬥、台中南投的洪林械鬥、羅東的陳林李械鬥等，都形成其各姓後代不准互相通婚的禁忌）、廟宇（如有應公廟、大衆爺廟）等等。當然，在知識份子的詩文作品當中，也有相關的記載。

首先，所謂「分類械鬥」，是清代官方文件中用來專指發生在台灣的人民聚衆以武器相互鬥毆的事件（林偉盛1996，頁263～264），而民間則稱之爲「拚」。以其「分類」之不同，又可分爲七種：異省（如閩粵械鬥）、異府（如同爲閩省的漳泉二府械鬥）、異縣（如同爲泉州府的三邑與同安各縣械鬥）、異姓、同業、不同樂派、不同村落等（廖風德，頁23）。

在我國清領古典文學史上，曾經以本地之械鬥[2]爲主題而創作詩

---

2 施士洁（1855～1922）作有〈泉南新樂府〉，包括〈械鬥〉、〈避疫〉、〈控案〉、〈打劫〉、〈番客〉、〈乩童〉、〈普渡〉、〈賭棍〉等，總共八首，江寶

文作品者，有遊宦／幕文人藍鼎元、曹謹、劉家謀、查元鼎、林豪，以及在地文人鄭用錫、林占梅、陳維英、陳肇興、葉廷祿等。此十位作者依據其時間、地域，可大略分成五組：

組別	成員	分組依據
一	藍鼎元、曹謹、葉廷祿	分屬 1721 年及 1844 年，乃較早期的三位。尤其前二者的作品對後世有不小的影響。
二	劉家謀、查元鼎	屬於 1850～1854 年之間，兩者且皆爲遊台詩人，都針對北部地區而言。
三	鄭用錫、林占梅	主要都針對 1853 年的竹塹地區械鬥事件，兩人同屬當地重要的本地文人。
四	陳維英、林豪	同樣針對 1853 年台北的大型械鬥。
五	陳肇興	與械鬥相關的作品數量頗多，主要針對中部的械鬥案件，故獨自一組。

藍鼎元的作品代表的是台灣分類械鬥之濫觴（由朱一貴事變所引起），其他諸人則是處於台灣械鬥頻率最高的 1850 年代（參見附錄），他們面對的是同樣的主題，而彼此在作品中所透露出來的心境、切入的角度、觀察的焦點等，是否有什麼不一樣呢？以下便薈集上述諸文士作品而詳細分論。

敘《台灣古典詩面面觀》於〈第五章：時、事與社會：清代前期〉中，亦將此詩當作論述台灣械鬥情型的資料，可是，「泉南」指的是泉州南安（吳幅員，頁 9），這八首詩中所描寫的內容也可看出是針對泉州當地而寫的：「掌中傀儡泉州城」（〈普渡〉）、「君不見泉州城南呂宋客」（〈賭棍〉）等，故此〈械鬥〉一詩應是施士洁在 1895 年內渡之後，在泉州所作，並不宜列入論述台灣械鬥情況的範圍中。不過從施氏之作，亦可看出在 1895 年之後，閩南地區的械鬥狀況亦頗爲慘烈。

貳、各家分論之一

一、藍鼎元、曹謹與葉廷祿

藍鼎元（1680～1733），字玉霖，號鹿州，福建漳浦人。鹿州在1721年隨其族兄藍廷珍（南澳鎮總兵）來台鎮壓朱一貴起義，當時閩籍的「鴨母王」原本與粵籍的杜君英共同領軍攻入府城，後來因爲利益分配不均以及閩粵分類的意識導致雙方自相殘殺，乃台地械鬥之始（台灣史上的械鬥先閩粵而後乃有漳泉、再有異縣、異姓、同業等不同分類性質者），正如道光年間貢生林師聖所云：「其禍（指「閩粵械鬥」）自朱逆叛亂以至於今，仇日以結，怨日以深，治時閩欺粵，亂時粵侮閩，率以爲常，冤冤相報無已時，可勝道哉！」（《台灣採訪册》，頁35），鹿州爲藍廷珍撰寫的這篇〈諭閩粵民人〉（收錄於《東征集》中）亦爲台灣古典詩文中以械鬥爲主題的第一篇作品，其重要性正在於此。本文大略可分爲三段，首段先敘述官府處理當時一件閩粵械鬥的情況，簡潔扼要的向閩粵雙方人民告知之所以如此判決的理由依據：

> 鄭章毆死賴君奏、賴以槐，按問抵償。聞汝等漳泉百姓，以鄭章兄弟眷屬，被殺被辱，復仇為義，鄉情繾綣，共憐其死。本鎮豈非漳人？豈無桑梓之念？道府為民父母，豈忍鄭章無辜受屈？但賴君奏、賴以槐果有殺害鄭章兄弟家屬，應告官究償，無擅自撲滅之理。乃文武衙門未見鄭章片紙告愬，而賴家兩命忽遭兇手，雖欲以復仇之義相寬，不可得已。況賴君奏等建立大清旗號以拒朱一貴諸賊，乃朝廷義民，非聚眾為盜者比，鄭章擅殺義民，律以國法，罪在不赦。

文章一起手便訴諸同鄉情誼而拉近官民距離，化解對方疑慮與敵意，讓他們對於接下來要講的話能夠容易聽受；並且條舉鄭章理虧之處，表明不得不如此判決的原因。收尾語氣斬釘截鐵，令人凜然。

> 汝等漳泉百姓但知漳泉是親，客莊居民又但知客民是親；自本鎮道府視之，則均是台灣百姓，均是治下子民，有善必賞，有惡必誅，未嘗有輕重厚薄之異。即在汝等客民，與漳泉各處之人，同自內地出來，同屬天涯海外、離鄉背井之客，為貧所驅，彼此同痛。幸得同居一郡，正宜相愛相親，何苦無故妄生嫌隙，以致相仇相怨，互相戕賊？本鎮每念及此，輒為汝等寒心。

由於在首段說「本鎭豈非漳人？豈無桑梓之念？」，唯恐粵人心生疑慮，所以在本段就先闡明自己對台人一視同仁，一定秉公處理。緊接著敘述閩粵雙方「同是天涯淪落人」，何必苦苦相逼？「何苦」兩字之反詰、「爲汝等寒心」之感嘆，足以令對方赧然無語。此乃動之以情，意欲閩粵民人好生反省，痛改前非。

> 今與汝民約！從前之事，盡付逝流，一概勿論。以後不許再分黨羽，再尋仇釁，各釋前怨，共敦新好，為盛世之良民。或有言語爭競，則投明鄉保耆老，據理勸息，庶幾興仁興讓之風。敢有攘奪鬥毆，負嵎肆橫，本鎮執法創懲，決不一毫假借！其或操戈動眾相攻殺者，以謀逆論罪，鄉保耆老管事人等一併從重究處。汝等縱無良心，寧獨不畏刑戮？本鎮以殺止殺，無非為汝等綏靖地方，使各安生樂業。速宜凜遵，無貽後悔！

此段再回扣首段之主題，約定雙方切不可再冤冤相報，鄉里頭人更要約束鄉衆。若再發生械鬥行爲，不只起事者，連鄉保耆老都要一齊面對嚴厲的法律制裁。語氣由上一段之懃懃款款轉爲冷面森然，乃軟硬兼施之法，正如王者輔所評：

分門樹黨，古今第一禍患，雖在民間亦然。相戕不已，即成叛逆，此必至之勢也。殺人償命，事屬尋常。緣兩造有閩、粵之分，是以嘵嘵不已，皆由未知理法耳。先以情理國法開示，使之曉然明白。中間純是言情，以動其固有之良心。末後威之以法，以繩其蟠結之妄念。開誠布公，焉得不令人心服？（藍鼎元，頁 81～82）

說好聽是「開誠布公」，其實就是話講得很露骨，尤其是這句「汝等縱無良心，寧獨不畏刑戮？」，其威嚇之貌，躍然紙上。但是，鹿州此文通篇明白曉暢，不掉書袋，淺近易懂（讓下層人民容易接受）；且扣緊主題而不蔓生枝節；所言皆切近可行，實是一篇極爲成功的曉諭之作。

曹謹，字懷樸，1837～1841 任鳳山知縣，1841～1846 任淡水同知。曹氏是台灣清領時期有名的循吏，他在淡水同知任內曾作有一篇〈勸中壠泉漳和睦碑文〉，收錄於《新竹縣采訪册》中，注云：「在縣南二十五里中港街（耀按：今苗栗竹南）慈裕宮。高六尺四寸，寬一尺八寸。正書十五行，行四十六字」（頁 239），目前實物猶存於該寺廟（即聞名遐邇的「中港媽祖」）中。所謂「中壠」是指中港與後壠（今苗栗後龍）兩地，根據 1926 年的資料，竹南與後龍兩地的「泉籍：漳籍：客籍」的比例分別是 64：31：4 以及 70：13：12（《台灣在籍漢民族鄉貫別調查》，頁 14～15），實如曹文所云，乃漳泉混居之地。在 1844 年（道光 24 年）彰化縣爆發漳泉械鬥（即陳肇興〈遊龍目井感賦百韻〉中所述及之「陳結案」）時，中港與後壠的街庄頭人互相約定阻絕非法之徒造謠煽動、趁火打劫，情勢乃安堵如常，彰縣的械鬥並沒有蔓延上來（也與林占梅扼守大甲溪畔有關）。所以，此碑乃當時曹同知爲了嘉許雙方這次的優良表現，並希望當地人民都能記住這次的教訓，永久避免分類械鬥之禍，於是特地勒石爲記，並非如洪敏霖所說是事平之後所立（1984，頁 295）。

本文（文長省略）大致可分爲三大段，首段說明分類意識之無謂：「至同在台，亦台人而已矣」；次段叮嚀人民切莫盲從他縣之械鬥行爲，不然，在一時衝動而導致生靈塗炭之後，「至是，而始悔當時苟其閉戶靜觀、同心約束，萬不致此，亦已晚矣」；末段則希望後人好好依循這次「聯盟結好」的模式，永離械鬥之害：「所願自今以後，爾無我詐、我無爾虞，不惟出入相友、守望相助，共敦古處之風；行將睦 任恤、耦俱無猜，同享昇平之樂，豈不休哉！」。

這篇文章名氣不若鄭用錫之〈勸和論〉，然而仔細對照之下卻可以發現，祉亭之文明顯的受到曹文的影響（就地緣關係上來看，鄭氏故里即在後壠，亦葬其父於此，他絕對有可能讀過這篇文章）。但是，不管是整體結構或論述內容，鄭文乃未能超越前作，甚或不及，實在頗爲可惜。

葉廷祿〈勸中壠泉漳和睦碑文〉。在《新竹縣採訪册》中說此碑「高一尺四寸，寬一尺八寸」，與曹碑同樣都豎立於竹南慈佑宮內（頁241），但是目前在該寺廟中卻略無所見，需要進一步查詢。葉廷祿是署淡水同知張啓煊在署期內所任命的中港街庄閩粤總理，亦即中港鄉勇團練的董事，也就是助官軍平亂時被稱爲「義首」者（《淡新檔案選錄行政編初集》，頁 450～452；姚瑩，149；徐宗幹，88），他並無功名在身，不同於一般台灣古典詩文作者（皆屬於遊宦／幕文人以及本地的紳士型領導人物），而屬於「豪強型領導人物」，所以文中的口氣略顯粗豪，但是主

圖一　苗栗竹南慈裕宮內「奉憲嚴禁差役藉端擾累碑」與「勸中壠和睦碑」（現僅存曹謹所立，葉廷祿所立則已經不知去向）。引自「http://best.junan.com.tw/」網站。

旨明確，道理明瞭，故也十分的理直氣壯，實在是以械鬥主題之詩文裡的一篇另類之作：

> 竊惟台人以分漳、泉為親為仇，吾不解。試問外祖與鄉親二者孰親？母子與鄉親二者孰親？夫婦與鄉親二者孰親？母舅與鄉親二者孰親？外甥與鄉親二者孰親？岳父與鄉親二者孰親？女壻（同婿）與鄉親二者孰親？表兄弟與鄉親二者孰親？姊妹夫與鄉親二者孰親？姑丈與鄉親二者孰親？師弟與鄉親二者孰親？必皆曰：此吾母也、此吾外祖也、此吾舅也、此吾甥也、此吾妻也、吾女壻（同婿）及表親也，安可論於鄉親。若然，則有親更親於鄉親也，夫何分漳、泉之有？不然，必欲分，則於同居共室目前母妻而先戕賊之曰：爾非我鄉親也。類而推之，皆無親戚矣，禽獸何異！是為勸戒。
> 道光己酉年（耀按：即1849年）六月□□□日，職員葉廷[3]祿敬立。

通篇大部分都是反詰的內容，有咄咄逼人的氣勢。正因爲在械鬥時的敵對雙方都只認同所屬的分類團體，各以對方爲仇讎，葉廷祿正是爲了打破人民以認同分類團體爲最高準則的心態，而一一質問之，連續而下的十一條問句，層層營造懸念，到「若然，則有親更親於鄉親也」此句一出，乃豁然明瞭——所謂「千里來龍，在此結穴」是也。更接著將此分類意識、鄉親認同推於極端，直斥實與禽獸無異。葉氏身負維持街庄治安的重責大任，對於分類意識所導致的慘烈械鬥，大爲光火。事實上，械鬥也對鄉里帶來「村墟已成焦土，死傷橫積如山」（前引曹謹之文）的嚴重後果，乃有此憤激之言，卻是一篇極具批判色彩的作品。不過，曹碑目前猶存於苗栗竹南的慈裕宮（民間稱爲「中港媽祖」）內，但是本碑則早已不見蹤影，是否就是因爲

3 台銀本誤作「延」。

本文責人太嚴，語氣過於激切，而被民衆所毀棄呢？尚待考察。

二、劉家謀與查元鼎

劉家謀（1814～1853），字芑川，福建侯官人。劉氏在1850～1853來台任台灣府學教諭，作有〈海音詩〉一百首，其一云：

> 同是萍浮傍海濱，此疆彼界辨何真！誰云百世讎當復，賣餅公羊始誤人！

詩後有一段自注說：

> 台郡械鬥，始於乾隆四十六年；後則七、八年一小鬥，十餘年一大鬥。北路則先分漳、泉，繼分閩、粵；彰、淡又分閩、番，且分晉、南、惠、安、同。南路則惟分閩、粵，不分漳、泉。然俱積年一鬥，懲創即平；今乃無年不鬥、無月不鬥矣。陳恭甫[4]先生「治南獄事論」云：『細虞搆訟，攻殺無已；禍連子孫，殃及鄉閭，踰百年不能解』。其意似近於公羊「春秋」之百世復讎；而用之不得其義，以至此也。

《新竹縣志初稿》云：「〈海音詩〉者，侯官舉人劉家謀官台灣府學時所作也。編中每詩一首，各附註釋；皆痛陳時事得失，有關人心風俗之作」（頁257），而劉氏在〈海音詩〉的第一首則自注云：「壬子夏秋之間，臥病連月，不出戶庭。海吼時來，助以颱颶；鬱勃號怒，壹似有不得已者。伏枕狂吟，尋聲響答韻之，曰『海音』」，可見這些詩是壬子年（1852年，咸豐2年，作者38歲）間的詩作，

4 陳壽祺，1771～1834，福建閩縣（今福建省閩侯縣）人，字恭甫，號左海，曾任翰林院編修，掌教鰲峰書院時，劉家謀遊其門下。

自從他 1849 年來台擔任台灣府學教諭到 1852 年之間，台灣全島僅零星的發生一些民間械鬥，如 1850 年王湧起事造成嘉義、北港的漳泉械鬥、1850 年 9 月宜蘭漳泉械鬥、1850～1851 霧峰前厝林文察與後厝林和尚（媽盛）同姓械鬥、1851 年四月豐原、大甲、士林的漳泉械鬥、1852 年 5 月 4 日台南府城外神轎夫爭路的同業械鬥等（許達然 1996，頁 55），但是規模都不大，且劉家謀之作〈海音詩〉，乃連月之間，臥病在床之際而成，故而這首〈械鬥〉詩，應該不是針對某一次特定的械鬥而言，而是如其自注所說的，是泛論全台歷來械鬥者，與其他首〈海音詩〉一樣，都是針對台灣當時社會問題而創作，如韋廷芳在《海音詩・序》中所說的：「一切地方因革利弊，撫時感事咸歸月旦，往往言人所不敢言、所不能言」。

劉家謀在詩中對於械鬥的看法可分爲兩點，第一、勸告人民：大家同樣是離鄉背井，浮海而來的，開墾之際，對於田園的界線自有犬牙交處、模糊不清之處，何必如此錙銖必較，爭得你死我活呢？第二、對復仇行爲的不滿：在《春秋公羊傳》中，有云：「遠祖者幾世乎？九世矣，九世猶可以復讎乎？雖百世可也！」，劉家謀對於漢文化中的這種復仇行爲感到很不以爲然，在《三國志・魏書・裴潛》引《文章敘錄》云：「司隸鍾繇不好公羊而好左氏，謂左氏爲太官，而謂公羊爲賣餅家」，正因爲對公羊家的復仇論點感到不滿，所以就鍾繇輕侮公羊家的典故而稱其爲「賣餅公羊」，以其誤人不淺之故也。

查元鼎（1804～1886？，字小白）。查氏在道光年間遊幕台灣，於 1854 年作有〈楊輔山司馬（自注：承澤）招赴蘭山，阻雨雞籠〉：

> 靈鼉擊鼓夜支更，淅淅淋淋一片聲；南國雄開東海勝，奇峰峭挾怒濤迸。可憐浩劫成焦土（自注：自竹塹迤北至雞籠各處，大小村廬皆漳、泉分類，焚燒殆盡；新莊尤甚。吳逆戕官，賊營紮住三貂。余膺聘爽鳩，將穿賊窟而往平之），已轉熙春兆太平。應是名山乞奇策，故教風雨阻行程。（《台灣詩鈔》，頁 70）

楊承澤是在 1853 年～1856 年間擔任噶瑪蘭通判者（《台灣通志》，頁 356），他在 1853 年年底走馬上任之後，便忙於鎮壓吳磋（即查氏詩中自注所說的「吳逆」）、林汶英的抗官事變，在隔年春季聘請查氏擔任其刑名師爺（爽鳩氏，古官名，掌刑獄）。在這首詩中可看得出來，1853 年夏天整個大淡水廳範圍（今基隆到苗栗之間）內爆發的械鬥，到隔年的春天，仍然是一副飽經戰火後的荒涼之景。可以想見之前械鬥焚搶甚爲慘烈，雖然戰火已熄，不過也飽受摧殘，短期之內未能恢復元氣。但是，或許是春天來臨，萬物復甦，生機蓬勃；所以此詩中也帶著希望的色彩，期待未來的日子都能太平安樂。

三、鄭用錫與林占梅

鄭用錫（1788～1858），字在中，號祉亭，竹塹（今新竹）人，原籍福建泉州同安（恠我氏，頁 20）[5]。鄭氏作有〈勸和論〉一篇，自注：「咸豐三年五月作」，但是，《淡水廳志》記載：

> 甲寅（耀按：即咸豐四年）在籍協辦團練，勸捐津米，給二品封典。曾捐穀三千，贍父黨母黨之貧乏者。南北漳、泉、粵各莊互鬭，用錫躬詣慰解，並手書勸告，輒止；存活尤多。（頁 270）

恠我氏在《百年見聞肚皮集》裡也說這篇文章是鄭氏與陳維英等台北鄉紳共同主持「頂下郊拼」的善後議和事宜（1854 年）之後才作

5 其家族原居漳州漳浦，於明末遷居泉州同安金門，經過數代之後，於 1775 年（乾隆 40 年）祉亭之父崇和乃隨族人來台（黃美娥，頁 163）。其祖籍因爲來台之前已經數代居於同安，故後人都認定他屬於同安籍，除?我氏之外，林振棨（頁 13）、《台灣通志》（頁 398、399、427）、《淡水廳志》（頁 245、247、248）、《新竹縣采訪册》（頁 258、261、262）、《彰化縣志》（頁 234）等書中的記載皆可爲證。

的（頁43）。另外，在祉亭有生之年，淡水廳發生過最嚴重的械鬥當屬 1853 年 8 月爆發的那場，所謂「世事恰大咸豐三」（恠我氏，頁43）是也，其他大都零零星星且規模不大（林偉盛1988，頁76～79；許達然 1996，頁 54～55），更何況後來還將此文「刻石永垂鑑戒」（恠我氏，43；黃美娥，頁 198～199）。可見必然事出有因，乃重大械鬥事件發生之後，爲了勸和雙方，才會撰寫此文並立碑昭示。就撰寫動機而言，不可能在 1853 年（咸豐 3 年）五月寫就。筆者推測這篇〈勸和論〉應該如林占梅之詩作一樣，是針對 1853 那場大型械鬥而作，其題下自注容有訛誤，應作「咸豐四年」才是。鄭用錫時年 66 高齡，是開台以來首位進士，又曾任京官（禮部鑄印員外郎），更擁有家財萬貫，在當時的淡水廳屬於「喊（hua）水會堅凍」的人物，有足夠的身份地位出面勸和。而這篇〈勸和論〉也是台灣古典散文中的名作，在田啓文編著的《台灣古典散文選讀》（2003，台北：五南。我國第一本台灣古典散文的選本）中，從爲數浩瀚的古典散文中選出 30 篇，本篇就被編選在內。

〈勸和論〉（文長省略）大致可分爲三段，第一段是論述「分類」之無謂，而倡導「四海之內皆兄弟」的看法。但是這段令人頗有隔靴搔癢之感，略顯迂闊，未能深入探究底層民衆之所以甘冒刀槍砲火以及官府制裁，而願意以性命相搏的原因；只是一味的要人家不要分類、要像朋友或兄弟骨肉一樣。可是，現實社會上的情況卻是閩粵漳泉各自聚居，多年的恩怨糾葛，族群之間利害衝突不斷，心結難以化解。不分類當然是應該達到的理想，卻離實際情況太遠，恐怕難以引起共鳴。而本段之末所云：「在字義，友從兩手，朋從兩肉；是朋友如一身左右手，即吾身之肉也。今試執塗人而語之曰：『爾其自戕爾手！爾其自噬爾肉』！鮮不拂然而怒。何今分類至於此極耶？」更屬無謂。

第二段的論述則較爲深入。以「顧分類之害甚於台灣；台屬尤甚於淡之新艋」開頭，屬於對於台灣分類械鬥歷史的敘述。但是，這篇應該是以曉喻勸和爲主旨，這部分實在顯得殊爲蕪蔓。此外，他所說的「同居一府，猶同室之兄弟至親也」，是承襲曹謹之論（詳前文）；可是曹文有詳述何以應如同兄弟，鄭文卻未說明爲什麼可以這樣比擬的原因，有所跳脫而未能步步爲營。就論理上而言，頗難服人，令人覺得是他個人主觀性的認定，與上一段有同樣的毛病。「同自內府播遷而來，則同爲台人而已」，此句雖是拾曹謹之牙慧，不過，由本地文人提出這種「在地化」的觀點，亦頗有有意義－可見在地知識份子也開始認爲這種分類意識實屬無謂。正如俗諺所云：「金門無認同安（uaN），台灣無認唐山」，正是代表著原鄉認同的逐漸淡化。

接下來的第三段寫得比前兩段要好。作者在這一段終於提出了較爲切近現實的論點：第一、械鬥對誰都沒好處，一時衝動之下，只會導致兩敗俱傷之，玉石俱焚而已，可透過理性思考來避免。第二、希望鄉里父兄共同告誡自家子弟不要參與亂事。意欲透過家族的控制力來避免械鬥。這段讓人覺得稍有站在民衆的角度來思考，是比較容易爲人所接受的。

樊信源評此篇曰：「曉以大義，開誠布公，訴說人類自然的情感來勸動其良心，緩和防止民間的械鬥」（頁 109）；黃美娥則說：「通篇措辭平易，文中使用之比喻亦力求生活化，且刻就現實利害立論，直指百姓內心，可謂用心良苦之作」（頁 198～199）。但是我們將之與藍鹿州〈諭閩粵民人〉相較，可以看出藍文環環相扣而層次井然；鄭文卻顯得結構鬆散，平板無力，而難以觸動人心。不過，我們相信他們勸和止鬥之意，關懷民瘼之情是一樣的。

祉亭另有數首詩作，也與械鬥相關，例如〈即事〉批判某新任官員擅改前人舊政，導致社會擾攘不安，盜匪械鬥蠡起：

新官對舊官，一時頓改易。新官莫自雄，舊官莫交謫；區區一傳舍，彼此皆過客。我懷召伯棠，更思萊公柏。南陽名與杜，父母歌疇昔。

胡今復擾攘，萑苻遍山澤。蠻觸起戰爭，秦越分肥瘠。持後以較前，豈止差寸尺。誰云後來者，不肯讓前席。杞人好憂天，徒憂終何益。

亦有一首〈風氣〉是抒發對於民風剽悍，動輒干戈相向等不良風氣的批判：

風氣日趨下，滔滔遞變遷。何堪今日後，不似我生前。狡詐心逾薄，驕奢俗自便。誇多因鬥靡，踵事復增妍。珍錯窮山海，香資費萬千。人情忘儉樸，惡習更綿延。剽悍攜刀劍，乖張逞棒拳。蝸爭起蠻觸，鈐劫遍山淵。國帑虛誰補，民財困可憐。汎舟空乞糴，鑄鐵亦為錢。已漏千巵酒，難尋九仞泉。狂瀾流不息，空盼障川年。

黃美娥評祉亭之詩作為「語言平易，淺顯質樸」、「直抒胸臆，不飾矯飾」（頁 187～189），誠然如此。

林占梅（1821～1868），字雪邨，號鶴山，竹塹人，原籍福建泉州同安。林氏在《潛園琴餘草簡編》中，1853 年（咸豐三年）的詩作裡，有許多首關於械鬥的詩作，〈癸丑歲暮苦苦行〉（題下自注：咸豐三年林供作亂）這首雜言古體詩可與陳肇興的〈由龍目井感賦百韻〉併稱為描寫台灣 1853 年間亂事的雙璧，是描寫械鬥案件的台灣古典詩史上的兩大長詩。

林占梅在這首詩中，把這一年內竹塹地區騷亂械鬥之經過，清楚的敘述出來，略可分為三段。首段以「苦苦苦，頻年苦；頻年未有今年苦」開頭。描述他在今年遭遇械鬥案件，萬般困窘之狀。接下來則細數從頭，從亂事爆發的遠因、近因以及事件的經過細節都一一詳細的敘述。最後一段則抒發他的見解，認為處理械鬥案件不應該躁進，並且再次呼應首段，以「苦苦苦，頻年苦；頻年未有今年苦」收尾，運用類似民歌的語氣，感嘆今年的困苦情況。

透過詩人鉅細靡遺的敘述，我們可以知道，竹塹地區爆發械鬥的前因後果是：初夏的時候發生了一場大水災，造成許多人民無家可歸、衣食無著，這時候若有地方官員或是殷實富戶能夠起而糴米賑災，安撫難民，自能將亂事消弭於未起之時；但是這時候剛好南部發生「林恭事變」，府城正沸沸揚揚，人心惶惶，哪有心力來竹塹賑災呢？於是許多不法之徒煽動饑民四處搶奪糧食、財物。官兵出面彈壓卻因為太過輕敵而被迎頭痛擊，損兵折將（清末的軍隊已經大為腐化，平亂多要依靠民間團練）。這時候那些亂民首領知道這樣抗官等同叛逆，是殺頭重罪，為了掩飾罪行，便造謠分類，挑撥漳泉互鬥，當時漳泉多年累積的恩恩怨怨便因此而爆發出來。由夏天到秋天，仍然戰火四起，哀鴻遍野，什麼挖人祖墳、殺人剖心的慘酷行為都出籠了。由於清政府對於帶領鄉勇團練鎮壓亂事者，輒大有賞賜，這時候就有人（例如所謂「義首」）為了求得封賞而起來攻擊起事民眾。林占梅對這種情況很看不過去，他覺得不能這樣強硬蠻幹，應該要用治本的方法——招撫亂民為良民。不然那樣攻殺械鬥民眾，雖然自己獲得封賞，但是卻只是落得鄉里之間「千夫所指」的咒罵而已。

下層人民的械鬥不休，也讓地方仕紳深受其害，林占梅在這場亂事間「凡百如掃成雲煙」，身家財產受到極大的損害。他後來會同台灣道徐宗幹辦理全台團練，並捐出津米 3000 石（現值約 630 萬元）[6]，因功獲准簡用浙江道（黃美娥，頁 253），雖然如此，但是他也深感元氣大傷，「矧復天寒歲暮時，巨戶財竭細民苦」，故而有「苦苦苦，頻年苦；頻年未有今年苦！」的長聲浩嘆。

林占梅在其他數首詩作當中，也描繪出他在這件亂事之間的所見所聞以及心中感受。例如〈聞警〉（題下自注：時台、鳳匪徒滋擾，各處騷動）：「日日傳聞警報頻，風聲鶴唳半疑眞；可憐蕭散琴詩客，也作倉皇甲冑身！」表達他在亂事初起時，雖然尚未確知眞假；

6 今米價一斗（約 7 公斤）大約 210 元（行政院農委會糧管處網站資料），而清代一斗與今一斗約略相等，故 3000 石的米換算現值約 6300 萬元。

但是，已經從閒散的生活中一躍而起，變成保衛鄉土的軍士。

此後的詩作則充滿了哀憐生民的心情，覺得這場亂事是無論貧富，同樣受害；當時徐宗幹在〈與台屬紳耆書〉中，語氣極爲懇切的說：「供餉無出，費用何來？官無生路，奚暇救民之死？諸君親上急公，情殷桑梓，諒不忍漠然置之。旣經允借在前，即速多多措繳，以便分發南北兩路，支應急需」（頁11），可以想見當時清廷在台官員困窘之狀。這時候林占梅起而響應之，捐輸鉅額，正是及時甘霖。他又擔任團練首領，維持治安，但是他覺得年年械鬥復年年，本身沒有能力可以眞正從根源化解糾紛，因而深感無奈與挫折，甚至爲之涕下：

> 戎裝日日上城巔，餉窘兵孱械未全；披甲營徒張赤幟，買刀家盡賣烏犍。人敲刁斗殘更月，官括荒城富室錢；如此年時如此況，欒輸爭奈奮空拳！（〈台、鳳土匪滋事，聞警戒嚴〉）
> 拋琴將半載，廢卷亦三旬；勢逼難通隱，時艱枉率真！干戈生咫尺，鄉社痛淪淪！撥亂誠無術，勞勞愧此身！（〈感賦〉）

林占梅對於械鬥雙方的分類意識也感到十分不解。雖然他自己也是械鬥的受害者，不過在他的詩句之間，並無斥罵之意；反倒是充滿著哀矜痛惜之情：

> 吳越分爭火燭天，問渠何事竟茫然（自注：各無宿嫌，猝然分類）！可憐鄉社成焦土，困極監門繪不全！（〈途間見分類難民痛述時事〉（題下自注：時漳、泉、晉、同各分類焚殺））

雪邨也善於用許多蕭索、荒涼的視覺與聽覺的意象（imagery）來讓人感受戰爭之殘酷、人民之苦難：

曉夜奔馳歇未能，幾回馬上自凌兢。荒郊日落鴞啼樹，野店宵深鼠瞰燈。寂寞劇憐生趣減，傳聞每痛死傷仍！何時醜類都殲盡，玉蠋重調歲序登！（〈往各莊安輯馬上口號〉）

山徑陰森極，寒侵鶴氅裘；風摧林競吼，石砌水橫流。梟[7]獍何時殄，滄桑此日更。運乖天心偪，心怯夢魂驚。破屋鬼欺客，荒村民苦兵。桃源如可覓，競欲避秦行。暴雨強於弩，元雲擁作幬。笋輿行犖确，狼狽益增愁。日短易黃昏，蕭蕭萬籟繁；榛荊生沃壤，雞犬寂荒邨。估客腰纏褭，征人踵接奔；流離多失業，康濟愧前言！（〈亂後經紅毛港有感〉）

世事紛紜聽莫真，蕭條旅舍遍生塵；荒郊血漬燐光亂，破屋風號犬吠頻。寒逼殘年同刺客，愁攻中夜似饑人。朦朧欲入還鄉夢，作惡雞聲鬧隔鄰！（〈亂後逢李靄雲感作〉）

寇起萑苻嘆蔓延，即今海甸盡騷然；征途處處生荊棘，戰地家家廢陌阡。浪巨農曾空菽粟（自注：連年水災），兵多竄又起風煙。堪嗟百里膏腴地，數載紛紛盡變遷！（〈書嘆〉）

嚴冬風雨急，側側自憐予；骨肉彫殘後，鄉鄰喪亂餘。霜寒悲雁陣，路梗絕魚書。百感真交集，宵長氣莫舒。（〈書感〉其一）

視覺上是：黃昏、荆棘、荒村、血漬、鬼火、狼煙、破屋、冷雨、寒霜，耳中聽到的是：貓頭鷹黃昏的啼叫、狂風在林間的呼號、野犬荒雞在夜半的惡聲連連等等，這豈一個慘字了得！而分類械鬥的殘酷在詩人的筆下，令一百多年後的我們也如同身歷其境一般。

1853 年之後，林占梅就沒有如此集中的以械鬥爲主題而創作。但是他只要提起分類械鬥之害，仍然不勝欷噓之至，如：

愁病相兼劇可憐，奄奄命似一絲延；求醫難遇肱三折，慮事何曾眼一

7 台銀本誤作「梟」。

> 眠！蠟視盤飧濃亦淡，海添更漏夜如年。更聞蠻觸爭蝸角，搔首咨嗟只問天（自注：時械鬥正劇）。（〈病中感賦〉，1854）
> 財帛雙星黯命宮，五張六角運難通；歲時轉覺添愁思，親友何曾諒苦衷！祖業艱辛頻廢棄，民情慘怛屢焚攻（自注：淡北連年鬥殺，田穀在泉界者，派為營費；在漳界者如之。余家遠離百里，而田產多在新艋，租穀毫無、官徵難免，致大受厥累。欲望恢復，未能矣）；淪亡數載兵災繼（自丙辰至庚申，骨肉繼逝者七八人），眼淚朝朝洗面同。（〈除日感述〉，1860）

由以上所引的這些詩歌我們可以發現雪邨以械鬥爲主題之詩作的特色是：第一、個人哀傷與悲憫情緒的抒發；第二、對戰亂中慘烈情景的渲染。總之，他的詩作中並沒有對如何預防械鬥提出積極性論述，也沒有對於造成械鬥成因的反思或批判，卻是充滿著濃厚的悲哭哀愁之情調，正如他在早期詩作〈有勸予詩勿多爲悲歌感慨，口占答之〉中所說的：「平子謳吟愁易集，靈均詞賦感偏多；我生斯土非燕趙，其奈情隨筆下何！」，蓋與個人多愁善感的性格及其創作觀（認爲詩歌主要正是用來發抒愁思，而非拿來議論）有關。

參、各家分析之二

一、陳維英與林豪

陳維英（1811～1869），字實之，號迂谷，大龍峒（今台北市大同區、延平區一帶）人，原籍福建泉州同安。

陳維英的《偷閒集》裡，也有多首以械鬥爲主題的詩作，都是針對 1853 年「頂下郊拼」有感而發的。對於械鬥的感受，陶村、祉亭、雪邨雖也一樣是在地文人，不過迂谷更有切膚之痛。因爲他的家族也實際參與了械鬥，屬於敗戰的下郊陣營。他的長兄與四弟皆陣亡於這場「內戰」當中，他的房子還有別莊都被敵對陣營焚燒一空，是當時的在地古典詩人之中，受害最深的。他對於分類意識所造成的族群隔閡以及械鬥行爲導致的生靈塗炭感到惱怒、無奈與悲傷：

> 遏抑多方惱煞予，奈天降禍莫驅除！泉漳閩粵分偏合（自注：就泉漳分類，茲則同安屬泉而附漳，晉南惠安屬閩而附粵），翁婿舅甥親亦疏（自注：論籍故也）（〈癸丑八月八日，會匪激成分類，蔓延百里，誠可哀也〉其一）
>
> 搆兵秦、楚十三年（自注：辛酉晉同分類，距今十三年矣），今日干戈更蔓延；塗炭生靈灰屋宇，萬民雙淚一聲天！（同上，其二）

對於手足的陣亡，更是感到哀慟萬分，僅勉強以「天數如此」來自我寬解，而詩人爲了不讓高堂老母難過，也只能暗地裡流淚，實在是情何以堪：

> 裹革沙場未幾時，來收爾骨不勝悲！封成馬鬣兄兼弟，地唱蚌珠怪且奇。飲恨難消龍目井，洗冤空對虎形陂！寒齋獨坐孤燈下，和淚揮毫暗寫詩。（〈癸丑之變，兄弟俱死於難〉）
>
> 欲答魚書更答時，未曾下筆已心悲，荷戈豈盡吾兄弟，何事沙場革裹尸，也知天數莫能爭，無奈難忘手足情，常恐高堂隨我哭，幾回下淚又吞聲，舊雨音容久別離，干戈未定路崎嶇，枯腸勉索成蕪語，為謝先生兩首詩。（〈癸丑秋長兄四弟爲拒匪，俱死於難，張程九以書及詩來慰，聊裁以答〉）

眞的是「目屎準飯吞」，傷逝之情，溢於言表。另外，由上引兩詩所用的「飲恨」、「洗冤」以及稱對方爲「匪」等語，也可看出事發當時，迂谷之敵愾同仇，憤恨難平而餘怒未消。但是往者已矣，一直沈溺悲傷也不是辦法，後來他透過山水美景、醇酒鮮魚來讓這些負面情緒日漸平復：

崑崗烈火焰初殘，略定干戈意頗安，兩棹風波間泛艇，一簑煙雨獨垂竿；時將美酒來消悶，日有鮮魚可佐餐，舊友相過之我處，盧花渡口蓼花灘。（〈癸丑械鬥家舍及別業俱付祝融，甫平歸，日以釣魚爲事〉）

到了隔年九月，新上任的淡水同知朱材哲親自到訪[8]，商辦止鬥，由於陳氏家族屬於械鬥參與者之一，爲了公正起見，他便邀集各地頭人，共同請竹塹鄭用錫北上當公親，雙方議定合約，各自引責，地方乃趨於平靜（恠我氏，頁 43），迂谷也爲超渡安魂等事宜而撰文，此時有詩記之曰：

忽傳北海五驄驅，太守由來是姓朱（自注：漢朱邑為北海太守，治行第一，今丹園亦姓朱），促膝蝸廬甘下問，關心鴻野苦哀呼；厲壇故鬼連新鬼，文苑小巫見大巫（自注：太守翰林出身），費盡精神流盡淚，旱苗漸向雨中蘇。（〈九月十九日，朱丹園太守造廬商辦止鬥事，並囑代撰文以祭厲燮理陰陽，地方漸靖〉）

末兩句實在是情眞語摯而淒婉感人，「旱苗漸向雨中蘇」此一意象更是生動表現出經歷戰火而倖存的民衆心中對嶄新未來的殷切期待，雙方人民終將走出仇恨與悲傷的苦旱，如草木之嫩芽在久旱後的甘霖中舒展一般，共同邁開步伐，重建家園，開始新生活。另外，這兩句又何嘗不是詩人心境轉變的深刻寫照呢？

林豪（1831～1918），字嘉卓，一字卓人，號次逋，福建金門人。林氏在 1862 年東渡來台，在 1863 年秋天林占梅邀往潛園之前，

8 朱材哲（字丹園）曾經兩度擔任淡水同知：1851 年（咸豐元年）以噶瑪蘭通判暫署，過沒多久（同一年內）就再交由張啓?署理，直到 1854 年（咸豐四年）朱氏才又回任（《淡水廳志》，頁 212），迂谷詩題中所說的「九月十九」應即 1854 年。

都寓居在艋舺（今台北市萬華區）（林豪，1；黃美娥，頁380～381），期間恰逢龍山寺設道場追悼械鬥死難民眾（可能是在中元節），因而作有〈招魂曲〉一首，其自序云：

> 淡北自丁巳、戊午間連年分類械鬥，死亡者以萬計。事平，里人為道場於艋舺龍山寺，超薦亡魂。時陰雨連日，天色愁慘；余感之，為此詩也。

在咸豐 7、8 年（歲次丁巳、戊午）以來，台北地區發生的械鬥案件，文獻可考者有兩起：其一、1859 年（咸豐 9 年）九月七日，枋寮街發生火災，導致漳同互鬥，並燒港仔嘴瓦窯、加蠟仔等莊，旋而擺接、芝蘭（以上地名皆在今台北縣市）一二堡亦鬥，焚燒房屋；其二、1860 年（咸豐 10 年）九月十五日，漳、泉械鬥，漳人攻進新莊，波及桃園大坪頂、桃仔園一帶（《淡水廳志》，366；《新竹縣志初稿》，頁 212；林偉盛 1988，頁 80～81；許達然 1996，頁 55），這些事件發生時，林豪都不在台灣。他詩序所記載者，或許是詢問當地人之後所記。其詩曰：

> 君不見龍山寺口白旛浮，香壇煙繞風颼颼？是日陰霾匝地氣悽慘，新鬼故鬼聲啁啾。不知妻哭夫兮父哭子，但聞哭聲震天天為愁。去年蠻觸苦相怒，忽地烽煙不知故；朝驅子弟尋仇家，暮挺干戈逢狹路。生靈刈盡村為墟，碧血消沈萬骨枯；化作蟲沙歸未得，魂招何處徒嗟吁！嗟吁魂兮歸來些，莫向沙場猶醉臥！懺悔應悲殺業償，皈依且禮空王座。空王座下眾生愁，汝曹任俠夫誰尤！何不荷戈去殺賊，死為忠義猶千秋！

以飄盪的白幡、陰暗的天色、家屬嚎啕的哭聲共同營造出悽慘陰森的的氛圍，描寫頗爲成功，但是到後段則不太能延續之前營造起來的氣勢，到結尾更有嘎然而止、似乎未能盡興之感。末兩句蓋針對1862 年爆發的「萬生反」有感而發──「時彰化賊氛正熾，路梗不通」（林豪，頁 1）──卓人言下之意是說，與其這樣私鬥而死，不如去幫助官軍鎮壓民變，縱使陣亡，也死得比較有價值。此有其意識型態所造成的認知限制，且這個主觀性批判亦嫌淺露，略無餘味；若作者能運用同理心來思考造成慘烈械鬥的背後原因，並且能以哀矜痛惜之情來看待人民的死難，或許會更意味深長，耐人尋味。

二、陳肇興

陳肇興（生於 1831 年，卒年在 1876～1878 之間），字伯康，號陶村，彰化縣邑（今彰化市）人。關於「在地詩人的本土關懷與現實書寫」，陳肇興是具有代表性的人物（施懿琳 2000，頁 135），他的詩作中充滿寫實色彩與批判性的風格，甚至讓他有「台灣小杜甫」之稱（台灣新本土社，40）。研究他的學者往往把焦點集中在關於「戴潮春事變」的作品上（亦即《陶村詩稿》的末兩卷），但是也有很多首以械鬥為主題者（主要皆是針對「漳泉械鬥」），包括有：作於1853 年的〈賴氏莊〉、〈感事〉、〈王田〉；1854 年的〈與韋鏡秋上舍話舊，即次其即事原韻〉、〈清明同友人遊八卦山〉、〈遊龍目井感賦百韻〉；1859 的〈葫蘆墩〉；1860 的〈肚山漫興〉；1861 的〈中感事〉等。其中有的是描述他個人逃難的經歷，語氣平淡而透露些許無奈，如：

> 聞亂拋城市，還家就友生。數間茅屋老，十里稻畦清。處處花依壁，家家竹作城。呻吟吾不惡，閒步看秋耕。（〈賴氏莊〉其一）
>
> 家貧八口依姻戚，世亂頻年避虎狼。拋卻城中歌舞地，獨來野外水雲鄉。天晴臘月渾如夏，地煖三冬不見霜。今日生涯真冷淡，山花野草入詩囊。（〈王田〉其一）

有的是他對於械鬥事件的心得與看法，如：

> 蕭墻列戟究何因，滿眼郊原草不春。豈有同仇關切齒，並無小忿亦亡身。揮戈舞盾賊攻賊，吮血吞心人食人。自愧未能為解脫，空將兩淚哭斯民。（〈感事〉）
>
> 轉盼又春菲，雞蟲息是非。從軍年少者，撫景念庭闈。大吏輕裘煖，官胥快馬肥。聞雞應起舞，不必輒思歸。（〈與韋鏡秋上舍話舊，即次其即事原韻〉其二）
>
> 歲歲干戈裏，爭雄氣未殘。普天皆赤子，何地得賢官。海熟魚蝦賤，山空鼠雀寒。茫茫百川水，隻手障狂瀾。（〈肚山漫興〉其一）
>
> 市廢猶存社，田荒半作園。薄雲不成雨，深樹欲藏村。稻熟鳥聲樂，潮來龍氣昏。操戈悲骨肉，涕泣與招魂。（〈肚山漫興〉其二）

而其中篇幅最長的〈遊龍目井感賦百韻〉（文長省略）是受到杜甫〈北征〉以及李商隱〈行次西郊作一百韻〉的影響，追溯歷史，揭露腐敗，帶有總結教訓的性質。此詩是五言體的 200 句長詩，全詩總共有 1000 字，詩中大意是：作者原本讀了《彰化縣志》，書中把龍目井形容得美不勝收，因此藉由到附近教書的機會，順便到此處遊賞。沒想到景色破落至極，與書中所寫大不相同，問起帶路來的當地野叟，才知道是因爲吏治敗壞而且械鬥盛行所導致的，乃有感而發，呼籲社會上各族群好好和平相處。約略可分爲以下三段，首段是他前往龍目井的緣由以及所見景象，接著引出本詩的主要骨幹，亦即當地老人親口敘述在這邊所發生過的兩次械鬥之經過——其一是 1844 年（道光 24 年）陳結案，另一次則爲 1854 年（咸豐三年）的東螺保械鬥（顧敏耀 2002，頁 266～267），這段「口述歷史」爲民間的械鬥事件留下珍貴的非官方記載。值得注意的是，詩人也藉老人之口，毫不留情的揭發當時貪官污吏的惡形惡狀，這是在其他文人作品中所未見的：

嗣後太平日，文武多恬熙。黠吏若狨鬼，健役如虎貔。道逢剽劫賊，搖手謝不知。肩輿下蔀屋，凜凜生威儀。從行六七人，沿路索朱提。更誘愚頑輩，鷸蚌互相持，就中享漁利，生死兩瑕疵：死者臥沙礫，生者受鞭箠。黔婁殺黎首，猗頓遭羈縻。一紙縣官帖，十戶中人資。

第三段則是伯康不禁為此一掬同情之淚，並且抒發他對於這類社會現象的看法，期待日後人民能夠不再重蹈覆轍：「我願爾父兄，子弟戒循規；更願爾鄉黨，仁義相切偲」。由此可以知道作者他提出預防械鬥的重要機制，就是透過家庭與鄉里的約束，讓血氣方剛的青年人不至於動輒干戈相向。並且期待有關單位能夠讀到這首詩作，好好記取歷史的教訓：「寄語采風者，陳之賢有司」。

綜觀陶村關於械鬥的詩作，可以發現他對「哭泣意象」的屢屢運用。李師瑞騰在《《老殘遊記》的意象研究》裡〈哭泣意象〉一節有云：「『哭泣』是行為反應，是具體可見的有形之象，就行為主體來說，其內在之意當然就是心理動狀，而就寫作者來說，其何以有此形象之造設，實在也是想藉此表達某種內在之意」（頁 103～104）。而在伯康關於「哭泣意象」的塑造方面，可分為兩類，其一、作者本身之泣，如「我聽此言罷，嗚咽淚雙垂」（〈遊龍目井感賦百韻〉）、「自愧未能為解脫，空將兩淚哭斯民」（〈感事〉）、「苦心參國是，淚眼不春開」、「涕泣妻兒共，流離父子俱」（〈與韋鏡秋上舍話舊即次其即事原韻〉）、「操戈悲骨肉，涕泣與招魂」（〈肚山漫興〉）等；其二、他人之哭泣，如「野叟聞之泣，抆淚前致辭」（〈遊龍目井感賦百韻〉）、「芳草迎遊屐，青山聚哭聲」（〈清明同友人遊八卦山〉等。這兩類中，有的是親身遭受械鬥之害，不禁為之涕下；也有的是對於民眾的苦難感同身受，而一掬同情之淚；總之，在距今一百多年前的頻繁「內戰」當中，造成多少妻離子散，家破人亡，詩人要細細道來，恐怕也不勝枚舉，只好就同聲一哭吧！就在哭聲震天、涕泗縱橫之中，表現當時人們心中無限的的哀痛與無奈。

肆、結語——各家綜合論述

茲將以上各家之械鬥主題詩文的簡要特色製表如下：

	作　者	身　份	體　裁	論述重點與特色
1.	藍鼎元	遊幕	文	先動之以情，後威之以國法；分類殊爲無謂，而械鬥必以律例治之。字裡行間，帶有官威。
2.	曹　謹	遊宦	文	閩粵同爲台人，漳泉更似兄弟；械鬥惡果，自作自受。此次鄉里共同聯盟結好，成功避免戰亂，足以讓後人永以爲法。
3.	葉廷祿	街庄頭人	文	分類意識不足爲法，若無線上綱，直與禽獸無異，行文之語氣十分直率。
4.	劉家謀	遊宦	詩	同是遠離故里而爲了移墾而來，何以芝麻小事也輒起爭鬥？漢人的傳統復仇意識更是不足爲訓！
5.	查元鼎	遊幕	詩	描寫械鬥之後村莊成爲廢墟的情況，期待能早日復甦。
6.	鄭用錫	在地文人	詩、文	〈勸和論〉要人民應該相親相愛，械鬥是有百害而無一利之事，父兄要謹慎約束子弟。詩作則記錄了械鬥或因官吏良否、風俗趨向而嚴重程度有所不同。
7.	林占梅	在地文人	詩	詳述械鬥發生經過，內容以敘述經過以及個人感懷爲主。描摹景象歷歷在目，刻畫內心悲痛亦入木三分。
8.	陳維英	在地文人	詩	以哀悼兄弟戰亡爲主要內容，也呈現他日漸走出悲痛的療傷歷程。
9.	林　豪	遊　幕	詩	以超渡法會爲主題，營造悲慘的氣氛，並爲械鬥而死者感到不值。

10.	陳肇興	在地文人	詩	強烈的記實性，揭露不良官吏欺壓人民的情形深入思考械鬥起因，並提出應該如何避免械鬥的建言。對生民傷亡的哀痛貫串詩中。

以上有幾點值得注意的要點：

第一、台灣南部地區的粵人衆多，且十分團結，故漳泉合作與之相抗，所以主要是閩粵之間的械鬥；至於中北部則閩人佔多數，漳泉兩籍的人數頗爲旗鼓相當，兩方便常相持不下，故以漳泉械鬥爲主（戴炎輝，頁 307；黃秀政，頁 39）。所以，關於械鬥的作品當中，針對南部民衆之藍鼎元的作品，說的便是閩粵械鬥；至於其他關於中北部者，皆爲漳泉械鬥。

第二、陳肇興喜歡用「雞蟲」的杜詩典故來比喻械鬥雙方之冤冤相報[9]，而林豪、林占梅、鄭用錫等則往往用「觸蠻蝸角」這個《莊子》典故來形容人民起爭執的都是雞毛蒜皮的無謂小事而已。不管是「雞蟲」還是「蝸角」，以此來形容人民械鬥，都是負面的用語，可見知識份子對於械鬥案件的看法都是持批判態度的。

第三、在作品中深入思考械鬥何以論述如何防止械鬥者，僅有藍鼎元、曹謹、鄭用錫以及陳肇興（其餘像是劉家謀批判的是漢人的「復仇」傳統，林占梅著重在個人情感的抒發，陳維英則偏重對於兄弟戰亡之悼念，林豪敘述他在艋舺龍山寺看超渡法會的情景）。藍、曹、鄭、陳四人的詩文雖各有特色——如藍鼎元步調緊湊而帶有強制性；曹謹則娓娓道來，脈絡清晰；鄭用錫或是因爲當時年事已高，文氣顯得鬆散平板，稍嫌泛泛而論；陶村之詩句則表現出誠摯的勸和意

9 出自杜甫〈縛雞行〉：「小奴縛雞向市賣，雞被縛急相喧爭。家中厭雞食蟲蟻，不知雞賣還遭烹。蟲雞與人何厚薄，吾叱奴人解其縛。雞蟲得失無了時，注目寒江倚山閣」。

願，並勾勒幸福的遠景；但是四者有一共同之處：一致的都把重點放在父兄長輩以及鄉里頭人的約束力之上，可見當時台灣社會「鄉治」的特點。

第四、在地詩人與來台遊宦／幕者的寫作特色頗有不同，前者在詩歌中往往帶有濃厚的感情，自己的鄉里發生分類械鬥，貧者要四處流離避難（如陳肇興），富者要捐輸破財（如林占梅）；甚至自己的親人也有死傷（如陳維英），縱使勉能自保，卻看到桑梓故里成爲廢墟、厝邊頭尾流離失所，自己心中也很不好過（如鄭用錫）。所以，往往在作品中帶有濃厚的感情，或如雪邨的愁思哀嘆，或如陶村一灑悲憐之淚，或如葉廷祿之激憤斥責，不一而同。至於來台遊宦／幕的文人在作品中多是理性的聲明、勸導、批判（如藍鼎元、曹謹、劉家謀），或者是著重於戰後景象的描寫（如查小白、林豪），大抵都少有濃烈的個人情感摻雜其中。

第五、就創作作品數量最多的林占梅與陳肇興相較，後者由於家境並不寬裕（不像竹塹鄭林兩豪族一般），也無職務在身，故而在作品中往往透露出使不上力、無法貢獻個人力量的無奈感。而後者一出手就是現値數千萬的米糧，又擔任地方上的團練領袖，頗足以主導大勢，不過耐人尋味的是，林氏對於這類械鬥案件，卻頻頻發出與陶村類似的喟嘆。那種年年出面善後，看似永遠無法根治的械鬥，對雪邨而言，縱然在這些亂事中得到封賞，但是更帶給他無力感。或許正如翁佳音所說：「動亂是不完備結構，或結構本身有矛盾的產物」（頁175），這恐怕不是仕紳文人有錢有勢就能改變的。

第六、同樣針對 1853 年械鬥事件而創作的陳肇興與林占梅，在詩中都提到了械鬥過程中的血腥殘暴。前者說：「吮血吞心人食人」（〈感事〉）、「剖腹吞心脾，發塚抛骸骨」（〈遊龍目井感賦百韻〉）；後者則云：「此時生命輕於紙，殺人食肉類屠豕；控肝刳心[10]

10 台銀本作「控肝刳口」，所缺之字應即「心」字，改之。

肆強兇，餘骸枕藉燒無已」、「更有慘禍絕今古，伐幽毀骨傷天和」（〈癸丑歲暮苦苦行〉）。這可能會讓人懷疑這是加油添醋、夸飾的文學筆法；但是在史籍文獻中，卻屢屢發現類似的眞實記載：1826 年李通案（閩粵械鬥）時，客家人巫巧三就將素有嫌隙的泉人朱雄、趙紅二人支解取心（林偉盛 1988，頁 48）；謝金鑾也記載：「若泉之同安、漳之漳浦，寃家固結，多歷年所。殺父、殺兄之讎，所在多有。甚或刳及數代之祖墳，出其骸鬻諸市，題曰『某人之幾世祖骨出賣』；列諸墟，衆徧觀之」（頁 102）。械鬥過程中，雙方民衆的殘暴性格可說表露無遺。

第七、引發械鬥的重要因素之一是統治力的薄弱、吏治之敗壞（謝金鑾，頁 98；許達然，頁 10～11），然而在目前所有關於械鬥主題的詩文作品當中，曾將械鬥起因歸咎於官吏施政不良者，則僅有鄭用錫與陳肇興兩人[11]。祉亭在〈即事〉一詩中，抨擊了某官員無法繼承前任者的優良施政措施，導致盜賊、械鬥層出不窮，但是此詩單針對某官（並未言明），且語氣委婉曲折，令人覺得好似呑呑吐吐的在發牢騷（詳前引）。而陳肇興則在〈與韋鏡秋上舍話舊，即次其即事原韻〉以及〈遊龍目井感賦百韻〉、〈肚山漫興〉等作品當中，都觸及這個問題，尤其是〈遊龍目井感賦百韻〉有頗多篇幅將當時官吏的惡形惡狀都活靈活現的描繪出來，這點頗値得一書。當時文人大多未能抨擊腐敗官員的原因，除了時代環境對言論的箝制因素之外，作者的階級也是重要因素，他們與官員處於同個等級（參見下頁圖二）；皆有功名在身，且多出自地主階級，乃封建社會中高人一等的特權階級，士紳作者自然有其意識型態、社會控制等各方面之侷限，未能強求。但是在此比較之下，陳肇興探討械鬥成因時，雖然對官吏的批判

11 林豪〈逐疫行〉這篇七言古體詩，形象生動的諷刺了貪官污吏，表達天災實源於人禍的道理。雖然也極爲精彩，但是這是關於天災的詩作，並非以械鬥爲主題，不在本文論述範圍中。

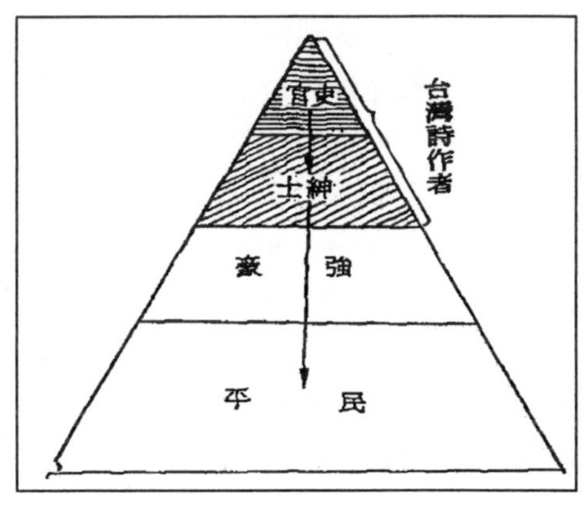

圖二　清代台灣詩作者的社會地位及其影響層次表（施懿琳 1996，210）

不像貝青喬（1810～1863）《咄咄吟》那麼淋漓盡致，不過已顯得難能可貴了。此一對社會不公不義的批判性，正是彰化文學的特點之一（康原 1998，頁 46～48；1999，頁 264），而陳肇興實無愧乎作爲此一「磺溪精神」的開創者。

事實上，詩人自古就是歷史學家，就是同時代文化的闡釋者和他們人民的先知（威爾弗雷德等，頁 35）。而藉由與史料之間的互證與各家作者之間的比較，亦可知悉這數篇詩文中所反應的種種社會問題、社會現象殆爲全台所共有。正可看出當時台灣漢人移民一方面要受到統治者的剝削，一方面彼此之間又分類械鬥。可見我們的先民們與現實環境之艱苦奮鬥，這些古典詩文除了文學上的價值之外；透過本論文的探究，其珍貴的史料參考價值亦一一呈顯。

另外，透過這些詩文中的描寫，可以看到族群械鬥之後的惡果：原本的繁榮盛景成爲荒原、百姓流離失所，徒留破敗景色給後人憑弔而已，可悲亦復可嘆。當時台灣人民分類械鬥之頻仍，實則與其「身份認同」有關，正如李筱峰所說：「由於他們所認同的，僅限於自我族群、原鄉地緣、宗性血緣，或地方村莊等而已，還沒有形成台灣的整體意識」（頁 72），本文所蒐羅的各家作品中頻繁提起的「同屬天涯海外、離鄉背井之客，爲貧所驅，彼此同痛。幸得同居一郡，正宜相愛相親」（藍鼎元）、「同爲台人而已」（鄭用錫）、「同是萍浮傍海濱」（劉家謀）、「睦婣任恤，耦俱無猜，同享昇平之樂」（曹謹）等「生命共同體」的觀念，置於 200 年後的當前社會環境中，也仍有其警世意味，值得我們深思。

附錄：〈清代台灣械鬥發生頻率表〉

資料引自許達然〈清代台灣械鬥發生頻率表〉（頁26），筆者製圖。縱座標爲次數，橫座標爲年代。

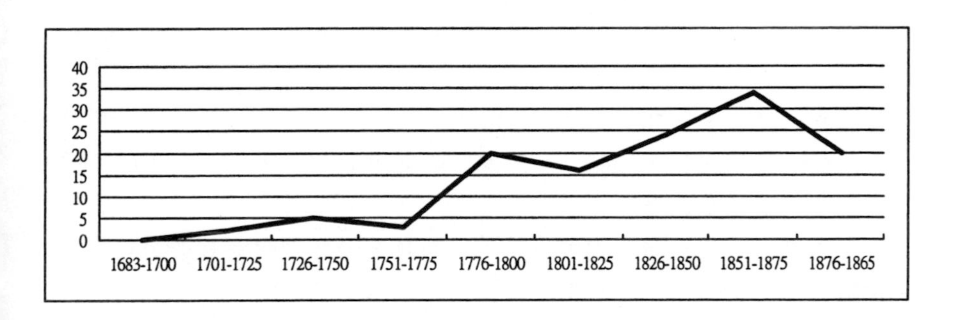

參考書目

按照作者姓氏首字筆畫排列，另外，以書名列出者（作者不詳）則取書名首字筆畫排序。凡「台北：台灣銀行經濟研究室」出版的「台灣文獻叢刊」皆簡稱爲「台文刊」。

- 丁紹儀（1847在台），1873（1957），《東瀛識略》，台文刊2。
- 《文學批評術語辭典》，1999，王先霈、王又平編，上海：上海文藝。
- 王者輔，1732（1997），〈《東征集》序〉，藍鼎元（1680-1733）《東征集》，台文刊12。
- 王學泰，1999，《遊民文化與中國社會》，北京：學苑。
- 《台案彙錄庚集》，（1984），台文刊200。
- 《台灣史小事典》，2000，遠流台灣館編，台北：遠流。
- 《台灣在籍漢民族鄉貫別調查》，1928，台北：台灣總督官房調查課。
- 《台灣私法人事編》，1994，台文刊117。

- 《台灣府志》，（1984），台文刊 64。
- 《台灣省通志》，1973，台中：台灣省文獻委員會。
- 《台灣採訪册》，1830（1987），台文刊 55。
- 《台灣通志》，1894（1993），台文刊 130。
- 《台灣通志》，1987，台文刊 130。
- 台灣新本土社，2001.2，〈台灣新本土主義宣言〉，《台灣 e 文藝》，1，30～89。
- 《台灣詩鈔》，1970，台文刊 280。
- 《台灣慣習記事》，1984，台灣慣習研究會原著，鄭喜夫、謝浩譯編，台中：台灣省文獻會。
- 《台灣歷史人物小傳・明清時期》，2001，台北：國家圖書館。
- 左宗棠，（1997），《左文襄公奏牘》，台文刊 88。
- 田啓文編著，2003，《台灣古典散文選讀》，台北：五南。
- 朱景英，1984，《海東札記》，台文刊 19。
- 江寶釵，1999，《台灣古典詩面面觀》，台北：巨流圖書公司。
- 吳希潛，1866（1957），〈《東瀛記事》序〉，《東瀛記事》，台文刊 8。
- 李瑞騰，1997，《《老殘遊記》的意象研究》，台北：九歌。
- 李筱峰，1999，《台灣史 100 件大事・上》，台北：玉山社。
- 貝青喬，1845（1968），《咄咄吟》，台北：文海。
- 林占梅，1964，《潛園琴餘草簡編》，台文刊 202。
- 林振棨，1873（1992），〈北郭園全集序〉，鄭用錫《北郭園全集》，台北：龍文。
- 林偉盛，〈清代台灣分類械鬥發生的原因〉，1996，張炎憲、李筱峰、戴寶村主編《台灣史論文精選》，台北：玉山社，頁 263～288。
- 林偉盛，1988，《清代台灣分類械鬥之研究》，台北：政治大學歷史所碩士論文。
- 林偉盛，1993，《羅漢腳：清代台灣社會與分類械鬥》，台北：自立晚報。
- 林翠鳳，1999，《陳肇興及其《陶村詩稿》之研究》，台中：弘祥。
- 林豪（1831～1918），1870（1957），《東瀛記事》，台文刊 8。
- 恠我氏，1995，《百年見聞肚皮集》，新竹：新竹市立文化中心。
- 姚瑩，《東溟奏稿》，（1959），台文刊 49。
- 姚瑩，1829（1957），《東槎紀略》，台文刊 7。
- 威爾弗雷德・L・古爾靈、厄爾・雷伯爾、李・莫根、約翰・R・威靈厄姆著，姚錦清、黃虹煒、葉憲、鄒溱譯，1988，《文學批評方法手册》，瀋陽：春風文藝出版社。
- 施懿琳，1996，《清代台灣詩所反應的漢人社會》，台灣師範大學國文研究所博士論文。
- 施懿琳，2000，《從沈光文到賴和：台灣古典文學的發展與特色》，高雄：春暉。
- 《重修台灣府志》，1747（1987），台文刊 66。
- 《重修台灣省通志》，1993，南投：台灣省文獻會。
- 《重修福建台灣府志》，（1987），劉良璧、錢沫、范昌治纂輯，台文刊 74。
- 《重修鳳山縣志》，1764（1993），台文刊 146。
- 徐宗幹，（1960），《斯未信齋文編》，台文刊 87。
- 徐福全，1998，《福全台諺語典》，台北市：徐福全。
- 翁佳音，2001，《異論台灣史》，台北：稻香。
- 《淡水廳志》，1871（1963），陳培桂編撰，台文刊 172。
- 《清一統志台灣府》，1811～1820（1960），台文刊 68。
- 許達然，1996，〈械鬥和清朝台灣社會〉，《台灣社會研究》，23，1～81。
- 陳肇興，1878（1978），鄭喜夫校訂，《陶村詩稿全集》，台中：台灣省文獻會。
- 黃秀政，1995，《台灣史研究》，台北：台灣學生書局。

- 黃美娥，1999，《清代台灣竹塹地區傳統文學研究》，台北：輔仁大學中文所博士論文。
- 《新竹縣志初稿》，1897（1959），台文刊 61。
- 《新竹縣采訪册》，1962，陳朝龍輯，台文刊 145。
- 楊翠，2003，〈從定點鄉土到全稱鄉土——李昂從「鹿城」到「迷園」的辨證性鄉土語境〉，《2003 年彰化研究學術研討會論文集》，彰化：彰化縣文化局。
- 廖風德，1996，《台灣史探索》，台北：台灣學生書局。
- 劉家謀〈海音詩〉，（1958），《台灣雜詠合刻》，台文刊 28。
- 樊信源，1974，〈清代台灣民間械鬥歷史之研究〉，《台灣文獻》，25：4，90～111。
- 鄭用錫，（1994），《北郭園詩鈔》，台文刊 41。
- 戴炎輝，1979，《清代台灣之鄉治》，台北：聯經。
- 謝金鑾（1757～1820），1953，〈蛤仔難記略〉，丁曰健編《治台必告錄》，台文刊 17。
- 謝章鋌，1858，〈觀海集序〉，劉家謀《觀海集》，南投：台灣省文獻會。
- 藍鼎元，1879（1958），《東征集》，台文刊 12。
- 顧敏耀，2002，〈一部龍井興衰史：陳肇興〈遊龍目井感賦百韻〉社會——歷史分析〉，《第二屆全國研究生文學社會學學術研討會論文集》，嘉義：南華大學文學所。
- 顧敏耀，2003，〈「字號」與《題名錄》‧陳節婦和林提督——陳肇興相關史料的發掘與解讀〉，《2003 年彰化研究學術研討會論文集》，彰化：彰化縣政府。

乙未世代的離散書寫
——兼論許南英與丘逢甲的差異

◎林麗美[1]

《摘　要》

本文試圖探討台灣傳統文人在台灣民主國敗亡過程中，各自在家庭、國族的層層考量下心情的動盪與轉折，其留台或內渡的選擇，如何呈現在當時或事後的作品中。文人離開母土，漂泊他鄉，然而此「他鄉」實際是文化上的「祖國」，是祖先的「原鄉」，此際處於離散狀態下的乙未文人心目中的「台灣」與「中國」究應如何定位。從這個動機出發，在乙未世代的文人中選取許南英、丘逢甲二人為探討對象，觀察離散經驗造成的遺民滄桑及其書寫差異。

關鍵詞：乙未、世代、離散、丘逢甲、許南英

1 國立成功大學中文所博士生，E-mail:linbo@mail.stut.edu.tw

一、乙未與離散構成的文本

從後設的角度來看，1895 年無疑是台灣歷史的切割點，對身處歷史現場的知識分子而言，更恰當的說法是「乙未」，乙未割台意味著國族認同與文化認同的雙重斷裂。台灣傳統文士緣於儒學教養的知識背景，在遭受此等鉅大裂變之際，舉業生涯的中輟與心靈的創痛，猶甚於其他社會階層。清廷棄台的政策明確化以後，憤激的情緒，發爲書生保台的壯志；創建於無奈情勢下的「台灣民主國」，舉步維艱，國祚短暫得猶如曇花一現（1895 年 5 月到 10 月之間），百年後讀史，仍然令吾人唏噓感慨。民主國自起事至敗亡過程中，台灣文人如飛鳥投林，各自在家庭、國族的層層考量下，選擇留台或內渡，形成文人與家園的「離散」[2]，此一階段的心情動盪與轉折，如何呈現在當時或事後的作品中？文人們如何看待己身所參與的乙未抗日戰役？文人離開母土，漂泊他鄉，然而此「他鄉」實際是文化上的「祖國」，是祖先的「原鄉」，此際處於離散狀態下的乙未文人心目中的「台灣」與「中國」究應如何定位？這是本文試圖探討的問題。

---

2 瓦歷斯・諾幹在一篇名爲〈流亡、離散或者終南〉的短文中，對「離散」一詞有精簡的陳述：「『離散』原本指涉猶太人亡國後，被迫流亡世界各地，顛沛流離的慘狀。廣義來說，離散又衍生泛指慘遭民族、國家劇變，被迫大量離鄉背井、客居他國的民族，譬如亞美尼亞人、美洲的黑人。由此而生的文學即所謂的『離散文學』。」在本文的論述脈絡中，對離散一詞的使用，大抵只採取了流亡、顛沛流離、離鄉背井等意義，但不同時兼取薩伊德在其《東方主義》、《文化與帝國主義》二書中所特指的離散並且抵抗的狀態，所以不特別標示 diaspora 的意義。在薩伊德的論述中，離散的猶太人，是「在異域固守著在故國被壓抑的獨特的集體認同，拒絕被寄居的主流文化所同化，同時也因此無法被接受，不時爲強烈的疏離感所困。更重要的是，離散民族將故國的前途與個人的福禍相繫，因此渴望思慕，矢志重返獻身家園的重建。……『矢志重返家園』的精神與行動聯繫著離散文學與流亡文學的性質，也是它們之所以存在的阿基米得點，雖然它們都並不一定完成夢想。」〈流亡、離散或者終南〉的網址是：http://home.kimo.com.tw/07-06/a3.html

乙未世代的相關研究成果中，論者多僅鎖定考察一位文人，如施士洁、許南英、丘逢甲等，研究方法則以生平爲經緯，做縱貫性的討論。如此固然可以集中焦點，對個別詩人進行深入的探討；但另一方面，卻因此而看不出時代鉅變所造成的集體經驗，以及個人的選擇在群體中展現的獨特意義。因此，如果能逐一蒐求不同處境下文人的乙未書寫，進而建構出具有世代意義的乙未文本，將是極具意義的研究工作。本文從這個動機出發，在乙未世代的文人中選取許南英、丘逢甲二人爲對象，著重觀察乙未保台事件以及離散經驗造成的遺民滄桑，在兩人內渡後的作品中，是否呈現書寫差異。

二、時代在這裡斷裂：乙未文人的世代意義

(一)「歷史世代」(historical generation)的觀念與運用

「世代」概念其實廣泛被運用在常民生活邏輯之中，例如當代社會流行的「學運世代」、「保釣世代」、「五年級生」、「草莓族」、「e 世代」等說法，歷史學家當然也早就關注到世代差異的現象，因而對「世代」提出種種界說，以便使「世代」的概念有助於分析解釋歷史[3]。著名的史學家馬克・布洛克定義「世代」(generation)爲：

> 大約同時生在同樣環境中的人，必然受到類似的影響，尤其是在他們的成長期。經驗證實：拿這樣的一群人來與比他們年老許多或年輕許多的團體相比較的話，他們的行為顯示出某些一般而言相當清楚的特徵……世代的週期絕不是規律的。當社會變遷的韻律或快或慢時，世

3 學者周婉窈在近作《海行兮的年代——日本殖民統治末期台灣史論集》的〈「世代」概念和日本殖民統治時期台灣史的研究(代序)〉中，以其史學專業，引介了幾段精闢的論述，對本文有許多啓發，特此注明。台北：允晨文化，2003 年 2 月初版。

代之間的邊界也隨之縮小或擴大。[4]

布洛克的定義，說明形成世代的最基本構成條件：大約同時代、同環境。他同時指出了世代不一定有固定的週期，這導引出「生物世代」與「歷史世代」的區別。「生物世代」（biological generation）屬於血緣、家系的關係，例如父母輩、兒女輩；「歷史世代」則是歷史進程的產物，也是本文要突顯的世代意義。狄爾泰的說明更爲清晰：

> 那些在他們的人格形成期中接受同樣的印烙（impressions）的人構成一個世代。在這個意義上，一個世代是由一個緊密的人群所組成的，他們透過在人格形成期所經驗的共同的歷史事件和變化而構成一個渾然一體的單位——儘管他們之間有其他的歧異[5]。

這非常有助於我們理解，同一個歷史時期、同一個社會階層人們的集體經驗。儘管個體之間，必然還存在各自的差異。同時，我們也必須瞭解到，拿歷史世代的概念用在每個歷史時期，沒有多大意義。例如，研究清代同治朝的台灣文人、光緒朝的台灣文人，世代概念就不能發揮多少有效性。但是，如果我們以世代概念來分析日治前和日治後出生的文人，就能有效的說明問題，所以重點在於「歷史世代和時代劇烈變化之間的關聯」[6]。時代變化愈劇烈，就愈可能形成帶有深刻印烙的世代。反之，平靜少變化的歷史時期，世代的現象就愈不明顯。

對應到具體的台灣歷史來看，1895 年的乙未割台和 1945 年的台

---

4 Marc Bloch 著・周婉窈譯《史家的技藝》台北：遠流出版公司，1989 年 1 月初版，頁 171～172。

5 轉引自周婉窈《海行兮的年代——日本殖民統治末期台灣史論集》〈代序〉頁 6。

6 同上注。

灣歸還中國，當是變動最劇烈的兩個歷史階段。本文所稱的「乙未世代」，就是指 1895 年乙未割台時，已達到青壯年階段的台灣知識分子。他們在清領時期，受過完整的漢文化儒學教育，具備古典文學素養，割台之前幾乎全數以科舉爲人生志業。已經取得科舉功名的，多已上升於台灣社會的官士紳領導階層，故對清國有較高的認同。因此在割台之後，不論身處何地，他們普遍有意識的強調自我的遺民身分。但是這其中仍須藉由個別文人的探討，才能觀察個別的差異。

（二）與清帝國統治共生的文人階層

1840 年清英鴉片戰爭至 1885 年台灣建省前後，英、美、日本諸國多方試探清帝國對台灣的統治態度[7]，種種外交軍事動作迫使清政府加強警覺，接連選派內地要員，如沈葆楨、丁日昌、岑毓英、劉銘傳等來台擔任重要官職，著力加強台灣的防務，一系列近代化的事業與設施，一方面突顯出台灣益形重要的戰略地位；另一方面，隨著統治勢力的深入與擴大，也強化了清政府對台地的統治與操控力量。其中科舉制度的推行，是遂行操控的一項重要工具。科舉考試在普及教化的同時，兼具統一知識分子思想的作用，一方面拔擢人才，另方面牢籠人心。對於邊陲遠陬之地，更可藉由赴京、赴省應試的機會，使來自邊陲的知識分子與全國各區域產生接觸和交流，凝聚成對帝國統治的文化認同感和向心力[8]。位處帝國邊陲的台灣，同治十三年（1874）以後，行政區劃持續擴編增設，各級學校及學額也相應增加[9]，

7 列強犯台之舉，詳情可參見陳在正《台灣海疆史研究・第三篇・台灣近代海防》，廈門：廈門大學出版社，2001 年 3 月初版。頁 109～132。

8 沈兼士《中國考試制度史》對於清代科舉制度的文化社會功能，討論精闢，可參看。台北：台灣商務印書館，1995 年 10 月二版，頁 244～246。

9 同治 13 年（1874），沈葆楨請設恒春縣。光緒元年（1875），添設台北一府，續設淡水、新竹、宜蘭三縣。光緒 13 年（1887），台灣設行省，在中部新設台灣府，區分台灣、雲林、苗栗三縣，改原來的台灣府爲台南府，台灣縣爲安平縣。學校及

考取進士、舉人的台灣士子人數，比起清領初、中期，更加繁盛。透過此一科舉管道培育出的文人士子，在文化認同上是儒漢化的，在政治認同上則是效忠清帝國的。

台地文士取得科舉認證之後，留在中土擔任實官者比例不高。往往選擇回台繼續教讀生涯並參與撫墾事業，使得他們多有機會遊歷全台，往來各地書院主講，並時常參與各地詩社集會，透過這樣頻繁的空間移動，有些文人逐漸累積起全台性的文化聲名。例如：施士洁登進士第回台以後，先後掌教於彰化白沙、台南崇文、海東三所書院，當時任台灣道的唐景崧聽聞其名，曾多次親訪，訂爲文字之交，再加上台南知府羅大佑、台中丘逢甲，四人日夕酬唱，作品曾輯爲《四進士同詠集》[10]。丘逢甲中進士回台以後，曾主講台中衡文書院、台南崇文書院、嘉義羅山書院，並且兼任全台通志採訪師。許南英中進士回台後也有相似的情況，本文稍後再敘。另一方面，在本地文人與宦台官員共襄盛舉之下，詩會頻繁，在建省之後至光緒甲午的 10 年之間，北中南三地持續有詩社成立，例如斐亭吟社（1886）[11]、竹梅吟社（1886 年）、荔譜吟社（1890）、浪吟詩社（1891）、牡丹詩社（1892）等。士紳之間互相酬唱與標榜，匯聚成了一個結構鬆散的、與清帝國官僚制度有共生關係的文人群體。

（三）離散的知識分子

1895 年 4 月 17 日，李鴻章與伊藤博文在馬關簽字，決定了台灣

生員的名額隨之變化，詳見尹章義《台灣開發史》，台北：聯經出版社，1999 年 10 月初版三刷，頁 540～541。

10 黃典權編《台南市志・卷七・人物志》頁 345。台南市政府編印，1979 年。

11 斐亭吟社的創立之年，一般史志均據連雅堂《台灣詩社記》記爲光緒 15 年（1889），劉登翰則根據斐亭吟社社友施士洁的詩作考訂其誤，更定爲 1886 年夏季或秋季，詳見劉登翰等著《台灣文學史》上卷，頁 247。

的命運，台人官紳多方呼救無效後，5 月乃決議自組「台灣民主國」以抵抗日本的接收行動[12]。在這個自組軍隊抵抗帝國的行動中，台撫唐景崧、劉永福的黑旗軍，以及丘逢甲、許南英等幾位著名文士，在時勢造英雄的局面下，遂成爲抗爭大業的領導階層，但是由於內台身分的不同，初時投入抗爭的意願也有差異。例如唐景崧，職位是當時台灣最高行政長官，本應聽從中央政府的命令，收束交割，內渡回國，但因行動受到民兵武力的攔阻，不得如願。其上奏清廷的電文中即表示：「臣與各官，惟日以淚洗面；即欲辦理收束，爲眾所劫，無術可施。臣八旬老母，誓共守臺。和議成，本可內渡；乃爲民遮留，其慘可知。」[13] 唐景崧本來想把財物和應辦事項料理完畢就返回內地，但卻身不由己，無可奈何之下繼續留在台灣；直到五月即位爲民主國總統，都出於形勢逼迫下的不得已，並非基於認同台民的抵抗事業。在另一則奏文中，他也曾經表示：「愚民惟知留臣與劉永福在此，即可爲民作主，不至亂生。劉永福亦慨慷自任；臣雖知不可爲，而居時爲民劫留，不能自主，有死而已！」[14] 既然自始便認定獨立之事不可爲，當然就缺少戰至一兵一卒的決心，日軍攻入台北城前夕，便匆促潛回中國去。至於台地意氣軒昂的「書生」們雖有志報國，但在群龍無首，又欠缺糧餉器械的孤絕情勢下，也在認清事無可爲之後，紛紛西渡中國。

經此天崩地坼的鉅變，台灣從此成爲日本的殖民地，台人面臨國族與文化傳統的雙重斷裂。台灣文人不論是否參與抗日義軍，也不論

---

12 詳見吳密察〈1895 年「台灣民主國」的成立經過〉一文，收入張炎憲等編《台灣史論文精選》下冊，台北：玉山社，2002 年 4 月初版 6 刷，頁 11～54。

13 引文出〈台撫唐景崧致軍務處請廢約再戰並商各使公斷速罷前議電〉（3 月 27 日）《清季外交史料選輯》卷三，《台灣文獻叢刊》198 種，頁 270。

14 引文出〈臺灣唐維卿中丞電奏稿〉，收入《台灣文獻叢刊》第 57 種《割臺三記》之《臺灣八日記》，頁 24。

選擇西渡或留台，都不可避免的經歷生命離散的挫傷，被迫離開土地、離開故鄉、離開數世經營的產業。有的短暫與親人分隔兩地，如台南府城淪日後，施士洁來不及攜眷便匆忙西渡，至年底才骨肉團圓，其〈避地鷺門，骨肉離遏數月矣，歲暮始復團聚。舉家乘小輪船赴梅林澳，風逆浪惡，不得渡，晚宿吳堡，感事書懷〉[15]一詩，即深刻表達這樣的親人離散之感。有的此去即老死中國，永久隔絕了台灣的人事，如曾任義軍統領的丘逢甲，回到廣東鎮平的祖居後，雖然不斷書寫思台念台之情感，但卻未曾再踏上台灣斯土，詩作中的鄉關之情因此格外眞摯感人。又如新竹王松，乙未時攜眷回返祖籍泉州避難，孰料「洋面遇盜，行李一空」[16]，劫後一無所有，不得已只好再東渡回台，尋得安身之地[17]。如此攜家帶眷，兩度浮舟大海，落得家產盪盡，自然易有生命滄桑之感慨。王松自己說：「干戈劫外，世事滄桑，抑鬱無聊時託於詩歌以自娛；流離困頓，豈筆墨所能盡哉！」[18]即使致力於書寫也難以化解離散導致的創傷，如此江山坐付人，除了以遺民自許，夫復何爲？乃索性將詩集題名爲《滄海遺民賸稿》。再如鹿港洪棄生，先是全力投入抗日保台戰役，日人領台後改名「棄生」，未曾渡海遠離家鄉的他，是否就不必受離散之苦摧折呢？事實上，留台雖然免於離開土地與親人的漂泊，然而生活於異族統治之下，他自述心境如此「……離亂之餘，牢騷風月。一人之身，如隔世焉。」[19]「隔世」、「棄人居棄地」都是自我與現實世界的相互離棄，對洪棄生而言，其離散創傷，來自於割台之後，遭祖國離棄之感。

15《後蘇龕合集》卷三，《台灣文獻叢刊》第 215 種，頁 79。

16《滄海遺民賸稿・自序》，《台灣文獻叢刊》第 50 種。

17《滄海遺民賸稿・丘序》（丘逢甲所作（贈王君友竹序）），《台灣文獻叢刊》第 50 種。

18《滄海遺民賸稿・自序》，《台灣文獻叢刊》第 50 種。

19 洪棄生〈寄鶴齋詩礬自跋〉，收在《臺灣詩薈雜文鈔》，《台灣文獻叢刊》第 224 種，頁 10。

以上諸人隸屬於乙未世代，自不待言，他們日後都一再以遺民自我標識。即如時代稍晚的霧峰林癡仙（1875～1915），他的年齡層與前述幾人已稍有差異，乙未之年，先是倉惶西渡，中間一度短暫回台，隨即又偷渡出境。1899 年陪侍母親返回台灣霧峰定居。這段動盪不安的離散歷程與心境轉折，都在詩作中留下清晰的記錄[20]。接著回台兩年之後，林癡仙就約集子侄輩的林幼春、彰化詩人賴紹堯等人創辦「櫟社」，日後櫟社詩人在文化抗日的定位上，扮演著重要角色。所以林癡仙可視爲跨越了乙未遺民世代與文化抗日世代的重要指標，在台灣古典文學界具有著世代交替、典範轉移的意義，將是値得另文探討的對象。

（四）許南英與丘逢甲的代表性

上述不同的選擇所造成的離散情境，形成乙未離散書寫的異質面貌與內涵。本文旣從比較的觀點出發，最初便希望能盡量兼顧各種文人的出處抉擇，但經筆者初步整理乙未時期的文人，數量頗不少，限於論文篇幅的負荷量，所以僅選定兩位代表性文人。著眼點之一，在於兩人都是進士出身的官紳領導階層，許南英（1855～1917）光緒十六年考中進士[21]，丘逢甲（1864～1912）早一年在光緒十五年以二十六歲之英才高中進士[22]；著眼點之二，則在於丘逢甲和許南英兩人都曾積極參與督辦乙未抗日義軍，但離台時間有先後之別；著眼點之三

---

20 詳見廖振富《櫟社三家詩研究——林癡仙、林幼春、林獻堂》。1996 年國立台灣師範大學國文所博士論文。

21 許南英的生平，在其〈窺園先生自定年譜〉，以及四子許贊堃（地山）所作〈窺園先生詩傳〉一文中，交待頗爲詳細，自許氏一家移民來台起，至許南英爲第九代，其一生科考、事業、婚娶、兒女、西渡之曲折等，一一述及，本文對許南英生平的介紹，主要根據此兩份資料。

22 本文所述之丘逢甲生平事蹟，主要根據《嶺雲海日樓詩鈔・倉海先生丘公逢甲年譜》《台灣文獻叢刊》第 70 種。

是離台之後，丘逢甲終生不復回台，許南英則在 1912 年及 1916 年兩度回台，並且與當時的台灣文人們詩聚吟詠，留下不少作品。素有「海東三傑」之稱的施士洁、許南英、丘逢甲三位台灣詩人，其生平經歷，向來被認爲同質性較高，本應可列入同時比較的對象，但因最近已有兩篇論文討論了施士洁的「鄉愁書寫」[23]，故本文暫不處理。

三、走／不走：進退維谷的邊緣人

根據馬關條約規定，台灣地區的居民，自條約生效之日（1895.5.8）起，給予二年寬限期間，自擇遷出台灣與否，去留選擇期限是 1897 年 5 月 8 日[24]。日本台灣總督府又規定，凡台灣以及澎湖列島的居民，希望離去者，不論永世居留或短暫居住者，均需向官府申告，「土匪」則須先投降，解除武裝後離去，離台者所攜帶的財產免除關稅等。但實際上申請退離台灣者，只有 4456 人，不及當時台灣總人口的 0.2%[25]。至 1896 年底，大衆農、工階層內渡者，只佔百分之一、二；富商大賈階層，內渡者亦不過十分之一、二，所佔比例都很低；而貴族及紳士之家內渡中國者比例最高，約達五成[26]。究其原因大約有兩點，一方面是世家望族多有朝廷蔭封之功名，對於清

23 一爲東海大學博士生向麗頻〈施士洁乙未內渡懷鄉詩探析〉，發表於東海大學中國文學系主辦的「日治時期的台灣傳統文學」研討會，2002 年 4 月 13 日。二爲成功大學博士生王建國〈施士洁《後蘇龕詩鈔》之鄉愁書寫〉，發表於《文學台灣》43 期，頁 244～274，2002 年 7 月秋季號。

24 《清季外交史料選輯》（三）〈全權大臣李鴻章奏中日會議和約已成摺〉所附馬關條約全文，《台灣文獻叢刊》第 198 種，頁 261。

25 此數據係根據吳密察《台灣史小事典》的說法，台北：遠流，2002 年 7 月 5 日三版三刷，頁 103。但若依葉榮鐘《日據下台灣大事年表》之記載，則有台北縣 1574 人、台中縣 301 人、台南縣 4500 餘人、澎湖廳 81 人，合計 6456 人。台北：晨星出版，2000 年 8 月初版，頁 30。兩書所記雖略有出入，但所佔人口比例皆極低。

26 參考吳文星《日據時期台灣社會領導階層之研究》〈第二章‧第二節　社會領導階層之內渡與退隱〉頁 24～27。台北：正中書局，1995 年 4 月。

帝國較有歸屬認同之感，深具夷夏之防的觀念；另一方面，清廷嚴令台灣各大小官員必須內渡，根據當時台北人陳洛在 1896 年 12 月 8 日提出的調查論文〈三八：治臺ニ關スル陳洛ノ上申〉中提到：「上等紳士，官職尊貴，進士及第出身者，既得清帝之恩，理宜回歸清國。」「舉人、進士在清國時皆可補知縣以上之官……故有入仕爲官之志者，多歸去清國。」[27]。其後，施士洁在〈陳遊戎墓志銘〉中，也提到：「歲甲午，中、日構釁，延及臺灣，當軸者割地與講。臺之志士髮衝眥裂，合詞電爭；不允，廷旨遂嚴飭內渡。」[28] 詩裡指出當時不論內台官員，並沒有選擇是否留守台灣的自由。了解到這個背景，方不致對於離台／留台者有不當的價值評斷[29]。

日人兵臨城下，接收在即，又有兩年的緩衝期限可供搬遷，向以科舉功名爲人生志業的台灣文士，內渡似乎成了最適切的選擇，然而其中的爲難之處，在當時任戶部主事的葉題雁反對割讓的電文中，已明白說出台民的遷移困境：

> 今一旦委而棄之，是驅忠義之士以事寇讎；臺民終不免一死，然而死有隱痛矣！或謂朝廷不忍臺民罹於鋒鏑，為此萬不得已之舉。然倭人仇視吾民，此後必遭荼毒；與其生為降虜，不如死為義民。或又謂徙民內地，尚可生全。然祖宗墳墓，豈忍捨之而去！田園廬舍，誰能挈之而奔！縱使子身內渡，而數千里戶口又將何地以處之？此臺民所以萬死不願一生者也。[30]

---

27 《台灣總督府公文類纂》76 冊，38 號，明治 29 年，乙永，第七卷。此文譯成日文後，12 月 8 日上陳民政局，故調查的期間應是 12 月之前。

28 《後蘇龕合集・後蘇龕文稿・卷一》《台灣文獻叢刊》第 215 種，頁 365。

29 楊永彬《台灣紳商與早期日本殖民政權的關係——1895～1945 年》之第二章〈台灣紳商去就的狀況及其分析〉，對陳洛所提出的論文有詳細歸納，可參看。台灣大學歷史學研究所碩士論文 1996 年 6 月。

30 此是台灣出身的京官戶部主事葉題雁，聯合翰林院庶吉士李清琦、臺灣安平縣舉人留下來不是力戰而死成爲義民，就是苟延殘喘於異族統治，還徒留降敵的惡名。遠離家園又與漢人社會向來敬祀祖先、安土重遷的社會習性扞格不入。台灣文人在此艱難的處境下，比起庶民大衆有更矛盾的轉折，庶民大衆面臨的主要是生死存亡的命限，文士則更有難以跨越的認同問題，無論如何抉擇，都使他們成爲進退維谷的邊緣人。

歷史學者顏尚文在編撰嘉義賴世英家族的史料時，取得《賴俊臣先生遺稿》，遺稿中的詩作清晰的記錄了作爲賴氏族長的賴世英，在台人去就抉擇的期限裡，所面臨的兩難思考過程[31]，1895 年 8 月 21 日，嘉義城陷，賴世英攜帶大批家眷出走躲避，路上情景是「草木盡皆兵，倉惶出危境」（〈二十夜出走偶詠〉），似乎全城都出逃到了山區，因爲城裡的狀況是「浩劫血腥不可聞」（〈城陷攜眷避橫山〉）；事平之後，雖然舉家回到城裡，但是一日之間風雲變色，已非昔日江山。此時賴世英一度動念要歸隱山林，其〈思隱曲〉悲哭台人台地悲慘的命運：

> 吁嗟割地清何辱！台流毒，日性酷，脫盡衣冠成異俗。去去吾誰屬？山巔水湄亦託足，倚松把盞笑青天，月冷酒酣自歌曲。

〈台變歌〉更出現了痛苦至極的佯狂意味：

> 台灣民主竟若何，我今感泣且狂歌。亂嘈嘈胡兵胡騎多，七月唐帥

汪春源、嘉義縣舉人羅秀惠、淡水縣舉人黃宗鼎等所上電文。收入《清光緒朝中日交涉史料選輯》（二）光緒二十一年（上）都察院代遞戶部主事葉題雁等呈文摺（四月初四日）〈戶部主事葉題雁等呈文〉。

31 顏尚文〈嘉義賴家史料的蒐集與運用——《嘉城賴仁記家譜》的編撰與家族倫理之建構〉一文，發表於《中國現代史專題研究報告廿一輯：台灣史料的蒐集與運用研討會論文集》，中華民國史料研究中心主辦，頁 523～574。本節所引之賴世英詩句，皆轉引自顏先生的論文。

走，八月劉軍敗倒戈，仙翁為什麼？逃脫任譴訶！軍餉數萬兩，家資已得過，哪管世變爛樵柯，天降浩劫莫蹉跎。父無子，弟無哥，千愁萬慘盡遭羅。明年斷髮歸胡俗，不如為僧誦彌陀。禿頭笑呵呵！笑呵呵！

但是賴世英身爲賴家長房「仁記」的大家長，卻是不能任性的歸隱遁逃，在無計可施的情形下，只好擲筊求問家族先靈，請求指示去留的問題。遷移茲事體大，其間關係到經濟的援補，賴世英在《遺稿》中都鉅細靡遺的記載下來，「歌碩鼠而田宅莫變，感嗷鴻而旅況淒清。」（〈祭文〉）家產一時之間不容易變賣，何況旅途遙遠也未必平安，新竹王松的遭遇正是賴世英擔心會發生的情況。即使「竭盡所備，不過兩竿之數，度家之費，僅供數載之需」（〈祭文〉），如果貿然出走，萬一與台灣從此隔絕，那也只能勉強撐一小段時間，屆時全族不免於成爲餓莩。最後，在去留決定日之前，賴世英做出「不可輕遷」的決定，也因而決定要在艱難的帝國殖民體制下，延續賴家的商業經營。

紳商之家有家業廬墓的諸多考量，而庶民階級的台灣人，雖無家當恒產，生活卻不能避免戰爭帶來的破壞與傷害。洪棄生的《瀛海偕亡記》中，就深刻描述出當時台民顛沛流離的慘況：「……至則佔民房，掠雞牛，搜軍器。民之移家者，擔簦躡屩，扶老攜幼，累重載舟，紛紛蔽海而浮。妓女□婦，亦有去者。風云慘淡，日暮則道路無人。有聞扣户聲，則闔室皇皇，相驚以番兵來矣。其駭異之情如此。」[32] 可見在混亂的當時，趁機劫掠的情形必然不少，日軍、義勇、民兵、甚或宵小，百姓防不勝防，遂而整日人心惶惶。

新竹王松的《如此江山樓詩存》中，也有部分詩作呈現了乙未當

32 洪棄生《瀛海偕亡記》，收入《台灣文獻叢刊》第 59 種，卷上，頁 5。

時台灣人民的亂離動盪。〈感興〉：

> 兵火無寧日，滄桑事百端。一身牛馬走，大地虎狼蟠（土匪蜂起）。路梗音書斷，途窮去住難。數莖華髮在，周粟不妨餐。[33]

此詩相當眞切的描述了戰亂時期人民的苦境，四處都有兵事發生，人們逃難奔竄如同牛馬，道路橋梁很可能在戰事中有所損毀，究竟上路與停留之間，何者比較危險，大概只能歸諸天命了。〈書感〉詩：

> 誰能既倒挽狂瀾，殺運沈沈淚暗彈。不合時宜知己少，生逢亂世作人難。親朋離散音書斷，妻子驕癡去住難。幾向青天搔首問，何年種竹報平安。[34]

在無棟梁可撐持的困局之下，「作人」之難，實是緣於生存的基本需求與外在環境的扞格，難以保有主體意識的統一感。親戚朋友也因爲去留的不同選擇，彼此離散失聯，對平凡安穩的渴求流露在詩作中。

乙未離散文本的蒐羅，是一項還待進行的工程，以上簡略舉出紳商階層的嘉義賴家、庶民階層的百姓大衆、留在台灣的王松所見等，各自的困境及其應對方式，就是要說明去／不去的抉擇，去了之後能不能回來的擔憂，不去又該如何面對戰亂和異族統治的考量，在當時幾乎沒有任何一種「正確」的答案。

---

33 《滄海遺民賸稿》頁 16，台北：大通書局。

34 同上注，頁 18。

四、兩種遺民的離散心境：許南英與丘逢甲的差異

（一）永遠流浪的許南英

許家傳到許南英已經在台第九代，是道地出身台南的本地進士。少年時期因爲父親早逝，家境貧困，施士洁爲《窺園留草》作序時，就曾說：「允白家世凋寠。」進士及第以後，無意四處遊宦的許南英，選擇回到家鄉台南，投入文教事業的推展，此時文化聲望逐漸提高，包括管理「聖廟樂局」事務、擔任「以成書院」山長，又與鄉民合建「呂祖宮」等，他又參與墾土化番的工作，經常深入部落，有好幾首詩作述及他和原住民之間的來往[35]。四十歲遭逢中日甲午戰爭，徹底改變了許南英的後半生。乙未中日和約簽定後，許南英在黑旗軍劉永福麾下任職籌防局統領，《窺園留草》中「甲午」年的作品明顯少於其他時期，其中〈和祁陽陳仲英觀察感時示諸將原韻〉四首，寫得意氣軒昂，對於清國積弱，使台灣陷於日本的覬覦之下，充滿憤懣悲慨。第二首曰：

> 潛移兵禍海之東，砲火澎瀛殺氣紅。大帥易旗能禦敵，平民制梃願從戎。岳家軍信山難撼，宋室金輸庫已窮。有詔班師臣不奉，聖明亦諒此愚衷。（《窺園留草》頁28）

由詩意看來，許南英對於劉永福的黑旗軍似乎充滿信心，對此役之後的台灣前途也頗爲樂觀。值得注意的是，對於清朝廷非但不能保

35 《窺園留草》乙未卷有〈番社防匪偶成〉組詩六首，是許南英屯防番社時的作品，由詩中出現的番社名稱看來，許南英相當深入番社。王國璠總輯《台灣先賢詩文集彙刊》台北：龍文出版社，1992年3月，頁33。本節以下引用許南英詩作時，採用此一版本，只注明頁數。

台還要割台之決策，流露不滿的口氣。末句雖仍以「聖明」稱呼清朝皇帝，但是自主自救的心態已經呼之欲出。這段時期內的心境變化在〈奉和實甫觀察原韻〉[36]的詩序中有所呈現：

> 時局變遷，擬焚筆硯，承餘姚吳季籛寄和沅湘易實甫寓台「詠懷」六首原韻，並附實甫原唱，致言索和。展誦之餘，檐際雨晴、紙窗風裂，依稀似有鬼神涕泣也……。（《窺園留草》頁 29）

此處所說，或許能部分說明詩集中甲午年作品特別少的原因——他打算要「焚筆硯」，全力投入戰局。「筆硯」除了指吟風詠月的文藝生活以外，還應當包含他經營半生的科舉事業。「焚筆硯」之說，也許不無一時憤激之氣，但面臨台灣易主的危急時刻，過往單純的書生志業，此時似乎產生某種程度的動搖。再看詩作六首之四：

> 元武旗撐五丈嶢，扶桑霸氣黯然消。不甘披髮冠冠楚，猶是章身服服堯。議院廣開民主國，版圖還隸聖明朝。請看強弩三千彀，鹿耳門前射怒潮。

詩裡表達他看待台灣民主國創立事件的態度，仍然是要回歸大清的版圖。「不甘披髮冠楚」、「章身服堯」之句流露出許南英抱持的漢賊不兩立的文化意識，漢族衣冠在此是漢文化的借代物。時局的危機已經促使許南英有機會去反省清國積弱的問題，但是忠君愛國的封建思維，卻是更爲穩固的意識型態，無法輕易撼動。

日軍收台由北而南，彰化八卦山之役以後，日軍又續增南進的兵

---

36 乙未之年，易實甫奉南洋大臣之命，視師台南，作有〈寓台感懷〉六首，記台民抗日事蹟。當時作詩和之者甚多，許南英亦和其詩。後收入《窺園留草》「乙未」卷，頁 29。

力，劉永福此時開始致書日軍將領，談判投降條件[37]，不過和議並未成功，在打狗、鳳山相繼失陷後，「劉永福遂挾兵餉官帑數十萬乘德船逃回中國。」[38] 台灣民主國到此可說彈盡援絕，事無可爲了，許南英便是在此時離台內渡。究竟是在什麼情況下，許南英決定要走，目前論者引用的資料主要還是許地山寫的這篇〈詩傳〉[39]，以及日後許南英自己的詩作，眞實的情況已經難以復原，但是從現有的詩作看來，許南英對於當日無可奈何之下登船離開，仍有許多的憤恨。收在「己酉」年（宣統元年）的〈臺感〉及詩中夾注，交代得頗爲清楚，爲了說明之便，全詩迻錄如下：

> 不為猿鶴與沙蟲，畢竟書生誤乃公。伯樂有心收冀北（日軍到嘉義，即採訪士論，通函請予在府辦保良局。予內渡後，有兵官名花板者，亦通函請予回台），項王無面見江東。毀家抒難民為亂，覿過知仁論有同（當台北陷時，屯匪劉烏河乘機竊發，予帶鄉勇征剿。至阿里關，勇乏口糧，皆予給發。日人入城，收封予屋，號曰「亂民」；旋即起還，並給先叔以六等徽章，列於紳士。）剩此鬚眉還媿殺，漫勞攝影照青銅（台南警察署攝予小照，懸諸廳事，題曰「名譽家某某」。（頁82）

37〈窺園先生詩傳〉曰：「劉永福不願死戰，致書日軍求和，且令台南解嚴。」《窺園留草》，頁237。另陳俊宏《禮密臣細說台灣民主國・台灣南部的占領》一書，根據當時的戰地記者禮密臣的說法，詳細列出劉永福求和信件中的投降條件。台北：南天書局，2003年1月初版，頁96。

38〈窺園先生詩傳〉《窺園留草》，頁237。

39〈窺園先生詩傳〉說：「城中紳商都不以死守爲然，力勸先生解甲，因爲兵餉被劉提走，先生便將私蓄現金盡數散給部下，幾個弁目把他送出城外……日人懸像?索先生。鄉人不得已，乃於九月初五日送先生到安平港，漁人用竹筏載他上船。」頁237～238。

許南英在詩中解釋自己當日不得已之舉，因為日人進佔台南之後一度想攏絡他，令他成立保良局協助新政權，稱他為「名譽家」，此自然是新政權收編士紳影響力的一個方式。此時如果續留台南，只得成為順民，為了保有漢族氣節，惟有離台一途。

離開台灣之後的十八年間（1896～1913），許南英的顛沛流離才眞正開始。他先到南洋尋求發展，但是經濟很快就出現危機，只好回到內地任官，可是薄宦生涯的職務調動太過頻繁，這個時期的詩句中，經常可讀到詩人對於漂泊的厭倦。例如〈吏部投供以兵曹改知縣，歸途車中口占〉：

> 何處桃源遂隱淪？風塵復現宰官身。此生久已如旋磨，未死何堪更轉輪。（《窺園留草》頁 47）

〈己亥春日感興〉之九：

> 但教不遇流離苦，混跡漁樵亦感恩。（《窺園留草》頁 52）

論者多已注意到鄉愁書寫是《窺園留草》中的一個重要主題，這點許南英與施士洁的同質性很高，不管形跡到達何處，週遭景物都一再引觸對故鄉台灣／台南的思念，「鄉愁」的哀傷，形成許南英離散書寫的主調：

> 同是天涯淪落人，那堪重憶故山春。客中況是匆匆別，別後看花亦愴神。（〈題畫梅，贈陳岳生〉時同在鷺門，頁 34）

這裡筆者嘗試借用薩伊德對流亡的知識分子的描述，因為「流亡」的說法，有助於我們理解許南英的離散心境，薩伊德說：

> 流亡……意味著遠離家庭和熟悉的地方，多年漫無目的的遊盪，而且意味著成為永遠的流浪人，永遠離鄉背景，一直與環境衝突，對於過去難以釋懷，對於現在和未來滿懷悲苦。[40]

內渡既然是在國籍與家園的兩難之中作出的抉擇，表示其間原本有先後的取捨——寧可遠走他鄉也不願爲異國殖民。然而回到祖國的許南英，在祖籍的生活卻無法有落葉歸根之感，反而一直處在遊盪狀態，又無法再度回台居住，於是成爲永遠的流浪人。在此狀態下，不論許南英身在福建、南洋，或遊宦之中，眼中所見，都不由自主的連繫到台灣的事物。薩伊德也提到眞正令人難以忍受的「不在於無望地與原鄉完全分離」，而是：

> 生活裡的許多東西都在提醒：你是在流亡，你的家鄉其實並非那麼遙遠……流亡者存在於一種中間狀態，既非完全與新環境合一，也未完全與舊環境分離，而是處於若即若離的困境。[41]

所以在詩句裡，我們便讀到詩人一再感知自己是「羈客」、「愁人」、「遊子」、「飄零」、「浮萍」，甚至有一句之中，重複出現三個客字的詩句，無以消解的鄉愁迴盪在《窺園留草》乙未、丙申的大量詩作中，茲舉數句如下：

> 湖山原欲小勾留，無奈愁人倍有愁。（〈乙未秋日遊丁家絜園〉，頁34）
>
> 我展斯圖秋興起，歸來欲賦已無家。（〈題林雲臣還來就菊花小

40 艾德華・薩依德著、單德興譯《知識分子論》台北：麥田出版社。2000 年 2 月初版六刷，頁 85。

41 同上注，頁 86～87。

照〉，頁 34）
此地原羈旅，逢君是故人。（〈冬日客居鮀浦，吳獻堂過訪〉，頁 35）
身世今萍梗，圖書舊刦灰。家山洋海隔，鄉夢又歸來。（〈寄台南諸友〉，頁 35）
獨客已無家，客中重作客。（〈述懷〉，頁 40）

「家山」一詞多次出現在許南英離台初期的詩句中，「家」破的失落是他的詠嘆主調，但他一心思念的是台灣易主之前的家，可說是想像中的家園。

對於乙未保台的戰役，許南英又是如何自我評價呢？從壬子（1911）年、丙辰（1916）年兩次回台灣的情況看起來，許南英相當受到台灣古典詩界新舊友朋的歡迎與招待，當日離台的時機也已經晚於那些掌餉擁械的要員，但是似乎在故友親族間仍有些毀譽參半的迴響：

憶昔籌防局，鄉人義憤同。黔驢齊奏技，桀狗盡居功！含璧憐餘子，收棋誤乃公！幽冤千載後，誰為表初衷。（〈寄台南諸友〉之二，頁 35）

詩作中對此仍然不能完全釋懷，直到多年後寫作〈台感〉詩，仍充滿不堪回首的感傷：

小劫滄桑幻海田，不堪回首憶從前。某山某水還無恙，誰毀誰譽任自然。我信仰天無愧怍，人譏避地轉顛連。浮沈薄宦珠江畔，已別鄉關十六年。（頁 82）

此詩作於離台十六年之後，別人的毀譽，雖說要「任自然」，恐怕還是頗爲介意的。

（二）以英雄作詩史的丘逢甲

乙未割台前的丘逢甲，原本就是一個關懷時局的知識分子。14 歲應童子試，快筆寫就全台竹枝詞一百首，才華豔驚當時的主考官丁日昌，因而刻贈「東寧才子」印一方[42]，23 歲得到台灣巡撫唐景崧的賞識，招任幕府佐治[43]，25 歲中舉人，26 歲中進士，頂著「欽點工部主事」的頭銜，意氣風光的回到台灣來。他因爲師事唐景崧，得以有機會接觸古今中外的朝聞國政，中舉之前就已經開啓了國際性的視野[44]。進士得第回台之後講學，除了講授應試文藝外，還兼講中外史實[45]。隨著他講學全台的足跡[46]，文化聲望的累積水漲船高。這時，處在清國與日本的交戰談判籌碼中的台灣，已到了兵臨城下的危境，時勢造英雄，丘逢甲就以他此時全台性的聲望，擔任起「全台義軍統領」的重責大任[47]，成爲策動倡組「台灣民主國」的核心人物[48]。1894 年中

42 〈倉海先生公逢甲年譜〉收入《嶺雲海日樓詩鈔》，台北：大通書局，頁 391。本文以下引用丘逢甲詩句，皆使用此版，只標注頁數，不再另行注解。

43 同上注，頁 393。

44 鄭喜夫〈邱菽園與台灣詩友之關係〉一文中，引用丘菽園的〈五百石洞天揮麈〉一詩，說到：「然唐公最賞者，爲中國學西法得失利弊論。初，台人閱譯本書尙少，仙根則譯書素瀏覽，兼習知中西時事，故卷中洋洋萬言，能會中西之通。」《台灣文獻》38 卷 2 期，頁 115～163。1987 年 6 月。

45 〈倉海先生公逢甲年譜〉，頁 394。

46 同上注，頁 394。

47 據 1894 年 10 月 28 日唐景崧上給朝廷的奏摺，稱丘逢甲「該主事留心經濟，鄉望式符，以之總辦全台義勇事宜，可以備戰事而固民心。」見中研院近史所編《清季中日韓關係史料（六）》。台北：中央研究院，1972 年 12 月 31 日初版，頁 3888。

48 丘逢甲在成立「台灣民主國」的過程中，究竟扮演何種角色，論者衆說紛紜，但爲核心人物則無可疑。此事可參見黃昭堂《台灣民主國之研究》台北：現代學術研究基金會出版，1993 年 12 月初版，頁 117～125。以及黃秀政、楊護源〈丘逢甲與一八九五年反割台運動〉一文，收入《台灣史志論叢》台北：五南圖書出版，1999 年，頁 153～158。

秋節前後就著手創辦義軍[49]，以「抗倭守土」號召鄉里：

> 吾台孤懸海外，去朝廷遠，不迴甌脫。朝廷之愛吾台，曷若吾台民之自愛！官兵又不盡足恃，脫一旦變生不測，朝廷遑復能顧吾台？惟吾台人自為戰、家自為守耳。否則禍至無日，祖宗廬墓之地，擲諸無何有之鄉，吾儕其何以為家耶？[50]

文中指出以清廷中央國勢積弱，自保尚且有困難，如何還能保衛邊陲台灣？所以台民須有自保的準備。1895 年 4 月「馬關條約」簽訂之後，丘逢甲以「工部主事統領全台義勇」的名義上書清廷：

> 和議割臺，全臺震駭！自聞警以來，臺民慨輸餉械，不顧身家，無負朝廷。列聖深仁厚澤二百餘年，所以養人心、正士氣，為我皇上今日之用；何忍棄之。全臺非澎湖之比，何至不能一戰！臣等桑梓之地，義與存亡；願與撫臣誓死守禦。設戰而不勝，請俟臣等死後，再言割地；皇上亦可上對祖宗、下對百姓。如日酋來收臺灣，臺民惟有開仗。[51]

用詞何等慷慨激昂，到此時爲止，丘逢甲所展現出的要與台灣共存亡的決心，比之上一節的許南英還更加堅決。在清廷終不顧念台灣孤島之後，民主國於焉誕生。雖然民主國的成立，在天時、地利、人和三方面，都幾乎註定沒有成功的機會，唐景崧與丘逢甲意見不合更

---

49 丘崧甫〈中秋夕烏石岡眺月〉一詩曰：「當日防秋眞畫餅，今宵覓句費登壇。」作者自註說：「客歲隨家兄辦全台義軍於中秋節後辦起。」此詩收在《嶺雲海日樓詩鈔》卷一〈乙未稿〉，頁 3～4。

50 丘瑔〈丘倉海傳〉，《嶺雲海日樓詩鈔》頁 375。

51 見汪彥威編《清季交涉史料・光緒朝》，台北：文海出版社，1963 年，卷 109 頁 5。

加速情勢的惡化[52]，在上級掣肘，武器嚴重短缺的情形下，丘逢甲必定深感挫折，種種劣勢都是我們今日評價丘逢甲的時候可以理解的。至於丘逢甲是否挾軍餉潛逃的爭議，因爲難有確切的證據，其實已經沒有再討論的必要[53]。然而最令當時及後代台灣人錯愕的，恐怕還在於丘逢甲棄台西渡的時機，本文採取目前已經廣被論者接受的說法——約莫在乙未年陰曆 6 月 6 日至 8 月之間，也就是在唐景崧逃走之後不久，就迅速棄職離境了。對照台灣的戰局來看，日軍的攻勢大約剛到新竹。換句話說，丘逢甲幾乎沒有直接參與任何保台的戰役。其他文獻暫且不論[54]，最明顯的證據是該年的中秋節，丘逢甲已經和三弟在廣東鎮平賞月，並作有〈中秋夕烏石岡眺月同三弟崧甫作〉詩[55]。以下我們將以這個事實爲前提，來看丘逢甲內渡後的乙未離散書寫。

《嶺雲海日樓詩鈔》所收詩作，起始於乙未內渡之後，最膾炙人口的〈離台詩〉六首[56]，雖然收在外集之中，但由詩註看來，當是最貼近當時的作品：

---

52 唐、丘之間意見相左的詳情，參見黃秀政、楊護源〈丘逢甲與一八九五年反割台運動〉一文，收入《台灣史志論叢》，台北：五南圖書出版，1999 年。

53 有關丘逢甲內渡的時間點，和是否捲款而逃的兩大爭議，黃秀政、楊護源〈丘逢甲與一八九五年反割台運動〉一文考之甚詳細，可參看。

54 當時或稍後的文獻中，多有其捲款潛逃之說：易順鼎《魂南記》：「主事丘逢甲等皆擁巨資，棄師潛逃。」《台灣文獻叢刊》第 212 種，頁 7。
思慟子的《台海思慟錄》云：「數月之間，逢甲領去官餉銀十餘萬兩，僅有報成軍之一稟而已。」《台灣文獻叢刊》第 40 種，頁 4。
洪棄生《瀛海偕亡記》云：「邱逢甲者，……奏章稱其領義勇百二十營，實不滿十營。」《台灣文獻叢刊》第 59 種，頁 4。
林幼春則有詩曰：「文章任昉推名手，勸進齊臺首上牋。鉛槧生涯邀異數，菰蒲人物此居先。一時噓氣能行雨，滿望隨風直上天。誰信抱琴滄海去，瘴雲長隔祖生鞭」《臺灣詩乘》卷六，《台灣文獻叢刊》第 64 種，頁 253。

55 《嶺雲海日樓詩鈔》頁 3。

56 《嶺雲海日樓詩鈔》頁 365。

宰相有權能割地，孤臣無力可回天。扁舟去作鴟夷子，迴首河山意黯然。

詩裡並沒有面對自己前後言行的重大落差提出解釋，只把台灣的易主歸咎於李鴻章的權力誤用，「無力」、「黯然」之語，都已不復約莫三個月前守土拒倭的萬丈雄心，這使得詩境與言行之間產生不連續的斷裂感。若根據丘逢甲之子丘琮所編的年譜，急於內渡因乃「日人知臺灣自主，由公首倡，所部義軍又抗戰最力，嫉之甚，出重賞嚴索。……公知事不可爲，欲率部據山死守，與台共存亡。部將謝道隆諫曰：『台雖亡，能強祖國則可復土雪恥，不如內渡也』。」[57] 丘逢甲同意謝頌臣的建議，於是佈告所屬各地，在不約束士兵的情形下，自由決定是否繼續抗戰，他自己則：「痛哭辭故鄉，奉父母內渡」，此當是子爲父諱的說辭，丘逢甲內渡後似乎一直不願意坦然面對棄台之事，這是他與許南英的第一個差異點。尤其是在他安然抵達廣東祖居之後，其舊日部屬吳湯興、姜紹祖、徐驤、丘國霖等所率領各部，於 5 月 20 日開始與日軍短兵相接，至 8 月全數遭日軍擊潰，姜紹祖之妻的激烈言行[58]，也被史家所記錄。種種消息，傳到丘逢甲耳中，使他一方面夢縈鄉關，另一方面憂讒畏譏，對台灣的思念，反而不能盡情宣洩，詩作裡表現出比許南英更複雜的轉折。呈現在《嶺雲海日樓詩鈔》乙未稿與丙申稿裡的，雖有數不盡的「秋痕」、「淚痕」、「悽絕」、「灑淚」、「淪落」之類孤冷的字眼，但是多爲隱喻、象徵、聯想等文學技巧的運用，全部「乙未稿」沒有任何一首詩直接面對故鄉台灣的人、事、物，這是丘逢甲與許南英的第二個差異。

57 《嶺雲海日樓詩鈔・倉海先生丘公逢甲年譜》，頁 397。

58 據《台灣通史》卷 36〈吳、徐、姜、林〉列傳及《台灣詩乘》卷六，頁 239，記載：「（日人）至家，捕其妻，問紹祖所在。答曰：『我夫爲國效命，想已戰死；余爲紹祖妻，欲殺則殺』！照山聞之大驚，遂釋。」

「丙申稿」裡，丘逢甲似乎比較願意面對已經陷落的台灣，但也只有在寫給至交好友且同時內渡的謝道隆的詩裡，他比較能坦然陳述自己的心境。〈送頌臣之台灣〉八首之五：

親友如相問，吾廬榜念台。全輸非定局，已溺有燃灰。棄地原非策，呼天儻見哀。十年如未死，捲土定重來。（頁 23）

這裡，透露丘、許的第三個差異點。丘逢甲意欲透過謝頌臣轉答在台灣的親朋故友，全生內渡是爲了圖謀再舉，所以詩中充滿捲土重來的自我期許，目前狀態則是暫時的英雄失路。〈秋懷〉兩首：

如此乾坤付越吟，賸將詩卷遣光陰。鏡中白髮愁來早，衣上緇塵劫後深。半壁河山沉海氣，滿城風雨入秋心。留侯博浪椎無用，笑撫殘書酒獨斟。古戍斜陽斷角哀，望鄉何處築高台。沒蕃親故無消息，失路英雄有酒杯。入海江聲流夢去，抱城山色送秋來。天涯自灑看花淚，叢菊於今已兩開。（頁 36）

他在詩中經常以英雄自我期許，英雄的關懷是「乾坤」、是「半壁河山」，這與許南英流離失所的流亡心境有明顯分別，許南英從許多瑣細的日常生活中關聯台灣、想像家園，丘逢甲則比較以台灣爲英雄志業的成就場域，此詩中他以張良自比，在其他詩作中，虬髯客、趙佗也都是他英雄功業的認同對象[59]。爲了成就英雄志業，性命不可

59 魏仲佑〈丘逢甲及其乙未台灣割讓的悲歌〉一文，指出丘詩常用?髯客的典故，收入東海中文系編《台灣文學中的歷史經驗》頁 79，台北：文津出版社。1997 年 6 月。余美玲〈新亭空灑淚，詩中聞懺聲——再論丘逢甲內渡後詩作〉一文，則指出丘詩對趙佗故事的偏愛，發表於 2002 年 4 月 13 日，東海大學主辦的「中華文化與文學學術研討系列第八次會議・日治時期的台灣傳統文學」。

輕言犧牲，〈送頌臣之台灣〉裡說「王氣中原在，英雄識所歸。」（頁23），在〈答台中友人〉（戊戌稿）兩首裡，丘逢甲比較了當時可能的幾種選擇：

> 極目風濤愴夢思，故山迢遞雁書遲。渡江文士成傖父，歸國降人謗義師。老淚縱橫同甫策，雄心消耗稼軒詞。月明海上勞相憶，悽絕天涯共此時。抱石申屠劇可憐（台人有賈于泉者，聞台亂家亡投萬安橋下而死），一庵待死伴枯禪（內渡後有諸生為僧）。湛身難訴遺民苦，殉義誰彰故部賢（謂部下吳、徐、姜、丘諸將領）。碧血縱埋非漢土，赤心不死尚唐年（台中義士尚奉中國正朔）。扁舟但益飄零感，過海何曾便是仙！（頁48）

這二首詩作於1898年，距離內渡已有三年，但詩中詞意還顯得頗爲激切。在變局之中，有人選擇自殺殉台、有人出家斷念、有人戰死，他自己呢？登舟浮海，也倍感飄零，並非從此安枕無憂，「過海何曾便是仙」的確道出了他心中的哀傷。英雄事業落空，未能殉台又招致毀謗，丘逢甲認爲人們以成敗論英雄使他備感委屈。〈有書時事者，爲贅其卷端〉（頁3）：

> 人間成敗論英雄，野史荒唐恐未公。古柳斜陽圍坐聽，一時談笑付盲翁。牙旗獵獵捲東風，舊事真成一夢中。自有千秋詩史在，任人成敗論英雄。

隨著時間過去，丘逢甲逐漸不想再提台灣的往事：

> 多君欲問臺灣事，曾作大將軍現身。滿目劫塵無法說，青天碧海哭詩人。〈題凌孟徵天空海闊簃詩鈔並答所問臺灣事〉（頁214）

他轉而尋求另一種英雄價值的認同——致力於「詩史」事業，以詩歌爲時代作見證，這表現在他後期詩歌中對重大時事的關注和批判，著名的〈論詩次鐵廬韻〉（十首之九）表明他的心跡：

> 展卷重吟民主篇，海山東望獨悽然。英雄成敗憑人論，贏得詩中自紀年（來詩有民主謠）。（頁 179）

此後他的的關注便以中國政局和詩壇爲場域，視野中較少出現台灣了。所以乙未的斷裂，事實上使得丘逢甲從一個懷抱家國使命的台灣知識分子，在經世濟民的英雄事業失敗之後，藉由中國文學詩史傳統的承接，另外開啓了文學事業。

許南英與丘逢甲，前者發抒天涯倦客流浪之情，後者書寫失路英雄的悲慨，但倦客與失路英雄，其實同爲台灣出走的遺民身分。在內渡中國之後的新天地裡，各自以台灣遺民的舊身分尋找安身立命之道。許南英的流亡飄蓬之感始終濃厚，因而兩度回台祭掃先人廬墓並處分家產，以尋求情感的補償；丘逢甲則以「重開詩史作雄談」[60] 的文學志業作爲新的價值認同。

五、結論

乙未割台是台灣歷史的重大變局，台灣官紳匆促之下尋求台灣民主國的獨立自主，建國大業雖然曇花一現，卻仍在近代台灣史上具有重大意義；對文學史而言，其意義則在於傳統知識分子的仕宦教讀生涯產生裂變，留在台灣成爲日本國籍，本身就有民族情感的不易跨越；科舉求官之路從此斷絕，則又關乎文化認同與生存的經濟問題。離台內渡雖可保持文化認同之不墜，遠離家園的離散流亡，實亦生命

60 此詩句見〈論詩次鐵廬韻〉十首之十。《嶺雲海日樓詩鈔》，頁 179。

之莫大摧折，這正是此時期台灣傳統文人共同面臨的兩難抉擇。本文因此提出「乙未世代」的界說，希望能藉由此一時代的斷裂點，去觀察此時期台灣文士面對變局的態度，以呈顯出進退皆艱難的歷史處境。並藉由民主國事敗之後，文人的出處進退及其文學書寫，探究乙未割台所造成的文本意義。第四節以許南英與丘逢甲內渡後的詩作為對象，考察兩人遺民心境的書寫，並歸結出三個差異點。

由於論文字數的限制，對於乙未世代的去留問題，拙論尚未能就士、商、紳階級及個別文人在經濟層面上的現實考量，分析去留的選擇及去後復歸的因素，是不足之處，他日當再就此一經濟層面的問題作深入探討。同時，隸屬乙未世代的文人，數量相當可觀，除了本文著重討論的許南英、丘逢甲之外，本文中提及的王松、洪棄生、謝頌臣、林癡仙等人，甚至此時與台灣詩壇關係密切的清國官員唐景崧、任職幕僚的廣東梁子嘉等，都應該是可以放在這個視角下重新檢視的文人群，筆者亦將留待他文進行探討。

第五場

11 月 29 日 (六) 10:25～12:10

何寄澎◎主持

◎楊子霈

殖民／性別／情慾的多音對話

——以吳濁流、王昶雄、鍾肇政小說中的台日異國戀爲例

◎許琇禎講評

◎王文仁

台灣的「日本語文學」初探

——從「日本語文學」到語言同化政策問題

◎林水福講評

◎鍾怡彥

鍾理和「故鄉四部」版本比較研究

◎張春榮講評

殖民／性別／情慾的多音對話

——以吳濁流、王昶雄、鍾肇政小說中的台日異國戀為例

◉楊子霈[1]

《摘　要》

許多曾在日據時代生長的台灣男作家，其小說常出現對日本女子難以自拔的迷戀，而又以男主角對女性之選擇隱喻認同的轉移。本文藉由比較吳濁流（1900～1976）《亞細亞的孤兒》、王昶雄（1916～2000）《奔流》、鍾肇政（1925～）《濁流三部曲》中的台日異國戀情（台灣男性愛上日本女性）為例，指出此種迷戀心理既揭示了殖民創傷其實滲透到潛意識性心理的層面，並且以女性為認同象徵的寫法一方面顯現其認同的追尋與抵殖民思考（此點三位作家也有差異），一方面又僵化了女性形象，使女性只能成為國族的附庸而已。企圖以後殖民主義、女性主義的眼光來互相補充與辯證，以求更全面、深入地解釋殖民／性別／情慾間盤根錯結的複雜關係。

關鍵詞：王昶雄、吳濁流、性心理、後殖民女性主義、認同、鍾肇政

---

1 台灣師範大學國文系碩士生，E-mail: yxp0507@yahoo.com.tw

壹、殖民、性別與情慾的複雜糾葛

在當今文學與文化研究的領域，後現代主義、後殖民主義、女性主義等各種理論已然勃興，理論之間的多音對話也成爲批評者們關注的方向。面對殖民／性別／階級之間盤根錯結的複雜關係，理論家們於是尋求更細緻周延的分析方式，思考理論間互相挪用或辯證的可能性。如張小虹即指出，有些批評家認爲在白種父權社會裡，男性／女性、白種／有色、異性戀／同性戀層級式的宰制結構是相類相連的平行壓抑機制，因此女人、有色人種和同性戀者可彼此相互認同。而有些批評家們則並不認爲此三者的身分認同是可交互替的，他們反而傾向可顯其個別的殊異性，並強調此三者的平行連結勢必產生極大的衝突矛盾。對他們而言，性別、種族與性欲取向的相互連鎖，是透過彼此的差異，而非透過彼此的相似、對應與認同[2]。

因此本文也試圖讓後殖民理論、女性主義的眼光來互相補充與辯證，來解析日據背景小說中的台日異國戀情（台灣男性愛上日本女性），其中透出怎樣的殖民或性別壓迫訊息，實際操作上則以吳濁流《亞細亞的孤兒》、王昶雄《奔流》、鍾肇政《濁流三部曲》中的台日異國戀情（台灣男性愛上日本女性）爲例，希望能更精微地指出兩者間的差異或相似，並開啓兩者間對話的可能性。

貳、戀情的游走與認同的追尋

一、雙面情人：象徵帝國文化之美的日本女性及其背後的帝國黑暗面

檢視上述三本小說可以發現，這些男作家筆下的日本女性，往往都是美艷動人的，加上其受過較高教育的知識女性風度，透過衣著、

2 張小虹，《性帝國主義》（台北:聯合文學，1998），頁 14。

言談、姿態展現無比的魅力，而使小說中的男主角們完全無法抗拒，如《亞細亞的孤兒》中的日籍女教師內藤久子：

> 那是豐腴溫馨的日本女性的玉腿，而那優美的舞姿，猶如隨風飛舞的白蝴蝶。太明不覺回憶起某次遊藝會中，久子穿潔白的舞衫表演「天女舞」的情景來，她那美麗的嬌軀和純熟的舞藝，曾使滿座的觀眾怔驚得鴉雀無聲。有時，看見久子穿著鮮豔的和服在散步，她那美麗的倩影，常使太明對她無限地傾慕。（頁 34）

又如《濁流三部曲》中的日籍女教員藤田節子，也使得包括男主角在內的一干台籍男教員，都爲之傾倒：

> 一襲白上衣，一條黑裙，短短的頭髮在後頸往上一折，也天天都是這樣的樸素打扮，但她那艷麗的笑卻是那樣慷慨地投向我。她臉上不加修飾，而粉頰朱唇，處處發散著天然的青春美色。（頁 68）
> 我的心情有些混亂，但眼睛仍貪婪地盯住這妖嬈的日本女郎的背影。那草草束起來往上一折的黑髮，那擺動的腰肢，還有藏青色裙子下面的一雙小腿。這女人，真是沒有一個地方不散發著魅人的青春氣息。簡尚義會給迷住，實在難怪。（頁 82）

更多的時候，這些女人們更散發濃郁的日本氣息，舉手投足都帶著日本婦人的溫婉典雅，而成爲日本文化之美的象徵，如王昶雄《奔流》中的敘事者描述的其在日本的戀人：

> 雖然有點好強而使人覺得冷漠的端整的臉龐，卻讓我感覺到溫暖的心情。滿頭密厚的黑髮盤成舒適的結、非常柔美的動作線條等，都對出生於南方的我，投來一種不可思議的魅力。據說後來她做了插花的師匠，她就是透過插花，不斷地追求人生更深更深的那種死心塌地的生

> 活方式，引發我激烈的懷念。換句話說，是把感性的觸指，不停地伸向內心，把勃動不已的生命力，傾注於高尚的藝道。……予我心靈無限啟發的她，是我的老師、朋友，也是心目中的戀人。（頁333～334）

又如鍾肇政在《濁流三部曲》中描寫的日籍女教師谷清子，

> 每次在事務室和谷清子面對面坐著時，我總沒法禁止自己偷看她。我發覺她愈看愈美，而且愈吸引人。她的確是日本古典美人，典型的「浮世繪」裡的人物。（頁111）
>
> 清子很少笑一說正確一點，她是很少笑出聲來，因為她隨時都有著笑意隱現在眉宇間和唇邊。現在她居然笑出聲來了。啊！她的笑容多動人。嘴唇似乎微微地抿著，只露出那麼小半截整齊雪白的一粒粒珍珠般的牙齒。她就是這樣，一言一動，乃至一顰一笑，都似乎有著一種克制工夫在作用著，永遠不會過火，永遠不會放肆。是的，那是日本女人的古典作風，她原是典型的日本女人呵。（頁139）

矛盾的是，這些日本女性的背後，都有一雙使男主角墜入絕望深淵的帝國推手，從外在情勢與內在心理兩方面向男主角開弓。如《亞細亞的孤兒》中的日籍校長，就卑鄙地一方面調侃胡太明，一方面將久子調至他校；而久子也以種族不同（台灣人是較劣民族）的暗示婉拒。《濁流三部曲》的谷清子，除了是日人又是出征軍人的妻子等重重障礙外，又被州視學看上，加上清子自己對深情的疑慮，使得戀情終究不可能。而《濁流三部曲》中其他台灣男人與日本女人的戀愛，如簡尙義對藤田節子深深傾慕，終究還是因爲自己的卑怯與校長的作梗（爲他與台灣女人作媒）而宣告破滅。《奔流》中的敘述者也出於同樣的卑怯而不敢開口，終究使得戀情無法成功。

這些同時具有美貌與黑暗面的日本女性，使得男主角們遇上了就無法抑制地愛上，然而一旦愛上又會陷入絕望的痛苦深淵中，飽受歧視與欺凌，躁動而失落。

二、無聲的女性：作爲推動情節的功能與認同的象徵

John Berger 在《藝術觀賞之道》中提到，男性觀察女性，女性則注意自己被別人觀察。男性根據女性的姿態、聲音、表情、服飾、品味等來決定如何對待她們，女性則像男性般審視自己的女性氣質。Berger 並以此來看歐洲繪畫中的裸女，發現她們大都被視爲物品或抽象概念的活動對象，擁有相當討好男性的軀體和女性氣質[3]。

我們可以發現這些小說中的日本女性形象其實相當一致，都是以男性的角度來觀看、描繪，除了少數對話可表達其心聲之外，幾乎沒有從她們的角度深入描繪其內心世界；她們的行爲也多半恪守日本女性的規範，除了對台籍男性或有表白外，並沒有什麼特別突出的行爲來彰顯其個性，即使是鍾肇政筆下著墨較多的谷清子，也只是在男主角看得到的「典雅」和「深情」兩方面特別去描寫，至於谷清子對台灣人的看法、其更深沉的內心世界等等就沒有多餘的描述。所以這些女性並不是以其鮮明的個性而存在的，反而更多地是作爲一種推動情節的功能或象徵而存在。

作爲推動情節的功能來看，在敘事學的人物理論中持行動論的一派（主要是俄國形式主義與法國結構主義的學者），認爲人物的本質是「參與」或「行動」，而不是個性[4]。格雷馬斯在研究人物關係時提出「行動元」的概念，這個概念是用於標明人物之間、人物與客體之間的行動關係。他提出了三組對立的行動元模式：主體／客體，發送者 ／ 接受者，幫助者／敵對者。他聲稱這三組關係適合故事中所有的人物，任何人物都具有這三組行動元模式中的一種或幾種關係。

---

3 John Berger，戴行鉞譯，*Ways of seeing*，《藝術觀賞之道》（台北：商務，1993），頁 40~75。

4 胡亞敏，《敘事學》（武漢:華中師範大學出版社，1994），頁 144。

發送者是推動或阻礙主體實現其目標的一種力量，它可以是人形的，也可以是抽象物。接受者是發送者的對象。幫助者推動主體實現其目標，敵對者則是主體的對立面，它構成對主體的挑戰和破壞[5]。

於是這些日本女性既是作爲欲望的客體和接受者，而其背後的殖民勢力就是阻撓勢力的發送者和男主角的敵對者，小說中的男主角是欲望的主體，而小說中的幫助者卻永遠缺位，這使主體面臨的是一個強大的敵對者陣營，從而陷入一種無助無望的境地；透過這絕望之愛的情節鋪排，於是能夠將台灣人的悲哀處境表現得淋漓盡致，不但生活經濟上被壓迫，連愛情，也是這般地卑屈絕望。

另外，作爲一種認同的象徵，更可以看出男主角對認同的追尋。小說中男主角，雖然身邊也環繞許多美麗的台灣女子，但他們最初傾慕的對象總是日本女子，而後經歷絕望之愛的打擊，深深受創後，方能慢慢欣賞台灣女性的美好。《亞細亞的孤兒》中，台籍女教師瑞娥最初是不能吸引胡太明的，直到太明受到久子的打擊後，才突然感受到瑞娥的深情和可愛。《濁流三部曲》中的陸志龍，也是經歷過和谷清子的那一段創傷後，而慢慢轉向台灣女性李氏素月、銀妹、林完妹等。鍾肇政的小說往往以女性作爲認同對象的象徵，也一直爲論者所指出，如歐宗智就認爲：「鍾肇政《濁流三部曲》的陸志龍與《台灣人三部曲》的陸維樑在異族愛戀失敗後，終於選擇與「情人」角色相對的，代表著「母親」色彩之本土的台灣女性---銀妹與奔妹，做爲自己的終身伴侶，這樣的女性追求過程，亦可視爲弱勢民族自我意識覺醒的象徵。」[6]

深入分析後，我們可發現這些美好的日本女性形象終究還是靜默無聲，主要作爲推動情節的功能與認同象徵而存在於文本中，尤其是

5 同上註，頁 147~149。

6 歐宗智，〈絕望的愛戀及其象徵意義——以吳濁流、鍾肇政、東方白日據時代背景小說爲例〉，《國文天地》第 209 期，民國 91 年 10 月，頁 61。

作爲國族認同的象徵，在日據時期男作家的小說中大量出現。

三、從女性認同象徵來看三部作品的國族認同

綜上所述，三個文本雖不約而同地以女性爲國族認同的象徵，但比較這些女性象徵，會發現三個文本所呈現出的國族認同其實也不盡相同。《亞細亞的孤兒》中，男主角胡太明起初迷戀日本女性藤田節子，後來是中國女性淑春，兩者後來都令他感到極大的幻滅，正和胡志明的漂流經驗相呼應：對於日本，他失望反感；對於中國，他也格格不入。事實上《亞細亞的孤兒》最被人稱道的便是它指出台灣被邊緣化的孤兒命運和認同的困境。

《奔流》中的敘述者則對日本女性始終難以忘懷，但他對於恆亙兩人間的殖民阻礙並沒太多的批判。

《濁流三部曲》中的男主角陸志龍則從日本女性逐漸轉移到台灣女性，越來越發現到台灣女性的美好，最後以台灣地母的象徵-銀妹爲最終情感的依歸。其實可清晰看出其對台灣篤定的認同。

三位作者成長於日治政策的不同階段，所觀察、感受到的認同問題也不盡相同。吳濁流生長於 1900 年，在寫作上展露頭角的時間卻比一般作家爲晚，寫作處女作〈水月〉已三十七歲，而寫作《亞細亞的孤兒》時已到了一九四三至一九四五年。他看到了戰爭時期台灣被壓迫、被剷除文化根苗的種種慘況，也曾於一九四一年赴南京《大陸新報》服務一年，看到汪精衛政權下的中國社會實況。因此寫作此書時他的思考已經歷過多重轉折、而呈現戰爭時台灣知識份子在認同上的漂泊、虛無與茫然。

王昶雄則生於 1916 年，寫作〈奔流〉時二十六歲，其成熟期也正當皇民化運動如火如荼之時，因此他這一世代作家在認同上也許比其他世代的台灣作家較少矛盾，同時爲了要躲過皇民化運動的思想檢查，即使反殖民也必得要採取比較含蓄而曖昧的表達方式，故〈奔流〉中對認同問題的探討要更爲隱微、曲折、曖昧。

三位作家中出生年代最晚的鍾肇政（1925 年），則是受日本教育長大，二十歲時台灣光復，才開始接觸中文，屬於「跨越語言的一代」，語言上的轉變是滿當大的衝擊，而「在精神上，這一代又先是受到大和民族主義的驅使，繼而在戰後又受到高漲的中華民族主義的歧視。」[7]《濁流三部曲》是在一九六一到一九六三年才完成，從此便可看出鍾肇政語言摸索歷程的艱辛漫長。而小說的內容風貌也可看戰後第一代台籍作家的精神面貌，在迷惘中尋求出口，對新時代雖覺生機無限但也有些惶恐，小說中的認同因而更傾向於回歸台灣土地、自然，從民間的生活中找尋出口。

參、去勢抑或扭轉劣勢？

這些日本女性爲何會使台灣男性如此魂牽夢縈？在日本女子與台灣女子同時存在的場合，爲何台灣男性首先欣賞的會是日本女子？爲何他們會對日本女子有如此高的想望？

法農在《黑皮膚，白面具》的第三章〈有色男人與白種女人〉中，藉由討論黑人男作家Rene Maran的小說〈洞穴般的男人〉，來論述黑男人與白女人間會發展出的種種關係。

法農揭示出了黑男人潛意識中的想望：「希望是以一個白人而非一個黑人而被承認[8]。」而爲了要達成這個想望，就必須藉佔有白人女性來達成與白種文化的想像認同：

> 此時-這是一種連黑格爾也不曾想像的認知形式-除了白種女人，誰能為我達成這樣的認同？藉著愛我，她證明了我是值得白人愛的。我像個白男人般地被愛著。

7 陳芳明，〈臺灣新文學史（10）——二二八事件後的文學認同與論戰〉，《聯合文學》第 198 期 2001 年 4 月，頁 167。

8 Frantz Fanon, *Black skin, White masks*（New York:Grove press，1967），頁 63。

> 我是個白人。她的愛引領我向尊貴大道，領我向完全地認可……
> 我娶了白色的文化、白色的美、白色的白。
> 當我的雙手無休止地愛撫著那對白色胸脯時，我抓住了白色文明與自尊，並使它們全都為我所有。[9]

然而這種想望也同時伴隨著一種自卑的「被棄官能（"abandonment-neurosis"），如同Maran小說中的男主角一般，自認配不上白人女友，又時時刻刻要白人伴侶重複愛的承諾，此種「不去愛以免被棄」（not to love in order to avoid being abandoned）的心態，來自黑男人心理結構中深沉的自卑與自戀自怨式的「灰姑娘情結」（"Cinderella complex）[10]。

以此來看，這些小說中的台灣男性之所以傾心於日本女性，似乎在潛意識中也有想藉日本女人來完成以一個日本人而非台灣人來被認可的夢想，證明他們是值得日本女人愛的，他們像個日本男人般被愛。潛意識中，他們或許認爲與日本女人戀愛是較優越的，與日本女人戀愛，即是擁有了日本的文化與美，也就擁有了自尊。而受到日本文化薰陶的日本女性，當然也就是較美好較高貴的。殖民體制對台灣人精神主體的戕害，甚至滲透到潛意識、性心理的層次裡，眞是令人觸目驚心。

也因此這些殖民地男性，在戀慕日本女性的同時，卻沒有一個在這種戀情中是不自卑的。他們都不敢上前追求，甚至連開口都沒有，只能在心中暗自忍受情感的煎熬。《亞細亞的孤兒》中，胡太明面對久子是這樣的心情：

---

9 同上註。此段譯文是引用奚修君的翻譯，見《性帝國主義》（台北：聯合文學，1998。），頁19。

10 同註8，頁76~77。

他的感情越衝動，越使他感到自己和久子之間的距離-她是日本人，我是台灣人——顯得遙遠，這種無法填補的距離，使他感到異常空虛。（頁 34）

假如自己能和久子結婚，以後的生活將怎麼樣？自己這種低微的生活能力，怎麼能供養日本女人久子所需求的高度生活享受呢？（頁 35）

而使得他一開始就無法勇敢去追求久子，直到久子要調差前才勉強開口去問，最後還是因種族問題被拒。

《奔流》中的敘述者「我」，面對日本戀人時，也是這般卑怯：

作為一個人，我究竟具有跟她結婚的資格嗎？加上獨生子的我，非把她帶回到台灣偏僻的地方不可，到那時候，從各種角度看來，能否保持以前的幸福感呢？簡直像走鋼索的心情一樣。為自己的窩囊，我哭了。（頁 336）

在對谷清子的戀情中，陸志龍更是不斷為情欲和自卑所拉扯：

或許她在心中對你抱著成見，你是臺灣人，支那人的後裔，張科羅小子（日本人稱呼中國人的詈言），黃口小兒……（頁 175）

《濁流三部曲》中另一個也愛上日本女人的簡尚義，甚至怯懦到連開口表白也不敢，就默默接受校長的安排，和台灣女人結婚。

邱貴芬在〈性別／權力／殖民論述：鄉土文學中的去勢男人〉中，談到「Louis Montrose 談殖民論述的性別理論架構，認為在殖民思考體系裡，土地往往被女性化，蹂躪被殖民者的土地和蹂躪被殖者的女人經常同時進行。在殖民暴力裡，『性』因而被賦予強烈的權力象徵意義。當殖民者展現雄風，盡情施暴於被殖民的土地和女人時，被殖民社會的男人必須隱藏自己的性能力，甘於『英雄無用武之地』

的情景，方能生存。如果女人的傳統定義乃佛洛依德所謂『被閹割的男人』的話，在此充滿張力的殖民時刻裡，被殖民社會殺那間化爲一個『女人國』，因爲它有的盡是被閹割的男人和被蹂躪的女人。」並指出「如果台灣的歷史基本上是一部被殖民史，從鄭芝龍時代至目前東及西經濟殖民時期，輪遭不同殖民者剝削蹂躪的話，台灣的社會基本上是一個沒有「『男性』的社會，因爲台灣的男人在面對殖民者時，若非被迫放棄男性能力，便是深爲『不能』的焦慮煎熬，或是接下女性被嫖的角色。」[11]

由此看來，這些小說中的台灣男人，面對所愛卻不敢追求，反而因自己是台灣人而異常卑怯，認爲絕沒有能力帶給日本情人幸福，或者以爲自己是次等民族，不可能博得佳人的青睞，或不具備追求的資格等等，也就如同邱貴芬所言之「去勢男人」，被迫放棄了男性能力。

而追究其「去勢」的原因，則可發現殖民壓迫不但在經濟上、生活各有形無形的層面上，而且更深刻地還在心理上。法農在〈論民族文化〉一文即明確指出：「殖民主義並非僅僅滿足於對被統治國家的現在和未來實施統治。僅僅把一個國家的人民握在掌中並把本土人腦中的一切內容掏空，殖民主義並不滿足。出於一種邪惡的邏輯，殖民主義轉向被壓人民的過去，歪曲；醜化、毀壞他們的過去。」[12]

日本殖民政府爲台灣帶來現代化的教育和建設，將台灣從封建社會引入資本主義社會，也使台灣人疏離於自己的傳統和生活方式，而造成精神上流離失落；在空間上，毀棄了清帝國的地理脈絡概念，重構一套新的帝國山川論述，並帶來新的建築、空間規劃和空間運作機制（如通取締、道路規則…等等）；在時間上，以數字化、具象化、

11 邱貴芬，〈性別／權力／殖民論述:鄉土文學中的去勢男人〉，載《仲介台灣・女人》（台北：元尊文化 1997），頁 184。

12 法農，〈論民族文化〉，收錄於《後殖民批評》（北京：北大出版社，2001），頁 162。

切割細緻化的機械時間，取代掉農業社會模糊的事件式時間意識，強勢支配著台灣人的生活[13]。台灣現代化的過程，其實就是日本殖民化的歷史。並且在高等教育、政治、經濟、社會等各層面中，日本人都獨佔了優越的地位。並且透過語言、教育等話語運作，組織成一個嚴密的網，使整個台灣社會都受其定義與控制[14]。

於是逐漸地，「隨著三〇年代市鎮中小企業的發展，日本移民平均而分散地定居台灣，接受日式教育，逐漸習慣於日式生活文化的市鎮知識分子，新的生活秩序，已經是他們人格養成的天然組成部分，是被內化了的合情合理的存在」[15]，而這些知識份子們自然就形成內地／本島、開化／野蠻既相對立又同時並存的雙鄉意識。[16] 尤其皇民化的一代，更覺得處處不如日本人，而要成爲日本人，則必須經歷各種努力、改姓名、生活日式化，甚至獻身於戰爭、透過血液的新生來成爲日本人。陳芳明在論及皇民化文學時，認爲在皇民化風潮下成長起來的新世代，如王昶雄、陳火泉、周金波等人，他們共同的見解是「日本文化肯定是比台灣文化還優越。在語言方面，在近代思想方面，雙方最大的落差就是受到現代化洗禮的程度。那麼，如何進行人格的改造與昇華？答案非常清楚，那就是要投備現代化的轉化過程。於是，他們的思考輯就如此建立起來，要達到現代化的目標，首先就必須通過日本化：而皇民化運動的推展，正好提供台灣人很好的改造

13 施淑，〈日據時代台灣小說中頹廢意識的起源〉，載《兩岸文學論集》（台北:新地，1997），頁 104~115。

14 關於現代性與殖民性的對台籍知識份子的宰制和影響，可見邱雅芳，《聖戰與聖女：以皇民化文學作品的女性形象爲中心（1937~1945）》靜宜大學中文所 2000 年碩士論文，頁 39~41。

15 施淑，〈日據時代台灣小說中頹廢意識的起源〉，載《兩岸文學論集》（台北:新地，1997），頁 109。

16 同上註，關於同時遭遇現代化與殖民化的那時台籍知識分子心態，還可見施淑〈日據時代小說中的知識子〉，亦載於《兩岸文學論集》，頁 29~48。

機會。皇民化=日本化=近代化的思考模式，就是這樣建立起來的。[17]因此殖民地男性遇到來自帝國的女人是必然會有自卑感，同時又嚮往的。除了在社會地位、經濟上的弱勢，在文化上，因爲現代化的落差，使得這些知識男性也難免將日本文化看成較高層次的，而又嚮往又自卑。

肆、抵殖民論述中的性別盲點

從以上分析可看出殖民地男性的精神主體是如何被殖民體制摧殘，透過日本女性這樣的情欲對象，更折射出殖民地男性心理的自卑和扭曲。不過，小說最後都以男性轉移情感的對象來隱喻認同的追尋，日本女性終究不是他們情感的依歸，也象徵這些殖民地男性終究希冀可以擺脫殖民帝國，而找到自己的認同，這類戀情隱喻可見出其中的抵殖民思考。

然而，這般以女性爲國族象徵（無論是象徵帝國勢力的日本女性或象徵母土的台灣女性），並未寫出女性眞實的主體面貌，僵化女性形象，而且似乎也落入傳統性別思考的窠臼中（無論日本女性或台灣女性都只是國族的附屬品，女性只是男性的附庸而已，所以選擇不同的女性就象徵認同的轉移。

誠如邱貴芬所言，女性主義和抵殖民論述的原動力均起於差異，以及因差異而造成的階級制的反省。然而兩者卻並不是彼此扶持的，女性往往只是抵殖民抗爭的籌碼，抵殖民運動的成功並不意味婦女解放，或是父系社會中兩性不平等階級制的瓦解[18]。

因此，由這些異國戀情中，我們一方面可窺見被殖民男性的創傷甚至深達潛意識的性心理層面，一方面又可看到其抵殖民書寫的同

---

17 陳芳明，〈臺灣新文學史（8）——殖民地傷痕及其終結〉，《聯合文學》第 191 期，2000 年 9 月，頁 131。

18 同註 11，頁 197。

時，始終將女性置於他者的地位，女性總是在文本中緘默無言，只能成爲男性認同的象徵符碼。

殖民與性別問題總是盤根錯結、糾結纏縛的，情慾書寫又最可顯現深層根本的人性，因此從這些抵殖民小說中的情感書寫可看出這些男性知識份子在反殖民意識下更深沉的潛意識矛盾和創傷，然而小說中淪爲國族象徵的女性形象也值得我們去反思，種族殖民和性別殖民是否可以並列來談？是否爲了突顯一方思考而常抹去了另一方？當殖民和性別問題同時存在時應該如何來看？這是我們在看反殖民小說應反覆思考的一個問題。

參考文獻

中文部分

一、作品

- 吳濁流，1977，《亞細亞的孤兒》，台北：遠行出版社。
- 鍾肇政，2000，《濁流三部曲》，桃園市：桃縣文化。
- 王昶雄，1991，〈奔流〉，收錄於《翁鬧、巫永福、王昶雄合集》，台北：前衛。

二、研究論述

(一) 專書

- John Berger,Ways of Seeing,1993,戴行鉞譯，《藝術觀賞之道》，台北：台灣商務印書館。
- 張小虹，1998，《性帝國主義》，台北：聯合文學。
- 王岳川，1999，《後殖民主義與新歷史主義文論》，濟南：山東教育出版社。
- Bart Moore-Gillbert 等編撰，2001，楊乃喬等譯，《後殖民批評》，北

京：北京大學出版社。
- 顧燕翎主編，林芳玫等著，1996，《女性主義理論與流派》，台北：女書。

(二) 博碩士論文
- 邱雅芳，《聖戰與聖女：以皇民化文學作品的女性形象爲中心（1937~1945）》靜宜大學中文所 2000 年碩士論文。

(三) 單篇論文
- 李喬，1992，〈女性的追尋——鍾肇政的女性塑像研究〉，收錄於《台灣文學造型》，台北：派色文化，頁 211~217。
- 邱貴芬，1997，〈性別／權力／論述：鄉土文學中的去勢男人〉，收錄於《仲介台灣・女人》，台北：元尊文化。
- 施淑，1997，〈日據時代台灣小說中頹廢意識的起源〉、〈日據時代小說中的知識子〉，收錄於《兩岸文學論集》，台北：新地。
- 廖炳惠，〈旅行與異樣現代性：試探吳濁流的南京雜感〉，《中外文學》民國 89 年 7 月。
- 陳芳明，〈殖民地傷痕及其終結〉，《聯合文學》第 191 期，2000 年 9 月
- 陳芳明，〈臺灣新文學史（10）——二二八事件後的文學認同與論戰〉，《聯合文學》第 198 期，2001 年 4 月。
- 歐宗智，〈塑造台灣女性勇敢熱情的形象——談鍾肇政三部曲小說中的銀妹與奔妹〉，《明道文藝》第 309 期，民國 90 年 12 月。
- 錢鴻鈞，〈從大河小說《濁流三部曲》和台灣文學經典《亞細亞的孤兒》〉，《台灣文藝》（新生版）第 180 期，民國 91 年 2 月。
- 歐宗智，〈絕望的愛戀及其象徵意義——以吳濁流、鍾肇政、東方白日據時代背景小說爲例〉，《國文天地》第 209 期，民國 91 年 10 月。

英文部分

- Frantz Fanon, (1967) ,Black skin, White masks,New York: Grove press.

台灣的「日本語文學」初探

——從「日本語文學」到語言同化政策問題

◉王文仁[1]

《摘　要》

隨著對日治時代重新審視的風潮，日本語文學在晚近的日本與台灣的學術界也掀起了一股重論的風潮。在面對這些珍貴史料的同時，日本與台灣的學者也發生了詮釋權上的爭奪問題。本文在論述上，以尾崎秀樹《近代文学の傷痕》、垂水千惠《台灣的日本語文學》、李郁蕙《日本語文學與台灣》三書作為主要討論對象，並進一步針對日本語文學關鍵性的語言同化政策問題，剖析其中所涉「同化於民族」、「同化於文明」與「現代性的追求」等議題。

關鍵字：日本語文學、後殖民、語言同化政策、現代性

1 國立東華大學中國語文學系博士生，E-mail：s831132@ms13.url.com.tw

壹、「日本語文學」的定義、定位與評價問題

「日本語文學」（にほんごぶんがく）一詞源出於日文，「日本語」的原意便是「日語」或「日文」，也因此「日本語文學」亦可翻譯爲「日語文學」或「日文文學」。由於這兩個詞彙容易與「日本文學」混淆，爲了辨明兩者間的不同，目前「日本語文學」一詞的使用——即指稱日本殖民體制下以異族母語（即「日語」）書寫的文學作品——大抵已獲得中、日學者們的贊同。另外，由於近年來後殖民理論的興起，一般學者在考察日本語文學時也傾向於認爲，日本語文學的時間範圍不應侷限於日本殖民地統治的當時，而應進一步延伸至「後殖民」（post-colonial）時期，考察殖民體制在政權交替後依舊造成的影響。以台灣爲例，雖說日本領台政權已於 1945 年交替，但言語的歷史以及長久以來因同化政策所造成的扭曲，並無法在政權轉換間，藉由對日語的禁絕與中文的提倡立即獲得改寫。因爲儘管殖民行爲在表面上已看似結束，但殖民地在文化脈絡上，卻持續被帝國話語以不同運作的模式所支配。就台灣的日本語文學來說，即便在日本戰敗撤離殖民地之後，仍舊陸續有諸多的日本語作品被生產、被創作，這些因異族長久統治而仍以日本語書寫的作品，都應該被納入「日本語文學」的框架加以考察，不應驟然採取「日治時期」（1895～1945）的斷代方式，忽略作家在戰後所依舊承受的語言轉換及殖民困境的束縛與影響。[2]

雖然學者們在上述兩點大抵獲得了共識，但是有關日本語文學的定義、定位及評價問題，目前卻仍是莫衷一是。這與日本語文學牽涉的語言、歸屬、認同、文學史評價等的複雜與敏感程度，顯然有著直

---

2 由於戰後迅速宣布禁用日文的政策，致使大批以日本語作爲書寫工具的作家驟然停筆，或寫作的作品無法在本土上發表，這正是許多跨語一代的作家所必須面對的難題。相關論述可參見余昭玟：《戰後跨語一代小說家及其作品研究》（台南：成功大學中文系博士班），2001 年 7 月。

截的關係；同時也是因為其中充斥的意識型態，造成過往殖民宗主國日本刻意淡忘，被殖民地台灣又不願正視的歷史窘狀。在過去的威權統治下，對於用異族語言書寫的日本語文學，就如同所有被日本統治過的國家或區域，一概採取拒絕正視或封殺的態度。這種嚴重的歷史失憶症導致在過去的文學史中，日本語文學作品不僅成為眾矢之地，甚至連存在的事實都遭到抹殺。這樣的情況幾乎要到 80 年代才有了巨大的轉變。

80 年代初期，自詹宏志的邊疆文學論、「台灣文學」正名、南北分派，到台灣意識論爭，本土中心論與第三世界文學論兩者之間同時交涉著文學信念與政治的立場，完全的被逼發出來。台灣文學史的史觀、構圖與未來的走向，在論辯的過程中重新被賦予了關懷。台灣意識的強化其實體現著自戒嚴到解嚴階段，社會感覺結構轉變的過程。對台灣歷史的書寫，不僅彰顯著台灣文學／文學史的重構，更承載 80 年代以來，經由全面台灣意識／本土化運動，所投射的去離「中國」的嶄新國族的慾望。[3] 1987 年的解嚴不僅意味台灣終於自威權體制走出，更重要的是，它標誌出 80 年代台灣的歷史重寫，影響所及，整個社會的政經系統與文化傳播系統均受到相當衝擊[4]，過去因政治性而遭埋沒的歷史重新獲得重視，個人而多元的歷史書寫也隨之勃發。[5]

3 陳明柔：《典範的更替／消解與台灣八〇年代小說的感覺結構》（台中：東海中文博士論文，1999 年 6 月），頁 79～81。

4 向陽：〈八〇年代台灣現代詩風潮試論〉，http：//home.kimo.com.tw/chiyang_lin/。

5 彭小妍指出，1987 年解嚴以後個人角度詮釋歷史與大規模重建文學典律的趨勢已然形成。前者如阿嬤的口述傳記、老兵的口述歷史、二二八口述歷史、自傳、回憶錄、傳記等氾濫於世，學院方面日據時代研究頓成顯學，和民間的懷古風相應和。後者除包括台灣文學史的寫作外，許多作家的全集也已出版或陸續由作家遺族、民間出版社（如前衛、麥田）及文建會或各縣市文化中心整理出版中。同時，「重建歷史」的議題也逐漸成為文學作品的重要主題，因為文學典律的建立已是當務之急。彭小妍：〈解嚴與文學的歷史重建〉，《解嚴以來台灣文學國際學術研討會論文集》，（台北：台灣師範大學國文系，2000 年 9 月），頁 11～14。

正是在這樣的文化情境下，這些過往所謂的民族恥辱一變而為見證台灣殖民血淚的珍貴史料。1994 年首次以「台灣文學」為名召開的國際學術研討會——「賴和及同時代的作家：日據時期台灣文學國際學術會議」——正是以過去最敏感的日治時代作為研討對象。

伴隨這股對日治時代重新審視的風潮，日本語文學也在晚近日本及台灣的學術界備受重視。主因不外有二：一是對日本帝國語言等同化政策的徹底檢討；一是在台灣文學史撰寫的過程中該如何評價日本語文學所夾帶的爭議性、負面性。不過，在面對這些珍貴史料的同時，日本與台灣的學者也發生了詮釋權上的爭奪問題：一方站在日本文學的主體考量，極力想掙脫狹義的日本文學框架，將殖民地誕生的日本語文學收編於廣義的日本文學架構中；另一方則立基於台灣的主體性，試圖將日本語文學重新置回殖民情境，見證並建構台灣日治時期的新文學史。在這樣的大方向下，依舊不免有排拒、二元區分及收編的情況發生。這種對殖民時期文學詮釋權的爭奪問題，其中蘊含的抵抗、重構等等意識型態，自然也出現在經歷過殖民時期的每塊土地。然而，當我們重新審視這段歷史，究竟該用什麼樣的心態加以看待，其關鍵恐怕在於：對於台灣文學而言，它究竟是負面的遺產，還是台灣文學欲建立主體時不可迴避的「經典」（classic）？為了釐清這樣的問題，並觀看日、台學者對日本語文學的不同認定，本文以下將先以尾崎秀樹《近代文学の傷痕》、垂水千惠《台灣的日本語文學》、李郁蕙《日本語文學與台灣》三書作為主要討論對象，佐以不同學者的觀點，以期對日本語文學的定義、定位、評價問題有一粗略的瞭解，而後再針對日本語文學關鍵性的語言同化政策問題做進一步的論述。

貳、從《近代文学の傷痕》到《日本語文學與台灣》

1963年，尾崎秀樹在《近代文学の傷痕》[6]中首次對殖民地文學的論述，或可視爲「日本語文學」此一概念最早的提出。尾崎秀樹以日本的舊殖民地朝鮮、滿州及台灣以日本語書寫的文學作品作爲主要論述的對象，並開啓了研究日本舊殖民地文學的大門。《近代文学の傷痕》中對台灣的日本語文學有較多論述者，當屬〈決戰下の台湾文学〉、〈台湾文学についての覚え書ー台湾人作家の三つ作品〉、〈国語政策の明暗〉三文。首文以島田謹二台灣文學三階段論爲藍圖，將重心放在台灣文學發展的第三期（1937年後的決戰時期），並以《文藝台灣》、《台灣文學》兩份雜誌作爲戰時文學的主要討論對象。次文以楊逵的〈新聞配達夫〉、呂赫若的〈牛車〉及龍瑛宗〈パパイやのある街〉三篇以日本語書寫，刊登於《文學評論》與《改造》兩份「內地」（日本本島）雜誌的小說作爲討論對象。最後，〈国語政策の明暗〉則處理了日本殖民政策中的日本語教育問題。筆者以爲，透過上述三文尾崎秀樹已然爲日本語文學勾勒出一重要的藍圖，爾後學者在論述此一議題時，幾乎很難忽略這樣的一個架構，因爲這三篇文章恰恰提示了日本語文學必然牽涉的三個面向：一是語言問題，也就是以殖民宗主國的語言「日本語」作爲書寫的工具；二是日本語作家與內地文壇、作家們的互動關係；三是日本同化政策所帶出的「皇民化」問題。

在此，我們並不打算循此三方面進行論述，而是希望在這樣的架構下進一步追問，尾崎秀樹究竟給了日本語文學怎樣的定位，以及這樣的定位又具有什麼樣的含意？考察遍文可以得知，尾崎秀樹是從執

6 尾崎秀樹：《近代文学の傷痕》（日本：普通社，1963年2月）。在此使用的版本爲《旧植民地文学の研究》（日本：勁草書房，1971年6月）。

筆者的地域性及身份來加以考量，將殖民地出身的非日本人作家作品稱爲「日本語文學」；至於活躍於殖民地或取材於殖民地的日本人作家作品，則另行歸類爲「殖民地文學」。若以台灣爲例，立居於台灣的台灣人作家以日本語創作的作品才類屬於「日本語文學」，而在台灣或者取材於台灣風物來進行創作的日本作家的作品便得納入「殖民地文學」。尾崎秀樹這樣的區分相當直接明瞭，也廣受後來論者如林浩治[7]、白川豐[8]等人的沿用。不過，若照當時語言同化政策的主張，二次大結束前所有的日語作家理應都是大日本帝國的國民，如此，則所謂「日本人作家」或「殖民地的日本人作家」的區分就不符合當時的情況。這究竟是尾崎秀樹未及詳考的結果，抑或者已透顯日治時代同化政策的弔詭情狀？此點容我們於下節一併再論。

承襲尾崎秀樹此一架構並有所發展的，是近年來在日本的台灣文學研究中晚出卻著作頗豐的垂水千惠。在《台湾の日本語文學——日本統治時代の作家たち》[9]中，她正式將「日本語文學」一詞放進書名，並把論述焦點集中在 1940 年代的台灣文壇上，活躍於《文藝台灣》與《台灣文學》兩份雜誌上的六位作家。這些作家都是用日本語寫作，其中除了坂口䙥子以外，諸如邱永漢、周金波、陳火泉、王昶雄、呂赫若等皆是台灣人。從這樣的選擇可以看出，垂水千惠論述的重點雖然也是放在非日本人作家的身上，但焦點卻有些不同。首先，她強調了他們與西川滿、島田謹二等日本人作家的互動。《文藝台灣》與《台灣文學》兩份雜誌皆與西川滿有著密切的關係，《文藝台灣》是西川滿主導下強調異國情調的一份雜誌；至於《台灣文學》則

7 林浩治：《在日朝鮮人日本語文学論》（日本：新幹社，1991 年 7 月）。

8 白川豐：〈植民地期朝鮮と台湾の文学小考——一九三〇～一九四五年の小說を中心に〉，《朝鮮学》第 2 號（日本：九州大學朝鮮學研究會，1992 年 3 月）。

9 垂水千惠：《台湾の日本語文學——日本統治時代の作家たち》（日本：五柳書院，1995 年 1 月）。本文採用 1998 年 2 月台灣前衛出版的中譯本。

是張文環等人對西川滿所主導文風及獨裁態度的不滿，網羅當時衆多的台灣作家，企圖上承台灣文藝聯盟時期完成另一次的全台大集結。[10]其次，垂水千惠在諸多台灣人作家中加入坂口，顯示她亦將在台活動的日本人作家作品視爲日本語文學的一環。從這兩點可以看出，垂水千惠的問題意識乃是鎖定在「台灣」此一場域，將這個地域上以日本語寫作的作品通通視爲日本語文學，意圖跳脫過往以民族主義立場所做的「抵抗」或「屈從」的道德審判，希望透過對「第二外國語的日本語寫作」作家的觀看，瞭解「明明是台灣人，卻要做日本人」的問題焦點，最終目的在於將日本語文學「從二元論的死胡同裡，釋放到多元論的世界裡去。」[11]垂水千惠的出發點雖然值得嘉許，但循著這樣的觀點並以「動機論」和「多元認同論」重新評價日本語作家時，卻陷入陳建忠所言不自覺的盲點：

> 其一，由「動機論」出發，垂水對周金波充滿「同情的理解」，但對陳火泉及呂赫若卻又異常嚴苛，對評價客觀似乎存在雙重標準。其二，更大的失誤或許還在於所謂「多元認同論」，它其實源出於作者初始的假設：對批判日本殖民體制的不合理沒有興趣，而這一點最終是迴避了戰後被殖民國家重建「主體性」過程裡最根本的「去殖民」問題。[12]

之所以會造成這樣的結果，主要就在於垂水千惠評論周金波時，

---

10 這份創刊於 1941 年 5 月的月刊，其組成的分子以台灣人爲主，宗旨也在強調承襲台灣新文學精神、充滿寫實主義的色彩，顯現出與《文藝台灣》不同的特色，這兩份雜誌間的對立至今依舊是個値得深探的議題。

11 垂水千惠：《台灣的日本語文學》（台北：前衛，1998 年 2 月），頁 52。

12 陳建忠：〈徘徊不去的殖民主義幽靈——論垂水千惠的「皇民文學觀」（上）〉，《聯合報・聯合副刊》（1998 年 7 月 8 日），第 37 版。

得出的不得不親日的動機：「近代化過程中，一個人如何和自己的民族認同意識妥協。…在日本近代文學中，這個題目往往以和西洋文明對峙的形態表現出來。」[13] 這段話中透露出兩個重要訊息：第一，垂水千惠在強調周金波等人對日本近代化知識的接受時，將其類比爲日本近代對西方現代化文明的接受，顯然忽略台灣的近代化接受，是建立在日本殖民體制所造就的後進與早熟的性格[14]，以及殖民暴力推動語言同化政策的客觀情勢上，並不能單純從現代化追求的角度加以審視。因此，當她試圖取消過往民族主義「抵抗」與「屈從」的二元分法，透過多元論的運用對「日本語文學」進行看似更爲客觀的論析，卻因缺乏「反身性」的觀照[15]，導致對根本殖民問題的迴避與閃躲。第二，垂水千惠意圖打破狹義的日本文學框架，將「名字沒有出現在日本文學史上，連戰後的台灣也只有一部份研究者知道他們，而且對他們的評價都是否定的」[16] 的作家作品重新收編回日本文學。然而，

13 垂水千惠：《台灣的日本語文學》（台北：前衛，1998 年 2 月），頁 52。

14 根據涂照彥的研究，台灣經濟的殖民地化由於受著日本的殖民地經營與控制，與所謂的「全盤資本主義化」旨趣是有著很大的不同的。而是因著日本帝國主義在世界史上的「最後帝國」的地位，以及台灣經濟在日本資本主義史上作爲「最初的殖民地」的地位，一開頭就注定了其「後進性」與「早熟性」的限制。所謂的「後進性」是指，在日本經濟上，國家所起作用的比重非常之大，而相應地，在殖民地的台灣，則集中地表現出以總督府爲代表的專制的拓殖制度及相應令殖民地法制化的法規。所謂的「早熟性」則是殖民地統治下快速卻扭曲的進步形態，往往被片面強調和高度評價爲「全盤資本主義」或「現代化」。後進與早熟的性格，使日治時代的台灣呈現出與其他殖民地不同的特徵，如高度發展的商品經濟、本地資本勢力的大幅衰退、強大官僚統治的中央集權式國家權力機構的紮根，以及殖民地經濟結構的多元化等。這樣的特殊性使得台灣在三０年代便出現，殖民地下不完全現代化的跡象，因而也造就了奇異的文學風貌。涂照彥著、李明峻譯：《日本帝國主義下的台灣》（台北：人間，1999 年 2 月），頁 535～542。

15 黃厚銘：〈知識份子、社會學家、與反身性〉，《國立台灣大學社會學刊》第 27 期（1999 年 7 月），頁 41～70。

16 同註 13，頁 4。

當她以日本學者的視野企圖搜尋這些作家皇民化的理由時，卻不自覺用多元論取消了日本語文學中台灣主體性的根本存在。

2002 年，李郁蕙的《日本語文學與台灣》在台出版，本書可說是台灣學者近來討論「日本語文學」包羅最廣、問題意識也相當清楚的一本論著。在〈何謂「日本語文學」〉一節中，李郁蕙總結前人對日本語文學的定義，基於後殖民角度以及被殖民本國主體性的考量，她將台灣的日本語文學定位在日本統治下特別是 1937 年中日戰爭爆發前後、第二次世界大戰期間、戰後以及現代曾被日本殖民統治過的台灣中，非日本本國作家以日本語創作的文學作品。[17] 從這樣的定義來看，比之於垂水千惠，李郁蕙觀察的範疇就時間幅度而言顯然較廣，但在身份上卻排除了「日本人作家」。表面上看來，這僅是立居於台灣主體性的考量，不過她也敏感的察覺到，垂水千惠等人著眼於對近代日本的自省，為避免重蹈覆轍與歧視，將殖民地作家與日本人作家兩者的作品並列以示同時性的傾向，其出發點固然是在尋求公平的對待，然而卻忘卻了，儘管這兩類作家的書寫工具皆可籠統的稱為「日語」，不過根本的底蘊到底是有著巨大的差異。至於從台灣視角出發的論者，往往急於將日本語文學與其他用母語寫成的文學同質看待，以致於忽略日本語所蘊含的糾葛：

> 他們傾向把文本的內容規定成非「抵抗」即「屈服」（目標當然是日本帝國主義），符合前者的文本就得以與同時代若干母語作品同榮為

17 李郁蕙將「日本語文學」分為狹義與廣義二種，狹義的日本文學指的是殖民地中非日本人作家的日語書寫，或有兼談及日本本國作家與殖民地互動而產生的文學作品；廣義的日本語文學則以小森陽一的解釋為代表，他將所有以日語書寫的文學作品，都歸納入日本語文學的範疇，但目前沿用的情況，仍是以狹義的日本語文學居多，換言之，「日本語文學」的定義仍然是文學史上一個模糊而尚待釐清的問題。李郁蕙：《日本語文學與台灣》（台北：前衛，2002 年 7 月），頁 9～13。

> 經典。……在以中文記述的文學史中它始終位屈於中文作品之後，充其量只能算是二次的、附屬的文學。不但如此，掙得到一席之地的也僅是限於通過民族主義——包括長期稱霸的中國民族主義以及眼下發展蓬勃的台灣民族主義——嚴格篩選的少數作品而已。[18]

這種民族情結的束縛與偏頗，不但導致對日本語文學論述的失焦，也往往因強烈的意識型態，在與文本進行深刻對話時形成誤讀或扭曲。筆者以爲，若要根本扭正這兩種失衡的觀點，回歸日本語文學最眞實的樣貌，除了要將這些作品重新置回到當時的文學場域，進行相對客觀化的解讀外，一個最需根本解決的問題，便是理解日本語之於殖民宗主國以及日本語作家所呈顯出的不同意義。也唯有如此，方能徹底破譯日本語文學所涉及的種種迷思。爲了使論題集中，筆者將先從殖民母國的角度出發，緊扣上述尾崎秀樹、垂水千惠、李郁惠等人的觀點，並從「同化於民族」及「同化於文明」兩個層次剖析殖民同化政策下日本語所深具的底蘊，至於作家及作品所呈顯出的日本語意義，則留待另文再做詳論。

參、「國籍＝民族＝語言」？

如前述尾崎秀樹對日本語文學所作下的區分，從殖民宗主國的角度來看，日本語文學在被定名之初，似乎便無可避免其邊緣化的性格：即使殖民地的作家曾經都是日本國籍，他們的日語寫作仍然不被（或「不應被」？）歸爲日本文學的正規範籌之中，這是否恰恰印證了，日本當初在殖民地所極力鼓吹的「語言＝民族＝國籍」，終究只是個永遠不可能達成的殖民神話？

---

18 同上註，頁 19～20。

日治時期的「同化」[19]一直是頗受爭議的問題，它的解釋也隨著主政者、學者或殖民地統治的利害關係而有所不同。這之中唯一不變的，便是國語的教育與普及。洪惟仁曾指出：「台灣人教育即同化主義即國（日）語教育的殖民地教育方針，從一八九六年創設的『國語學校』這個名詞就可見一斑。」[20]日本的國語政策在「同化主義」所佔據的中心地位，連帶使得日本的殖民統治有別於歐美，並導生台灣同化問題的特殊性。台灣總督府第一任學務長伊澤修二曾爲了是否用日本語教育台灣人的問題，請教當時在台南辦學的巴克禮牧師，得到的回答是：「既然說要教育人民，那就應該用台灣話，不能用日本語。」[21]類似的質疑也發生在1900年的殖民地社會學會議中。由於同化教育被視爲成本高昂，且過度扭曲殖民地在地文化，會議中列強達成共識，同化政策當以農務勞作或手工業生產爲主的實務教育取代。但日本卻不顧世界潮流依然維持一貫的國語同化教育，究其原因，乃在於國語教育與日本「國體」有著密切的關連。

陳培豐在〈重新解析殖民地台灣的國語「同化」教育政策〉中曾針對同化政策的發端與過程做過詳盡的考察。他首先將日本的建國原理「國體論」[22]和上田萬年的國語主張作了連結。日本的現代化始於明治維新，其目的在於文明開化和富國強兵，但由於過度強調西方文

19 「同化」一詞源自十九世紀歐美殖民地政策中的"assimilation"，其基本精神是把殖民地統治當作是本國施政的延長，一方面盡量排除暴力、殺戮之統治手段，將被統治者的文化、社會組織的特殊性壓抑到最低的程度；一方面則對殖民地當地居民進行血緣、精神、思想上的同質化措施，讓他們融入統治者的社會價值體系。

20 洪惟仁：〈日據時代的台語教育〉，《台灣風物》，第42卷第3期（1992年9月），頁57。

21 吉野秀公編：《台灣教育史》（台北：南天，1997），頁41～56。

22 陳培豐將日本國體定義爲：「以天皇制國家原理爲中心，具有擬宗教式性質的近代日本政治文化。」其內容包括：「君民同祖」、「萬世一系」、「忠君愛國」、「一視同仁」、「萬古不易」等。

明，導致國內保守知識份子的反彈，極端西化於是漸趨平緩，傳統文化和大和民族精神再度受到重視。明治二十三年（1890）「教育敕語」誕生後[23]，把民族視爲擁有共同血緣、語言、文化和精神集團的觀念愈加穩固。在〈國語と國家と〉中，國語的神聖和日本民族、國體被結合起來：

> 語言對於使用的人民而言，就如同血液之於其同胞，如肉體上所示的精神上的同胞。以日本的國語來比喻這個道理，日本語應該就是日本人精神的血液。日本的國體，主要是以此精神的血液來維持……[24]

上田萬年這篇演說無疑替殖民擴張時期的日本國體提供了辯護與同化異民族的最佳手段。既然日語爲「日本人之精神血液」，那麼只要讓日本統御內的人民（包括殖民地人民）全都說日語，民族的「純血化」在理論上便可達成。「君民同祖」、「萬世一系」的國體既可維持，「國籍＝民族＝語言」的願景亦可達成。不過，雖說理論上會說日語就是日本人，但日本在台灣的實際統治上，卻始終沒有達成真正的「一視同仁」。在《殖民地帝國の文化統合》中，駒込武曾將同化政策放在「國民統合」的架構，並將殖民地台灣的國語政策隸屬於

---

23 「教育敕語」發布於 1890 年，全名爲「教育に関する勅語」，與明治憲法並稱日本國體的兩大聖典。其內容強調「忠君愛國」、「忠孝一致」爲教育之基本，爲日本國民之基本，因此日本天皇不僅是政治上的主權者，也是國民道德、思想的中心。教育敕語除了被納入學校「國語」、「修身」教科書中，也透過學校廣設「奉安殿」，平時與天皇、皇后「御真影」安置於殿內，學校朝會儀典時由校長捧讀，將日本的天皇制與國體觀念廣植於國民身心。

24 上田萬年：〈國語と國家と〉，《明治文學全集 44》（東京：筑摩書房，昭和 43 年），頁 108-113。轉引自陳培豐：〈重新解析殖民地台灣的國語「同化」教育政策-以日本近代思想史爲座標〉，《台灣史研究》，第 7 卷第 2 期（2000 年 12 月），頁 26。

「文化統合」的層面，把參政權等法政制度放在「國家統合」的層面，歸結出日本在台灣的同化政策因這兩方的無法協調，始終存在著兩義性和矛盾性。這是因爲當初日本在接收台灣之初，即面臨要將這塊土地的人民置於日本天皇制之內還是之外的問題。一派人士依據「萬世一系」的國體思想主張排斥台灣；另一派則主張以「國語」作爲精神血液的象徵將台灣人同化。因爲爭論的無法平息，日本在台的同化政策隨著時局的變化時有修改，因此形成：**「在『國家統合』的層次上排除台灣人，而在『文化統合』的層次上卻又標榜容納台灣人的矛盾架構。」**[25]

「國家統合」層面可以視爲是「血統民族主義」，「文化統合層面」則可視爲是「語言民族主義」。「血統民族主義」強調自我種族的純潔以維護日本殖民者統治的優勢，「語言民族主義」則扮演包容的機能，藉由日語是日本人的精神血液，號召殖民地人民參與同化。之所以形成這樣的矛盾架構，或可究因於近代日本在明治維新之後，逐漸衍生的「德」、「智」兩種對立消長的文化特性。「德」是大和民族的傳統精神，忠君愛國、萬世一系的思想；「智」是對西方文明

25 何義麟：〈駒込武：《殖民地帝國の文化統合》〉，《新史學》，第 11 卷第 4 期（2000 年 12 月），頁 131～137。駒込武曾以下圖表示「支配者」與「抵抗者」間的矛盾關係，正在於「抵抗者」意欲維持在漢民族傳統的前提下吸收思想上的現代化，但「支配者」卻利用抵抗者追求現代性的心理，以文明的現代化爲由，進行名義上的「文化統合」，但其眞實目的乃在於達成天皇制的「國家統合」。《殖民地帝國の文化統合》（東京：岩波書店，1996 年 3 月），頁 187。

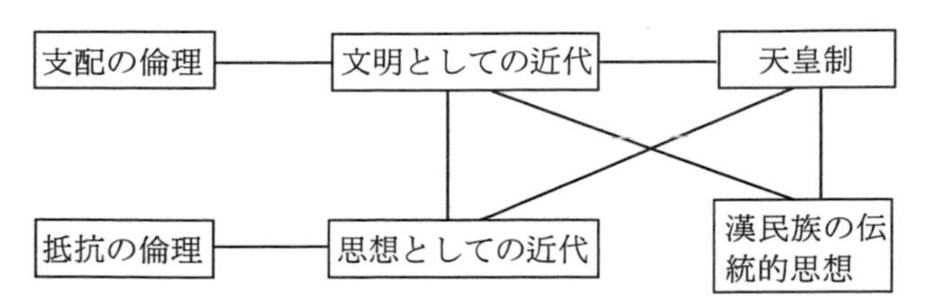

的渴慕和學習。「德」與「智」的對立、消長、融合，不僅成爲日本現代化過程中的重要課題，將其參照同化政策我們更會發現，在「同化」的大框架中實則包含了「同化於民族」與「同化於文明」兩種衝突的性質。

隨著領台的階段性目的，同化政策不斷在這兩者間搖擺，這恰恰也顯露在「國語」、「修身」課程比例的更替上。領台之初，爲了使台灣快速現代化並製造「一視同仁」的政治氣氛，在明治二十四年到大正二年（1901～1913）間，談論近代文明的「智」類課程約爲談日本精神的「德」類課程的十倍。大正二年至大正十二年（1913～1925）的領台中期，隨著「修身」課程的建立，原本依附於國語讀本中的德育課程，不減反增 9 課，而談近代生活的課程則明顯減少了 64 課。到了全面皇民化的最後階段，國語讀本中談「皇國思想」、「軍國主義」和「日本文化」者幾佔全部課程的三分之一，儼然成爲日本帝國主義的宣傳品。[26] 從這樣的演變可以看出，國語政策的大力推行既欲使殖民地台灣同化於其民族與文明，同時也具有強烈意識型態與兩大目的：一、灌輸台灣的皇民思想，使台灣人在戰爭時期爲其效命；二、藉教育平等之名來籠絡台灣人。於此，同化的兩義性使得「一視同仁」的神話不斷被殖民者宣傳以達成同化的目的，卻也在辯護中不斷的自我消解。如大正三年，板垣退助曾協助台灣「同化會」向總督府陳情，言「上蒼不在人之上造人，人種之上造人種」[27]，呼籲以一視同仁的平等精神對待台灣人民。總督府給予的回應是，除了在智識和生活形態上與內地人相仿外，還需具有「和日本人完全一樣的國民精神」、「風俗習慣」和「大和之心」。這種「權變」的同

26 何義麟：〈皇民化期間之學校教育〉，《台灣風物》，第 36 卷第 4 期（1986 年 12 月），頁 47～88。

27 王施琅譯註：《台灣社會運動史》（台北縣：稻鄉出版，1988 年 5 月），頁 26～27。

化政策在駒込武眼中到底只是壓榨殖民地人民的誘餌與煙霧彈[28]。這也正是爲何，「國籍＝民族＝語言」對殖民地上的人民來說，只能是個遙不可及的夢想。

循此我們亦不難理解，尾崎秀樹爲何要替日本語文學作下如此的區分。因爲從殖民宗主國的角度來看，日本語文學既無法眞正成爲日本文學的一環，但又不能任其自主發展，而須以某種方式進行收編。在兩難的狀況下，就只能是矛盾且邊緣的存在。至於垂水千惠僅從「同化於文明」的角度來加以觀看，忽略帝國主義政策本身的暴力與多重壓抑的性質，難免以多元論的角度取消殖民帝國在「同化於民族」上所構建「大東亞共榮圈」的謊言了。

肆、「現代性」的追求？

在區分上述兩種矛盾的性質後，我們還可以進一步剖析，殖民宗主國「同於化文明」政策如何對台灣人以及日本語文學中的語言問題造成強大的影響。目前學者在研究日治時代文學時，皆無法忽視新式知識份子在日治時期的崛起問題。日本治台初期，受漢文傳統教育的知識階層對台灣淪爲殖民地後的社會文化及被殖民的處境仍缺乏積極的省思或建樹，其關注的焦點不免圍繞在保台、保身或他去的議題上打轉。到了 1920 年代後，日本的領台方針從「警察政治」轉變成了「文治」[29]，受新式教育的新知識階層逐漸取代受傳統漢文教育的讀

---

28 「實際上，對殖民地統治者而言，『同化』是一種模稜兩可的用語，有增加歧視與促進平等的雙向拉力，尤其是『法制上』的平等同化往往是要以『文化上』的屈服同化爲代價，因此所謂同化一詞根本就是壓榨殖民地人民的誘餌與煙霧彈。」何義麟：〈駒込武：《殖民地帝國の文化統合》〉，《新史學》，第 11 卷第 4 期（2000 年 12 月），頁 131～137。

29 日本治台的主要政策可以 1918、1919 年附近爲交界，前期兒玉、後藤總督以對台灣特殊性的認識爲依歸，一方面尊重本土舊有風俗，一方面則以警察制度施以高壓；

書人[30]，他們對台灣的處境勇於深思、批判，並逐漸建立出一套迥異於傳統知識份子與殖民者的觀念體系，一方面與殖民者持續抗爭，要求漢、日文化上的平等；一方面則以新文化、文學的變革，對人民進行教育與啓蒙。然而我們應該注意的是，這些新式知識份子藉以和廣闊現代化世界接軌的工具，卻幾乎毫無意外的都是日本語。

台灣在日治之前一般人民的識字率並不高，揉雜了白話文、方言等的「漢文」是當時最通行的語文，至於在舊式書房或私塾流通的，依舊是國學式的文言文。也因此，對台灣想要接觸現代化的學子來說，這幾乎是一個不可能的任務。張文環在短篇小說〈論語與雞〉[31]中曾經藉由學童阿源的敘述角度，鋪陳出傳統中國私塾教育的僵化與沒落。當時的書房僅存在於偏遠的山區，在鄉鎮之中幾乎都是日本殖民政府所設置的「公學校」，甚至連山裡的小村子也在高喊日本文明。在這種情況下，在書房中就讀的學童，最大的願望就是下山到市鎮中「公學校」就學，「操一口流細『國語』，好好地嚇唬一下這裡的鄉巴佬。」小說中我們不難發現，「私塾」與「公學校」幾乎成了「傳統」與「現代」文明的對比。書房中老先生朱筆圈點的教書方式相較於戴上制帽的公學校，在學童眼中成爲可笑的鬧劇。故事的最後，書房先生將村民認爲不潔不祥的死雞暗地撿來吃，一直生活在傳統中的阿源父親則希望將來能到市鎮上工作，方便孩子們上學。這樣的結局無疑宣告：傳統中國教育破產，台灣人民無可避免的得藉由接受日本教育，爲將來殺出一條血路。

後期的明石、田健次郎則轉化爲日本同化主義、內地延長主義，意圖將台灣融入其大東亞共榮圈的一部分，故而 1922 年實施的教育法也意圖使台灣與日本內地教育達到相當程度的統一。

30 參閱林茂生：《日本統治下台灣的學校教育——其發展及有關文化之歷史分析與探討》第五章〈台灣教育令時期（一九一九年至一九二二年）〉。

31 見《光復前台灣文學全集》第八卷《閹雞》（台北：遠景，1979 年），頁 6～79。

小說中的荒謬成分有之，但考察當時也不免發現，日本治台後所力行的提倡國語、禁用漢文的政策，雖然一再激起台灣人的民族敵意，卻也在廣及社會整體結構的轉變下，爲新式知識份子造就了一條現代化的道路。這批新式知識份子在步向現代化的過程中，日本語幾乎是他們唯一可以憑藉的工具；也就是說，他們必須先經由「日本化」方才能夠曲折的走上「現代化」。這除了導因於日本國語同化政策對漢文的壓抑外，其實也是因爲現代日本語所隱含的強大現代化效應讓新式知識份子心嚮往之。如前所述，日本近代文明在形成的過程中，有過「德」與「智」的消長與交融的問題。在明治維新脫亞入歐之時，日本國內曾引發一場有關日語的爭辯。此一爭辯的主因在於，傳統受東亞文化圈影響所造就的日語漢字太多，含意模糊且繁瑣，在近代化的過程中，造成吸收西學時的一大障礙。也因此，學者們皆主張改革傳統日語，甚至欲以羅馬字來全盤取代漢字，以完成全面性的西化工程。最後在大衆性、便利性與民族意識的考量下，乃採取較爲折衷的方式：大量減少對漢字的使用，增加表音的假名，使其成爲能迅速吸收西方文明的現代日語。[32]

相對於當時的漢文[33]，明治維新後的日語顯然具有學習西學的優越性。透過日本語學習世界知識對當時的台灣人而言，在各方面都最爲便捷。在漢文不適於吸收新知，日語學習管道又爲日本人控制的情況下，台灣知識份子也曾企圖藉由白話文與正在經歷現代變革的中國

---

32 陳培豐以爲：「在這個過程中日本的國語除有『言文一致』及統一溝通國內各地方言的功能外，還播賦予了強烈的意識型態，那就是國語具有攝取西洋文明的功能，是『同化於文明』的手段與利器。」參見陳培豐：〈重新解析殖民地台灣的國語「同化」教育政策-以日本近代思想史爲座標〉，《台灣史研究》，第 7 卷第 2 期（2000 年 12 月），頁 25。

33 按王順隆的詮釋，日治時期臺灣人認同的漢文是廣義的「漢文」，其中包括文言文、白話文與台灣話文等等，屬於「民族」的語文。

接軌。從張我軍等人對白話文的提倡，不難看出這種急迫性的存在。只是，這種源於中國的白話文並不符合當時台灣文言一致的需求；另外，在日本殖民者的主導下，漢文課程在國語教科書中從逐年減少到1937 年的完全廢止，報紙、雜誌亦由中日文並刊發展到中文完全禁刊。[34] 在日治的五十年間，日本語最後還是成了知識份子追求現代性的主要途徑。然而，日本的國語政策中雖也有讓台灣人「同化於文明」的部分，但究其實質，這種殖民體制下的近代化，卻是在刻意忽略西學及啓發民智的情境下所展開的。爲了管理殖民地人民，日本國語在「同化於文明」的部分僅止於實務和技能教育，最終目的仍在使台灣人認同日本民族，爲殖民母國效忠。如王詩琅所指出：

> 日人深知被統治者的水準越高，對他們的統治越不利，因此，在台灣祇普遍推行普通教育，以供其驅使。……日人緊閉的知識洞門雖明知已被撞開，可是他們仍用盡方法明阻暗撓。以致台人接觸世界新文化的機會少，文化進度自然緩慢。[35]

當時日本在台力行的極端不平等教育政策下，只有少數中、上階層家庭的子弟才有機會湧入內地進修高等教育（專科、大學），一般民衆幾乎只能在基礎的職能教育上徘徊。[36]也因此，對 1920 年代追求現代性神話的新式知識份子來說，其新世界的草圖其中一個座標便是

34 王順隆：〈日治時期台灣「漢文教育」的時代意義〉，《台灣風物》第 49 卷第 4 期（2000 年 1 月），頁 116～117。松永正義著、何世雄譯：〈台灣的日語文學及台語文學〉，《中外文學》第 31 卷第 10 期（2003 年 3 月），頁 18-19。

35 王詩琅：〈代序：日據下台灣新文學的生成及發展〉，《日據下台灣新文學-文獻資料選集》（台北：明潭，1979 年 3 月），頁 11。

36 何義麟：〈皇民化期間之學校教育〉，《台灣風物》，第 36 卷第 4 期（1986 年 12 月），頁 54～61。

「到東京去」。[37] 在這個意義上，日治時期作家對日本與台灣的認同產生了目前已被廣泛討論的「雙鄉意識」：「日本故鄉」是生活中逐漸建構出來的美好想像，「台灣故鄉」則是來自血緣與傳統不可分割的聯繫。「日本故鄉」的構成顯然與教科書和學校教育中耳濡目染的日本印象有關。日本內地的種種透過日本語在學童的心中，逐漸堆築起一現代化的想像國度，與當時落後的台灣本土形成強烈的對比。這種雙重想像在巫永福〈首與體〉中成爲「司芬克司之謎」，在翁鬧〈殘雪〉中被賦予「遙遠的距離」，在楊逵的〈送報伕〉被予以強烈的批判，在陳火泉的〈道〉中則發展成身心認同上的極度扭曲與痛苦。此一情狀無疑透顯了，日本語背後所代表的現代性神話對日治時代的知識份子來說，始終是一嚴重的矛盾與拉扯。他們必須放棄母土的語言與認同，接受日本殖民的日本語教育，方才能夠成就步上現代化的台灣，這使得日本語文學終究是一弔詭的產物。

伍、結論

本文從日本語文學的定義問題出發，探討中日三位學者對日本語文學的定義與看法，並從「同化於民族」及「同化於文明」兩個層次，剖析殖民同化政策下日本語所深具的底蘊。目的在於揭示，在急於用「抵抗」、「屈服」的二元觀點判別其價值前，或許我們都該回到日本語文學產生的時代語境，對當時交錯影響的各項因素進行更爲清楚的考察，爲其尋求更爲合適的歷史定位。從這樣的論點出發，本文主要將焦點放在有關語言同化政策的議題上，並深掘出背後所代表的「同化於文明」與「同化於民族」的意識型態糾葛，以及蘊藏其中的現代性的神話。

從日本同化政策的搖擺，以及知識份子藉由日本語追求現代性的

37 施淑：〈日據時代小說中的知識份子〉，《兩岸文學論集》（台北：新地，1997年6月），頁39。

兩個層面，我們不難看出日本語文學中始終存在嚴重的兩義性與矛盾性，絕不能單純如尾崎秀樹或垂水千惠從「同化於民族」或「同化於文明」的角度加以觀看。其次，在同化政策兩面性的拉扯中，日治時期的作家始終面臨日本語與現代性追求的問題。在此，雖未及從作家的觀點出發，瞭解日本語之於他們的不同內涵，然而語言之於作家絕對不只是工具。語言不僅如索緒爾所言，具有普遍的歷史性與社會規約，站在文學社會學的角度加以考量，它亦代表作家所屬的階層、集團乃至於自我的選擇。

「無法形塑自己的聲音」，可說是日治時期作家遇到的最大困境。民族情感使他們自覺該努力不懈地用漢文寫作，而在傳統漢文不適於現代知識的傳遞及大陸五四運動所帶來的啓蒙下，日治時期作家也努力尋求白話文或台灣話文來進行書寫。然而，這些新文學作家幾乎都是在日本語教育下成長的一代，口頭上的母語還可藉由耳濡目染的學習，但學習漢文的條件與環境，卻隨著日治愈久而愈形困難。民族情感促使日治時期作家有意識地以白話文寫作，但跨越兩種語言的矛盾與拉扯——包括雙鄉的想像、同化政策的兩義性造成的扭曲和抵抗，以及知識份子對日本所形塑的現代性的渴求，無疑加遽受他們心中的劇烈拉扯。在三〇年代，一批以留日知識份子爲主角的日本語作品，形成集團性的頹廢與流離形式，便是這種矛盾與拉扯下的產物。[38] 至於，這些作家們究竟如何看待屬於宗主國的支配性語言，則有待另文處理了。

38 施淑：〈日據時代台灣小說中頹廢意識的起源〉，《兩岸文學論集》（台北市：新地，1997 年 6 月），頁 116。

參考文獻

中文部分

- 李郁蕙：《日本語文學與台灣》（台北：前衛，2002 年 7 月）。
- 吳文星：《台灣領導階層之研究》（台北：正中，1992 年）。
- 王順隆：〈日治時期台灣「漢文教育」的時代意義〉，《台灣風物》第 49 卷第 4 期（2000 年 1 月）。
- 王詩琅：〈代序：日據下台灣新文學的生成及發展〉，《日據下台灣新文學——文獻資料選集》（台北：明潭，1979 年 3 月）。
- 何義麟：〈皇民化期間之學校教育〉，《台灣風物》，第 36 卷第 4 期（1986 年 12 月）。
- 何義麟：〈駒込武：《殖民地帝國の文化統合》〉，《新史學》第 11 卷第 4 期（2000 年 12 月）。
- 施淑：〈日據時代台灣小說中頹廢意識的起源〉，《兩岸文學論集》（台北：新地，1997 年 6 月）。
- 洪惟仁：〈日據時代的台語教育〉，《台灣風物》，第 42 卷第 3 期（1992 年 9 月）。
- 陳建忠：〈徘徊不去的殖民主義幽靈——論垂水千惠的「皇民文學觀」（上）〉，《聯合報・聯合副刊》，1998 年 7 月 8 日，第 37 版。
- 陳培豐：〈重新解析殖民地台灣的國語「同化」教育政策-以日本近代思想史爲座標〉，《台灣史研究》，第 7 卷第 2 期（2000 年 12 月）。
- 黃厚銘：〈知識份子、社會學家、與反身性〉，《國立台灣大學社會學刊》第 27 期（1999 年 7 月）。
- 余昭玟：《戰後跨語一代小說家及其作品研究》（台南：成功大學中文系博士班），2001 年 7 月。
- 陳明柔：《典範的更替／消解與台灣八Ｏ年代小說的感覺結構》（台中：東海中文博士論文，1999 年 6 月）。
- 向陽：〈八○年代台灣現代詩風潮試論〉，http：//home.kimo.com.tw/

chiyang_lin/。

日文部分

- 王施琅譯註：《台灣社會運動史》（台北縣：稻鄉，1988 年 5 月）。
- 涂照彥著、李明峻譯：《日本帝國主義下的台灣》（台北：人間，1999 年 2 月）。
- 駒込武：《殖民地帝國の文化統合》（東京：岩波書店，1996 年 3 月）。
- 垂水千惠：《台灣的日本語文學》（台北：前衛，1998 年 2 月）。
- 尾崎秀樹：《旧植民地文学の研究》（日本：勁草書房，1971 年 6 月）。

英文部分

- 比爾・阿希克洛夫等人著、劉自荃譯：《逆寫帝國：後殖民文學的理論與實踐》（台北：駱駝，1998 年 6 月）。

鍾理和「故鄉四部」版本比較研究

◉鍾怡彥[1]

《摘　要》

目前所刊行的「故鄉四部」是屬於前稿，而非最後的定稿，因此，本文的版本比較是以前後二手稿為主要資料，歸納出兩者之相異處，分為詞語的選擇、句式的選擇、修辭手法和敘述語言等四方面來探討，主要分析作者之修改對作品的影響。

關鍵詞：山火、竹頭庄、阿煌叔、故鄉四部、親家與山歌、鍾理和

1 私立美和技術學院兼任講師，E-mail：g4080@ms41.hinet.net

壹、前言

「故鄉四部」[2] 是由〈竹頭庄〉、〈山火〉、〈阿煌叔〉、〈親家與山歌〉四篇組合而成，根據鍾理和生平年表的紀錄，這四篇作品創作時間分別爲〈竹頭庄〉一九五〇年四月廿七日寫成，同年十一月廿七日寫成〈山火〉，十二月十七日寫成〈親家與山歌〉，〈阿煌叔〉則寫成於一九五二年三月。作品的時代背景設定在民國三十五年四月，是鍾理和依據戰後返回故鄉時的見聞所寫下的作品。這四篇作品被彭瑞金先生譽爲「戰後僅見的描述台灣農村景況最深入、最動人的傑作」，[3] 作者以細膩的筆從生活的角度去呈現當時的農村景象，兼具寫實的深意又蘊含了作者委婉的情意。

鍾理和生前爲了要讓它們能夠發表，曾經修改多次，甚至還爲這四部寫了「後記」，來說明他寫作的原因，只是在當時「反共文學」風氣的盛行下，無法被文壇接受。他灰心的與鍾肇政說：

> 〈故鄉〉既然聯副都不能要，我看「自由談」更未必要，此作和時代的要求是背道而馳的，無人要，本極自然的事。[4]

直到一九六四年十月，「故鄉四部」才以遺作發表於《台灣文藝》第一卷第五期，從此，「故鄉四部」即以此版本通行，然而由於當時的疏忽，使得目前所看到的版本，包含一九九七年出版的《鍾理和全集》[5]，都屬於前稿，作者修改過的後稿，卻一直到筆者寫碩士

---

2 收於《鍾理和全集 3》，財團法人鍾理和文教基金會出版，頁 27～82。

3 彭瑞金：〈土地的歌、生活的詩－鍾理和的《笠山農場》〉收於《鍾理和全集4》，頁 296。

4 見《鍾理和全集 6 ‧一九五九年九月廿四日致鍾肇政函》，頁 73。

5 鍾鐵民編（1997）：《鍾理和全集》。財團法人鍾理和文教基金會出版。以下簡稱《全集》。

論文時才發現。此外，全集雖然屬於前稿，但其中的文字與前稿卻不盡相同，這是依照《台灣文藝》所刊登的版本。所以，筆者在比較版本時，除了將以前稿、後稿的比較爲主外，會旁及《全集》，分詞語的選擇、句式的選擇、修辭手法和敘述語言等四方面，來比較其間的差異。

貳、詞語的選擇

首先是詞語的選擇，這部分將分北方詞彙、客語的運用、詞義的照應、虛詞四個項目來討論。

一、北方詞彙

鍾理和於一九三八年到大陸，直到一九四六年戰爭結束後才返台，其間共有八年的大陸經驗，而這一時期影響他的北方語言，卻一直延續到後來。「故鄉四部」屬於返台後早期的作品，受北方語言的影響比其他後期作品來得深，尤其以「兒」化詞用得最多。下面，筆者將比較兩手稿與全集間的差異。

首先是手稿與《全集》的比較，《全集》裡有手稿沒有的兒化詞和北方詞彙，如：〈竹頭庄〉「一邊（全集加：兒）有一搭」（頁28），兩份手稿都只用「一邊」，不是兒化詞。此外，也有手稿是北方語言，而《全集》做了修改，如〈竹頭庄〉「闗（全集改：求）了三天神」（頁 29），兩份手稿用「闗」這是大陸的詞彙，全集改爲「求」；又如〈阿煌叔〉「他又躺了一忽（後稿改：一會兒，全集改：一會）」（頁 65），三個版本都不一樣，手稿用的都屬於北方語言，《全集》則把兒化詞去掉。

其次是前後手稿的比較，〈竹頭庄〉中「我們可一點兒也──」（頁 29），後稿改爲「我們可一點也」，「這是什麼年頭兒（後稿改：年頭）」（頁 37），兩者都將原來的兒化詞改爲一般用法；「有鬍渣的漢子（後稿改：男人）」（頁 29），「漢子」常用於北方語言中，作者改爲一般常用的「男人」。還有種情形是改爲北方語言的，如〈親家與山歌〉中「餓著肚子的小猴子（後稿改：兒們）」（頁70），明顯的後稿將「小猴子」改爲北京話「小猴兒們」。最後則是兩稿都使用北方語言，如〈阿煌叔〉「他望了一忽（後稿改：會兒）」（頁61），「一忽」和「一會兒」都是北方用法，但後者現已通行於一般口語了。

兩份手稿對北方詞彙的運用，差別並不大，因爲這四部作品的語言特色，是屬於返台後早期的風格，北方詞彙的影響還是很深，這點鍾理和也知道，但基於當時的政治環境，他無法做太大的改變。在手稿中，還有另一種語言特色，那就是客語詞彙，作者對此也做了若干的修改，下文將對此作分析。

二、客語的運用

除了北方詞彙的影響外，另一個影響鍾理和文學語言的就是客家話，客語是他的母語，作者在創作時是以客家音讀寫的，而這些詞彙都是口語的習慣用法，因此，自然就會將這些帶有特殊結構的詞彙寫入作品中。然而，這些帶有客語成分的詞彙，常因編者不懂而遭到修改，如下面的例子：

1. 龍妹做（全集改：坐）了月子（〈竹頭庄〉頁30）
2. 我發愁管嗎用（全集改：幹嘛）（〈竹頭庄〉頁31）
3. 有一個很小的人歪坐在靠壁（全集改：牆）的竹椅上。（〈竹頭庄〉頁33）
4. 收到劉清妹油香（全集改：香油）錢五十元（〈山火〉頁52）
5. 田塍（全集改：壟）上有一個灰色的人（〈親家與山歌〉頁80）

例1以客語來讀和「做」一樣，讀成〔zo〕，而非「坐」的讀音〔có〕，所以應該是「做」而非「坐」；例2「管嗎用」則是客語的習慣用法，意指有什麼用；例 3 客家話稱「牆」爲「壁」；例 4「油香」則是客語語法；例 5「田塍」是客語詞彙，意指田畦。以上五個例子都與手稿不同，編者依自己的語言習慣，將客語改爲國語，不過，卻失去了原來的味道，這也是《全集》與手稿的不同所在。

接著是作者自己的修改，首先是將非客語改爲客語，如〈竹頭庄〉「裡面便是丈母的家（後稿改：屋子）」（頁36），「家」是國語的用法，客語稱爲「屋子」。〈阿煌叔〉「有時也不免由哪一個唱隻（後稿改：支）山歌」（頁 60），「隻」和「支」在國語讀音一樣，但客語卻不同，前者讀作〔zad〕，後者讀作〔gí〕，而客語稱山歌的讀音是讀爲後者，因此在後稿中修正過來。除了將國語改爲客語外，尚有將客語改成國語，如〈阿煌叔〉「紅白分明的紅龜粄（後稿改：糕）」（頁59），「粄」是客語用來稱所有米製品的專有名詞，作者在修改時，可能考慮到非客家族群讀者不懂此意，因此改爲「糕」。

本文要特別說明的是，前稿中用的「二」，除〈山火〉「我們父子二代」（頁 45）外，在後稿都改爲「兩」，這是因爲客家話多用「兩」，少用「二」；還有前稿中所有的「口」，後稿都改爲「嘴」，亦因客語在稱人體器官時多用「嘴」，只有在稱呼非生物時會用「口」，因此作者加以修改。

就客語運用方面，後稿顯然比前稿用的多，因爲作者在後期的作品中，已經有意識的將客語寫入，後稿應該也是受此影響，而《全集》運用的最少，這是由於編者語言習慣的關係，將原有的客語詞彙改爲國語，除這四篇外，其餘作品中亦爲常見的現象。接著，本文將討論兩份手稿中詞義的照應，這也是作者修改的重點。

三、詞義的照應

詞語的意義往往是從上下文裡顯示出來，因此詞語的組合，詞義的照應，就成了詞語選擇和推敲的所在。詞義上下照應得好，可使表達嚴密，生動有味。[6]

在手稿中，爲使詞義能互相照應，鍾理和做了許多的修改、刪除，例如：

1. 哪裡不呈現旱災的面目（後稿改：荒涼景象）呢？（〈竹頭庄〉頁33）

由於作者要說明旱災的景象，而「面目」大多指人的行爲，並不適合用來描寫災害，因此改爲「荒涼景象」，才能說明當時的情況。

2. 山火的（後稿刪除）外邊（後稿改：沿）的竹林，（後稿改：仍）完好無恙，（後稿加：它們）彷彿在（後稿加：合力）抗拒宿命（後稿改：無情）的破壞，（後稿加：而）築起一道堅強的青色碉堡，把燒跡團團圍住了。（〈山火〉頁46）

「的」刪除，因爲整句讀起來，是多餘的字。「外邊」改爲「外沿」，因爲「外邊」通常指以外的地區，也就是山火以外的地區，而改「外沿」，則具體的界定竹林範圍，是在山火的邊緣地帶。「，」改爲「仍」，能強調竹林的完好。「宿命」改爲「無情」，因爲宿命可好可壞，這些竹子的宿命不一定是被破壞，因此作者改爲「無情」，加強了破壞的程度。

3. 那種嚷嚷然的空氣（後稿改：氣息），立刻把我激盪起來了。（〈阿煌叔〉頁59）

「空氣」無色無味，感覺不到，是自然、客觀的存在，而「氣

6 見石雲孫（1985）：《詞語的選擇》。安徽教育出版社。頁125。

息」則是可以感覺到的，它可以經由人爲而產生，是主觀的感覺，因此，改爲「氣息」較貼切。

4.玉祥看著婦人和孩子，**茫然失措**（後稿改：愕然良久）。（〈親家與山歌〉頁75）

「茫然失措」意指不知所措，前途不明；而「愕然良久」則是指突然受到驚嚇，一段時間後才恢復。兩者以後者較能表現出玉祥的心情，因爲玉祥剛從戰場回到家，突然面對撫養問題時，當然會受到驚嚇，然而在驚嚇過後，他卻能負起這個責任，若用前者，就不會有這感覺。

鍾理和對詞義的掌握，後稿比前稿更精確，這也是修改的重點所在，可看出他對字義推敲的用心。而修改最多的，則是下面要討論的虛詞。

四、虛詞

虛詞是相對於實詞的，包括有副詞、連詞、介詞、助詞、嘆詞。虛詞一般沒有詞彙意義，只有語法意義。單獨地看，詞義很虛，但運用在句子上後，可以表達出細緻的甚至是實在的意思，而這些意思對內容表達來說是重要的，是實詞無法代替的。[7]鍾理和的改筆中，除實詞的錘鍊外，對於虛詞的選擇也是巧運匠心。一個句子中，或刪去，或增添，或改換一兩個虛詞，都可看出修辭的功力與爲文的用心。因此，在所有的修改裡，以此部分的刪改最多。

首先是刪去的部分：

1.人下去一大半，也陸陸續續**的**上來了不少。（〈竹頭庄〉頁32）

---

7 見《詞語的選擇》頁131。

2.走到有兩條小河匯合，河岸有著一排高聳入雲的竹叢的山嘴（〈山火〉頁43）

3.子弟唸書麼？利益在哪裡呢？（〈山火〉頁47）

4.這是人的眼睛，而且隨即（後稿加：，）我認出了那是女人。（〈阿煌叔〉頁64）

5.織成了在幻燈裡才會有的荒唐的故事。（〈親家與山歌〉頁71）

例1刪除結構助詞「的」，因爲「也陸陸續續上來不少」就已經可以完整表達意思了。例2刪除動態助詞「著」，可使全句緊湊。例3刪除了語氣助詞「呢」，因前面已經有一個語助詞，這裡刪除可使語氣緊湊不會散漫。例4刪除了連接詞「而且」，使句子更精鍊。例5刪除是結構助詞「的」，是因爲前面已有一個「的」了，要避免重複。以上是刪去虛字的例子，下面再看增加的部分：

6.阿秀家裡，半個月來就淨吃蕃薯葉子（後稿加：嘍），蕃薯還得給小孩留著。（〈竹頭庄〉頁30）

7.（後稿加：顯然，）家裡的山林也未能例外（後稿加：地），遭到了前所未有的人為的劫火！（〈山火〉頁43）

8.提起阿煌叔，要是把時間往回倒退二十幾年，（後稿加：則）我倒也是很熟的。（〈阿煌叔〉頁58）

9.她的臉孔，像豬；眼睛細得祇有一條縫，（後稿加：也）像豬；厚嘴唇、厚眼皮，（後稿加：更）像豬；不思想東西，心靈表現著空白，（後稿加：又是像豬）。（〈阿煌叔〉頁64）

10.困苦地搖晃（後稿加：著），彷彿（後稿加：已）失去支持下去的氣力和意志了。（〈親家與山歌〉頁69）

以上五例都是增加虛詞，一般說來，不加上這些虛詞，原句也是通順的，但加上後跟原文相比，表達的效果就不一樣了。例6中，加了語氣助詞「嘍」，感嘆的語氣就躍然於紙上了。例 7 加了連詞「顯然」和結構助詞「地」，更能強調家裡的山林無法逃過的浩劫。例 8 增加了副詞「則」，強調了「我」以前就認識阿煌叔。例 9 加了「也」、「更」、「又是」，這三個詞都是副詞，「更」比「也」的語氣強，而「又是」則是「更」的再加強，強度一層一層的遞進，比原句更能強調「像豬」的特點。例 10 則增加了動態助詞「著」和副詞「已」，「困苦地搖晃著」增加了動態的感覺，表示目前的狀態，強調失去的氣力和意志。這些增加虛詞的例子，都可使文句的語氣轉變。

最後，則是改換的例句：

11. 他**的**（後稿改：那）青白透明的臉，**也**（後稿改：此時）透出微紅，使我多少（改稿加：還能）讀出他昔日的機智和活潑。（〈竹頭庄〉頁 35）
12. 沒有雞了**麼**（後稿改：嘛），就只好宰鵝。（〈山火〉頁 50）
13. 秀妹，好姑娘，**很好**——（後稿改：哪！）（〈阿煌叔〉頁 62）
14. **可是**（後稿改：而）現在，（後稿加：便）不同了。（〈親家與山歌〉頁 70）

例 11 將結構助詞「的」改為副詞「那」，語氣較重，「也」改為時間副詞「此時」，表示他的臉現在就透出微紅，有強調的作用。例 12 將語助詞「麼」改為「嘛」，是因為「麼」不常用於一般中文，是屬於北方用法，因此作者修改為「嘛」。例 13 將原有的詞彙「很好——」改為語助詞「哪」，有感嘆的意謂。例 14 先將連詞「可是」改為「而」，再加上「便」，使兩者有的關係更為密切，讓語氣緊湊，強調「現在」眞的不同了。由以上四個例子可知，改換虛詞可以收到很好的表達效果。

後稿中虛詞的修改佔了很大部分，本文不再一一列舉。此外，鍾理和有他的習慣用字，在兩份手稿中，所有的「旁」都寫成「傍」，這是屬於別字，其實在其他的作品手稿中都有這種寫法。另外，主角的名字，也由「阿錚」改爲「阿和」，更加強了這四篇的眞實性。除了詞語的選擇外，前後稿在句式方面也有很大的不同，即下面要討論的重點。

參、句式的選擇

句式的選擇和運用，又稱爲錬句，亦稱句子的錘錬。句式如果選擇、運用得好，可以更有效地表達思想感情，準確地反映事物，增強語言的表現力，增添文章的文采，從而收到更好的修辭效果。[8] 且句式亦爲形成篇章風格的重要方法，篇章要有統一和諧的風格，選用恰當的句式是不可少的。[9] 由此可知，句式選擇的重要性，鍾理和對於句子的運用，也是經過琢磨的，本文將針對「故鄉四部」的前後手稿來分析其句式的選擇，並依句子的類型，分爲插說句、主詞在前與後、賓語在前與後和山歌的運用等，比較修改前後的藝術技巧。

一、插説句

句子裡常有一種不與各類句子成分發生特定結構關係的成分，既不是主語、謂語、賓語，也非定語、狀語、補語，它自身是一個獨立的意思，此即稱爲獨立成分。凡是句中插入獨立成分的即爲插說句。這類句子中的獨立成分位置不很固定，[10] 本文主要以鍾理和常用的三種句式來分析：

首先是句首插說，將插說句放在句首，有引起對方注意、觀察、傾聽或思考的作用。如〈親家與山歌〉：

8 見林興仁（1983）：《句式的選擇和運用》。北京出版社。前言，頁 1～2。

9 見鄭文貞（1991）：《篇章修辭學》。廈門大學出版。頁 296。

10 見《句式的選擇和運用》頁 75～81。

前稿：「在唱歌呢」
後稿：「你聽，在唱歌呢！」

「你聽」是獨立的成分，表示感嘆與驚訝，後稿改爲插說句，有引起人注意的作用。

其次是句中插說：

前稿：一大群水牛，間或也挾雜了三數條黃牛——在他們身邊很自在地在吃稻苗。
後稿：一大群水牛在他們身邊自由自在的吃著稻苗。（〈竹頭庄〉）

前稿用「間或也挾雜了三數條黃牛」，來補充說明前面「一大群水牛」，然而這插說是無意義的，有畫蛇添足之嫌，因此後稿將它刪除，使句子精簡。

最後則是句末插說，先看刪除插說句的例子，如〈竹頭庄〉：

前稿：一條有著大角板的黃牛，在路坎下吃得搖頭擺尾，一邊心不在焉的看著火車，瞳仁上反映着馳走着的火車的映像。（頁28）
後稿：一條有著大角板的黃牛，在路坎下吃得搖頭擺尾，一邊心不在焉的看著火車。

由於前面已經寫了牛正在看火車，所以不需要說明瞳仁上反映的東西，若加上去，則顯得拖泥帶水，刪除後，句子更簡潔。在手稿中，除了刪除外，尚有將直述句改爲插說句的，如〈山火〉：

前稿：它們每株個別的歷史，如何經由農會，或新埔和員林的苗

圃，經過無數手續和周折，轉運再轉運，然後才被移植到現在的地方——至今我還記得清清楚楚。（頁 46）

後稿：它們每株的個別歷史——如何經由農會，或新埔和員林的苗圃經過無數手續和周折，然後才被移植到現在的地方，至今我還記得清清楚楚。

前稿的插說句在後面，說明「我還記得清清楚楚」，而後稿則在「它們每株的個別歷史」後，改為插說句，因為要補充說明的是它們的歷史，後面則改為直述句，可以強調當時轉運的辛苦。

前稿：我和哥哥說起一路上自己所看到各地山火的災情；那是如何地慘重，如何地沒有理性。（頁 47）

後稿：我和哥哥說起一路上自己所看到各地山火的災情——那是如何地慘重，如何地沒有理性。

前者用直述句來描寫，無法強調出重點，後稿則改為插說句，將「那是如何地慘重，如何地沒有理性」寫成補充說明山火的災情，可以讓災情的慘況突顯出來。

除了上述的三種主要插說句式外，尚有用破折號或括號的形式插說，這是用破折號或括號來點明這是插說句，常用來做補充說明。雖然插說句有補充說明、承上起下的作用，但有時不須使用時還用，則會有拖泥帶水之感，因此除了前述增加的外，也有刪改的，如〈山火〉：

前稿：一片經過細心選擇與照顧的果樹園——龍眼、荔枝、枇杷、椪柑等，也所剩無幾了。（頁 45）

後稿：一片經過細心選擇與照顧的果樹園，也所剩無幾了。

由於前面已經說是果樹園，因此不須再多加解釋，若加上這插說句，則顯得拖泥帶水，刪除後，反而簡潔有力。再看：

前稿：眼睛看不見，手摸不著——人們是不肯花冤枉錢的。（頁47）
後稿：眼睛看不見，手摸不著；人們是不肯花冤枉錢的。

由於破折號後面的句子並非用來說明的，而是一種表示結果的句子，因此不須要插說句。

在比較了兩份手稿後可發現，前稿使用了很多插說句，而後稿則有多改爲直述句，改爲插說句的只有前述的兩例而已，其餘有修改的都是改爲直述句。

二、主語在前與後

漢語的句子，一般是主語在前，謂語在後。若主語倒裝在謂語之後，這種句子稱爲主語在後句。[11]在後稿中，有許多這類句式的修改，如〈竹頭庄〉：

前稿：在我左邊另一排車窗下，有兩個農夫在閑聊。（頁29）
後稿：有兩個農夫在我左邊另一排車窗下聊著天。

此句中，主語是兩個農夫，前稿主語在後，謂語在前，強調的語氣會落在謂語，這是主語倒裝在謂語之後的句子，而後稿將主語提至謂語前，則強調的重點就轉移到主語。因爲作者的重點並非是謂語，而是主語「農夫」，所以將句子恢復爲正常句式。再看〈山火〉：

11 見《句式的選擇和運用》，頁121～122。

前稿：像這樣失去控制的瘋狂的山火的燒跡，一路上，我不知道已看見多少了。（頁 43）

後稿：一路上，我即已看見了許許多多像這樣失去控制的瘋狂的山火的燒跡。

前稿將主語放在後面，是可以凸顯謂語也就是燒山的行爲，但作者想要強調他已經看了很多這種情形，因此將主語提前，恢復正常的位置，這樣就強調了主語的感覺。

三、賓語在前與後

賓語一般是在動詞之後，稱爲賓語在後句。但有時爲了特殊需要，可把賓語提前，置於動詞或主語之前，即稱爲賓語在前句。[12] 除了一般的句式外，在對話中，則有不是全部賓語都提到主語之前，而只挪動一部份，還有一部份留在動詞之後 [13] 的情況，可以強調提前的賓語，這種句法，在後稿中有很多的改作，如〈竹頭庄〉：

前稿：「天火？唔，在七月嘛！我家貼了一張……」（頁 30）

後稿：「天火？」有鬍渣子的男人説：「嗯，在七月嘛！我家壁上就貼了一張，……」

後稿將前稿改爲一部分賓語提前的句法，比前稿更能強調「天火」這件事。

前稿：「—— 沒米吃的人家，鎮裡有多少，誰也不知道。……」（頁 30）

12 見《句式的選擇和運用》，頁 127。

13 見《句式的選擇和運用》頁 128。

後稿：「沒米吃的人家，」他又說：「鎮裡有多少，誰也不知道。……」

此句與前例相同，是要強調「沒米吃的人家」，因此將賓語提至主語前，可收到加深印象的效果。再舉〈山火〉的例子：

前稿：「你知不知道他們為什麼燒山？我說了誰也不會相信：他們深怕到了秋天天火會燒下來……」（頁44）

後稿：「你知不知道他們為什麼燒山？」哥哥說：「我說了誰也不會相信：他們深怕到了秋天天火會燒下來……」

此例將「你知不知道他們為什麼燒山」提到主語前，比原來的句子更強調這個問題的嚴重性，也可突顯出哥哥的氣憤。最後再看〈親家與山歌〉的修改：

前稿：「——你沒變多少；就是阿錚嫂瘦點！」（頁76）

後稿：「你沒變多少，」玉祥說，自妻手裡接過茶：「就是阿和嫂瘦點。」

後句將前句改為賓語部分提前，強調了「你沒變多少」。此種句法在改作中很常見，限於篇幅，本文不再列舉。

四、山歌的運用

除了客語詞彙顯露了作者的方言痕跡外，將山歌融入作品中，可使作品產生濃濃的客家韻味，亦可使作品更為活潑，「故鄉四部」的〈親家與山歌〉開始出現了傳統客家山歌的運用，甚至以山歌為名，這是在當時的作家中，很少有的現象。在比較兩份手稿後發現，後稿對山歌做了大幅度更動，以下將詳細說明。

前稿：一想情郎就起身，路遠山高水又深，來到山頭鳥雀叫，樹影茫茫不見人。（頁72）

後稿：一想情郎甲河灘，甲河灘水彎復彎，

首先是將上述山歌改爲「一想情郎甲河灘，甲河灘水彎復彎，」這首山歌改自前稿的「三想情郎甲河灘」，歌詞略作變化，將「三想」改爲「一想」。再看下一首的改作：

前稿：二想情郎伯公埤，伯公神前説嘱詞；有靈郎前傳一句，小妹何時不想伊！（頁73）

後稿：郎心輕薄灘頭水，流出灘頭即不還。

此首的位置改成前述「一想情郎甲河灘」的後二句，歌詞爲「郎心輕薄灘頭水，流出灘頭即不還。」與前稿的詞句相同。作者以兩句兩句出現的方式，帶出山歌的情韻。

其次，爲涂玉祥所唱的歌，後稿亦有所不同，前稿爲：

下面的，也是他常愛唱的好歌之一。

柑子掉落井中心，一半浮起一半沈；你若要沈沈到底，莫來浮起動郎心！（頁74）

改作爲求文意通順，將文句稍做修改，刪除了「下面的，也是他常愛唱的好歌之一」文句和這首山歌，同時加強了他唱山歌時的情景：

他抱著木棉數，以猴子的輕捷，攀援而上，爬上最高處（後稿加：便立在那裡）俯瞰群山，然後徐靜地引吭高歌，（後稿加：歌聲在群山之間引起沈宏的回音。）（頁74）

改稿中加入了形容涂玉祥歌聲的詞句，使得原本沈靜的文句，頓時有了聲音，較前稿來得生動。

再來，是「三想情郎」這首也有所更動：

前稿：三想情郎甲河灘，甲河灘水彎復彎，郎心輕薄灘頭水，流出灘頭即不還。（頁79）

後稿：二想情郎伯公埤，伯公埤前説囑詞。有靈郎前傳一句：小妹何時不想伊！

最後，「四想情郎」的部分也加以刪改：

前稿：四想情郎上高崗，山路斜斜水樣長，路上逢人權借問：哪條山去即逢郎？（頁81～82）

後稿：三想情郎就上崗，——

將「四想」改為「三想」，並且只寫出第一句的歌詞，其餘的以「——」來表示，前稿將整首歌詞寫出，給人一種就此停住的感覺，但改稿的修改，卻傳達出餘韻無窮的情境，如同電影將鏡頭逐漸拉遠，留給觀眾更多的想像一樣。

至於山歌傳達出怎樣的情韻效果，可以從作者的敘述中看出。當作者聽到第一首山歌時，心情就不知不覺的愉快起來：

> 歌聲圓韻婉轉，調子纏綿悱惻；卻也不離牧歌的樸素真摯。這是一種很動人的山歌。**我靜靜地聽著，讓它在我心裡重新喚起從前聽到它時相同的優美的感覺。**（後稿改：從前我聽到它時總要生起一種優美的感覺。現在我靜靜地聽著，讓自己重新沈醉在那同樣的感覺裡面。）（頁72）

歌聲喚起了作者對山歌的回憶，使他下文的描述詞語也就不再沈重而顯得活潑了。從山歌的出現開始，作者文筆從原本的黑暗、絕望面轉而變爲光明面，這是山歌所帶來的轉折。

〈親家與山歌〉透過生動、活潑的山歌，表現大地兒女熱忱真摯、積極樂觀的天性，突破前面三部破敗的場景，陰暗的生活內容，頹廢、無奈的人性，迸發鮮明、活潑的生命色彩，在極端險惡的生活背面，透露出一股強大的生命力量，[14]這是作者所想傳達出來的意思。

比較完句式的運用後，鍾理和另一個修改的重點就是修辭，因爲修辭可以影響語言風格，所以他對修辭是很重視的，本文接著即來分析修辭手法的異同。

肆、修辭手法的比較

修辭是在特定的語言環境下，選擇恰當的語言形式，表達一定的思想內容，以達到增強表達的言語活動。[15]因此，作品能否完整表達作者的感情，其修辭手法的運用就很重要。本文所討論的修辭手法，主要是比較兩份手稿的異同，分比喻、摹擬、誇張和設問。

一、比喻

比喻在語言運用中有著十分重要的修辭作用，恰當地運用比喻可以使深奧的道理顯淺化，抽象的事物具體化，概念的東西形象化。也可以使語言形象生動，無論是寫人、狀物、寫景，巧妙地運用比喻可以使形象栩栩如生。[16]鍾理和擅長以比喻來將物體形像化，而他最常使用的是明喻和隱喻兩種方式，因此本文將以原稿來分析他運用的情形。

14 見許素蘭（1977）：〈毀滅與新生〉。《台灣文藝》五十四期。頁 54～62。
15 見黎運漢、張維耿編（1994）：《現代漢語修辭學》。書林出版社。頁 103～105。
16 見《現代漢語修辭學》頁 103～105。

（一）明喻

明喻是明顯地用喻體來比喻本體，即本體、喻體、喻詞同時出現，鍾理和運用的比喻手法中，以此種方式最常用。

鍾理和是位善用比喻手法的作家，在他的作品中，有很多用比喻來營造適當的氛圍，其中又以明喻的手法最多，用得最好。在「故鄉四部」的手稿中，對於比喻的修改也是最多，在這些改作裡，有將比喻句改爲非比喻句，有明喻改爲暗喻，其中以改爲非比喻句的情形最多，以下舉例說明之。

首先是刪除比喻句，比喻的功用是多方面的，但不需比喻時，仍要將它割捨，鍾理和在改稿中，就有很多將比喻刪除的例子。如〈竹頭庄〉：

前稿：火車是夠破陋的了，像坐在搖籃裡，……。（頁27）
後稿：火車破陋不堪，筍頭弛鬆，……。

在前稿中，作者將火車的搖晃比喻成搖籃，但因作者主要是要說明火車的破陋，而非搖晃的程度，因此，將比喻句刪除，改爲直述句，直接描寫火車的情況。

前稿：在稻田上面，眩耀的陽炎，閃爍而搖曳，彷彿一道金色的流霞。（頁28）
後稿：耀眼的陽炎，在稻田上面閃爍搖曳。

流霞應該是傍晚時才會出現，而且給人的感覺是溫度不高，然而，作者所描寫的卻是燠熱難耐的正午時分，比喻運用並不妥當，後稿將比喻句刪除後，則顯得簡潔有力。接著是〈山火〉的例子：

前稿：令旂蓋著厚厚一層灰塵，手觸著，就濛濛地飛揚起來，像一團雲。（頁 49）

後稿：令旂蓋著厚厚一層灰塵，稍微碰一下就濛濛地飛揚起來。

後稿以直述句代替比喻句，能清楚地描述灰塵飛揚的情形，不需再透過雲來想像。

最後則是〈阿煌叔〉：

前稿：兩條腳，這時已變成了多餘的贅物，長長地拖在後面，跟著腰部的擺動，尾巴似的掃來掃去。（頁 60）

後稿：兩條腿，這時已變成了多餘的贅物，長長地拖在後面，隨著腰部的扭擺，掃來掃去。

用尾巴來比喻兩條腳，是很難令讀者想像的，因此，作者修改時，將比喻刪除。

前稿：阿煌叔晃著像岩石粗碩的體幹，立在蕉陰下，左手插腰，滿足地眺望著陽光如灑的田壟。（頁 61）

後稿：阿煌叔晃著粗大的軀幹立在蕉陰下，左手插腰，滿足地眺望著陽光如灑的田壟。

後稿不用比喻也能生動的形容阿煌叔壯碩的軀幹，以直述句替代比喻句，代表了鍾理和後期的文學風格。

（二）隱喻

隱喻是將喻體和本體說成同一個東西，常用「是」、「就是」、「等於」等喻詞聯繫本體和喻體，也有將喻詞省略的。

在〈山火〉中，有將明喻改為隱喻的例子，如：

它像把（改：是看不見的）鐵爪子，緊緊地抓著每個人的心。（頁51）

作者將「像」改爲「是」，以隱喻的方式來改作，原文的「像把」鐵爪子是明顯看得到，似乎有一把爪子在抓著人心；而改作的「是看不見的」鐵爪子，則說明了這爪子是隱形的，在人們沒有感覺的情形下，抓住了每個人的心。

二、摹擬

摹擬爲對人和物的聲音、色彩、形狀的描繪的修辭方式，其中擬聲的修辭法，是運用象聲詞來摹擬事物所發出的聲音。鍾理和在〈竹頭庄〉對擬聲作了修改，這也是唯一修改的例子：

前稿：車廂咿咿啊啊吼叫著，搖簸並且震盪，……。（頁27）
後稿：車廂一邊吼叫著搖簸震盪得十分利害，……。

前稿以「咿咿啊啊」來摹擬火車車廂受到搖晃摩擦發出的聲音，後者則刪除，以「一邊」來代替。

三、誇張

接著是誇張的修辭法，即將客觀事物或現象加以誇大或縮小，以增強語言表達效果的修辭方式，就稱爲誇張，是文學創作中常用的手法。[17]手稿中，也有將非誇張的修辭改爲誇張，如〈竹頭庄〉的改作：

前稿：那姿勢，幾乎使人疑心他就是那樣子一直由天亮坐到天黑，再由今天坐到明天。（頁39）

---

17 見《現代漢語修辭學》頁119～120。

後稿：看上去，這一切似乎都已原封不動的經過了幾個世紀，今後仍可照樣再過幾世紀。

此句是在說明炳文的落魄，他已對世事不聞不問，連移動身體都懶，令作者也不禁感慨，前稿的敘述，是作者將心裡的懷疑如實的寫出，由天亮到天黑，由今天到明天，時間並不長，而後稿則以時間的誇張，來強調炳文的頹廢，原封不動的過了幾個世紀，而且還可以再過幾個世紀，來說明炳文維持這個姿勢時間之久，比前稿更能表現作者的驚訝情緒。

四、設問

設問是爲了增強表達效果，而故意自問自答或問而不答的修辭方式。[18] 在鍾理和的作品中，此種修辭法也隨處可見，它可改變文章平敘的語氣，使文章變得活潑不呆板，亦可引起讀者的注意。手稿中的改作如〈山火〉：

山像小孩，時刻要人保護，十年種樹，也經不起一根洋火！（後稿加：你說是不是？）（頁 54）

原文增加一句成爲設問，除了能改變文章的語氣外，也可強調山林保護的重要性，這是作者要激起讀者注意與思考的問題。

由以上的分析可知，鍾理和對修辭的運用是反復斟酌，其中以比喻的改作最多，使後稿呈現出與前稿不同的風格。接著，本文即要探討由詞語、句式和修辭表現出來的敘述語言。

18 見《現代漢語修辭學》頁 154。

伍、敘述語言的比較

詞語、句式和修辭的選擇和運用，最後都會集中表現在敘述語言中，形成作者的語言風格。敘述語言除了對人物、事件、環境等進行生動具體的描述，還對人物性格成長的某些特點、事件發展的某些環節、環境氣氛演變的某些方面作適當交代和說明，或插入某些議論、抒情等，從而與人物語言聯成一個統一和諧的整體，構成形象生動的生活圖面。檢視「故鄉四部」的手稿，可發現鍾理和在敘述語言上做過很多修改，筆者將分人物敘述和事件敘述兩部分來比較，可發現其間的不同處。

一、人物敘述

在「故鄉四部」中，〈竹頭庄〉、〈親家與山歌〉、〈山火〉這三篇，人物的塑造並不明顯，雖然作品中有人物的描寫，可是並不突出，反而是以背景爲敘述的中心，是在對農村與迷信陋習的描寫中，體現出對這塊土地、這般鄉民的愛恨的複雜情感，這四部中以第三部〈阿煌叔〉的人物性格最爲突出，是一篇以人物爲主導的作品，[19] 本文將以炳文和阿煌叔爲探討對象。

首先是在〈竹頭庄〉裡的炳文，作者是以今昔對比的方式來描寫。炳文是作者從前要好的朋友之一，「是一位機智、活潑，肯努力、有希望的青年」，可是由於戰亂、天災、失業等一連串的打擊，使這位青年有巨大的轉變，試比較兩份手稿的敘述：

前稿：他那三角形的頭，只有疏疏幾條黃毛，都像患過長期瘧疾的人一樣倒豎著；陰淒淒的眼睛，由塌落的眼眶深處向前

19 羅尤莉（1996）：《鍾理和文學中的原鄉與鄉土》。東海大學中文研究所碩士論文。頁 43。

凝視；口腔凹陷；細細的脖子；清楚可數的骨頭；手裡捏著一本也是我所熟稔的線裝「三國誌」。（頁 34）

後稿：他那三角形的頭只有疏疏幾條黃毛，都像患過長期瘧疾的人一樣倒豎著；黃黃的眼睛，由塌落的眼眶深處無力地向前凝視；細細的脖子，長長的手腕；清楚可數的骨頭……。他手裡捲筒地握著一本也是我所熟稔的線裝「三國誌」。

「陰淒淒的眼睛」改為「黃黃的眼睛」，用色彩詞來形容眼睛，這裡黃是屬於濁色的黃，給人不舒服、不健康、懶散的感覺，較「陰淒淒」來得生動；「眼眶塌落深處」後加了「無力地」，將眼睛無神的形態描寫的很傳神；「口腔凹陷」與「長長的手腕」都是在形容炳文的體貌，前者可將他的臉更具體的描述出來，表示他營養不良，瘦到只剩骨頭，而後者則不再寫臉部，將焦點移到手部的描寫；原文的「；」改為「…」表示還有很多可以寫，但不需要再敘述了，「捏著」改為「捲筒地握著」，除了將書的狀態寫出外，「握」比「捏」更能精準的掌握字義，而書是被捲成筒狀握在手裡，表示這本書根本就沒在閱讀。作者描寫的細膩，使這位頹廢的炳文清楚的呈現在眼前，這可看出作者的描寫功力。

接著再看阿煌叔：

前稿：阿煌叔晃著像岩石粗碩的體幹，立在蕉陰下，左手插腰，滿足地眺望著陽光如灑的田壟。一邊，舉起右手在不住滴著水珠的臉上，一把一把的，抹了，然後擦在褲腰上。在發達壯闊的胸脯上，長著茸茸的毛。這毛和頭髮一樣，是又黑、又粗、又亮的。他的臉孔，稜角分明。很大的一張口。肯定的視線，有著除開向實生活的舞臺面以外不看其他的人們所具有的誠意，和喜悅。（頁 61）

後稿：阿煌叔晃著粗大的軀幹立在蕉陰下，左手插腰，滿足地眺望著陽光如灑的田壟。他的臉孔還不住滴著水珠他用右手一把一把地抹著，然後往褲腰上一擦。他的壯闊的胸脯上長著茸茸的毛。它毛和頭髮一樣又黑、又粗、又亮。他的臉孔，稜角分明。有一張很大的口。視線肯定沈靜，有著除開向實生活的舞臺面以外不看其他的人們所具有的誠意和喜悅。

比較這兩句可發現，後稿幾乎是句法的修改，將前稿拗口的句子，改爲一般的直述句，也將其中的比喻修辭刪除，整段敘述較前稿來得通順，讓人對阿煌叔的形像一目了然，不必因爲句式的難懂而產生隔閡，這是作者後期著重平順的語言風格。這段文字所描寫的，是阿煌叔年輕時候的形象，強壯、勤勞，深受衆人敬重的人，因此作者在心中留下非常深刻的記憶。可是在經過環境的巨變，生活的打擊之後，阿煌叔——這一位作者童年所崇拜的英雄，卻以另一種衰頹的面貌在作者眼前出現：

前稿：**由兩個洞裡發射出來的**黃黃的眼光，表示了對**于**不速之客的奉訪，並不比自己的發問有更多的關切。**我很熟識**這種眼光，是要把一切人們認爲有價值的東西，統統嘲笑進裡面去的。（頁 65）

後稿：男人那兩道自深深的洞裡透出來的黃黃、懶懶的眼光，表示了對於不速之客的奉訪，並不比自己的發問有更多的關切。這種眼光我很熟識，它是要把一切人們認爲有價值的東西統統嘲笑進裡面去的一種眼光。

後稿「男人那兩道自深深的洞裡透出來」作者直接指明這眼光是從男人身上發出的，前稿的「兩個洞」後稿改爲「深深的」，給人一種沉重、透不過氣的感覺；後稿對這種眼光，除了黃黃的是代表不健康外，又加上了「懶懶的」這個形容詞，具體描述了這種給人不愉快的眼光。從前阿煌叔的視線是肯定，流露出對生活努力與希望，然而現在的阿煌叔卻變了，他的眼光不再充滿希望，作者先從眼光來描寫阿煌叔的轉變，而且後稿的修改中，在句末處再次強調了這眼光。可見作者對眼睛的重視，他認爲最能寫出人物靈魂的，就是眼睛的描寫。再看阿煌叔人生觀的轉變：

> 「在從前，誰不知道我是吃雞頭的人！（後稿加：可是一切都沒有用！我不再做傻瓜了。）」（頁67）

後稿加的一句話，可以清楚地知道阿煌叔已經頹廢了，他不願意再像從前一樣辛勤工作，因爲他認爲這是沒用的，他不願意再做傻瓜了。阿煌叔是徹底的毀壞了，作者以前後兩種不同的形像來描述他，形成強烈的對比，而在改作中，鍾理和將原本拗口的句法，改爲通順的句式，這是前後手稿的不同之處。

二、事件敘述

兩份手稿除了在人物敘述上有較大的不同外，在事件敘述上，也有很大的差異，尤其是後稿增加了許多前稿沒有的文字，如〈山火〉：

> 那意思是說到了相當時日以後，我們便可以坐享其利了。（後稿加：事實，也就是這種力量驅使著有些人們不顧一切的向前苦幹。）（頁45）

後稿補充說明了爲何人會努力向上，就是因爲日後的享受，若沒有增加後面的敘述，則讀者很難聯想到人們都受這種力量的驅使。

在「故鄉四部」中，這方面增加最多的是〈阿煌叔〉：

前稿：一邊，和自己約定，再也不讓自己第二次上這地方來了。

那屋裡的陰暗、凌亂、黴味、酸氣和腐敗，還有那蜣螂，這些被認爲不健康的東西，是**最易令人發生一種錯覺的。**（頁67）

後稿：我邊走邊想：以後也許沒有機會到這裡來，也不打算第二次上到這裡來。阿煌叔那浸透了可怕地扭曲了的感情的言語停在我的心上，就如不易消化的食物在肚子裡一樣會令人感到不舒服。這裡一切都可怕：那屋裡的陰暗、凌亂、黴味、酸氣和腐敗，還有那蜣螂，那滿地的屎堆。一個人長久地和這些被認爲不健康的東西生活在一起，是會不會發生心理上的變態，就像病菌使人體的細胞組織發生病態一樣？而阿煌叔是不是一個最好的例子？

前稿作者並沒有批判，只是和自己約定不再到這裡，對於心理狀態沒多作說明，而後稿則批判了阿煌叔的心態，作者對阿煌叔的話提出了反思，他認爲阿煌叔的語言很可怕，那是一種扭曲的價值觀，還有屋子周圍的骯髒、腐敗，所有可怕的東西都在那，一個人在那種環境下長久的生活，是會受到影響的，最後以兩個設問句來做結，而這兩個問句答案是肯定的。因此作者說：

我祇希望，那句話祇是**他個人的一種錯覺**（後稿改：由他那不正常的心理所發生的一種偏見，有害的偏見）……。（頁67）

希望阿煌叔這種不健康的觀念，不是常態，那只是由他不正常的心理所產生的偏見，而不會影響其他人。

以上是後稿與前稿的比較中，增加的敘述語言，而這些敘述，卻能更完整地表達作者心中的話，將前稿不足之處補足。

最後還有「後記」的部分，這「後記」雖然是鍾理和爲了發表而增加的，但兩份手稿的內容卻不一樣，下面就是這兩篇「後記」：

前稿：

作者於三十五年春返臺。當時臺灣在久戰之後，元氣盡喪。加之，連年風雨失調；先有潦患，潦沒田禾；後有旱災，二季不得下蒔。尤以後者災情之重，為本省過去所罕見。天災人禍，地方不寧，民不聊生，謠言四起。嗣經政府銳意經營，興革利弊，乃有今日吾人所見之繁榮。一是破壞、貧困、徬徨；一是進步、富足、農村安定，民樂其生。雖短短十數年，其間差別，有不（全集改：豈）可以數字計者。滄海桑田，身歷其境，難免隔世之感。
本篇所記，即為作者返臺時所見一斑。讀者中，曾目睹當時情狀者，則當渠（全集改：你）再回首看今日之臺灣時，定能與作者同深感慨。

後稿：

作者於三十五年春返臺，當時臺灣在久戰之後，瘡痍滿目，故鄉已非記憶中那個可愛的故鄉。
作者在傷心之後，即將當時所見和所聽到的一切忠實地——相信很忠實地——記在這篇報導性質的文字「故鄉」之中。從一方面看，則時過境遷，「故鄉」似已無發表價值，但唯其如此，我們無妨把它當作一面鏡子，來照今日的台灣，那麼我們便可以看出過去和今日的台灣有怎樣的不同。尤其如果這個過去是破敗的、貧困的、徬徨的，那麼這面鏡子便越要照出今日的繁榮，富足和安定來。
它必然會如此！
這也就是作者敢於把「故鄉」拿出來發表的理由。

以前稿的「後記」看，作者的寫作動機，是想要將當時的天災人禍客觀的報導出來，用了一半的篇幅在寫各種災害，然而又怕犯了政府的大忌，因此，在後面補充說這是要印證今日的繁榮。後稿對此卻只以一句話帶過，大部分的篇幅是寫他寫這四篇作品，只是客觀的報導，並且可以和今日台灣做比較。在語言文字上，前稿文句較文言，用了很多四字句的排比，也有映襯的修辭，在風格上較爲華麗，而後稿則全用直述句，文字平淡，文句讀起來比起前稿通順很多，這是兩者最大的差別。

陸、結論

「故鄉四部」的後稿中，只有〈親家與山歌〉有寫下日期，改稿完成的時間是民國四十七年七月十八日，與最後完成的〈阿煌叔〉相隔有六年，而這六年間，鍾理和的寫作風格，已經有了很大的轉變，從早期的華麗，轉爲後期的樸實，文字運用也已經非常成熟了，因此，在整理比較後，可以歸納出幾個重點：

第一，後稿在詞語上的修改，集中在虛詞方面，鍾理和對虛詞的刪改，是經過仔細斟酌的，因此，後稿比前稿更能精確地掌握詞義。

第二，在句式的選擇方面，後稿修改最多的是句子的順序，也就是主語和賓語位置在前與後的調整，使句子更平順，其次是插說句，鍾理和也做了不少的修改，這可使文句緊湊，避免拖泥帶水。而在山歌運用方面，後稿將前稿原有的五首山歌，修改成只剩三首，就民間文學的角度看，似以前稿爲佳，因爲它用了比較多的山歌，但作者改寫自然有他的藝術技巧，而且改寫後，亦不失客家山歌的韻味。

第三，在修辭手法方面，後稿改最多的是比喻改爲直述句，直接影響就是敘述風格較前稿來得樸實。

第四，敘述語言因受詞語、句式和修辭的影響，因此後稿的語言較前稿來得平順，少見拗口的句子，行文也多以直述方式來描寫，已接近後期作品的風格。

由於前後手稿文字差異太多，無法一一列舉，另外，《全集》的修改主要是在字詞，文句並沒有做什麼修改，因此限於篇幅，無法在正文中比較。希望將來「故鄉四部」能以後稿的版本重新出版，將作者用心修改的部分，完整的呈現在讀者面前。

參考文獻

中文部分

- 石雲孫（1985）：《詞語的選擇》。安徽教育出版社。
- 林興仁（1983）：《句式的選擇和運用》。北京出版社。
- 許素蘭（1977）：〈毀滅與新生〉。《台灣文藝》五十四期，頁 54～62。
- 彭瑞金（1989）：〈土地的歌、生活的詩一鍾理和的《笠山農場》〉收於《鍾理和全集 4》。頁 293～301。
- 鄭文貞（1991）：《篇章修辭學》。廈門大學出版。
- 黎運漢、張維耿編（1994）：《現代漢語修辭學》。書林出版社。
- 鍾鐵民編（1997）：《鍾理和全集》。財團法人鍾理和文教基金會出版。
- 羅尤莉（1996）：《鍾理和文學中的原鄉與鄉土》。東海大學中文研究所碩士論文。

第六場

11 月 29 日（六）13:00～14:10

高柏園◎主持

◎劉慧珠

從《沙河悲歌》到《一紙相思》

——論七等生小說追尋／神話原型的再現與變貌

◎張恆豪講評

◎凌性傑

面對海洋的兩種態度

——從《海洋遊俠》與《海浪的記憶》談起

◎鹿憶鹿講評

從《沙河悲歌》到《一紙相思》[1]

——論七等生小說追尋／神話原型的再現與變貌

◎劉慧珠[2]

《摘　要》

七等生是一位風格特異的台灣作家。一般對他的印象大多停留在〈我愛黑眼珠〉（1967）的階段，論者多從道德的批判、時空的斷裂、超現實寓言體與潛意識心理分析等角度去解讀他的作品，具有很濃厚的自傳性色彩。但從他中期〈沙河悲歌〉（中篇小說，1976）發表以來，其書寫風格似乎已有很大的改變，傾向寫實與家族史的觀照，因此不再予人陰鬱晦澀不可解的印象。

而自一九八五年《譚郎的書信》（圓神，長篇）以書信體／日記體的方式呈現後，正是他嘗試文體解放的開始。如其後的《兩種文體

1 本論文在截稿前適時收到遠景新出爐（版）的「七等生全集」（2003 · 10），第十卷題名《一紙相思》，內容除了原商務版《思慕微微》（1997）所收小說四篇外（包括〈思慕微微〉），尚收散文〈兩種文體（阿平之死）〉、〈上李登輝總統書〉等十二篇，以及序集七篇等。因此本文的題目也作了更動。（原題爲——從《沙河悲歌》到《思慕微微》）然本文所引用的文本頁數還是以舊版爲主。（《沙河悲歌》遠景，2000；《思慕微微》，商務版，1998）

2 東海大學中文所博士生，E-mail: b830627@ms15.hinet.net

──阿平之死》（圓神，1991），以及近期的《一紙相思》（遠景，2003），其文體風格皆是《譚》書形式的延伸。其中文本「我」對情人的溫柔呼喚，恰是〈愛樂斯的傳說〉的具體實踐。

於是本文藉榮格原型理論，以（自我）追尋神話母題／原型為線索，在他中、近期作品的整理與爬梳中發現，從《沙河悲歌》到《一紙相思》，在文本追尋神話原型的再現與變貌中，其實是由家族史的探索到抒情主體建構的過程。有自我完成／救贖的意義。

關鍵詞：自我追尋、神話原型、集體無意識、隱喻概念、《沙河悲歌》、《思慕微微》、《一紙相思》

每一個生命都有它的表現形式——
創作者為素材找尋形式，評論者為文本找尋意義。

壹、前言

七等生（1939～），原名劉武雄，生於苗栗通霄。他是一位風格特異的台灣作家，也是一位自我型的藝術家。他認為「文學可視為認知生命現象的工具，甚至它與其他藝術形式一樣代表生命現象的內涵」（〈我年輕的時候〉《散步去黑橋》），並表示「寫作是塑造完整的我的工作過程」（〈離城記〉後記）。從一九六二年首次在「聯合副刊」發表〈失業、撲克、炸魷魚〉（受林海音賞識）後，他所有的作品都散見在晨鐘、遠行、洪範、圓神、遠景等出版社所刊印的單行本中，[3]不過大多已經絕版，讀者找尋不易，基於此，由遠景負責的「七等生全集」已在數年前開始整理編印，至今年十月總算大功告成。[4]

一般讀者對七等生的印象大多停留在〈我愛黑眼珠〉（1967）的階段，記得「李龍第」在洪水滾滾的屋脊上否認與妻子晴子的關係，而對懷中的妓女投以溫柔的愛憐，且理直氣壯地改名為「亞茲別」。評論者有從道德的批判、時空的斷裂、超現實寓言體與潛意識的心理分析等角度去解讀他的創作意圖，這些論述以及其他小說篇章的評論

---

3 可參閱陳季嫻《「惡」的書寫——七等生作品研究》後面所列的參考書目；彰師大國文所碩論，2003。

4 七等生在全集序中特別感謝兩位特別的人士，一位是夢幻出版家沈登恩先生，一位是資深的台灣文學的文評家張恆豪先生。後者說好高興義不容辭地負起編輯的責任，前者表示有始有終地出版七等生的作品是一種對台灣的愛。見全集【1】《初見曙光》序。另外，在「編輯說明」二說：「全集的分卷（共分十卷），不以文類做區隔，而是以寫作年代來劃分，此一編輯構想來自作者七等生本人，自是有別於本公司過去出版的版本，是作者親編的新版本。」本文對七等生小說寫作時期的劃分大致也是依新版的分卷為主。

大多收在張恆豪編的《火獄的自焚》（1977）及《認識七等生》（1993）中。總體而言，從他早期被批評爲「小兒痲痺的語言」（劉紹銘語）、「異質」書寫（雷驤語）及「高蹺式哲學」[5]始，讀者呈現出激賞關懷與冷漠厭惡等兩極化反應，七等生幾乎可說是台灣現代小說界最引人爭議的作家之一，因此套句流行語，他怪異的文字風格可稱之爲台灣「非典型」作家的代表。

但從他中期作品〈沙河悲歌〉（中篇小說，1976）發表以來，其書寫風格似乎已有很大的改變，傾向寫實與家族史的觀照，因此不再予人陰鬱晦澀不可解的印象，梁景峰認爲他作品後來轉變較爲可懂，原因在於「從七等生的作品看來，他是很會獨白的人。早期他可以不顧意義的關聯，說個沒完，讓讀者驚奇之至。短篇小說處理孤立的場景，可以在語言上和體材上以怪取勝。但他後來寫長篇小說，而長篇小說倚賴『史詩的廣度』，如果不顧意義的關聯，其外在架構撐不起來」（【人間評論】），他以爲小說的形態（長短）有可能影響到風格的轉變。而在其《銀波翅膀》出版（1980）後的隔一年元月發表的〈再見書簡〉（中國時報 8 版，1981）中，他聲稱自己要再做另一次的學習和閱讀，以便和那些先賢先知的思想做更緊密的結合，除非另有機會，否則「不會再發表作品」。

然而此時他的《譚郎的書信》（圓神，長篇，1985）已在蘊釀之中，其自傳式的書寫至此有較明確的文體出現——日記體，他認爲日記的方式，是「小說形式的追求者最後解脫的堡壘，無比自由和奔放，正合乎我不羈的性格。」（頁 96）在其中他以一個「異性目標」爲其「理想戀人」，表達其「完成自我」的形上思想與理念，可做爲他藝術美的追求與文學理論的呈現。但筆者觀照他之後的《兩種文體——阿平之死》（圓神，1991）以及近期的《一紙相思》（遠景，

5 王德威〈里程碑下的沉思——當代台灣小說的神話性與歷史感〉，收入《眾聲喧嘩——三○與八○年代的中國小說》，頁 282，1988。

2003），其文體風格皆是《譚》書形式的延伸，[6] 那位在文本中缺席的女主角，高高在上地被捧爲「凌波仙子」，其實文本自我 [7] 與神「化」的意味十分濃厚。

從楊牧以幻想和現實交錯來評論七等生的小說技巧中，那種瀰漫在字裡行間近似於「超現實」與「蒙太奇」效果 [8]，使筆者聯想到精神分析學家榮格（Carl Gustav Jung，1875～1961）對「夢」和「集體無意識」的解析，他認爲「集體無意識」是我們人格和生命之「根」，無形中把我們同遠古的祖先聯繫在一起，把現代人的精神生活同原始人的生活方式、思維方式和感受方式聯結起來。（《探索非理性的世界》，頁 52）而梁景峯在與七等生的對談中，也提及他某些短篇小說中的人物和場景跟我們夢中的世界其實很接近。[9] 於是本文在卡西勒（Ernst Cassirer）《語言與神話》思維概念的啓發下，發現七等生早期「個人心象」[10] 式的描繪法，似乎隱含一條（自我）追尋母題的線索，且在他中後期的小說中延續，只不過在形式表現上略有變異，於是本文企圖透過細膩的再閱讀，期待在他中近期作品的整理爬梳中，勾勒出一條前後一以貫之的神話原型的脈絡及變貌來。

因此本文的論述，主要以榮格的神話原型理論及部分（Lakoff）的語言認知隱喻概念（非傳統修辭學）爲依據，文本鎖定七等生中期《沙河悲歌》以後的作品，與後期的《一紙相思》作比較 [11]，得以觀

6 陳麗芬〈台灣現代主義文學的另類想像──以七等生爲例〉，頁 100，台北：書林，2000。

7 胡錦媛〈書寫自我──《譚郎的書信》中的書信形式〉，頁 71，1994。

8 楊牧，〈七等生小說中的幻與眞〉，收入前衛版《七等生集》，頁 233。

9 這個推論作者也頗爲認同。見七等生。梁景峰〈沙河的夢境和眞實〉，收入鍾肇政主編《不滅的詩魂──對談評論集》，頁 123～124，台灣文藝出版社，1981。

10 七等生認爲這是自己大部分短篇小說所採取的角度。同上揭書，頁 123。

11 主要以《沙河悲歌》之中篇〈沙河悲歌〉與《一紙相思》中之〈思慕微微〉和〈一紙相思〉作對照論述。

察二者之間的差異。而這之間其他的文本僅做論述上的佐證及參考，不再一一提名介紹。

貳、啓蒙與創作——追尋／神話原型的再現

榮格認爲，個體無意識絕大部分由「情結」所組成，而集體無意識主要是由「原型」（archetypes）所組成。原型又稱原始意象（primodial images），它總是自發地顯現在神話、童話、民間故事、宗教冥想、藝術想像、幻想和精神失常狀態中，也會出現在兒童思維和成年人的夢中。（《探索非理性的世界》，頁 523）又根據卡西勒對「隱喻的力量」的體認，他以爲神話和語言受著相同的至少是相似的演化規律制約，而不論語言和神話在內容上有多大的差異，同一種心智概念的形式卻在兩者中相同地作用著。這就是可稱作隱喻式思維的那種形式。（《語言與神話》，頁 72）他進一步闡釋說明：

> 語言與神話處於一種原初不可分解的相互關聯之中，它們都是從這種關聯中顯現出來，但只是逐漸地才作為獨立的要素顯現的。它們是從同一母根上生出的兩根不同的子芽，是由同一種符號表述的衝動引出的兩種不同的形式，它們源於同一種基本的心理活動，即簡單的感覺經驗的凝集與升華。在言語的聲響單位和神話的原始形象中，同一種內心過程實現了自身：語言與神話都是內在張力的轉化渠道，是確定的客觀形式和形象表現主觀的衝動和激情。（同上，頁 76）

蕭兵在《神話學引論》中引羅蘭・巴特的話：「作品是複數。這不僅意味著作品具有多種意義，還表示它完成意義的複數本身：一個不能減少的複數」，指出神話以其「創作－接受－再創作」的「待完成性」更突出地表現出「作品」這種「複數的特徵」。（2001，頁 237）鄭明娳曾以「三個概念 0 意象」來詮釋七等生〈年輕的時候〉這篇具有啓蒙意義的抒情之作。她說：

其中出現三個重要的概念意象，而且這三個意象一個包羅一個：第一個意象是『我』有另一對眼睛看到『我』過去的形體，這是作者發現了自我的概念。第二個意象是在第一個意象中，也是由我的另一對眼睛所看到的『我』在夢中。第三個意象是，我像絲繭中的蛹，突破絲殼，蛻變成蛾，飛了出來，並且『下蛋』。以上的概念意象在詮釋一位創作者當初如何發現自己：包括找到自己與眾不同的性情（如陰沉的姿態）、獨特的語言，清晰的看懂自己，並且突破自己（破繭而出），並開始創作（下蛋）。以上三種層次的意象，是用較複雜的方式來詮釋一個概念：即開始創作時的『我』與過去的『我』不同，也跟現在的『我』不同。書寫者使自覺成為一個作者的『我』跟過去的『我』分離，成為另一個『我』來觀察自己。

（鄭明娳《現代散文構成論》，頁 878）

這段精闢的解析被廖淑芳巧地轉化爲「啓蒙儀式的原始場景」——「〈年輕的時候〉一開始就是這場啓蒙儀式的「序幕」，時間在七等生的二十三歲，地點是他任教小學老師的九份礦區。」她以爲：「文中七等生爲他的年輕時期刻畫一場『婉轉曲折故而意蘊深厚』的青春啓蒙儀式，就有爲自己文學創作的社會位置定調的意味。這一啓航儀式的鋪陳成爲一種必須，使他可以不斷回返、調整及再度出發。」（〈青春啓蒙與原始場景——論青年小說家的誕生〉，頁3）

據榮格的說法，啓蒙事件不只發生於年輕人的心理方面，個體生涯發展的每一個新階段，自我要求與本我要求所產生的原始衝突，都會一而再再而三地出現。事實上，跟生命的其他階段比起來，這種衝突在從成年初期轉換到中年的階段（我們社會中三十五歲到四十歲的階層），會有較猛烈的表現。另外，從中年轉換到老年階段時，會再度產生確切區分自我與整個心靈的需求，英雄最後一次接受召喚，奮起悍衛自我意識，反抗死亡迫近、大限來臨時的生命崩解。（《人及其象徵》，頁 142～143）許多藝術作品，看起來似乎出於「自主情結」），其實並不純由個人的（自覺）意識所控制，而是「集體無意識」的驅動，或是「民族記憶」和歷史經驗在個人創作裡的投影。神話尤其如此。許多原型性的母題、形象、情節在其中反覆出現，而且歷久常新，不但體現「民族的靈魂」，而且表現人類「集體的夢」，心理情結和「創造性的幻想」。這對理解「心理學派」的名言——「神話是集體的夢，夢是個人的神話」——是很好的解說。[12]

本文主要以七等生的中後期作品爲探索對象，但卻不能忽略他早期的創作風格。他文字的怪誕、荒謬、扭曲，是他備受爭議之因，與文壇同時期的另一位「現代主義大師」王文興一樣勇於對語言的創造。但與王文興致力於「創造句型與句法，以及文字的視覺與聽覺」不同的是，七等生「側重在文法的顚倒與錯置」。「對他而言，意念的追索較諸文字的修辭還來得重要。更確切地說，七等生認爲心理情緒的流動，自然需要藉助變革的文字表達才能完成。」（陳芳明〈六〇年代現代小說的藝術成就〉，《聯合文學》，頁 159）如七等生自敘：

> 我的語言也許並不依循一般約定俗成的規則；它是代表我的運思所產生的世界形象，由形象的需要所排列成的順序，它並不含糊混沌，而是解析般地清楚的陳列，就像自然所需要呈現的諸種形象。因此語言是構成情景境界的工具，它的語態是為了這情景境界而自然流露。因此，我的語言便容許主詞的重複，動詞或述語的重疊堆砌。這並非故意造奇，而是我的胸懷的容納能量；它隨著我的思想的方向紛紛跳躍

12 以上借用蕭兵《神話學引論》的引述，他更進一步闡釋：人類的「無意識心理」（集體層面之下意識）強烈地要把外界的變化「同化」爲一個「心理事件」，也就是要把——物理與心理、無機物與生命形態、　自然與人類等整合或「同化」（assimilate）爲一個相互對應的「過程」（並從而形成若干原型）；這樣，自然與生命共有的節律性、週期性變化就最容易被隨機地「對位」。（《神話學引論》，頁237～238，2001）

出來，不是我刻意學習的結果，而是我的性情的自然流露。」——（〈我年輕的時候：246〉《散步去黑橋》）

意指語言文字的變異只是他在追求精神思想徹底解放的必經過程。因此他更被文評家詬病批判的其實是伴隨在他攪擾謷口的文字／語法背後的思想意念，甚至被質疑其大部分的小說都沒有寫好，——「一部作品在我「虛心」的細讀了三遍以後，如果我還看『不懂』，我寧可相信這是作者自己出了問題。」（呂正惠〈自卑、自憐與自負——七等生現象〉，《小說與社會》，1992，頁 102）但這份耐心與自信卻不是一般讀者所擅長的，那麼，所謂的「七等生現象」，那群死忠的擁護者（追隨者），是在什麼情況下被吸引？是否在作品中有別於文學性以外的魅力存在？同時也不禁教人懷疑，那群曾經著迷於七等生文字（？）魅力的讀者群，而今是否仍然不改初衷？且令人不解的是，一個多數作品讓人讀不懂的作家，是如何擠進台灣經典作家之列的？[13] 陳麗芬的觀察似可為此一特殊現象找到一番合理解釋：

> 但置於同時期的「現代主義」台灣作家群中，七等生又更顯得任性與恣意。他不但常不按牌理出牌，而且因為有意與主流文學界劃清界線，使得他常有更大的揮灑空間，在摸索的過程中也就不太患得患失，不懼怕從錯誤中學習。最有趣的而且最值得我們注意的一點是，七等生時常把他的「錯誤」，也就是創作實驗中的殘渣廢餘也一併納入作品中，成為小說的一部分，而且堅持如此。七等生作品中因此總是瀰漫著一股非常原始的躁動，對於這股在創作中的衝動本能，七等生不但不予以過濾昇華，反理所當然地原封不動的保留下來。
>
> （〈台灣現代主義的另類想像〉，頁 83）

---

13 在 1999 年初由聯合副刊、文建會所舉辦的「台灣文學經典」票選活動，七等生《我愛黑眼珠》獲選為十本經典小說之一。

她認爲正是這股奇特的文學氣質蠱惑了當時正熱衷於求新求變的文學／文化界。「雖然七等生對當時的出版界頗多不滿，但無可否認的，他的備受某些編輯青睞又是個不爭的事實，七等生在他的年代是一個能見度很高的作家。他大量『技術犯規』的作品之所以能夠成功發表於報紙副刊與雜誌，不能不說是拜當時僵化封閉的低迷氣氛下文化／文學出版界的反動回應與接受尺度之賜。」（同上）並認爲：「形式的不穩定正標示著七等生文學成就中最突出的創意，構成他作品中特殊的吸引力。（同上，頁84）」於是讀者的尋索與評論，與他作品追尋／神話原型的再現，恰成爲他早期作品的核心意義。

參、自我與陰影的交戰——《沙河悲歌》隱喻映射

七等生在一九七六年《沙河悲歌》的（再版）序中說：「我所敘述的故事是有關於一位醉心於追求樂器吹奏技藝的男人，他的雙親、兄弟姊妹，他個人的生活遭遇，結識朋友，第一次的性愛，病痛，結婚，直至他對生命有所醒悟的整個生活史。……這些人物都是我自小所熟悉的眞人眞事，但爲了不使尙在人間的當事人感到難堪，皆採用假名，沙河與沙河鎭亦屬杜撰。」這段作者自序在 2000 年遠景版重刊的《沙河悲歌》中已不復存在，只有題目邊「獻給胞兄玉明及一般吹奏樂者」幾個字。事實上這篇小說的寫實筆法已經使作品的意義圓滿自足，讀者心有戚戚，根本無需贅敘。作者當初發表時不厭其煩的說明，其意應在於七等生將之視爲紀念長兄玉明因肺病而死（1962）所獻祭的文字，而那一年同時也是七等生在創作生涯上初試啼聲的一年。因此〈沙河悲歌〉的創作意義（時距長兄的死已經有十四年之久），也代表著七等生邁入創作中期的分水嶺。於是我們可以說，〈沙河悲歌〉其實就像是一首輓歌，追悼著逝去的青春與理想；而沙河的生命歷程，也就象徵／隱喻一個藝術家自我追尋的歷程。

恩斯特・卡西勒以爲，隱喻的用法必先假定觀念與相應的語言要素都已固定住、界定了的時候，才能彼此交換。所謂的「基本隱喻」

（radical metaphor）就是神話和語言的概念本身得以表達的條件。語言與神話是處於一種原初不可解的相互關聯之中，它們都是從這種關聯中顯現，但逐漸獨立區別開來。（《語言與神話》，頁 75）「隱喻」與「轉喻」是修辭學的用語。當代語言學家萊柯夫和約翰遜提出「隱喻是一種思維方式」的認知觀點，認爲隱喻的本質就是用一事物去瞭解、經驗另一事物，與思維活動有相當密切的關係，其方法是從一個來源域（source domain）映射到一個目標域（target domain）。涉及兩個以上不同概念喻之間的跨域映射稱爲隱喻，而轉喻只發生在同一個概念喻之內。[14] 我們希望藉由這種與傳統修辭學不同的隱喻概念，對七等生的《沙河悲歌》進行更爲深刻而豐富的解讀。

一、陰影與面具的轉化

故事中年輕的李文龍（一郎）瞞著父親偷偷學習吹奏樂器傅佩脫（小喇叭），爲使技藝高人一等，當他跪地要求母親讓他追隨「葉德星歌劇團」（當樂師）時，母親並不明白他所說的藝術是什麼東西，但他卻勇敢而執著，而且覺得必須遠離小鎮到外面的世界去吸取經驗。那天深夜，他終於向母親偷偷地宣佈要隨葉德星劇團遷徙離開沙

---

14 Lakoff認爲隱喻是我們日常思維與語言的不可或缺的構成要素。由於隱喻是我們了解周圍世界與自我的最基本工具，由此可進入詩性隱喻的動人世界。他們很簡要地指出：「譬喻的本質就是以另一樣東西來理解或經歷一樣東西。」與傳統修辭觀不同的是它可藉由個人身體的經驗認知創造出更多的譬喻概念。他們由大量英語資料中發現，大部分的概念體系本質上都是譬喻性的（metaphorical），我們可以經由此一途徑建構了我們觀察事物、思考、行動的方式。而在 Lakoff&Mark Turner（1989）合著的《*More than Cool Reason： A Field Guide to Poetic Metaphor*》中更進一步根據他們所蒐集到的歷代英文詩篇中的譬喻性語言表達式，發掘出西方世界對「生、死、時間」的文化共識。歸納出「一生是一個旅程，生是來，死是去」、「一生是一日，老年是日暮」、「一生是一年，死是冬」、「人生是一場戲」等一系列譬喻概念。這些觀念其實就滲透在我們每天的生活中。

河鎮時，母親眞正傷心地哭泣了：

> 她始終不了解他為何要去當一名歌劇團的樂師來羞辱她；她的觀念無法明瞭有成就的藝人也是一種出人頭地；她不懂什麼是藝術，她沒有受過學校教育，他所不知道的正是年輕的李文龍所知道的。（頁 8）

母親既已如此，更不用說向父親提起後可能的後果了。文龍就是在「先斬後奏」的情況下出走，以至於在後來返家探親時，幾乎被父親用木劍砍斷了左手臂，導致他後來左手失去了筋力，他坎坷悲慘的求藝生涯就此開啓。這幾乎殘廢的左手臂，平時溫順柔弱，但當有突然來臨的緊急事時，卻又會像一隻機械的槓桿舉起來，有一種不知不覺的反射作用，使別人以爲他另有意圖，而懷疑或嘲笑他。或許這隻左手臂是他的潛在意識的象徵，代表其壓抑的人格，但以僞裝／面具的形態出現（表面上是完好的），使他無法漠視，卻只能和平共處：

> 無疑，他痛怒地決定回沙河鎮就把這條左手臂砍掉；但是至今，它猶在；他常常撫摸著這條可愛的生命不可失去的誌記。（頁 82）

另外，對李文龍而言，憂鬱而嚴肅的父親始終是他內心一個巨大的陰影，也是他自卑感的來源，潛意識裡一直在抗拒與壓抑的負面力量，因爲父親的期望來自社會的價值觀，他幾乎無法與之抗衡：

> 他的自卑感如此之大，在異地很坦然，回到家鄉便完全顯露出這份自卑心，…他的心中十分矛盾，吹奏技藝是他所樂意追求的，他感到自豪，但浮表的社會觀點卻把工作分門別類，加以評價。而他的內心是與這種輕卑的個人生命和自由意志的社會相抗衡的。（頁 39）

依照榮格的理論，個體意識心靈所投射出來的陰影（shadow），包括了人格上隱晦、壓抑和邪門的部分。因此自我（ego）和陰影總是陷於衝突之中，這種衝突在原初人類奮力發展意識的過程裡，表露在原型英雄與巨大邪惡力量的對抗當中，進一步被擬化爲英雄與巨龍或其他怪獸的爭鬥。但是，這種陰暗無明不只是意識自我的簡單倒轉而已，就像自我含有邪門和毀滅性的成分，陰影也含有正面的質素——正常的本能和創造的衝動。（《人及其象徵》，頁128～129）因此吹奏技藝就成爲他對理想的追尋，他不但依此爲生，也依此而發現自我。

然而生活的磨難、身體的殘疾與生存的挫敗使文龍把希望寄託在弟弟二郎的身上，二郎是他的「面具」（persona），一個追求「聖徒夢」的面具，在榮格看來，面具是外部世界與自我之間的中介者，爲心理上具有集體性格的部分，猶如一個容器那樣將個體的內在自我保護起來。（《導讀榮格》，頁87）他覺得「我的這位老弟是我眞正的知己」（頁109），但也可說是他理想人格的投射：

> 二郎也許是我最為不能徹底了解的人，而只憑著我一己的生活所產生的幻想來架構他這個人物，他想。總之：他不會重踏我走過的舊路，與我的命運相同，就是時光不再往前奔馳只停在此刻，他也不會做出我所做的相同的事，他想著：二郎代表著未來的時代，我代表著隨時會逝去的現在。他想：我與他的分別是明顯的時光，我隨時會死，他隨時會踏上他的坦途。他想：我對我弟弟二郎的希望，信仰勝於一切，他是我唯一能見到的新生命，別人也許會認為我的論調滑稽可笑，但我並不認為這有什麼不正經；假如這是我的形上思想，有人會認為我不夠真實嗎？（頁104）

文龍與二郎其實是一體兩面，是理想與現實的投影，也是陰影與面具的轉化，經常處在對立的狀態，直到有一方願意退讓：「他想現在二郎或許已經明瞭他託付給他的使命，他的力量和智慧都會是來自殘廢的我，死去的父親，和這整個似乎有點欺騙人的時代。」（頁28）當他決定返回到沙河鎮時，也就是他心靈覺悟的開始：「我已經想清楚了，我不再逃避和流浪。」（頁 103）當初父親加諸給他的巨大「陰影」，也巧妙地轉化為「智慧老人」（神秘的拾骨者）的原型；而現實中的七等生其實就是文本李文龍的化身，以二郎的形象出現時，因負載著過多自我理想的投影，也轉化為文學中的原型人物。據陳麗芬的觀察，長兄玉明的早逝一直是他耿耿於懷的憾事，這個陰影一再潛藏在他的作品裡，成為夢的意象，經常浮現在沙河的倒影中。兄弟河邊垂釣是他一生中最美好的回憶，（文龍）教弟弟（二郎）游泳成為一件「了不起」的大事，這些回憶之河的停格，成為他生命中難以抹滅的圖像：

> 他的雙目正在注視水裡映來的影像他看到自己疲累地坐在水岸邊，看著二郎游泳，他的臉埋在水裡，時而抬起來吸氣，兩腳均勻地踢著水，水花打得很高，濺到他的臉上來。他微笑地注意著二郎，…（頁 28）

如一九六五年所作〈九月孩子們的帽子〉中的第二個故事〈其中一個樂師死了〉，另外詩作〈樂人死了〉（1972）、〈隱遁者〉（1976）、〈似是而非〉[15] 等都有類似的片段出現。（〈台灣現代主義文學的另類想像──以七等生為例〉，頁 90）由情節的虛實互涉，進入文本的寫實，七等生逐漸把自我形上思想的追求落實到家族史的探索，父親、兄長、甚至那童年因家貧被賣的妹妹敏子，都一再出現在文本的敘事當中。

二、沙河、樂器與性愛的隱喻映射

沙河雖然經常呈現枯旱狀態，卻有一條淺流在河床的一邊潺潺鳴

15 收入《隱遁者》，遠行，1976。

訴，如同奏唱者李文龍生命長時間皆處在混沌不明的狀態，僅靠內在一股頑強的意志力在 支撐這隨時倒下的殘破身軀。所以「沙河」映射「李文龍」，再由「李文龍」映射到「樂器」／克拉里內德身上，三者彼此間構成一組隱喻的關係。而「沙河」以人生／旅程的意象，對應到實體的「李文龍」，可以想見這是一趟充滿變數的自我追尋旅程：

> 他決定追隨葉德星歌劇團時，是一個不相信命運註定說者；現在他面對這沙河最幽寂的水潭，似乎已變成不折不扣的宿命論者了。但他知道，宿命與非宿命論猶如錢幣的兩面；當錢幣的一面呈現在面前時，另一面便埋藏在底下。（頁 105）

他把自我投入龐大的命運之神的手裡，完全接受當下的自我，是一爲肺病折磨成乾瘦的我／黑管。當他記起了二郎的話說：『你必須把自己變成一支長長瘦瘦黑黑的克拉里內德』」（頁 109）時，對這支樂器就有了不一樣的感情：

> 是的，當我注視著樂器克拉裡理內德時，就像是看到為肺癆折磨成乾瘦的我，他想。我的肺裡充滿肺癆的細菌，我的樂器克拉里內德的內壁也沾滿那種細菌，他這麼想。他回憶著：有時我會夢見樂器克拉里內德，它直立起來發出神經病似的尖銳的叫聲，因此我想樂器克拉里內德有時也會夢 見我。（頁 110）

因此克拉里內德／黑管（豎笛）的容器譬喻，與李文龍有直接的轉喻關係，而克拉里內德的哲學也就是李文龍（一郎）在吹奏中「發現自我」的哲學：

> 這是他第一次覺悟吹奏與他不能分離的關係；他不但依此為生，亦依

此而發現自我。（頁 81）
現在他必須告訴二郎，首先追求的技藝藝術到最後會轉來發現自我。（頁 8）

他生命中的三種樂器似乎就分別代表著他生命旅程的三個階段。前兩個階段只能說是他生命的混沌期，一味地在追逐自以爲是的理想與技藝，想藉此塡補內在的自卑與空虛，直到他在現實生活中有所覺悟與體認：

他想：我很慶幸我發現了樂器克拉里內德。當年紀較輕時，他好勝吹樂器傳佩脫很神氣；然後他認識了生活，他吹樂器薩克斯風很過癮，現在他對人生已有所悟，克拉里內德使他獲得冷靜。（頁 101～102）

如同對吹奏樂器的執著一樣，對傳佩脫（小喇叭）、薩克斯風、克拉里內德（豎笛／黑管）的追求與爭扎也就映射到他生命有糾纏關係的三個女人身上──「二郎說得對，我承認現在愛樂器克拉里內德比愛女人、財富、名譽更甚，他想：我的克拉里內德和我內心的靈感便是我的女人、財富、和名譽，他這樣想。」（頁 109）隱喻他不同的愛情經歷。他與生命中三個女人的關係有依戀（碧霞）、有婚約（玉秀）、也有性愛的滿足（彩雲）：

他懷念碧霞，他清清楚楚地看到自己生命的素質，他生命中唯一仰慕和愛戀的就是她。（頁 81）
玉秀懷孕回殺沙河鎮後，他突然深深地依戀著碧霞。（頁 81）
他被格職後，他完完全全是個職業奏唱者。他和彩雲有生命中最美好的性愛，這是他和玉秀之間所不能有的至美的人生事物。（頁 103）

於是以往七等生在文本中（如〈隱遁者〉）呈現本事與情節的混

雜面貌，至此有清晰的輪廓與脈絡，七等生在〈離城記〉附題「不完整就是我的本質」的說法，顯然已隨時間的支流慢慢流向生命的海洋，愈趨齊整、廣闊而有深度。如陳麗芬對〈隱遁者〉的析論：

> 主角對往昔的追憶全部以「沙河」為中心——這是七等生鍾愛的「時間」和「大自然」的象徵，此河包含了他整個生命，蘊藏著他對過去的依戀和痛苦爭扎，並把他與父親共同的命運連繫起來。有時敘事又是一首牧歌，將主角塑造成一個漫步林間的「高貴原始人」（noble savage）；河流把他隔絕於世外。大自然又是一股神秘的力量，誘發主角的性幻想，小說中便有巨蟒夢中探訪隱遁者的性暗示。（〈台灣現代主義文學的另類想像——以七等生爲例〉，頁 87）

這位文本的「隱遁者」，已然安頓在藝術創作的叢林中，藉由「凝視」自我，重回「原始傷痕」的歷史現場，包括集體性社會對個人自由意志的壓制、愛欲的不滿與匱缺等，在充滿高度自傳性的重覆片段中，[16] 持續著自我的追尋。而以河水隱喻生命和愛情，在《一紙相思》中也可得到印證：

> 生命從不滯留，像河水，注視它時有一份悵然若失的心情，它的象徵和寫照同時給你一份由內心產生出來的憂鬱力量，去關注身邊的事物，去愛你能獲得的歡欣，去創造，去把自己洗刷乾淨。如果我不能從這簡單的生活意象獲得存在的意識，我就無法從他處再去學習和證明我曾經活過。（頁 62）

當愛情落實到對南管曲式的追求時，作爲樂器的「琵琶」已具象爲情愛的投射，在抽象的情愛無法具體掌握時，寧捨情愛而取琵琶，

16 借用廖淑芳的論述。見〈青春啓蒙與原始場景——論青年小說家的誕生〉，頁 11。

於是他說：「要是有一天你爲了某種原因而必需離開我，那麼就留下這隻琵琶給我吧！」（頁 63）

肆、「安尼瑪」[17]（anima）的投射與自我的完成——《一紙相思》的救贖意涵

《一紙相思》是七等生繼一九九一年圓神出版《兩種文體——阿平之死》後的另一部作品，被強調爲睽違十年後的最新力作。[18] 其中〈思慕微微〉與〈一紙相思〉主要以書信獨白體的形式表達對一女性的傾慕、關切以及個人哲學（愛情）思想的沉澱與生活實踐的雜感。二篇在形式及內容上毫無差異，前者可說是後者的延續。此兩篇可與其同集中的〈讀寫給永恆的戀人〉、〈愛樂斯的傳說〉作對照。在文本互涉中，落實於七等生對書信體形式的熱衷與追求。

東年在此書的評介中質疑其思想，對信中有關女子的回憶偏重肉慾，幾乎沒有精神方面的印象不以爲然，認爲這是一個漸入老境的靈魂去戀慕一個青春美妙的身體，企圖挽回逝去的青春和愛情，但顯得何等焦躁與暴烈的表現——「這應早已歷經不惑之年的男人，必然也會喪失自我、自由和愛的眞諦。」於是他以爲「迷失的人無法找尋迷失的他人」，且爲那年輕的女子，能夠脫離魔咒而慶幸。[19] 然而阮慶岳卻以爲，七等生延續《譚郎的書信》中書信體的風格，再次拋棄掉傳統小說中藉由虛構人物與情節來述說的手法，而以類似蒙田般直接對話的形式呈現作品，再一次挑戰了小說本身需要「故事」才能存在的傳統章法。「但是這樣的對話，並不只是對著他珍愛的菱仙子，也同時是對著他自己（如同他大多數作品中自我傾訴的特性），以及更

17 此詞也有翻成「阿尼瑪」或「阿利瑪」，本文採用《人及其象徵》的翻譯。

18 一九九七年商務版題爲《思慕微微》，包括情書二題（〈思慕微微〉、〈一紙相思〉），小說二則，筆記三出，總共七篇。

19 東年〈迷失的人無法尋找迷失的他人〉，《聯合報》47 版，86、10、13。

重要他所意識到存在卻隱身的讀者們。這種有如對著自我獨語，又有如對情人喃喃自語，卻其實是對著全人類說話的複雜性，使這樣的書信體格式，展現出一種極大的企圖心。」[20]

一、永恆的女性／理想戀人

在榮格的理論法則中，當自我需要堅強起來時，如果沒有來自潛意識心靈源源不絕力量的幫助，意識心智就無法完成此項職志時，英雄象徵的需求就出現了。一個典型英雄神話更重要的一個面相就是「護花的英雄」或「英雄救美」（陷入危難的少女是中世紀歐洲廣爲流傳的一個神話）。神話或夢這個向度涉及了「安尼瑪」（anima）——男性心靈中的陰性成分，歌德稱之爲「永恆的女性」（the Eternal Feminine）（《人及其象徵》，頁 132~133）其實這位在七等生筆下（戀人的口中）以神話般姿態出現的菱仙子，頗符合榮格理論中的「仙女」性格，也就是男人內在「安尼瑪」形象的投射：

> 安尼瑪的這些不同面貌，與我們曾觀察過的陰影具有同樣的傾向：它們都能被投射，因而，它們對男人會經常表現為某種獨特的女性特質。正是這種安尼瑪的出現，會讓一個男人在初次看到一個女人時，一見鍾情，而且立刻知道就是「她」。這種情況下，那個男人感到自己好像早就深心認識這個女人，她愛她愛得難以自拔，以致旁觀者會覺得他瘋了。具有「仙女」性格的女人，對這種安尼瑪的投射有著特別的吸引力，因為男人們幾乎可以把任何事情都歸因於一個如此魅力四射而虛無飄緲的生靈，因而能圍繞她編織出種種幻想。（《人及其象徵》，頁 216）

20 阮慶岳〈永遠現代的作家——七等生〉，《中央日報》22 版，87、7、24。

如七等生在〈思慕微微〉的第二封信裡說道：

> 我曾經不只一次向你表達過我對你初次的永遠不能忘懷的美好印象，像是一個女戲子的出場那麼含羞待放的姿容永遠地留在我的心頭，即使有一天你離我而去不再理會我，我都會為那奇異的一刻為你感到光榮，是我生命中少數美麗的記憶的一個，這個印象的存在也因為之後我們愉快的相處而變得愈形重要和有意義。（頁 5）

第十四封信中說：

> 向自然和美麗說再見，到人世熙攘的大城去尋覓投胎於人的麟獸，像傳說中尋找墮落天使的使命，當我遇到她時一定能認識她，她有奇異的外表，奇異的聲音，不可測知的性格，有如我在雨天的午後邂逅你，我就知道你就是小麒麟，你給我的快樂和痛苦就是那麼具體和神奇。愛情就是一種連繫，把古老悠遠的來源的兩個元素結合在一起，有愛情才能產生一種視野，認知人世和自然，知道人心和象徵，知道誕生和死亡。啊，人間無疑是那貪戀的纏綿和繾綣……（頁 334）

文本以直接坦露的抒情方式，傾洩最眞摯的愛慕，初讀來令人覺得「濫情」不已，質疑是否回到了早期浪漫文學的年代，是徐志摩《愛眉小札》的翻版，還是無名氏《塔裡的女人》的再現？有多少現代人會被這種「古典版」情書感動？我想作爲文壇的老將七等生絕不是無意爲之的，這在葉昊謹《七等生書信體小說研究》（2000）的論文中已有「理想愛情兩部曲」——針對《譚郎的書信》與《思慕微微》的詳加論述，仔細比對這兩部書信體單音敘事的不同。[21] 並特別

21 詳見葉之碩論第四章。（成功大學中文所）

引用馬森對《譚》書敘述體的肯定：「好的敘述體竟是眞好，是不能放棄，也不容貶抑的。感謝七等生在這部新作中爲我們呈現了如此具體的證據。」[22] 但終究沒能舉證《思》在創作意義層次上有無勝過《譚》書之處。難道兩部相距有十年之久的作品，後者只是前者的「狗尾續貂」而已嗎？一個曾經是文壇的巨人只能掏心撈肺地向他的讀者獻出「灼熱情感與眞誠的苦痛」（葉昊謹語）的「愛的詩篇」嗎？不諱言，七等生在字裡行間已出現了疲態：

> 我那時已經結束了創作，已經沒有靈感，一個喪失愛慾和心靈的人，一個憔悴和悲傷的人，有如醜惡和卑鄙的靈魂在辜負秀麗壯大的自然，我感到羞恥，所以我必須走，走往一個骯髒污穢的大城去，只有那裡能再一次的試煉我的心志，只有那裡才能凝聚破碎的心，再度尋回青春，才能完成使命，……（頁 34）

由此可理解，七等生爲何在退休後竟然選擇他曾經詛咒、厭棄、逃離的城市作爲歸隱之所，是否隱含英雄試煉使命的宿命與完成？對一個（悲劇）英雄而言，他仍要堅持走完這精神上的朝聖之旅，而且考驗著他是否有愛人的能力：「 直到我邂逅你，菱仙子，你是個仙女，一個在地的天使，雖然我的心田貧瘠，我的思想庸凡，我的體魄不壯，但我想著去耕耘一份或許是超過我的能力的愛，試著考我是否還能愛人。」（頁 42）

榮格認爲，對於這種通過超越而獲得解脫的類型，最普遍的夢的象徵之一，便是孤獨之旅或朝聖之旅，不過，這種朝聖似乎是精神上的朝聖。透過這個旅程，受蒙者才得以熟識死亡的本質。但是，這兒所說的死亡，並不是最後的審判，也不是成年禮的威力試煉，而是在某種慈悲的精神統轄與潤澤下，進行一趟解脫、斷念與贖罪的旅程。

---

22 參見葉之論文，頁 107 所引。

其精神通常由一位啓蒙的「女導師」來呈顯，而非「男導師」，她是個無上陰性的（即安尼瑪）人物，如中國佛教中的觀世音，基督諾斯提教派（Christian-Gnostic）中的蘇菲亞（Sophia），或是古希臘的智慧女神雅典娜。（《人及其象徵》，頁174）而一路引導他的這個「永恆的女性」也就是所謂的「理想戀人」，她其實是神格化的「理想形象」，對男性而言，它以一陰柔的形象投射出來，對女性而言則反之。相對於《譚》書對理想愛情的追索只重在過程，「文字」的書寫已經完成了自我的追尋，然而《一紙相思》必須落實到具體的形象上，琵琶樂器的女體形象恰好滿足了男性的慾求：

> 回到木柵的家，解開皮套，現出琵琶那可愛的樣相來，從來沒有一種樂器像它那樣更像仿古代的仕女的模樣，我目不轉驚的注視它，摸它，舉它，試著挑動它的琴絃，它的清亮和果斷的音響讓我震嚇了一下。那樣的型態發出的又是那樣的聲音，將是我永遠不解的問題，也會有永不休止的思考。這就是了，彷彿命定似的，我會愛它和學習彈奏它。那夜你背著琵琶和我一起來木柵的印象從此沒有離開我的記憶。（頁490）
>
> 想及你那激奮的面部表情在黎明前那白白淡淡的幽光裡，我的心在甦醒後就湧起一股力量挑撥你的慾潮，猶如我在練習彈奏琵琶時必須自始至終所保持的情緒和體力。（頁63）

樂器作爲女體／性愛的隱喻，與《沙河悲歌》倒有呼應之處，不僅如此，文中處處可見以「河流」的豐饒、美麗來比譬赤裸的女體在夜中幽明的情狀，並昭示著美麗事物哀怨的本質。（頁445）

二、尋找，就尋見；叩門，就給你開門

七等生在〈一紙相思〉（第五封信）中提到有次他們預先有約會，但電話一直打不進去，他直奔女孩的家，但迷失在錯綜複雜的巷

弄中，辨不出方向，也不知是那一間，因女孩始終不肯告訴他。「我心中很惶恐，繞來繞去無法尋找，折回高架橋下，心想今夜見不到你，孤單的回家必感覺失落而黯淡，挫折感無可形容地損傷了心中的熱情。我不甘心地重返巷裡，在一座小廟前試著再打電話，依然無法接通；此時我的胸腑充滿不能釋出的氣壓，在偶有行人的幽暗巷道上，只聽到自己按踩的腳步聲。我急中試著每走幾步路就輕聲呼叫一次你的名字，行到一個兩巷交會的地方，警覺中忽聽到一道細弱的聲音『我在這裡』傳來，我抬高點呼，那回音又說：『我在這裡』。我尋聲走到一個門口，出現著你，我們喜極而泣，加上我酒熱情急把你擁在懷裡，那時的興奮如是一種重生的喜氣，沒有那一夜的重逢，我不能想像我們之間會跌落到什麼難測的谷底……」（頁54）這是一個熱戀中的尋常男女彼此尋找、急切相見的情景，或許是一個眞實的事件，然而它卻可以將之比賦到宗教的底蘊中，如《聖經・馬太福音》：「你們祈求，就給你們；尋找，就尋見；叩門，就給你們開門。」（七章七節）

以上並非筆者一廂情願的解讀，七等生在〈理想的戀人〉[23]一文即已探觸到基督信仰的問題，對聖經及神學知識充滿了好奇與質疑，而他所謂的「理想戀人」未嘗沒有基督教所羅門的戀歌（〈雅歌〉）的美好想像。他說：「俗世的每一個人都有一個妻子，或一個丈夫，但不要否認幽深神祕的心中也有一位理想和仰慕的戀人；當企慕理想戀人愈勤，認爲愛他勝於愛妻子（丈夫）時，男女才能和諧平等的相處；要是依俗世的膚淺看法，只能愛妻子（丈夫）而不能瞻仰理想的戀人，就等於只渴慾肉體而摧折原眞的自由意志，那麼雖能在日子裡表面履行夫妻的義務，但根本上是連一點愛意都沒有。愛女人（丈夫）而且相信他個人世界必定有一理想形象的存在，是完全依照心理

23 新版收於《重回沙河》（2003）散文類別中。

的本質衍生而來的，和愛妻子（丈夫）並不牴觸，也不矛盾，因爲短暫的人生是永恆生命的分支和過程，生活的意識的源頭是宗教虔誠的情操。」（頁 149）這話說來並不做作，因爲早在一九七八年他就開始撰寫《耶穌的藝術》[24]，對宗教的思索已處處散見在他的各種文體中，如〈禱告〉[25]一文：「該怎樣去體會神愛世人呢？簡單地說：神愛我嗎？在什麼時候我體會到這件事實呢？尋找者是神而不是神；人並非尋找者而是被尋找者；如果眞如是說，這事就被澄清了。」（頁 128）因此，我們或可從這些蛛絲馬跡回溯七等生思想的痕跡，甚至回到他創作《一紙相思》的意圖，那些充滿愛意的文字頓時意蘊深刻，而不再只是一失意男人的喃喃自語了。如：

> 真的，在我的生命裡，世界上沒有任何一件事比我愛著你更重要，因為你存在，帶給我內心的光明，讓我產生清醒和理性，讓我意圖重建我的青春之愛，也讓我肯定愛你的價值，使我所做的每一件事都是為著你，為著我，為著生命的價值與意義，為了認知所有可以感覺的一切，為著創造為著生命賦予我們的能力去表現，當一個人愛著另一個人時，他就是在愛全世界的人類，這是那麼的微妙和神奇，那麼合理；菱仙，回來罷，我在等你。（頁 38）
> 我是用著我的所有經歷和認知在愛著你。我愛著你正如我愛著自己，我看不見你有如看不見我自己。我認不得我自己，這個世界猶如虛空，那麼我的生命變得頓失了一切意義。（頁 42）

因此我們就較能理解，當他與女孩在狹巷相逢時，他的感覺竟然如獲重生。而他若干充滿「慾情」的描繪，如：「如果我心愛的人在

24 一九七九年洪範初版，一九八八年四版，而今遠景全集編入《銀波赤膀》【7】散文類。

25 也是收於新版的《重回沙河》，頁 128。

那裡，那麼總有一天我會在那裡看見她，在千百萬人中辨識她，從她身上我會看見一切自然的象徵，我會撫摸她的全身，熟讀她肉體的韻曲，服侍她，彷彿服侍我那顆驕傲的心，使她和我都充滿了燦爛和歡樂……」（頁 34），就不至於被解讀爲純粹只是肉慾而沒有精神的印象了。[26]

伍、從家族史的探索到抒情主體的建構——追尋／神話原型的變貌

依據七等生在《一紙相思》對「神話」的看法與見解：「神話的架構在意表不可抗逆的倫理，它的威力對當時的人們無不誠惶誠恐命定般地被約制，而現在對我們文明化之後而言，它有如焚燒過後的灰燼，我們在火灰中找什麼呢？似乎沒有什麼具體的東西流傳下來，只不過有時在自我的情緒中浮現出那假借的形影。或許，對存在感而言，當你意會到你情感的源頭是出自於那個端頭時，那麼自古至今，延續於未來，你是全程活著的，不但開釋了你當下的凝重情結，也爲你的困境闢出了一條可行的前路。」（頁 57）或許這就是我們試圖爲其文本找尋意義的理論根源。陳麗芬認爲七等生小說中那刻意的永遠「不完整」的狀態，正是他身爲作家的存在理據，因爲七等生的所有作品都在引導我們把它們串連在一起看作是一「還未寫完」的大部頭著作。她相信唯獨不偏離七等生文本的不完整性問題，才能更直接進入他小說藝術的核心。（〈台灣現代主義的另類想像——以七等生爲例〉，頁 856）因此當我們去觀照他中、近期的作品時，他從自我心靈圖譜的拓展、邊緣人物的描摹，以及愛情神話的召喚下，回歸到抒情主體的建構。其對書信體形式的偏愛，也就有了脈絡可尋。或爲他一生自我追尋的實踐，在文本的間隙中架構一條神話原型的脈絡來。我以爲，從《沙河悲歌》到《一紙相思》的文本中，其實是由家族史

26 見東年對《思慕微微》的評介。

的探索到抒情主體建構的過程。

一、心靈圖譜的拓展——夢／集體潛意識的探索

陳季嫻以為，超現實的情節，令人不解的隱語，淡化的情節，是七等生怪誕晦澀風格的成因，讀者不能以生活常理推求，需視上下文意尋索之，發揮讀者的想像力、感受力，藉著與文本互相激盪，始能挖掘作品底層的深意。（《「惡」的書寫——七等生研究》，頁171）而陳國城（舞鶴）很早就感受到七等生是一個「內省型」的作家，不論其作品形式如何扭曲，本質上均可歸於主觀自我世界的抒發。而此「自我世界」常與「現實世界」產生衝突與對抗，有時「自我世界」還會逸出常軌，向更深邃的、神秘的境地延伸，與人生問題的迷惑，建構成一矛盾的鬱結。而這個鬱結也就是「現實的夢魘」，不得不藉「變形」的方式去處置。[27] 如七等生發自心底的聲音：「讓我活著成為一個自封的寫作的藝術家罷；這個變態已經替代了的身軀；我的眞我就是一個寫作的藝術家。」（《沙河悲歌・致愛書簡》，頁310）陳麗芬也說：「我對七等生的閱讀即是在正視七等生小說中總是被論者抹除的種種眞實生活上的無謂細節痕跡。我認為在大部分的情況下，七等生是為了現實本身才去寫現實的，它絕對不只是充當一個背景而已。在七等生的文學求索裏，本人生命拉拉雜雜、瑣瑣碎碎的經驗層面對他來說是如此重要，以致他不斷力圖將其所體驗的生命混沌感引進文學領域，並逼使讀者的我們對之加以注意。在七等生敘事話語中它凝聚成一個極為顯著的文本存在，實在教人無法對之視若無睹。」（〈台灣現代主義的另類想像——以七等生為例〉，頁85）

於是，對七等生而言，他在早期顛沛流離的生活演繹下，已經足夠讓他在生命的中期（35歲之後）將心靈的圖譜加以拓展，朝更深廣

---

27 參見陳國城〈「自我世界」的追求——論七等生一系列作品〉，頁349，收入張恆豪編《火獄的自焚》（1977），後又收入七等生全集【4】《離城記》（2003）。

的潛意識層面去探索。因此《沙河悲歌》是借意識流的手法，以胞兄爲主角，試圖建構的家族史。背景擺在日本人發動第二次世界大戰，刮盡台灣一切物資，以及戰敗結束統治後，所遺留下來貧困的十數年間的生活面貌。[28]那近乎夢境般的生活片斷，慢慢轉化爲虛構的藝術世界，雖虛猶實，且令人動容。如七等生在〈致愛書簡〉說的：

> 做為一位現代文學的寫作者的我啊，早就卑視那浮表的事件的記述的不能共鳴的事實，這使得我必須把心靈演化成形式，用幻想做內容直接來感應你，當你接住我的傳播的感應時，能使你從我的幻想再恢復到現實，那麼你看到的將不是發生在我身上的單獨的特殊遭遇，而是生命的你也同樣會遇到的普遍事實。藝術藉形式傳達，以便也使你也發現你的心靈的滄桑……（《沙河悲歌》，頁 310）

他企圖將自我最眞實、瑣碎事件與讀者在心靈上做直接的溝通和感應。其後《老婦人》[29]的書寫，基本上也是家族記憶的回溯，擴及個人記憶的版圖，把早期文本中浮現的孤獨、扭曲、分裂的原形意象片斷，逐步地鋪展開來。

二、邊緣人物的描摹——對主流價值的思辨

作爲一個台灣「現代」作家，七等生的特色除了以文字的怪誕、晦澀標示現代主義的美學特徵外，其重要性應在於他對台灣弱勢、邊緣人物的描摹，以對抗僞善的社會道德、對「主流」價值觀的思辨，以及對生命意義的重新思索。從這個角度來檢視七等生，我們才能看出他作品的歷史感和神話性。

---

28 七等生在一九七六年遠景版《沙河悲歌》序中言。

29 洪範版的《老婦人》(1990)扉頁中寫「獻給我的母親詹阿金」，後〈老婦人〉收入（遠景）全集【8】《重回沙河》。

在《沙河悲歌》中他觸及到父親的威嚴與落寞、母子觀念的落差、兄弟情誼的深篤，更多的是他描寫李文龍所追隨的「葉德星歌劇團」中的人物形象，以及爲求溫飽四處遷徙的流浪生涯。同時也關照到撿骨師、妓女等的社會邊緣地位，以凸顯對主流價值的思辨，以及個人對生命意義的思索：

> 他突然清楚地了解那位撿屍骨的老頭，他相信那小老頭子在年輕時也是和任何所謂正常社會人類一樣，希冀所謂不被輕卑的職業。經過了風霜，他沉默了，他面對人們所不敢面對的事物，他是認識自然的人，他甚至認識天上的神。還有那位賣春的老啞吧女，她曾經也有屬於自己的青春的美夢。而我也曾經有過野心勃勃追技藝的理想。（《沙河悲歌》，頁 109）

作者在此將撿骨師父與老啞巴女的生命提升到與自然同等級的超驗地位，是有意揚棄正常社會的價值觀，也對一般的善惡、美醜看法有所思辯（〈愛樂斯的傳說〉，頁 139）。就如陳季嫻說的，那是七等生仿效史家之筆，標舉他心目中的英雄，爲小人物、反英雄者立傳，刺破了常人對英雄神話迷思的舉動。（《「惡」的書寫——七等生研究》，頁 132）同時也反映了他獨特的藝術審美觀。

三、愛情神話的召喚——自我的救贖

我們發現七等生在作品的自我追尋中，其實再現了英雄神話的原型。從啓蒙、出發、歷險到回歸。這個追尋（quest）主題在文學裏可謂無處不在，表現在七等生的作品裡，同時也是一種對形式的追尋。因此，陳麗芬說：「七等生的文學創作隨著他對未知的現實作進一步探測而繼續開展，事實上他寫的愈多，便愈顯出每篇新作都是他追尋不輟大連鎖的一部分。七等生於八〇、九〇年代的作品，不論是《譚郎的書信》或是更晚近、復出後的《思慕微微》仍延續著他一路走來的寫作風格，透過可供延展的形式傳達其恆久不變的主題。」（〈台灣現代主義的另類想像〉，頁 100）然而，以我們深一層對《一紙相思》的理解，他在書信體的敘事中有超出以往不同的神話原型，比如他在〈思慕微微〉和〈一紙相思〉中，以單音敘事的方式絮絮叨叨地對「菱仙子」的呼喚，在情愛的辯證背後其實是愛情神話的召喚，引領他在人世肉體疲憊的年歲裡，重燃青春之火與生命熱情，而持續走完人生的（自我）追尋的旅程。而他在宗教境界的尋索與體悟，也啓發他要在人生的後半段去效法耶穌的「以身證道」。如：

> 但我還是多麼祈望愛情的可能，即使要我放棄擁有一個寫作的藝術家的名銜的虛榮，我寧願現實中的愛和溫飽的生活，就像一個僧人多麼欲望再恢復為俗世人，就像一個涉急流的人多麼希冀彼岸有一隻伸出來攙扶的手。我生存一日，便對這種愛情的企望永不斷念。（〈致愛書簡〉：310《沙河悲歌》）

也如七等生對「愛樂斯」的描寫：「自從人類原形被剖切爲兩片以來，每一邊的半身，均憧憬另一半，並且渴望能合併爲一。於是他們燻燃再使身體成爲一體的慾望，饑渴的糾挽著手，互相擁抱。」（〈愛樂斯的傳說〉，頁 137）愛情一旦賦予了神話意義，便擁有了神祕的召喚力量，值得傾其一生去追尋。

四、抒情主體的確立——自我形式的完成

榮格說，做爲內在世界嚮導的安尼瑪，在實務工作中扮演著什麼角色呢？當一個人對其安尼瑪提供的情感、情緒、願望和幻想持嚴肅態度時，當他把這些心態與其他的形式的揉合在一起——如寫作、繪畫、雕塑、音樂創作或舞蹈時，安尼瑪的積極作用就會發生。當他很細緻耐心地從事這些工作時，另外更深刻的潛意識材料就會從深處湧出，並同早先的潛意識材料聯結起來。一個幻想固定在某個形式中以

後，它必需帶著評價性的情感反應，通過知識和倫理兩方面的檢查，並且，把它看作絕對的眞實也十分必要，不能有任何潛在的「只不過是個幻想」的懷疑。如果這是一個長期專心致志的實踐，那麼個體化的過程會逐漸轉變爲唯一的眞實，落實爲眞確的形式。（《人及其象徵》，頁221）如「我化身爲文字讓你有空時看到我對你思念的模樣」（〈一紙相思〉，頁43），與音樂的曲式是一脈相承的：

> 放眼望去，曲譜上已經一清二楚，曲式上是自然脈動，自然發聲，依情懷高昂和低迴，曲詞相纏合而為一。講究藝術的美善，那是個人才情的問題，我不想要評論它，我學它和愛你是相輔相成的，完全為了我生活的愉快，只有私下個人的目的。……和你過每一個我們能相處的平凡日子，就是這一紙相思，也寫不盡我心中的含情寓意，我不自量力的學唱這一曲，實在是感悟那曲式的脈動精神，這種情感與任何時況的存活息息相關，直到命火熄滅而曲唱無聲。（頁76）

對「愛」信念的純粹與合一，使他試圖在文本中找尋抒情主體的可能，也就是回歸到一種心靈絕對孤絕的封閉狀態，以無比自由／無羈的形式呼應他早期的孤獨。這種信念在文學的表現上，就有三、四0年代追求散文透明化的傾向，也是最深情的告白：

> 七等生的特別在於他的堅持，堅持向人心的最幽微之處探索，赤裸表白，完整呈示。他所捕捉到的意識深層細緻體貼到令人怦然心動。（呂季芃〈對人世的深情注視〉）

然追溯西方歌德自傳書寫的譜系，書信體單音敘事的傳統，以及卡夫卡《給菲莉絲的情書》（1912～1917）中感性脆弱的眞情流露，（耿一偉編選，麥田版，頁202）七等生文本的複雜性，在與〈愛樂斯的傳說〉（讀柏拉圖《饗宴》的筆記）的互涉中，更表現出單音多軌的對峙力量。文本的女性因爲缺席，所以有柏拉圖古典愛情觀、古希臘「愛神」，甚至基督大愛的衆聲喧嘩，展示出一種極大的企圖心與現代性，頗具融通東西藝術／哲學的實驗精神。不管是音樂或繪畫，形式的釋放與自由是他最終的追求；不管是琵琶、南管與馬勒的大地之歌，由年輕時對西方的五線譜的崇拜與狂熱，到晚近回頭看傳統曲譜（工尺譜），生活可以如此自在隨性，頗具自我完成／救贖的意涵。如文本「我」在情書中表露：

> 美的行為是生活的最大意義，如果它能帶來報償當然更好，如果沒有，那過程的存在已經無所遺憾了，這點就是我所要說的主旨。我高興的是我能如願的完成我的這份自許，我感激你的是你成了我敘情的對象，如果不是，我說不出我心中愛你；當一個人由衷的叫出我愛你時，不論你在不在場，它已經完成了。當你在讀我的信時可能會知道這一層意涵，好像音樂，它只存在於演奏或歌唱的時空，那一刻就是它的一切和永恆。（〈思慕微微〉，頁 35～36）

這幾乎是〈愛樂斯的傳說〉的最好註解。

陸、結　論

如果說「每一個生命都有它的表現形式」（〈沙河悲歌〉），那麼一位創作者在爲其素材找尋形式時，評論者也在爲文本找尋意義。

本文從他中、近期作品，也就是《沙河悲歌》到《一紙相思》之間找出一條（自我）追尋／神話原型，依此再去觀察存在於其文體風格、內在意涵與語言模式之間的變化。從中不難看出他個人追求自我實現／完成的痕跡，以及對愛情近乎宗教般的虔誠，以最自由解放的形式——書信體來演練他對人間理想情愛的摸索，頗具有神話的想像與思考。

而當我們試圖爲他中、近期的作品尋找意義時，我們以爲，從

《沙河悲歌》到《一紙相思》，在文本追尋神話原型的再現與變貌中，其實是由家族史的探索邁向抒情主體建構的過程。在對邊緣人物的關注中，在在顯示他與主流價值隔隔不入的孤獨傾向，卻能以一顆悲憫的心去探觸共通的心靈；而在尋找藝術美善的思辯下，以最自由的形式——書信體，向理想戀人發出召喚，傾吐衷曲。當愛戀的音符在傳統的民俗樂器中響起時，在文本中迴盪的卻是最抒情的詩篇；而那演奏的主體即是那永遠現代的作家——七等生。

參考書目：

一、七等生作品集

- 七等生，《初見曙光》，台北：遠景出版社，（七等生全集【1】），2003。
- 七等生，《我愛黑眼珠》，台北：遠景出版社，（七等生全集【2】），2003。
- 七等生，《僵局》，台北：遠景出版社，（七等生全集【3】），2003。
- 七等生，《離城記》，台北：遠景出版社，（七等生全集【4】），2003。
- 七等生，《沙河悲歌》，台北：遠景出版社，（七等生全集【5】），2003。
- 七等生，《城之迷》，台北：遠景出版社，（七等生全集【6】），2003。
- 七等生，《銀波翅膀》，台北：遠景出版社，（七等生全集【7】），2003。
- 七等生，《重回沙河》，台北：遠景出版社，（七等生全集【8】），2003。
- 七等生，《譚郎的書信》，台北：遠景出版社，（七等生全集【9】），2003。

- 七等生，《一紙相思》，台北：遠景出版社，（七等生全集【10】），2003。
- 七等生，《沙河悲歌》，台北：遠景出版社，2000。
- 七等生，《思慕微微》，臺灣商務印書館，1998。
- 林瑞明、陳萬益主編，《七等生集》短篇小說卷，前衛出版社，台北：1993。
- 七等生，《譚郎的書信——獻給黛安娜女神》，台北：圓神出版社，1985。
- 七等生，《沙河悲歌》，台北：遠景出版社，1976。

二、著作

- 束定芳，《隱喻學研究》，上海外語教育出版社，2003。
- 【英】詹・弗雷澤著／劉魁立編，《金枝精要——巫術與宗教之研究》，上海文藝出版社，2001。
- 蕭兵，《神話學引論》，台北：文津，2001。
- 榮格（C.G. jung）原著／劉國彬、楊德友合譯，《榮格自傳》，張老師文化，2001。
- 曹逢甫、蔡立中、劉秀瑩著，《身體與譬喻——語言與認知的首要介面》，台北：文鶴，2001。
- 卡爾・榮格主編／龔卓軍譯，《人及其象徵》，台北：立緒，2000。
- 陳麗芬，《現代文學與文化想像：從台灣到香港》，台北：書林，2000。
- 羅蘭・巴特著／許薔薔・許綺玲譯，《神話學》，台北：桂冠，2000。
- 【加拿大】諾思羅普・弗萊著／陳慧等譯，《批評的剖析》，大陸：百花文藝，1998。
- Robert H.Hopcke 著／蔣韜譯，《導讀榮格》，1998。
- 程金城，《原型批判與重釋》，北京：東方出版社，1998。
- 張敏，《認知語言學與漢語名詞短語》，中國社會科學出版社，1998。

- 萊科夫（George Lakoff）著／梁玉玲等譯，《女人、火與危險事物——範疇所揭示之心智的奧密》（上、下），台北：桂冠，1994。
- 張恆豪編，《認識七等生》，苗栗縣立文化中心，1993。
- 呂正惠，《小說與社會》，台北：聯經，1992。
- 卡爾・古斯塔夫・榮格著／馮川、蘇克譯，《心理學與文學》，台北：久大文化，1990。
- 恩格斯・卡西勒著／王曉等譯，《語言與神話》，台北：桂冠，1990。
- 葉舒憲，《探索非理性的世界——原型批評的理論與方法》，四川人民出版社，1988。
- 王德威，《衆聲喧嘩——三〇與八〇年代的中國小說》，台北：遠流，1988。
- 鍾肇政主編，《不滅的詩魂——對談評論集》，台灣文藝出版社，1981。
- George Lakoff & Mark Johnson（1980）：《Metaphors we live by》（我們賴以維生的譬喻），周世箴（中譯未刊稿），東海大學中研所2000—2001學年度課程。
- 張恆豪編，《火獄的自焚》，台北：遠行出版社，1977。

三、期刊論文

- 蘇峰山，〈七等生的夢幻——兼論社會學的實在論〉，《臺灣文學評論》，2001、7；後收入《一紙相思》七等生小說全集【10】，2003。
- 陳芳明，〈六〇年代現代小說的藝術成就〉，《聯合文學》，2002、02。
- 陳麗芬，〈台灣現代主義文學的另類想像——以七等生爲例〉，收入《現代文學與文化想像：從台灣到香港》，台北：書林，2000。
- 塗靜慧編，〈七等生研究資料目錄〉，漢學研究中心資料組，《全國新書資訊月刊》，2000、1。
- 郝譽翔，〈愛與憐憫的悲歌——閱讀七等生〉，《幼獅文藝》，2000、01。

- 廖淑芳，〈青春啓蒙與原始場景——論青年小說家的誕生〉，第三屆青年文學會議，1999。
- 馬森，〈夢與眞實之間——七等生的囈語〉，自由時報，41 版，1998、10、05。
- 廖淑芳，〈七等生作品中的個人觀、群體觀及其形成過程〉，收入張恆豪編，《認識七等生》，苗栗縣立文化中心，1993。
- 呂正惠，〈自卑、自憐與自負——七等生「現象」〉，收入《小說與社會》，台北：聯經，1992。
- 鴻鴻，〈發現七等生〉，中央日報，18 版，1993、03、12。
- 東年，〈迷失的人無法找尋迷失的他人〉，聯合報，47 版，1997、10、02。
- 徐淑卿，〈七等生彈奏一曲蒼邁的戀歌〉，中國時報，41 版，1997、10、02。
- 王仲偉，〈七等生《思慕微微》〉，1997 臺灣文學年鑑，行政院文化建設委員會，1998、06。
- 阮慶岳，〈永遠現代的作家——七等生〉，中央日報，22 版，1998、07、24。
- 胡錦媛，〈書寫自我：《譚郎的書信》中的書信形式〉，《中外文學》22 卷 11 期（總 263 期），1994、04。
- 張恆豪，〈七等生小說的心路歷程〉，收入《認識七等生》，苗栗縣立文化中心，1993。
- 王德威，〈里程碑下的沉思——當代台灣小說的神話性與歷史感〉，自立晚報副刊，1987、10；後收入《衆聲喧嘩——三〇與八〇年代的中國小說》，台北：遠流，1988。
- 寒青，〈七等生及其小說世界〉，《現代臺灣文學史》（白少帆等編，大陸），遼寧大學出版社，1987、12。
- 張信吉，〈七等生論〉，《臺灣文藝》102 期，1986、09。
- 高天生，〈在火獄中自焚的七等生〉，收入《台灣小說與小說家》，台北：前衛，1985。
- 馬森，〈七等生的情與思〉，中國時報，8 版（人間），1985、10、02。
- 馬森，〈我看「譚郎的書信」〉，中國時報，8版（人間），1985、09、07。
- 馬森，〈隱藏在本土的一塊美玉——談七等生的小說上、下〉，《時報雜誌》143 期／ 144 期，1982、8 ／ 9。
- 葉石濤，〈論七等生的小說〉，收入《台灣鄉土作家論集》，台北：遠景，1981。
- 七等生・梁景峯，〈沙河的夢境與眞實——七等生作品討論記〉，收入鍾肇政主編，《不滅的詩魂——對談評論集》，台灣文藝出版社，1981。
- 胡幸雄，〈《沙河悲歌》中藝術家的執著與退讓〉，收入張恆豪編，《火獄的自焚》，台北：遠行出版社，1977；後收入《沙河悲歌》（七等生全集【5】）。
- 法蘭，〈讀七等生「沙河悲歌」的界限〉，《書評書目》42 期，1976、10。
- 陳國城（舞鶴），〈「自我世界」的追求——論七等生一系列作品〉，1975，收入《離城記》全集【4】，2003。

四、博、碩士論文

- 陳季嫻，《「惡」的書寫——七等生小說研究》，彰化師範大學國文所碩論，2003。
- 林慶文，《當代台灣小說的宗教性關懷》，東海大學中文所博論，2001。
- 葉昊謹，《七等生書信體小說研究》，成功大學中文所碩論，2000。
- 劉靜怡，《隱喻理論中的文學閱讀——以張愛玲上海時期小說爲例》，東海大學中文所碩論，1999。

- 陳瑤華，《王文興與七等生的成長小說比較》，清華大學文學所碩論，1994。
- 廖淑芳，《七等生文體研究》，成功大學歷史語言所碩論，1990。

面對海洋的兩種態度

——從《海洋遊俠》與《海浪的記憶》談起

◎凌性傑[1]

《摘　要》

本文擬以廖鴻基《海洋遊俠》與夏曼・藍波安《海浪的記憶》二書為主要觀察對象，深入追蹤文本中所呈顯的海洋景觀。進一步考察：作家如何親歷海洋？他們的海洋經驗又造成怎樣的書寫景觀？而這些表諸文字的海洋意象究竟根植於何處？以此探討海洋書寫表象背後的人文關懷所繫，作家面對海洋的態度或者可為某種族群意識顯影。本文既是在言說態度，便無須分判高下好壞。多元對照底下，意義與價值已然自足。此二者，同樣可以引領我們深思。值得關注的當是，臺灣海洋文學的書寫景觀因為有了這些差別相，更加具備眾聲喧嘩、豐饒與富庶的可能。

關鍵詞：主體、主客二分、主客交融、客體、海洋文學

1 國立東華大學中國語文學系博士生，E-mail：lschjet@yahoo.com

壹、前言

臺灣四面環海，山林聳列，特殊的自然環境孕育自成一格的人文景觀。多樣的地貌、多元的種族文化，交融成現今臺灣文學書寫的繁複與差異。臺灣文學研究者意欲證成臺灣文學特殊的主體性，從地理位置談起，兼之以揆諸歷史因緣，自有論述上的方便[2]。於是說來，海洋文學成爲臺灣文學極具特色的一環——它有別於大陸文學，它體現了開闊與洶湧的海洋屬性，讓文字書寫者擁有另一片地域空間可堪寄意言情，別出心裁。晚近以來，海洋書寫佳作迭出，臺灣文學因而更具可看性。書寫者各自表述他們所理解、所親炙、所參與的海洋種種，出入其中，文字更是充滿鹹鹹的海嘯天風。從海洋文學作品中，可以發現：寫作者經驗所及，面對海洋態度各有不同、視角切入也多有差異，以致筆底風情沾染的海味也就迥然有別。

臺灣文學邁入新世紀，樣態各異的海洋文學作品分別交出亮眼成績。時代走向新紀元，海洋的多變、寬闊，可資寫作者汲取材料與養分，拓展寫作空間及視野。本文擬以廖鴻基（1957-，花蓮人）的《海洋遊俠》[3]與夏曼・藍波安（1957-，蘭嶼達悟族人）的《海浪的記憶》[4]二書爲主要觀察對象，深入追蹤廖、夏二人文本中所呈顯的海

---

2 如彭瑞金評述廖鴻基《討海人》時提到：「臺灣文化一再被模糊、扭曲之際，以海洋爲視野的臺灣新文化中心，仍然只是處於剛萌芽的階段，像廖鴻基這樣踏出的海洋文學腳步，不僅僅是題材上的新穎而已，他應該有對就有的文學空間提供批判的力量，讓我們的文學開拓新空間，豎立新中心，或許可以一舉破解當前的困局。而且，我們有很大的機會，建立海洋觀點的臺灣新文學，廖鴻基不妨作個開道先鋒。」見彭瑞金：〈翻版的「老人與海」——期待海洋文學〉，收入廖鴻基：《討海人》，台中：晨星出版有限公司，1997 年。頁 241～245。

3 廖鴻基：《海洋遊俠》，台北：印刻出版有限公司，2001 年。以下徵引該書文字時僅註明頁碼，不再另註出處。

4 夏曼・藍波安：《海浪的記憶》，台北：聯合文學，2002 年。下文徵引方式同前書。

洋景觀，舉凡浪濤與海風、生態與空間，皆有深意蘊藏其中。作家如何親歷海洋？他們的海洋經驗又造成怎樣的書寫景觀？而這些表諸文字的海洋意象究竟根植於何處？實在值得深思。依此，可以比並探討海洋書寫表象背後的人文關懷所繫，作家面對海洋的態度或者可爲某種族群意識顯影。

這不能不說是一種巧合——廖鴻基與夏曼・藍波安同年出生，又都生長於太平洋以西的臺島東岸。《海洋遊俠》、《海浪的記憶》皆是作家四十歲以後的海洋書寫之作。他們爲何念茲在茲？心之所向、意之所趨，竟都不約而同朝著海洋繼續前進。在寫作選材上，他們似乎同質性頗高。然而潛入文本的深海世界去蠡測兩位中年作家的書寫視角、言說態度，會否如出一轍、別無二致？藉由比並對照，廖、夏二人的文字浪花底下，人與海洋的關係，人於海洋世界中的存在感受，或將更能豁顯其異質而相映成趣。所謂態度（attitude），乃指「一種學習得來或長期養成以特定方式對待他人或情況的傾向」[5]。透過文本的梳理，兩位書寫者面對海洋的態度——不論是作家內在心理，或是作家與外在社會的對話狀態，或能有更清晰的對應、呈現。

貳、將海洋客體化的《海洋遊俠》

人，作爲一種關係性的存在，無法自外於歷史社會，孤立的生存。然而，個體與個體之間，秉性互異，天賦不同，所能構築的關係脈絡也就千差萬別。想要試圖理解個別與個別，分殊出其中不同，也無法不去作整體的觀照。一個人對待外在事物的方式，不正反映了其心理歷程的糾結盤雜。從書寫文本中，細細體察，對書寫者的心態迂迴溯游，或許可以詮解出另一番意義與趣味。作家在選擇書寫文體與書寫對象時（甚或是選擇此而非彼去參賽、集結成書），其實背後都

5 詳參戴維・賈里、朱莉婭・賈里著，周業謙、周光淦譯：《社會學辭典》，台北：貓頭鷹出版社，1998 年 9 月。頁 45～46。

有一定的理念態度、文學教養、生活情境……深厚的撐持著。當他們面對海洋，因而有話想說，有「那麼些」話好說，這樣的選擇與投入遂顯得此中有深意，不辯自明。

所以廖鴻基關注洋面上的風浪湧起，洋面下偶爾探頭的鯨豚，且意欲完成「調查」、「報告」，收爲《海洋遊俠》一書，這過程絕非偶然。廖鴻基以《討海人》中的〈丁挽〉、〈鐵魚〉分別獲得中國時報文學獎散文評審獎（1993 年、1995 年），後來以此書展開他海洋關懷的處女航。《海洋遊俠》一書爲廖氏近作，副標題爲「臺灣尾的鯨豚」，這並且是黑潮基金會「墾丁國家公園鄰近海域鯨豚類生物調查研究計畫」的報導書寫。作者本書自序有言：

> 這不僅是一個考驗也是開創，我相當自信我對海洋的感覺，我也曉得我們海洋國家欠缺的是海洋觀點及海洋認同。我放膽書寫，大膽的設定我感受海洋的能力及書寫的能耐。（頁 22）

廖鴻基大膽設定之下，他書寫的海域從早先的花蓮海域移轉至墾丁海域，亦即所謂的臺灣尾部分。以平台爲喻，花蓮海域被廖視爲第一座生命平台，墾丁鄰近海域的鯨豚生物調查計畫則是第二座海洋平台。他確信將有第三、第四……無數座的平台容他攀登，「在海洋裡縱放視野及情感」，「在海洋經驗裡省視自我的不足」。（頁 23）人與海之間，主客兩相對峙。藉由汪洋宏肆，人的情感經驗可以任意放恣，自我成全。藉由波濤壯闊，人有以反觀自省，體悟自我的欠缺匱乏。如此看來，海洋與「我」相互激盪，「我」來，「我」見，昂昂然的主體「我」，便憑靠著海洋平台而有機會登覽不一樣的生命景觀。而此一主體「我」的確實挺立與突顯，實乃與眼光視域所及的客體化事物相關。因爲有「它」的存在，因爲將對象他者化，「我」的實在存有於是變得有（更多）話好說。

作爲一個書寫者，廖鴻基選定海洋作爲書寫表達領域，現實經驗上的親近自然無庸置疑。觀諸廖氏海洋寫作歷程，許悔之說：「從第一本書《討海人》開始，廖鴻基便以其獨特的海洋經驗，去彙編海，去想像海，去寓言海。……海洋可以是臺灣人的另一種哲學——廖鴻基生動地告訴了我們。[6]」從《討海人》以來，廖鴻基的書寫每每有其主題定調。依循既定寫作計畫，按部就班，在每一本著作中以不同面向去「彙編」海洋，廖之用心用力歷歷可見。謀定而後動，廖鴻基操作的寫作模式可謂一以貫之。因爲計畫性的書寫策略使然，廖的表現也就能夠見樹又見林，將理念完整地表出。《海洋遊俠》擇取臺灣尾海域作爲寫作對象，亦足以體現廖所自信的「感受海洋的能力」、「書寫的能耐」。這對作家而言，是寫作計畫的實踐，更是自我的完足與證成。

然而，蕭義玲在〈生命夢想的形成——解讀廖鴻基海洋寫作的一個面向〉一文中，引述海德格哲學詮釋學話語來解讀廖氏作品，談到藝術的本質是一種眞理，放棄人本身的執著，眞理方才顯現。她說廖鴻基放棄的執著乃是以陸地爲中心的主體性，廖筆下的海洋絕非僅止於報導或描寫的對象而已。她考察廖鴻基《海洋遊俠》之前的作品，如此剖析：「廖鴻基的經驗顯然與此相合，在其漫步海灘的時候，慢慢的放棄了自我的執著，此時人已不是主體，也不是人去尋求眞理，而是開放心靈讓眞理置入並說出自己。在放棄對海洋的宰制後，海洋開始對他說話，他開始聆聽海洋的聲音，這時候昔日的困局終於打破。」[7] 於是，海洋成爲廖鴻基心靈烏托邦，廖由逃遁入海轉而積極參與，進而護衛那片汪洋，人與海洋不斷的交融滲透。蕭義玲以爲廖在烏托邦的實踐動力下，達成主客交流、融合，成全一次又一次生命

---

6 許悔之：〈臺灣人的美好品質——序廖鴻基《鯨生鯨世》〉，收入廖鴻基：《鯨生鯨世》，台中：晨星出版有限公司，1997 年 6 月。頁 15。

7 蕭義玲：〈生命夢想的形成——解讀廖鴻基海洋寫作的一個面向〉，收入《興大人文學報》第三十二期，台中：國立中興大學，2002 年 6 月。頁 178～180。

的豐富歷程。蕭如是綰結其論述：「以物我的交融召喚生命的豐盈，海洋世界的種種形貌遂在廖鴻基的存在意義追尋中扮演了積極（甚至啓發）的角色，……」「這是烏托邦世界的建構，亦是生命夢想的眞切追尋。」[8]

蕭文所說廖鴻基筆下的海洋絕非報導或描寫的對象，在此要先打上一個問號。蕭頻頻追問廖氏以何種姿態參與海洋、廖氏如何從其中認知自我，藉《討海人》（台中：晨星，1996）、《鯨生鯨世》（台中：晨星，1997）、《來自深海》（台中：晨星，1999）等書論證了作者與海洋的主客交融合和。人與海洋混同一體的存在感，在廖氏文字書寫中，果眞可以確鑿的找出明證？仔細閱讀廖鴻基，不難發現那個巨大且執著的主體「我」，因爲介入、參與，而對海洋有那麼多的迷戀繾綣可說。廖鴻基書寫海洋的態度，其實一路走來始終如一。以文字爲載具，他航向汪洋深海，逕行生存、生命活動的鑽測探勘。面對臺灣尾的洋流與鯨豚，他在《海洋遊俠》中自言「我將書寫報導這個計畫」（頁22）。

在這個「計畫」中，廖離開既定的生活軌道，離開自小生長的花蓮，來到臺灣尾這片陌生海域研究觀察。以〈過臺灣尾〉一文揭開序幕，廖鴻基藉由與同船阿斗伯的對話、互動，建構「報導」的敘述基調。在船上，與詭異天象搏鬥，雷雨雹被廖寫成是「怪獸」。他並且以客觀口吻旁述：「聽多老討海人講過，臺灣尾是海上航行的一道關卡。前兩回船隻經過時，我看到船上老討海人口裡唸唸有詞，當下舷邊撒出許多紙錢。聽他們講，曾經不少船隻在這道關卡覆沒──」（頁30）而在他辨認之下台島東西部海域，有了不同面貌：「雖然海洋連接著東西海域如同一鍋水，幾年海上生活，讓我已具備經驗能夠清楚辨識臺灣東西海域，如此氣質不同的兩種海洋生命和氣味。」

8 同前註。頁194～195。

（頁 37）在作者主觀判斷之下，海洋成爲可視、可述的對象。將海洋對象化的同時，廖鴻基筆下不斷的噴湧著人的感覺。

這也難怪，廖鴻基接著在〈大魚來過〉、〈重建鯨豚生態〉中表態，引述《恆春鎮志》記載，感慨海洋生態的今昔變異。所以他必須旁徵博引，請教耆老與學者專家，在調查目擊現場表達傷感、無奈、關切或憂心。「我們這一代是無緣來彌補這一段，曾經發生在臺灣尾海域悽愴的海洋史。」（頁 56）另一方面，在租來的滿隆號漁船上執行計畫，亦有矛盾衝突。廖自陳與其他參與者的背景殊異，每個人都有其專長、需求及主張。他興趣在寫作，此一計畫乃抱持著「拓展生命視野、擴展海洋經驗的態度」來參與。（頁 62～63）將之視爲一次次「探索」與「發現」的航程——發現海洋生命、探索自我生命版圖——於是作者不免流露出自我耽溺以及自戀的態度。當他說到：「我的海洋經驗中，從未如此仔細對待過一個海域，幾乎可說是一步一浪痕的來探索及發現一個新海域、一個新領域。對我來說，每一步都可能是嶄新的閱歷，也都可能隨時會不期而遇從來不曾見到過的海洋生命或海洋現象。」（頁 68）以海洋爲觀察、搜奇、獵豔對象的心態，可說昭然若揭。這樣的心態，在《海洋遊俠》中實則不只一次出現。所以當他整理書寫時，有驚奇、有衝動，眼光從海洋拉回自身時自我察覺：「從恐懼畏怯、到熟悉、到感覺離情依依，我曉得，我生命裡的海洋領域將因爲執行這個計畫而拓展、而豐富不少。」（頁 74）

他說：「航行是一種渴望。」因爲主體「我」的渴望，每每在書寫中，廖鴻基透露海洋中有我的感覺。被對象化的海洋，可視、可感，而且可欲。擺盪在文明與自然之中，廖鴻基說出他的嗜欲：「一段日子密集航海後，我的眼睛又會在漂泊中渴望尋找一處安定的所在。這永遠無法滿足現況的不安，是我多年來對海洋始終不變的心情。」（頁 98）另外，在〈海的性格〉中，廖更是將海洋女體化。海洋在此被廖視爲客體化的「她」者，從而進一步敘述「她」可供閱覽、觀看、體會、甚至撫觸親近的豐美。

> 我想像她是一個少女，手心捧起了墾丁這一渦水款步走到我的面前，裡面有珊瑚、有魚、有大鯨、有海豚……我能想像她過去的風華……不用講話，毋需多作介紹，那動作和姿態，她是想把過去的天生麗質無避諱的與我欣賞、與我感嘆。
>
> 不僅如此，她還去雕琢鼻岬，她將鵝鑾鼻和貓鼻頭雕琢得更具天涯海角的滄桑氣勢，再將雕琢剩餘的碎屑鋪成一段段迤邐柔緩的砂灘，最後，她把收集的細碎貝殼，紛紛灑在沙灘上。（頁 169）

之所以不厭其煩，大段引述廖鴻基所描繪的海洋，乃在證明廖是以何種姿態去靠近、欣賞這個海域。這一片海洋在廖的款款訴說中，成爲「陌生而有魅力的少女」，成爲可以互訴衷曲的對象。人的激情，愛欲，因爲有了可堪投射的對象而更加豐沛充盈。將海洋人性化書寫的廖鴻基，自可以如椽之筆恣意揮灑、傾洩對海洋的熱愛。無怪他要如此呢喃，有如對戀人的絮語：「透過妳豐美、袖珍而多樣的展現，在這陌生的領域中，我謹愼摸索到你陌生的眞義——當我越接觸妳，越接近妳，越覺得對妳的陌生。」（頁 173）

廖鴻基始終汲汲於拓展視野與經驗，以有涯隨無涯。在海洋經驗裡，他從自我設限的臺灣東部海域跨出，那陌生而神秘的世界開啓了另一扇認識的門。然而，正如殷鼎所論及的經驗與生命：「經驗的有限感同時告訴人一個已知的世界和一個向他開放的未知世界」，而且，「經驗總是有限的人生經驗，但經驗卻使人在有限的感覺中向無限開放著，向無限的未曾體驗的人生經驗伸展去。經驗的性質也確定了任何對人生的疑問，都沒有最後的答案。每個時代的人對人生意義的疑問和答案，都朝著新的疑問、新的答案開放。經驗使歷史的人無法佔有永恆的眞理。沒有一代人和一種學說能夠永久地結束眞理。」[9]從《海洋遊俠》一書可以看見廖鴻基積極面向海洋的態度，在研究調

9 殷鼎：《理解的命運》，台北市：東大，1994 年 12 月。頁 211。

查之際，致力使經驗生命更增豐富多元的可能。海洋不只是他安身立命的處所，也成爲他力圖維繫護持的生命養育場域。所以，生態保育議題不斷在廖文中出現，從「拒吃魩仔魚」（頁190～192）、「爲海豚講幾句公道話」（頁193～195）、乃至清除油污及海洋廢棄物（頁195～202），廖鴻基夾敘夾議地透露關愛海洋的心情。廖筆下的海洋，是觀察探勘對象，也是他敘述書寫的對象。主客兩橛，在《海洋遊俠》中於是有了清晰的分判。

參、人與海洋的主客融通

> 海，依舊是海。他的靈魂永遠沒有記憶，但，卻被人類永遠歌頌或者是不湮滅的詛咒。然而，在達悟人語言裡卻沒有詛咒海的辭彙。
> 達悟男人的生命史，其實是海鋪陳的。死後的墓地也在海岸旁。活時與大海搏鬥的詩歌，只是一波浪濤洩了之後，在沙灘上暫留一些花沫而已，俟第二波浪花沖刷而散滅。[10]

以上兩段文字，出現在夏曼・藍波安上世紀末所著《黑色的翅膀》中的自序裡。身爲一個達悟族男人，他在這兩段文字中所敘說的人海關係，一直延續到《海浪的記憶》。達悟人一生，始終與海相關。在波濤起伏的溫暖洋流中，他們拋擲生命的問號，且總結人生的答案。《黑色的翅膀》是作者第一本長篇小說，藉著描寫四個達悟小孩的追求夢想，追隨海神的精神，試圖道出達悟人的矛盾與衝突。對達悟文化的承繼、異文化的衝擊，多所觸及。書中，作者並以拼音方式，記錄蘭嶼達悟族的固有語言，與漢文書寫相互參照。《海浪的記憶》以漢字書寫進行思考的推演，作者運用中文的能力熟極而流，表

---

10 夏曼・藍波安：〈亦爲「自序」〉，收入《黑色的翅膀》，台中市：晨星出版社，1999年4月。頁3。

情達意無不暢然。然而，他若有所失，無法適切運用母語訴說致使他憂心忡忡。一種語言運作，同時蘊藏了思考操作的模式。語言與思維，實則是一體之兩面。藉由語言，人類的生命體驗可以被傳遞、理解，溝通存在的奧意。《海浪的記憶》以中文反思一己的達悟經驗，深入文字的洋面下重新理解達悟。其中隱藏著作者對傳統達悟文化的孺慕之情，也櫽括了對文化傳承的焦慮感。於是，作者訴說他重返達悟、面對海洋的種種。書中每一篇章，都與海洋有關。達悟一族所體現的海洋文化，正是作者書寫中不可免的命運表徵。

於是，在〈望海的歲月〉一文裡，夏曼・藍波安談到訴說故事對達悟男人的重要：「故事被敘述，在達悟族的社會裡的男人，很重要的一點是，男人要學習如何說故事，對我而言，就是考驗自己說母語的能力以及說故事的魅力。說故事，除了敘述故事的過程外，環境的描述是扣連著說故事的人的思維，遣詞用字的深淺意涵，在達悟的社會裡也正是考驗他的文辭修養與勞動生產的能力是否成正比。」（頁72）藉由訴說故事，特別是掌握某種語言來訴說，個體與族群的生命記憶因而顯得意義豐富。人與自然、人與社群的關係，在在因爲這可說、可被記述的一切，成爲完足的意義整體。作家眼前的大海，「在達悟人的眼裡是一面有生命的螢幕，男人在海上作業，在陸地上說故事，在我們的腦海裡的螢幕是放在海上。男人的心、男人的船、男人的海，海裡面的魚經常是我掀開部落耆老們被塵封的記憶，這是他們最熟悉不過的故事。」（頁73）人不能沒有故事，沒有故事的人代表著記憶的匱缺，歷史的消亡。夏曼・藍波安藉著書寫自我考掘生命與族群的歷史，讓存在的意義逐漸昭著而顯揚。

夏曼・藍波安用以作書名的〈海浪的記憶〉一文中，分別經由轉述大伯、父親的話語，來說明海浪如何有記憶，人海情深。在他文字所及之處，海是有生命的，具有活潑的生氣。人與海之間，不是主客物我截然殊途的分判，而是有互動的情感交流、生命聯繫：「海浪是有記憶的，有生命的，潛水射到大魚是囤積謙虛的鐵證，每一次的大魚就囤積第二回的謙恭。射到大魚不是了不起的事，但海能記得你的人，海神聞得出你的體味，才是重點。」「海，記得我，但願海也記得你，從我膝蓋出生的達悟。」（頁 30）人與海洋之間的關係，可以相互遇取、辨識、記得，且能代代相傳。夏曼・藍波安與其長輩，同樣將海洋人性化看待。正因如此，彼此之間存在的不是主客的隔閡，反而是知感相通的生命遇合。

「一個人為了歸屬於一個群體必須要了解那個群體的成規。成規是能夠學到手的，它們也能夠被傳授。[11]」廖鴻基與夏曼・藍波安各有歸屬的群體，各有教導智慧與勇氣的耆老在前訓誨。種性不同，夏曼・藍波安於是表現了與廖鴻基截然不同的生命情調。這就是教養，這就是風俗習性使然。所以即使同樣以漢字書寫，以中文作為思考載具，但他們面對生命、面對海洋的態度，始終囿限於習得的社會成規而有了諸多不同。

夏曼・藍波安書寫海洋，每每訴諸於神秘經驗。「而這神秘經驗的背後正是個人用原始的體能在海中攝取食物，長久被海洋塑模的機制與原始宿命觀。」他並引述大伯的告誡來彰顯原住民文化與漢人文化的差異——「夏曼，千萬不要以為你念過漢人的書，把我們用經驗累積的智慧視為廢話。漢人有他們的生活方式，我們有異於他們的習俗。你回來了，就理所當然地把自己融化到族群思維的世界裡，尤其是關於海的種種，你沒有充分的理由不去牢記我們教給你的知識。」對此，夏曼自是拳拳服膺，黽勉從之。當他逐漸融入父祖所認知、傳承的世界觀後，對於海洋，對於自然萬有，也就更能懷抱著敬仰尊重。[12]如此，人與海、「我」與「你」之間的關係，於是如同馬丁・

---

11 佛克馬、蟻布思著，俞國強譯：《文學研究與文化參與》，北京市：北京大學出版社，1997 年 12 月。頁 121。

12 關於這些論述，詳參夏曼・藍波安：〈海洋朝聖者〉，收入《冷海情深》，台北市：聯合文學出版社，1997 年 5 月。頁 128～129。

布伯（Martin Buber）所說：「不僅佇立在關係，且長駐於恆定的『可說』（give – and – take of talk，Redlichkeit）。在此間也僅在此間，關係時辰通過浸潤它們的語言而相互鈎連，相遇者本固枝榮，沐浴『你』之圓滿實在。在此間也僅在此間，觀與被觀，知與被知，愛與被愛領有不可喪失之實在。[13]」

在夏曼・藍波安的汪洋中，「人觀照與他相遇者，相遇者向觀照者敞亮其存在，這就是認識。[14]」「我」與「你」，關係性的存有，透過交流、對話，而有了適切的交融。所以夏曼・藍波安這麼說道：「海洋的風在前面引領我的靈魂，我擁抱喜悅前往，我的心臟在跳動，蒸騰我的喜悅，我的皮膚在呼吸，呼出驕傲吸進謙虛……」（頁40）物我兩兩相互敞亮自身，有了最整全完足的存在感動。彼此因而氣息相通，終至於消泯物我的對立與僵固。

通體觀之，夏曼・藍波安《海浪的記憶》是年過四十之後，對海洋、對生長環境的重新思索，他說：「其實就是要靜靜的享受這一刻的寧靜，重新擁抱人與大海的平等關係。在這世上有多少人可以很自主的為自己闢出類似這種空間呢？尤其在海上。」（頁18。）散文體的敘述方式，讓夏曼・藍波安的文字益加可親可感。此一文集分為兩卷，卷一「海的美麗與哀愁」記載族人與海、夏曼・藍波安自身與海的生命經驗，卷二「想念島上的親人」則為與海親近共生的族人們作人物素描。他省思祖先傳承下的生命智慧，回顧漢文化介入蘭嶼後達悟人生活的變異。因此，他始終保持警覺，試圖以達悟族的方式來思慮與存有[15]。潛入深海，夏曼・藍波安的書寫因而有了廖鴻基所無法

---

13 馬丁・布伯（Martin Buber）著、陳維剛譯：《我與你》，台北市：桂冠出版社，2002 年 6 月。頁 81。

14 同前註。頁 33。

15 當然，夏曼・藍波安〈再造一艘達悟船〉中有這樣的隱憂：「蘭嶼島的達悟族也如同其他世界各地的原住民族一樣，深受全球化的影響。對於接受現代化教室教育的

觸及的視界。而達悟族思考海洋的方式，夏曼・藍波安如此記錄：

> 海洋作為達悟民族生產的、消費的、思考的對象，以及觀測天候、孕育知識經驗的場域，上千個年頭的歲月，其間達悟的祖先無論是從北方來的或是從南方漂來的，事實上，數不清的生命被淹沒在汪洋的每一道浪頭與波谷……即便是神秘的藍色汪洋吞噬了無數祖先之善靈，但存在於達悟的語言中卻沒有一句形容大海是恐怖、險惡之類的話，於是在秋初夏末（達悟語沒有這一句）之際，凡有船隻的男人都要盛裝去海邊貢獻祭品予祖靈、海神、孤魂野鬼，之後另一份獻給近代祖先的祭品則安放在家屋的西北方。（頁 49）

誠如泰瑞・伊格頓（Terry Eagleton）所說：「自然並不只是文化的他者；自然也是文化內部某種非活性性力量（inter weight），開闢一道內在的裂痕，一路貫穿人類的的主體。[16]」所謂的天生自然與人爲造作的文化，其實可以通同來看。人類對待自然的方式，同時也是人類文化的一部分。

張瑞芬說透過夏曼・藍波安這本書，質樸而有生命力的敘述，得以使我們看見一個驚奇世界與邊緣觀點[17]，與廖鴻基殊然有別，「夏曼・藍波安不會和你談保育，他當然也不會成爲鬼頭刀魚保護協會會長。」所以歸結起來，夏曼・藍波安的海洋書寫「異於所有風浪之上的海洋寫作，槳猶如筆般劃出生命的軌跡，他完全是海平面以下的視

晚輩而言，在長期脫離傳統教育的薰陶下，以及沒有親自參與目睹感受建造大船的辛勞過程，對船主與下水儀式，自然在內心裡頭就不存在神聖的敬畏行爲，疏遠於傳統價值觀的思維是全球化後初民民族社會普遍的現象。」（頁 91）

16 泰瑞・伊格頓（Terry Eagleton）著，林志忠譯：〈文化與自然〉，收入《文化的理念》，台北：巨流圖書公司，2002 年 9 月。頁 141。

17 這裡所謂邊緣，當然又是漢文化自我中心的評述觀點所致。

角，一條潛在深海急流處最剽悍精明不上當的一條六棘鼻魚。夏曼・藍波安那種在海底目送一尾大浪人鰺離去的驚嘆，一種最原始與最純淨的閱讀美感，竟然從沈從文的《邊城》就這樣穿越時空，準確的射向人無法設防的心與眼，連掙扎的機會都沒有。」[18]

夏曼・藍波安透過主客交融通感，誠然與海為一，相互呼吸命運的遇合。在文字中，人與海有了不可分的一體感，人與海有了冥冥未可劃限的密契與感動。前述蕭義玲對廖鴻基海洋書寫的論述，其實更適合套用在夏曼・藍波安身上。夏曼・藍波安在此所試圖勾勒的，乃是重返達悟人作為生存場景的海洋空間，重新體會達悟人的知識系統。靜謐而神妙的深海之中，若有熱切的召喚，讓物我之間的鴻溝消弭於無形。主客沒有枘鑿對立，當然亦無所謂征服侵犯與拯救，只有渾然無分的相親相與之感。

肆、向更豐饒的海洋出發

綜上所述，廖鴻基將海洋視為知識客觀化物，他所慣用的討海一詞其實已經涵括征伐意味，逕行介入、探索、研究海洋與生態種種，主客、物我之間必然有分矣。夏曼・藍波安視海洋為教堂、創作神殿、指導教授（頁 21），追求的無非是主客和合為一，不可須臾離也的生命整體。這兩種寫作基調截然二致，不能不說是作家族群意識具體而微的顯現，不能不說是作家自覺或不自覺的生命情志之累積、流露。歷史文化傳承、天賦秉性各異，造成作家視域、觀點所之不同，於焉有了明證。

本文既是在言說態度，便無須分判高下好壞，也無須計較孰優孰劣。多元的對照底下，意義與價值已然自足。廖鴻基的海洋書寫計畫足以讓我們看見臺灣鄰近海域觀察研究之概況，對於海洋生物也能有

---

18 詳參張瑞芬：〈筆與槳的方向——夏日讀夏曼・藍波安《海浪的記憶》〉，載於《聯合文學》第 215 期，2002 年 9 月。頁 159～163。

科學化、系統化的認知。夏曼・藍波安的敘述，正可見證文化差異多樣的面貌，以其迥異於漢文化的視野照見我們所陌生的海洋初始。此二者，同樣可以引領我們深思。值得關注的當是，臺灣海洋文學的書寫景觀因爲有了這些差別相，更加具備衆聲喧嘩、豐饒與富庶的可能。

關於海洋文學書寫的未來，有待進一步的開發、探索[19]，以更多的作品驗證、體現人與海的親密接觸。如東年所說：「臺灣海洋文學家，可以像巨鯨自信勃勃的深潛二十一世紀的海洋，或像活潑生動的海豚在陽光海面跳躍，不必理會什麼現代或後現代的糾纏。[20]」

參考書目

- 佛克馬、蟻布思著，俞國強譯：《文學研究與文化參與》，北京市：北京大學出版社，1997 年 12 月。
- 東年：〈海洋臺灣與海洋文學〉，收入《聯合文學》第十三卷第十期，1997 年 8 月。
- 泉泉：〈略談海洋文學未來去向及其策略〉，載於《大海洋詩雜誌》，1997 年 4 月。
- 馬丁・布伯（Martin Buber）著、陳維剛譯：《我與你》，台北市：桂冠出版社，2002 年 6 月。
- 泰瑞・伊格頓（Terry Eagleton）著，林志忠譯：〈文化與自然〉，收入

19 大陸評論家泉泉以大中國觀點如是展望：「廿一世紀是環太平洋時代，是中國人的海洋世紀。海洋是造化最好的餽贈，隨著文明的進步人類愈來愈深切地認識到海洋與人類息息相關，不可或缺。……中國文學，中國文化必須立足於內陸源遠流長的文學，文化傳統，同時拓寬海洋視野。」這番言論，看來又是大中國沙文主義作祟的產物。見泉泉：〈略談海洋文學未來去向及其策略〉，載於《大海洋詩雜誌》，1997 年 4 月。頁 34～36。

20 東年：〈海洋臺灣與海洋文學〉，收入《聯合文學》第十三卷第十期，1997 年 8 月。頁 168。

《文化的理念》，台北：巨流圖書公司，2002 年 9 月。
- 夏曼・藍波安：《海浪的記憶》，台北：聯合文學，2002 年。
- 夏曼・藍波安：〈亦爲「自序」〉，收入《黑色的翅膀》，台中市：晨星出版社，1999 年 4 月。
- 夏曼・藍波安：〈海洋朝聖者〉，收入《冷海情深》，台北市：聯合文學出版社，1997 年 5 月。
- 殷鼎：《理解的命運》，台北市：東大，1994 年 12 月。
- 張瑞芬：〈筆與槳的方向——夏日讀夏曼・藍波安《海浪的記憶》〉，載於《聯合文學》第 215 期，2002 年 9 月。
- 彭瑞金：〈翻版的「老人與海」——期待海洋文學〉，收入廖鴻基：《討海人》，台中：晨星出版有限公司，1997 年。
- 許悔之：〈臺灣人的美好品質——序廖鴻基《鯨生鯨世》〉，收入廖鴻基：《鯨生鯨世》，台中：晨星出版有限公司，1997 年 6 月。
- 廖鴻基：《海洋遊俠》，台北：印刻出版有限公司，2001 年。
- 戴維・賈里、朱莉婭・賈里著，周業謙、周光淦譯：《社會學辭典》，台北：貓頭鷹出版社，1998 年 9 月。
- 蕭義玲：〈生命夢想的形成——解讀廖鴻基海洋寫作的一個面向〉，收入《興大人文學報》第三十二期，台中：國立中興大學，2002 年 6 月。

座談會

11 月 29 日（六）14:10～16:10

楊　照◎主持

引言人：阮慶岳・郝譽翔・駱以軍・鍾文音

主　題：創作者的幽微與私密情懷

參考題綱：

1. 創作的源頭所萌發的幽微思緒，如何化爲實體文字在作品裡呈現？
2. 面對現實生活種種的瑣細與俗務，創作是否爲自我吶喊的窗口，抑或逃離現實的方式？
3. 對於「書寫私密」的慾望，是一種怎樣的情懷？
4. 現實生活中的你與寫作中的你如何相處？你希望讀者如何看待不同的你？

騷擾而不安的靈魂天使

◉阮慶岳

隨著時光流轉，越來越散發出盎然詩意、令人難以抗拒的法國作家普魯斯特，在他經典著作《追憶似水年華》中，對斯萬夫人住宅作著幽微近乎陰暗的描述：

> 莫非是因為在……那些日子裡，當我獨自一人等候在那裡時，銘刻在我腦中的念頭通過我的目光刻印在地毯、安樂椅、蝸形腳桌、屏風和圖畫上了？莫非是自此之後，這些物品和斯萬家庭一同生活在我的記憶中，並在最終具有他們的某些特點？莫非是因為既然我知道他們生活在這些物品中間，我便將物品一律看作是他們的私人生活和習慣的象徵？

時間一直是普魯斯特文學創作裡最在意的對話主題，他通過一己內在私自的記憶與追尋，將本是定量物的時間自由的延長、停頓、甚至變幻成詩成文；在他所描述斯萬夫人客廳的景象裡，空間與物品與人，也同樣的交混在記憶裡而形同一物：**這些物品和斯萬家庭一同生活在我的記憶中**。

對擅長以描述微物來彰顯整體形貌的普魯斯特，把空間描述的注意力放到這些**地毯**、**安樂椅**、**蝸形腳桌**、**屏風和圖畫上**，而不是在整體空間的個性上，可能並不令人驚異，但是這些微物是不是眞的有普魯斯特所描述出來，能與空間及人交混難分的能力呢？是不是眞能成爲人生活和習慣的象徵呢？他接續寫著：

我認為，斯萬一家在這套住宅中渡過的時間不同於其他人的時間，這套住宅之於斯萬一家每日生活中的時間猶如肉體之靈魂，它應該體現靈魂的特殊性…

普魯斯特將屬於個人經驗的吉光片羽，視作肉體內裡的靈魂，也大聲宣示他相信空間會因時間而改變，而時間亦因人、事、地而異，這些相異的時間記憶**混雜於傢具的位置、地毯的薄厚、窗子的方向、僕人的服飾等等之中**，以一種內在思維的方式銘刻在物件之上，而非僅只以具象的實證形式存留。

就是說我們感知的生命世界，不僅只侷限在可觸摸的實體物上，還依靠著不可見的時間與記憶來組構完成，而這些不可見的抽象物，十分適於寄生（或共生）在形如微小物的用品物件上。

普魯斯特相信獨特經驗的重要性、相信時間在物件上所刻劃印痕的記憶性、相信對生活一己品味的主體呈現，都是創作者靈魂所能依恃之所在。

時間與記憶在創作美學裡，似乎被有意或無意的長久忘記了，而內在幽微的那個一己孤獨靈魂，也久不再在生命底層不安的騷動著了……

一個小說家的信仰
——談小說創作

◉郝譽翔

我寫論文，也寫小說。

前者必須遵從嚴密的學術規則（甚至倫理），就連一個小小的標點符號也不能逃過，所以寫作論文的我，總覺得自己彷彿一顆五花大綁的粽子，從頭到腳動彈不得。但寫作小說則不然了，小說讓我從現實中輕飄飄地飛騰，祂釋放我，洗滌我，給予我自由。

當然，對一個寫作生涯不到十年的人而言，談小說創作實在自不量力。但正因小說藝術的發生是如此神秘、混沌，我終其一生也無法摸透，祂將是一不斷繁衍的過程，而不是靜止的終點。祂是無盡的深淵，或者用波赫士的話來說，一座岐路處處的花園。

昆德拉在《小說的藝術》中說道：「沒有發現一份存在中未知的小說是不道德的。認識是小說的唯一道德。」因此，我讀某些小說時眞是感到萬分不耐。「陳腔濫調」是我對書寫行爲最根本的否定與批判，並且在厭惡的同時，更深深恐懼自己創造出來的世界也不過是一套老舊的常識罷了。每當我在電腦鍵盤上敲出一個字眼，總要對祂反覆看了又看，最怕祂看起來俗不可耐。琢磨半天，好不容易湊字成句，卻又恨不得能夠打碎文句的邏輯，撬開自己僵固的腦袋。

寫作便在如此自虐又自棄的過程中緩慢進行著。

小說不僅與文字搏鬥，更與時間搏鬥。

《一千零一夜》中必然的死亡，卻因「說故事」而被無止盡地延宕下去。從此我們方才見識到「敘事」的快樂本質——以小說時間抵抗現實時間的無情流逝。「時間」在小說敘事中被凍止、叉出或展延了，故奧德賽必須在海洋上一直飄盪，回不了家。小說家透過敘事，發明了獨一無二的時間刻度，而這不是在僭越上帝的工作嘿？普魯斯特在《追憶逝水年華》的結尾作了最好的描述：「他們像潛入似水年華的巨人，同時觸及間隔甚遠的幾個時代，時代與時代之間安置了那麼多的日子——在**時間**之中」。

對寫作者來說，小說是一場充滿未知的冒險。

我喜歡《波赫士談詩論藝》中特別強調美的堅持——美麗的事物是亙久的喜悅。我也喜歡昆德拉《被背叛的遺囑》反覆以音樂的結構來譬喻小說。我還喜歡納博科夫《文學講稿》中對於普魯斯特、卡夫卡、喬哀斯的精密分析——絕非毫無創作經驗的理論家可以達到。他們讓我充分領略到小說創作獨特的「謎」與「美」，沒有其他東西可以侵犯。而這正是身爲一個小說家的唯一信仰。

暈糊成「說故事時刻」構圖線條的臨摹

◉駱以軍

一開始或許是臨摹（想像力的臨摹，光影運鏡的臨摹，勾心鬥角的臨摹，強烈的視覺特寫的臨摹……），我總還可以清楚記得很多年前，我在空白稿紙上艱難又著迷地抄寫著川端《山之音》、《睡美人》或《千羽鶴》裡的某些段落，暮年老人的哀傷慾念，或是那些無能力描述自己的美少女身軀裡洶湧的「魔性」。那皆不是我的經驗。或是我魯鈍不通地想像張愛玲〈留情〉裡，那一幢衰敗上海洋房裡，一樓、二樓。老夫少妻（米先生與敦鳳），年輕的妻子在亂世中抓到一張可靠飯票，回到當初「栽培」她（把她從鄉下帶到城市的浮華社交世界）的楊太太家。但這家人在戰時蕭條時局下已經陷入窘境。一樓客廳是楊太太和一群「已經不成樣子」的浮浪癟三在打牌，二樓則是楊老太太在「留客吃飯否？」的心機迂迴中，難掩窮貌。這之間有敦鳳和楊太太的女性心機，有敦鳳對米先生尚未死去的元配的殘忍心思，有楊老太太和米先生間，隱晦難被察覺的老人情愫……如此複雜、濃縮、世故的人際關係，也不是我有機會親身經歷。那皆不是我的經驗。但時日久遠，那些臨摹會因遺忘細節而暈糊成我的某些「說故事時刻」的構圖線條。對於我來說，所謂的「書寫私密的慾望」：或該顛倒成，它眞的蠻像純淨的宗教儀式或一場心力交瘁的著魔演出。對我來說，它在書寫的當下絕對是著迷於形式自身的自我餵哺或自我救贖。我是極晚近才碰撞到「書寫——私密——現實」的道德問題。那對我造成極大的衝擊和傷害，有一陣我甚至深陷此一倫理困境之泥沼。但我想「私小說」或非我本意。我以為所有的小說家（那個

「我」）或皆如《香水》裡的葛奴乙，其實他是個無氣味之人，他如此豔羡任何一凡人身上之「自己的氣味」，乃至著魔地仿造那些氣味。在小說家這裡，他所羡摹、竄竊而仿造的，不就是他人的故事、身世和記憶？（本文標題爲編者所加）

一則寫作的自我淪亡與復興史

——在回憶的靈光與生活片斷中汲取可能的力量

◉鍾文音

曾經無限發光的拜占庭在歷經建城1123年又18天後，首都君士坦丁堡仍被十字軍攻陷，落入土耳其手中。失敗者拜占庭在希臘羅馬的文化傳遞上卻宛如是一個必要通達的漫長隧道，它為征服者舉起照亮隧道的火把，自此歐洲的國家文明，在每一次復興時刻到來時都得再次貫穿此隧道，從而才能孕育新的光譜。

由此燦爛與黯淡交織的往日回憶中汲取力量，是拜占庭影響後來歐洲基督文明的決定性歷史。

一直覺得寫作對我而言亦是如此過程，回憶於我具有寫作的決定性位置，沒有回憶，無法書寫。沒有失敗與征服，自我的文明進化不會產生。

究竟什麼是創作的源頭？好像還是矇矇懂懂，它像是一種靈光。就像班雅明說的：「迎向靈光消逝的年代」。靈光乍現，不可多得，幾乎是創作者無法設防或預想的。靈光來了又去了，失敗與征服，來來去去。

然年紀漸大，欲發有不能仰賴靈光的想法，寫作開始從直覺的感受與順勢的迸發漸次轉換成有機的思索與想像的肌里碰撞。早期寫作的雛形是因為苦悶要尋覓出口，有話要說，某種心靈的慰藉與救贖；

之後寫作雖仍具有這類特質，但多了新的元素，那就是生活裡的不定期偶發與下意識流動的捕捉與延伸。

寫作開始從自我的故事延燒到他者的想像旅程。

好比我邊看晚報邊看電視，突聽到星座專家說想要有桃花戀情不妨戴上腳鍊，戴上腳鍊可以「找到前世的情人」，我隨著腳鍊和找到前世的情人，連結成一個角色一個意象一個宿命……，又比如我有一天開車看到某廣告看板寫著「塑膠射出機器人」，那一瞬間突然替正在寫的小說女主角的父親找到了一項特殊的工作……

自我的故事終有寫盡之時，私密的書寫不只是私密的書寫了，私密的紀實裡駁雜很多虛構的傳聞，聽說，揣想。

思緒化爲文字的過程，就像源頭歷經上下游水質變化的過程，若以比喻來說有點像我老家的濁水溪。濁水溪源於阿里山，原是清水溪，漫漫長路，流到雲林竟成了濁水溪。可濁水溪也不一定不好，沙石地是甜西瓜花生的滋養地，濁水河床還隱藏著在陽光底下會閃閃發亮的可供磨墨製硯的硯石。

好了，我這樣比喻是爲了說明創作想法浮顯時，在漫漫長夜的怠惰或匪懈的過程，捕捉下來的常常和原來想法變調，或者更優或者更劣。我很少去回想創作的過程，眞要回想，早期總是想把一些陳年舊事通過文字產生「質變」，好比改寫歷史，竄改記憶，這是我喜歡文字出入虛實的原因。我不可能改變歷史過程，但是創作提供了這樣的自由變化。

幽微思緒要化爲文字，在我看來就好像自身是一口井，打下文字就是打開水龍頭。但要隨時在自我的這口井裡保有水源，這是最重要的，這井裡的水在我看來就是生命力。

創作是一種自我與現實接軌的媒介，是一種眼光，是一種凝視，是一種說法，是一種發現，是一種組合，在自我身世與宿命的纏繞迷宮中殺出記憶的重圍。

我的創作過程和現實的環境變化關係不太大，不論我是什麼角色，我相信我都能寫作。即使我今天去賣咖啡或擺地攤一樣可以，我心目中的自我寫作者是如此，無論如何遊戲或放蕩，最終生活都是爲了成全寫作這件事。包括感情也是，我甚至認爲感情挫傷也是爲了成就寫作這件事。寫作是漫漫長夜，寫作時我很完整，不需要他者的存在。只有回到現實生活本身，感情才具體才會被需要，一旦提起筆，現實的感情就退位了，全被文字裡的感情佔滿了。

時代改變，微薄短小的閱讀成了這時代的最愛。究竟創作者要不要進入這個時代的輕薄遊戲？我想那是自我的選擇，我所思考的不是時代的問題，而是自己作品完成度的問題，創作於我是在同質中尋找異質的存在。我覺得每一個個體即是生物多樣化的變體，創作幫我形塑了變體中的我。

很少想及讀者如何看待這個問題，文學對我並非是溝通，創作具有自我挖掘療程與生命紀錄及宿命肖像凝視的多重深度意義。創作到底是爲了什麼？於我是永遠都得保持在創作最初的自己，寧可被邊緣化也不要僵化。那個熱情的一無所有者，那個在美麗洞穴裡度過時時刻刻的孤獨者，是我寫作地標的第一站也是最後一站。

編後記

◉ 封德屏

籌辦一個大型（指兩天以上的議程）的學術研討會，從經費的籌措、主題的設定，到論文的徵選，乃至主席、講評的邀請，會議的宣傳、會場內的議事進行，以及因會議本身引申出來的諸多大小事。相關繁瑣的事務，避都避不開，許多細節還不能略過不做。因此，通常在會議閉幕式結束的那一剎那，工作人員才能大大的喘口氣，至少是「圓滿結束」了。暫且把會議的後續報導、結帳、成果報告先丟在一邊吧！

也許每個引人注目的大型會議都有同樣忙亂與痛苦，主辦單位巴不得會議結束一切的工作都已結束，這也就是會議結束後，相關的會議論文集不是難產，就是「事隔多年」才出版。許多會議，除了現場發的散裝的單篇論文外，許多精采的論文以及激昂的論辯也就隨著時間「煙消雲散」了。

八〇年代起《文訊》開始密集舉辦大大小小的研討會，四、五個人力遇到同時進行的雜誌作業、專案及活動，當然頗感吃力。記得圖書館學、史料專家張錦郎先生，不只一次提到會議論文的編纂體例，他認為台灣目前的會議論文的編纂，大部分都不理想。讓他點頭稱贊的不多，《文訊》承辦、由筆者主編的「五十年來台灣文學研討會論文集」三冊（註①）是其中之一，我自己覺得還不錯的《台灣現代詩史論》（註②），張先生卻未置可否。可見一部理想的論文集要花的心力，不會比會議所需的力量少。舉凡講評人的講評意見，會場的討論及會議進行的重點，以及會議相關組織，人員與會者的資料，都是使一本論文集充實的條件。

也許是對會議論文集的標準過分看重，民國 86 年開始一連舉辦六屆的「青年文學會議」，會議論文集因人力、經費等等因素，除了全場的單篇論文印製，正式論文集一直未出版，這也是舉辦青年文學會議唯一的遺憾。一直想把前面的論文集出版的進度追趕上，卻無法匀出時間。於是第七屆青年文學會議舉辦時，負責同仁建議先出版論文集，一方面免得資源浪費，更避免夜長夢多。至於現場實錄或側記，可藉《文訊》雜誌來刊載，基於前幾屆論文尚未出版的陰影，對於這種「務實」的提議我欣然同意。

希望《第七屆青年文學會議論文集》的出版，能呈現出我們對此會議所付出的心力，以及新世代文學創作、研究者的研究成果。

註①「五十年來台灣文學研討會論文集」共三册，分別爲《台灣文學中的社會》①、《台灣文學發展現象》②、《台灣文學出版》③，1996.6，行政院文化建設委員會。

註②《台灣現代詩史論——台灣現代詩史研討會實錄》文訊叢刊㉖，1996.3，文訊雜誌社。

傾聽年輕的聲音
——關於青年文學會議

◉邱怡瑄

「青年文學會議」的起念很早，在研討會紛起的九〇年代，學者們不乏發表的機會，但是青年學者或者年輕愛好文藝的學子們，卻因經歷的限制而少有機會可以上場磨練，因此文訊雜誌社便有了為青年具辦青年文學會議的構想。

具體落實理念是在一九九七年十一月，舉辦首屆青年文學會議，規模不大，僅發表三篇論文，並安排一場座談，引起學界及青年學子的熱切響應，在小小的場地擠近了逾百人，鼓舞了《文訊》的信心，也觸發了《文訊》續辦此項活動的熱情。

自一九九八年十月底舉辦第二屆至去年舉辦第六屆，青年文學會議的規模一年比一年大，議程由一日變為二日，發表論文自第二屆增到十篇，第五屆再增加到十二篇，第六屆又擴大至十八篇，論文無論深度或廣度，皆可看出青年對文學的見解獨到與直言不諱的純眞質地。青年們在此相互研討、彼此激盪，而他們對文學理念精采的辯述以及教授們精闢的講評畫面，則成為每年不可或缺的精彩鏡頭。

經過青年文學會議的洗禮後，有些論文發表者自發表人晉身為講評者，如吳明益、范銘如、鍾怡雯、莊宜文、須文蔚；有些則成為新一代優秀的研究學者胡衍南、林積萍、林于弘、徐國能、蕭義玲等。我們欣喜可見文學研究的薪傳在此有了豐碩的成果。

歷屆參與會議的學者有中研院文哲所研究員李豐楙，台大中文系何寄澎、梅家玲、柯慶明，台大外文系劉亮雅、朱偉誠，政大中文系張雙英、陳芳明、蔡欣欣，中大李瑞騰、康來新、葉振富，清華台文所陳萬益，彰師大國文系陳啓佑、林明德，中興中文系賴芳伶，東華中文系須文蔚、郝譽翔、郭強生，中正中文系江寶釵，成大台文所應鳳凰、中文系陳昌明，逢甲中文系張瑞芬、鄭慧如，輔大中文系王金凌，佛光人文社會學院文學所龔鵬程、陳信元、孟樊，淡江中文系高柏園、范銘如，國北師張春榮，市北師許琇禎等，多達五十餘位的台灣優秀研究學者齊聚一堂，囊括三十多所大專院校中、外文學系所。教授們在此文學殿堂上熱忱地鼓勵學子們一同走上文學研究的道路。

會場自第二屆起由一般民間的會議室移至國家圖書館，並深獲國家圖書館肯定，第二～第六屆均爲協辦單位之一。每屆年輕學子報名情況熱烈，每年皆約有近三百位報名者，學員遍及台大、師大、清大、交通、政大、成大、中央、中正、中山、輔仁、淡江、文化、佛光等全國各大專院校學生，以及高中、國中、國小教師、媒體記者、編輯、文字工作者等，而《中國時報》、《聯合報》、《自由時報》、《中央日報》、《民生報》等各家平面媒體也多所報導。

六年以來，深獲各界好評的青年文學會議，儼然已成爲年輕學子們每年殷殷企盼的一場文學盛宴，也是一股文學的清流，今年十一月二十八日、二十九日，我們在台北市立圖書館總館國際會議廳續辦第七屆青年文學會議，以「台灣文學的比較研究」的主題出發，共發表十六篇論文，企圖爲多音交響的台灣文學發展出更細緻的論述模式，本屆的發表者，通過嚴格的評審，呈現出近幾年難得一見的優秀論文，有殖民、性別、身世議題的探討，也有原住民口傳文學的析論、在台灣的日本語文學、古典詩文的作品比較，劇場、藝術與文學交錯紛陳的關聯，呈顯多元的文化視角與青年對寬廣無際的文學持續探索。在社會混亂、政經紛擾中，我們期待能夠傳遞出文學清新的聲音，也希望這股清流潺潺不絕地，綿延下去。

歷屆青年文學會議論文發表名單

第一屆青年文學會議

時間：86 年 11 月 9 日

地點：震旦國際大樓多功能會議室

*1.*須文蔚／x 世代的現代詩人與現代詩（曾淑美講評）

*2.*黃　粱／新世代躍登文壇的管道分析（焦桐講評）

*3.*吳明益／初萌之林——台灣大專院校校園文學獎初探（周慶華講評）

〈座談會〉

主持人：陳昌明

引言人：郝譽翔・楊宗瀚・薛懷琦・丁威仁・周易正

第二屆青年文學會議

時間：87 年 10 月 31 日、11 月 1 日

地點：國家圖書館國際會議廳

*1.*范銘如／合縱連橫——五十年代台灣小說（沈謙講評）

*2.*郝譽翔／論一九八〇年前後台灣新生代文學的發展（李豐楙講評）

3.楊宗瀚／重構詩史的策略——一個「新世代／青年」讀寫（鄭慧如講評）
4.蕭義玲／九〇年代崛起小說家的同志書寫——以邱妙津、洪凌、紀大偉、陳雪爲觀察對象（梅家玲講評）
5.胡衍南／當代青年作家出書環境研究（陳雨航講評）
6.鍾怡雯／散亂的拼圖——青年散文作家的創作與出版（柯慶明講評）
7.林淑貞／尋訪文學的翔翼——當前高中國文有關現代文學教材及教法述評（張春榮講評）
8.賴佳琦／文學嘉年華——九〇年代台灣地區文藝營暨文學寫作班初探（白靈講評）
9.莊宜文／重組文學星空——從文學獎談新世代小說家的崛起（焦桐講評）
10.須文蔚／網路詩創作的破與立（向陽講評）

〈座談會〉「他們都在關心什麼？」

主持人：蔡詩萍

引言人：平　路・袁哲生・馬　森・成英姝・紀大偉

第三屆青年文學會議

時間：88 年 11 月 7、8 日

地點：國家圖書館國際會議廳

1.蔡雅薰／凋零的花菲——六〇年代青年作家古錚、王尙義小說探微（范銘如講評）

2.林積萍／《現代文學》青年作家群的歷史意義（江寶釵講評）
3.傅正玲／有心栽花，無心插柳——台灣當代大學文學教育與創作的互動關係（林淑貞講評）
4.丁鳳珍／九〇年代青年學生台語文運動與母語文學創作——以「學生台灣語文促進會」刊物《台語學生》爲分析主體（林央敏講評）
5.林于弘／解嚴後兩大報文學獎新詩得獎現象觀察（鄭慧如講評）
6.徐國能／版圖的重建——論近兩年之地方性文學獎現象
（黃武忠講評）
7.石曉楓／世紀末台灣男性散文中的性別書寫（張堂錡講評）
8.廖淑芳／青春啓蒙與原始場景——論年輕小說家的誕生（蕭義玲講評）
9.須文蔚／文學創作線上出版初探（孟樊講評）
10.許秦蓁／女書店：女有、女治、女享的閱讀烏托邦（劉亮雅講評）

〈座談會〉得獎的滋味

主持人：張啓疆

引言人：郝譽翔、張維中、張惠菁、唐捐、鍾文音

第四屆青年文學會議

時間：九十年十二月十五、十六日

地點：國家圖書館國際會議廳

1. 吳旻旻／九〇年代大陸女性小說的突圍表演（蕭義玲講評）

2. 蔡雅薰／新移民的弦歌新唱——九〇年代新世代海外女作家小說初探（劉秀美講評）
3. 顏健富／「感時憂族」的道德書寫——試論黃錦樹的小說（郝譽翔講評）
4. 邱珮萱／九〇年代散文中的「原鄉」書寫——以夏曼・藍波安和廖鴻基的海洋散文爲例（鍾怡雯講評）
5. 林秀蓉／生命與人文得對話／侯文詠醫事寫作析論（王浩威講評）
6. 林積萍／九〇年代的小說新典律——入選「年度小說選」的六篇佳作（張瑞芬講評）
7. 陳巍仁／食譜詩／詩食譜——試論焦桐《完全壯陽食譜》的文類策略（唐捐講評）
8. 陳昭吟／隱匿在色彩下的訊息——從幾米的繪本文學談起（吳明益講評）
9. 王正良／第七位作者的誕生——以《畢業紀念册・植物園六人詩選》爲基點（陳大爲講評）
10. 黃清順／高貴靈魂的輓歌——試探邱妙津文學作品中的死亡意識及相關問題（莊宜文講評）

〈座談會〉文　學：科技、圖書與消費、閱讀的再思考

主持人：陳信元

引言人：王榮文・向　陽・須文蔚・侯吉諒・陳昭珍

第五屆青年文學會議

時間：九十年十一月十五、十六日

地點：國家圖書館國際會議廳

1. 王浩翔／輕舞飛揚的 e 世代小說——由痞子蔡的小說初探網路文學（向陽講評）
2. 尹子玉／張惠菁的旅行書寫（許建崑講評）
3. 紀俊龍／疏離．末日．預言——試析張惠菁作品中「疏離感」與「預言性質」的關聯（郝譽翔講評）
4. 許劍橋／驚蟄！絕響？——1998 第一屆全球華文同志文學獎得獎作品觀察（朱偉誠講評）
5. 梁竣瓘／置社會脈動於「度外」，不讓文學創作「留白」——略論新生代作家黃國峻（陳建忠講評）
6. 張文豐／尋訪部落．重返原鄉——談原住民小說中的族群認同（浦忠成講評）
7. 陳國偉／世界秩序的汰換與重置——駱以軍小說中的華麗知識系譜（張瑞芬講評）
8. 陳惠齡／新世代文學中都會愛情小說的顯隱二元閱讀——以王文華《61*57》爲例（郭強生講評）
9. 黃渼婷／跌落懸崖的龜殼花——《島》、《惡寒》、《人類不宜飛行》中的連通式沉陷計（許琇禎講評）
10. 鄭柏彥／視覺書內外緣問題研究（吳明益講評）
11. 蕭嘉玲／文學出版中的集團現象——以紫石作坊爲例（陳信元講

評）

12. 簡義明／後書可以轉精嗎？——論新世代自然寫作者的問題意識與困境（焦桐講評）

〈座談會〉開創文學新紀元

主持人：李瑞騰

引言人：張曼娟、李癸雲、唐捐

第六屆青年文學會議

時間：九十一年十一月八、九日

地點：國家圖書館國際會議廳

1. 王良友／論明華園《界牌關傳說》的劇本美學（蔡欣欣講評）
2. 王萬睿／期待母親救贖的凝視——論張惠菁〈哭渦〉的女性書寫策略（簡瑛瑛講評）
3. 余欣娟／洛夫〈長恨歌〉的隱喻世界（須文蔚講評）
4. 李文卿／走過殖民——論王禎和《玫瑰玫瑰我愛你》戲謔書寫（應鳳凰講評）
5. 李欣倫／乳癌隱喻，文學療程——析論西西散文〈血滴子〉（王浩威講評）
6. 徐碧霞／站在山林與平地的交界處——論布農族田雅各的小說〈拓拔斯・塔瑪匹瑪〉（陳建忠講評）
7. 張耀仁／在我們灰飛湮滅的羽翼——評析可樂王〈離別無聲〉之圖文諷刺關係（吳明益講評）
8. 許秦蓁／再現童年記憶的地理版圖——細讀林文月〈江灣路憶

往〉（鄭明娳講評）

9. 陳室如／批評的鑑賞／鑑賞的批評——試以《文心雕龍》「六觀」法解讀簡媜《天涯海角》（胡仲權講評）

10. 陳雀倩／歷史、性別與認同——〈彩妝血祭〉中的政治論述（劉亮雅講評）

11. 陳聖宗／「急凍的瞬間」——論張讓「顯微鏡」兼「望遠鏡」的時空書寫

12. 曾馨慧／魂析歸來——論周夢蝶的紅黑一夢（向陽講評）

13. 黃淑祺／解讀張愛玲——看〈紅玫瑰與白玫瑰〉之空間與權力（邱貴芬講評）

14. 楊佳嫻／這是一個弄錯地圖的故事——談駱以軍〈中正紀念堂〉的空間記憶與歷史隱喻（張啓疆講評）

15. 劉乃慈／假作眞時眞亦假——評蘇偉貞〈日曆日曆掛在牆壁〉

16. 蕭嘉玲／雙關的記憶——評簡媜《女兒紅・在密室看海》的女性記憶書寫（張春榮講評）

17. 賴奕倫／古都新城——朱天心〈古都〉的空間結構之研究

18. 顏俊雄／歸去吧！我的鄉愁——舞鶴《思索阿邦・卡露斯》的文本解讀（張瑞芬講評）

〈座談會〉作家如何看待作品被解讀

主持人：李瑞騰

引言人：駱以軍、可樂王、郝譽翔

國家圖書館出版品預行編目資料

青年文學會議論文集. 第七屆：台灣文學的比較研究 / 封德屏總編輯. -- 修訂二版. -- 台北市：文訊雜誌社出版；[桃園市]：台灣文學發展基金會發行, 民 98.12
面；　公分. --（文訊叢刊；27）
BOD 版
ISBN 978-986-85850-1-0（平裝）

1. 台灣文學　2. 文學評論　3. 比較研究　4. 文集

863.07　　98024017

文訊叢刊 27

第七屆青年文學會議論文集

台灣文學的比較研究

總 編 輯◆封德屏
執行編輯◆邱怡瑄
封面設計◆翁翁・不倒翁視覺創意
出 版 者◆文訊雜誌社
地址 / 台北市中山南路 11 號 6 樓
電話 / 02-23433142　傳真 / 02-23946103
郵政劃撥 / 12106756 文訊雜誌社
發　　行◆財團法人台灣文學發展基金會
BOD 印製◆秀威資訊科技股份有限公司
電話 / 02-27963638
總 經 銷◆紅螞蟻圖書有限公司
電話 / 02-27953656

初版　2003 年（民 92）11 月
修訂二版　2009 年（民 98）12 月
定價 480 元
ISBN978-986-85850-1-0